KB152332

정유각집

중

박제가 朴齊家

1750~1805. 조선 후기 실학자로 특히 연암 박지원과 함께 18세기 북학파(北學派)의 거장이다. 본관은 밀양(密陽), 자는 차수(次修)·재선(在先)·수기(修其), 호는 초정(楚亭)·정유(貞蕤)·위항도인(葦杭道人)이다. 승지(承旨) 박평(朴坪)의 서자로, 서울에서 태어났다. 1778년 사은사 채제공(蔡濟恭)의 수행원으로 청나라에 다녀와서 『북학의』(北學議)를 저술했다. 청나라의 선진 문물을 본받아 생산 기술을 향상시키고, 통상무역을 통하여 이용후생(利用厚生)을 실현할 것을 역설하였다. 정조의 서얼허통(庶孼許通) 정책에 따라 이덕무·유득공·서이수 등과 함께 규장각 검서관(檢書官)이 되었다. 기상은 컸고 성격은 굳고 곧았다. 시문은 첨신(尖新)하며 활달했고, 필세(筆勢)는 날카롭고 굳세었다. 학문은 개혁적이면서도 실용적이었는데, 다산 정약용과 추사 김정희에게 영향을 주었다. 저서에 『정유집』(貞蕤集)『북학의』(北學議) 등이 있다.

정유각집 중 시집 3권~5권

정민·이승수·박수밀·박종훈·이홍식·황인건·박동주 옮김

2010년 2월 22일 초판 1쇄 발행

펴낸이 한철희 | 펴낸곳 돌베개 | 등록 1979년 8월 25일 제406-2003-018호
주소 (413-756) 경기도 파주시 교하읍 문발리 파주출판도시 532-4
전화 (031)955-5020 | 팩스 (031)955-5050
홈페이지 www.dolbegae.com | 전자우편 book@dolbegae.co.kr

책임편집 이경아 | 편집 조성웅·김희진·신귀영
표지디자인 민진기 | 본문디자인 이은정·박정영
제작·관리 윤국중·이수민 | 마케팅 심찬식·고운성 | 인쇄 한영문화사 | 제본 경일제책

ⓒ 정민 외, 2010

ISBN 978-89-7199-377-4 94810
ISBN 978-89-7199-375-0 (세트)

이 도서의 국립중앙도서관 출판시도서목록(CIP)은 e-CIP 홈페이지
(http://www.nl.go.kr/cip.php)에서 이용하실 수 있습니다. (CIP제어번호:CIP2010000427)

* 이 책은 2004년 한국학술진흥재단의 지원에 의하여 연구되었으며, 2008년 출판지원사업의 출판비 지원을 받아 출간되었음(KRF-2004-071-AS2020)

This work was supported by Korea Research Foundation Grant(KRF-2004-071-AS2020)

북학파의 선구 초정 박제가 전집

박제가 지음 | 정민, 이승수, 박수밀 외 옮김

정유각집 **〈중〉**

●—시집詩集 3권~5권

貞蕤閣集

돌베개

貞薐閣集

일러두기

이 책은 다음 원칙에 따랐다.

1. 이 책은 아세아문화사에서 영인 간행한 『초정전서』(1992)에 수록된 시문집을 대본으로 하되, 여강문화사 편 『정유각전집』(1986)과 한국문집총간의 『정유각집』(2002) 외 여러 필사본을 참고하여 국역하였다.

2. 상권 끝에 해제와 연보를 붙여, 박제가의 생애와 작품 세계, 문집 현황 및 관련 정보를 정리하였다.

3. 판본에 따라 작품에 출입이 있을 경우, 〔보유〕의 형식으로 보완 수록하였다.

4. 원문은 시의 경우 번역과 함께, 산문은 국역문 뒤에 따로 첨부하였다.

5. 이본간 원문의 차이는 대교하여 바로잡았다. 교감은 사소한 차이는 따로 표시하지 않고, 의미 있는 내용만 각주에서 설명하였다.

6. 주석은 하단 각주로 처리하되, 내용이 간단할 경우 간주(間註)로 풀이하였다.

7. 한자는 괄호 속에 제시하였다.

8. 원문 목차는 따로 만들지 않고 번역문 차례에 함께 넣었다. 단, 각권 끝에 '이 책에 수록된 작품의 원제 찾아보기'를 가나다 순으로 정리·수록하여 작품을 쉽게 찾아볼 수 있도록 하였다.

9. 맞춤법과 띄어쓰기는 한글 맞춤법과 표준어 규정을 따랐다. 시 번역의 경우 가락을 고려하여 간혹 이를 무시한 경우도 있다.

10. 이 책에서 사용한 부호는 다음과 같다.

   " ": 대화 등의 인용문을 묶는다.

   ' ': " " 안의 재인용이나 강조 표시로 쓴다.

   「 」: 편명을 표시한다.

   『 』: 서명을 표시한다.

   〈 〉: 그림을 표시한다.

   〔 〕: 번역문과 뜻은 같으나 음이 다른 한자를 표시한다. 또한 제목 중 급수가 낮은 글자를 표시한다.

시집

3

詩集

다시 규장각에 들어가 쓰다 重入院中記事

각 가운데 인물들은 모두 다 신선이라	閣中人物摠神仙
따라 놀던 생각하니 한창 젊은이였네.	憶我追遊政少年
오늘은 난간 기대 옛일을 얘기하니	今日凭欄談舊事
달 바뀌는 어느새 서른두 번 둥글었지.	月輪三十二回圓

뒤늦게 태호의 약속 장소에 달려가다 晚赴太湖約

휘파람에 찬 까마귀 가로 몇 점 날아가니	嘯罷寒雅數點橫
그리운 이와 어디매서 평생을 얘기할까.	懷人何處說平生
안개 속 먼 나무는 화표인 양 분명한데	煙中遠樹分華表
말 머리 희미한 별 보며 궁궐을 나서누나.	馬首微星出禁城
저물녘이 되어서야 퇴근함이' 보통이니	退食尋常隨薄暮
진흙 길이 또다시 길을 막아서는구나.	衝泥也復作閑行
즐거워라 시화에다 수필을 더하리니	好將詩話添隨筆
앵무 잔에 술은 짙고 등촉불은 환하겠지.	鸚鵡杯濃膩燭明

---

1. **퇴근함이**   원문은 퇴식(退食). 조정에서 물러나와 식사를 하는 것, 또는 관리가 관청에서 집으로 돌아가는 것을 말한다. 『시경』「고양」(羔羊)에 보인다.

흰 수염을 뽑다가 _{鑷白}

아직도 마음은 어린아인데	尙有兒童志
흰 수염이 생겨나 깜짝 놀랐네.	翻驚生白髭
예로부터 누구나 이와 같거니	終古盡如此
어이해 나 홀로 탄식할거나.	吾何獨歎爲
그 끝은 지극히 미세하지만	其端極微細
복어 가시 준치보다 더 사납다네.	鰒刺猛於鰣
안타깝다 한꺼번에 희질 못한 채	恨不倏俱白
뺨이 붉은 시절에 따라왔구나.	也趁頰紅時
얄미워라 빛깔이 반만 변하여	生憎色半化
모근은 순사(蓴絲)처럼 자줏빛일세.	根熟如蓴絲

사마온공의 시에 "순채국 자줏빛 실 미끄럽구나"[2]라고 했고, 황정견의 시에
는 "순채의 자줏빛에 줄풀이 하양구나"[3]라고 했다. 司馬溫公詩, '蓴羹紫絲滑',
山谷詩, '蓴絲紫色菰首白'.

한 번 웃고 아이에게 말을 하노니	一笑謂兒子
너의 원수 턱 끝에 숨어 있단다.	女讐藏在頤
긴 창도 짧은 창도 아닌 무엇이	非矛復非鋋
우릴 해쳐 견디지 못하게 하지.	虐我使不支
서둘러 섭공(聶公)[4]을 청하여 와서	忙請聶公來
남김없이 찾아서 없애야겠네.	搜討略無遺

---

2. **순채국~미끄럽구나** 원문은 순갱자사활(蓴羹紫絲滑). 사마광의 「송장백진지호주」(送章伯鎭知
湖州)란 시에 보인다.
3. **순채의~하양구나** 원문은 순사자색고수백(蓴絲紫色菰首白). 황정견의 「차운자첨춘채」(次韻子
瞻春菜)란 시에 보인다.
4. **섭공** 족집게를 말한다.

겉으로야 업신여김 막는다 해도	外雖禦其侮
속은 이미 쇠함을 잘 알고 있지.	自覺中已衰
몇 번의 여름 겨울 지나고 나면	蹉過幾寒暑
그때의 일 더더욱 알 만하리라.	時事尤可知
준마에 올라타 달릴 수 없고	不能馳駿馬
아름다운 여인도 안지 못하리.	不能擁美姬
질긴 고기 씹지도 못하게 되고	不能茹强肉
찬 술도 마실 수가 없게 된다네.	不能飮寒巵
평생토록 좋아하던 서책마저도	平生所好書
보려 해도 자꾸만 흐릿해지리.	欲視更迷離
점차로 후생들 피하게 되고	漸爲後生避
만시를 짓는 일 잦아지겠지.	頻作挽歌詞
백 년 인생 아득히 생각해 보매	緬想百年內
실로 슬픔 가득하다 미리 말하네.	預說良足悲
푸른 솔은 내 배꼽서 자라 나오고	靑松生我臍
금잔디 내 눈썹에 쌓여 갈 테지.	金莎積我眉
문장과 공훈이 있다 하여도	文章與勳伐
뉘 다시 공덕비에 실을 것인가.	誰復載豐碑
툭 터진 마음으로 이 일 처리해	曠懷處玆事
무리에게 속는 바 되지 말아야.	勿爲衆所欺
아내 불러 속히 떡을 차리라 하고	呼妻速具餠
옷 잡혀도 조금도 의심치 않네.	典衣莫少疑
신선 될 계책은 또한 성글고	求仙計亦疏
해 달아맬 생각도 어리석은걸.	繫日思已癡
벼슬길 오른 지 십여 년인데	仕宦十餘歲
변변한 계집종의 시중도 없네.	碌碌婢無裨

평소에 규장(圭璋)⁵의 기림도 없이	素乏圭璋譽
연하의 자태만 저버렸구나.	坐負煙霞姿
다행히 아직 날이 저물지 않아	幸冀日未申
가만 앉아 남은 빛을 즐기어 보네.	靜坐娛餘曦
황혼도 이르지 아니했는데	黃昏便無及
불 밝혀 노닒을 기약하리오.	秉燭安可期
벗 부름은 너무 멀어 그게 괴롭고	招友苦嫌遠
술 빚자니 너무 더뎌 또한 괴롭네.	釀酒苦嫌遲
원컨대 좋은 친구 맛좋은 술을	願佳友醇醪
생각날 때 그 즉시 함께했으면.	意到卽相隨
거울 들고 한바탕 노래 부르다	攬鏡一長歌
노래를 끝마치고 이 시를 짓네.	歌竟成此詩

거듭 운자를 써서 관심재 윤객에게 보이다 再疊示觀深齋綸客

반달 아래 거울에 한 번 비추자	半月一照鏡
한 가닥 흰 수염이 눈에 띄누나.	輒復明一髭
잎새 하나 가을 옴을 안다고 하니	一葉知歲秋
좋은 나무 서글피 이리 되었네.	佳木空爾爲
빈천으로 젊은 시절 보내고 나니	貧賤失少壯
한스러움 뼈 많은 준치와 같네.	恨如多骨鰣

5. 규장 예식 때 장식으로 쓰이는 귀한 옥을 가리키는데, 전하여 고귀한 인품을 비유한다.

일마다 어그러져 괴로웁나니	萬事苦多違
이 모습이 마침내 이처럼 됐네.	此物竟如時
어린아이 어느새 늙은이 되고	孩兒作老翁
저녁 눈은 아침 백발 재촉하누나.	暮雪催朝絲
서른에 수염이 입술 덮었고	三十略覆脣
스물에 처음으로 턱에 돋았지.	二十初生頤
그 변화의 즈음을 살피어 보니	觀其變化頃
십 년의 세월에 불과하구나.	不過十干支
앞머리는 짙은 숱이 반쯤 빠져서	顚毛綠半蛻
날 버리고 홀연히 떠나갔다네.	棄我忽如遺
곱던 얼굴 마치도 술에서 깬 듯	韶顏似酒醒
해맑던 홍안도 이미 시들어.	淡淡紅已衰
인생은 뜻 맞음을 귀하게 치니	人生貴適意
길고 짧음 어이해 마음에 둘까?	脩短邪得知
양식을 싸 들고서 오악을 찾고	齎粮訪五嶽
합문(閤門) 열어[6] 뭇 비첩(婢妾) 몰아내리라.	開閤放群姬
봄바람이 나무로 불어 오르니	春風上瓊樹
술자리 베풀기 딱 좋은 때라.	政好開酒卮
꽃 찾아 자류마를 매어 두고서	隨花繫紫騮
물 따라 꾀꼬리 소리[7] 들으리.	逐水聽黃鸝
술 취하면 서둘러 먹을 갈아서	醉來忽磨墨

6. **합문 열어** 원문은 개합(開閤). 진(晉)나라 때 왕돈(王敦)이 여색에 빠져 몸이 무척 쇠약해지자, 좌우에서 여색을 삼가라고 간했다. 그러자 왕돈이 "그것은 아주 쉬운 일이다"라고 말하고는, 뒤에 있는 합문(閤門)을 활짝 열어젖히고서 비첩 수십 명을 모두 몰아내었다. 이에 세상 사람들이 경탄했는데, 개합(開閤)은 여기에서 따온 말이다.

7. **꾀꼬리 소리** 원문은 황리(黃鸝). 꾀꼬리의 다른 이름이다.

거나한 흥겨움을 시로 채우리.　　興劇自塡詞

육신을 벗어나 미친 듯 놀며　　猖狂外形骸

기쁨 슬픔 내던져 끊어 버리리.　　遺落絶歡悲

옛날을 그리면서 휘파람 불면　　懷古一長嘯

글 기운 눈썹 위로 가득 넘치네.　　書氣盎鬚眉

천추에 썩지 않을 일이라 함은　　千秋不朽事

아득한 물에 잠긴 비석인 것을.　　茫茫沈水碑

금단으로 그르치진 않았다 해도　　不是金丹誤

도리어 벼슬길에 속고 말았네.　　翻成烏帽欺

오르내림 진실로 운명 있으니　　升沈洵有命

나고 듦에 저절로 의심이 없네.　　進退自無疑

백이도 유하혜도 아니었건만　　匪夷復匪惠

영리한 듯 도리어 어리석은 양.　　似黠還似癡

솔바람에 낮잠이 달콤했는데　　松聲攬午枕

온갖 새들 재잘재잘 시끄럽구나.　　百鳥喧裨裨

좋은 산은 한쪽 면만 봐선 안 되니　　好山非一面

자락마다 그윽한 맵시 펼쳤네.　　襞積展幽姿

아득히 높은 흥취 울렁거리고　　杳然動高興

아지랑이 갠 볕에 아른거린다.　　野馬搖晴曦

저 멀리 좋은 벗을 맡겨 두고서　　遙遙托素契

시원스레 길이 서로 기약 맺으리.　　落落永相期

세상맛은 사탕수수 씹음과 같아　　世味如順蔗

점입가경 도리어 늦지 않구나.　　佳境轉不遲

어찌하면 황곡을 올라타고서　　安得乘黃鵠

바다 건너 바람 타고 날아가 볼까?　　過海凌風隨

기쁘게 흰 머리털 바라보면서　　怡然對素髮

웃으며 귤중시(橘中詩)[8]를 지어 보노라.　　　　笑賦橘中詩

장평산[9]의 〈신장용마도〉에 부친 노래 張平山神將龍馬圖歌

듣자니 청장관이 이 그림을 평하면서　　　　　　舊聞靑莊評此畵

기이하고 괴이함을 탄복했다 하였었지.　　　　　歎其恢奇而譎怪

말은 동쪽 가려 하고 사람은 서쪽으로　　　　　馬睨欲東人睨西

사람과 말 눈동자가 엇갈려 어긋났네.　　　　　人瞳馬瞳相違乖

십 년 만에 한 번 보니 웃음이 터질 듯해[10]　　十年一賞時噴飯

오늘 아침 마음 움직여 집에 높이 걸었다네.　　今朝魄動懸高齋

날래기는 강신(罡神)[11]이 붓 잡고 두미성을 밟았　　飈如罡神握筆履斗尾
　는 듯

사납기는 종규(鐘馗)[12]가 눈알 뽑고 귀신 씹어 삼　　猛如鐘馗拔睛啖小鬼
　키는 듯.

---

8. **귤중시**　옛날 파공(巴邛) 사람의 집에 귤원(橘園)이 있었다. 서리가 내린 뒤에 귤을 다 거둬들이는데, 하나가 서 말들이 항아리만큼이나 컸다. 이상히 여겨 쪼개 보니, 그 속에서 수염이 하얗고 살결이 붉고 투명한 두 늙은이가 바둑을 두며 담소를 나누고 있었다. 이때 한 늙은이가 "귤 속의 즐거움이 상산(商山)에서의 즐거움에 못지않은데, 다만 뿌리가 깊고 꼭지가 단단하지 못하여 어리석은 사람이 따고 말았다"라고 했다 한다. 『현괴록』(玄怪錄)에 보인다.
9. **장평산**　명나라 때의 화가 장로(張路)로, 평산은 그의 호이다. 생몰년 등 자세한 행적은 알려지지 않는다. 현재 중국에 〈탐매도〉(探梅圖) 등의 작품이 남아 있다고 한다.
10. **웃음이 터질 듯해**　원문은 분반(噴飯). 저도 모르게 웃음이 터져 입안에 든 밥알이 상 위에 뿜어 나왔다는 의미로 실소(失笑)를 말한다.
11. **강신**　천강성(天罡星)을 주재하는 신이다.

위엄은 팔뚝에 있지 칼에 있지 않나니   神威在腕不在劍
옷에선 바람 소리 수염에선 불꽃 인다.   衣有風聲鬚有焰
무거운 물건도 기운을 못 뺏노니   氣之所奪無重物
오래 보매 투구가 쇠인 것도 다 잊었네.   久看渾忘兜是鐵
한 가지 나무등걸 솔인 듯 솔 아닌 듯   似松非松樹一枝
빽빽함 흡사 마치 정령이 솟아날 듯.   森森似有精靈出
맨 처음 용마가 먼 바다서 나올 적에   龍馬初從碧海隈
잠깐 만에 땅 갈라져 파도가 열렸다네.   須臾地坼波濤開
앞발은 언덕 밟고 꼬리는 허공 갈라   前蹄跋岸尾捎空
반신엔 비늘 있어 비린내 끼쳐 왔지.   半身猶鱗腥氣來
천인은 고삐 없이 용마를 다스리고   天人御獸不用轡
영물은 허공 가며 땅을 밟지 않는구나.   靈物行空非踏地
번드쳐 아래 보곤 더욱 급히 내몰아서   鞾翻見底騎更急
성내어 눈 부릅뜨니 장난이 아니로다.   眞怒而瞋定非戲
내 알겠네, 장평산은 술 즐기는 사람으로   吾知張君酒人乎
술 거나해 붓 휘둘러 이 그림 그렸으리.   酒酣飛揚爲此圖
정신을 내몰아서 겉모습을 내던지니   猒將神理隳形器
기찬 생각 따로 맡겨 지옥 길 내닫는다.   別遣奇想馳幽途

---

12. **종규** 악귀를 물리치는 수호신의 이름이다. 『사물기원』(事物起源)에 다음과 같은 이야기가 전한다. 당나라 현종이 병을 앓다가 꿈을 꾸었다. 한 작은 귀신이 나타나 평소 현종이 소중하게 간직하는 향낭을 훔치기도 하고 옥적을 불기도 하며 법석을 떨었다. 현종이 큰 소리로 신하를 부르자 한 큰 귀신이 나타나 작은 귀신을 붙잡아 손가락으로 눈알을 파먹고 종아리를 꺾어 입으로 씹어 먹었다. 현종이 놀라 누구냐고 묻자, "신은 종남산(終南山)의 진사(進士) 종규라고 합니다. 옛날에 무과 과거에 떨어졌지만 황제를 위해 천하의 요마들을 물리칠 것을 맹세합니다"라고 대답했다. 꿈에서 깨어났을 때 이미 황제의 병은 깨끗이 나아 있었다. 현종은 꿈에서 본 종규의 형상, 곧 검은 의관을 걸치고 눈이 크고 수염이 많으며 무서운 얼굴을 한 채 칼을 찬 모습과 똑같은 화상을 오도자(吳道子)에게 그리게 하고는 수호신으로 삼았다. 이 이야기가 전해지자 사람들도 종규가 악귀를 잡을 수 있다고 믿고 문에 붙여 문신으로 받들었다고 한다.

미친 듯 소리치며 필묵을 휘두르니	狂呼筆墨皆奮迅
원기가 넘쳐흘러 뇌우가 진동하네.	元氣淋漓雷雨震
지금껏 촌사람들 밤에 학질 없앴거니	至今村人祛夜瘧
어린애들 문 열고선 겁내어 머뭇대네.	小兒開門怖不進
그림 수명 오백 년임 진작부터 알았거니	畫壽元知五百年
노래 지어 부쳐 주니 자손에게 전하게나.	作歌付與耳孫傳

하태상[13]의 〈묵죽도〉에 부친 노래 夏太常墨竹歌

그림 속 대나무를 보지 않고야	不見圖中竹
바람이 오는 곳을 어이 알리오.	焉知風之自
여울물 왼편에서 튀어 오르니	湍水激其左
쟁글쟁글 물소리 고요치 않네.	泠泠非靜意
옷깃을 헤집음에 선선함 느끼지만	便覺微凉動衣襟
바람 소리 참으로 들은 것은 아니로다.	未必眞聽颼颼音
옛 사람의 풍류를 구슬피 바라보니	前輩風流一恨望
바탕 그림 떨어지고 그을음만 앉았구나.	粉本零落煙煤深
그 옛날 태상께서 묵림(墨林)을 내달릴 제	憶昔太常馳墨藪
장한 이름 호주(湖州)[14]에 뒤지지 않았다네.	盛名不落湖州後

---

13. **하태상** 1388~1470. 명나라 초기의 화가로 묵죽의 대가였다.
14. **호주** 북송 때의 서화가 문동(文同, 1018~1079)을 가리킨다. 시문과 서화에 능했는데, 특히 묵죽을 잘 그렸다고 한다. 호주 지방에 관리로 부임하여, 문호주라고 일컬어졌다.

귀유광의 문필은 구양수에 못지않으니	震川文筆如歐陽
그 둘의 아름다움 천추토록 썩지 않네.[15]	媲美千秋兩不朽
당시에도 잔달은 재주 드문 것을 탄식하니	當時已歎襪材稀
후세에 그 누구라 동적[16] 장수 기뻐하리.	後世誰憐銅狄壽
대 그림은 원래부터 독서에서 나오는 것	畫竹元從讀書來
공은 더욱 우아하여 티끌 생각 없었다네.	公尤爾雅無塵埃
내 듣자니 대나무는 습지를 좋아하나	吾聞竹性喜沮洳
이 대나무 오히려 빈산 구석에 남았구나.	此竹迺在空山隈
큰 것은 왕대 삼고 가는 것은 조릿대 삼아	大者爲蕩細爲篠
대숲에 남은 뜻이 아리따움 부추기네.	餘意叢篁夾嫋嫋
한 줄기는 그림자로 담박함을 겨루고	一竿如影淡相亞
한 줄기는 웃는 듯이 그 줄기 여리구나.	一竿如笑體方夭
담근 오얏 띄운 참외[17] 목마름 못 이기나	沈李浮瓜渴不勝
이 그림 바라보며 찌는 더위 식힌다네.	對此可以消炎蒸
인간 세상 어떤 것이 속됨 아니 꺼리랴만	人間何物不忌俗
더더욱 대나무는 두말할 나위 없네.	偏於此君不相能
이정(李霆)[18]과 유덕장(柳德章)[19] 시켜 그리게 하면	欲令石陽公子岫雲氏
붓 벼루 불태우고 손가락을 꺾겠구나.	焚其筆硯擺其指

15. **귀유광의~썩지 않네**　귀유광(1507~1571)은 명나라 때의 산문가이다. 그는 문동의 묵죽을 높이 평가하여, 문동의 후손을 위해 글을 써줄 때는 심혈을 기울여 일자일구도 소홀히 하지 않았다고 한다. 귀유광의 「회죽설」(懷竹說)에 그런 사정이 밝혀져 있다.

16. **동적**　동적(銅狄)은 진 시황 26년에 나타난 열두 명의 오랑캐 복장을 한 거인이다. 진 시황은 이 해에 비로소 천하를 통일했는데, 거인들이 나타난 것을 길조라 하여 기뻐하고, 천하의 병장기를 녹여 12개의 금인상(金人象)을 만들었다. 이들을 동인(銅人) 또는 동적(銅狄)이라 불렀다.

17. **담근 오얏 띄운 참외**　원문은 침이부과(沈李浮瓜). 조비(曹丕)의 편지에 "단 참외를 맑은 샘에 띄워 놓고, 붉은 자두를 찬물에 담가 놓는다"(浮甘瓜於淸泉, 沈朱李於寒水.)는 구절이 보이는데, 더위를 물리치는 즐거운 일을 뜻한다.

그 옛날 가슴속의 대나무[20]는 홀연 잊고	頓忘宿昔胸中本
80년 뒤 바야흐로 이것을 알아보네.	八十年後方識此
재빨리 평상 옮겨 대 뿌리로 나아가	徑欲移牀就竹根
책 한 권 손에 들고 세월을 잊고 싶네.	手持一卷忘朝昏
뉘 능히 하루라도 고기 없이 밥 먹으리	誰能一日食無肉
대 그린 그 사람을 괴로이 그리노라.	苦憶當年畵竹人

〈노주설안도〉[21]의 노래〔짧은 서문과 함께〕 蘆洲雪鴈圖歌〔幷小序〕

그린 사람이 누구인지는 모른다. 위에 주문의 작은 둥근 도장이 있으나,
흐릿해서 알아볼 수가 없다. 네모난 도장은 호부의 인장인데, 혹 팽곤약이
라고도 한다. 심사정이 항상 이를 본받았다고 한다.

不知作者. 上有朱文小圓印, 迷不可辨. 方印虎符之印, 或曰彭鯤躍. 沈師正常師

---

18. 이정 1541~1622. 원문은 석양공자(石陽公子). 석양군에 봉해진 조선 초기의 화가 이정을 말
한다. 이정의 자는 중섭(仲燮), 호는 탄은(灘隱)이다. 유덕장(柳德章)·신위(申緯)와 더불어 조선 시
대 3대 묵죽 화가로 꼽히는데, 묵죽뿐 아니라 묵란·묵매에도 조예가 깊었고 시와 글씨에도 뛰어났
다. 당대의 최립(崔岦)과 허균(許筠)은 그의 묵죽화에서 보이는 자연스러움과 사실성을 칭찬했으
며, 이정구(李廷龜)는 "소동파의 신기와 문사(文同)의 사실성을 모두 갖추었다"라고 칭찬할 정도
였다.

19. 유덕장 1675~1756. 원문의 수운(岫雲)은 조선 후기의 묵죽 화가 유덕장의 호다. 그는 이정
의 묵죽화 양식을 이어받았는데, 지금 남아 있는 많은 작품이 이 사실을 증명해 주고 있다. 그러나
김정희는 "수운의 대나무는 힘 있고도 고졸(古拙)하며 마치 금강저(金剛杵)를 갖추고 있는 듯하다"
고 하여 이정의 수준에는 미치지 못한다고 평가했다.

20. 가슴속의 대나무 원문은 흉중본(胸本). 대나무를 그리는 자는 먼저 가슴속에 대나무를 완성
한다고 한 소동파의 흉중성죽(胸中成竹)에서 가져온 표현이다.

之云.

하루는 조생이 책을 팔러 왔길래	曹生一日鬻書來
동자에게 급히 명해 그 품속 뒤졌다네.	急命童子搜其裏
빛바랜 두루마리 떨어짐에 놀랐더니	壞色一卷驚墮前
크게 웃고 상아 찌를 손수 직접 열었다네.	大笑牙籤手自開
강 하늘 어둑한데 갈대는 꺾이었고	江天冥冥蘆葦折
강 기러기 어지러이 찬 눈 속에 내려온다.	江鴈紛紛落寒雪
앞에는 배가 없고 뒤에는 인가 없어	前無舟楫後無煙
사방 둘러 방황하며 근심만 끝없구나.	四顧裹徨政愁絶
사람은 근심겹고 기러기는 기뻐하니	人方愁絶鴈方喜
하나하나 날아 울며 물가도 피하잖네.	一一蜚鳴不避水
자갈같이 모였다가 티끌처럼 일어나니	聚如瓦礫起如塵
어림잡아 강가의 십 리 길에 펼쳤구나.	約略江干竟十里
사람이 다가섬을 문득 알아 흩어지니	分披乍覺影近人
펙펙 소리 종이 가득 들리는 듯하여라.	嗔呷疑聞聲滿紙
기러기 잡아 그리는 이 참으로 멍청이니	捕鴈畵鴈眞癡人
하필 가까이 보고서야 그런 줄을 안단 말가.	何必迫視知其然
종횡으로 백출하여 자태 각각 다르니	縱橫百出態各殊

---

21. **〈노주설안도〉** 이덕무의 『아정유고』에도 「제호부노주설안도」(題虎符蘆洲雪雁圖)란 작품이 실려 있는데 다음과 같다. "그림 보자 삼복더위 겨울로 홀연 변해, 가없는 갈대와 눈 강변에 가득하네. 우리들 모두 다 기심 잊은 사람이니, 울고 자는 기러기 틈 섞이어 앉았구나. 화안시는 천추에 의심스런 일일러니, 아무도 뜻을 그려 남 보여 줄 때가 없네. 만약에 온갖 자태 천연스레 갖추려면, 구라파 망원경을 살펴보지 않으리오."(讀畫炎天忽變寒, 無邊蘆雪滿江干. 我曹都是忘機者, 雜坐鳴鴻睡雁間. 疑案千秋畫雁詩, 無人意寫見人時. 如令百態天然具, 盡把歐羅遠鏡窺.)

그 솜씨 어디에서 마칠 줄을 모르겠네.　　　　　不知意匠窮何邊

다만 뻣대 제 깃털을 뽐냄만 보고서는　　　　　但見矯矯亢亢矜毛羽

붓을 한 번 떨구자 형태 이미 갖춰졌네.　　　　筆一落時形已具

자는 놈 움츠리고 쪼는 놈은 목을 펴고　　　　　眠者爲縮啄爲伸

느닷없이 울어 대며 먹잇감을 실어 오네.　　　　忽漫相呼齊引嗉

흰 눈은 바탕 되고 하늘 다시 어두워져　　　　　雪爲皓質天更黑

흰 새 아닌 기러기가 날자 외려 하얗구나.　　　　鴈非白鳥飛還素

가만히 자취 숨겨 그림 속에 들더라도　　　　　悄若潛踪入畵圖

큰 소리로 안노(鴈奴)[22]를 놀래키지 마시게나.　　慎勿高聲驚鴈奴

가슴에 얽힌 생각 오히려 이 같으니　　　　　　胸次槎枒有如此

이 그림 그린 사람 혹시 고인(高人) 아닐런가.　　此作儻非高人歟

구름으로 집을 삼고 강물로 터전 삼아　　　　　雲爲家兮水爲國

봄가을 남북으로 네 맘껏 하는구나.　　　　　　春北秋南爾自得

불볕더위 갓[23] 쓴 이여 내 말 좀 들어 보소　　寄語炎天襏襫子

귀찮아도 눈길 돌려 찬 강 빛을 보시게나.　　　煩君一眄寒江色

---

22. **안노**　기러기 떼가 물가에서 묵을 때는 주위의 많은 기러기를 시켜 야경(夜警)을 서게 한다는데, 그들을 기러기 종(鴈奴)이라 한다.

23. **갓**　원문은 내대자(襏襫子). 더위를 피하려고 쓰는 패랭이〔凉笠〕를 가리킨다. 대나무로 만들고 겉에 비단을 씌웠다. 여름에 인사 다닐 때 몸을 단속하는 의관이라고 하기도 한다. 삼국시대 위(魏)나라 정효(程曉)의 「조열객시」(嘲熱客詩)에 "저기 저 내대자 보소, 무더위 속에 남의 집을 찾아다니네"(只今襏襫子, 觸熱到人家.)라는 표현이 있다. 이로부터 내대자는 어리석어 분수를 모르는 사람, 사리에 어두운 사람이라는 의미로 쓰인다.

『차원부설원기』[24]를 읽고 4수 讀車原頫雪冤記 四首

1

금궁(金宮)[25]의 꿈속 육신 말하지 마시게나　　休道金宮夢裏身

흰 구름은 본래부터 붉은 먼지 안 받나니.　　白雲元不受紅塵

군왕 아직 무루정서 죽 준 일[26]을 기억하니　　君王尙記蕪亭粥

몸소 뿌린 푸른 파를 옛 벗에게 주었도다.　　自種靑葱贈故人

> 태조대왕께서 꿈에 차원부를 부르셨다. 비를 맞으며 파 씨를 뿌리고 이렇게
> 말씀하셨다. "예전에는 그대의 파를 대접받았으니, 그대가 내 파로 배불릴 수
> 는 없겠는가?" 오늘날 서총대(瑞葱臺)[27]라는 이름은 바로 그 일을 두고 지은
> 것이다. 太祖大王, 夢原頫召之, 冒雨撒葱種曰: "昔旣饗君之葱, 君不可飽吾葱
> 乎?" 今瑞葱臺之名, 卽其事也.

---

24. 『차원부설원기』 　차원부(車原頫, 1320~1398)가 태조 7년(1398년)에 참살 당한 데 대해 세종
29년(1447)에 무죄하다고 설원한 사실을 기록한 책이다. 차원부는 여말선초의 학자이며 화가이다.
본관은 연안(延安), 자는 사평(思平), 호는 운암(雲巖)이다. 공민왕 때 문과에 급제한 이후 여러 벼
슬을 역임하고, 간의대부(諫議大夫)에 이르렀다. 당대의 대학자 정몽주·이색 등과 함께 명성을 떨
치던 유학자로 성리학을 깊이 연구했다. 당시 고려에 충성을 다하던 두문동 72인의 한 사람으로 그
림을 잘 그렸으며, 특히 매화에 뛰어났다. 세종 때 황보인의 청원으로 신원되어 시중에 추중되고,
순천의 운암사에 제향되었다. 시호는 문절(文節)이다.

25. 금궁 　본디 금은으로 꾸민 궁으로 신선이 거처하는 곳인데, 임금이 거처하는 대궐을 가리키는
말로도 쓰인다.

26. 무루정서 죽 준 일 　원문은 무정죽(蕪亭粥). 무루정(蕪蔞亭)은 정자의 이름이다. 광무제가 일찍
이 적에게 쫓겨 다니다가 무루정에 이르러 배고픔을 느꼈는데, 마침 풍이(馮異)가 콩죽 한 그릇을
얻어다 바쳤다. 뒤에 황제가 된 무제는 풍이에게 "무루정의 콩죽을 내 어찌 잊겠는가?"라고 했다
는 데서 비롯된 말이다. 어려웠던 때의 은혜를 잊지 않는 황제의 절의를 기린 것이다. 『후한서』(後
漢書) 「풍이전」(馮異傳)에 보인다.

27. 서총대 　조선 시대 창덕궁 후원에 쌓았던 석대(石臺)와 정자를 말한다. 이곳은 본래 성종 때
한 줄기에 9개의 가지가 달린 특이한 파가 돋아나 '서총'(瑞葱)이라 했는데, 연산군이 이를 기념하
고 유흥의 장소로 삼기 위하여 서총대를 쌓았다.

2

적막타 운암(雲嵒)²⁸은 자줏빛 놀 잠겨 있어 　　寂寞雲嵒鎖紫霞
뉘 장차 마음 일로 국화꽃에 제사하리. 　　　　誰將心事祭黃花
의심컨대 한실(漢室)에서 공 논하던 자리에도 　只疑漢室論功地
사호(四皓)²⁹ 집안 푸른 피가 번드쳐 놀랐으리. 　碧血翻驚四皓家

　　차원부가 세자 책봉의 일을 의논하였다가 훗날 하륜이 화를 얽는 데 걸려들
　　었기 때문에 한 말이다. 原頻議建儲事, 後被河崙構禍故也.

3

자취는 희이(希夷)³⁰ 선생 산을 잠시 나옴 같고 　跡似希夷暫出山
마음은 도홍경(陶弘景)³¹이 벼슬 사직함과 같네. 心如貞白却辭官
천 년의 심사(心史)에 공신은 남았으니 　　　　千年心史功臣在
은미한 뜻 모름지기 상곽³²을 좇아 보네. 　　　微義須從向郭看

---

28. **운암** 차원부가 살았던 동리의 이름이다. 이곳 둘레에 국화꽃이 유난히 많았으므로 2구에서 이렇게 말한 것이다.

29. **사호** 상산사호(商山四皓), 즉 진나라 말 난세를 피해 상산(商山)에 은거했던 동원공(東園公)·하황공(夏黃公)·용리 선생(用理先生)·기리계(綺里季)의 네 노인을 말한다. 수염과 머리가 모두 희어 '사호'라고 하였다. 이들은 한(漢)나라 고조가 불러도 나오지 않았으나, 고조가 태자를 폐출하려 한다는 소식을 듣고 산에서 달려 나와 그 태자를 옹호했기 때문에 고조도 어찌할 수 없었다는 고사가 전해 온다.

30. **희이** 송나라의 진박(陳博)을 말한다. 진박이 오게(五季) 시절에 화산에 숨어 살면서 도를 닦고 벽곡(辟穀)을 하여 한번 잠이 들면 1백여 일을 깨지 않고 계속 잤다. 후에 송나라 태조가 등극하자 그제야 웃으면서 "이제야 세상이 안정을 찾았다"고 말했다 한다. 태종은 그에게 '희이 선생'이라는 호를 내렸다.

31. **도홍경** 원문의 정백(貞白)은 남북조(南北朝) 때의 사람 도홍경의 시호이다. 도홍경은 양나라 말릉(秣陵) 사람으로, 자는 통명(通明)이다. 1만 권의 서적을 독파하였고, 금기(琴棋)·도술·음양·오행 등에 밝았다. 뒤에 구곡산(句曲山)에 숨어 화양은거(華陽隱居)라 자호하였다. 『본초』(本草)에 주를 달고 혼천상(渾天象)을 만들었으며, 『제대연력』(帝代年歷) 등의 저술이 있다.

32. **상곽** 진(晉)나라 때의 상수(尙秀)와 곽상(郭象)을 말한다. 곽상이 상수의 글을 멋대로 절취한 일이 있는데, 여기에서는 자신이 『차원부설원기』를 지은 뜻을 따르겠다는 정도의 의미다.

박팽년 공이 『설원기』를 주석했는데, 『심사』는 정소남(鄭所南)[33]의 일을 인용했다. 朴公彭年, 注雪寃記, 心史, 用鄭所南事.

4

절개 안고 목숨 버림 그 뜻 슬퍼할 만하니　　　　抱節捐生志可哀
열조의 어진 그물 온통 모두 가없네.　　　　　　列朝仁網總恢恢
단종 임금 한 시대에 명절이 많았으나　　　　　莊陵一世多名節
모자 거꾸로 쓰고 온 신하도 있었다네.　　　　只爲當時倒帽來

　　황보인(皇甫仁)이 차원부의 일을 아뢸 적에 모자를 거꾸로 쓴 것도 미처 깨닫지 못했고,[34] 박팽년은 손에 쥔 홀도 잊었다고 한다. 皇甫公仁奏白原頫, 不覺倒帽, 朴公彭年, 忘手中之笏云.

---

33. 정소남　1241~1318. 소남은 송말원초 때의 시인이자 화가인 정사초(鄭思肖)의 자이고, 호는 삼외야인(三外野人)·일시거사(一是居士)이다. 묵란을 잘 쳐서 이름이 높았는데, 원이 들어서자 모두 노근(露根)으로 그려 국토를 빼앗긴 울분을 상징적으로 표현하여 송에 대한 절의를 지켰다. 이 민족에게 짓밟힌 땅에 뿌리를 묻을 수 없음을 보여, 홀로 깨끗한 몸을 보존한다는 의미를 드러낸 것이다. 작품으로는 『소남문집』(所南文集)·『심사』(心史) 등이 있는데, 그가 중년기에 지은 비분강개 위주의 시들은 주로 『심사』에 모아져 있다.

34. 황보인이~못했고　『해동잡록』(海東雜錄) 권3, 「황보인」(皇甫仁) 조에는 "태종 때 급제하고, 단종(端宗) 계유년에 영의정이 되었는데, 어진 재상이라고 칭송되었다. 세조가 김종서(金宗瑞)를 죽이고 그의 무리라 하여 죽였다. 황보인(皇甫仁, ?~1453)은 항상 차원부(車原頫)가 애매한 행동을 하다가 억울하게 죽었다고 생각하고 있었다. 경연에 들어가 모실 때에, 모자를 거꾸로 쓴 것도 모르고 들어와 임금을 모시고 그대로 원보의 일을 역력히 주달했다. 후에 황보인은 경연석상에 뜻이 골몰되어 그랬다는 것으로써 특별히 허물을 벗긴다는 명령이 내렸다. 그때에 황보인을 두고 '도모지시'(倒帽之侍)라 하였다.

소안당에서 관심재와 함께 2수 蕭雁堂 同觀深齋 二首

1

아지랑이 푸른 나무 끝에 봄이 왔노니　　　　春在游絲碧樹端
잔 들고서 말없이 창문 열고 바라보네.　　　　停觴不語拓窓看
책 읽는 한정이야 더딘 해가 좋다지만　　　　書程自愛遲遲日
이어지는 추위에 꽃 소식 안타깝네.　　　　花信猶憐陣陣寒
어찌하면 과거[35] 보아 태평성세 수창할까　　　豈有鴻詞酬盛世
작은 명함 손에 들고 고관 알현 부끄럽다.　　羞將短刺謁高官
미래 과거 모두 다 내 세월 아니거니　　　　方來過去都非我
오늘 저녁 모름지기 오늘 위해 즐겨 보세.　　今夕須爲今夕歡

2

남산의 한쪽 면이 숲 끝으로 드러나니　　　　南山一面出林端
때마침 고인(高人)과 함께 턱을 괴고[36] 바라본다.　時與高人拄笏看
한낮엔 차 마시는 일만 몹시 길어지고　　　　白日偏於茶事永
봄바람은 흩어져 대숲 들어 차가워라.　　　　春風散入竹聲寒
생애는 담담해라 꽃은 나라 이루고　　　　　生涯淡淡花爲國

---

35. 과거　원문은 홍사(鴻詞). 박학홍사과(博學鴻詞科)를 줄여서 한 말이다. 당 현종 때 육지(陸贄)가 박학굉사(博學宏詞)로 급제했고, 송나라 때에는 정식 과거가 되었다. 청나라 때에도 이를 과목으로 열었다. 『청회전』(淸會典) 예부(禮部)에 따르면, "박학홍사와 경학(經學)은 조명이 있어야 시행하는데, 황제가 순행하면 소시(召試)한다"라고 했다. 여기서는 문장으로 과거에 급제함을 말하는 뜻으로 썼다.

36. 턱을 괴고　원문은 주홀(拄笏). 청고(淸高)한 관리의 기풍을 말한다. 『진서』(晉書)「왕휘지전」(王徽之傳)에 "환충(桓沖)이 왕휘지에게 '경이 오래 부중(府中)에 있더니 요즈음에는 일을 잘한다'고 하니, 왕휘지가 처음에는 아무 대꾸도 하지 않고 올려보기만 하다가 홀(笏)로 턱을 괴며 '아침에 서산(西山)에서 오니 시원한 기운이 있더라'고 했다"는 기록이 보인다. 이는 관사(官事)에 구애되지 않고 자연을 즐길 줄 아는 청고한 관리의 한가한 모습을 표현한 것이다.

연대는 아득하다, 새로 관직 기록하네.[37]　　　年代悠悠鳥紀官

돌아와 문 닫으니 마음은 태고 같아　　　還我閉門心太古

티끌세상 기쁨 슬픔 아예 알지 못하겠네.　　　不知塵世有悲歡

대흥[38]으로 가는 주계 나열[39]을 전송하며 두보의 「송공소부」 운을 써서 3수 送羅朱溪烈大興之行 用杜集送孔巢父韻 三首

1

꽃 아래 공작새가 자리 떠 날아가선　　　花下仙禽飛不住

붉은 구름 솟아올라 자주 안개 헤치누나.　　　衝起緋烟碎紫霧

뭇 까마귀 깍깍 울며 사람 말을 흉내 내나　　　群鴉啞啞作人語

어이하여 상림(上林)[40] 숲에 깃들지 못하는가.　　　何不來棲上林樹

그 깃털 인간과는 다른 것을 좋아하니　　　自憐毛羽人間殊

37. 새로 관직 기록하네　원문은 조기관(鳥紀官). 새 이름으로 관직을 기록한다는 '이조기관'(以鳥紀官)의 준말로, 『좌전』에 보이는 '저구씨시마'(雎鳩氏司馬)나 '시구씨사공'(鳲鳩氏司空)·'축구씨사도'(祝鳩氏司徒)·'상구씨사구'(鷞鳩氏司寇) 등을 가리킨다.

38. 대흥　충청남도 예산의 옛 이름이다.

39. 나열　1731~1803. 자는 자회(子晦), 호는 해양(海陽)·주계(朱溪)다. 1753년 진사시에 급제해 여러 내·외직을 거쳤다. 박지원, 홍량호, 성대중 등과 교유했다.

40. 상림　상림원을 말한다. 한나라 무제(武帝) 때 봄과 가을 천자의 사냥을 위해 각종 새와 짐승을 기르던 숲이다. 상원(上苑) 또는 금림(禁林)이라고도 한다. 상림원의 까마귀는 벼슬에 오르지 못한 사람을 의인화한 것으로, 다음 고사에서 나왔다. 당 태종이 이의문을 불러 놓고 까마귀[烏]를 두고 시를 지으라 하였다. 그러자 이의문이 "상림원에 나무가 많기도 한데, 한 가지도 빌려서 깃들이지 못하네"(上林多少樹, 不借一枝棲.)라고 자신의 처지를 비유해 읊었다. 이를 듣고 당 태종은 "앞으로 너에게 나무 전체를 빌려 줄 것이니, 어찌 가지 하나뿐이겠는가?"라고 했다 한다. 『당서』에 보인다.

어이 다시 낮게 날며 지는 해를 원망하리.　　那復低回怨日暮
목마를 젠 언제나 예천(醴泉)[41]의 물 생각하고　　口渴長思醴泉飮
여린 날개 그래도 봉래산 길 찾는구나.　　翅弱猶尋蓬海路
그대 이제 낙척하여 강해(江海)로 향해 가니　　君今落拓向江海
밝은 시절 길이 떠남 뉘 탓인 줄 어이 알리.　　明時長往知誰故
우리는 여태도 화식을 못 끊으니　　吾曹却未斷火食
맑은 이슬 먹고 사는 매미와는 다르다네.　　自異鳴蟬飮淸露
작은 녹봉 받았어도 임금 은혜 배불러서　　幸沾斗祿飽君餘
때로 다시 관복 입고 궁궐 섬돌 오른다오.　　時復烏紗登玉除
인생의 품은 뜻은 서로 뺏지 못하리니　　人生有志莫相奪
그대 옛 책 지니고서 옛집으로 돌아가네.　　君歸舊隱携舊書
오늘날 관각에는 어진 인재 쌓였어도　　卽今館閣儲賢才
주계 나열에 견준다면 응당 그만 못하리.　　若比朱溪應不如

2

도인은 동서남북 어디에든 머무나니　　道人東西南北住
이르는 곳 표무(豹霧)[42]처럼 자취를 숨기리라.　　到處潛藏若豹霧
우연히 떠나가서 연강 현위 되었으니　　偶然去作漣江尉
삼백 그루 매화꽃 모두 다 떨어지리.　　零落梅花三百樹
춥고 주려 처자식도 건사하지 못하는데　　飢寒不足庇妻孥
흰 머리털 성성하니 가는 세월 슬퍼하네.　　華髮居然感遲暮
온갖 일 장차 모두 백안(白眼)으로 보았었고　　萬事都將白眼看
일생에 주문(朱門)의 길 아예 알지 못했다오.　　一生不識朱門路

---

41. **예천**　태평 시대 땅에서 솟아나는 샘으로, 상서(祥瑞)의 하나다.
42. **표무**　『장자』에 "표범이 여러 날 안개 속에서 나오지 않고 그의 털을 빛나게 기른다"라는 구절이 있는데, 여기서 따온 말이다. 자취를 감춘다는 뜻이다.

가슴속의 가고 머묾 자못 쉬운 일이거니 　胸中去留頗容易

백 천 가지 이유 들어 인간 세상 벗어나네. 　擺脫人間百千故

헤어질 때 살구꽃 푸른 하늘 고왔는데 　別時紅杏媚靑昊

이를 제면 붉은 앵두에서 새벽 이슬 떨어지리. 　到日朱櫻滴晨露

호중의 먼어 크기 한 자도 넘을지니 　湖中鮴魚一尺餘

실컷 마셔 잔단 근심 없앨 수 있으리다. 　痛飮可以煩憂除

좋은 시구 하늘가에 떨어짐을 뉘 슬퍼하리 　誰憐佳句落天涯

가만 앉아 장안의 천 권 책을 보내노라. 　坐送長安千卷書

임존성(任存城)[43] 남쪽으로 풀빛이 짙어 오면 　任存城南草色多

단 하루의 그리움이 일 년과 같으리라. 　一日相思一歲如

3

봄날은 느릿느릿 머리 위에 머물고 　春日遲遲頭上住

봄 하늘 막막해라 옅은 안개 자욱하네. 　春天漠漠多輕霧

허공에 매달린 듯 높은 꽃 활짝 피어 　高花的歷如懸空

온통 모두 번화하여 나무조차 뵈지 않네. 　總爲華繁不見樹

순배 잔 이르면 그대여 사양 마오 　杯巡到手君莫辭

만세도 지나 보면 아침저녁 같은 것을. 　萬世過眼猶朝暮

봄바람 쉬지 않는 이런 때를 만났으니 　趁此春風未歇時

돈 생기면 막바로 술집 길로 향하리라. 　得錢且向旗亭路

술집의 수양버들 말을 매어 둘 만하고 　旗亭垂柳可繫馬

어지러이 벗은 신발 모두 다 옛 벗일세. 　履舃紛紛盡舊故

---

43. 임존성　충청남도 예산군 대흥면 상중리 봉수산에 있는 삼국시대의 석축 산성이다.

44. 새우로 눈을 삼고　해파리는 눈이 없어 새우로 눈을 삼는다는 말이 『능엄경찬주』(楞嚴經纂注) 권7에 나온다. 이는 가상에 사로잡히는 중생의 미망을 비유한 것이다. 여기서는 술에 취해 동료들을 따라 어지러이 나서는 모습을 표현한 것으로 보인다.

서로들 불러 대며 새우로 눈을 삼고[44]   相隨任喚鰕爲目

양이 이슬 꺼리듯이 욕먹으며 일찍 가네.[45]   早歸從嗔羊畏露

머리 들어 푸른 하늘 만 리 밖을 바라보니   矯首靑天萬里餘

바다 학은 섬돌에서 길들여짐[46] 즐기잖네.   海鶴不肯馴階除

표연히 긴 읍하고 문 나서 떠나가니   飄然長揖出門去

등에 진 바랑에는 상저서(桑苧書)[47]가 담겼구나.   背負一囊桑苧書

호수(湖叟)를 좇아서 낚싯배 묻자 하나   欲從湖叟問釣艇

망망한 안개물에 어디로 갈 것인가.   茫茫烟水將焉如

석양루[48]에서 옛 생각에 젖어 감회를 적다. 이때 큰형님은 교외 서쪽 별장에 계셨는데, 앞 시의 운을 써서 삼가 지어 부치다 夕陽樓 憶舊志感 時伯氏 在郊西別業 奉寄用前韻

예전 내가 어렸을 땐 성동(城東)에 살았는데   昔我齠齔東城住

---

45. 양이~가네   원문은 양외로(羊畏露). 도암의 「임당우음」(林塘偶吟)에도 "지친 양 이슬 싫어 저물잖아 돌아가네"(疲羊畏露未昏歸)란 구절이 보이는 것으로 보아, 새벽에 이슬이 내리기 전에 돌아감을 이른 것이다. 양처럼 일찍 들어갈 때는 벗들의 조롱을 받는다는 뜻이다.

46. 섬돌에서 길들여짐   원문은 순계제(馴階除). 섬돌에서 모이를 주어 새를 길들임을 뜻한다. 두보의 「남린」(南隣)에 "빈객 아이 즐거움을 익숙하게 보노라니, 섬돌에서 모이 먹는 길들인 참새라네"(慣看賓客兒童喜, 得食階除鳥雀馴.)라 보인다.

47. 상저서   육우의 『다경』(茶經)을 일컫는 말. 당나라 육우(陸羽)는 스스로를 상저옹(桑苧翁)이라 일컬었다. 태상시태축(太常寺太祝)에 제수되었으나 취임하지 아니하고 저술에만 몰두했다. 세상에 전하는 것은 오직 『다경』(茶經) 3권뿐이다.

48. 석양루   인평대군(1622~1658)이 살았던 집의 누각 이름이다. 현재의 서울시 종로구 이화동 27번지가 그 자리다.

오늘날 꽃을 보니 눈에 안개 자욱한 듯.	今日看花眼如霧
그 옛날 마을 터는 너른 밭이 되어 있고	舊時壚落作平田
우물 위 인가에도 옛 나무는 뵈지 않네.	井上人家非古樹
인평궁서 어른들을 모시던 일 생각하니	憶陪長老麟平宮
산에 해가 저물 적에 꽃 꺾어 돌아왔지.	折花歸來山日暮
십 리 길 떨어져 빤히 뵈는 곳인데도	相望之地十里遠
이따금 갈 길 잃고 소리 내어 울었네.	往往啼呼失歸路
지나간 마흔 해가 참으로 잠깐이라.	行年四十眞須臾
흘러감 멈춤 없어 새것조차 낡았구나.	逝者無停新者故
눈 앞 가득 아이들은 장난치며 노는데	兒輩嬉遊滿眼前
나 홀로 구슬피 고로(孤露)[49] 신세 느끼노라.	我獨悽然感孤露
지는 별 창망하게 한 필 남짓 남았는데	返照蒼茫一匹餘
새끼 참새 조잘대며 섬돌 가에 시끄럽다.	啾啾乳雀喧庭除
서산의 사당에다 헌화는 하셨는지	西山祠屋薦花未
며칠 동안 사람 와도 편지는 못 얻었네.	數日人來不得書
열 그루 살구나무 참으로 그리워라	杏花十株眞可念
풍우에도 끄떡않더니 지금은 어떠한지.	風雨不動今何如

〈춘원미인도〉에 쓰다 題春院美人圖

| 지는 꽃잎 비늘처럼 흩날리는데 | 落蘂飄魚鱗 |

---

49. 고로   어려서 부모님을 여의어 고단하고 외롭게 된 신세를 가리킨다.

소나무엔 비췻빛이 흘러넘치네. 　松光流翡翠
다가오는 신발 소리 들은 듯한데 　如聞屨響來
꿈 깨 보니 회랑은 아득도 해라. 　夢斷迴廊遼

〈송지발합도〉에 쓰다 題松枝鵓鴿圖

솔잎 소리 어느새 고즈넉하니 　松聲午寂廖
대낮에도 구슬픔 참아 견디네. 　晝日堪惆悵
목 수놓은 비둘기는 어디서 왔나 　何來繡項鳩
울음소리 빈산에 메아리친다. 　嘅得空山響

차운하여 산으로 돌아가는 현천 원중거를 전송하다
次韻送元玄川還山

말쑥하게 세상 밖서 노년을 기르시니 　蕭然物外養高年
그의 출처 도리어 지사들 아파하네. 　出處翻爲志士憐
맥국(춘천)에 봄은 깊어 나무 기대 집 세우고 　貊國春深因樹屋
작은 배에 낚싯줄은 바람에 쏠리겠지. 　釣絲風捲缺瓜船
단사(丹砂)의 우물가에 신선 인연 저물었고 　仙緣晼晩丹砂井
백안(白眼)의 하늘 아래 세상일 스러지네. 　世事消摩白眼天

슬프다, 작은 수레 머물게 하지 못해   惆悵小車留不得

지는 꽃 옆에 두고 고인께 술 따른다.   故人杯酒落花邊

춘방 송전[50]과 초계문신 이현도,[51] 송화 남인로[52]의 방문을 받고 차운하다 次韻宋春坊〔銓〕李抄啓〔顯道〕南松禾〔寅老〕見訪

서울에 은거함을 내 사랑하니   自愛王城隱

여름날 동산 숲은 맑기도 하다.   林園夏日淸

꿈속에도 산 빛은 변함없는데   夢中猶岳色

가슴에는 솔바람 소리 가득해.   胸次半松聲

나비의 날갯짓에 술은 취하고   蝴蝶飛邊醉

밭 매는 호미 소리 밖은 맑아라.   春鋤叫外晴

가없이 하늘가를 떠올리다가   悠悠天際想

웃으며 흰 구름 이는 곳 가리키네.   笑指白雲生

---

50. **송전** 1741~1814. 조선 후기의 문신으로, 본관은 은진이다. 1774년에 식년 문과에 을과로 급제했다. 1778년 정언(正言)을 거쳐 서상관·사간·덕천군수·대사간·우참찬·좌참찬 등을 두루 역임했다. 정언으로 있을 때는 정조에게 절약과 근검을 강조하는 폐론(弊論)을 상소했으며, 기강을 바로 세워 조정을 욕되지 않게 하고 백성들을 중히 여겨야 한다고 주장하기도 했다. 1790년 덕천군수로 있을 때는 호구와 군정의 병폐를 바로잡을 것을 주장했다. 순조 3년(1803) 대사간으로 있을 때 대왕대비 김씨의 명이 옳지 못하다고 하여 거역하다가 유배되었다.

51. **이현도** 1747년생으로 본관은 전주다. 조부는 이익형(李益馨), 아버지는 이휴(李休). 1778년 정시에 병과로 급제했다.

52. **남인로** 자는 중빈(仲賓)이다. 진사시에 합격하여 진주목사·충주목사를 지내고, 동지돈영부사(同知敦寧府事)를 역임했다.

말 묶은 사립문은 깨끗도 하고	繫馬柴門潔
사람 맞는 하인은 맑기도 하다.	迎人僕隷清
냉이꽃은 들녘에 하얗게 피고	薺花分野色
갈대발에 스미는 실 잣는 소리.	葦箔映繰聲
먼 나무 첫더위를 머금어 있고	遠樹含初暑
외론 매미 갠 하늘에 울어 대누나.	孤蟬破小晴
세월이 손님 접대 재촉하노니	光陰催餉客
초록 오이 차례차례 생겨나누나.	取次綠瓜生

성 동쪽엔 채소 과실 풍부하여서	東城饒菜果
5월의 손님상이 정갈도 하다.	五月客盤清
서늘한 뜻 눈썹 사이 남아 있으니	涼意在眉宇
그대 응당 물 긷는 소리 들었음일세.	君應聽綆聲
뒤섞인 꽃 계절은 차례가 없고	雜花無節序
깊은 숲 맑고 흐림 잃고 말았네.	深樹失陰晴
강과 바다 마침내 깨끗도 하여	江海終瀟灑
나고 듦에 내 삶을 살펴보노라.	行藏觀我生

윤5월 10일에 대보단[53]에서 어가를 모시고 짓다

閏五月十日 皇壇陪駕作

| 안개 끼어 에쁜 누각 보이지 아니 하니 | 不見輕煙淡粉樓 |
| 그 누가 이 땅 위에 황단(皇壇) 있음 알리오. | 誰知壇墠寄青邱 |

신선 노닒 아득하니 한여름은 아니요	仙遊杳杳非中夏
신령한 비 소슬하니 초가을 되었구나.	靈雨蕭蕭作小秋
『심사』(心史)의 천 년 세월 땅은 외려 남아 있고	心史千年猶有地
만 리라 애산(厓山)⁵⁴에는 이미 배가 없는 것을.	厓山萬里已無舟
사람을 만나거든 창평(昌平) 나무⁵⁵ 묻지 마라	逢人莫問昌平樹
석양 길게 깔리니 두견이만 근심겹다.	一例斜陽杜宇愁

북영에서 이호의 시에 차운하다 2수 北營次李〔鎬〕二首

1

행궈 낸 듯 맑은 하늘 먼 데서 소리 나고	漂澼天淸自遠音
둘러친 담 이끼 낀 돌 깊은 숲과 짝하였네.	繚垣苔石伴穹林
나는 물결 흩뿌려 가는 빗발 만들고	飛流灑作三分雨
짙은 초록 둘러쳐서 넓은 그늘 이루었네.	濃綠揍成萬斛陰
말 머리서 읊조리다 부채질 지쳤는데	馬首沈吟團扇倦

<hr>

53. **대보단** 원문은 황단(皇壇). 임진왜란 때 원군을 보내 준 명나라 신종의 은의(恩義)를 기리기 위해 숙종 때 창덕궁 금원(禁苑) 옆에 설치한 제단이다. 영조 때 명나라 의종(毅宗)·태조(太祖)도 합사했다.

54. **애산** 중국의 지명이다. 원나라 지원(至元, 원 세조의 연호) 중에 마지막 거점인 애산이 격파되자, 송나라 말기 충신이었던 육수부가 처자를 먼저 물에 빠져 죽게 하고 자신은 왕을 업고 이곳 바다에 몸을 던져 죽었다고 한다.

55. **창평 나무** 원문은 창평수(昌平樹). 창평은 북경의 지명으로, 여기에 경산(景山)이 있다. 경산은 만세산(萬歲山)이라고도 하는데, 1644년 명나라의 마지막 황제 숭정(崇禎)이 자결한 곳이다. 창평 나무는 숭정제의 비참한 최후를 의미한다.

못가에서 저녁 먹는 화당(畫堂)은 으슥해라.　池邊晩飯畫堂深
궁궐 문과 백악산은 원래 서로 가까우니　金門白嶽元相近
지는 해 마주 보며 본디 마음 얘기하네.　却對斜陽話素心

2

폭포 물 시끄러워 소리 분간 안 되는데　瀑水喧豗不辨音
우연히 말 타고서 구름 숲에 이르렀네.　偶然騎馬到雲林
때때로 새 그림자 연못 속을 돌아들고　時時鳥影廻塘裏
바위 그늘 이따금 이끼의 향내 난다.　往往苔香老石陰
날리는 비 홀연히 담병(譚柄)[56] 따라 잦아지고　飛雨忽隨譚柄細
술 마시는 사람 향해 해는 깊이 가라앉네.　夕陽偏向酒人深
선비라도 은거 탐함 말란 법이 없으니　儒林未必非耽隱
어느 누가 그때에 경쇠 치던 마음[57] 알리.　誰識當年擊磬心

지각에서 더위를 피하며 池閣避暑

숲 속에 날리는 물 각건에 흩뿌리고　樹裏飛泉灑角巾
석문에 홀로 가니 아무도 볼 수 없네.　石門孤往更無隣

---

56. 담병　이야기할 때 손에 잡는 주미(塵尾)를 말한다. 옛사람들은 손에 주미를 들고 서로 청담(淸談)했다고 한다.

57. 경쇠 치던 마음　원문은 격경심(擊磬心).『논어』「헌문」(憲問)에 나오는 말이다. 삼태기를 메고 지나가던 자가 공자가 경쇠 치는 소리를 듣고는, "마음이 있구나, 경쇠를 치는 자여!"(有心哉, 擊磬者.)라고 비평했다 한다.

작은 누각 배보다 깊은 것을 아끼나니   最憐小閣深於艇
한 떨기 연꽃이 취한 사람 감싸누나.   一簇芙蕖擁醉人

그림에 부치다 題畫

키 작은 풀 촘촘히 우거진 사이   茸茸短艸間
돌뿌리에 물 흐름 알 수 있겠네.   知有石根水
새들은 겁도 없이 모이를 쪼고   鳥啄莫相疑
쏴아쏴아 대바람 소리뿐일세.   颼颼風竹耳

어린아이를 노래하다 詠嬰兒

거울 보곤 저인가 의심을 하고   照鏡頻疑我
새소리를 들으면 흉내를 내지.   聞禽忽學渠
그중에 예쁜 것은 기어갈 적에   最憐匍匐處
술 취한 거미처럼 끄덕댐일세.   頭似醉蜘蛛

명을 받들어 『무예도보통지』[58]를 편찬하며 배오개 외영에서 자면서 짓다 奉命編纂武藝圖譜通志 宿梨峴外營作

밤비는 베갯머리 울리어 대고	夜雨鳴高枕
가을바람 들보에서 일어나누나.	秋風生畵樑
연거푸 머무는 곳 경치가 좋아	留連仍勝地
의기롭게 나는 듯 술잔 오가네.	意氣一飛觴
녹봉은 수형(水衡)[59]의 하사함 있고	俸有水衡賜
서책엔 중비(中秘)[60] 향내 사랑스럽다.	書憐中秘香
성조에서 먼 계책 드리우시니	聖朝綏遠略
해박함 명당에 부끄러워라.	該博媿名堂

---

58. 『무예도보통지』 조선 후기의 무예 훈련 교범이다. 정조가 직접 편찬 방향을 잡은 후 규장각 검서관 이덕무(李德懋)·박제가(朴齊家)와 장용영 장교 백동수(白東修) 등에게 명령하여 작업하게 했으며, 정조 14년(1790)에 간행되었다. 다른 군사 서적들이 전략·전술 등 이론을 위주로 한 것임에 비해 이 책은 전투 동작 하나하나를 그림과 글로 해설한 실전 훈련서라는 특징을 지닌다.

59. 수형 한(漢)나라 때의 벼슬이다. 경사(京師)의 하천 및 상림원(上林苑)을 관장하고, 아울러 세무(稅務)를 맡았다.

60. 중비 중서성과 비서성을 합쳐서 부르는 말이다. '중비'(中秘)는 『자치통감』 권136 「제기」(齊紀) 2, '무제 영명(武帝 永明) 4년 2월조'의 '내비서령'(內秘書令)에 대한 호삼성(胡三省)의 주에 "비서성은 대궐 안에 있기 때문에 내비서령이라 부르고, 중비라고도 부른다"(秘書省在禁中, 故謂之內秘書令, 亦謂之中秘.)라고 하여, 비서성(秘書省)만을 말하고 있다. 그러나 중서성(中書省)과 비서성(秘書省)을 가리키는 경우도 있다. 비서성은 궁중의 전적도서기록(典籍圖書記錄) 등을 관장하는 관서이다.

이영에서 밤에 짓다 梨營夜賦

나무 위로 가을바람 담담히 지나가고 　　琪樹西風澹澹過
빈 누각 한 면엔 은하수가 비치었네. 　　虛樓一面鑑銀河
더위 추위 모두가 오래 가진 않으니 　　炎涼總是無多子
새 연꽃 보자마자 다시 시든 연꽃일세. 　　纔見新荷又老荷

최휘조의 은거를 찾아 訪崔暉祖隱居

지는 볕 아스라이 십 리 너머 퍼졌는데 　　落照微茫十里餘
눈 갠 먼 산에 그대 집 숨었구나. 　　遠山晴雪隱君居
일생 출처 공공이 거허에 기댐[61] 같고 　　行藏政似蛩依駏
시구는 수달이 고기 제사 지내는 듯.[62] 　　詩句還驚獺祭魚
나무 기대 집 지으니 그림 속 생애인데 　　畫裏生涯因樹屋
한가한 물색 속에 밭 갈며 공부하네. 　　閒中物色帶經鋤
술안주로 부르고 따름 논하지 아니하니 　　未論酒食相徵逐
모름지기 동성(東城) 향해 편지 자주 부치시게. 　　須向東城數寄書

61. 공공이 거허에 기댐 　원문은 공의거(蛩依駏). 거공은 거허(駏驉)와 공공(蛩蛩)이라는 두 짐승을 말하는데, 이들은 항상 궐(蟨)이라는 짐승의 부양을 받고 산다. 궐은 잘 달리지 못하므로, 궐에게 위험한 일이 생기면 이들이 궐을 등에 업고 달아난다고 한다.
62. 수달이~지내는 듯 　원문은 달제어(獺祭魚). 『예기』에 "1월에는 수달이 고기를 제사 지내고, 9월에는 승냥이가 짐승을 제사 지낸다"(孟春之月獺祭魚, 季秋之月豺祭獸.)라고 했다. 고사와 전거를 잔뜩 늘어놓았음을 말한다. 여기서는 최휘조의 식견이 높다는 의미로 썼다.

현천자 원중거가 숙직 중 지은 시에 차운하다 次元玄川直中

현천자 원중거는 우뚝도 하여	壁立玄川子
지금 세상 참으로 짝할 이 없네.	於今實寡儔
은혜로이 온종일 아껴 주시니	惠應終日愛
가난해도 석양을 근심치 않네.	貧不夕陽憂
깨끗이 산자락에 돌아가고자	皎潔歸山袂
나부끼며 바다 배에 몸을 실었네.	飄搖入海舟
일흔 살 가까운 줄 알고 있지만	稀年知孔邇
벼슬길 쉬겠다고 감히 말하랴.	恩仕敢言休

용만에서 비에 막혀, 학산부사의 시에 차운하다[63]
滯雨龍灣 次鶴山副使韻

답답한 서행 길 푹푹 찌진 않아도	鬱鬱西征火未流
요하의 남북은 가면 응당 가을이리.	遼河南北去應秋
『황화집』(皇華集)[64] 안에다가 빠진 일 첨가하고	皇華集裏添遺事

---

63. **용만에서~차운하다** 1790년 2차 연행 당시 의주에서 지은 작품이다. 박제가는 이해 5월 건륭제의 만수절 진하사절단으로 출발하여 10월에 돌아왔다. 사행의 정사는 황인점(黃仁點), 부사는 서호수(徐浩修), 서장관은 홍문관 교리 이백형(李百亨)이었다. 박제가는 유득공과 함께 종사관으로 수행했다. 열하에서 닷새를 머물렀다. 철보(鐵保), 장문도(張問陶), 웅방수(熊方受), 석온옥(石韞玉), 장상지(蔣祥墀), 나빙(羅聘), 백조(白照) 등과 교유했다. 51제 63수의 시를 남겼다. 뒤에 서호수는 『연행기』를, 유득공은 『열하기행시집주』(熱河紀行詩集註, 일명 『난양록』)를 남긴다. 용만은 의주의 다른 이름이다.

〈왕회도〉(王會圖)[65] 가운데에 원유를 의탁하네. 　　王會圖中托遠遊

마이산(馬耳山)[66] 잇닿은 곳 수레 방울 울리니 　　馬耳山連車鐸響

압록강 물결 끼고 술 배를 띄우노라. 　　鴨頭波夾酒船浮

내일 아침 하릴없이 이별을 근심 마소 　　明朝莫漫愁離別

3경에 비바람만 수루(戍樓)에 가득하다. 　　風雨三更滿戍樓

풍진에 터럭 셈은 괴이할 것 없나니 　　風塵無怪鬢星星

양관곡(陽關曲)[67] 또 듣고서 역정(驛亭)을 오르노라. 　　又聽陽關上驛亭

벌판이 가까워서 산 기운 늘 어둑하고 　　近磧尋常山氣黑

강을 끼고 열린 하늘 빗줄기만 푸르구나. 　　夾江空闊雨絲青

인가 연기 다한 곳은 외로운 수루인데 　　人煙極處猶孤戍

갈대숲 나란할 제 이별 물가 보이누나. 　　蘆葦齊時見別汀

하늘 닿은 갈림길에 고향 나무 아득하여 　　岐路連天鄉樹遠

두 걸음 뗄 때마다 한 번씩 멈춰 서네. 　　二分行到一分停

---

64. 『황화집』　조선 접대관과 명나라의 사신이 창화한 시집이다. 조선 시대에는 중국에서 사신이 오면 원접사(遠接使)를 의주까지 보내고, 이들을 맞아 서울에 들어오게 했다. 사신이 돌아갈 때에는 원접사를 반송사(伴送使)로 개칭하여 다시 의주까지 전송하게 했다. 『황화집』은 세종 32년 (1450)부터 23회에 걸쳐 간행되었고, 영조 49년(1773)에 한 질로 합본하여 중간되었다.

65. 〈왕회도〉　천자에게 조회하는 각국 사신들의 모습을 나타낸 그림이다. 1998년, 7세기 당나라에 사신으로 간 고구려·백제·신라 3국 사신의 모습이 세밀히 묘사된 그림이 사진으로 공개되어 화제가 된 바 있다.

66. 마이산　의주의 객관 북쪽 압록강 가의 통군정에서 바라보이는 압록강 건너에 있는 산이다. 지금은 호산(虎山)이라고 한다.

67. 양관곡　원문은 양관(陽關). 위성곡(渭城曲)의 다른 이름으로, 송별곡이다. 원이(元二)가 안서 (安西) 지방의 사신이 되어 떠날 때 왕유가 지어서 부른 시 가운데 "위성에 아침 비 가벼운 티끌 적시니, 객사엔 푸릇푸릇 버들 빛이 싱그럽다. 그대여 한 잔 술 다시금 마시게나, 서쪽으로 양관 나서면 친구가 없을걸세"(渭城朝雨浥輕塵, 客舍青青柳色新. 勸君更盡一杯酒, 西出陽關無故人.)라는 구절이 있는데, 이를 악부에 넣어 만든 이별곡이 바로 양관곡이다.

7월 6일, 세하[68]를 건너 관묘참에 묵다 七月六日 渡細河宿關廟站

명 받잡고 천 리 길 건너가는데	銜命越千里
수레를 몰아 감에 쉬지도 않네.	驅車猶未休
5경이라 관묘엔 비가 내리고	五更關廟雨
세하의 조각배엔 가을이 왔다.	一葉細河秋
봉화 연기 등진 채 사람은 가고	路人烽煙背
수수밭 저 너머로 하늘은 길다.	天長蜀黍頭
이전에 연경 계주 지나던 객은	從前燕薊客
변방의 근심까진 몰랐으리라.	應不識邊愁

조양사[69]에서 朝陽寺

산천 모습 어느새 바뀌었으니	山川旣云邁
계절은 다시금 어떠하리오.	節序復何如
견우성 가물가물 어두운 저녁	杳杳牽牛夕
아스라이 북두성을 이고 있누나.	迢迢戴斗墟
불등 기대 해맑은 인연을 맺고	清緣依佛火

---

68. 세하　내몽골 지역에서 발원한 물줄기로, 대릉하와 연결된다. 서호수의 『연행기』에 따르면, 박제가 일행이 세하를 건넌 날은 7월 5일이다.

69. 조양사　중국 요령성 조양현에 있었던 절로 보인다. 조양현은 본디 연행 노정 중에 들어 있지 않은데, 이해에 일정상 사신들은 북경에 들르지 않고 광녕시에서 곧장 서북쪽으로 열하에 이르는 길을 잡았다. 연행사들이 이 길을 이용한 것은 이때가 유일하다.

새로 온 공문서를 번역한다네.[70]　　　　　新聞譯番書

다시 찾아온다고 말은 못하고　　　　　　敢道重來未

변방의 관문에서 꿈속에 드네.　　　　　　邊門夢亦初

조양[71]을 슬퍼하며 哀朝陽

대릉하(大凌河)[72] 물줄기는 동으로 흐르는데　　大凌河水向東流

끝도 없는 황토 흙이 나그네 배 삼키누나.　　無限黃泥閼客舟

저물녘 노랫소리 어디서 이르는가　　　　日莫歌聲何處至

선방(宣房) 호자(瓠子)[73] 옛일이 시름을 자아내네.　宣房瓠子使人愁

---

70. 새로~번역한다네　서호수의 『연행기』에 따르면 사신 일행이 조양현의 관제묘에 묵을 때, 열하에서 만주 글자로 작성된 공문서를 보내왔기에 청역(淸譯)으로 하여금 번역하게 했다고 한다.

71. 조양　서호수의 『연행기』에 따르면, 박제가 일행이 대릉하(大凌河)를 건너고 조양을 경유한 것은 1790년 7월 9일의 일이다.

72. 대릉하　중국 요령성 서부의 강줄기를 합처 요동만으로 흘러드는 강으로 길이가 397킬로미터, 유역 면적이 2만 200제곱킬로미터이다. 북쪽의 노노아호산(努魯兒虎山)과 남쪽의 흑산(黑山)에서 발원하여 객나심좌익몽고족(喀喇沁-左翼蒙古族) 자치현 대성자(大城子) 동쪽에서 합류하여 북동쪽으로 흐른 뒤 북표시(北票市) 대판(大板) 부근에서 다시 남동쪽으로 흘러 능해시(凌海市)를 거처서 요동만으로 흘러든다. 연행사들이 금주(錦州)에 들어가기 전에 반드시 건너야 했던 강이다.

73. 선방 호자　서한(西漢) 원광(元光) 3년에 황하가 호자(瓠子)에서 범람했는데, 이로부터 이십여 년 뒤에 무제가 호자의 둑을 다시 만들어 그 자리에 궁을 짓고 선방궁(宣房宮)이라 이름 지었다. 『사기』 「하거서」(河渠書)에 보인다.

밤에 영감사[74]에서 유득공·이희경과 함께 앉아서

靈感寺夜坐 同柳惠甫李十三

지붕 위로[75] 달이 뜨고 푸른 안개 맑은데	月上觚稜淨綠烟
마름풀 빈 섬돌에 쓸쓸히 앉아 보네.	空階荇藻坐僑然
청산은 지난날 흥중부(興中府)[76] 적 얘기하고	靑山舊說興中府
옛 절은 지금까지 철목(鐵木)[77] 시절 전해 주네.	古寺猶傳鐵木秊
금오리 향로 향이 식자 바로 발을 내리고	金鴨香寒繞下箔
풀벌레 울음 슬퍼 선담(禪談)도 그만두네.	艸蟲聲切罷談禪
우리들 세 사람 평생토록 적적하니	平生寂寂吾三子
구변(九邊)[78]의 절반 여행 그 누가 알아줄까.	誰識行裝半九邊

---

74. 영감사 조양시(朝陽市)에 있던 절의 이름. 요나라 때 영감사였다가, 청대에 그 자리에 관제묘가 세워졌다고 한다. 이 당시에는 영감사란 이름도 통용되었던 것으로 보인다.

75. 지붕 위로 원문은 고릉(觚稜). 전당(殿堂)의 가장 높고 뾰족하게 나온 모서리로, 궁궐이나 경성(京城)을 가리킨다. 여기에서는 영감사를 말한다.

76. 흥중부 조양현(朝陽縣)으로 요에서는 흥중부(興中府), 원에서는 의주노흥중주(懿州路興中州), 명에서는 타안위계(朶顔衛界)라고 했다. 청나라 초기에 삼좌탑통판(三座塔通判)을 설치했다가 뒤에 승격시켜 조양현으로 하고 영덕부(永德府)에 예속시켰다.

77. 철목 칭기즈 칸을 이른다. 철목진(鐵木眞)은 칭기즈 칸의 이름인 테무친의 한자식 음차다.

78. 구변 명나라 때 9개 처의 변경(邊境), 곧 요동(遼東)·계주(薊州)·선부(宣府)·대동(大同)·산서(山西)·연수(延綏)·영하(寧夏)·고원(固原)·감숙(甘肅)을 말한다.

열하에서 시랑 철보[79]가 보내온 시에 차운하다

熱河 次鐵侍郎〔保〕寄示韻

만리장성 북쪽으로 돌아 나와서	繞出秦城背
동국에서 온 나와 서로 만났지.	相逢我自東
예물도 나누기 전[80] 사귐 맺으니	契曾先縞紵
천하 사방 노니는 뜻[81] 이루었도다.	遊不負桑蓬
거침없는 시 이야기 통쾌하였고	落落談詩快
나는 듯 말 오를 젠 씩씩하였네.	翩翩上馬雄
헤어진 후 스무 해가 지나갔지만	別來逾卄載
붓 잡자 오몽(吳蒙)[82]에게 부끄럽구나.	援筆媿吳蒙

---

79. 철보　만주 사람으로, 자는 야정(冶亭)이다. 시에 능하고, 특히 글씨를 잘 써서 유용(劉墉)·옹방강(翁方綱)과 나란히 이름을 떨쳤다. 『유청재전집』(惟淸齋全集)·『백산시개』(白山詩介)·『회상제금집』(淮上題襟集)과 「유청재첩」(惟淸齋帖)·「예림소중」(藝林所重)이 전한다.

80. 예물도 나누기 전　원문은 선호저(先縞紵). 춘추전국시대 오나라의 계찰(季札)이 정나라를 찾아갔다. 그는 정나라의 자산을 보자 예전부터 서로 알고 있었던 것처럼 했고 명주로 만든 띠를 주었다. 그러자 자산은 그 답례로 모시로 만든 옷을 계찰에게 선물했다. 오나라 땅에서는 명주를 귀히 여기고 정나라 땅에서는 모시를 귀하게 여기므로, 각기 자기가 귀하게 여기는 바를 주었던 것이다. 그래서 생겨난 말이 호저(縞紵)이며, 고사를 좇아 벗 사이에 선물 또는 깊은 정을 주고받는 것을 나타내는 것을 의미한다.

81. 천하~뜻　원문은 상봉(桑蓬). 천하를 위해 일해서 공명을 세우고자 하는 뜻이다. 옛날에 남아가 출생하면 뽕나무 활에 쑥대 화살을 당기어 장래에 천하를 위하여 큰 공을 세우기를 빌며 천지 사방에 쏘았으므로 이르는 말이다.

82. 오몽　삼국시대 오나라의 명장 여몽(呂蒙)을 가리킨다. 오하(吳下)의 여몽은 꽉 막혀 융통성이 없는 무식자라는 뜻이다. 오하는 곧 오나라. 오나라의 여몽이 처음에 무식했으므로, 손권(孫權)이 그에게 "국사를 하려면 학문을 해야 한다"고 충고했는데, 그후로 그는 열심히 공부하여 학식이 높아졌다. 그리하여 뒤에 노숙(魯肅)이 그의 등을 쓰다듬으면서 "지금은 학식이 해박하여 그 옛날 오하의 여몽이 아니구나"라고 했다. 『삼국지』(三國志) 「오지」(吳志)에 보인다. 여기서는 오몽 같은 진전이 없는 자기 솜씨가 부끄럽다는 뜻이다.

안남국 이부상서 호택후 반휘익[83] · 공부상서 무휘진[84]에게 주다[85] 2수 贈安南吏部尙書潘輝益灝澤侯 工部尙書武輝瑨

1

풍(馮)과 이(李)[86] 시 지어 마음 나누던	馮李題襟日
동국 안남 옛일이 전해 온다네.	東南故事傳
별들은 하늘 밖에 펼쳐져 뵈고	星看規外布
무소는 물속에서 잠을 잔다지.	犀有水中眠
아득히 주강(珠江)[87]에는 비가 내리고	杳杳珠江雨
유자창에 안개가 부슬거린다.	霏霏橘戶烟
그릴수록 그대는 더욱 멀어져	相思君更遠
그대 나라 이르면 해 바뀌겠네.	到國已經年

2

문자 같음 계요(桂徼)[88]로 징험을 하고	同文徵桂徼
일은 달라 염주(炎洲)[89]라 말을 한다네.	異事說炎洲
통포(筒布)[90]는 매미 날개보다 가볍고	筒布輕蟬翼

---

83. **반휘익**　안남(安南, 지금의 베트남) 사람으로, 이부상서를 역임하고 호택후(灝澤侯)에 봉해졌다.
84. **무휘진**　안남 사람으로, 호는 일수거사(一水居士)이다. 공부상서를 역임했다.
85. **안남국~주다**　정조 14년(1790)에 연행할 때, 북경에서 같은 외교적인 목적으로 청나라에 온 안남국(安南國)의 이부상서 반휘익(潘輝益), 공부상서 무휘진(武輝瑨)과 시를 화답했다.
86. **풍과 이**　원문은 풍이(馮李). 풍은 안남 사람 풍극관(馮克寬)이고, 이는 조선의 이수광(李晬光)이다. 만력 정유년(1597)에 풍극관과 이수광이 옥하관(玉河館)에서 시를 주고받은 일이 있었다.
87. **주강**　중국 남쪽 광주(廣州)에 있는 강이다.
88. **계요**　요(徼)는 변방의 뜻. 중국의 변방으로 조공함을 말한다.
89. **염주**　십주(十洲)의 하나로 신선이 거주하는 곳이다. 팔방의 큰 바다 가운데 조주(祖洲) · 영주(瀛洲) · 현주(玄洲) · 염주(炎洲) · 장주(長洲) · 원주(元洲) · 유주(流洲) · 생주(生洲) · 봉린주(鳳麟洲) · 취굴주(聚窟洲) 등 10주가 있다. 염주는 남염부주라 하는데, 남쪽에 있는 세계를 뜻한다. 여기서는 안남을 가리킨다.

화로 향은 신기루 양 피어오르지.	爐香起蜃樓
매실 익는 장마철에 사신 왔다가	征衫梅子雨
여지 익는 가을 되어 돌아간다네.	歸夢荔芰秋
편지를 전하고자 마음먹어도	我欲傳書札
만 리 배라 연락이 닿을 길 없네.	難憑萬里舟

반휘익 등에게 차운해 부사 서호수를 대신하여 짓다[91]
次韻潘輝益等 代副使作

내 집은 삼한 땅의 동쪽 끝에 있는지라	家在三韓東復東
남쪽 나라[92] 소식은 통하기가 어려웠지.	日南消息杳難通
나그네 먼 데 오매 성사(星槎)가 움직였고	行人遠到星初動
천자께서 높이 있어 사해가 하나라오.	天子高居海旣同
동주술[93]은 진실로 긴 밤을 보낼 만해	挏酒眞堪消永夜
나는 수레 어이하면 긴 바람 따를 거나?	飛車安得溯長風
알겠구나, 밤마다 그대 고향 가는 꿈이	知君夜夜還鄕夢
구진(鉤陳)과 표미(豹尾)[94]의 사이에 있는 줄을.	猶是鉤陳豹尾中

90. **통포** 베트남에서 나는 옷감이다.
91. **부사 서호수를 대신하여 짓다** 서호수의 『연행기』(燕行紀) 제2권에 이 작품이 실려 있는데, 경술년(1790) 7월 19일 기록에 안남의 이부상서 반휘익과 공부상서 무휘진과 각각 칠언 율시 한 수씩을 보내면서 화답했다. 서호수가 무휘진의 칠언 율시에 화답한 것이 이 작품인데, 서호수가 직접 화답한 것이 아니라 초정에게 짓게 한 것으로 보인다.
92. **남쪽 나라** 원문은 일남(日南). 안남국을 말한다.
93. **동주술** 원문은 동주(挏酒). 말젖〔馬乳〕으로 만든 술이다.

피서산장에서 황제가 베푼 연회에 참여하다. 앞 시의 운을 써서 陪宴避暑山莊 用前韻

하늘이 연경 내고 또 열하 만드시니	天作燕京又北東
산과 내 날며 춤춰 만방으로 통하였네.	山川飛舞萬方通
황장(皇莊)⁹⁵은 성대하여 천문(天門)⁹⁶이 열리었고	皇莊鬱鬱開閶闔
역관들 수도 없이 회동관(會同館)⁹⁷서 일을 보네.	譯館遙遙辨會同
이역 손님 관과 의복 아침 해에 빛나고	蠻客冠衫輝早旭
몽고 왕 수레바퀴 실바람과 다투는 듯.	蒙王車轂鬪輕風
황규(黃袿)⁹⁸와 비취 깃이 서로 함께 만나는 곳	黃袿翠尾相逢處
이내 몸은 천상⁹⁹의 꿈속에 놓였는 듯.	身在勻天一夢中

94. **구진과 표미** 별자리의 이름이다. 구진은 북극에 가장 가까운 6개 별 중의 하나다. 대제(大帝)의 자리로서 천자가 거처하는 곳이다. 『진서』(晉書) 「천문지」(天文志)에 보인다. 표미는 전거가 분명치 않다. 원래는 천자의 행차 뒤에 따르는 속거(屬車)의 장식으로, 가장 뒤에 있는 수레에 걸어 둔 것이다. 『한서』「양웅전」(揚雄傳)에 보인다. 여기서는 베트남이 자리한 분야의 별을 가리키는 뜻으로 썼다.

95. **황장** 명·청 시대 황실의 직할 토지이다.

96. **천문** 원문은 창합(閶闔). 전설 속 천문으로, 궁문(宮門) 혹은 도읍의 성문을 말한다.

97. **회동관** 원문은 회동(會同). 원·명·청대에 외국 사신을 소견 접대(召見接待)하는 관청이다. 명대에는 병부에 속하여 역체(驛遞) 사무를 주로 했으나, 홍치(弘治) 후에는 거의 예부에 속했다. 청대 후에는 병부에 속한 것은 북경의 황화역 사무를 맡았고, 예부에 속한 것은 사신 접대 사무를 맡았다. 사역관(四譯館)까지 합하여 회동사역관(會同四譯館)이라 칭했다. 『명회전』(明會典)·『청회전』(淸會典)에 보인다.

98. **황규** 황마괘(黃馬褂)라고도 하는데, 청대 관복의 하나다.

99. **천상** 원문은 균천(勻天). 균천(鈞天)이라고도 하는데, 아홉 하늘 중의 하나다. 맨 중앙에 위치한 하늘로, 상제가 있는 곳이다. 『여씨춘추』(呂氏春秋)「유시」(有始)에 보인다.

고북구[100] 가는 길에 古北口道中

먼 구름 금세라도 떨어질 듯이	遠雲危欲墮
석양 볕에 닿을 듯 낮게 깔렸네.	偏向夕陽低
사신[101]은 가을바람 맞으며 가고	漢節秋風裏
장성은 고목의 서편에 있네.	秦城古木西
큰물은 흘러흘러 멈추지 않고	大河流不息
너른 들의 기운은 늘 아득하다.	平野氣常迷
이 세상 누가 내 맘 알아주려나	海內誰知己
유유히 말발굽에 길을 맡기네.	悠悠信馬蹄

저물녘에 밀운[102]에 닿다 暮抵密雲

유주와 연경 길을 두루 지나며	歷歷幽燕道
수레에서 먼 데 노닒 기록하였네.	車中記遠遊
해 저문 푸른 산엔 소 떼와 양 떼	牛羊青嶂夕
가을 든 백단(白檀)[103] 땅서 말을 타누나.	鞍馬白檀秋

---

100. **고북구** 북경 북쪽 만리장성에 있는 관문의 이름이다. 북방 이민족을 방비하기 위해 쌓은 것이다. 고북구의 역사적 의의에 대해서는 박지원의 「야출고북구기」(夜出古北口記)에 자세하다.

101. **사신** 원문은 한절(漢節). 한절은 본래 한나라 때 외국에 사신으로 가는 사람에게 황제가 내린 부절을 뜻한다. 이후 일반적인 사신을 나타내는 말로 쓰였다.

102. **밀운** 북경 외곽에 있는 고을로, 열하를 가기 위해 지나야 하는 곳이다. 박지원의 「일야구도하기」(一夜九渡河記)는 이곳을 배경으로 지어진 것이다. 열하를 먼저 들렀다가 고북구를 지나 북경으로 가는 도중에 지은 작품이다.

말 그치자 시냇물 소리 들리고	人靜溪初響
안개 빗겨 나무는 허공에 뜬 듯.	烟橫樹欲浮
어여뻐라 풍악이 울리는 그곳	最憐歌吹地
홍루에는 등불 빛이 가득하구나.	燈火滿紅樓

한림관에서 선산 장문도[104] · 한림서길사 개자 웅방수[105] · 수찬 탁암 석온옥[106] · 단림 장상지[107]와 게를 먹고 함께 짓다 翰林館 同張船山〔問陶〕熊吉士介玆〔方受〕石修撰琢菴〔韞玉〕蔣丹林〔祥墀〕食蟹共賦

부들자리 꿈에서 놀라 깨 보니	忽驚蒲葦夢
한림원 술자리는 가을이로다.	公館酒帆秋
스스로 무장객(無腸客)은 좋아하지만	自信無腸客
감주 있는 고을은 저어하누나.[108]	翻愁有監州

103. **백단**　밀운의 옛 이름이다.
104. **장문도**　1764~1814. 자는 중야(仲冶)이고, 선산(船山)은 그의 호다. 사천성(四川省) 수녕현 (遂寧縣) 출신으로 1790년에 진사가 되었다. 한림원서길사에서 도찰원어사(都察院御史)와 이부낭 중(吏部郎中)을 지냈고, 산동성(山東省) 내주부지사(萊州府知事)로 옮긴 다음 퇴관했다. 소주(蘇 州)에 살면서 강소(江蘇)와 절강(浙江) 지방을 두루 돌아다녔다. 시에 능했고, 경관 시대(京官時代) 에는 홍량길(洪亮吉)과 가장 친밀하게 지냈다. 그가 원매(袁枚)에게 인정받게 된 계기를 만든 것도 홍양길이었다. 청나라 때의 사천성 출신 시인 가운데 제1인자로 일컬어졌으며, 성령설(性靈說)을 신봉하는 그의 참신하고 서정적인 작풍은 많은 사랑을 받았다. 서화에도 일가를 이루었다. 저서로 『선산시초』(船山詩草) 26권이 있다.
105. **웅방수**　광서(廣西) 영강(永江) 사람으로 호는 정봉(定峯)이다. 당시 한림서길사였다.
106. **석온옥**　장주(長洲) 사람으로, 도학에 조예가 깊었고 당시 몸가짐이 근실하기로 유명했다.
107. **장상지**　당시 벼슬이 한림서상(翰林庶常)이었다.

석류 껍질 절반을 쌓아 놓은 듯[109]   榴房堆半殼

두 눈에선 참새 똥이 일어나누나.   雀矢起雙眸

가짜 게인 팽기(彭蜞)[110]는 분명 아니니   不是彭蜞誤

먹을지 말지는 뜻대로 하게.   須君任去留

양봉 나빙이 매화를 그린 부채에 시를 써서 가정[111]으로 돌아가는 수재 전동벽에게 주다

題羅兩峯畫梅扇面 贈錢秀才東壁歸嘉定

우연히 그림 보러 길 나섰다가   偶爲看畫出

사찰[112]에서 좋은 벗 만나 보았네.   蕭寺得佳朋

사람들 하나같이 옥골 재사요   人是家家玉

---

108. 스스로~저어하누나　송나라 초에 통판(通判) 벼슬을 설치하여 지주(知州)의 권한을 분산했는데, 감주(監州)는 통판의 이칭이다. 당시 전곤(錢昆)이라는 사람이 게를 무척 좋아하여 일찍이 외직을 구하며 사람들에게 이렇게 말했다. "게는 많이 나고 감주가 없는 고을을 얻으면 좋겠다." 그뒤 소동파도 시를 지어, "군왕께 아뢰어서 외직을 얻으려 해도, 게는 없고 감주 있는 고을일까 걱정이네"(欲問君王丐符竹, 但憂無蟹有監州.)라 한 바 있다. 명나라 유변(兪弁)이 지은 『일노당시화』(逸老堂詩話)에 보인다. 무장객은 게의 별칭이다. 뱃속에 창자가 없다 하여 이렇게 부른다.

109. 석류 껍질~쌓아 놓은 듯　원문은 유방(榴房). 여기서는 게의 등딱지가 석류 껍질처럼 생겼다는 뜻이다.

110. 팽기　채모(蔡謨)가 외지로 부임할 때 강을 건너다가 팽기(蟛蜞)를 보고 기뻐하며 잡아 삶게했다. 그러나 입에 넣었다가 이내 뱉어 내며 게가 아닌 줄 알았다. 『진서』(晉書) 「채모전」(蔡謨傳)에 보인다.

111. 가정　중국 상해 근처에 있는 고을 이름이다.

112. 사찰　원문은 소사(蕭寺). 남조의 양(梁)나라 무제(武帝)가 사원을 짓고 자신의 소씨 성을 따라 소사라 부른 일이 있었다.

꽃잎도 송이송이 빙옥 같구나. 花仍箇箇氷

한 가지로 서글픔 만들어 내니 一枝成悵惘

짧은 이별 애석해 마음 상하네. 小別惜瞢騰

가정 땅은 풍류의 고장이거니 嘉定風流地

고운 그대 중흥에 속해 있구려. 多君屬中興

백암 오조[113]가 그린 〈석호과경도〉 두루마리에 쓰다

題白菴吳[照]石湖課耕圖卷

오가만은 범가만과 잇달아 붙어 있어 吳家灣接范家灣

예부터 시인들 이 사이를 오갔다네. 終古詩人此往還

다만 하나 푸른 산을 내 홀로 즐기지만 只一靑峰吾自樂

백안으로 티끌세상 내려봄은 아니라오. 非關白眼傲塵寰

구름 산의 사찰은 남조 시절 떠올리고 雲山蕭寺記南朝

호숫가의 인가는 그림 속에 아득하네. 湖上人家畫裏遙

아무리 십 년 동안 홍진에 살았어도 縱使十年趨紫陌

가슴속의 강호야 없애기 어려우리. 胸中丘壑定難消

---

113. **오조** 강서(江西) 사람으로, 당시 『설문편방고』(說文偏傍考) 등의 저서가 유행했다. 서법에 능했는데, 특히 묵죽을 잘 그려 사람들이 '강서묵죽'(江西墨竹)이라 불렀다. 〈석호도〉(石湖圖)는 나빙의 그림이다. 오조는 박제가에게 청해 이 그림 머리에 '석호어은'(石湖漁隱)이란 글씨를 받았다. 그런데 이를 본 옹방강이 태평성대에 '은'(隱)을 일컬음은 마땅치 않다고 하자, '어은'(漁隱)을 '과경'(課耕)으로 바꾸었고, 박제가도 고쳐 써 주었다.

나빙의 묵죽과 묵란에 쓰다 題兩峯畵竹蘭草

도인이 대나무를 그릴 적에는　　　　　道人畵竹時
도리어 색상 따라 일으키지만,　　　　　還從色相起
그대 보게 대나무 그린 뒤에는　　　　　君看竹成後
신묘함 겉모습에 있지 않다네.　　　　　妙不在形似

캐는 사람 없다고 말하지 말게　　　　　莫說無人釆
향기 나지 않아도 상관없다오.　　　　　非關爾不香
애오라지 한 떨기 꽃받침으로　　　　　聊將一孤萼
살며시 봄볕에게 미소 보내네.　　　　　含笑答春光

나빙의 아내 방씨 완의의 『반격시집』에 쓰다[114]

爲兩峯內子方氏婉儀書其半格詩卷

『당운』 베낀 신선 인연[115] 가볍지 않고　　　寫韻仙緣重
시 지어도 부덕은 맑기만 했네.　　　　　圖詩婦敎淸
문재는 유서(柳絮)[116]보다 윗길에 서니　　　才應低柳絮

114. 나빙의~쓰다　나빙의 아내 방씨(方氏)가 시화에 능한 것은 당대에 유명한 일로, 많은 사람이 부부의 시화 인연을 특기했다. 여기에 대해서는 고인문(雇麟文)이 편한 『양주팔가사료』(揚州八家史料, 上海人民出版社, 1962)의 「나빙」(羅聘) 편에 많은 자료가 실려 있다. 그밖에 나빙의 회화 세계에 대해서는 진금릉(陳金陵)의 「나빙(羅聘)의 회화와 조선 친구」·『미술사논단』 2(한국미술연구소, 1995)를 참조.

그 집안의 연원이 동성에 있네.[117]	第本出桐城
자잘해도 모두 다 명리(明理)에 맞고	瑣細皆名理
고고함은 그 또한 성정이었네.	孤高亦性情
저승의 시 모임은 쓸쓸하리니	夜臺吟社冷
뉘 다시 나횡(羅橫)[118]을 생각하리오.	誰復念羅橫

나빙이 『한규음사권』을 꺼내 보여 주었다. 이때는 방씨가 죽은 지 삼 년이 지났다. 兩峯出示寒閨吟社卷, 時方氏下世已三載矣.

선산 길사와 이별하며 別船山吉士

참담해라, 다정하여 귀밑머리 쉬이 세니	憨愧多情鬢易華
세 갈래 길 비추는 해 견딜 수 있으려나.	可堪斜日照三叉
이별 마음 하염없이 깃발처럼 펄럭이고	離心脈脈依風蠹
고운 말은 우수수 꽃잎처럼 떨어지네.	綺語霏霏落槳花
예전 비 지금 구름 꿈속과도 같은데	古雨今雲如夢裏

115. 『당운』 베낀 신선 인연 전설에 따르면, 당나라 대화(大和) 말년에 선녀 오채란(吳彩鸞)이 종릉(鍾陵) 땅에서 서생 문소(文簫)를 만났다. 문소가 가난하여 오채란의 『당운』(唐韻)을 베껴 써 팔아서 생계를 꾸렸는데, 뒤에 두 사람 모두 범을 타고 신선이 되어 갔다고 한다. 진원정(陳元靚)이 지은 『세시광기』(歲時廣記)에 보인다.
116. 유서 진(晉)나라 사씨의 딸이 「미약유서풍기」(未若柳絮風起)란 시에서 눈을 버들가지에 비유한 사실에서부터, 여자의 뛰어난 문재를 가리키는 말이 되었다.
117. 동성에 있네 동성(桐城)은 안휘성(安徽省)에 있는 고을 이름으로, 청초의 문장가 방포(方苞)가 이곳 출신이다. 나빙의 아내 방씨(方氏)가 방포의 집안임을 말한 것이다.
118. 나횡 당나라 시인 나은(羅隱). 그의 본명이 횡(橫)이다. 시재가 출중했으나 추남이어서 연모한 여인과 사랑을 이루지 못했다. 나빙을 나횡에 견줘 말했다.

맑은 연기 높은 나무 하늘가에 있는 것을.　　　澹烟喬木是天涯

그대 이제 성원(醒園)[119]으로 돌아가 묵게 되면　君歸試向醒園宿

남해 시편 가운데서 우리 사가(四家) 말해 주오.　南海篇中說四家

단림서상[120]을 위하여 그 대인의 설동시에 차운하였다. 설동은 호북에 있는데 임원이 아름다운 곳이다. 천하에서 이에 화답한 자가 천 명이 넘는다. 爲丹林庶常 次其大人雪洞詩韻 雪洞在湖北 有林園之勝 天下和之者 千有餘人矣

한가로이 나 홀로 내 고향 즐기나니　　　　蕭閒吾自樂吾鄕

누대에서 평호 보면 만곡 물결 서늘하리.　樓瞰平湖萬斛凉

하늘가 외론 구름 길게 노래하면서　　　　長嘯孤雲天一握

흰 이슬 물 가운데 내림을 그리노라.　　　相思白露水中央

백 이랑의 유란(幽蘭)은 이소(離騷)의 가락이요[121]　幽蘭百畮離騷譜

좋은 약 참동계는 장생의 비방이라.　　　大藥參同壽世方

119. **성원**　우촌 이조원(李調元)의 본가는 나강(羅江)의 운룡산(雲龍山) 아래에 있는데 그 원 이름을 성원(醒園)이라 했다. 원에는 연못과 무성한 대숲이 그윽한 경치를 이루어 아래로 잔강(潺江)을 굽어보고 있다.

120. **단림서상**　주대의 관명이다. 명 태조는 서길사라는 벼슬을 두어 문학과 서법에 뛰어난 진사를 선발하여 임용했다.

121. **백 이랑의~가락이요**　유란(幽蘭)은 난초를 말한다. 굴원의 「이소」에도 유란에 대한 용례가 보인다. 본문은 이를 염두에 둔 표현으로 보인다.

122. **갈매기와 약속 지킨**　원문은 구로맹(鷗鷺盟). 물가에서 한가로이 노니는 갈매기와 백로를 벗으로 삼는다는 뜻으로, 세속을 초월하여 산림에 은거하는 것을 말한다.

갈매기와 약속 지킨[122] 옹은 이미 늙었으니　　　鷗鷺盟成翁老矣

봉황지(鳳凰池)[123]는 뒤에 장차 아랑에게 맡기소서.鳳凰池且付兒郞

선산이 글씨를 써서 보내 준 부채에 적다 題船山書扇見贈

아름다운 선산자 장문도 공이　　　　　有美船山子

검각의 서쪽에서 찾아왔다네.　　　　　來從劒閣西

재주는 양신(楊愼)[124]과 맞겨루겠고　　才堪用脩敵

시구는 우집(虞集)[125]과 나란할 듯해.　句欲道園齊

사람에게 몸 맡긴 새[126] 홀로 아끼고　自愛依人鳥

제 그림자 보는 산계(山鷄)[127] 어여뻐하네.偏憐照影鷄

---

123. 봉황지　의정부의 별칭이다. 옛날 당나라의 중서성(中書省)에 봉황지(鳳凰池)가 있었으므로 중서성의 별칭으로 쓰였다. 후에는 궁궐, 조정의 뜻으로 쓰인다. 자신은 은퇴하여 벼슬을 즐기고, 벼슬하여 세상일에 힘씀은 아들에게 맡기라는 뜻이다.

124. 양신　1488~1559. 중국 명나라의 문학가로 자는 용수(用脩), 호는 승암(升庵)이다. 사천성(四川省) 신도(新都) 출신이다. 1511년 과거에 장원으로 급제하여 한림수찬(翰林修撰)이 되었다. 1524년 계악·장총 등이 기용되었을 때 뜻을 같이하는 동지 36명과 함께 반대 의견을 황제에게 상소했다가 황제의 미움을 사서 평민으로 전락되고 운남(雲南)으로 유배되었다. 경학과 시문에 뛰어났으며, 박학하다는 평판이 높았다. 저서로는 『단연총록』(丹鉛總錄)·『승암집』(升菴集) 등이 있다.

125. 우집　원나라 초기의 문학자로 도원은 그의 호이다. 벼슬은 규장각시서학사(奎章閣侍書學士)까지 지냈다.

126. 몸 맡긴 새　원문은 의인조(依人鳥). 의인(依人)은 남에게 자기 몸을 의탁한다는 뜻이다. 여기서는 북경에 와 장문도에게 의탁한 자신을 그렇게 표현한 것이다.

127. 제 그림자 보는 산계　산계는 꿩을 가리키는데, 물속에 비친 자신의 아름다운 모습에 도취되어 계속 춤을 추다가 탈진해 물에 빠져 죽은 고사에서 차용하였다. 명나라 무명씨의 『비사적록』(比事摘錄)에 관련 고사가 실려 있다.

강남에서 올라온 취두선(聚頭扇)[128] 있어 　　　江南聚頭扇

귀히 여겨 몇 줄 시 적어 보노라. 　　　珍重數行題

초휴 왕학호[129]가 보내 준 그림 부채에 적다

題王椒畦〔學浩〕畫扇見贈

한 폭의 가을 산은 난마준(亂麻皴)[130]의 법이요 　　　秋山一幅亂麻皴

낡은 집 성근 숲엔 점염법(點染法)[131] 새롭구나. 　　　老屋疎林點染新

남다른 정신 사귐 부채에 남았으니 　　　另有神交在便面

꿈속의 그 사람이 그림 속 사람일세. 　　　夢中人是畫中人

128. **취두선**　　송나라 때 고려로부터 전해진 접이식 부채로, 절선(折扇)·접첩선(摺疊扇)이라고도 한다. 처음에는 인기가 없다가 명나라 이후에 크게 유행했다고 한다.

129. **왕학호**　　청나라 때의 사람으로 강남 출신이다. 호는 초휴(椒畦)다. 반정균과 친한 사이였으며, 산수화를 잘 그렸다.

130. **난마준**　　동양화에서 산이나 암석의 굴곡을 그릴 때 주름을 살리는 화법을 준법(皴法)이라 하는데, 난마준은 이 준법 중 하나로 얼기설기 뻗어 있는 삼대처럼 주름을 처리하는 기법이다.

131. **점염법**　　윤곽을 그리지 않고 물감을 찍어 그리거나 번지게 하여 그리는 방법이다.

예부상서 효람 기윤[132]이 보내 준 부채의 시에 차운하다

次韻禮部尙書曉嵐紀公〔昀〕詩扇見贈

우승유(牛僧孺)[133]의 객관에서 시를 지으니	辱題僧孺館
이응(李膺)[134] 수레 탐보다 훨씬 낫도다.	勝御李膺車
부채 펴곤 문채(文采)에 깜짝 놀라고	披扇驚文藻
시 지음엔 정파(正葩)[135]에 부끄럽구나.	陳詩媿正葩
벌레 마음 고니를 그린다 해도	蟲心猶慕鵠
둔한 말로 천리마를 감히 앞서랴.	駑足敢先驊
내 책장 윤택해짐 기뻐하노니	喜我書廚潤
돌아가 옥정 벼루에 붓을 적시리.	歸沾玉井霞

> 선생에게는 옥정연이라고 새겨진 벼루가 있었는데 지금은 학산부사에게
> 돌아갔다. 先生有玉井硏銘硏, 今歸鶴山副使.

---

132. 기윤 1724~1805. 청나라 학자로 자는 효람(曉嵐)·춘범(春帆)이고, 호는 석운(石雲)이다. 시호는 문달(文達)이며, 하북성 헌현(獻縣) 출생이다. 1773년 고종의 칙명으로 『사고전서』(四庫全書) 편집 사업의 총찬수관(總纂修官)으로 십여 년 동안 종사했다. 이때 많은 학자의 협력을 얻어 『총목제요』(總目提要) 200권을 집필했다. 1805년 예부상서 협판대학사(協辦大學士)로 있다가 죽었다.

133. 우승유 779~847. 당나라 문종(文宗) 때의 대신이다. 진사시에 급제하고 조정에 들어 관각의 교감(校勘)이 되었다. 이 구절에는 자신을 낮춰 청나라 『사고전서』 편찬의 중책을 맡고 있는 기윤을 높이는 뜻이 있다.

134. 이응 후한 말기의 명사 원례(元禮)를 가리킨다. 이응은 그의 자다. 환제(桓帝) 때 사예교위(司隷校尉)를 지냈는데, 기강이 무너진 혼란한 조정에서 그만은 유독 엄격한 풍도를 보였으므로 그에게 추천되는 것을 '용문에 오른다'(登龍門)고까지 칭했다. 이응의 수레를 탔다 함은 그에게 크게 인정받아 벼슬이 크게 올랐음을 뜻하니, 기윤의 시에 차운하는 것이 그보다 더 영광스럽다고 말한 것이다.

135. 정파 『시경』의 시를 가리킨다. 한유의 「진학해」(進學解)에 "시경의 시야말로 바르면서도 아름답다"(詩正而葩)라는 말이 있다.

〔부〕 원운 〔附〕原韻

조공하러 왕회(王會)[136]에 달려와서는	貢篚趨王會
시 보따리 사신 수레 쌓아 두었네.	詩囊貯使車
맑은 자태 참으로 바다 학이요	淸姿眞海鶴
빼어난 말 전부가 하늘 꽃일세.	秀語摠天葩
돌아가는 조감(晁監)[137]에 마음 서글퍼	歸國憐晁監
시 지으매 조화(趙驊)[138]의 감회가 드네.	題詩感趙驊
다른 해 그대를 그리는 곳서	他年相憶處
동쪽 향해 붉은 노을 바라보리라.	東向望丹霞

한림 균곡 신종익[139]의 시에 차운하여 준 한 수
次韻辛筠谷翰林〔從益〕見贈之一

넓은 소매 긴 적삼에 도사의 관모 쓰고	廣袖長衫道士冠
거리에서 근심겨워 먼 사람을 바라보네.	攔街愁煞遠人看

---

136. 왕회 천자에게 조공하기 위하여 제후나 번국(藩國)들이 모이는 모임을 말한다.

137. 조감 당나라 현종 때 비서감(祕書監)을 지낸 일본인 아베 나카마로(阿倍仲麿)의 중국 이름으로, 조형(朝衡) 혹은 조경(晁卿)으로도 불렸다. 천보(天寶) 12년(753)에 배로 귀국하던 중 안남(安南)에 표박(漂泊)했다가, 다시 당나라에 온 뒤 70세의 나이로 죽었다. 여기서는 박제가를 대유한 것이다.

138. 조화 당나라 때의 시인이다. 조감(晁監)이 일본으로 돌아갈 때 「송조보궐귀일본국」(送晁補闕歸日本國)이란 시를 지어 주었다. 기윤은 자신을 조화(趙驊)에, 박제가를 조감(晁監)에 견준 것이다.

그대 응당 인재 구함 나로부터 해야 하고[140]	君應買骨先從隗
나는 제후 봉해짐을 그대 앎[141]과 맞바꾸리.	我以封侯抵識韓
만 리에 그리운 맘 꿈속에도 남아 있어	萬里相思魂夢在
헤어짐이 어려워서 천만 번을 서성이네.	千回佇立別離難
한 가지 평생 한을 공연히 보태나니	空添一種平生恨
그날에 경황없어 이야기 다 못함일세.	當日悤悤話未闌

양봉 나빙의 〈귀취도〉 두루마리에 쓰다 題羅兩峯先生鬼趣圖卷

먹물 자국 등 그림자 어지러운 가운데	墨痕燈影兩迷離
〈귀취도〉 완성하곤 한 번 웃음 짓는구나.	鬼趣圖成一笑之
유명(幽明) 이치 이르러선 말할 곳이 아예 없어	理到幽明無處說
애오라지 그 솜씨로 어린아이 놀래키네.	聊將伎倆嚇纖兒

139. 신종익　18세기 청나라 사람이다. 건륭 55년(1790)에 진사시에 급제하여 한림원의 서길사로 선발되었고, 이해 북경에 온 박제가와 만났다.

140. 나로부터 해야 하고　원문은 선종외(先從隗). 선종외시(先從隗始)의 고사를 말한다. 전국시대 제나라에 영토의 태반을 정복당한 연나라의 소왕은 재상 곽외와 그 방법을 의논했다. 곽외가 '어느 임금이 천리마를 구하면서 죽은 말의 뼈를 550금을 주고 사자, 1년도 안 돼 천리마를 가지고 이르는 자들이 줄을 이었다'는 이야기에 비유하여, 먼저 자신부터 등용할 것을 종용한 데서 나온 고사다. 이로써 큰일을 이루려면 먼저 작은 일부터 이루어야 함을 비유한 말로 사용되었다.

141. 그대 앎　원문은 식한(識韓). 뛰어난 인물에게 인사하고 자신의 이름이 그에게 알려지는 것을 영광으로 여기는 것이니, 형주태수(荊州太守) 한조종(韓朝宗)의 인격을 당시의 사람들이 흠모하여 "살아서 한호후(萬戶侯)에 봉해지는 것을 바라지 않고, 한형주(韓荊州)를 한 번 알고자 한다" 했다는 고사에서 나온 말이다.

한림 웅방수·효렴 방훈 형제와 헤어지며 주다 2수

贈別熊翰林〔方受〕孝廉〔方訓〕兄弟 二首

1

자금성 남쪽으로 아침 햇살 비치자	紫禁城南映早曦
조선관 밖 나무는 들쭉날쭉하구나.	朝鮮館外樹參差
화로 재 꺼지고 찻잔도 식었으니	爐灰自陷茶梡冷
이는 정녕 그리움에 말 잊은 때라오.	正是懷人不語時

2

동서로 따로따로 떨어져 거처하니	一東頭住一西頭
쓸쓸타 육기 형제[142] 타관의 삶이여.	蕭瑟機雲旅食秋
무슨 일로 효렴(孝廉)은 열흘간 바빴던고	何事孝廉忙十日
골동품 서화 일로 날 위해 애를 썼지.	鼎彝書畵爲人謀

소자 효렴 웅방훈이 나를 위해 고기(古器)를 구하려고 몸소 유리창에 간 것이 여러 번이다. 紹玆孝廉, 爲余求古器, 自往琉璃廠者, 數矣.

사천으로 돌아가는 장선산에게 주다 贈張船山歸泗川

촉객은 시를 지어 벽계방(碧雞坊)[143]을 묻는데	蜀客題詩問碧雞

---

142. 육기 형제　원문은 기운(機雲). 서진(西晉)의 문장가인 형 육기(陸機)와 아우 육운(陸雲)을 합쳐 부른 말이다. 시문으로 당대에 이름이 높았다. 여기서는 웅씨 형제를 육기와 육운에 견주어 말한 것이다.

나그네 말을 몰아 점제현(黏蟬縣)[144]으로 가네.　　　行人驅馬出黏蟬

돌아보는 곳곳에 그리운 맘 쌓였으니　　　相思摠有回頭處

강물은 동쪽으로 해는 서쪽 향해 가네.　　　江水東流日向西

　　'선'(蟬)의 음은 '제'다. 왕어양이 압운을 잘못하여 '선'(先)운에 따랐기 때문
　　에 이제 이를 바로잡는다. 蟬音提, 漁洋誤押先韻. 故今正之.

이별 후에 양봉 나빙에게 부치다 別後寄羅兩峯

넋 나간 듯 꿈결인 듯 눈물만 흐르는데　　　似癡如夢淚涔涔

허공 속 얽힌 정을 그림 놓고 읊조린다.　　　空裡情緣畫裡吟

어인 일로 하늘 서편 고개를 돌려 보나　　　何事天西回首地

남은 사람 이별 근심 또 가을 그늘일세.　　　殢人離思又秋陰

천 년에 짧은 이별 술에서 막 깨어나서　　　千年小別酒初醒

마음을 활짝 열고 사해 우정 논했었지.　　　四海論交眼盡靑

내 보물은 돈 주고 삼 하나도 없거니와　　　我貨都非銀子買

시 주머니 그림 축에 볼 것 없음 혼자 웃네.　　　詩囊畫軸笑零星

하늘가 누런 잎은 우수수 떨어지고　　　天涯黃葉落來多

---

143. 벽계방　원문은 벽계(碧雞). 사천성 성도(成都)에 있는 마을이다. 여기에 당나라의 시기(詩妓)
설도(薛濤)가 일찍이 머물렀는데, 그가 심은 해당화가 특히 크고 아름다웠다고 한다.

144. 점제현　한나라 때 설치한 현의 이름으로 평양 서남쪽에 있다. 『한서』「지리지」(地理志)에 보
인다. 이 구절은 박제가가 북경을 떠나 조선으로 돌아간다는 뜻이다.

『반격시집』 허망해라 한탄한들 무엇하리.　　半格詩空恨若何

생이별과 사별을 견주어 논한다면　　　　　儻把生離論死別

나소간(羅昭諫)[145]은 두련파(竇連波)[146]를 부러워　羅昭諫羨竇連波
　하였으리.

비단 주렴 선실의 독서성을 떠올리니　　　緗簾禪室憶書聲

꿈결에도 매화는 눈에 환히 비치누나.　　　夢裡梅花照眼明

수레 오른 오늘 마음 시원치 아니함은　　　今日登車心不快

살얼음과 잔설이 이별의 정 울려서라.　　　薄氷殘雪動離情

> 나양봉이 보내온 시에 "살얼음에 잔설 남은 그때 멀리 생각하니, 숲 아래 물
> 가 그대 너무도 그리워라"라고 한 것이 있다. 兩峯見贈詩, 有遙想薄氷殘雪候,
> 定思林下水邊人.

---

145. 나소간　833～909. 소간은 당나라 시인 나은(羅隱)의 자이고, 본명은 횡(橫)이다. 시재가 뛰어났으나 얼굴이 매우 못생겼다. 자신의 시를 사랑한 정전(鄭畋)의 딸을 마음에 품었지만 못생긴 용모로 사랑을 이루지 못하고, 평생 그녀를 그리워했다고 한다.

146. 두련파　송나라 때의 두도(竇滔)를 가리킨다. 그가 진주자사(秦州刺史)로 있다가 죄를 입어 유사(流沙)에 유배되었는데, 그의 아내 소혜(蘇惠)가 남편을 그리며 별자리 그림 위에 회문시를 지어 수를 놓아 보냈다. 이를 소약란직금도(蘇若蘭織錦圖)라 한다. 여기서는 아내 방씨와 사별한 나빙이 오히려 나소간과 두련파 두 사람이 사랑하는 사람과 멀리 떨어져 만나지 못한 것을 부러워한다는 뜻.

평계 왕수재[147]에게 보내다. 평계는 일면식이 없는 나를 위해
내 이름과 자를 새긴 작은 도장 두 개를 보내 주고, 내 글씨를
쓴 부채를 요구하였다. 뒤에 나양봉의 화실에서 교분을 맺었
다. 寄王萍溪秀才 萍溪爲余未面 而刻寄姓名表德二小印 求余書扇 後定交於兩
峰畫所

공령문을 배우지 아니했으니	所學非功令
그 사람 군자라 할 만하도다.	其人君子哉
풍류를 떠올리기 부끄러우나	恥作風流想
문자에 밝은 재주 유독 아끼네.	偏憐爾雅才
사방 한 치 양지옥(羊脂玉)[148] 새기는 동안	羊脂方寸印
파초 잎 작은 술잔 몇 번 돌렸네.	蕉葉數巡栖
노안도 그림 속에 쓰인 글자를	蘆雁圖中字
등불 밝혀 몇 번이나 펼쳐 보았나.	籌燈展幾回

인장 새겨[149] 주시매 느낌 깊으니	感深貽鐵筆
풍류 운치 왕랑(王郞)[150]이라 기뻐하였네.	風致說王郞
시문 재주[151] 장초(章草)[152]에 남아 있으니	書臥留章草
청담은 죽림칠현 연상케 하네.	淸談憶晉裝

---

147. 왕수재 자는 우신(右申)이고, 호는 평계(萍溪)다. 강소성(江蘇省) 송강부(松江府) 청포현(靑
浦縣) 사람으로, 시랑(侍郞) 왕창(王昶)의 아들이다.
148. 양지옥 원문은 양지(羊脂). 고급의 인장석으로 백옥의 일종인데 반투명하고 석질이 꾸득꾸
득하며 빛깔은 양지와 비슷해서 붙여진 이름이다.
149. 인장 새겨 원문은 철필(鐵筆). 도장을 새기는 새김칼인데, 여기서는 초정에서 새겨 준 도장
을 의미하는 것으로 보인다.
150. 왕랑 후한 때 채옹이 그 재주를 극찬했던 왕찬(王粲)을 가리킨다. 왕수재의 성이 같은 왕씨
임을 들어 칭송한 것이다. 채옹이 왕찬을 극찬한 이야기는 『몽구』에 보인다.

일마다 그림의 뜻 담기어 있고	事皆存畫意
말마다 글 향기를 띠고 있구나.	語輒帶書香
보배롭고 소중한 시인의 마음	珍重詩人旨
진령(榛苓)[153]에 흥 의탁함 유장하구나.	榛苓托興長

정 위해 죽으려고 작정했는데	我定爲情死
그댈 만나 단번에 아득해졌네.	逢君一惘然
시절 명성 까치처럼 막 일어나니[154]	時名方鵲起
좋은 집안 끊임없이 이어지누나.[155]	美胄本蟬聯
육예가 오늘날에 돌아왔으니	六藝還今日
어린 나이 삼창(三蒼)[156]에 조숙하도다.	三蒼熟早年
지난번 벗님을 찾아갈 적에	憶曾尋友處

---

151. 시문 재주 원문은 주와(晝臥). 글자대로 풀면 낮잠이지만, 여기서는 시문의 재주를 함축하고 있는 것으로 보인다. 진(晉)나라 때 나함(羅含)이 낮잠을 자다가 꿈에 이상한 새를 보고, 문장이 크게 진전했다는 이야기가 있다. 『진서』(晉書) 「나함」(羅含)에 보인다.

152. 장초 초서의 한 가지로, 한나라 원제(元帝) 때 사유(史游)가 급취장(急就章)의 체에서 만들었다. 일설에는 후한 장제(章帝) 때 두조(杜操)가 이를 잘 썼고, 장제가 그를 칭찬한 데서 유래한다고 한다.

153. 진령 개암나무와 감초인데, 『시경』 「간혜」(簡兮)에 "산에는 개암나무 진펄엔 감초, 그 누가 그리운가 서쪽의 미인이로세"(山有榛, 隰有苓, 云誰之思, 西方美人.)라고 보이는데, 현자가 쇠락한 시대의 변두리 지역에서 포부를 발휘할 수 없어 융성한 시절의 빛나는 임금을 생각한 것이다.

154. 까치처럼 막 일어나니 원문은 작기(鵲起). 명성이 흥기함을 비유적으로 드러낸 것이다. 『태평어람』에 관련 구절이 보인다.

155. 끊임없이 이어지누나 원문은 선련(蟬聯). 벼슬이나 명성이 끊어지지 않고 계속 이어짐을 말한다. 왕평계와 그의 아버지 왕창을 비롯하여, 집안 대대로 명성이 이어져 왔음을 뜻한다.

156. 삼창 『창힐편』(蒼頡篇)·『훈찬편』(訓纂篇)·『방희편』(滂喜篇)을 가리키니, 삼창 3권은 곽박이 주했다. 『창힐편』은 진나라의 승상 이사(李斯)가 지었고, 『훈찬편』은 한나라의 양웅(揚雄)이 지었으며, 『방희편』은 후한의 시중(郞中) 가방(賈魴)이 지었다. 세 편을 합쳤기 때문에 이처럼 이름 붙인 것이다. 『수서』(隋書) 「경적지」(經籍志)에 보인다.

157. 옥하관 원문은 옥하(玉河). 외국 사신이 묵던 연경의 관소 이름이다.

옥하관(玉河館)[157] 물가에서 손을 잡았지.　　　　携手玉河沿

　　평계와 나는 함께 오백암과 증빈곡(曾賓谷)[158]을 옥하의 서쪽 물가 자등사로
　　방문했었다. 苹溪與余同訪吳白菴曾賓谷於玉河西沿紫藤榭.

계문의 안개에 잠긴 나무[159]를 노래하다 賦得薊門烟樹

수은처럼 자욱한 기운이 있어　　　　　　有氣如銀汞
부슬부슬 지면에 깔리었구나.　　　　　　霏霏布地成
들판은 허공 속에 사라져 가고　　　　　　野從空裏斷
하늘은 나무 밑서 환히 밝아라.　　　　　　天入樹根明
고요히 사람 그림자 잠겨 들길래　　　　　靜欲涵人影
말 행렬 사라졌나 의심하였네.　　　　　　深疑沒馬行
갑자기 물가인 듯 착각이 드니　　　　　　頓生洲渚想
수레 장막 돛대인 양 걸리어 있네.　　　　車幔一帆橫

158. **증빈곡**　강서성 남성(南城) 사람 증욱(曾燠)을 가리키는데, 빈곡은 그의 호다.
159. **계문의 안개에 잠긴 나무**　연경 8경 중 하나로, 계주의 아지랑이 낀 숲을 말한다. 햇빛의 반사로 신기루 현상이 일어나는 것으로 유명하다. 연경 8경은 김명창(金明昌)의 『일사』(逸事)에 "거용관의 첩첩한 푸른 산〔居庸疊翠〕, 옥천에 드리운 무지개〔玉泉垂虹〕, 태액의 가을바람〔太液秋風〕, 경도의 봄빛〔瓊島春陰〕, 계문의 내리는 비〔薊門飛雨〕, 서산의 쌓이는 눈〔西山積雪〕, 노구의 새벽달〔蘆溝曉月〕, 금대의 석양빛〔金臺夕照〕을 꼽아 오다가 영락(永樂) 연간에 관각의 제공들이 '계문의 내리는 비'〔薊門飛雨〕를 '계문의 안개 어린 나무'〔薊門煙樹〕로 고쳤더니, 건륭(乾隆) 16년에는 '옥천에 드리운 무지개'〔玉泉垂虹〕를 '옥천의 출렁거리는 물결'〔玉泉趵突〕로, '서산의 쌓이는 눈'〔西山積雪〕을 '서산의 갠 눈'〔西山晴雪〕으로 고치고 계문연수는 계문비우로 환원했다"고 한다.

계주[160]에서 薊州

외론 성은 들 빛을 집어삼키고	孤城呑野色
나뭇잎은 나부껴 모두 다 졌네.	木葉盡飄零
계주 술[161]은 천연의 흰빛 띠었고	薊酒天然白
반산(盤山)[162]에는 푸른빛 남아 있구나.	盤山未了靑
이국의 산천에는 해가 지는데	關河當落日
사신 수레 얼마를 더 가야 하나.	冠蓋幾長亭
스님 만나 안약(眼藥)[163]을 사고 있는데	眼藥逢僧買
찬 까마귀 해 질 녘 뜨락서 우네.	寒鴉噪晚庭

중양절에 사하역[164]에서 沙河驛重陽

바큇자국 희미하고 들국화 시드는데	車轍微茫野菊殘

160. **계주** 서호수의 『연행기』에 따르면, 박제가 일행이 계주를 지난 것은 1790년 9월 6일이다.
161. **계주 술** 원문은 계주(薊酒). 계주 지방에서 나는 술로 맛이 관동에서 제일이다. 연행록 여러 곳에 계주 술에 관한 이야기가 나오는데, 특히 김창업의 기록이 흥미롭다.
162. **반산** 계주(薊州) 북쪽에 있는 산이다. 천진 서쪽 약 140킬로미터 되는 곳에 있는데 위쪽은 소나무, 가운데는 바위, 아래는 물로 유명하다. 기이한 소나무, 기괴한 바위, 맑은 샘물이 모여 '경동제일산'(京東第一山)이라는 미칭을 갖고 있다. 건륭 황제는 "반산이 있는 것을 알았다면 강남에 갔을쏘냐?" 하고 감탄했다 한다. 전하는 바에 따르면, 동한 말년에 전주(田疇)가 헌제(獻帝)의 상을 받지 않고 이곳에 은거했는데, 이때부터 사람들은 전반산(田盤山)이라 불렀고, 줄여서 '반산'(盤山)이라 칭했다.
163. **안약** 계주의 독락사(獨樂寺) 선실(禪室)에 안약(眼藥)이 있는데, 신기한 효험이 있다고 전한다.

옛 다리 흐르는 물에 시든 난초 비치네.　　　　　古橋流水映衰蘭
사하의 비 쓸쓸하게 간간이 뿌리더니　　　　　蕭蕭幾點沙河雨
중양절 바람 불어 한 줄기 길 차갑구나.　　　　吹作重陽一路寒

9월 10일 청묘에서 성인을 알현하다 九月十日謁聖淸廟

가을 벌판 단풍잎 아물아물 누렇고　　　　　　秋原楓葉點微黃
난하는 유유하고 옛길은 황량하다.　　　　　　灤水悠悠古道荒
다만 옛적 기자 땅 나그네 지나다가　　　　　　惟有箕封舊時客
백이 사당 아래서 중양절을 맞누나.　　　　　　伯夷祠下展重陽

청풍대에서 학산부사 서호수의 시에 차운하다

淸風臺次鶴山副使

비간은 세 번 간하고 기자는 숨었으니　　　　　少師三諫父師幽
태공과 더불어 제일류가 되었구나.　　　　　　大老同歸第一流

---

164. 사하역　요동도지휘사사(遼東都指揮使司) 광녕전둔위(廣寧前屯衛)의 동북쪽 40리에 있다. 동으로 30리를 가면 영원위(寧遠衛)의 동관역(東關驛)에 이른다. 또 고령역(高嶺驛)은 광녕전둔위의 서남쪽 35리에 있으며, 서쪽으로는 산해관(山海關)에 들어가는 길이 있다.

천 년 만에 고죽국(孤竹國)[165]을 다시금 찾아오니 　千載重尋孤竹國

흰 구름 붉은 나무 사당엔 가을일세. 　白雲紅樹廟宮秋

우북평[166]에서 　右北平

고죽군 사당 가에 말 세우고 머뭇대니 　孤竹祠邊立馬遲

영평성 너머로 잔물결이 일렁인다. 　永平城外水漣漪

모래바람 일어나 노룡새는 보이잖고 　風沙不辨盧龍塞

수풀 속엔 아직도 사호석이 남아 있네. 　草樹猶傳射虎碑

넓은 소매 긴 적삼은 예전 왔던 나그네요 　廣袖長衫前度客

맑은 구름 가랑비[167]는 청음의 시구로다. 　澹雲微雨舊題詩

지금에 나그네의 귀밑털이 희게 세니 　如今旅鬢凋雙綠

재주가 빼어나던[168] 그 시절 아니라오. 　不似當年脫穎時

---

165. **고죽국**　은(殷)나라 때 고죽군의 두 아들 백이와 숙제의 나라 이름이다. 여기서는 백이 숙제의 사당이 있었던 곳을 말한다.

166. **우북평**　지금의 하북성 영평시(永平市)의 한나라 때 이름이다.

167. **맑은 구름 가랑비**　원문은 담운미우(澹雲微雨). 청나라 때 왕어양이 지은 『감구집』(感舊集)에 청음 김상헌의 시 몇 편이 수록되어 있다. 그중 「소고사」(小姑祠)에 "엷은 구름 떠돌다 소고사에 부슬비 내리니, 국화 빼어나고 난초 시드는 팔월 절기네"(澹雲微雨小姑祠, 菊秀蘭衰八月時.)라는 구절이 있다.

168. **재주가 빼어나던**　원문은 탈영(脫穎). 주머니 안의 송곳 끝이 비죽이 나온 것으로, 재능이 남보다 뛰어나다는 뜻이다. 『사기』「평원군열전」에서 모수(毛遂)가 자신을 추천하는 가운데 나온 말이다.

징해루에서 학산부사의 시에 차운하여 澄海樓次鶴山副使

만 리에 칼바람 쳐 옷자락 휘감으니	罡風萬里攬衣裳
날 듯한 누관은 가로 뻗고 갈석산은 길도다.	飛觀橫連碣石長
바다가 많아야 한 국자[169]임을 알겠으니	竟信滄溟多一勺
얕은 물이 삼상(三桑)으로 변한 것[170] 아니라오.	未應淸淺變三桑
창 열면 연 땅 나무 길 가는 사람 적고	拓窓燕樹行人小
요동 하늘 바라보니 가는 새만 바쁘구나.	彈指遼天去鳥忙
내 그리는 사람은 남국에 계시나니	我有相思在南國
원컨대 조수 따라 유양(維揚)[171]에 닿았으면.	願隨潮水泊維揚

강녀묘[172]에서 학산 선생의 시에 차운하여 姜女廟次鶴山先生韻

지아비를 기다리던 천 년 전 일 아득한데	望夫千載事悠悠
산해관의 바람 안개 자리에 스미누나.	山海風煙坐裏收

---

169. 바다가 많아야 한 국자　건륭제는 심양 길에 자주 징해루를 들러 시를 남겼는데, 1743년에 지은 「재등징해루」(再登澄海樓)에 "내게 한 잔의 물이 있기에, 부어서 동해 바다 물을 삼았네"(我有一勺水, 瀉爲東滄溟.)라는 구절이 있다. 이 시를 새겨 놓은 비석이 지금도 남아 있다.

170. 삼상으로 변한 것　원문의 삼상(三桑)은 세 그루의 부상(扶桑)을 말한다. 부상은 고대 신목(神木)의 이름으로, 이 아래에서 해가 뜬다고 전해진다. 삼상으로 변했다는 것은 상전벽해와 같은 말로, 마고(麻姑)라는 선녀(仙女)가 왕원(王遠)에게 "그대를 만난 이후 동해가 세 번이나 뽕나무 밭으로 변하는 것을 보았다"(接待以來, 己見東海三爲桑田.)라고 한 데서 따왔다. 『신선전』(神仙傳)에 보인다.

171. 유양　강소성 양주(揚州)의 한 지명으로, 지금은 양주시의 유양구(維揚區)가 되었다.

옷 부친 옛적 일이 악부시로 전하나니	剩有寄衣傳樂府
통곡했던 그 일로 역사에 드러났네.	曾因善哭顯春秋
황량한 성 낙엽 질 제 다듬이 소리 구슬프고	荒城落葉砧聲怨
무너진 묘 푸른 이끼 발자취만 시름겹다.	壞廟蒼苔履迹愁
아득히 지아비가 수자리 떠나던 날	遠憶良人征戌日
옥같이 고운 마음 수레에 실었다오.	溫其如玉載粱輈

명나라 사람 왕치중의 시비에 차운하여[173] 次明人王致中詩碑

어이해 말달림을 수고롭다 탄식하리	豈以驅馳歎獨勞
추위 더위 느끼면서 새 솜옷 갈아입네.	感人寒暑換新袍
관문에 해 저물어 시든 버들 드리우고	關門落日依衰柳
성 위의 가을 하늘 수리가 드는구나.	城上秋天入莫鵰
징해루(澄海樓)엔 천 리 밖 먼 풍경 펼쳐졌고	澄海樓窮千里目
열하에서 지은 시는 7분 호기 띠었구나.	熱河詩帶七分豪
마흔 이전 일들을 헤아려 생각자니	思量四十前頭事
꿈속의 푸른 숲에 옛 누각이 솟았구나.	夢裏淸森舊閣高

---

172. 강녀묘 맹강녀의 전설은 중국에서 정절녀에 대한 대명사로 불리며, 소설뿐 아니라 희곡·가곡(歌曲) 등으로도 제작되었다. 진 시황 때 그녀의 남편 기양(杞梁)은 장성 구축에 부역했는데, 그녀가 동복을 만들어 남편을 찾았을 때는 이미 죽었다. 그녀가 성 아래에서 열흘간 통곡하자 갑자기 성이 무너지고 기량의 유해가 나타났다. 장례를 지내고 나서 그녀 또한 유수(溜水)에 몸을 던져 죽었다고 한다. 강녀묘는 지금의 산해관 동쪽 약 6킬로미터 지점에 있는 봉황산 위에 있다.
173. 명나라~차운하여 왕치중이 지은 시는 서호수의 『연행기』 1790년 9월 14일조(『국역연행록선집』 제5책, 368쪽)에 보인다.

산해관을 나서며 느낌을 적다 出關書懷

가을 깊어 해 쉬 저묾 한참을 탄식하다 　　長恨秋深易夕陽
조용히 종이창에 남은 빛을 바라보네. 　　黯然還對紙窓光
무정할손 창문 앞에 한 떨기 국화로다 　　無情也是窓前菊
마음먹고 행장 펼쳐 그림자 바삐 그려 본다. 　　作意離披寫影忙

유관[174]에서 고향을 그리며[175] 楡關望鄕

낙엽 진 장정엔 술집 깃발 펄럭이고 　　長亭黃葉酒旗風
푸른 바다 아득하다 기러기 몇 마리뿐. 　　滄海微茫數點鴻
만리장성 남쪽은 소식이 끊어져도 　　萬里城南消息斷
고향 꿈 달콤하고[176] 달님은 활과 같네.[177] 　　扶桑如薺月如弓

174. 유관　원래 만리장성의 동쪽 끝 관문이 있던 곳인데, 명나라 초기에 여기 있던 돌을 모두 옮겨 산해관을 새로 쌓았다. 지금은 무령현 소속으로 유관이라는 마을만 남아 있고, 옛 관문의 흔적은 찾아볼 수 없다.

175. 유관에서 고향을 그리며　박제가 일행은 1790년 9월 11일에 유관에서 묵었다. 이 시는 그때 지어진 것이다.

176. 고향 꿈 달콤하고　원문은 부상여제(扶桑如薺). 여제(如薺)는 힘겨운 가운데서도 주어진 처지를 달게 받아들인다는 말로, 『시경』 「곡풍」(谷風)에 보인다. 여기서는 부상을 조선으로 보아, 힘든 여정 중에도 달콤하게 고향 생각에 젖어든다는 뜻으로 풀었다.

177. 달님은 활과 같네　박제가 일행이 유관에서 묵은 날은 9월 11일이니, 활과 같다고 함은 이날의 달 모양을 묘사한 것이다.

소흑산에서 9월 22일에 小黑山九月二十二日

고개 드니 세월 흘러[178] 계절 다시 돌아왔고　　　　矯首虹流節又還
마음은 천 리 밖 임 계신 곳[179] 걸려 있네.　　　　心懸千里起居班
가족들은 지금쯤 천애(天涯) 얘기 나누겠지　　　　家人定說天涯話
이 몸은 갈바람 속 소흑산에 있는 것을.　　　　　人在西風小黑山

조씨 집안의 패루[180] 祖家石闕

'사세원융'(四世元戎) 네 글자로 명성을 세우시니　　　元戎四世樹風聲
말 타고 창 잡은 이 모두가 형제였네.　　　　　躍馬橫戈總弟兄
천추토록 석궐을 받들게 하였지만　　　　　竟使千秋銜石闕
그때 장성 허물 줄을[181] 그 누가 알았으리.　　誰知當日壞長城
구름엔 평대 노기[182] 여태도 맺혔는데　　　愁雲尙結平臺怒

---

178. **고개 드니 세월 흘러** 　원문은 교수홍류(矯首虹流). 교수(矯首)는 머리 들어 먼 곳을 바라보는 모양이다. 박제가 일행은 21일 소흑산에서 자고 22일 새벽에 떠났다. 홍류(虹流)는 시인이 바라보는 동쪽 하늘에 어려 있는 햇빛 기운을 말하는 것으로 보인다.

179. **임 계신 곳** 　원문은 기거반(起居班). 이때 기거(起居)는 임금의 언행을 뜻한다. 임금의 언행을 기록하는 관리를 기거주(起居注)라 한다. 기거반(起居班)이란 성어는 없지만, 문맥으로 보아 임금을 보좌하는 반열에 있는 측신들 또는 임금이 계신 곳을 뜻하는 것으로 보인다.

180. **조씨 집안의 패루** 　영원성(寧遠城)에는 지금도 조대수(祖大壽)·조대락(祖大樂) 사촌 형제의 공적을 기념하는 패루가 서 있다. 이들 조씨 일문은 몇 대에 걸친 요동 지역의 군벌 출신으로, 조대수의 아버지 조승훈(祖承訓)은 임진왜란 당시 요동총병으로 3천 명의 군사를 이끌고 제일 먼저 조선에 출정했다. 패루는 돌로 만든 기념비로, 화려한 그림을 정교하게 아로새기고 이들의 공적을 칭송하는 글귀를 새겨 놓아, 연도기관(燕途奇觀)의 하나로 꼽힌다.

후대에 철권(鐵券)[183] 맹세 번드쳐 놀라누나.   異代翻驚鐵券盟

중화로 중화 향해 활을 쏨 수칠러니[184]   羞對南人南向射

그 누가 엄지와 깍지 자국 맞게 했나.   誰敎拇指角痕平

> 조대수의 엄지손가락과 깍지의 안쪽에 난 자국이 딱 맞았다.[185] 이 일은 『국조보감』에 보인다. 祖大壽拇指角環內痕相合. 事見國朝寶鑑.

북진묘에서 의무려산을 바라보며 3수 北鎭廟望醫巫閭山 三首

1

산을 둘러 한 바퀴 다녀온 사이   繞山行一周

천지는 여름에서 가을 되었네.   天地夏爲秋

먼 옛날 연나라가 개국을 하자   邈矣燕開國

---

181. **장성 허물 줄을** 원문은 괴장성(壞長城). 조대수가 금주성·영원성 일대에서 항전하다 끝내 청나라 태종의 회유에 넘어가 투항하고, 이로 인해 산해관이 함락되고 명나라가 망하게 된 사실을 말한다.

182. **평대 노기** 원문은 평대노(平臺怒). 1629년 숭정제가 청나라의 반간계에 넘어가, 산해관 일대를 지키던 장수 원숭환(袁崇煥)과 조대수(祖大壽)를 평대(平臺)로 불러 진노했던 사건을 말한다. 이때 원숭환은 참혹한 형벌을 받아 죽었다. 서호수의 『연행기』 권4(『국역연행록선집』 제5책, 363쪽) 참조.

183. **철권(鐵券)** 철계(鐵契)라고도 한다. 고대에 황제가 공신에게 누대토록 향유할 특권을 하사할 때 증거로 삼는 문건이다. 이 패루에 새겨진 황제의 글귀 또는 이 패루를 세워 준 뜻을 의미한다.

184. **중화로~수칠러니** 조대수가 청나라에 투항한 뒤, 반대로 청나라 편에 섰던 사실을 의미한다.

185. **조대수의~딱 맞았다** 언제나 깍지를 끼고 있어 손가락에 깍지 자국이 생김, 즉 늘 임전 태세를 갖추고 있었음을 일컬은 말이다. 숙종이 신하들을 인견하는 자리에서 효종의 말을 인용하여, 조선 무인들의 안이한 태도를 지적하는 말 중에 나온다. 『국조보감』 권47(민족문화추진회 역, 제5책, 72쪽) 참조.

순임금은 그곳을 유주라 했지.	蒼然舜作幽
흰 구름 천 리에 피어오르고	白雲千里出
폭포는 네 계절 흘러내리네.	懸水四時流
예부터 저 산에 오른 사람들	終古登臨者
반쪽만 본 사람이 대부분일세.[186]	多以半面求

2

깎아지른 산빛을 바라보자니	戌削看山色
언덕 위에 사당 문이 보이는도다.	坡陀見廟門
하늘가에 산골짝 늘어서 있고	界天排衆皺
땅을 헤쳐 깊은 뿌리 뻗어 있구나.	拓地展深根
요왕(遼王)의 저택엔 고목만 섰고[187]	古木遼王邸
하흠(賀欽)[188] 살던 마을엔 까마귀 떼만.	寒鴉賀老村
구멍 뚫린 바위[189] 가서 비석을 찾아	尋碑嵌石畔
이끼 자국 헤치고 글씨를 읽네.[190]	幽讀破苔痕

---

186. 반쪽만~대부분일세 의무려산은 봉우리가 겹겹으로 쌓여 있어 전면을 다 볼 수 없으니, 그 일면만 보고 전체를 짐작했다는 뜻이다. 김창업의 『연행일기』에 보면, 이 산을 예부터 육중산(六重山)이라 불렀다는 기사가 나온다.

187. 요왕의~섰고 서호수의 『연행기』 권4에 의무려산 근처의 광녕위(廣寧衛)를 설명하면서 명대에 요왕(遼王)의 후예(後裔)를 봉해 세우고 요동도지휘사사(遼東都指揮使司)에 예속시켰다고 한 기록이 있다.

188. 하흠 원문은 하노(賀老). 명나라 때 학자로, 백사 진헌장의 제자였다. 의무려산 아래 숨어 살았는데, 이학에 밝고 행실이 돈독하여 이 일대 사람들을 감화시켰다고 한다. 하흠은 조선 사신들이 흠모했던 인물로, 수많은 연행록에 그 관련 기사가 등장한다.

189. 구멍 뚫린 바위 원문은 감석(嵌石). 북진묘 북쪽 뜰에 있는 보천석(補天石)을 가리킨다. 사람들이 바위 아래 구멍을 지나가면 병이 낫는다 하여 치병석(治病石)이라고도 했다.

3

향전은 울긋불긋 번쩍이는데	香殿流金翠
비랑(碑廊)엔 자색 안개 부서지누나.	碑廊碎紫霞
산 이름 『이아』(爾雅)에도 전해지나니	山名傳爾雅
나라 제사 순임금 때 시작되었네.	祀典肇重華
선인석(仙人石) 위에는 낙엽이 지고	葉下仙人石
도사의 집에는 가을이 깊다.	秋深道士家
수레 타고 올라갈 길 재촉하자니	驂騑催上路
구불구불 담장 위로 마음 구슬퍼.	惆悵繚垣斜

첨수참[191] 2수 甛水站 二首

1

부채질 몇 번 않고 다시 솜옷 입었으니	搖扇無多又擁綿
집 떠난 뒤 밝은 달은 다섯 번 둥글었네.	別家明月五廻圓
간밤 꿈에 날개 달아 동쪽으로 날아가니	前宵夢化東飛翼
만 리의 안개 속에 삼한 땅은 가물가물.	滅沒三韓萬里烟

---

190. 글씨를 읽네 북진묘 뜰의 비림(碑林)에는 건륭제의 시를 새겨 놓은 비석 여러 개가 있다. 그 중 성수분(聖水盆: 의무려산의 바위 동굴)을 두고 지은 시에 "조선 사람 시구가 많이도 남았으니, 기자국의 문화가 오늘까지 흘러왔네"(多有朝鮮人勒句, 箕疇文化至今漸.)란 구절이 있어 연행사들의 주목을 받곤 했다.

191. 첨수참 마천령과 청석령 사이 깊은 골짝에 있던 마을이다. 이 마을은 지금도 남아 있는데, 행정지명은 첨수만족향(甛水滿族鄕)이다. 이때 박제가 일행이 청석령을 넘어 첨수참에서 묵은 날은 9월 29일이다. 두 번째 시는 다른 판본에는 안 보이고 『초정전서』본에만 있다.

2

아침 되자 허공 이내 멧부리를 적시고   朝來空翠濕雲根
그윽한 길 사람 없어 이끼 자국 그대롤세.   幽逕無人破蘚痕
얽어 지은 띳집은 수각으로 통해 있고   縛箇茅亭通水閣
온 산의 붉은 잎은 다 지지는 않았구나.   滿山紅葉未全髡

심양잡절 7수 瀋陽雜絕 七首

1

야리하(耶里河)[192] 주변에는 검은 소들 울어 대고   耶里河邊烏牸呼
심양성 밖에는 흰 불탑[193] 서 있구나.   瀋陽城外白浮圖
밤이 오자 비바람에 진흙탕 되었으니   夜來風雨黃泥滑
십리하[194] 길 나선 행인 한시름에 젖는구나.   愁殺行人十里湖

　　　십리하는 이곳 사람들이 십리호라고 잘못 부른다. 여기 참(站)은 진흙탕이 가
　　　장 심한 길이다. 十里河, 土人訛稱十里湖. 此站最多泥潦.

---

192. 야리하　심양 남쪽을 흐르는 강으로 심수(瀋水) 또는 혼하(渾河)라고 한다. 박지원은 『열하일
기』에서 이 강을 고구려 전성기의 패강(대동강)으로 보았고, 신채호는 『조선상고사』에서 고대의 압
록강(아리가람)이라고 주장했다.
193. 흰 불탑　원문은 백부도(白浮圖). 심양과 요양 사이에 백탑보(白塔堡)라는 마을이 있는데, 여
기 있는 흰색의 7층 벽돌탑을 말한다. 옛 연행사들에게 백탑보에서 혼하 사이는 한나절도 걸리지
않는 거리였다.
194. 십리하　원문은 십리호(十里湖). 요양과 심양 사이의 거리는 대략 80킬로미터인데, 그 중간에
있는 마을이 십리하다. 연행사들은 보통 여기서 하루를 묵었다. 봄에 눈과 얼음이 녹으면 길이 온
통 진창으로 변해 연행사들이 크게 고생했던 곳이다.

2

가장 높은 봉우리에 비바람 몰아치면　　　　　　　凄風闌雨最高峰
청석령 슬픈 노래[195] 효종 마음 말해 주네.　　　　青石悲歌說孝宗
선왕 옛 뜻[196] 모두 다 싸늘해짐 서글퍼라　　　　太息紹興都冷了
이제는 사신 수레 날로 서로 만나누나.　　　　　　卽今冠蓋日相逢

3

『사고전서』 새 책을 취진자로 찍어 내니　　　　　四庫新書撝聚珍
문소각 이루어짐 문진각에 응함이라.[197]　　　　　閣成文溯應文津
축덕린은 옹방강과 함께 지냄 흡족하여　　　　　祝公恰共翁公住
지나는 객 옛 친구임 알지를 못하누나.　　　　　不識行人是故人

　　시랑 옹방강은 문소각의 『사고전서』를 교정하기 위해 올여름 심양에 왔다.
　　지당 축덕린도 함께 왔다. 그 날짜를 헤아려 보니 바로 심양을 지날 때였다.
　　翁侍郎方綱爲校正文溯閣書, 今夏來瀋陽, 芷塘祝公德麟同來, 計其日子, 正度
　　瀋時也.

4

낙타가 누운 곳에 라마 승려 있으니　　　　　　　明駝臥處喇嘛僧
옥새가 서쪽 온 뒤 이교가 일어났네.[198]　　　　玉璽西來異教興
절 안의 큰 소나무 잘라 낸 듯 고르고　　　　　　寺裡雲松平似剪

---

195. 청석령 슬픈 노래　　1637년 소현세자와 봉림대군이 인질이 되어 심양으로 갈 때, 봉림대군이
청석령을 넘으며 불렀다는 시조 "청석령 지나거다 초하구 어드메냐……"를 가리킨다.
196. 선왕 옛 뜻　　원문은 소흥(紹興). 옛 뜻을 계승하여 흥하게 한다는 뜻이다. 여기서는 북벌을 계
획한 효종의 뜻이 이젠 흔적도 없이 사라졌음을 말한다.
197. 문소각~응함이라　　건륭제 때 편찬된 『사고전서』는 총 7질이 만들어져 7곳에 수장되었는데,
심양 고궁에 있는 것은 문소각(文溯閣), 열하의 피서산장에 있는 것은 문진각(文津閣)이라 했다.

푸른 산 한 터럭 끝 청 태종 능[199] 보이네.　　　青山一髮見昭陵

5

우리 집안 대호자(大瓠子)[200]는 진작부터 영특하여　吾家瓠老早蜚英

한성의 판윤 되어 조윤(趙尹) 이름 뒤쫓았네.　　京輔曾馳趙尹名

세 번이나 심양에 와 나라 위해 애썼는데　　　三入瀋陽勞更茂

세상 뜬말 그릇되이 정뇌경(鄭雷卿)[201]만 드러내네.　浮言枉著鄭雷卿

　　　택당이 대호에게 준 시에 "경보 벼슬 그대는 조윤을 따르지만, 시신인 나는

　　　이미 종서(終徐)를 사양했네"[202]라 한 구절이 있다. 공은 당시 경기도 관찰사

---

198. 옥새가~일어났네　　1635년 9월에는 몽골에서 원나라의 마지막 황제였던 순제(順帝)의 옥새를 바쳤다. 이는 매우 상징적인 사건이었다. 1636년 4월 칭제 건원(稱帝建元: 황제라 칭하며 독자적인 연호를 제정함)하여 천하의 중심 국가임을 하늘에 알리고 대내외에 천명했다. 청나라는 몽골의 힘을 이용하기 위해 적극적으로 몽골 왕실과 통혼하는 한편 그들의 종교를 받아들였다. 이때부터 심양에는 실승사(實勝寺) 등 라마 사원이 건립되었고, 라마교에 대한 우대는 청조 내내 지속되었다.

199. 청 태종 능　　원문은 소릉(昭陵). 심양에는 청 태조 누르하치의 무덤인 복릉(福陵)과 소릉(昭陵)이 있는데, 이 소릉은 연행로 가까이에 있어 연행사들의 심회를 자극하곤 했다.

200. 대호자　　원문은 호노(瓠老). 박제가의 선조 대호(大瓠) 박노(朴魯, 1584~1643)를 말한다. 그는 병자호란을 전후하여 대청 창구의 일선에서 활약했으며, 1637년에는 소현세자의 빈객으로 심양에 머물다가 삼 년 만에 귀국하기도 했다.

201. 정뇌경　　1608~1639. 1639년 당시 박로와 정뇌경은 모두 심양에서 소현세자를 모시고 있었다. 이때 함경도 출신으로 청나라의 통역을 담당했던 정명수의 행악이 심했는데, 정뇌경은 그 비리를 청나라 쪽에 고발했다가 도리어 무고를 입어 처형 당하고 말았다. 이때 박로는 신중하게 처신할 것을 주장했으므로, 훗날 사람들이 정뇌경의 공적만 높이 사고 박로에 대해서는 상대적으로 폄하했던 사실을 지적한 것이다.

202. 경보 벼슬~사양했네　　『택당속집』 권5에 실린 「차기노직」(次寄魯直)의 한 구절이다. 민족문화추진회 국역본에 따르면, 첫 구는 서울에 몸담고 있는 박노가 경조윤(京兆尹)으로 멋진 정사를 펼친 한(漢)나라의 조광한(趙廣漢)이나 윤옹귀(尹翁歸)처럼 될 수 있는 가능성이 얼마든지 열려 있다는 말이라고 한다. 또 둘째 구는, 택당 자신은 시종신으로서 임금에게 진언(進言)하는 일을 이제 포기하고 시골로 돌아왔다는 말이라고 한다. 종서(終徐)는 한 무제(漢武帝)에게 직간(直諫)을 올린 종군(終軍)과 서악(徐樂)을 가리킨다. 흰 기린[白麟]이 잡혔을 때 종군이 상소한 글과 토붕와해(土崩瓦解)의 위험성을 논한 서악의 상소문이 『한서』 65권 하(下)와 상(上)에 각각 실려 있다.

였다. 澤堂贈大瓠詩, 有京輔子能追趙尹, 侍臣吾已謝終徐之句, 公時畿伯也.

6

서문엔 수레와 말 누런 먼지 가득하니	西門車馬漲黃塵
시정은 번화하여 격세지감 새롭구나.	市井繁華隔世新
어느 곳 찬 연기에 푸른 피를 묻었던고	何處寒烟埋碧血
어디에도 삼신(三臣)[203]을 조문할 곳 없구나.	此間無地弔三臣

7

분명찮던 나리(羅李)[204]의 일 진작에 밝혀졌고	曾明羅李難明案
세 신하 순사한 날 다시금 증명됐네.[205]	復證三臣致命辰
여색을 좋아하듯 나는 새 책 사랑하여	我愛新書如好色
자주 연경 드나듦을 사람들은 비웃누나.	時人還笑入燕頻

나덕헌과 이확의 일이 『전운시』에 보인다. 나는 무술년에 이를 보았다. 홍
익한 등 삼학사가 순절한 일도 『황청개국방략』에 보인다. 羅德憲李廓見全
韻詩, 余於戊戌見之, 洪翼漢三學士死節事, 見開國方略中.

---

203. 삼신　1637년 척화했다는 이유로 심양에 압송되어 처형 당한 홍익한·윤집·오달제 세 사람
을 가리킨다. 서문은 당시 세 사람이 처형 당할 때 나갔던 문이기 때문에 1·2구에서 말한 것이다.
204. 나리　나덕헌(羅德憲)과 이확(李廓)은 1636년 4월 청 태종이 건원 칭제하는 행사에 조선 사
신으로 참여했는데, 끝내 황제를 인정하지 않아 온갖 수모를 당하고 귀국했다. 이때 청 태종의 국
서를 가지고 오다가 연산관에서 버리고 왔다. 하지만 조선에서는 이들의 행적을 의심했는데, 나중
에 사실이 밝혀져 존주사업(尊周事業)에서 그 공로를 인정받았다.
205. 세 신하~증명됐네　삼학사가 처형 당할 때 공식적으로 참관한 조선 사람이 없어, 18세기 후
반에 이를 때까지 이들의 최후에 대한 이견이 분분했다. 그러다가 1780년경에 간행된 『황청개국방
략』을 보고 삼학사가 순사한 날을 알게 되었다는 뜻이다. 삼학사에 관한 기사는 『황청개국방략』 권
24에 짤막하게 나온다.

요양 遼陽

돌밭에 띳집으로 사람 마을 만드니	石田茅屋作人寰
쌀밥에 고깃국도 모두 다 관심 없네.	飯稻羹魚摠等閑
가슴속에 툭 트인 마음 있지 아니하면	不有胸中空闊想
그 누가 만 겹 산을 능히 뚫고 나오리.	誰能穿出萬重山

봉성에 돌아와서 내각의 여러 동료에게 부치다
還到鳳城 寄內閣諸寮

긴 여정에 버드나무 여태도 그대론데	長程楡柳尙依依
맑은 가을 사신은 만 리 길 돌아왔네.	玉節淸秋萬里歸
말 위에서 보는 산천 한량 없는 술[206]이요	馬上山川無限酒
북경을 떠도는 넋 약간의 옷이로다.	日邊魂夢若干衣
노랫소리 성 가운데 넘쳐남 기뻐하다	喜聞歌吹城中遍
숙직 중에 문서가 드물던 때 떠올리네.	更憶文書直裏稀
나에겐 영롱한 얘깃거리 있으니	我有玲瓏談柄好

206. 한량 없는 술 원문은 무한주(無限酒). 이백의 「배시랑숙유동정취후」(陪侍郎叔游洞庭醉後) 셋째 수에 "파릉의 무한주에, 동정호 붉게 취했네"(巴陵無限酒, 醉殺洞庭秋.)란 구절이 있다. 동정호를 모두 술에, 그리고 그 가운데 군산(君山)의 붉은 단풍을 술 취한 것으로 비유한 것이다. 홍만종의 『시평유보』(詩評遺補)에 소개된 성혼(成渾)의 시에도 "어찌하면 세간의 다함없는 술 얻어서, 제일 높은 누각 위에 혼자 올라 볼거나"(安得世間無限酒, 獨登天下最高樓.)란 구절이 있다. 여기서는 온통 가을빛으로 물든 산천, 그리고 그 산천이 끊임없이 마음을 취하게 한다는 이중적인 뜻으로 쓰인 것이다.

돌아가면 함께 묵음 어기지 마시게나.　　　　到時期宿莫相違

책문[207]에 머물며 留柵門

불볕 따라 떠났다가 눈과 함께 돌아오니　　　行逐朱炎與雪廻
멀리 난수[208] 보고 황금대(黃金臺)[209]로 내려왔네.　遠窮灤水下金臺
물결 헤치고 바람 타는[210] 그 뜻 실로 이뤘지만　眞成破浪乘風志
높이 올라 시를 짓는 재주[211]는 아니라네.　　　不是登高作賦才
만 리에 가을 깊어 누런 잎도 줄어들고　　　　萬里秋深黃葉少

---

207. 책문　책문은 중국 자료에서 보통 봉황성 변문·봉황문 등으로 표기하고 있으나, 1896년에 제작된 『이십세기중외대지도』(二十世紀中外大地圖) 중 「성경도」(盛京圖)에서는 책문을 '고려문'(高麗門)이라 표기하고 있다. 『성경통지』(盛京通志) 권16, 「관애」(關隘)에는 "봉황성으로부터 서쪽으로 산해관에 이르기까지 둘레 1천8백여 리에 총 17개의 문이 있다. 각 문마다 지키는 관병을 두었으며, 그 주위로는 장정들을 선발해 거주하게 했다"는 기록이 있다. 소재영 외, 『연행노정, 그 고난과 깨달음의 길』(박이정, 2004) 참조.

208. 난수　내몽골에서 고북구를 거쳐 내려오는 조하(潮河)의 다른 이름이다. 이 조하가 백하(白河)와 만나 북경 쪽으로 흘러와 노하(潞河)로 합류한다. 여기서는 대략 북경 안의 물줄기를 뜻하는 것으로 쓰였다.

209. 황금대　원문은 금대(金臺). 전국시대 연나라 소왕은 현명한 자질의 소유자로, 결단 난 나라를 이어받은 뒤 치욕을 씻을 뜻을 품고 현신을 얻으려고 간절히 생각했다. 그리하여 곽외(郭隗)의 말을 듣고 황금대를 개축하자 산동(山東)의 호걸들이 소문을 듣고 다투어 연나라에 온 결과 마침내 악의(樂毅)를 얻어 영토를 수복할 수 있었다. 이후에 황금대의 고사는 현신과 호걸 등을 불러 모으는 지방을 가리키는 곳으로 사용되었다. 황금대의 위치에 대해서는 역대로 이견이 구구한데, 여기서는 북경 일대를 범칭한 것이다.

210. 물결 헤치고 바람 타는　원대한 뜻을 품어 고난을 두려워하지 않고 용감하게 전진한다는 뜻이다. 『송서』(宋書) 「종각전」(宗慤傳)에 종각이 어릴 때 자신의 포부를 말하며 "긴 바람을 타고 만리의 물결을 헤지고 싶습니다"(願乘長風破萬里浪)라고 한 데서 유래한다.

중원 땅 다하자 압록강이 흘러오네.　中原地盡大江來
집 편지에 평안하단 소식을 얻은 뒤라　家書已得平安字
변문에 이르러서 탁주잔 기울인다.　潦倒邊門濁酒盃

탕참에서 묵다 宿湯站

하늘가 꿈에서 점차 깨나니　漸覺天涯夢
북경의 편지와 자주 만나네.　頻逢日下書
애양(靉陽)[212]의 산세는 곱기만 하고　靉陽山婉孌
탕참의 나무는 무성도 하다.　湯站樹扶疎
살쩍은 시권(詩卷)으로 옮기어 가고　鬢髮輸詩卷
바람 연기 사신 수레 뒤따라오네.　風煙屬使車
오늘 새벽 서리 기운 가득한 속에　今晨霜意中
나그네의 마음만 하릴없어라.　游子意何如

211. 높이 올라 시를 짓는 재주　『모시전』(毛詩傳)에 "높은 곳에 올라 능히 시를 짓는다면 대부가 될 수 있다"(登高能賦, 可以爲大夫.)는 말이 있는데, 높은 관리가 될 만한 능력이 없다는 뜻으로 쓴 것이다.
212. 애양　봉황산 북쪽을 지나 압록강으로 들어가는 애하(靉河) 일대를 가리키는 것으로 보인다.

우촌 이조원에게 부치다 寄李雨村

살아서 간운루(看雲樓)²¹³를 만나 보지 못하고	生來不見看雲樓
먼 사람 만 리 밖의 거친 고을 돌아왔네.	萬里人歸磊落州
촉도(蜀道)²¹⁴의 푸른 하늘 먼 이별에 탄식하고	蜀道靑天嗟遠別
진풍(秦風)²¹⁵의 백로 시에 또 깊은 가을일세.	秦風白露又深秋
듣자니 벼슬 자취 왕사정(王士禎)²¹⁶을 좇는다고	纔聞宦迹追貽上
게다가 문장은 양승암(楊升庵)과 맞겨루리.	還把文章配用修
머문 지 십 년에 일판향(一瓣香)²¹⁷을 얻었으니	留得十年香一瓣
낙랑 땅 서쪽에서 꿈길만 아득해라.	樂浪西畔夢悠悠

213. **간운루**　이조원의 당호이자 시집 제목이다. 『청장관전서』 35권, 「청비록」 4에, "이조원은 키와 비등할 만큼 많은, 『간운류집』(看雲樓集) 24권·『정와잡기』(井蛙雜記) 10권·『제과난언』(制科讕言) 10권·『미자헌한담』(尾蔗軒閒談) 10권·『오대시토』(五代詩討) 100권을 지었다. 또 『촉시선』(蜀詩選)과 『촉소』(蜀巢)를 찬했는데, 『촉소』는 장헌충(張獻忠)의 일을 기록한 것이다. 이조원의 시는 보무가 등양(騰驤)하고 편폭이 전척(展拓)되어 한 번 읽을 적마다 가슴이 후련하며 웅장 수려하고 광활 통달하여 그 끝을 볼 수 없다"라는 기록이 보인다.
214. **촉도**　중국의 사천성(四川省)으로 통하는 험준하고 가파른 길이다. 「촉도난」(蜀道難)은 이백이 촉도의 험난함을 묘사하여 현종의 서행(西行)이 불리함을 풍유한 시. 여기서는 이조원이 사천성의 지방 관리로 파견되어 북경에서 만날 수 없었던 사정을 말한 것이다.
215. **진풍**　『시경』의 국풍(國風) 가운데 하나. 이 중에 "갈대는 푸르고 흰 이슬은 서리가 되네"(蒹葭蒼蒼, 白露爲霜.)라고 한 구절이 있다. 군자로서 훌륭한 포부를 갖고 있으나 시대를 만나지 못함을 탄식하는 내용이다. 이조원이 뛰어난 능력을 지니고 있으면서도 지방관으로 전전하는 상황을 탄식한 것이다.
216. **왕사정**　1634~1711. 중국 청대의 시인이다. 자는 자진(子眞) 또는 이상(貽上)이고, 호는 완정(阮亭)·어양산인(漁洋山人)이다. 본문은 왕어양이 했던 벼슬을 이조원이 하고 있음을 말한 것이다.
217. **일판향**　원문은 향일판(香一瓣). 일주향(一炷香)과 같은 말로, 스승의 연원을 계승하는 것이다. 불교 선종에서 장노(長老)가 법당을 열고 도를 강할 때에 향을 피워 제삼주향(第三炷香)에 이르면 장로가 "이 일판향을 나에게 도법(道法)을 전수해 주신 아무 법사에게 삼가 바칩니다"라고 말하는 데서 인용한 것이다.

시랑 옹방강에게 부치다 寄翁侍郎

우뚝이 금석문(金石)은 세상에서 빼어나고	蕭然金石出風塵
긴 노래 붓 떨구면 구절마다 신묘하네.	落筆長歌句有神
나도 몰래 청담(淸談)이 한 격조 높아지니	不覺淸談高一格
소재(蘇齋) 선생[218] 문하에서 향 피운 사람일세.	蘇齋門下瓣香人

추사 강덕량에게 부치다 寄贈江秋史

가슴속의 고고도(考古圖)[219]를 스스로 믿으시니	自信胸中考古圖
거리 가득 가짜 화첩 근심스레 보았다네.	愁看贋帖遍街衢
강추사 선생께 정녕 말씀 올리나니	丁寧寄語江秋史
원우 시절 글씨[220]는 다시 볼 수 없는지요?	元祐人書再覯無

218. 소재 선생 원문은 소재(蘇齋). 소재는 옹방강(翁方綱, 1733~1818)의 호다. 그는 청나라의 학자이자 서예가로 호는 담계이고, 자는 삼정(正三)이며, 순천(順天) 대홍(大興) 사람이다. 탁월한 감식력으로 많은 제발(題跋)과 비첩(碑帖)을 고증했고, 시론에서는 의리와 문사(文詞)의 결합을 주장한 기리설(肌理說)을 내세웠다. 주요 저서에 『양한금석기』(兩漢金石記)·『한석경잔자고』(漢石經殘字考)·『초산정명고』(焦山鼎銘考)·『소미재난정고』(蘇米齋蘭亭考)·『복초재문집』(復初齋文集)·『석주시화』(石洲詩話) 등이 있다.

219. 고고도 중국 송나라의 여대임(呂大臨)이 1092년에 지은 금석(金石) 도록(圖錄)이다. 『박고도』(博古圖)·『고옥도』(古玉圖)와 함께 3고도라 이른다. 비각(秘閣)·태상(太常)·내장(內藏) 외에 개인 수집품을 분류하고 그림으로 나타내어 출토지 및 기명(器名)을 적고 설명을 덧붙였다.

220. 원우 시절 글씨 원우는 송나라 철종의 연호로 1086년부터 1093년까지다. 이 시기 송나라의 대표 서예가 소식, 황정견, 미불, 채경 등이 활동했다. 원우 시절 글씨는 이들의 글씨를 두고 한 말이다.

지산 송보순에게 부치다 寄贈宋芝山〔葆淳〕

주고받은 시와 그림 세상에 가득한데 揭來詩畫滿人間
십 년을 집 떠나와 돌아가지 못했구려. 十載辭家遂不還
낙척하게 묻혀 지냄 모두 뜻에 맞으니 落拓沈冥都可意
송지산을 맞이하여 모름지기 취하리라. 政須邀醉宋芝山

헤어지며 주다〔짧은 서문이 있다〕 贈別〔有小序〕

나는 5월에 임금께 하직 인사를 올리고 열하로 갔다. 다시 연경에 이르러
만수연에 참례하였다. 서산의 원명원(圓明園)[221]을 왕래한 것이 거의 40일
이었다. 돌아오는 길에 압록강을 건너던 저녁, 부르시는 명이 있어 3백 리
를 말달려 나는 듯이 서울에 당도하였다. 다시 표문을 가져가는 관리로 군
기시정에 승보되었다. 다시 연경을 가려고 평양관에 이르렀는데, 연광정
에서 양지현감 사거 이홍상을 만나 이별을 말하고 회포를 적는다.

余以五月辭陛赴熱河. 還至燕京, 參萬壽宴. 往來西山圓明園者, 幾四十日. 復路渡鴨之
夕, 有召命, 騎三百里, 飛撥抵京. 復以賷表官陞軍器正. 再赴燕京, 到平壤館, 于練光
亭, 遇李陽智(鴻祥)斯擧, 話別志懷.

---

221. 원명원 북경의 서직문(西直門)의 동산으로, 청나라 세조(世祖)가 번저(藩邸)에 있을 때에 하
사된 것이다. 옹정(雍正) 이래로 매년 초봄에 여기에서 청정(聽政)하는 것을 상례로 했다. 함풍(咸
豐) 때 영불 연합군(英佛聯合軍)에게 불태워졌다.

한 해 동안 거마 타고 하늘가 두 번 가니 一年車馬再天涯

관하에서 맞잡은 손 두 살쩍 희게 셌네. 握手關河兩鬢絲

서국에서 몇 번이나 봉급을 받았던가 書局幾曾輪月俸

이영에서 말 다투며 춘사(春詞)[222]를 지었었지. 黎營競說賦春詞

이홍상과 나는 함께 『동국여지승람』을 찬수했다. 군함(軍銜)[223]의 녹을 먹은 것이 반년이었다. 또 일찍이 명을 입어 장용영의 춘첩자[224]를 지었다. 李與余, 同撰修輿地勝覽. 食軍銜祿半歲. 又嘗被命, 製壯勇營春帖子.

세상 드문 은혜 영광 그대 함께 입었으니 恩榮不世君同被

험난함 닥친대도 내 감히 사양할까. 夷險當前我敢辭

게다가 타향에서 반가운 벗 만남 기뻐 且喜他鄉青眼在

좋은 노래 지어서 그대에게 붙이노라. 好將歌曲付紅兒

패수 물가에서 지은 절구 浿上絕句

강가 성은 눈 내릴 듯 저절로 아득한데 江城雪意自茫茫

굽어 도는 물가엔 백 척의 돛대 있네. 復有廻汀百尺檣

---

222. **춘사** 기유년(1789) 정조의 명령으로 이덕무가 장용영에 서국을 열고 『해동읍지』를 편찬했다. 이때 박제가와 이홍상이 함께 참여했다. 춘사는 이때 입춘에 지은 시를 말한다.

223. **군함** 군함체아(軍銜遞兒)를 말한다. 조선 때 5위의 상호군이나 그밖에 사직, 사과, 사정, 사맹 등 실제 직무는 없고 녹봉만 타 먹을 수 있는 무관 벼슬자리를 이르는 말이다.

224. **장용영의 춘첩자** 원문은 장용영춘첩자(壯勇營春帖子). 이덕무의 『청장관전서』 권20에도 같은 제목의 시가 보인다.

한단(邯鄲) 땅 동현재(董玄宰)[225]가 아닐 것 같으면   不是邯鄲董玄宰
그림 풍경 안개 서리 기이함을 뉘 알리오.   誰知畫境異烟霜

> 한단(邯鄲) 가는 도중에 화정(華亭) 동기창이 화가에게 서리 내린 풍경과 안개 잠긴 풍경이 뒤섞여 있음을 깨달았다. 華亭於邯鄲道中, 悟畫家霜景與煙景淸亂.

물가에 수레 멈춰 차마 가지 못하니   水次停驂去未能
찬 안개에 시상조차 일시에 얼어붙네.   冷煙詩思一時凝
어여뻐라 이날의 기나긴 숲길에는   可憐此日長林道
십 리 길 모든 나무 꽃 같은 얼음일세.   十里如花盡木氷

산수를 지나다가 약산 동대를 올려다보며 강산 이서구에게 부치다 過溎水 望見藥山東臺 寄薑山仙吏

지난날 고운 그대 홍영 시절 떠올리니   憶昔嬌客館紅營
오늘에 동대(東臺)에서 잠시 눈이 밝아지네.   今日東臺眼暫明
세월에 용녀수(龍女水)[226]는 창망하기 그지없고   歲月蒼茫龍女水
구름과 안개 사이 행인성(荇人城)은 아득쿠나.   雲煙縹緲荇人城
이름난 곳 예전 놀던 땅은 그대로인데   名區贐有追遊地

---

225. 동현재 중국 명나라 말기의 문인화가이자 서예가 동기창을 말한다. 현재(玄宰)는 그의 자다. 호는 사백(思白)·향광(香光)·사옹(思翁)이고, 시호는 문민(文敏)이다. 문명이 높아 시인·서가·문인화가로서 널리 알려졌다. 명나라 말 제일의 인물이었으므로 당시의 화단에 끼친 영향이 매우 크고, 화풍이나 소론(所論)은 후세 오파(吳派) 문인화가에게 결정적 감화를 주었다.

먼 길에 가고 머무는 정은 더더욱 깊어라.　　　長路彌深去住情

근래에 하늘가 소식은 들었던가　　　　　近得天涯消息否

우촌(雨村)이 지은 시화 간행된 지 오래라네.　　雨村詩話久刊行

　　우촌(雨村) 이조원이 『함해』(涵海)[227]를 지었다. 그 안에는 양승암(楊升菴)이
　　지은 40종과 자신이 지은 잡종 40∼50부를 수록하고 있는데, 우리들에 관한
　　이야기가 있다.[228] 雨村著函海. 內收升菴四十種, 自著雜種四五十部, 有我輩語.

226. 용녀수　　약산 동대에는 '거북바위와 동자바위 전설'이 전해진다. "옛날 약산 동대의 기슭을
씻어 내리는 구룡강에는 용궁이 있었다. 용궁에는 용왕의 딸인 아름다운 용녀가 있었는데, 용궁에
서 살 수 없는 죄를 짓고 십 년간 인간 세상에 나와 죄를 씻기로 하고 약산 동대에 나왔다. 용녀는
살 곳을 찾아 돌아다녔으나 어디를 가 보아도 약산 동대와 같은 아름다운 곳을 찾지 못했다. 그리
하여 아름다운 약산 동대에 머물러 약초를 캐며 살아갔다. 그러던 중 용녀는 하늘에서 죄를 짓고
내려온 채약동과 사랑을 맺고 부부가 되었다. 어느덧 그들에게는 옥동자가 생기고 정은 나날이 깊
어 갔으나 갈라져야만 하는 불행한 시각이 다가왔다. 그것은 십 년이 되어 용녀가 용궁으로 돌아
가야 했기 때문이다. 태어났던 용궁으로 돌아가 그립던 부모와 형제를 만날 용녀의 기쁨은 컸으나
사랑하는 자식과 정든 남편과 헤어져야만 하는 슬픔이 더 컸다. 용녀는 구룡강 기슭에서 이별의 슬
픔을 알고 용궁에서 부르기를 기다리며 서 있었고, 채약동 역시 슬픔을 머금고 용녀를 전송했다.
바로 그때 천지를 진동하는 요란한 소리와 함께 그들에게 천벌이 내려 용녀와 채약동은 바위가 되
었다. 그리하여 용녀는 거북바위가 되었고 채약동은 아이를 업은 동자바위로 변했는데, 그들이 헤
어지기를 애석해하던 바로 그 모습 그대로 영원히 서로 마주 바라보고 있게 되었다는 것이다." 조
선의 민속전통 편찬위원회, 『구전문학』(대산출판사, 2000) 참조. 여기서 용녀수(龍女水)는 구룡강
을 가리키는 듯하다.
227. 함해　　이 책에는 양승암(楊升菴)의 40종과 우촌의 40종 및 그의 시화(詩話) 3권, 그리고 이덕
무의 『청비록』(淸脾錄) 2권이 실려 있다.

가산의 시 쓰는 기생 육아가 시를 청하므로 붓을 내달리다 嘉山詩姬六娥索詩 走筆

뜻하잖게 기생[229]과의 술자리에서	不意句欄籍
시 쓰는 그대[230]와 서로 만났네.	相逢閨集人
그림 속 가을소리 들은 지 오래나	圖成秋聽久
당호는 내가 새로 들은 것일세.	堂號我聞新
슬을 타며 하늘가서 꿈을 꾸노니	錦瑟天邊夢
복사꽃 핀 산 밑에는 봄이로구나.	桃花嶺底春
풍류는 배를 비우지[231] 아니하나니	風流非負腹

228. 우리들에 관한 이야기가 있다　원문은 유아배어(有我輩語). 서호수의 『연행기』 권1(『국역연행록선집』 제5책, 165쪽)에 따르면, "내가 연경에 도착한 뒤에 우촌의 종부제 정원에게 들으니, '우촌은 『함해』 1부를 저작·발간했는데, 모두 185종으로 그 속에는 양승암이 지은 40종과 우촌이 지은 40종과 그 시화 3권이 들어 있으며, 나와 왕복한 일도 자세하게 기록했'고 한다. 또 '사랑 이서구·유득공·이덕무의 아름다운 글귀도 실었는데, 판 새기는 일이 겨우 끝나고, 우촌이 파직되어 각판을 갖고 사천으로 돌아갔다' 한다"라고 되어 있다. 이에 대해 임기중은 『한국고전문학과 세계인식』(역락, 2003)에서 "『우촌시화』가 10권으로 구성되어 있는데 3권이라고 한 것이나, 이조원이 조선 연행사의 시를 아주 중시한 것처럼 쓰고 있으나 그런 흔적이 크게 드러나지 않는 것을 볼 때, 정확한 정보가 아닌 것 같다. 그러나 이 이후의 조선 시와 이조원 시의 영향의 수수 관계는 그 개연성이 충분히 존재할 것으로 추정된다. …… (『우촌시화』가) 만일 당시는 3권으로 구성되어 있었는데 사천에 낙향하여 10권으로 보완한 것이라면 정확한 정보였다고 할 수 있다. 그러나 그렇지 않다면 정확한 정보가 아닌 정보의 오차가 내재하고 있다는 것을 알 수 있다. 그리고 우촌이 조선 연행사의 시문을 높이 평가하여 그의 문집에도 기록한 것처럼 쓰고 있지만 이는 피차의 주관적 판단에 따른 추상적 정보다. 이러한 점은 연행록의 담론 분석에서 항상 정보 오차와 오정보를 고려하면서 평형 감각을 잃어서는 안 된다는 것을 시사하고 있는 대목이다"라고 지적한 바 있다.

229. 기생　원문은 구란(句欄). 구란은 본래 궁전·교량 등을 장식하는 굽게 만든 난간을 말한다. 이상은의 창가시인 '염경막중금구란'(簾輕幕重金句欄)에 의하여 후세에는 기생이나 배우들이 거처하는 집을 뜻하게 되었다. 송나라와 원나라 시대에는 배우나 가수 등이 연예를 하는 장소를 뜻하기도 했다.

230. 시 쓰는 그대　원문은 윤집(閨集). 윤집은 정집(正集)의 뒤에 따라붙은 승(僧), 도인(道人), 부녀(婦女) 등의 작품집을 이른다.

좋은 일에 입술을 놀리지 마오.[232]　　　　好事莫翻脣

〔부〕 정유 선생께 화답하다: 채염림 〔附〕和貞蕤先生: 蔡炎林

자는 희조(曦照). 절강 호주(湖州) 사람으로 영원주(寧遠州)의 속관이다.
字曦照. 浙江湖州人, 寧遠州佐.

안개꽃[233] 한묵을 알아보노니　　　　　煙花知翰墨
웃음 파는 기녀[234]가 아니랍니다.　　　　不是倚門人
운사(韻事)는 중원에도 보기 드물고　　　韻事中原少
풍류는 나그네 길 늘 새롭구나.　　　　　風流客路新
하늘가에는 달이 둥실 떠오고　　　　　　元央機上月
난초 혜초 거울 속엔 봄날이 왔네.　　　蘭蕙鏡中春
외따로 서로 아껴 그리는 곳에　　　　　別有相憐處

---

231. 배를 비우지　원문은 부복(負腹)으로 배를 비운다는 뜻이다. 중국의 속담에, "배불리 먹으면 위가 불편하고, 배를 비우면 배가 절로 편안하다"(飽食胃不展, 負腹腹自安.)는 말이 있다.
232. 입술을 놀리지 마오　원문의 번순(翻脣)은 번순농설(翻脣弄舌)의 줄임말로, 교묘한 언사로 실상을 희롱함을 뜻한다. 『금병매』와 『성세항언』(醒世恒言) 등의 중국 백화소설에 용례가 보인다. 박제가와 육아 사이의 대화 맥락을 알 수는 없으나, 좋은 일에 너무 언사를 수식하지 말라는 뜻으로 보았다.
233. 안개꽃　원문은 연화(煙花). 기녀의 별칭으로, 여기서는 가산시기 육아(六娥)를 가리킨다.
234. 웃음 파는 기녀　원문은 의문인(倚門人). 기녀가 문에 기대어 유객 행위(誘客行爲)를 하는 것을 이른다. 의문매소(倚門賣笑)와 같은 뜻이다.

다시금 점강순(點絳脣)[235] 가락이 깊다.　　　　更深點絳脣

내가 영원(寧遠) 고을에 묵고 있을 때, 채염림(蔡炎林)이 역승 영태(자는 대첨)와 함께 수레를 나란히 하여 밤중에 와서 근자에 지은 시고를 찾았다. 앞의 시를 읽더니 이렇게 말했다. "왕어양(王漁洋) 선배께서 만약 이 작품을 보았다면 마땅히 윗길에 놓았을 것입니다. 아우 등은 초야의 낮은 선비이니 어찌 그대보다 무겁겠습니까?" 채염림이 붓을 달려 화답했는데, 대략 생각을 얽지도 못했다. 또 절구 한 수를 지어 이렇게 말했다. "객성(客星)[236]이 만 리 길에 거친 고을 들르시니, 반갑게 기쁜 말로 수창 못함 부끄럽다. 뒷날에 돌아가면 응당 몰래 웃으리, 중화 땅 두 선비가 풍류가 없더라고." 또한 서둘러 지은 것이다. 余宿寧遠州, 炎林與驛丞寧泰字岱瞻, 聯車夜至索近藁. 讀前詩曰: "漁洋先輩若睹此作, 定錄上乘, 弟等草茅下士, 何足重君." 炎林走筆和之, 略不構思. 又賦一絶云: "客星萬里過荒州, 傾蓋言懽愧莫酬. 他日東歸應竊笑, 中華二士欠風流." 亦楚楚成章.

---

235. **점강순**　사조(詞調) 또는 곡패(曲牌) 이름이다.
236. **객성**　하늘에 일시적으로 나타나는 손님 별로, 새로운 별이란 뜻이다. 은자를 뜻하기도 한다. 엄광이 한나라 광무제(光武帝)와 동학(同學)한 사이였는데, 광무제가 황제가 된 뒤에 엄광을 불러 함께 잠을 자던 중에 엄광이 광무제의 배에 다리를 올려놓았다. 그 다음 날 태사(太史)가 아뢰기를, "객성이 어좌(御座)를 범하였습니다" 하니, 광무제가 웃으면서 "짐이 옛 친구인 엄자릉(嚴子陵)과 함께 잤을 뿐이다"라는 기록이 전한다.

용만관²³⁷에서 대아 김기무와 헤어지며 주다

龍灣館贈別金大雅箕懋

패강 눈발 흩날리고 압록강 물 유장한데	浿雪漫漫鴨水長
먼 데 닭 울음소리에 말발굽이 바쁘구나.	遠鷄聲共馬蹄忙
등불 아래 헤어지매 번거로운 노래 없이	靑燈惜別無繁唱
붉은 치마²³⁸ 정에 끌려 술잔 얕게 따르누나.	紅裳牽情有淺觴
이 밤에 천 리 길 밖 집사람 꿈을 꾸니	此夜家人千里夢
도착하면 매화꽃 어지간히 피었겠네.	到時梅蘂七分香
세모의 사신 수레 그 누가 슬퍼하리.	誰憐歲暮輶軒客
가녀린 달빛 아래 하늘가에 홀로 섰네.	獨立天涯細月光

용만에 머물면서 육아가 보내온 시에 차운하다

留龍灣 次六娥見寄

침향목에 관부인(管夫人)²³⁹을 새기고 싶어	沈香欲刻管夫人
눈 온 봄날 앉아서 강 물결²⁴⁰ 바라보네.	坐對鷗波雪後春

---

237. 용만관　의주의 옛 이름이 용만인데, 용만관은 의주의 객관(客館)이다. 압록강의 강구(江口)를 용만(龍灣)이라 한 데서 그 북쪽 기슭인 의주의 옛 지명이 용만이요, 그 남쪽 기슭인 용천도 용만이었다. 용만의 섬들이 용천의 산형(山形)과 이어진 것이 용이 굽이친 것처럼 보였던 데서 용만이라는 이름이 생겼을 것이다.

238. 붉은 치마　원문은 홍상(紅裳). 꽃이나 미인을 의미한다. 여기에서는 이별하는 마음의 애달픔을 의미하는 듯하다.

오늘에야 기대앉아 편지 한 통 썼는데   今日欹斜書一紙
새로 그린 풍죽인가 착각하였네.   錯疑風竹寫來新

꽃 찾고 버들 묻는[241] 사람이 아니거니   不是尋花問柳人
노는 일 관심 없어 「몽유춘」[242] 시 짓지 않네.   等閑休賦夢遊春
백 일간 편지 속의 약속을 생각다가   商量百日書中約
홀로 앉아 뜬금없이 신웃음만 새롭구나.   獨坐無端笑靨新

용만관에서 밤에 짓다 灣館夜賦

은하수 천 리 길 저녁이 드니   星河千里夕
쌓인 눈에 온 누각 환히 밝아라.   深雪一樓明
술 취해 집에 가는 꿈을 꾸고는   醉有還家夢
시 뒤적여 출새곡(出塞曲) 읊조리누나.   詩翻出塞聲
사신 수레 낮은 벼슬 부끄러운데   輶軒慙小吏
군복 차림[243] 서생 신세 웃어 보노라.   袴褶笑書生

---

239. 관부인   원나라 서화가 조맹부의 처 관도승(管道昇)을 말한다. 자는 중희(仲姬)인데, 서화에
능했고 산수와 불상 외에도 묵죽난매(墨竹蘭梅)로 명성이 있었기에 관부인이라 일컬어졌다. 여기
에서는 육아를 관부인에 견줘 말한 것이다.
240. 강 물결   원문은 구파(鷗波). 구파는 갈매기가 생활하는 수면을 말하는데, 여기서는 용만의
강물을 말하는 것으로 보인다.
241. 꽃 찾고 버들 묻는   원문은 심화문류(尋花問柳). 봄 풍경을 완상한다는 의미이다. 또한 기녀
를 가까이한다는 의미도 있다.
242. 「몽유춘」   원진(元稹, 779~831)의 오언 배율시 제목이다.

망망한 어양 땅 가는 길에서　　　　莽莽漁陽道

유유히 송별하는 그 마음일세.　　　悠悠送別情

구련성[244]에서 자며 宿九連城

나무마다 노을 들어 정을 품은 듯한데　　樹樹斜陽似有情

좋은 산 갠 눈은 누굴 위해 저리 밝나.　　好山晴雪爲誰明

군왕께서 변방 열 계책 허락하신다면　　　君王若許開邊策

온 가족 데려와서 이 땅에서 밭 갈리라.　　準擬携家此地耕

책문에서 동지를 맞아 柵門冬至

서쪽 가는 수레바퀴 깊은 겨울 마주하니　　征西車轍接深冬

구슬퍼라 좋은 날을 길 위에서 맞는구나.　　惆悵佳辰客裏逢

물가의 푸른 연기 고목에 설핏하고　　　　水際靑烟迷古木

---

243. 군복 차림　원문은 고습(袴褶). 원나라에는 고습(袴褶)·요습(腰褶)이라는 제도가 있었다. 이 바지(袴)란 것은 다리(胯)를 가리는 옷이라 하여 고(袴) 자와 과(胯) 자의 뜻이 같다고 했다. 이 고습은 길이가 무릎까지 닿고, 요첩은 길이가 허리까지 닿았는데, 이것을 말을 편리하게 탈 수 있도록 만든 옷이다. 여기에서는 자신의 복장을 형용했다.

244. 구련성　요령성 안동현 동북쪽에 있던 성으로, 조선 왕조의 사행 길이자 분계(分界)다.

눈 속의 붉은 절은 가파른 뫼 등졌구나. 雪中紅寺背危峰
중원에서 천 년 생각 홀로 품고 있노라니 周原獨抱千年想
흰 터럭도 만 리 자취에 도리어 속는도다. 華髮偏欺萬里蹤
하늘 별이 5도나 차이 남을 깨달으니 已覺天星差五度
꿈속 넋은 길이 홀로 기자 봉토 맴도네. 夢魂長自繞箕封

통원보 通遠堡

눈 쌓인 집 환히 밝아 화로 끌어안으니 雪屋通明擁地爐
상 가득 찻잔은 호리병과 짝하였네. 半床茶椀配甆壺
국화 꽃은 만족 여인 머리 빗기 마치고 黃花滿女梳頭畢
고려인의 입공도를 웃으며 보는구나. 笑看高麗入貢圖

참봉 자범 이기원의 도중 시에 차운하다
次李參奉〔箕元〕子範途中

동짓달 접어들어 네 필 말 한가한데 至月駸駸四牡閑
타향에서 부질없이 고향[245]을 생각하네. 殊方枉自念刀環
외론 연기 먼 데 나무 말쑥하게 엉겨 있고 孤烟淡著天邊樹
희미한 달 그림 속 산 고르게 퍼져 있네. 微月平分畫裏山

만 리 먼 땅 풍요를 애써 붓에 담아내어　　　　萬里風謠勞載筆
십 년 간 벼슬길[246]에 시든 얼굴 풀어 본다.　　十年簪笏解凋顔
한 쌍의 고니에다 몸을 맡겨 노닐면서　　　　　遨遊願托雙黃鵠
압록강과 연경 사이 하루에 오가고파.　　　　　鴨水燕臺一日還

연산관 連山關

골짝엔 온통 눈이 쌓여 있는데　　　　急峽無非雪
아슬한 다리는 반쯤 얼었네.　　　　　危橋一半冰
호피(虎皮)[247]는 전대의 역 이름이요　　虎皮前代驛
양각(羊角)[248]은 낯선 고장 등불일러라.　羊角異鄕燈
땅이 주몽 옛 터전에 속하여 있어　　地屬朱蒙舊
문물에는 발해의 자취 남았네.　　　　文猶渤海徵
경동(京東)서 옛일을 살펴보노니　　　京東思考古
돌아가 저서 더함 자랑하리라.　　　　歸詫著書增

---

245. 고향　원문은 도환(刀環). 본래 칼자루에 있는 장식을 말한다. 환(環)이 환(還)과 발음이 같아
귀환(歸還)의 의미를 띠게 되었다.
246. 벼슬길　원문은 장홀(簪笏). 관에 꽂는 비녀와 홀로, 예복 혹은 예복 입은 관리를 말한다.
247. 호피　명나라 때 이곳에 설치한 호피역(虎皮驛)을 말한다.
248. 양각　양의 뿔을 고아서 만든, 얇고 투명한 껍질을 씌운 등이다.

동지 시에 다시 차운하다 再次冬至韻

난양 땅 여름날이 계문 겨울 맞닿으니	灤陽夏接薊門冬
내년 봄은 마땅히 이 길에서 만나리라.	來歲春應此路逢
천 년 전 빈공과에 급제했던 최치원(崔致遠)[249]	千載制科崔致遠
만언의 봉사를 올렸던 조중봉(趙重峯).[250]	萬言封事趙重峰
얕은 재주 형편없어 사신 임무[251] 창피하니	微才碌碌慙專對
당당했던 선배에게 감히 자취 겨루랴.	前輩堂堂敢比蹤
가소롭다, 주선함에 통역관만 의지하니	可笑周旋憑象譯
책문에 들어서면 하는 일 거의 없네.[252]	柵門纔啓一丸封

---

249. 최치원 857~?. 『북학의』의 자서에서 박제가는 자신이 어릴 적부터 최치원과 조헌을 사모하여 그분들의 말을 끄는 마부가 되어 모시고 싶다는 간절한 소망을 드러냈다. 우리나라를 개혁하여 중국의 수준으로 올리고자 노력한 사람은 오로지 이 두 사람밖에 없다고 했다. 최치원은 당나라에 유학하여 과거에 급제, 진사가 된 후 28세에 고국에 돌아와 신라의 풍속을 혁신하여 중국의 수준으로 진보시킬 방도를 생각한 인물이다.

250. 조중봉 1544~1592. 선조 때의 명신 조헌(趙憲)을 가리킨다. 중봉은 그의 호다. 1574년 5월에 질정관(質正官) 신분으로 연경에 들어갔다. 고국에 돌아와서 임금에게 「동환봉사」(東還封事)를 올렸는데, 중국의 문물을 보고 우리 조선의 처지를 깨달아 우리도 중국과 같이 되고자 노력하자는 바람을 담은 내용이었다.

251. 사신 임무 원문은 전대(專對). 『논어』「자로」에 "공자께서 말씀하셨다. 시경 삼백 편을 외우면서도 정치를 맡겼을 때 제대로 해내지 못하고 사방에 사신으로 나가 홀로 응대하지 못한다면, 비록 많이 외운다 한들 어디에 쓰겠느냐"(子曰, 誦詩三百, 授之以政不達, 使於四方不能專對, 雖多亦奚以爲.)라고 한 말이 보인다.

252. 하는 일 거의 없네 원문은 일환봉(一丸封). '한 덩이 흙으로 요새를 봉하는 것'을 말한다. 후한(後漢) 때 왕망(王莽) 말기에 왕원(王元)이 "하나의 흙덩어리를 가지고 가서 대왕을 위해 함곡관을 봉해 버리겠다"(元請, 以一丸泥, 爲大王, 東封函谷關.)라고 말한 고사에서 유래했다. 작은 공력을 들여 험벽한 요새를 지킨다는 의미인데, 여기서는 사신들이 통역관에게만 의지하여 하는 일이 없음을 말한다.

두 고개의 노래 二嶺行

그대 보지 못했나	君不見
청석령과 마천령 아득한 두 고갯길을	靑石摩天二嶺路
행인은 구슬피 구름 속 나무 보네.	行人悵望雲中樹
구름 속 나뭇가진 오를 수나 있다지만	雲中樹杪尙可攀
답 쌓인 바윗돌은 숫자도 알 수 없네.	磊磊之石不知數
이따금 사람 자취 범 발자국 몰려들고	往往人踪集虎蹳
백 길 높이 올려보곤 곰 거처에 놀라누나.	仰視百丈驚熊樓
봄 길도 가을 같고 한낮인데 밤과 같아	春行如秋晝如夜
산 귀신 짝지어 와 서로 길을 잃누나.	山鬼挈伴來相迷
찬 날씨에 나는 새의 울음조차 끊어지고	天寒飛鳥絶鳴叫
꺾인 나뭇가지는 예전 타다 남은 걸세.	折木枤枒餘舊燒
비바람엔 아직도 효종 노래 전해지고	風雨猶傳孝宗歌
관왕묘 사당에는 향연이 끊이잖네.	香煙不斷關侯廟
내 예전 무술년에 서쪽 땅 노닐 적에	我昔西遊歲戊戌
다붕암 잠깐 향해 그 안에서 쉬었었네.	暫向茶棚庵裡歇
암자 앞엔 철쭉꽃이 난만하게 피었는데	庵前躑躅開爛漫
올라보니 하늘 밖 눈보라에 놀랐었지.	登頂忽驚天外雪
올해에만 이 고개를 세 번이나 지나가니	今年三度此嶺隈
여름 갔다 가을 오고 겨울 다시 찾아왔네.	夏往秋回冬復來
연봉은 땅을 그어 요양 심양 걸쳤으니	連峰畵地跨遼瀋
한 줄기 길 흡사 마치 조선 위해 열린 듯해.	一線似爲朝鮮開
지금의 거류하가 옛 패수라 들었거니	吾聞今之巨流古之浿
이 산은 흡사 마치 기자 조선 봉토인 듯.	玆山恰在箕封內
변설로는 잃은 옛 땅 되찾기가 어려우니[253]	騁辯難返魯陽田

떼목 타고 황하 근원 끝까지 가고 싶네.　乘槎欲窮黃河源

붓 기대어 촉도 쉽다 소리 높여 읊조리니　倚筆高吟蜀道易

그때에 수레 몰던 그 뜻에 감격하네.　感激當年叱馭志

큰 눈은 마치도 목화송이 뿜는 듯해　大雪政如彈粉弓

이내 몸 왕몽의 글 가운데 있는 듯해.[254]　髣髴身在王濛記

얼음 샘 눈에 덮여 길 더욱 미끄럽고　氷泉冒雪圓更滑

징을 박은 말발굽이 빠져나감 근심겹네.　鍼鐵愁看馬蹄脫

빼난 경치 험한 곳에 들어가야 얻나니　奇境元從入險得

이곳에 와 더딘 출발 괴이타 하지 마라.　此來休怪遲遲發

다시금 바위 앉아 차를 끓이고자 하니　更欲煎茶坐石根

내년엔 꽃을 꽂고 고향으로 돌아가리.　明歲簪花歸故園

낭자산에서 새벽에 출발하며 狼子山早發

말달리듯 가는 세월 타향에서 취하노니　他鄕一醉歲駸駸

말 머리서 목청 높여 「출새음」을 노래한다.　馬首高歌出塞吟

---

253. 변설로는~어려우니　춘추시대 노나라 사람 조말(曹沫)이 장공(莊公)을 섬겨 북쪽의 제나라와
싸웠지만 세 번을 내리 패하였다. 겁을 먹은 장공이 땅을 바쳐 화친할 것을 청하고 가(柯) 땅에서
제나라 환공(桓公)을 만나 맹약을 논할 때, 조말이 비수를 들고 단상에 뛰어올라 환공을 협박함으
로써 노나라 땅을 되찾았다. 『사기』 「자객열전」에 보인다. 원문의 노양전(魯陽田)은 노나라 북쪽
땅을 가리킨다. 변설만으로는 조선의 옛 땅을 회복하기 어려움을 말한 것이다.

254. 이내 몸~있는 듯해　왕몽(309~347)은 진나라의 문인으로 『진서』에 그의 열전이 실려 있다.
왕몽의 글에 눈 내리는 광경을 묘사한 기문이 있어, 눈 내리는 겨울날 마천령과 청석령을 넘는 자
신의 모습을 그 글의 내용으로 표현한 것이다.

요양 땅 다가서자 산은 점차 작아지고　　行近遼陽山漸細
관문 밖 살펴보니 눈은 깊이 쌓여 있네.　　試看關外雪尤深
새벽 등불 여태도 아내의 꿈 남았는데　　殘燈尙帶閨人夢
먼 나그네 마음은 새벽달에 놀라누나.　　曙月先驚遠客心
강가에 예전 묵은 그곳을 기억하니　　記取河邊曾宿處
몇 줄의 버드나무 찬 연기에 잠겼어라.　　數行楡柳冷烟沈

이도정에서 二道井

양식 지님 정공[255]에 부끄러운데　　齎粮愧鄭莊
마부 혼내며 왕양을 비웃는도다.[256]　　叱馭笑王陽
만 리라 변방 구름 검기도 하고　　萬里邊雲黑

---

255. 정공 원문은 정장(鄭莊). 『사기』「급정열전」(汲鄭列傳)에 보이는 한(漢)나라 정당시(鄭當時)로, 그의 자가 장(莊)이다. 사인(舍人)이 되어 그는 닷새마다 하루의 휴가를 얻었는데, 항상 역마를 장안의 교외에 배치해 두고 옛 친구들을 만나거나 빈객들을 초빙하여 밤을 새울 정도였지만, 항상 편향되지 않았는지 염려했다고 한다. 『한서』(漢書)「정당시전」(鄭當時傳)에는 "황하가 범람하여 시찰 명령을 내리니 그는 여행 준비를 위해 닷새의 휴가를 청했다. 임금이 말하길 '내가 듣기로 정장이 출장 갈 때에는 천 리라도 식량을 휴대하지 않는다고 하던데, 출장 준비를 하는 것은 어째서인가?'(使視決河, 自請治行五日. 上曰, 吾聞鄭莊行, 千里不齎糧, 治行者何也.)란 구절이 보인다.
256. 마부~비웃는도다 국은(國恩)에 보답하기 위해 험한 길도 주저하지 않고 내닫는 것을 말한다. 한(漢)나라 왕양(王陽)이 익주자사(益州刺史)가 되어 부(部)를 순행하던 중 공래(邛崍) 구절판(九折阪)에 이르러 탄식하기를, "선인(先人)께서 남겨 주신 몸을 받들고서 어떻게 이 험준한 곳을 자주 오를 수 있겠는가" 하고는 마침내 병을 이유로 그만두고 말았는데, 뒤에 왕존(王尊)이 자사가 되어 그 고개에 이르러서는 마부를 질타하며 말하기를 "빨리 몰아라. 왕양은 효자이지만 왕존은 충신이다"고 했다. 『한서』(漢書)「왕존전」(王尊傳)에 보인다.

중원에 지는 해는 누렇기만 해. 　　　　中原落日黃

찬 갓옷에 세모임을 깜짝 놀라니 　　　　貂寒驚歲暮

지친 말에 긴 하늘을 새삼 깨닫네. 　　　馬倦覺天長

그 누가 알았으랴 천 년의 뒤에 　　　　誰識千年後

최고운(崔孤雲)이 다시금 당에 들 줄을. 　　孤雲再入唐

동지 시에 세 번째 차운하여 三次冬至韻

어이해 문사(文史)[257]로 겨울나기 족하달까 　詎云文史足三冬

세상 드문 큰 은혜 만남을 뽐내노라. 　　　自詫殊恩曠世逢

관모는 날리는데 물총새 깃 달려 있고 　　　絲笠飛揚懸翠羽

화톳불 에워싸서 낙봉[258]을 자르누나. 　　　地爐圍繞割駝峰

나뭇가지 자던 새 찬 달빛에 놀라 깨고 　　林柯月冷禽驚睡

울타리엔 서리 깊어 범 발자국 남아 있네. 　籬落霜深虎有蹤

북풍에 서성이며 마구간 말 보노라니 　　　徒倚北風看櫪馬

낭거서산(狼居胥山)[259] 한나라 때 봉함 입음 부러　狼居長羨漢時封
　워라.

---

257. 문사　『한서』「동방삭전」(東方朔傳)의 "나이 열셋에 글을 배워서, 삼동(三冬)에 익힌 문사(文史)로도 쓰기에 넉넉하다"(年十三學書, 三冬文史足用.)에서 비롯된 말로, 문학·역사적 저작 또는 지식을 가리킨다. 원문의 삼동문사(三冬文史)는 '가난한 사람은 농사를 짓느라 여가가 없어 겨우 겨울에나 학문을 닦는다'는 뜻으로, 자기를 겸손히 이르는 말이다.
258. 낙봉　낙타 등 위에 불룩 솟은 육봉(肉峯)으로, 옛날에는 매우 진귀한 식품으로 여겨졌다고 한다.

동지 시에 네 번째 차운하여 四次冬至韻

황금대 서편 가니 흡사 겨울 지나는 듯	金臺西去恰經冬
옛 벗[260]과 새 책들을 몇 곳에서 만났던고.	舊雨新書幾處逢
안개 밖 나무 너머 소후대(蕭后臺)[261]는 텅 비었고	蕭后臺空煙外樹
물가의 멧부리에 벽운사(碧雲寺)는 낡았구나.	碧雲寺老水邊嶂
명예란 계륵[262] 같아 아무런 맛이 없고	名猶鷄肋終無味
노닒은 홍니[263]인 양 자취 잠깐 남는 것을.	遊似鴻泥暫有蹤
세 번씩 중원 듦을 그대여 웃지 마오	三入中原君莫笑
예로부터 목탁이라 의(儀) 땅 봉인(封人)은 탄식했지.[264]	古來木鐸歎儀封

---

259. 낭거서산 원문은 낭거(狼居). 한나라 원수(元狩) 4년에 곽거병(霍去病)이 대군(代郡)에서 출병하여 흉노족을 정벌하고선 낭거서산을 봉했다. 현재 몽고 인민공화국 내에 있는 긍특산(肯特山)이다.

260. 옛 벗 원문은 구우(舊雨). 두보의 「추술」(秋述) 시에 보이는 "평소에 나를 찾던 사람들이, 예전에는 비가 와도 오더니만, 지금은 비가 오면 오지 않네"(常時車馬之客, 舊雨來, 今雨不來.)라는 구절에서 따온 말로 오랜 친구를 뜻한다.

261. 소후대 친필본에는 '소우대'(蕭雨臺)로, 아세아문화사본과 국편본에는 '소후대'(蕭后臺)로 각각 적혀 있다.

262. 계륵 닭은 갈비는 먹을 것은 없으나 그냥 버리기는 아깝다는 말로, 소용은 없지만 버리기는 아까운 사물을 말한다.

263. 홍니 돌아가는 기러기가 다시 올 때의 목표로 눈 위에 남겨 둔 발자국이 다시 돌아올 때에는 흔적이 없어 찾을 길 없다는 뜻으로, 과거의 흔적이 없어짐을 비유한다.

264. 예로부터~탄식했지 원문은 목탁탄의봉(木鐸歎儀封). 공자가 천하를 주유함을 제자들이 걱정하자 의 땅 봉인이 '하늘이 공자를 목탁으로 삼은 것이다'라 했다. 『논어』「팔일」(八佾)에 보인다.

영원주에서 동지 시에 다섯 번째 차운하여 五次冬至韻 寧遠州

술 사발 찻주전자 추위 막기 그만이라　　　　酒椀茶鐺好禦冬
가게 사람 장사 손님 날로 서로 만나누나.　　店人賈客日相逢
길 먼지 자욱하고 눈발 희끗 어여쁘니　　　　征塵泱漭憐微雪
너른 들 지루할 제 먼 멧부리 기쁘도다.　　　大野支離喜遠峰
말 머리엔 어느새 흰 달빛 돌아오고　　　　　馬首居然廻月魄
하늘가 이르러서 구름 자취 부치노라.　　　　天涯到處寄雲蹤
금칠한 편액에다 붉은색 방을 다니　　　　　泥金扁額猩紅榜
이곳은 집집마다 모두 큰 부자[265]일세.　　　此地家家盡素封

여양역[266]에서 새벽에 떠나며 동지 시에 여섯 번째 차운하여 六次冬至韻閭陽驛曉發

이내 몸 송백(松栢) 같아 홀로 겨울 견디나　　身如松栢自凌冬
일은 달리 마구 꼬여 뒤엉킴[267]을 만났네.　　事異盤根錯節逢
강물은 하늘 닿아 고북구로 통하고　　　　　河水連天通北口

---

265. **큰 부자**　　원문은 소봉(素封). 큰 부자로 비록 제후처럼 봉토는 없지만, 재산이 봉토를 가진 제후에 못지않은 사람이라는 뜻이다.
266. **여양역**　　지금의 요령성 북진(北鎭) 만족자치현(滿族自治縣) 서남쪽의 여양역(閭陽驛)을 가리킨다. 북쪽으로 의무려산이 있다.
267. **마구 꼬여 뒤엉킴**　　원문은 반근착절(盤根錯節). 서린 뿌리 얼크러진 마디라는 뜻으로, 일이 복잡해 처리하기 곤란한 상황을 비유한다.

장경성[268] 달을 짝해 서쪽 메에 숨는구나.　　　長庚配月隱西峰
세밑이라 술 고기[269]로 돌아갈 꿈 달래지만　　歲時羊酒勞歸夢
바다 위 집 소식[270]은 자취조차 끊어졌네.　　海上魚書去絶蹤
가까운 산 샘물 맛이 좋은 것 떠올리곤　　　料道近山泉味好
용정 차 한 봉지를 사봉(斜封)[271]에게 사노라.　　一包龍井買斜封

동관역[272] 가는 길 근방에 일출을 보는 곳이 있다고 한다
東關驛路傍有觀日處云

세상 사람 보고 배움 없기 때문에　　　世人無視學
바다에서 해가 뜬다 말을 하누나.　　　謂日出海中
바다 본디 지구에 붙은 것이요　　　海本附地毬

268. 장경성　　원문은 장경(長庚). 저녁 서쪽 하늘에 보이는 큰 별로, 태백성이라 한다.
269. 술 고기　　원문은 양주(羊酒). 옛날에 선사품으로 썼던 것이다. 한나라 고조(高祖)가 노관(盧綰)과 같은 마을에 살며 친하게 지냈는데, 두 사람이 같은 날에 아들을 보게 되었으므로, 마을 사람들이 양고기와 술을 가지고 두 집에 가서 축하했던 고사에서 온 말이다.
270. 집 소식　　원문은 어서(魚書). 고대에 조정에서 주군의 장관을 임면(任免)할 때 내렸던 어부(魚符)와 칙서(勅書)를 가리키는 말이다. 어서안첩(魚書鴈帖) 또는 어서안신(魚書鴈信)이라고 하면 일반적으로 서신을 가리키는 말로 쓰인다. 여기서는 후자의 뜻으로 쓰인 듯하다.
271. 사봉　　사봉관(斜封官)이다. 당(唐)나라 중종(中宗) 때 청알(請謁)에 의하여 제수된 벼슬로, 이 경우에 비스듬히 봉한 사령서를 썼으므로 이르는 말이다. 또한 정도가 아닌 방법으로 벼슬에 봉해진 자를 말하는데, 당나라 때 백정이나 시정배들에게 돈을 받고 관직을 팔았다.
272. 동관역　　영원성과 산해관 사이에 있는 마을 이름이다. 동관역 근처에 있던 청돈대(靑墩臺)는 일출 구경으로 유명했던 곳이다. 김창업을 비롯한 수많은 연행사가 여기에 들러 일출을 구경하고 그 감회를 남겼다.

해는 홀로 허공에 매달린 것을.	日自麗虛空
아스라이 펼쳐진 백 리의 강물	蒼茫百里水
해가 뜨지 않는 곳 하나도 없네.	無非日所自
그대여 저 큰 들을 바라보게나	君看大野裏
해는 또한 평지서도 떠오른다오.	日亦冒平地
서양 사람 그림자로 비유했거니	西人喩濛影
동전을 물 높이 당겨 올리듯.	深錢攝高水
시끌시끌 노조(盧肇)[273]의 저 무리들이	啁啾盧肇輩
조수를 논했지만 엉터리였네.	論潮不成理
발해는 우리의 서해일러니	渤海吾西海
예 와서 도리어 동쪽을 보네.	來此却東望
일찍이 조선 땅에 있을 적에는	曾於在國時
서쪽서 해가 뜸을 본 적 있었나.	閱否日西上
내가 옛날 금강산에 올라가 보니	我嘗陟金剛
이 바다 다시금 밖이 없었네.	此海更無外
저기 저 일관봉[274]을 웃어 보나니	笑彼日觀峯
만 리가 모두 다 내 뒤에 있네.	萬里在吾背
하늘과 물 한 줄로 열리어 있고	水天開一線
달과 별 점차로 성글어지네.	月星漸疎斥
금빛을 내뿜어 빗자루 되고	金光噀成帚
동그란 반 입술 붉어지누나.	團規半脣赤
긴 물결 형세 서로 끌어당기나	長波勢相引

---

273. 노조　당나라 의춘(宜春) 사람으로, 조수 간만의 차의 대해 논한 적이 있다. 『해조부』(海潮賦)에서 "해가 물에 부딪혀서 조수가 생기고, 달이 해에 걸려서 조수가 커진다"라고 했다.

274. 일관봉　태산의 한 봉우리. 일출을 보기에 좋다 하여 붙여진 이름이다. 봉우리 서쪽에 당송 시절 봉선(封禪)하던 터가 있다.

딱 붙어 떨어지지 않으려는 듯.	有如黏不脫
어느새 재빨리 솟구칠 적엔	須臾倏輕躍
매끄러운 홀 소리를 들은 듯해라.	似聞聲滑笏
무리 진 기운이 솟아 나오니	旁氣之所迸
해 바퀴 도리어 움푹 파인 듯.	本輪凹不凸
한참 보면 본체는 점점 밝아져	久視體逾瑩
차가운 얼음인가 의심했다오.	疑其爲冷物
시력은 도리어 흐릿해져도	目力還一暝
가슴은 오래도록 시원했었지.	胸次久盪滌
예전에 헛생각 펼치었더니	舊曾設虛想
직접 봐도 그것과 다름없구나.	看亦不出此
사람들 보고서 끝이라 하나	人視以爲邊
마침내 끝 간 곳은 어디도 없네.[275]	料竟無涯涘
이 시간 이 바다에 있는 사람은	此時此海人
정수리에 태양을 이고 있겠네.	政有頂戴暈
나올 때 그러하니 질 때도 같고	出然入應似
태양이 그러하매 달도 같으리.	日爾月亦宜
오자시(五字詩)로 어리석음 깨뜨리노니	五字破群蒙
의례적인 관일시(觀日詩)로 보지 말게나.	莫例觀日詩

---

275. 마침내~없네 사람들은 천원 지방의 천체관에 입각해서 해가 뜨는 수평선은 바다가 끝나는 곳이라고 생각하지만, 이미 서구의 천체관에 익숙했던 박제가는 바다가 끝나는 곳이 없음을 말한 것이다.

중전소에서 中前所

산과 바다 유유히 한 해가 저무는데　　　　山海悠悠歲色殘
옛 성엔 연기 일고 술집 깃발 차구나.　　　古城煙火酒旗寒
안개 낀 길 위에 인가(人家)는 뵈지 않고　　空濛一路無人處
먼 나무 저 너머로 몰려오는 눈을 보네.　　雪意偏從遠樹看

유관에서 楡關

성근 등불 나그네 밥상 비추고　　　疎燈照客餐
새벽빛 말안장을 스치는구나.　　　曙色拂征鞍
한 해는 유주에서 저물어 가고　　　歲入幽州莫
하늘은 갈석산을 차게 둘렀네.　　　天圍碣石寒
십 년간 이곳을 세 번 왔으니　　　十年三到處
사해의 한 구석을 보았다 하리.　　四海一邊看
솟구치던 의기는 다 줄어들어　　　減却飛騰意
길 가기 어려움을 비로소 아네.　　方知道路難

영평부에서 永平府

눈 속의 푸른 산은 터럭처럼 걸려 있고	雪裏靑山一髮橫
하늘가의 세월은 또다시 섣달[276]일세.	天涯歲色又嘉平
천 년의 나그네는 점제현 길 돌아들고	千年客返黏蟬道
사호석(射虎石)[277] 옛 성에는 지는 해에 사람 없네.	落日人稀射虎城
비취 깃털 가리키며 품계를 뽐내다가	笑指翠翎誇職品
황주를 실컷 마셔 인정을 짓는구나.	猷將黃酒作人情
만나거든 늙었다고 말하지 마시게나	相逢莫說朱顏改
언어는 온통 모두 고국 소리 아닐세.	言語都非故國聲

위제서[278]의 일을 읊다 詠魏際瑞事

한 자 되는 서피도(黍皮刀)를 갈고 또 갈 적에	摩挲一尺黍皮刀
산 주막엔 사람 없고 밤 달빛은 높았지.	山店人稀夜月高

---

276. 섣달 원문은 가평(嘉平). 음력 12월의 이칭이다.

277. 사호석 원문은 사호(射虎). 영평(노룡시盧龍市)에서 남쪽으로 10리쯤 가면 한나라 때 이광(李廣)이 범으로 착각하고 활을 쏘았더니 화살이 박혔다는 사호석(射虎石)이 있었다. 하지만 이 사호석은 30년 전쯤 돌 채취 과정에서 없어지고 말아, 지금은 그 터만 남아 있다.

278. 위제서 자는 선백(善伯)이고, 초명은 상(祥)이며, 희(禧)의 형이다. 희의 자는 빙숙(冰叔)이다. 다른 한 동생의 이름은 예(禮)이고, 자는 화공(和公)이다. 명나라가 망하자 형제가 모두 영도(寧都)의 금정산(金精山) 취미봉(翠微峯) 밑에 은거하여 농사지으며 그 고장 사람들을 가르치고 고문(古文)에 전력했다. 위제서가 연경을 유람하다가 조선 사신을 만나 두 수의 시를 지어 주었다. 『청장관전서』 제32권 「청비록」(淸脾錄)에 보인다.

어인 일로 금정산에 묻혀 살던 나그네가　　　底事金精峯裏客

정 병조(鄭兵曹)[279]를 바라보며 소리 삼켜 울었던가?　吞聲泣向鄭兵曹

사류하에서 회포를 적다 沙流河述懷

내 생애 조그만 야망을 품어　　　　　　　吾生抱微尙

약관에 문사(文史)를 즐겨 했다오.　　　　弱冠弄文史

이웃 사람 얼굴도 알지 못한 채　　　　　　比隣無知面

허명만 만 리 밖에 알려져 있네.　　　　　虛名在萬里

우뚝이 포의(布衣)에서 가려 뽑혀서　　　岊嶢白衣選

서른에 처음으로 벼슬하였지.　　　　　　三十筮初仕

들고 남에 승여(乘輿)를 뒤따랐으며　　　出入從乘輿

산기시(散騎侍)[280] 황문(黃門)[281]으로 근무했다오.　黃門散騎裏

규장각서 임금님 보필하면서　　　　　　　奎章起居注

반 이상은 붓 잡고 기록했다네.　　　　　　強半執筆記

서성이며 밝은 임금 생각했는데　　　　　　躑躅懷明主

분주함 이로부터 시작됐다오.　　　　　　　驅馳自玆始

279. **정 병조**　1602~1673. 정태화(鄭太和)를 가리킨다. 1637년 소현 세자를 심양에 배종하고 돌아와 호령안찰사(湖嶺按察使)가 되었다. 당시 명나라와의 밀약이 청나라에 탄로 나자, 조정에서는 그를 봉황성에 보내 청나라의 협박을 막았다. 그의 문집인 『양파유고』(陽坡遺稿) 권14 「음빙록」(飮氷錄)에 위제서와 만난 기록이 보인다.

280. **산기시**　원문은 산기(散騎). 산기상시(散騎常侍)의 준말이다. 고려 시대 문하성(門下省)·첨의부(僉議府)·도첨의사사(都僉議使司)·문하부(門下府) 등의 낭사(郞舍) 벼슬이다.

281. **황문**　궁중에서 임금의 시중을 들거나 숙직 따위의 일을 맡아본 벼슬아치를 일컫는다.

금년에는 황제의 만수연(萬壽宴) 위해	今年萬壽宴
열하의 물가까지 파견되었네.	派赴熱河涘
비 오는 날 의무려산 등에 올랐고	背上巫閭雨
술잔에 옥천(玉泉)²⁸²의 물 담았었다오.	桮底玉泉水
얼마간 중국 말에 능통하여서	頗通外國語
여러 번 천하 선비 만났었다네.	屢逢天下士
돌아온 지 겨우 며칠 지나지 않아	反命纔數日
말 돌려 동지사를 다시 따랐네.	回馭逐冬使
곱게 기른 딸자식 시집갈 때도	婷娉所嬌女
사위 맞아 얼굴 볼 겨를 없었지.	迎婿不遑視
많은 시로 탄식함 어째서인가	多詩歎奚爲
예악 보니²⁸³ 부끄러움 그지없어서.	觀樂愧未止
소설은 『우초신지』(虞初新志)²⁸⁴ 이어받았고	小說續虞初
방언은 양자운(揚子雲)을 보충하였네.	方言補揚氏
그네들 삶 모두 다 그림 같으며	生涯總畫畫
속된 말도 모두들 문리(文理)에 맞네.	俚語皆文理
동국 사람 하나 둘 꼽아 보아도	歷數東國人

---

282 **옥천** 물 이름으로, 북경시 서북쪽에 있는 옥천산(玉泉山)에서 발원하는 물줄기다. 북경 팔경의 하나인 옥천수홍(玉泉垂虹: 옥천에 드리운 무지개)이 유명하다.

283. **예악 보니** 원문은 관악(觀樂). 계찰(季札)은 춘추시대 오(吳)나라 수몽(壽夢)의 넷째 아들로, 큰 나라를 두루 방문하여 당시의 어진 사대부들과 사귀었다. 특히 노(魯)나라에 가서 주(周)나라 음악 연주를 듣고 주나라가 천자 노릇 하게 된 까닭과 열국들의 치란·흥망을 알았다고 한다. 『좌전』과 『사기』에 보인다.

284. 『**우초신지**』 원문은 우초(虞初). 명말청초의 패사소품문 선집으로, 청나라 문인 장조(張潮, 1650~1707)가 편찬한 것이다. 총 140여 편이 수록되어 있다. 국권 전환기의 혼란 속에 발생한 광범위한 제재를 다룬 명작들을 골라 모은 것으로 작품 내용이 다채롭다. 조선 후기 유만주·유득공·유경종·강세황·이용휴·정약용 등 많은 문인에게 영향을 미쳤는데, 소품문의 확산에 좋은 매개체가 되었다.

나만큼 멀리 여행한 사람 없다오. 　遠遊無我似

어려서부터 중화를 사모하다가 　髫齔慕中華

이 몸이 직접 보니 기쁘기만 해. 　身親斯可喜

오악도 오를 수 있을 듯하여 　五嶽如可陟

헌신짝 버리듯이 집 떠나왔지. 　辭家如脫屣

하늘이 내린 운명 정해져 있어 　賦命固有定

사람이 가늠할 바 실로 아닐세. 　諒非人所擬

오늘 아침 앉아서 빗질하는데 　今朝坐梳頭

머리털이 이처럼 희어졌구나. 　髮白乃如此

찬 바람에 고운 얼굴 주름이 지고 　寒風皺朱顔

가는 먼지 흰 귀를 더럽혔노라. 　軟塵鰵白耳

젊은 날엔 남들과 달랐었는데 　小壯不猶人

늙고 나니 참으로 부질없구나. 　衰謝良已矣

어느 때나 왕사를 끝마치고서 　曷月竣王事

돌아가서 자식을 가르칠거나. 　歸歟敎兒子

한가롭게 육경을 궁구하리니 　閑居究六經

오히려 도는 응당 여기 있으리. 　還應道在是

진자점에서 榛子店

여우 갖옷 만족 여인 추위도 알지 못해 　狐裘滿女不知寒

조선 사신 도착하자 뛰어나와 구경하네. 　韓使來時倒屣看

식암 선생 시화(詩話)가 한 번 전해진 뒤로[285] 　一自息菴詩話後

사람마다 모두들 계문란(季文蘭)을 얘기하네.　　　人人都說季文蘭

자범 이기원의 고수점 시에 차운하여 次韻子範枯樹店

한 그루 산 것도 죽은 것도 아닌 나무	一株非活復非枯
가지는 늘 있어도 나뭇잎은 없구나.	枝也長在葉也無
유산의 「추후부」와 의경이 방불하고	髣髴庚山秋後賦
화중의 〈취시도〉와 다름이 하나 없네.[286]	依然和仲醉時圖
들불이 지난 자리 줄기는 검어진 채	燒殘野火身仍黑
찬 까마귀 다 보내고 호올로 다시 섰네.	送盡寒雅立更孤
봄바람에 열매를 탐내는 건 아니지만	不是春風貪結子
즐거이 도리(桃李) 이어 꽃받침 만들었네.	肯隨桃李作華跗

285. 식암 선생~전해진 뒤로　식암 선생은 조선 후기의 문신 식암(息菴) 김석주(金錫冑, 1634~1684)를 가리킨다. 진자점의 주막 벽에 강남 여자 계문란(季文蘭)이 쓴 시가 있어서 김석주가 보고 전했다고 한다. 『청장관전서』 11권에 보인다.
286. 유산의~하나 없네　유산과 화중은 누구인지 분명치 않다. 「추후부」와 「취시도」는 그들이 지은 부와 그림.

조림장[287] 棗林莊

열흘간 찬바람에 수레 휘장 내리니	寒風十日掩車帷
옛 저자 새 성곽을 모두 분간 못하겠네.	舊市新城總不知
일대의 겨울 숲 객점에서 말 먹이며	一帶荒林芻馬店
대추가 익던 때를 어렴풋이 기억하네.	依俙記得棗紅時

통주[288] 通州

연이어진 수레의 발, 지는 햇빛 머금으니	脈脈車簾落日含
저 멀리 안개 숲은 연남(燕南)의 땅이리라.	望中烟樹是燕南
쓸쓸한 세밑 풍경 사신들 말씀하고	崢嶸歲色輈軒語
초라한 모습[289]으로 노수(潞水)[290]에서 얘기하네.	牢落行藏潞水談
빈과(蘋果)[291]가 익던 무렵 일찍이 술을 샀는데	蘋果熟時曾貰酒
겨울 매화 향기 속에 다시 수레 멈추누나.	臘梅香裏又停驂

---

287. 조림장 『계산기정』에 따르면 조림장은 삼하현(三河縣) 6리쯤에 있는데, 마을에는 성벽이 있었다 한다. 신성(新城)이란 시구를 사용할 수 있었던 것도 이런 풍광 때문이다.
288. 통주 『계산기정』에 따르면, 책문에서 북경에 이르는 동안 머무는 30참 중의 마지막 참이다. 통주(通州)에서 북경(北京)까지는 길에 벽돌을 깔았는데 북경 안에 이르러 성 밖에서 그쳤다 한다. 또 『일통지』를 참고하면, 한나라에서는 노현(潞縣)이라 했고, 후위(後魏)에서는 어양현(漁陽縣)을 두었으며, 당나라에서는 처음 원주(元州)를 두었고, 금나라에 와서 통주라 했다. 통주란 이름은 금나라에서부터 시작된 것이다"라고도 했다.
289. 초라한 모습 원문은 뇌락행장(牢落行藏). 국편본 주석에 따르면 '락'(落)에는 '임본작소'(任本作騷), '장'(藏)에는 '임본작장'(任本作裝)이라는 내용이 부기되어 있다.

외로이 읊조리다 눈꺼풀이 내려앉아　　　　　　孤吟忽覺雙眸倦
십 리 길서 한바탕 단꿈에 빠져드네.　　　　　十里悠揚一夢甘

방균점에서 벽 위에 쓰인 시에 차운하다 邦均店 次壁上韻

정엄(鄭儼)의 자는 망지(望之)다. 귀성오동(歸省奧東) 일률(一律)을 지은 것이
계묘년(1783) 초가을이다. 벽 위에 다시 매화와 죽석(竹石)을 그렸다. 정미
년(1787)에 지헌(咫軒)이 절구 한 수를 지었는데, 그 곁에 이르기를 "정군은
마을에서도 드러나지 않아서 나는 정군이 있음을 몰랐고, 정군도 내가 있
는지 알지 못했다. 뒤에 살피는 자는 생각건대 반드시 할 말을 잃고 웃을
것이다"라고 했다. 지헌(咫軒)은 옥전(玉田)에 사는 장운(張運)의 당호이니,
또한 훌륭한 선비다.

鄭儼字望之. 歸省奧東一律, 癸卯初秋也. 對壁上, 又畵梅花竹石, 丁未歲, 咫軒題
一絶, 其旁云, '鄭君邑里未著, 吾不知有鄭, 鄭不知有吾. 後之覽者, 想必啞然而
笑也.' 咫軒玉田張運堂號也, 亦翩翩名士者矣.

290. 노수　통주강(通州江)을 일컫는다. 통주강은 일명 노하(潞河)라 하고, 속칭 외하(外河)라고도
한다. 수원(水源)이 멀고 흐름이 빠른데 모래 웅덩이가 많다. 여름이나 가을만 되면 폭우가 내려 터
지기가 가장 쉽고 또 조금만 가물어도 얕아져서 배 다니기가 불편하기 때문에 얕은 여울 50여 곳
을 파냈다. 이것이 곧 천하의 항로(航路)다. 통주라는 이름도 이 때문에 생긴 것이라 한다. 『경자연
행잡지』 참고.
291. 빈과　연암의 「환희기」에 "빈과는 우리나라에서 말하는 사과(沙果)다. 중국에서 말하는 사과
는 우리나라의 임금(林檎: 능금)으로, 원래 없었던 것이다. 그런데 동평위(東平尉) 정재륜(鄭載崙)
이 사신으로 갔을 때 가지에 접을 붙여 동쪽으로 돌아온 뒤로 우리나라에 비로소 많이 퍼졌으며,
그 이름이 잘못 전한 것이라고 한다"고 하였다.

대나무도 천연스레 웃고 있지만	竹亦天然笑
매화는 뼛속까지 응당 추우리.	梅應徹底寒
외로운 바위 가에 무리져 나서	叢生孤石畔
그림 그려 먼 사람 보게 하누나.	畫與遠人看
정곡(鄭谷)[292]의 시 아직도 그대로 있고	鄭谷詩猶在
장전(張顚)[293]의 먹물은 안 말랐다네.	張顚墨未乾
허공 속의 옛 친구를 그리워하니	懸空懷舊雨
슬픈 마음 도리어 가눌 수 없네.	惆悵却無端

자범 이기원[294]의 「요야」 시에 화운하다 和子範遼野

산골 선비 처음으로 요동벌 보니	峽士初觀野
아득함에 할 말 잊고 어안이 벙벙.	茫洋一向癡
날씨는 예전 기후 따르지 않고	陰晴迷舊候
별자리 이전 길을 잃어버리네.	星宿失前規

292. **정곡** 만당(晚唐) 때의 시인으로, 자고새[鷓鴣]를 읊은 시가 유명하여 사람들은 그를 정자고라 불렀다. 여기에서는 정엄(鄭儼)을 말한다.

293. **장전** 초망(草聖)으로 일컬어지는 당나라의 장욱(張旭)을 가리킨다. 그는 술에 취하면 문득 초서를 쓰곤 했는데, 운필을 할 때 크게 부르짖으며[揮毫大呼] 머리카락에 먹물을 묻혀서 휘갈겨 쓰곤 했으므로, 세상에서 '미치광이 장욱[張顚]이라고 불렀다 한다. 『서단』(書斷) 「장욱」(張旭)과 『신당서』 권202에 보인다. 여기에서는 장운(張運)을 가리킨다.

294. **이기원(李其元)** 1745~?. 본관은 부평(富平), 호는 홍애(洪厓), 자범은 그의 자이다. 박제가, 이덕무 등과 가까이 지낸 서얼 문인이다. 연세대학교 중앙도서관에 그의 시문집과 자찬 연보가 소장되어 있다. 이기원에 대해서는 김영봉이 쓴 세 편의 해제, 『홍애시집』(洪厓詩集), 『홍애문집』(洪厓文集), 『홍애자편』(洪厓自編, 『연세대학교중앙도서관소장고서해제 II』, 평민사, 2004) 참조.

들판 숲이 짧음에 문득 놀라고   忽訝平林短

가는 새 더딘 것이 의아스럽네.   翻疑去鳥遲

끝까지 보았다고 말하지 말게   莫云窮眼力

내일도 다시금 끝이 없으리.   明日更無涯

담계 옹방강의 『낙엽시첩』 시에 차운하다 次韻翁覃溪落葉詩帖

그대 시에 붉은빛 줄지 않음 사랑하나   愛汝題詩不減紅

다정하매 도리어 동과 서로 흩어지네.   多情還是各西東

어찌하면 왕유 시의 바위가 될 것인가   何由化作王維石

만리바람 불어와 동쪽에 떨어지리.[295]   吹落扶桑萬里風

빈곡 증욱의 『서계어은권』에 적다 題曾賓谷〔燠〕西溪漁隱卷

얕은 물에 혁리(革履) 같은 작은 배를 띄워 보니   淺水纔浮革履船

갈대 사이 바람 햇빛 연이어 지나누나.   葦間風日去延緣

---

295. 어찌하면~떨어지리   왕유의 시 「희제반석」(戲題盤石)에 "봄바람이 내 마음을 몰라준다 말한
다면, 어이하여 꽃잎을 불어서 보내오나"(若道春風不解意, 何因吹送落花來.)란 구절이 있다. 박제
가도 이 시에 나오는 바위가 되어, 만리바람이 보내주는 옹방강의 낙엽시를 받아 보고 싶다는 뜻으
로 보인다.

조정²⁹⁶에서 한 조각 도롱이를 꿈꾸면서 　　巖廊一片蓑衣夢
그림만 펼쳐 봄이 벌써 다섯 해로구나. 　　忽漫披圖已五年

가슴속에 한 자락 장취원(將就園)²⁹⁷을 담아 두고 　一副胸中將就園
구파정(鷗波亭)²⁹⁸에서 척령(鶺鴒)²⁹⁹ 들판 마주하네. 鷗波亭對鶺鴒原
왕어양(王漁洋) 늙기 전에 왕서초(王西樵)³⁰⁰ 떠나 　漁洋未老西樵逝
　가니
강남 땅 황엽촌서 애간장만 끊겠구려.³⁰¹ 　　　腸斷江南黃葉村

---

296. 조정　원문은 암랑(巖廊). 궁전의 높은 낭하(廊下)로, 전하여 조정을 가리킨다.

297. 장취원　명나라 때 황주성(黃周星, 1611~1680)이 만든 상상 속의 공간이다. 그는 진사에 급제하고 호부주사(戶部主事)를 지냈으나 명나라가 멸망한 뒤 호주(湖州)에 은거했는데, 삼번(三藩)의 난이 평정되어 청을 무너뜨릴 희망이 사라지자 물에 투신하여 자살한 인물이다. 황주성은 적응하지 못하는 현실에서 남과 타협하기 싫어 새로운 세계에 살고자 이상적인 삶의 공간으로 장취원(將就園)을 구상했고,「장취원기」(將就園記)를 지었다.

298. 구파정　중국 원나라 때 화가이자 서예가였던 조맹부(1254~1322)의 호다. 자는 자앙(子昻)이고, 시호는 문민(文敏)이다. 서예에서는 당나라의 안진경 이래로 송나라에서 성행했던 서풍을 배격하고, 왕희지의 전형에 복귀할 것을 주장했다. 그림에서는 남송의 원체(院體) 화풍을 타파하고, 당·북송의 화풍으로 되돌아갈 것을 주장했다.

299. 척령　할미새다. 걸어 다닐 때 항상 꽁지를 아래위로 흔들어 화급한 일을 고하는 것 같으므로, 위급함의 비유로 쓰인다. 척령재원(鶺鴒在原)이라 하면 형제가 급한 일이나 어려운 일을 당하여 서로 돕는 비유로 쓰인다.

300. 왕서초　원문은 서초(西樵). 청나라 사람 왕사록을 가리키는데, 서초는 그의 호이고, 자는 자저(子底)다. 이부고공원외랑(吏部考工員外郎)을 지냈고, 시에 능했으며, 특히 맹호연(孟浩然)의 시를 좋아했다. 그 동생 사우(士祐)·사진(士禛)과 함께 삼왕(三王)으로 일컬어진다.

301. 강남 땅~끊겠구려　왕사정이 늙기도 전에 서초 왕사록이 요절하자, 왕사정이 강남의 황엽촌에서 애간장 태우며 슬퍼하던 일을 시화한 것이다.

선산 장문도의 〈설중광음도〉에 적다 題船山雪中狂飮圖

술이란 잔 가운데 물이라지만　　　酒卽杯中水
천지의 뜻을 능히 머금었구나.　　　能含天地意
모르겠네, 눈이 무슨 힘이 있어서　　不知雪何能
사람을 집 안에 숨게 하는가.　　　使人堂戶遯
세인들 누운 것만 바라보고는　　　世人見其臥
구태여 취했다고 말을 하겠지.　　　强名謂之醉
나무 끝 하얀빛을 바라보노니　　　試看樹頭白
아롱아롱 기이한 운치 있구나.　　　玲瓏有奇致

최경이의 『죽루도권』에 적다 題崔景偁竹樓圖卷

내게는 상상 속의 대숲 있으니　　　我有竹裏想
하루에도 수천 번 떠오르누나.　　　一日千百幻
바라건대 일만 그루 빼곡 심으면　　乍願密萬个
처자가 저편에서 불러 대겠지.　　　妻子隔呼喚
바라건대 한쪽 면 틔워 놓으면　　　乍願開一面
다락은 구름 위로 반쯤 솟겠지.　　　層樓出雲半
여름에는 만발한 눈꽃의 생각　　　夏念雪離披
한낮에는 부서지는 달빛의 상상.　　晝思月凌亂
다시금 어린 죽순 맛있게 먹고　　　復欲噉穉笋
내장을 꺼내어서 닦아 보리라.　　　臟腑出修澣

최군(崔君)은 죽루(竹樓)를 생각해 내어	崔君擬竹樓
그림으로 그려서 감상케 했네.	畫圖供把玩
지산 송보순(宋葆淳)과 양봉 나빙(羅聘)은	芝山及兩峯
뜻과 솜씨 모두가 반짝 빛났지.	意匠悉爛爗
누대를 일으킴은 같지 않아도	起樓各不同
대나무 사랑일랑 다를 바 없네.	愛竹兩無間
뜻에 맞는 인물은 왕자유(王子猷)[302]일 뿐	可人王子猷
나머지 사람들은 무시했다네.	餘子如旣灌
그림의 바깥으로 몸을 빼내면	將身出畫外
머물 곳은 오로지 궤안뿐이라.	所留惟几案
다시금 그 가운데 들어가서는	復欲入其中
둥근 바위 곁에서 자주 시를 지으리.[303]	屢欬卷石畔
문동(文同)의 묵군당(墨君堂)[304]에 오른 듯하니	如登墨君堂
가을 소리 보면서 웃고 말하네.	笑唔秋聲觀
맑은 바람 살랑 불어 부드러운데	淸風旣流利

302. **왕자유** 왕희지(王羲之)의 다섯째 아들 왕휘지(王徽之)다. 『진서』(晉書) 「왕휘지전」(王徽之傳)에 따르면, "(휘지가) 일찍이 빈집에 머물러 있으면서 사람을 시켜 대나무를 심게 했다. 어떤 사람이 그 까닭을 묻자, 휘지는 다만 길게 휘파람을 불며 대나무를 가리켜 이렇게 말했다. '어찌 하루라도 차군(此君)이 없을 수 있겠는가'라 했다"라고 한다. 이후로 차군(此君)이라는 말은 대나무를 키운다는 뜻의 대칭이 됐다.

303. **시를 지으리** 원문은 누해(屢欬). 누해는 해타성주(咳唾成珠), 즉 기침하여 뱉은 가래침이 주옥이 된다는 뜻으로, 일기가성(一氣呵成)의 시문(詩文)이 아주 교묘함을 비유한다.

304. **묵군당** 중국 북송의 문인화가였던 문동(文同, 1018~1079)의 집을 가리킨다. 문동의 자는 여가(與可), 호는 금강도인(錦江道人)·소소선생(笑笑先生)이다. 시와 초사, 초서와 그림을 문장의 사절이라 하는데, 그의 묵죽(墨竹)은 '소쇄(蕭灑)의 자태가 풍부하다'는 평을 받았으며, 담묵(淡墨)으로 휘갈겨 그린 고목은 '풍지간중'(風旨簡重)이라는 말을 들었다. 그는 후세에 묵죽의 개조라고 추앙 받았다. 이 때문에 그의 집을 '묵군당' 또는 '죽오'(竹塢) 등으로 부른다. 김원중의 『중국문화의 이해』(을유문화사, 2000) 참조.

먼 데 안개 가로 걸렸다 끊어지누나.	遠烟復橫斷
하늘 스친 기운 돌연 흔들리더니	捎空氣忽奮
비 오려고 빛이 먼저 바뀌는구나.	將雨色先換
대나무 쪼개지는 소리 들은 듯	髣髴聞解籜
자던 참새 빈 탄환에 깜짝 놀라네.	睡雀驚虛彈
황강(黃岡)[305]의 사람을 배우지 않아	不學黃岡人
초록 마디 멋대로 쪼개 가르네.	綠節恣剖判
그대의 죽루(竹樓) 시를 계기 삼아서	系君竹樓詩
한바탕 회포를 풀어 보누나.	風懷一蕭散

정월 초이레 양봉 나빙의 생일에 羅兩峯人日生日

하늘이 도화(圖畫)를 내려보냄은	維天降圖畫
인문을 환히 밝게 하려 함일세.	將以昭人文
새해하고 첫 달의 초이렛날에	新年日之七
나군이 세상에 태어났다네.[306]	弧矢爲羅君
기이하다 꽃으로 선정에 들어[307]	異哉花之禪

305. **황강** 송나라 사람 왕우칭(王禹偁)이 지은 「황주죽루기」(黃州竹樓記) 첫머리에 "황강의 땅에 대가 많아 큰 것은 서까래만 하다"(黃岡之地多竹, 大者如椽.)라는 구절이 있고, 중간에 "월파루와 통한다"(與月波樓通)는 말이 있는데, 그것을 주로 인용한 것이다. 『고문진보』(古文眞寶) 「황주죽루기」에 보인다.
306. **태어났다네** 원문은 호시(弧矢). 활과 화살로, 남아가 태어났다는 의미이다.
307. **꽃으로 선정에 들어** 원문은 화지선(花之禪). 나빙의 별호 중 하나인 화지사(花之寺)를 운율에 맞게 달리 표현한 것이다.

필묵으로 천하에 알려졌구나.　　　　筆墨天下聞

문자의 인연[308]을 널리 말하니　　　　廣說文字緣

찾는 이 구름처럼 많기도 해라.　　　　履舃多如雲

『능가경』의 의미를 짚어 주는데　　　　拈示楞伽義

방장엔 화로 하나 향기로웠지.　　　　方丈一爐熏

저 멀리 바닷가의 사람이　　　　　　遙遙海上人

머리 숙여 은근한 뜻을 표하네.　　　　頂禮致殷勤

오늘은 날씨도 아름다우니　　　　　　今日天氣佳

한 잔 술로 마음껏 취해 보리라.　　　　可以酒一醺

초목도 성질 기운 머금었으니　　　　　草木含性氣

수확은 철 변화에 달려 있다오.　　　　收效在寒溫

인생엔 각자의 몫이 있나니　　　　　　人生各有事

궁달(窮達)을 말해서 무엇하리오.　　　　窮達何足云

세상에서 60년을 살아온 것도　　　　　人間六十壽

공의 기쁨 되기엔 부족하겠네.　　　　未足爲公欣

이 같고 다시금 이와 같으니　　　　　如是復如是

천만의 아침 볕을 깨닫겠구나.　　　　了千萬朝曛

---

308. 문자의 인연　　원문은 문자연(文字緣). 문장을 주고받으며 맺은 인연을 말한다. 송나라 여본중(呂本中)의 「구일신기」(九日晨起)란 시에 "또렷한 강산의 꿈, 구구한 문자 인연"(了了江山夢, 區區文字緣.)이란 구절이 보인다.

경술년(1790) 제야에 庚戌除夕

이 몸은 요대(瑤臺)의 몇 번째 선관으로   身是瑤臺第幾仙

오색구름 가에서 녹포(綠袍) 입고 늘 모시네.   綠袍長侍五雲邊

표연히 만 리 길에 식구들도 돌보잖고   飄然萬里輕家室

연산(燕山)을 오가느라 또 한 해를 보냈구나.   來住燕山又一年

양화원 집에서 養花園邸

훈업 높고 충성스런 어른으로서   勳業忠襄伯

오늘날 첫째가는 인물이라네.   如今第一流

중도(中道)에 부합하여 세도를 매고   協中維世道

외적을 순치하여 황업을 돕네.   順外贊皇猷

조선 사신[309] 만나면 반가이 맞고   鰈域頻靑眼

한림원[310] 오래 지켜 늙지 않았네.   鰲扉久黑頭

나는 듯 아름다운 공자님께서   翩翩公子好

작은 뜰 그윽한데 객을 붙드네.   留客小園幽

---

309. 조선 사신   원문은 접역(鰈域). 우리나라의 모양이 가자미 같은 데서 이름 붙여진 것으로, 중국에서 우리나라를 가리켜 접역이라 했다. 여기서는 조선의 사신을 말한다.

310. 한림원   원문은 오비(鰲扉). 한림원의 별칭이다. 한림원은 맑고 고귀한 곳이기 때문에, 여기드는 것을 선계(삼신산)에 드는 것으로 견주었던 때문이다. 그래서 한림원을 오금(鰲禁) 또는 오봉(鰲峯)이라 했다. 오비(鰲扉)도 같은 뜻으로 쓰였다.

운미 팽원서에게 드리다 呈彭雲楣

듣자하니 용문에 오르신 손님	聞說登龍客
돌아오매 황하를 마서 버린 듯.	歸來似飮河
누대를 세울 만한 땅은 없어도	樓臺無地起
도리(桃李)는 문가에 무성하구나.	桃李在門多
십고(十鼓)로 종고를 밀쳐 내었고	十鼓排樅樠
천문(千文)으로 비파(枇杷)를 꺾어 냈었지.[311]	千文折枇杷
한 번은 접부채를 가지고 와서	憶曾携摺扇
글씨 써서 내게 들려 주고 갔다네.	書贈小郎過

옥하관 절구 玉河館絕句

제독 올 땐 외침 소리[312] 길게 울려 퍼지고	提督來時喝道長
날마다 문 앞에서 양 한 마리 지급하네.	門前分給日供羊
조선 사신 도처마다 천자 은혜 입으니	陪臣到處蒙天賜
상방과 부방에 음식 자주 내리시네.	克食頻宣上副房

---

311. 십고로~꺾어 냈었지 십고는 10개의 석고(石鼓)를 가리킨다. 팽원서가 서법에 뛰어나 주나라 때 금문(金文)인 석고문을 배워 새로운 서풍을 열었다는 의미다. 종고와 비파는 의미가 분명치 않다.
312. 외침 소리 원문은 갈도(喝道). 재상이 아문으로 출근할 적에 궐문 안으로 들어간 뒤 한 사람이 앞에서 소리 지르는 것이다. 하지만 도로에서는 태학사 이하 갈도(喝道)의 규정이 없고, 천민이 말을 타고 지나가도 아무런 거리낌이 없다. 이해응(李海應)의 『계산기정』(薊山紀程) 권5, 「풍속」(風俗, 『국역연행록선집』 제8책) 참조.

의문(儀門)을 활짝 열고[313] 재빨리 불 밝히며 　　　洞闢儀門快點燈
통관은 소리 질러 일어나라 재촉하네. 　　　　　通官叫罵促晨興
서른 명의 정관들은 서원(西苑)[314]으로 달려 나가 　正官三十趨西苑
천자를 맞이하여 얼음 지치기 구경하네. 　　　　特許迎鑾看走氷

자광각(紫光閣)[315] 아래에는 장막이 널찍한데 　　　紫光閣下幔城寬
피리 불고 북 치는 자 모두 다 환관이라 　　　　擊鼓吹笙總宦官
잔치 모신 시신(侍臣)들 일제히 머리 들어 　　　　陪宴侍臣齊擧首
돌난간 가에서 당간(撞竿)을 구경하네. 　　　　　石欄干畔看撞竿

언덕 사이 홍교(虹橋)는 '一'자로 열렸는데 　　　兩岸虹橋一字開
나무뿌리 눈이 쌓여 한층 더 공교롭네. 　　　　樹根堆雪巧新培
서화문[316] 안에 있는 조천하는 길에서 　　　　　西華門內朝天路
금오교와 옥동교[317]를 왕래하며 실컷 보네. 　　　飽看金鰲玉棟廻

---

313. **의문을 활짝 열고**　의문(儀門)은 명·청 시기 관서(官署)의 대문 안에 있던 문이다. 원문의 동벽(洞闢)은 활짝 연다는 뜻이다.
314. **서원**　북경성 서화문(西華門) 밖에 있던 황실 정원이다. 1888년 서태후(西太后)가 이화원(頤和園)으로 명명한 뒤 공식 이름이 되었다. 청나라 황제들은 종종 신년 하례연을 이곳에서 베풀었다. 김경선(金景善), 『연원직지』(燕轅直指) 권4, 「서원제승기」(西苑諸勝記, 『국역연행록선집』 제11책) 371쪽 참조.
315. **자광각**　북경의 서원 안에 있는 건물 이름이다. 명나라 때 지어져 활 쏘는 장소로 이용되었고, 청나라 때에도 무과를 보거나 시위 대신들의 활쏘기를 시연하는 곳이었다. 박제가 북경에 머물던 건륭제 시기에 특히 중시되었다.
316. **서화문**　자금성 서쪽 문이다.
317. **금오교와 옥동교**　원문은 금오옥동(金鰲玉棟). 서원(西苑) 태액지(太液池) 위에 있는 다리. 다리 양쪽에 패문이 서 있는데, 서쪽은 금오(金鰲), 동쪽은 옥동(玉棟)이라 했다. 북쪽은 북해(北海), 남쪽은 영대(靈臺)라 했다. 다리 왼쪽에 자광각이 있었다.

청금(靑衿)³¹⁸의 성대한 일 벽옹(辟雍)³¹⁹이 열리고　　　青衿盛事辟雍開

석고(石鼓)³²⁰는 열 개를 새롭게 늘렸구나.　　　石鼓新增一十枚

하북의 이유(醨儒)요 원나라의 좨주³²¹이니　　　河北醨儒元祭酒

정원의 홰나무³²²는 어른어른 남아 있네.　　　婆娑留得半庭槐

행인은 해마다 안부를 묻건마는　　　行人歲歲致寒暄

김 대사는 볼 수 없고 사신만 남았구나.　　　金大司空遺使存

의주부사 맡을 꿈은 꾸지도 않지만　　　不作龍灣知印夢

변함없이 왕부에는 위양³²³이 존귀하네.　　　依然王府渭陽尊

한림관 나무들은 붉은 회랑 닿아 있고³²⁴　　　翰林館樹接紅廊

문 밖의 성 그늘에 눈빛이 남아 있네.　　　門外城陰逗雪光

길 위의 누런 먼지 흩날리며 자지 않고　　　一道黃塵飛不定

---

318. 청금　유생을 일컫는 말로, 『시경』 정풍(鄭風) 「자금」(子衿)의 "푸르고 푸른 그대의 옷깃"(青青子衿)이란 구절에서 따왔다.

319. 벽옹　주(周)나라 때 태학교의 이름이다.

320. 석고　공묘(孔廟) 대성문(大成門) 앞에 놓여 있는 돌로 만든 북 모양의 석비로, 주선왕(周宣王)의 업적을 전서(篆書)로 새겨 놓았다. 공묘는 연행사들이 으레 찾았던 곳으로, 연행록에는 이 석고에 대한 기사가 많다.

321. 원나라의 좨주　원문은 원좨주(元祭酒). 벼슬이 국자좨주(國子祭酒)에 올랐던 허형(許衡)을 가리킨다. 하북의 이유(醨儒)는 좨주(祭酒)와 관련이 있는 듯하다. 허형을 가리킨다.

322. 정원의 홰나무　원문은 정괴(庭槐). 1804년 『계산기정』의 기록에 따르면 이륜당(彝倫堂) 앞에 앙상하게 마른 홰나무 한 그루가 있었는데, 원나라의 대유(大儒) 허형이 심은 것이라고 했다.

323. 왕부에선 위양　왕부(王府)는 왕의 창고 또는 저택을 뜻한다. 위양(渭陽)은 『시경』 「위양」 편의 노래 때문에, 후대에 외숙과 조카 사이의 아름다운 관계를 뜻하는 말로 사용되었다.

324. 한림관~있고　옥하관과 담 하나 사이로 한림 서길사들이 모여 책을 읽는 한림서상관(翰林庶常館)이 있어, 조선 사신들과 한림 서길사들 사이에 교유가 활발했다. 『계산기정』에 따르면, 조선 사신들은 누구나 한림서상관에 들어 서길사들과 시문을 논하며 교유했다고 한다.

낙타의 그물에선 방울 소리 느긋하다.　　　　　　　銅鈴響緩橐駝網

예의로 이름난 동방 조선 부끄럽게　　　　　　　　　慙愧東方禮義名
마두의 무리들은 싸움을 일삼누나.　　　　　　　　　馬人一隊慣偸爭
세상에 답답하기 너희만 한 놈들 없어　　　　　　　　世間疎闊無如汝
봉두난발 맨발로 만 리 길을 오가네.　　　　　　　　徒跣蓬頭萬里行

하인들 게으르고 어리석다 여겼더니　　　　　　　　　只信跟人懶且迷
남몰래 이것저것 사기도 하는구나.　　　　　　　　　暗中還自買東西
홍려(鴻臚)[325]의 지급으로 말여물은 충분한데　　　　　鴻臚供給芻糧足
말들은 어이하여 밤새도록 바닥 긁나.　　　　　　　　通夜如何馬刮蹄

노복은 밤새도록 우레처럼 코를 골고　　　　　　　　僕夫通夜鼾如雷
눈 온 땅엔 수숫단을 그럭저럭 깔았다네.　　　　　　雪地纔鋪薥黍稭
은자 반근을 어디에다 쓸까만은.　　　　　　　　　　銀子半斤何所用
힘겹게 압록강을 건너서 온 것일세.　　　　　　　　百般要渡鴨江來

남캉이 북캉보다 조금 더 따스한데[326]　　　　　　　南炕稍比北炕溫
수숫대 십여 뿌리 겨우 때는 것뿐일세.　　　　　　　薥黍纔燒十數根
동트도록 자고도 잠은 외려 부족한데　　　　　　　　睡到天明猶未足

---

325. 홍려　외국 사신들의 의례와 지급을 담당했던 관아로, 자금성 남쪽 천안문과 정양문 사이 태의원 옆에 있었다. 조선 사신들은 여기서 황실 행사에 필요한 의례를 익혔고, 또 북경에 체류하는 동안의 일용품을 지급 받았다.

326. 남캉이~따스한데　옥하관은 여러 건물이 남북으로 배치되어 있었던 것으로 보인다. 맨 앞의 정당에는 정사가, 북쪽으로 제2·제3의 건물에는 부사와 서장관이 기거했다. 그리고 맨 뒤에 열 몇 칸 북항(北炕)이 있었는데, 여기에는 원역(貝役)이나 하인들이 묵었다고 한다. 『국역계산기정』 참조.

문 연다는 군뢰 소리 깜짝 놀라 깨어나네.[327]　　忽驚牢子報開門

고병의 『당시품휘』 모곤의 『당송팔가문』　　高選唐詩茅八家
육경의 규벽(奎璧)[328]을 수레에 함께 실었구나.　　六經奎璧共裝車
책 몰래 구매함을 서반(序班)[329]은 걱정 말게.　　序班莫漫愁潛買
갖가지 새 책들을 어찌한단 말인가.　　百種新書奈若何

사하역에서 새벽에 출발하다 沙河驛早發

봄기운 드날려 들썩거리니　　春氣自飛揚
새벽꿈 오래 못 감 괴롭기만 해.　　曉夢苦難久
요리사들 깨워서 먼저 보내니　　廚人戒先行
뿔피리 이미 세 번 울려 댔다네.　　畵角已三吼
밝은 노을 집 처마 부서지더니　　明霞拂屋簷

---

327. **문 연다는~깨어나네**　17세기까지만 해도 문금(門禁)이 엄중하여 사신들은 옥하관 밖을 마음
대로 출입할 수 없었다. 이는 강희제의 통치가 안정되는 18세기 초에 이르러 점차 느슨해져, 1712
년 김창업이 비교적 자유롭게 북경 시내를 다닐 수 있었다. 이 시기에도 형식적인 문금은 남아 있었
으며, 문을 닫고 열 때는 조선의 군뢰(軍牢)가 와서 반드시 고하였다고 한다. 『국역계산기정』 참조.
328. **규벽**　경서의 규격을 작게 줄여서 인쇄한 책이다.
329. **서반**　명·청 시기 예부의 속관 명칭이다. 사행이 북경 관소에 들면 예부에서는 서반 10명을
뽑아 파견하여, 숙직하면서 사신들의 일을 돌보게 했다. 그들은 지방에서 뽑혀 온 처지인지라 봉록
이 적었다. 그래서 서적·필묵·향다 등을 파는 상인들을 소개하여 이익을 챙겼다. 사신들이 그들
의 교활함을 싫어하여 몰래 물건을 사면 불끈 성내어 꾸짖었다고 한다. 김경선, 『연원직지』 권2,
「관소아문기」(館所衙門記, 『국역연행록선집』 제10책) 참조.

아침 햇살 말 머리 밝게 비추네.　　　　　初日照馬首

들판 길 아득하고 멀기도 한데　　　　　漠漠野中路

강가의 버드나무 무성하구나.　　　　　依依河畔柳

천 리 밖 고향 집을 생각하다가　　　　千里念故園

온 세상 좋은 벗 그려 보노라.　　　　四海懷良友

돌아갈 길 한 달은 족히 걸리니　　　　旋歸準一月

갈 길이 팔구 할 남아 있는 셈.　　　　去路餘八九

바람에 밥을 먹고 이슬에 자며　　　　風餐與露宿

2년을 이리저리 분주했다네.　　　　　二載於奔走

나의 뜻은 임금님께 항상 있으니　　　　余志在王室

몸과 집을 감히 홀로 소유하리오.　　　　身家敢自有

창려현 昌黎縣

파같이 생긴 먼 데 나무 길 양편에 줄지었고　　遠樹如葱夾路長

등 뒤로 지는 해는 어둑하게 내려앉네.　　背人斜照下茫茫

오늘에 창려현이 뚜렷이 눈에 뵈니　　眼明今日昌黎縣

한 겹의 구름산이 고향인 듯싶구나.　　一疊雲山似故鄕

영수사[330] 온천에서 靈壽寺湯泉

작은 정자 주변을 흐르는 강물 가에	一笠亭邊一水頭
수레 세운 한나절 절 문은 고요하네.	停車半日寺門幽
지붕 위 쌓인 눈 전혀 없음 놀라우니	眞驚覆屋無留雪
담 뚫고 땅 밑으로 흐르는 물 있음일세.	道是穿墻有伏流

돌샘은 침침하여 거울과 한가지요	石眼沈沈鏡殿同
봄바람은 기루(氣樓)[331]를 통해서만 들어오네.	春風只許氣樓通
영험한 샘 절로 있어 천연으로 뜨겁나니	靈源自有天然熱
사람이 불 땐 힘을 입은 것 아니라네.	不藉人間爨火功

옷을 모두 벗었어도 기운은 봄과 같고	脫盡衣裳氣似春
더러운 때 씻어 내니 뽀얗기가 명주 같네.	也知離垢勝絲身
닭 삶고 콩 익힘은 늘상 하는 일이거니	燖雞煮菽渾閒事
한 줄기로 솟아나서 우리 백성 장수케 하네.	一脈溶溶壽我民

청석이 둘려 있어 옥녀분을 이루었고	青石圍成玉女盆
신령한 샘의 효능 국화원(菊花源)[332]과 비견되네.	靈泉功比菊花源
3층의 나무 평상 머무는 이 따뜻하니	三層木榻留人暖
창랑 노래 한 곡조에 한낮에도 문을 닫네.	一曲滄浪晝掩門

---

330. **영수사**　영원부에서 동남쪽으로 15리 거리에 있던 절. 온천이 유명하다. 이 책 중권 313쪽에
자세한 내용이 보인다.
331. **기루**　곳집이나 창고에 통풍이나 채광을 위해 돌출시켜 놓은 작은 다락을 말한다.
332. **국화원**　국수(菊水)·국천(菊泉)과 같은 뜻이다. 국수는 물 이름으로, 물 주위에 국화가 많아
서 그 맛이 매우 달콤하며, 그 물을 마시면 장수한다고 한다. 『태평어람』 권63에 보인다.

자욱한 안개 속에 거울 같은 수면 열려　　　　霧蔚霞蒸一鑑開
가서 장차 더운물로 찌든 때를 씻으리라.　　　逝將執熱濯塵埃
증점의 바람 쐼이 이르다고 말 마시게.　　　　莫言曾點風雩早
한겨울 눈 속에도 나는 오고 싶으니.　　　　　我欲冬天雪裏來

십 년간 오사모로 홍진 속을 달렸지만　　　　　十年烏帽走紅塵
그림자 돌아보니 자유로운 몸이라오.　　　　　照影欣欣自在身
내 장차 정칙(正則)³³³처럼 갓끈을 털 것이니　　我且彈冠如正則
옹졸하다 문지기를 비웃지 마시게나.³³⁴　　　　莫將心覆笑閽人

찬 샘물 밝은 구슬 그릇 애를 녹이니　　　　　寒泉明玉枉消魂
맑은 물에 부용 꽃이 한 차례 피어난 듯.　　　清水芙蓉擬一番
객지 생활 가려운 등 긁어 줄 이 없어서　　　　客裏無人搔背癢
그를 시켜 영액에다 온기를 남겨 뒀네.　　　　教他靈液自溫存

끓는 차³³⁵ 한 잔을 시험 삼아 맛보고　　　　　一甌魚眼試先嘗
애오라지 정인 위해 차가운 창자 씻네.　　　　聊爲情人洗冷腸

---

333. 정칙　초나라 삼려대부였던 굴원의 또 다른 이름이다. 그는 「어부사」(漁父辭)에서 "새로 머리 감은 사람은 반드시 갓을 털고, 새로 목욕한 사람은 반드시 옷을 턴다"(新沐者必彈冠, 新浴者必振衣.)고 했다.

334. 옹졸하다~마시게나　진(晉)나라 문공(文公)이 아침에 머리를 감는데 두수(頭須)가 찾아왔다. 두수는 예전에 문공을 곤란에 빠뜨렸던 자다. 문공이 노여워하자 문지기가 명을 받아 두수를 물리쳤다. 이에 두수가, 문공이 머리를 감는 중 아니냐고 물었다. 문지기가 깜짝 놀라 묻자 두수가 말했다. "머리를 감는 자는 머리를 숙이고 몸을 구부리니 그 가슴이 굽을(心覆) 수밖에 없다. 가슴이 굽으면 나오는 말이 거꾸로 되게 마련이니, 내가 만나고자 해도 만날 수 없을 것이다." 이는 문공의 편협함을 지적한 것이다. 이 말을 듣고 문공은 두수를 불러들였다. 『동주열국지』 제37회에 보인다.

떠 있는 조각돌은 조그만 섬과 같아   片石承跗如小島
마치도 나는 새가 연밥을 밟는 듯해.   恰疑飛鳥踏蓮房

아이 때 맑은 못서 수영한 일 떠올리니   翻思童冊泳淸溝
올 들어 어느새 머리 흼이 부끄럽다.   慙愧年來已白頭
오늘 내 벗은 몸을 나무랄 이 없으니   今日幸無譏我裸
잠시 두 손 허위대며 갈매기를 흉내 내네.   暫將雙掌學浮鷗

제갈량의 행과(行鍋)[336]는 공력이 너무 들고   諸葛行鍋太費工
손 안 트는 약 만들던 월인의 공 비웃는다.[337]   笑看沍瀽越人功
알겠노라 세상에서 화롯가 에운 객들   從知世上圍爐客
연못에서 웃옷 벗은 늙은이에 못 미침을.   不及臨池袒裼翁

---

335. 끓는 차　원문은 어안(魚眼). 물이 끓으면 거품이 물고기 눈과 같다 하여 붙여진 이름이다. 차를 끓일 때 처음에는 게의 눈처럼 생긴 물방울이 몰리다가 한참 지나면 물고기 눈처럼 변한다. 백거이(白居易)의 「사이육랑중기신촉다」(謝李六郎中寄新蜀茶)에 차를 달이는 광경을 형용하여 "끓는 물에 한 국자 물을 더 부어 어안(魚眼)을 달이고, 숟갈로 가루 차를 넣어 담황색 찻물을 젓네"라 하였다.

336. 제갈량의 행과　제갈량이 개발한 군수용품의 하나로, 물을 넣으면 저절로 끓었다고 한다. 『촉중광기』(蜀中廣記) 등 민간 고사를 채록한 책에 보인다.

337. 손 안 트는~비웃는다　전국시대 송(宋)나라에 손을 트지 않게 하는 약을 만들 줄 아는 사람이 있었는데 대대로 솜 씻는 일로 생계를 유지했다. 손님 중에 많은 돈으로 그 제조법을 사고자 하는 이가 있었다. 제조법을 안 사람은 오(吳)나라 왕에게 유세했다. 월(越)나라에 재앙이 있자 오나라 왕은 그를 장수로 삼았다. 겨울에 월나라와 수전(水戰)을 벌여 크게 이겨, 월나라 땅의 일부를 봉토로 받았다. 『장자』「소요유」에 보인다.

송산 松山

끊어질 듯 슬픈 노래 정녕코 유장하고	躑躅悲歌歌正長
황성의 수레바퀴 햇빛 흐려 누렇구나.	荒城車轍日微黃
새로운 봄빛 속에 외론 연기 아득하고	孤烟漠漠新春色
옛 전쟁터 벌판은 옛 모습 그대로네.	平楚依依古戰場
그날의 흐린 물엔 기러기 놀라 번드쳤고	當日濁流翻雁鶩
오늘날 경관(京觀)[338]엔 소와 양 떼 널려 있네.	祇今京觀徧牛羊
길 가던 이 모래 속의 무기를 주워 들곤	行人拾得沈沙戟
마고할미 까마득한 옛날 일을 얘기하네.	閑說麻姑海上桑

요서잡기 遼西雜記

반근의 짠물에다 한 종지 차 마시고	半斤鹹水一鍾茶
밥에 든 모래알에 자주 놀라 뱉어 내네.	吐哺頻驚飯有沙
다행히도 행인이 사흘간 목마르다	贏得行人三日渴
대릉하 강변에서 튀긴 새우 사 먹었지.	大凌河上買油鰕

바람 불면 먼지 걱정 비 오면 진창 걱정	風怕飛塵雨怕泥
가장 가기 힘든 곳은 요서 땅 여기로세.	最難行處是遼西
들보 없는 납작한 집[339] 굴뚝에 연기 나니	平梁屋底烟煤窟

---

338. **경관** 승전을 기념하기 위해 적병의 시체를 쌓아 산처럼 만들어 둔 곳을 말한다.

이불 둘러 새벽닭 소리 견뎌 들을 만하도다.　　　耐可圍衾聽曉雞

여윈 곁마 뒤뚱거려 꿈 이루기 어렵고　　　羸驂兀兀夢難圓
변방 나무 바람 많아 그림자 다 치우쳤네.　　　邊樹多風影盡偏
두 해 동안 오고 간 길 헤아려 보노라니　　　記得二年來去路
집에 가면 만 삼천 리 응당 모두 채우리.　　　到家應滿萬三千

자범 이기원이 내가 뒤에 이른 것을 놀림에 답하다

答子範李箕元譏余後至

담황빛 노을에 모래비가 내리고　　　淡黃斜日雨沙天
길 가득 미친 바람 말은 고꾸라지려 하네.　　　一路風狂馬欲顚
내 걸음 늘 뒤처짐 괴이타 하지 말게　　　莫怪我行常殿後
그대는 먼지 날리는 앞쪽에 있지 않나.　　　也應君在簸揚前

---

339. 들보 없는 납작한 집　　원문은 평량옥(平梁屋). 지붕을 낮게 지은 집을 말한다. 바람의 영향을
덜 받기 위한 가옥 구조로, 여러 연행록은 이러한 가옥 형태가 심양 이후 나타나는 것으로 증언하
고 있다.

북진묘에서 북경의 여러 사람에게 부치다 北鎭廟寄日下諸子

나는 동쪽 구이의 땅에 태어나	我生九夷中
변변찮은 문자를 겨우 익혔네.	識字誠區區
어떻게 알았으리 십 년 사이에	詎期十年間
세 번이나 의무려산 찾게 될 줄을.	三謁醫巫閭
세상 널리 보았다는 중화 사람도	中華博覽人
도리어 때로 나를 부러워하네.	有時還慕余
지역은 그 옛날 기자의 영역	地是箕疇舊
문화는 당과 송의 나머지일세.	文猶唐宋餘
높은 사귐 명성 지위 아니 따지니	抗交略名位
진정이지 아첨은 아니었다오.	情眞非面諛
글을 쓰면 귀중히 간직하였고	偶書輒裝池
잗단 얘기 듣고도 탄식하였네.	小話必吹噓
문장을 논하거나 술을 마시든	文林與酒所
부르지 않은 자리 전혀 없었네.	無席不招呼
아쉬운 건 돌아갈 날 늦추지 못해	恨未展歸期
겨우 한 해 연경에 머문 것이네.	一歲留燕都
이 몸은 사신 직책 얽매였으니	我身縻使職
돌아감에 어찌 감히 머뭇대리오.	旋歸敢虛徐
한참 동안 잡은 손 놓지 못하다	依依慘別手
넋을 잃고 가는 수레 전송하였네.	胍胍送征車
언덕 올라 먼 바다 바라보면서	登高望遠海
개연히 지난날을 생각하노라.	愾然念居諸
없는 재주 사신의 임무를 맡아	微才任專對
역량이 부족할까 염려했었지.	智慮恐疎迂

떠나기 전 얼마간 짬을 내어서	行當俟稍暇
시원스레 은일의 뜻340 지어 불렀네.	浩然賦遂初
신선의 남은 자취 방문도 하고	載訪仙人迹
고사가 사는 집을 찾아보았네.	言尋高士居
흙바람이 그윽한 흥취 막는데	風霾阻幽興
산색은 구슬퍼 풀리질 않네.	山色慘未舒
하릴없이 선방에 눌러앉아서	俍俍坐禪房
빈방에서 혀를 차며 편지를 쓴다.	咄咄空裏書
산신령께서 혹여 살펴 준다면	山靈倘垂鑒
좋은 모임 다시금 꾀하고 싶소.	良會重可圖

이제묘 夷齊廟

씻어 낸 듯 깨끗한 은인(殷人)341의 사당	瀟灑殷人廟
먼 나무는 아스라이 층져 있구나.	微茫遠樹層
타는 말 가는 대로 길을 얻어서342	路應隨馬得
이름이 전금(展禽)343과 함께 일컬어졌네.	名共展禽稱

---

340. **은일의 뜻** 원문은 수초(遂初). 처음의 뜻대로 관직을 버리고 은거함을 가리킨다. 진(晉)나라 때 손작(孫綽)이 「수초부」(遂初賦)를 지어 은거의 뜻을 실현한 데서 나온 말이다.

341. **은인** 은나라를 치러 가는 주나라 무왕을 만류하고 끝까지 은나라 사람임을 고수하다가 죽은 백이와 숙제를 가리킨다.

342. **타는~얻어서** 연행로에 있는 이제묘 터 근처에 수양산이 있다. 이 수양산은 백이숙제가 고사리를 캐어 먹다가 죽었다는 전설이 있는 곳인데, 주나라를 떠난 두 사람이 말 가는 대로 길을 맡겨 여기에 이르렀을 것이라는 뜻이다.

주려 죽음 또 누구를 원망하리오 　　　　　　餓死又何怨

문왕의 소식 듣고 돌아간 것을. 　　　　　　歸來聞作興

그래도 다행인 건 함께 숨은 날 　　　　　　只憐偕隱日

피를 나눈 형제가 벗인 것이네. 　　　　　　同氣是良朋

도화동[344]을 방문하려다가 큰 바람을 만나 가지 못하고 쓸쓸한 마음으로 짓다 將訪桃花洞 阻大風 悵然有作

먼 옛날 나무꾼이 낭환곡(瑯嬛谷)[345]에 들어가서 　　樵人舊入瑯嬛谷

우연히 한 번 갔다 대 꽂는 걸 잊었었지. 　　偶然一往忘揷竹

나도 이제 의무려산 찾아가고 싶건마는 　　我今欲訪醫巫閭

큰 바람이 모래 날려 수레바퀴 빠졌구나. 　　大風吹沙沒車轂

천지는 흐릿하고 태양도 누렇거니 　　天地濛濛白日黃

사방은 뵈지 않고 산 빛은 컴컴해라. 　　四圍不見山蒼蒼

이 날씨를 무릅쓰고 꼭대기에 올라간들 　　縱使憑陵上絶頂

맑은 광경 보기도 전 제 먼저 미치리라. 　　未逢窈窕先猖狂

머리 돌려 쓸쓸하게 왔던 길 돌아가매 　　回頭悵然尋舊路

---

343. 전금　춘추시대 노나라 사람 유하혜(柳下惠)의 본명이다. 유하혜는 너그러운 인품과 원만한 정사로 유명했다. 맹자는 백이와 유하혜, 때로는 이윤(伊尹)까지 들어 비교·논의하기를 좋아했다.

344. 도화동　의무려산 아래 있었던 마을 이름이다. 명나라의 대유 하흠(賀欽)이 은거했던 곳으로 알려져 연행사들이 상기하곤 했다. 의무려산 망해정에서 서쪽으로 내려오는 길을 잡으면 지금도 바위에 '도화동' 세 글자가 새겨져 있다.

345. 낭환곡　전설 속의 선경으로 낭환복지(瑯嬛福地)라고도 한다. 전후로 고사가 있으나 분명치 않다.

공연히 춥고 주려 지는 해만 원망하네.　　　空自飢寒怨日暮

마치 옛날 진나라 적 불사약 캐러 간 배　　　直似秦時採藥船

봉래에 닿으려다 바람 땜에 돌아온 격.　　　將近蓬萊風引去

지난해 내가 구관대(九關臺)[346]로 나갔을 땐　　　去年我出九關臺

곧장 뒤로 돌아서 산 끝을 다 보았지.　　　直從背後窮山隈

위가령 서쪽에는 화아루가 있는데　　　衛家嶺西花兒樓

예로부터 동국 사람 오간 적 없었다네.　　　終古東人無往來

명산은 비밀 없음 스스로 믿었건만　　　自信名山幸不秘

일조에 마귀 장난 만날 줄 알았으리.　　　那知一朝逢魔戲

정성 다해 산령에게 하루를 빌어 보니　　　虔告山靈乞一日

다시 올 땐 찾는 마음 저버리지 마오소서.　　　重來莫負幽尋意

하흠 노인 옛날에 도화동에 숨은 뒤로　　　賀老昔隱桃花洞

그 이름 한때에 산과 같이 무거웠네.　　　一時名與山俱重

높은 대에서 소손이 선생을 모셨는데　　　凌臺小孫恃杖屨

경전 해석[347] 바보 꿈엔 떨어지지 않았네.　　　註脚不落癡人夢

흰 구름 깊은 곳에 한 상의 서책인데　　　白雲深處一床書

이제껏 사람들은 신선 터라 말을 하네.　　　至今猶說僊人居

순임금 시절부터 유주에 터 잡으니　　　自從虞舜宅幽州

이곳 진산 바로 이곳 의무려에 있다네.　　　厥鎭有此醫巫閭

---

346. 구관대　　1790년 초정이 2차 연행 시 소흑산에서 열하로 가는 지름길을 이용했는데, 이때 지났던 곳이다. 이곳의 지리적 위치에 대해서는 당시 부사(副使)로 동행했던 서호수의 『연행기』 권1(『국역연행록선집』 제5책)에 간략하게 소개되어 있다.

347. 경전 해석　　원문은 주각(註脚). 경전에 대한 해석 문구란 뜻으로, 육상산이 쓴 뒤로 유명해진 말이다. 여기서는 의무려산에서 하흠이 경전을 해석한 것이 속인에게 전해지지 않음을 말한 것이다.

그 안엔 사철 내내 폭포수가 떨어지고　　　　　　　中有四時之懸水

겹바위는 구름 위로 2백 리나 솟아 있네.　　　　　疊石排雲二百里

봉우리는 사방에 육중(六重)[348]으로 겹쳐 있고　　峯巒環抱深六重

기이한 특산물로 옥석의 멋 드러내네.　　　　　　異産更著琅玕美

대대로 숭앙하여 오진으로 봉해 왔고[349]　　　　歷代崇封秩五嶽

향 내리고 황명으로 황금각을 세웠구나.[350]　　　降香勅建黃金閣

행인은 세 번이나 여공암(呂公嵓)[351]에 이르니　行人三到呂公嵓

눈에서는 곧이라도 생학을 부르는 듯.　　　　　　眼中直欲招笙鶴

어찌하여 어둑하게 안개에 잠겨 있어　　　　　　胡爲冥冥鎖烟霧

조선인이 새긴 시구 보이지를 않는구나.[352]　　　不見朝鮮人泐句

황량한 객점에 와 쓸쓸히 누워 자니　　　　　　歸來悵怊臥荒店

꿈속에 복사꽃이 천만 그루 만발했네.　　　　　夢裏桃花千萬樹

---

348. **육중**　노가재 김창업이 의무려산에 올라 산세를 그리고서, 이 산이 6리에 걸쳐 겹쳐 싸안고 있는 형국이라 육중산(六重山)이라 한다면서, "미인은 못생긴 아이를 낳지 않고, 한 종지 국으로 온 솥의 국맛을 알 수 있다"고 한 말이 유명하다. 『국역연행록선집』 제4책, 493~494쪽 참조.

349. **대대로~봉해 왔고**　중국은 역대로 오악(五嶽)·오진(五鎭)·사해(四海)·사독(四瀆)의 신을 봉작하여 모시는 사전(祀典) 체계를 유지해 왔다. 이는 1차적으로 영토 관리 및 민심의 순무 등을 목적으로 한다. 의무려산은 그중에서 북쪽의 진산에 해당되고, 그 산신을 모셔 놓은 곳이 바로 북진묘다.

350. **향~세웠구나**　옹정제가 아직 황위에 오르기 전에 향을 내리는 칙서를 받들었다. 제사를 마치고 재려에서 자는데 꿈에 한 신인이 큰 구슬 한 개를 주었다. 구슬이 변해서 해가 되었고, 그 길로 돌아와 황위에 올랐다. 이에 북진묘를 크게 수리하고 자신의 원당으로 삼아 신에게 보답했다고 한다. 김경선, 『연원직지』 권5, 「북진묘기」(『국역연행록선집』 제11책) 참조.

351. **여공암**　청나라 때 건륭제의 의견에 근거하여 의무려산 8경의 하나로 일컬어진 바위로, 관련하여 신선 이야기가 전해 온다.

352. **조선인이~않는구나**　이 책 중권 93쪽 각주 190 참조.

옥전에서 玉田

눈발 날리는 들판은 여태 이른 봄인데	薄雪郊原尙早春
산들바람 물을 불어 절로 물결 일렁이네.	輕風吹水自潾潾
갈석에서 현상금 걸린 옛사람 생각하나[353]	空懷碣石懸金士
현상에는 옥 심은 이 보이지 않는구나.[354]	不見玄霜種玉人
북경의 푸른 산은 먼 꿈을 가로막고	日下靑山遮遠夢
하늘가 파란 풀을 수레가 밟고 가네.	天涯碧草碾歸輪
도처마다 시를 지어 기억함이 번거로워	題襟到處煩相憶
옛 글귀 되읊으니 맛 더욱 새로워라.	舊句重吟味更新

여양역에서 새벽에 출발하다 閭陽驛早發

상쾌함은 참으로 새가 새장 탈출한 듯	快活眞如鳥脫籠
돌아가는 흥겨움에 봄바람을 맞이하네.	好將歸興溯春風
꿈결은 시 논하던 지북(池北)을 맴도는데[355]	夢廻池北談詩處
옛일을 살피는 중 길은 경동(京東) 접어드네.	路入京東考古中

353. **갈석에서~생각하나**　일찍이 조조는 대군을 이끌고 갈석산에 와서「관창해」(觀滄海)라는 시를 지은 일이 있다. 당시 동탁은 조조의 목에 천금의 현상금을 걸고 있었다.
354. **현상에는~않는구나**　현상(玄霜)은 전설 속의 선약 또는 선계를 뜻한다. 여기서는 설화의 배경이 되는 무종산(無終山)을 가리킨다. 종옥(種玉)은 돌을 심어 옥을 캔 이야기로, 『수신기』(搜神記)에 보인다. 한나라 사람 양옹(楊翁)은 효자였는데, 그에게 물을 얻어 마신 한 선인이 한 말의 자갈을 심으라고 일러 주었다. 이후 자갈을 심은 자리에서 옥을 캐어 부자가 되고 결혼도 했다는 이야기다. 옥전(玉田)의 지명이 여기서 유래했다고 한다.

가는 버들 옅은 노을 연푸르게 흔들리고	細柳輕霞搖淺碧
먼 산의 아침 해는 붉은빛 토해 낸다.	遠山初日吐殷紅
긴 여정 화권(畫卷)을 누구에게 줄 것인가	長途畫卷知誰贈
저 멀리 천연으로 교묘한 빛 베풀었네.	極目天然設色工

행장[356]이 부채에 쓴 시에 화답하여 和荇莊詩扇

가인의 금자서(錦字書)[357]가 구름 끝에 있으니	佳人錦字隔雲端
허리띠 헐렁해짐[358] 그 누가 걱정할까.	消瘦誰憐帶孔寬
말 위의 봄바람에 연경 나무 푸르고	馬上春風燕樹綠
꿈속의 초승달에 압록강 물 차구나.	夢中新月鴨江寒
부채에 시 가득하니 그 마음 다정한데	多情扇面題詩遍
옷 향기 부끄러워 말 꺼내기 어려워라.	羞澀衣香下語難

---

355. **꿈결은~맴도는데** 청나라의 왕사정(王士禎)이 『지북우담』(池北偶談)을 지은 데서 가져온 표현이다. 왕사정의 서쪽에 채마밭이 있고, 밭 가운데 연못이 있었으며, 연못 북쪽에 서고가 있었다. 그는 이 서고에 수천 권의 책을 쌓아 두고, 늘 빈객들을 맞이하여 이야기를 나누었다. 이 이야기들을 정리하여 펴낸 것이 『지북우담』이다.

356. **행장** 공협(龔協)을 가리킨다. 공예부(龔禮部)의 아들이자 왕어양(王漁洋)의 외증손(外曾孫)이다.

357. **금자서** 원문은 금자(錦字). 한나라 때 소약란(蘇若蘭)이 외직의 남편을 그리워하며 보낸 금자회문시(錦字回文詩)를 뜻한다. 여기서는 물론 공협의 아내를 가리킨다.

358. **허리띠 헐렁해짐** 원문은 대공관(帶孔寬). 양(梁)나라 학자 심약(沈約)의 고사에서 따온 말이다. 심약이 친하게 지내던 서면(徐勉)에게 "이번에 쾌차함이 전의 쾌차함만 못하고, 이번 병세가 전번보다 심하다. 백여 일 동안에 야위어 띠 구멍은 넓어지고, 팔목을 재 보니 한 달 동안에 반 푼이나 줄었다"고 하였다. 띠 구멍 넓어졌다는 말은 늙고 병들어 몸이 야위어졌음을 말한 것이다.

혼자서 잠자는 곳 난간 기대 생각하며	遙想倚欄孤睡處
남몰래 서찰을 등 돌리고 보노라.	暗將書札背人看

회인시, 심여 장사전³⁵⁹을 흉내 내다 懷人詩 仿蔣心餘

나는 재주가 없으면서도 세 번씩이나 연경에 갔었다. 중국 선비들과 거리낌 없이 함께 어울려 술자리를 함께했다. 실컷 노닒이 끝나자 마음에 와 닿는 일이 있어 옛일을 되밟아 기술하니 50명의 이름을 알 수 있었다. 왕어양은 칠언 절구를 지었는데,³⁶⁰ 장청용은 오언 고시로 지었다.

余以不才, 三入燕京. 中朝人士, 不鄙而與之傾倒焉. 倦遊旣罷, 觸于中, 追述舊事, 得知名五十人. 漁洋爲七絶, 蔣淸容爲五古.

1 운미 팽원서 彭芸楣〔元瑞〕

팽원서는 화려한 문장 솜씨로	芸楣斕斒手
언사 꾸밈 아송(雅頌)에 대적할 만해.	修辭匹雅頌
듣자니 새로 정사에 참여했는데	聞說新參政
부열(傅說)과 여상(呂尙)³⁶¹보다 어질다 하네.	賢於卜與夢

---

359. 장사전(蔣士銓) 1725~1785. 호는 청용(淸容)·장원(藏園), 자는 심여(心餘)·초생(苕生)으로 상서성(江西省) 남창(南昌) 사람이다. 1757년에 진사에 올랐고, 벼슬은 한림원편수(翰林院編修)를 지냈다. 퇴관 후에는 강남의 서원에서 원장으로 있으면서 지방 사람들을 위해 일했다. 시에 있어서는 성정의 발로를 존숭했다. 『장원구종곡』(藏園九種曲)을 찬했다.

360. 왕어양을~지었고 왕어양의 「세모회인시」(歲暮懷人詩) 60수가 있다. 이 책 상권 238쪽에도 「장난삼아 왕어양의 세모회인시 60수를 본떠 짓다」(戲倣王漁洋歲暮懷人六十首)가 있다.

동인(東人)들 별처럼 바라보면서　　　　　　　東人望如歲

한마디 귀한 말씀 구하려 하네.　　　　　　　要乞一言重

2　효람 기윤 紀曉嵐〔昀〕

효람 기윤 지금의 등용문인데　　　　　　　　曉嵐今龍門

가슴엔 넉넉하게 사고(四庫) 품었네.　　　　　胸涵四庫富

『난양수록』(灤陽隨錄)[362]에 귀신 얘기 실려 있는데[363]　灤陽說鬼乘

귀신 또한 못난 서생 조롱한다네.　　　　　　鬼亦嘲學究

대진(戴震)[364]을 앞장서서 추천하였고　　　　推轂戴東原

나를 위해 옛 책들을 사 주었다오.　　　　　遺書爲我購

3　담계 옹방강 翁覃溪〔方綱〕

담계 선생 홍조(洪趙)[365]와 같은 무리로　　　覃溪洪趙流

---

361. 부열과 여상　원문은 복여몽(卜與夢). 고대 은나라 고종(高宗)이 성인을 얻는 꿈을 깨고 나서, 꿈에 본 그 형상을 그리게 하고는 이를 찾아보았다. 그러다가 부암(傅巖)의 들에서 부열(傅說)을 찾았다. 『서경』「열명」에 보인다. 주나라 문왕은 점을 쳐 여상(呂尙)을 얻었다. 이후 폭군인 주를 멸망시켜 도탄에 빠진 백성을 구제하여 인정을 베풀었다. 강태공이다. 『사기』「제세가」(齊世家)에 보인다. 인하여 후대에 '몽복'(夢卜)은 부열과 여상 같은 어진 재상을 제왕이 얻는 것을 비유하게 되었다.

362. 『난양수록』　원문은 난양(灤陽). 기윤이 병진년(1796) 여름에 황제를 난양에 수행하면서 쓴 책으로, 「난양소하록서」(灤陽消夏錄序)가 전한다.

363. 귀신~있는데　기윤의 『난하소하록』에 보이는데, 평생 글을 읽은 선비가 밤에 길을 가다가 귀신 친구를 만나, 반평생 글을 읽은 자신의 학문 빛이 얼마냐고 묻자, 귀신 친구는 과거 공부만을 일삼았기에 아무런 빛이 없다고 비웃었다는 내용이다.

364. 대진　1723∼1777. 청나라 때의 경학자로, 자는 동원이다. 안휘성(安徽省) 휴녕현(休寧縣) 출신이다. 음운·훈고·지리·천문·산수·제도·명물 등 여러 분야에 통달했다. 표음 문자로 훈고를 구하고, 훈고로 의리를 탐구함으로써 편견 없이 실증적으로 진리를 탐구했다. 사고전서편수관과 한림원 서길사로 있으면서 경서의 객관적 연구법인 고증학의 방법을 확립했다. 이러한 방법으로 『맹자자의소증』(孟子字義疏證)을 저술했다. 저서에 『고공기도』(考工記圖)·『굴원부주』(屈原賦注) 등이 있다.

금석의 이모저모 궁구하였네.	金石窮鎦鉢
섣달 열아홉째 되는 날에는	丑月日十九
향 태우며 염소(髥蘇)[366]께 제사 드리네.	辨香祭髥蘇
날 이끌어 청비각(淸閟閣)[367]에 오르게 하여	引我上淸閟
문사들의 고회(高會)에 참여케 했네.	高會參文殊

4 야정 철보 鐵冶亭〔保〕

무리에서 뛰어난 야정 철보는	軒軒鐵冶亭
약관의 나이에 신교 맺었지.	弱冠交有神
초서 에서 과장(科場)을 주름잡았고	艸隷旣擅場
말타기 활쏘기도 으뜸이었네.	騎射復絶倫
그 누가 알았으리 십 년 지난 뒤	誰知十年後
갑자기 난양 땅서 만나게 될 줄.	暫結灤陽隣

---

365. **홍조**　홍양길(洪亮吉)과 조익(趙翼)의 병칭이다. 이들은 모두 금석학에 조예가 깊었던 인물이다.

366. **염소**　송나라 소식의 별칭으로, 구레나룻이 많았기에 붙여진 이름이다. 옹방강은 평소에 소식을 좋아하여 소식의 초상화를 걸어 두었으며 스스로를 소재(蘇齋)라 칭했고, 학인들은 그 집에 '보소재'(寶蘇齋)란 편액을 걸어 두었다. 12월 19일은 소동파의 생일인데 이날에는 여럿이 모여 소동파의 제사를 지냈다.

367. **청비각**　명말청초의 산수화가 예운림(倪雲林)의 집에 청비각(淸閟閣)이 있었는데, 깊고 아늑하여 속세의 티끌이 없었다. 그 안의 수천 권 서책은 모두 그가 손수 교정한 것이었고, 경사에서부터 불교와 노장의 글까지 모든 서책을 매일 읊조리곤 했다. 그 집 안에는 옛날 정이(鼎彝)와 명금(名琴)이 좌우에 널려 있고, 송계난죽(松桂蘭竹)이 집 주위에 빙 둘러 있었다. 집 밖에는 높은 나무와 긴 대나무들이 울창하게 깊은 숲을 이루고 있었다. 비가 그치고 바람이 자면 그는 지팡이와 신발을 끌고 그 주위를 마음대로 산보하면서 때로 시구를 읊조리며 즐겼다. 그래서 그것을 보는 사람들이 그가 세속을 벗어난 사람이라는 것을 알았다. 『하씨어림』(何氏語林)에 보인다. 여기서는 옹방강의 서재를 가리킨다.

5 낭봉 옥보[368] 玉閬峯〔保〕

야정 철보와 낭봉 옥보는	冶亭及閬峯
소식 소철 형제에 견주어지네.	時論比軾轍
옹방강의 소미재에 초대되어서	招邀蘇米齋
그와 함께 술잔을 나누었었지.	共此杯酒設
전대(專對)함에 두 형제[369] 높이 올리니	專對推二難
조선 사신 부절을 멈추었다네.	東人佇玉節

6 백화 오성흠[370] 吳白華〔省欽〕

왕완(汪琬)[371]이 죽은 뒤 백 년 지나자	汪琬死百年
중원에는 고문이 사라졌다네.	中原無古文
우뚝하다 순천부의 백화 그대는	峥嶸順天尹
이어받음 근실하다 말들 하누나.	嗣響亦云勤
어리다고 가볍게 여기지 마소	君莫輕叔子
이 사람은 함부로 논할 수 없네.	斯人未易論

7 직당 오성란[372] 吳稷堂〔省蘭〕

오성란(吳省蘭)은 특별한 재주가 있어	稷堂有別才

---

368. 옥보 만주인으로 호는 낭봉 또는 낭풍(閬風)이다. 관직은 내각학사(內閣學士) 및 예부시랑
(禮部侍郞)에 이르렀다. 문학으로 명성이 있었으며, 야정 철보의 동생이다.
369. 두 형제 원문은 이난(二難). 형제가 모두 아름다워 고저를 가리기 힘들다는 뜻으로, 철보와
옥보 형제를 가리키는 말로 쓰였다.
370. 오성흠 자는 충지(冲之)이고, 호는 백화(白華)다. 강소성 남회(南滙) 사람이다.
371. 왕완 1624~1691. 청나라 장주(長洲) 사람으로, 자는 요봉(堯峯)이다. 강희(康熙) 적에 한림
원편수(翰林院編修)로 있다가 병을 핑계하고 그만두었다. 그의 학문은 육경을 위주로 하고 당송을
따랐다. 예악에 밝고 시를 잘 지어 왕어양(王漁洋)과 더불어 유명했다. 저서에는 『시문유고』(詩文
類稿)·『효람시문초』(堯峯詩文鈔) 등이 있다.

찬술함에 짜임새가 공교하구나.　　　　纂述工組縷
열 나라 궁사(宮詞)를 지어 냈는데　　　裁成十國詞
붓끝에 정화로움 모두 모였네.　　　　精華筆端湊
그대의 각첩(閣帖) 발문 사랑하노니　　憐君閣帖跋
예전 내 글씨 견해와 부합하도다.　　　符余論書舊

8　정양 진승본 陳井養〔崇本〕

강관이라 돌아옴 항상 늦어서　　　　講官恒晚歸
애기 길면 객이 벌써 재촉한다네.　　語長客已催
굽은 회랑 주변은 변함이 없고　　　　依依曲廊畔
쌓은 바위 홰나무에 기대섰구나.　　　疊石依疎槐
그대가 마음 쏟아 날 맞아 주니[373]　　君爲下榻人
맑은 회포 간절히 귀 기울이네.　　　　我切聽蟬懷

9　우촌 이조원 李雨村〔調元〕

이조원(李調元)이 벼슬 놓고 떠나가서는　　羹堂罷官去
성도(成都)[374]를 여러 차례 노닐었다네.　　多作成都遊

---

372. **오성란**　?~1810. 청나라 강소성 남휘(南彙) 사람으로 자는 천지(泉之)이며, 오성흠(吳省欽)
의 동생이다. 1763년에 함안궁관학교습(咸安宮官學敎習)이 되었고, 1778년에는 진사가 되어 벼슬
이 공부좌시랑(工部左侍郞)에 이르렀으며, 편수학정(編修學政)·시독(侍讀) 등을 역임했다. 박문강
기하여 형과 더불어 이름이 높았다. 『예해주진』(藝海珠塵)을 엮었다.
373. **마음 쏟아 날 맞아 주니**　원문은 하탑(下榻). 빈객으로 예우함을 가리키는 말이다. 후한 무렵
진번(陳蕃)이 낙안(樂安)태수가 되었을 때 주구(周璆)라는 고결한 인사가 살았는데, 전후의 군수들
이 초대해도 나오지를 않다가 진번이 불러서야 나왔다. 이에 특별히 걸상을 마련해 주었고, 떠나고
나면 곧 매달아 두었다. 뒤에 진번이 예장(豫章)태수가 되었을 때도 군에 있으면서 다른 손님은 아
무도 받지를 않았고 오직 서치(徐穉)가 오면 걸상을 내주었다가 가고 나면 매달아 두곤 했다. 『후
한서』, 「진번전」(陳蕃傳)과 「서치전」(徐穉傳)에 보인다.

마음껏 자기 뜻을 담뿍 얻으니	猖狂意殊得
그 모습 양신(楊愼)과 아주 같구나.	絶似楊用修
그대들 이 이야기 들으려거든	欲聞二三子
모름지기 『함해』에서 구해야 하리.	須從函海求

10 지당 축덕린 祝芷塘〔德麟〕

내 여행길 구외(口外)[375]를 향해 갈 적에	我行指口外
축덕린(祝德麟)은 심양에 머물렀었네.	芷塘方住瀋
그대와 문소각(文溯閣)에 함께 올라서	恨未上文溯
하삭음(河朔飮)[376]하지 못함 안타까워라.	共君河朔飮
벼슬자리 밀려난 일 듣긴 했어도	但聞鐫官級
시품마저 밀려난 건 정녕 아닐세.	未必鐫詩品

11 덕원 반정균 潘德園〔庭筠〕

난공(蘭公)과의 묵은 인연 무겁기도 해	蘭公夙緣重
만 리 길서 세 번을 서로 만났네.	萬里三相見
선리(禪理)의 정밀함을 차츰 접하곤	漸看禪理精
벼슬길 게을러짐 더욱 즐기네.	偏憐宦遊倦

---

374. 성도   사천성(四川省)의 성도(省都)를 말한다. 민강(岷江)의 지류에 연한 정치·교통·경제·문화의 일대 중심지로 촉한(蜀漢) 때의 도읍이었다. 당나라 현종은 안사의 난을 피해 여기에 왔었고, 제갈공명의 사당인 무후사(武侯祠)와 두보의 초당 등 명소와 고적이 많다.

375. 구외   만리장성 이북의 몽골 지역을 가리키는 말이다. 예부터 만리장성의 주요 관문을 구(口)라 하였으며, 그 북쪽 밖을 구외(口外)라 하였다. 박제가 일행이 장성을 넘어 열하에 갔던 일을 가리킨다. 당시 축덕린은 박제가와 같은 시기에 우연히 심양에 머물고 있었으나 서로 만나지 못했다.

376. 하삭음   무더운 여름에 더위를 피해 마련한 술자리를 말한다. 중국 후한 말기에 유송(劉松)이란 사람이 원소(袁紹)의 자제와 함께 하삭(하북)에서 삼복 무렵에 주야로 술을 마신 고사에서 나온 말이다. 당나라 서견(徐堅) 등이 편찬한 유서(類書)인 『초학기』(初學記)에 보인다.

꽃 들어 먼 나그네 전송을 하니 　　　　　拈花送遠客
독경 소리 깊은 정원 건너오누나. 　　　　經聲度深院

12　묵장 이정원 李墨莊〔鼎元〕

이정원(李鼎元)은 나와는 동갑이어서 　　　墨莊吾同庚
이제 겨우 사십 줄[377]에 접어들었지. 　　纔過强仕年
스스로 말하기를 세간의 일이 　　　　　自云世間事
전만 같지 않음을 깨닫는다고. 　　　　　漸覺不如前
교만도 떨지 않고 아첨 않으며 　　　　　不驕亦不媚
나고 듦을 자연에 내맡겼다네. 　　　　　行藏隨自然

13　양봉 나빙 羅兩峰〔聘〕

나양봉은 동심(冬心)[378]을 스승 삼아서 　兩峰師冬心
필묵이 또 한 번 변하였다네. 　　　　　　筆墨又一變
두 아들[379]도 세상에 이름 높아서 　　　二兒各名世
연당과 철연에서 알려졌다네.[380] 　　　　練塘及鐵硏
문장은 이효광(李孝光)[381]과 다름없으니 文如李孝光
태산이 새 얼굴을 열어 보인 듯. 　　　　岱宗開新面

---

377. 사십 줄　원문은 강사(强仕). 마흔 살에야 비로소 벼슬한다는 뜻으로, 전하여 마흔 살을 이른다.

378. 동심　1687~1764. 김농(金農)의 호이며, 나빙의 스승이다. 독특한 화풍으로 유명했으며, 양주 8가의 수장으로 꼽힌다.

379. 두 아들　나빙에게는 윤소(允紹)와 윤찬(允纘) 두 아들이 있었는데, 모두 시문과 그림으로 이름이 높았다.

380. 연당과 철연에서 알려졌다네　연당(練塘)과 철연(鐵硏)은 모두 강소성에 있는 지명이다. 여기서는 두 아들이 강소성에서 이름이 높았던 것으로 풀이했다.

381. 이효광　원나라 때 사람으로 어려서부터 박학했고, 사회를 옛 풍속으로 돌이키려는 뜻이 도타웠다. 뒤에는 안탕산(雁宕山) 아래 은거했는데, 사방의 선비들이 와서 배웠다고 한다.

14 비부 손성연[382] 孫比部〔星衍〕

손랑은 전서 예서 글씨를 잘 써	孫郎工篆隷
번화한 생각은 끊어 버렸네.	心絶芬華慮
말달려 함곡관을 여행하면서[383]	走馬客函秦
추범(秋帆)[384]의 관아에서 책 교정했지.	校書秋帆署
은근히 석경[385]을 부쳐 보내니	懃懃寄石經
기쁘게 동명 향해 떠나가리라.	好向東溟去

15 한림 홍양길[386] 洪翰林〔亮吉〕

치존(稺存)은 학문 변설 해박하여서	稺存學辯博
입 열면 변려문을 이루었다네.	矢口成騈儷
아득히 넓은 세상 뜻을 두고서	茫茫志廣輪
옛일 살핌 추호인 듯 세밀하였지.	考古秋毫細
『영재집』(英才集)[387]을 한 차례 살펴보고는	一覽英才集

---

382. 손성연 자는 계술(季述)이고 호는 연여(淵如)로, 형부에서 벼슬했다. 어려서부터 변려문을 잘 지었다. 원매(袁枚)로부터 세상에 드문 기재(奇才)라는 평을 받았다.

383. 말달려 함곡관을 여행하면서 일찍이 장안 절서(節署)에 있으면서 하루 저녁 벗과 함께 소한각체시(銷寒各體詩) 40수 짓기를 내기하여 상대방을 놀라게 한 일화가 『호저집』에 실려 있다.

384. 추범 1730~1797. 청나라의 필원(畢沅)을 가리킨다. 추범은 그의 호다. 그는 1760년 과거에서 장원 급제한 뒤 내외 요직을 두루 거쳤다. 그는 한림원시독학사(翰林院侍讀學士) 등 내외 관직을 두루 역임했다. 손성연이 필원이 맡고 있던 부서에서 근무했던 것으로 풀이하였다.

385. 석경 돌에 새긴 경서를 말한다. 후한 영제(靈帝) 때에 채옹(蔡邕)이 황제의 명을 받들어 오경(五經)을 세 가지 체로 돌에 새겨 태학 문밖에 세웠다 한다. 『후한서』에 보인다.

386. 홍양길 자는 치존(稺存)이고, 상주(常州) 사람이다. 당시 편수관(編修官)으로 있었으며, 지리학에 정밀했다. 시로는 황경인(黃景仁)과 이름이 나란하여 홍황(洪黃)이라 일컬어졌고, 학문은 손성연과 함께 유명하여 손홍(孫洪)으로 일컬어졌다

387. 『영재집』 당시 상서 필원(畢沅)이 손성연과 홍양길을 비롯한 상주(常州) 일대 12재사의 시문을 모아 『오회영재집』(吳會英才集)을 간행했는데, 영재집은 이를 말한다. 『호저집』 권1 「손성연조」에 보인다.

하늘가서 마땅히 소매 잡았네.[388]　　　　　天涯當把袂

16　남천 이병수[389] 伊南泉〔秉綬〕

일만 리 머나먼 정주[390]에서 온　　　　　汀州一萬里
남천의 재주 실로 으뜸이라네.　　　　　南泉寔冠冕
필법은 채양(蔡襄)[391]과 어깨 겨루고　　　書摩蔡襄肩
시구는 고병(高棅)[392] 안목 낮추어 보네.　句卑高棅選
산당에서 이틀 밤 얘기 나눌 적　　　　山堂話兩夜
누굴 위해 등불 심지 잘라 냈었나.　　　爲誰燈火剪

17　행장 공협[393] 龔荇莊〔協〕

공행장의 시문은 연원 있으니　　　　　荇莊詩有自
외가가 왕어양의 집안이라네.　　　　　母家爲漁洋
천단 옆서 나에게 술잔 권할 제　　　　觴我天壇側
등촉은 붉은 불을 토해 냈었지.　　　　蠟燭吐紅芒
집안 족보 서로 주며 통교를 하고　　　各贈通家譜
절대로 잊지 말자 맹세했다네.　　　　信誓毋相忘

---

388. **소매 잡았네**　원문은 파몌(把袂). 서로 친근하게 사귐을 뜻한다.
389. **이병수**　자는 묵경(墨卿)이고, 정주(汀洲) 사람이다. 당시 벼슬이 형부의 직예사원외랑(直隷司員外郞)이었다. 『호저집』에 따르면, 남천(南泉)이란 호는 초정이 지어 준 것이다.
390. **정주**　복건성 서부 정강(汀江) 가에 위치한 고을로 명청 시대에는 부(府)를 두었다.
391. **채양**　1012~1067. 송대의 문인 서예가로, 특히 풍류객으로 이름이 높았다. 그는 글씨에서 송 4대가의 하나로 꼽힌다.
392. **고병**　명대 사람으로, 뒤에 정예(廷禮)로 개명했다. 시서화에 능해 삼절의 일컬음이 있었다. 『당시품휘』(唐詩品彙)와 『당시정성』(唐詩正聲)을 편집·간행했다.
393. **공협**　자는 극일(克一)이고, 상지(常州) 사람이다. 그의 어머니가 왕사정의 손녀이기 때문에 1·2구에서 그렇게 말했다. 『호저집』에 따르면, 공협과 박제가는 서로 집안의 계보와 가족 관계 등을 상세하게 적어 보여 줄 정도로 친밀했다고 한다.

18 검담 왕단광³⁹⁴ 汪劍潭〔端光〕

검담은 강개한 풍모 있어도	劍潭慷慨姿
옷조차 못 이길 듯 몸은 약했네.	弱如衣不勝
맑은 말 안개인 양 토해 나오니	清詞吐如烟
하늘하늘 춤추는 듯 현란하였네.	嫋娜看不定
그대 그려 강남 땅 꿈꿔 보지만	憶爾江南夢
주지 못할 글월을 누가 잡으리.	誰把文無贈

19 화정 만응형³⁹⁵ 萬華廷〔應馨〕

만화정은 노숙한 문장가로서	華廷老詞匠
대대로 홍박과에 추대되었지.	家世推鴻博
선남방(宣南坊)³⁹⁶서 마음 놓고 술 마실 적에	縱酒宣南坊
신발들 어지러이 널려 있었네.	履舃紛交錯
이별 회포 느닷없이 일어나더니	離懷忽根觸
뿌리던 비 그쳤다간 다시 내렸네.	灑雨止還作

20 급사 풍응류³⁹⁷ 馮給事〔應榴〕

| 진작에 중원 조정 논함 들으니 | 夙聞中朝論 |
| 풍공의 학식이 으뜸이었지. | 馮公學最淹 |

---

394. 왕단광　자는 검담(劍潭)이고, 본명은 용광(龍光)이다. 당시 국자감 학정(學正)으로 있었다.
395. 만응형　자는 서유(黍維), 호는 화정(華亭)으로, 상주(常州) 사람이다. 광동지현(廣東知縣)을 맡고 있었으며, 시문에 솜씨가 뛰어났다고 한다.
396. 선남방　북경성의 남서쪽에 있는 선무문(宣武門) 밖에 있는 마을을 가리킨다. 선무문과 정남문인 정양문(正陽門) 사이 성 밖에 유리창이 있었고, 박제가는 여기서 많은 청나라 문사들과 사귀었다.
397. 풍응류　자는 성실(星實)이고, 절강의 동향현(桐鄉縣) 사람이다. 당시 급사(給事) 벼슬을 하고 있었다.

선친은 옥계 시에 주를 내었고　　　　　先功注玉溪
아들은 동파시를 풀이하였네.[398]　　　後責箋子瞻
동파의 문하에서 모정(毛鄭)[399] 얻으니　坡門得毛鄭
내 장차 글 지음을 그만두리라.　　　　吾將廢施槩

21　추사 강덕량[400] 江秋史〔德量〕

그 옛날 강추사와 함께 지내며　　　　昔與江秋史
옹방강의 집에서 자주 만났지.　　　　數晤覃谿室
기이한 문장과 희귀한 일들　　　　　奇文與僻事
열에 하나 작은 것도 잃지 않았네.　　十微不失一
원우(元祐) 시절 사람을 가장 아끼니　最愛元祐人
진품 유물 셀 수 없이 아주 많다네.　　眞蹟多於卿

22　시랑 육비지[401] 陸侍郎〔費墀〕

오늘날의 이륙(二陸)[402]을 일컫는다면　當代稱二陸
이산(耳山)[403]과 갱사(鏗士)를 꼽을 수 있지.　耳山及鏗士
진심으로 호저의 정을 가지고　　　　良以縞紵情
나에게 편지 한 통 보내왔구나.　　　致我書一紙

---

398. 아들은 동파시를 풀이하였네 『호저집』에 따르면, 풍응류의 부친 호(浩)는 『이옥계시주』(李玉溪詩註)를, 응류 본인은 『동파시주』(東坡詩註)를 저술했다고 한다.

399. 모정 『시경』은 한대 모정(毛亨)이 전(傳)하고 정현(鄭玄)이 전(箋)한 『모시』가 후대에 가장 유명하였다. 모정은 훌륭한 주석가란 뜻으로 쓰인 것이다.

400. 강덕량 자는 추사(秋史)다. 스스로 강남자(江南子)라 일컬었다. 강소성 의징(儀徵) 사람이다. 어사(御使)의 벼슬에 있었다. 금석(金石)을 좋아했다.

401. 육비지 자는 갱사(鏗士)다. 시랑(侍郎)의 벼슬에 있었으며, 서법(書法)을 잘했다.

402. 이륙 원래는 형제가 함께 시문을 잘함을 일컫는 말로, 진(晉)나라의 육기(陸機)와 육운(陸雲)을 가리킨다.

명인(名人)의 필적 앞에 큰 한숨 쉬니 　　　太息名人蹟
지금은 또한 모두 가고 없다네. 　　　於今亦已矣

23　주사 송명가[404] 宋主事〔鳴珂〕

구구소한(九九銷寒)[405] 시사의 모임 있으니 　　　九九銷寒社
송명가(宋鳴珂)는 이 가운데 한 사람일세. 　　　澹思卽其一
〈귀취도〉 가운데 지은 작품은 　　　鬼趣圖中作
강서파의 시실에 들고도 남지. 　　　優入江西室
어이해 사람 놀랠 말이 있대도 　　　詎有驚人語
그대의 옥당필(玉堂筆)에 보탤 것인가. 　　　添君玉堂筆

24　매원 오정섭[406] 吳梅原〔廷燮〕

오정섭(吳廷燮)은 지은 시가 절로 좋은데 　　　梅原詩自好
나를 추켜 내버려 두지 않았다. 　　　槳余還不置
진서로 십여 폭 글씨를 쓰니 　　　眞書十數幅
오흥(吳興)[407]의 운치가 크게 있구나. 　　　大有吳興致
이내 몸 언제나 보잘것없어 　　　愧余長忽忽

---

403. **이산**　육석웅(陸錫熊)의 호다. 육석웅의 자는 건남(健男)이고, 강소성(江蘇省) 상해(上海) 사
람이다. 1761년에 진사가 되었고, 내각중서(內閣中書)에 제수되었다. 기효람과 함께 사고전서총찬
수관이 되었다. 두 사람의 우정이 매우 깊었으나 육석웅의 벼슬살이는 기효람에 비해 평탄치 못했
다. 일찍이 여러 차례 귀양을 살다가 만년에 『사고전서』를 수찬하던 당시에야 비로소 안정되었고,
기효람과 함께 고종(高宗)의 우대를 받아 관직이 형부랑중(刑部郎中)에 이른다. 그들은 책을 펴는
한편으로 서로 수창하여 작품을 남기기도 했다.
404. **송명가**　자는 담사(澹思)이고, 강서(江西) 봉신(奉新) 사람이다. 형부주사(刑部主事)로 있었다.
405. **구구소한**　『제경경물략』(帝京景物略)에 "동짓날에 흰 매화 한 가지를 그리고 꼭지 81개를 만
들어서 하루에 한 꼭지씩 물들이면 꼭지가 다 끝나는 날 구구(九九)가 나오는데, 그렇게 되면 봄이
깊어진다. 그러므로 구구소한도(九九銷寒圖)라 이른다" 하였다.
406. **오정섭**　호는 매원(梅原)이다. 서법(書法)에 능했다.

그 경지 못 이름이 부끄러워라.　　　　　　猶未窮其邃

25　백암 오조 吳白庵〔照〕

오조(吳照)는 육서에 두루 통하여　　　　　照南通六書
기이한 기운으로 묵죽(墨竹) 그렸네.　　　奇氣寫墨竹
손끝에서 비바람 일어나더니　　　　　　　風雨隨指發
잎새마다 마치 서로 쫓아가는 듯.　　　　　葉葉如相逐
내세엔 석호(石湖)[408]의 곁으로 가서　　　他生石湖傍
도롱이로 이틀 묵을 기약한다네.　　　　　漁蓑期信宿

26　수옥 장도악[409]張水屋〔道渥〕

장도악(張道渥)은 광인의 부류일러니　　　水屋狂者流
스스로 칭찬하다 욕도 한다네.　　　　　　自贊復自罵
그렇지만 악착같은 사람 만나면　　　　　　但逢齷齪人
가차 없이 비웃고 침을 뱉었지.　　　　　　嘲唾不少借
세상에선 시화로 말들 하지만　　　　　　　世以詩畫云
진실하여 거짓 없음 사랑한다네.　　　　　我愛眞無假

27　취봉 장화[410] 蔣醉峯〔和〕

아직 젊은 장생은 재주 뛰어나　　　　　　翩翩少蔣生

---

407. 오흥　중국 절강성의 한나라 때 지명이다. 오정섭(吳廷燮)이 절강성 출신임을 두고 한 말이다. 왕헌지가 오흥태수를 지냈는데, 왕헌지와 관련된 것으로 보인다.

408. 석호　지금의 중국 강소성 소주시 서남쪽에 있는 호수다. 오조가 이곳에 살았으므로 나빙이 그려준 〈석호도〉에 박제가 그의 청을 받아 '석호과경'(石湖課耕)이란 글씨를 써 준 일이 있다.

409. 장도악　자는 죽휴(竹畦)·수옥(水屋)이다. 스스로 풍자부산인(風子浮山人)이라 일컬었다. 시화를 잘했다.

시화(詩畫)로 천자를 기쁘게 했네.　　　　　詩畫動天笑

창아(蒼雅)⁴¹¹는 진실로 가풍이러니　　　　　蒼雅固家風

졸박함에 힘을 씀 이어받았네.　　　　　　用拙惟克肖

서화방(書畫舫)⁴¹²에 술병을 실어 가지고　　載酒書畫舫

찾아가 『자원표』(字原表)⁴¹³를 물어보리라.　來問字原表

28　어사 갈명양⁴¹⁴ 葛御史〔鳴陽〕

예전에 일찍이 몽각당에서　　　　　　　曾於夢覺堂

갈어사와 서로 함께 만났었다네.　　　　相逢葛御史

질박하여 오나라 말⁴¹⁵ 쓰지 않으니　　質朴無吳語

통성명에 기뻐하는 기색 있었네.　　　通名有色喜

『복고편』(復古編)을 교정하여 간행했으니　校刻復古編

이름난 선비라 칭할 만해라.　　　　　　便可稱名士

29　운록 손형⁴¹⁶ 孫雲麓〔衡〕

손사인은 지극한 성품이 있어　　　　　舍人有至性

---

410. **장화**　호는 취봉(醉峯)이다. 자칭 '강남소장졸노인'(江南小蔣拙老人)이라 했다.

411. **창아**　삼창(三蒼)과 이아(爾雅)를 말한다. 모두 글씨와 관련된 언급으로, 여기서는 장화의 집안이 대대로 글씨에 뛰어났음을 말하는 것으로 보인다.

412. **서화방**　북송 때의 서화가 미불(米芾)은 서화에 뛰어나 남화(南畫)의 조종(祖宗)으로 일컬어진다. 그는 늘 서화를 좋아하여 항상 가지고 다녔는데, 강회발운사(江淮發運使)로 있을 때엔 자기 배 위에 패(牌) 하나를 세우고 거기에 '미가서화선'(米家書畫船)이라 썼다 한다. 황정견이 미불에게 준 시 「회증미원장」(戱贈米元章)에 "창강에 밤새도록 무지개가 해를 꿰뚫으니, 이는 필시 미가의 서화 실은 배이리라"(滄江靜夜虹貫月, 定是米家書畫船.) 했다.

413. **『자원표』**　청나라 장정석(蔣廷錫)이 지은 책으로 원제목은 '설문자원표'(說文字原表)이다.

414. **갈명양**　호는 운봉(雲峯)이고, 산서(山西) 안읍(安邑) 사람이다.

415. **오나라 말**　중국의 강남 지방 방언을 말한다. 주로 강소성과 절강성 지역의 언어로, 이 지역은 춘추시대 오나라의 땅이었다.

이따금 손님 굳이 머물게 했지.　　　　　　往往苦留客
하인들은 수레 소리 기다리는데　　　　　　僮僕候車音
등잔불 깊은 밤을 비추었다네.　　　　　　　籠燈照深夕
서로 줌에 지닌 것 죄다 내와도　　　　　　相贈輒傾囊
어이해 괴이한 빛 있었으리오.　　　　　　　何曾有怪色

30　선산 장문도 張船山〔問陶〕

장문도의 풍모는 아낄 만하니　　　　　　　船山貌可狎
올곧은 가운데 굳셈 있었네.　　　　　　　　个然中有鋸
초산사(椒山寺)서 고요함을 익히 공부해　　習靜椒山寺
가만히 참선 기쁨 음미한다네.　　　　　　　蕭然味禪悅
청백의 정신이 집에 전해져　　　　　　　　傳家有淸白
기약함 언제나 명절(名節)에 있네.　　　　　相期在名節

31　한림 웅방수 熊翰林〔方受〕

웅생은 오만한 뼈 갖고 타고나　　　　　　熊生負傲骨
벗 사귐을 목숨처럼 중히 여겼지.　　　　　友朋爲性命
위타성(尉佗城)[417] 둘레에 풀이 돋으면　　　尉佗城邊艸
면면히 새 시에 담아 넣었네.　　　　　　　綿綿入新詠
수레 멈춰 서로를 그리워해도　　　　　　　停車一相憶
삼한서는 그 길이 멀기만 해라.　　　　　　三韓路脩敻

---

416. **손형**　호는 운록이고, 절강 인화(仁和) 사람이다. 손사의(孫士毅)의 자식으로 경거도위(輕車都尉)를 지냈고, 팔분체를 잘 썼다.
417. **위타성**　원이름은 월타성(越佗城)인데, 타(佗)가 일찍이 진나라 남해군(南海郡)의 벼슬아치〔尉〕가 되었기에 '위타'라 했다. 후에 스스로 독립하여 남월왕이 되어 이곳에 도읍했다. 지금의 광동 광주시다.

32 수찬 석온옥 石修撰[韞玉]

석탁당은 담박하고 순후하여서	琢堂淡且淳
사귐 맺음 속인과는 같지 않다네.	結交非俗人
나아가 식해(食蟹)의 시를 지으니	賦就食蟹詩
글을 쓰자 천진함이 드러나누나.	落筆見天眞
도장 새김 명예를 구함 아니니	鋟筆不求名
애오라지 정신을 부침이라네.	聊以寄精神

33 단림 장상지[418] 蔣丹林[祥墀]

장상지는 경릉 땅 출신이지만	丹林出竟陵
시 지음은 종성(鍾惺)[419]에 물들잖았네.	詩不染鍾惺
날 위해 부채에 글씨 써 주니	爲人寫便面
가는 해서 황정(黃庭)[420]과 다름없구려.	細楷如黃庭
아득히 설동시에 화답을 하여[421]	遙和雪洞什
자식이 이와 같음 하례하였지.	賀子得寧馨

418. **장상지**　호는 단림(丹林)이다. 아버지는 청봉(晴峯)이다. 집은 호북에 있다.
419. **종성**　1574~1625. 중국 명나라 말기의 시인으로 자는 백경(伯敬), 호는 퇴곡(退谷)이며, 호
북성(湖北省) 경릉(竟陵)에서 태어났다. 같은 고향 친구 담원춘(譚元春)과 더불어 경릉파를 형성하
여 중심 인물이 되었다. 원굉도(袁宏道) 등 공안파들이 너무 부박(浮薄)으로 흐르자, 폐단을 바로
잡기 위하여 유심(幽深)과 기취(奇趣)가 넘치는 시의 창조를 제창했다. 담원춘과 『고시귀』(古詩
歸)·『당시귀』(唐詩歸)를 공편하고, 선록(選錄)한 시인과 시에 비평을 달았다. 그의 시는 감정의 솔
직한 표현을 중요시했다. 저서에 『은수헌집』(隱秀軒集) 54권이 있다.
420. **황정**　왕희지가 황정경을 즐겨 썼으므로, 왕희지의 글씨에 빗댄 것이다.
421. **아득히~하여**　장상지가 사는 호북의 산림 정원 경치가 뛰어나 설동(雪洞)이라 일컬었다고 한
다. 그의 아버지 청봉(晴峯)이 설동시(雪洞詩)를 지었는데 천하에 화답한 사람들이 천여 명이나 되
었다고 한다. 박제가도 단림을 위해 설동시에 차운하여 시를 지었다.

34 초휴 왕학호 王椒畦〔學浩〕

왕학호가 산수를 그려 내는데	椒畦寫山水
준염(皴染)[422] 화법 원나라 사람과 같네.	皴染如元人
머금은 정 비단 부채 가득 담아서	含情托紈扇
마음으로 친한 이에 나누어 주네.	贈以心所親
참된 사귐 얼굴 앞에 있지 않으니	眞交不在面
이 뜻이 참으로 보배롭도다.	此意良足珍

35 빈곡 증환 曾賓谷〔煥〕

그대는 강호의 삶 계획해 놓고	以子江湖計
어쩌다 금문에 부치어 사네.	偶此金門寄
등나무 정자로 나를 청하여	邀我紫藤榭
술상 차려 먹 장난 바라보았지.	置酒看墨戲
「어은도」를 한 차례 읽어 보자니	一讀漁隱圖
세한(歲寒)의 그 뜻이 진실하구나.	丁寧歲寒意

36 한림 조진용[423] 曹翰林〔振鏞〕

조진용이 자그만 종이 가져와	儴笙致小紙
시와 함께 글씨를 청하였었지.	乞詩兼乞字
내 스스로 내 시구 글씨를 쓰니	我自書我句
공적인 일과는 관계가 없네.	何與乃公事
나에게 먹을 하나 예물로 주니	贄我一函墨
넘치는 예 누림이 부끄러웠지.	多儀享可愧

---

422. **준염** 화법(畫法)의 일종으로, 산악·암석 굴곡·중첩(重疊) 등을 그리는 방법이다.
423. **조진용** 호는 여생(儴笙)이다. 관직은 한림학사로, 안휘성 흡현(歙縣) 사람이다.

37 지현 혜승군 稅知縣〔承羣〕

도성문 사람의 물결 속에서	都門人海中
저물녘에 나 혼자 서 있었다네.	日暮嘗獨立
웬일인지 자꾸 나를 훔쳐보더니	胡爲數眄我
느닷없이 수레 내려 읍을 하였네.	飜成下車揖
여러 형제[424] 청렴함 본보기 되고	荀龍足淸範
섭부(葉鳧)[425]는 이제 막 부임하였네.	葉鳧方下邑

38 지산 송보순[426] 宋芝山〔葆淳〕

송보순은 본래부터 뻣뻣하여서	芝山本骯髒
포의로 경상에게 읍을 하누나.	布衣揖卿相
어쩌다 장안의 객이 됐어도	偶作長安客
사람 물결 휩쓸려 따르지 않네.	不隨人波蕩
표연히 그림붓을 실어 두고서	飄然載畵筆
휘파람 길게 불며 상당(上黨)에 드네.	長嘯入上黨

---

424. 여러 형제 원문은 순룡(荀龍). 순씨팔룡(荀氏八龍)의 준말로, 이름난 형제가 많음을 이른다. 후한(後漢) 사람 순숙(荀淑)은 아들 여덟을 두었는데, 모두 재명(才名)이 있어 세상이 그들을 팔룡(八龍)이라 불렀다 한다.

425. 섭부 지방의 수령 혹은 현령을 가리킬 때 쓴다. 후한(後漢) 때 왕교(王喬)가 섭현(葉縣) 땅의 지방관으로 있으면서 매월 초하루와 보름이면 반드시 조정에 와 조회를 하고 갔는데, 수레도 없이 왔다 갔다. 이상히 여긴 황제가 태사에게 밀령을 내려 지켜보게 했더니, 그가 올 때쯤 두 마리의 오리가 동남방에서 날아오고 있을 뿐이었다. 그리하여 그 오리가 가까이 오기를 기다려 그물을 던져 잡았더니 오직 신발 한 짝이 있었다고 한다. 여기서는 혜승군이 고을살이를 맡아 부임한 지 얼마 되지 않는다는 뜻이다.

426. 송보순 호는 지산(芝山), 자는 수초(帥初)다. 안읍(安邑) 사람이다. 시화로 이름이 높았다.

39 고공 왕영부[427] 王考功〔寧焯〕

왕영부는 산동에 살고 있는데	考功居山東
나는 동해 바다 너머에 있네.	我乃萊海外
뜻하잖게 아득한 어둠 속에서	不意杳冥中
우리 향한 그리움 맘에 품었네.	結想在吾輩
서로 만나 한번 느껴 눈물 흘리니	相逢一感涕
벗 있어도 스무 해를 저버렸도다.	有友負甘載

40 동문 장조[428] 章桐門〔照〕

열하 땅 군기방 그중에서도	熱河軍機房
중서엔 빼어난 인재가 많네.	中書多玉人
그중에도 재빠르게 글씨 쓰는 이	就中疾書者
스스로 지은 호가 동문이라네.	自號爲桐門
연못가의 약속을 다시 맺으니	重訂池邊約
지는 달빛 깊은 술통 비치는도다.	落月映深樽

41 포존 심심순[429] 沈匏尊〔心醇〕

심심순과 헤어진 지 한참 됐는데	匏尊別來久
지금도 골동 감상 즐긴다 하네.	聞猶耽古玩
이따금 거울 뒷면 탑본을 하여	時時搨鏡背
옹방강에 부쳐서 보게 한다지.	寄與覃溪看

---

427. **왕영작** 산동 사람이다. 고공(考功)은 관직이다.
428. **장조** 호는 동문(桐門)이다. 절강의 전당(錢塘) 사람이다.
429. **심심순** 자는 포존(匏尊)이고, 해령(海寧) 사람이다. 『청장관전서』「입연기」(入燕記)에, "심
심순은 해령(海寧) 제생(諸生)으로 육서(六書)와 고기(古器)에 밝으며, 시(詩)도 매우 고아(古雅)하
니 역시 아름다운 선비다"라는 기록이 보인다.

연대에서 석고를 얘기했는데	燕臺話石鼓
작별 날짜 손꼽으며 깜짝 놀랐네.	屈指驚聚散

42 중서 장복단[430] 莊中書〔復旦〕

배두전(拜斗殿)[431] 비스듬히 지나쳐 가면	迤過拜斗殿
곧바로 장군의 집이 나오지.	便是莊君宅
옥모가 서재 휘장 사이로 비쳐	玉貌映書幃
조천하던 나그네가 놀라 물었네.	驚問朝天客
훗날에 그대 그려 꿈을 꿀 제면[432]	他年雲樹夢
진중하라 당부하던 편지 생각나.[433]	珍重雙魚托

43 도위 풍신은덕[434] 豊紳都尉〔殷德〕

부마는 나이가 열여섯인데	駙馬年十六
빠른 성취 재주가 놀라웁구나.	才情驚夙就
높기는 황제의 사위가 되고	尊是今皇婿

430. 장복단 자는 식삼(植三), 호는 택산(澤冊)이다. 강소성 상주부(常州府) 무진현(武進縣) 사람이다. 당시 중서사인(中書舍人)의 벼슬에 있었다.

431. 배두전 북두성(北斗星)에 제사 지내는 전각이나 도교의 사원을 가리킨다. 토원산(兎園山) 혹은 토아산(兎兒山)에 있는데, 『신원지략』(宸垣識略)에 "명 세종(明世宗)이 일찍이 여기서 북두성에 기도드리고 배두전(拜斗殿)을 지었다"란 기록이 보인다.

432. 그대~제면 원문은 운수몽(雲樹夢). 운수(雲樹)는 벗과 멀리 떨어져 있는 상황을 가리키니, 운수몽은 멀리 있는 벗을 그리워한다는 뜻이다. 두보가 「춘일억이백」(春日憶李白)에서 "위수 북쪽엔 봄날의 나무, 장강 동쪽엔 저물녘 구름"(渭北春天樹, 江東日暮雲.)이란 구절을 쓴 뒤 관용어가 되었다.

433. 진중하라~생각나 『호저집』하(下) 권2에 장복단이 박제가에게 보낸 편지 「박노야승계」(朴老爺陞啓)가 실려 있다. 이 글에 따르면, 두 사람이 한 번 만난 뒤 박제가는 청심환을 보내 주었고, 장복단은 마침 병이 들어 이 편지를 보내 사례한 것이다. 편지에 "진중 자애하시오. 인연이 있으면 좋은 만남 다시 도모합시다"(珍重自愛, 有緣, 再圖良晤.)란 구절이 있다.

434. 풍신은덕 자는 수자(樹慈)이고, 신분은 부마도위(駙馬都尉)였다. 『호저집』하 권2에 박제가에게 보낸 오언 율시 한 수가 실려 있다.

귀함은 공후 집안 후손이라지.　　　　　　貴爲侯家冑

문 앞에 먼 데서 온 손님 있으면　　　　　門前有遠客

뒤질세라 신발을 거꾸로 신네.　　　　　　倒屣猶恐後

44　장군 완안괴륜[435]　完顏將軍〔魁倫〕

해맑은 귀공자 괴륜 장군은　　　　　　　白晳魁將軍

지두화를 즐기어 그린다 하네.[436]　　　　喜作指頭畫

부채에 글씨 씀도 사양 않으니　　　　　　題扇便不辭

거침없는 그 뜻이 상쾌하구나.　　　　　　落落意殊快

궐문에서 낯빛을 살펴볼 적에　　　　　　端門辨色時

기약 이어 얘기하자 약속했었지.　　　　　約共連期話

45　장군 성책[437]　成將軍〔策〕

만주 땅 부도통을 지낸 몸으로　　　　　　滿洲副都統

삼 년간 성경을 다스렸다네.　　　　　　　三年鎭盛京

약만 남고 먹을 것은 남지 않으니　　　　　留藥不留饒

관직의 청렴함에 큰 한숨 쉬네.　　　　　　太息官箴淸

수화로(水火爐)[438]에 차 끓여 대접하면서　　　饗之水火爐

평생 사귄 벗으로 허락했다네.　　　　　　款我如平生

---

435. **완안괴륜**　자는 관보(冠甫)이고, 금원(金元) 왕족의 후예다. 만주 정황기(正黃旗) 사람으로,
벼슬은 복건장군(福建將軍)이었다.

436. **지두화를~하네**　『호저집』하 권2에 박제가에게 준 시가 한 수 실려 있는데, 이에 따르면 완
안괴륜은 손가락에 먹물을 찍어 그림을 그리는 독특한 취미가 있었던 것으로 보인다.

437. **성책**　만주 사람으로, 벼슬은 장군이다.

438. **수화로**　차를 끓일 때 쓰는, 이동이 편리한 금속제 화로를 말한다. 옆에 작은 문이 있고 위쪽
에는 구멍 두 개가 있는데, 이곳에 다호(茶壺)나 작은 그릇을 올려 술이나 물을 끓인다.

46　장군 흥서[439]興將軍〔瑞〕

고황(高皇)의 자손에서 갈려 나오니	別支高皇孫
장군 지위 대대로 물려받았지.	將軍是世襲
옷 입음은 유생과 다름이 없고	被服如儒生
붓 휘두름 왕희지의 필법이 있네.	揮毫見晋法
속국의 반열이 깜짝 놀라니	驚動屬國班
무리들 찾아와 한 번 읍하네.	衆中來一揖

47　회회 왕자 回回王子

왕자는 숙위로 오래 있어서	王子宿衛久
여러 나라 언어에 자못 통했네.	頗通諸國言
게다가 모로 쓰는 글자[440] 있으면	亦有旁行字
한어로 번역해 옮기었었지.	從以漢語翻
한 번 듣고 마침내 잊지 못하여	一聽竟不忘
길에서 만나선 인사 나눴네.	道遇能寒暄

48　평계 왕조가[441] 王萍溪〔肇嘉〕

왕평계(王萍溪)는 재예가 풍부한데도	右申多才藝
감춰 두고 겉으론 안 드러냈지.	內蘊不外颺
오래도록 앉았을 때 살피어 보니	觀其坐頗久
눈은 봐도 눈동자를 굴림 없었네.	目視無轉向
덕기(德器)[442]의 이루어짐 한참 보아도	佇看德器成

---

439. 흥서　만주 사람으로, 벼슬은 봉국장군(奉國將軍)이다.
440. 모로 쓰는 글자　원문은 방행자(旁行字). 가로로 쓰는 아라비아 문자를 뜻한다.
441. 왕조가　자는 우신(右申), 호는 부계(萍溪)이다. 강소(江蘇) 송강부(松江府) 청포현(鯖浦縣) 사람이다.

먼 사람의 바람을 배반치 않네.　　　　毋孤遠人望

49　수재 전동벽[443] 錢秀才〔東壁〕

음석(飮石)[444]은 명가의 자손으로서　　　飮石名家子

젊은 나이 이기(利器)를 품고 있다네.　　妙年懷利器

애오라지 객들의 사랑을 받아[445]　　　聊將練裙書

매화 그림 부쳐 오는 사람도 있네.[446]　暫當梅花寄

내 비록 관상쟁이 아니지만은　　　　我雖未相人

이 사람은 분명 일찍 귀히 되겠네.　　斯人當早貴

50　춘계 장백괴[447] 張春溪〔伯魁〕

장군은 과거 공부 피곤했지만　　　　張君困公車

시 얘기만 나오면 힘이 난다지.　　　談詩語頗壯

미리부터 벼슬길에 오르는 그날　　　預愁作官日

고혈 빨아 제 몸 위함 근심했었네.　　浚民以自養

이 뜻만도 이미 벌써 고인(高人)이거니　此意已高人

진계에다 배 한 척을 정히 사리라.[448]　定買秦溪舫

442. 덕기　덕행(德行)과 기국(器局), 곧 착한 행실과 뛰어난 재능을 가리킨다. 행(行)의 이룸을 덕(德)이라 하고, 재(才)의 이룸을 기(器)라 한다.

443. 전동벽　자가 성백(星伯)이다.

444. 음석　전동벽의 자인 듯하다.

445. 객들의 사랑을 받아　원문은 연군서(練裙書). 남송 때의 양흔(羊欣)은 불의(不疑)의 아들로, 그의 아버지가 오정령(烏程令)이 되었을 때 흔의 나이는 겨우 12세였다. 그때 왕헌지(王獻之)가 오흥태수(吳興太守)가 되어 그를 몹시 사랑했다. 한번은 여름에 헌지가 현(縣)에 들어갔는데, 흔이 새 비단 바지를 입고 낮잠을 자고 있었으므로 헌지가 그의 비단 바지 두어 폭에 글씨를 써 놓고 돌아온 고사에서 나온 말이다. 『남사』(南史) 권36에 보인다.

446. 매화~있네　나빙이 전동벽을 위해 부채 면에 매화를 그려 주고 그를 권면한 일이 있다.

447. 장백괴　호는 춘계(春溪)다. 『호저집』에는 박제가에게 준 칠언 율시가 실려 있다.

각리 김의현이 옥류의 승경을 얘기하기에, 그의 시에 차운하였다 閣吏金義鉉談玉流之勝 遂次其韻

내 들자니 옥류동(玉流洞)[449] 골짜기에는	我聞玉流洞
우거진 숲 사이로 물 흐른다지.	山叢水舒舒
해마다 봄이 가고 여름 올 적에	每當春夏交
정원에는 녹음이 우거진다네.	萬綠堆庭除
그 사이에 결백한 사람이 있어	中有素心人
아내는 길쌈하고 지아비 김을 매네.	婦績而夫鋤
새 날아간 빈 하늘을 바라보는데	目斷倦鳥外
한 마리 매미 소리 고요도 하다.	耳靜一蟬初
네 계절 모두 다 아름다우니	四序足佳日
마음대로 오가며 흥얼거리네.	行歌隨所如
밭에는 몇 고랑 토란이 있어	自有數畦芋
손님 오면 시장기를 달랠 만하지.	客來饑可茹
개연히 숨은 자취 생각하자니	慨然想幽踪
숙직 서는 관리 신세 부끄러워라.	愧此直中書

448. **진계에다~사리라**　진계는 장백괴의 고향과 관련이 있는 지명으로 보이는데 어디인지는 알 수 없다. 배를 산다고 함은 은거하여 한적한 생활을 즐김을 뜻한다.

449. **옥류동**　인왕산 아래에 있다. 이름 그대로 옥같이 맑은 시냇물이 인왕산 골짜기에서 흘러내리는 곳으로, 옛날부터 수석의 승지로 이름났다. 지금의 서울시 종로구 옥인동은 곧 옛날의 옥류동과 인왕동을 합한 동명이다. 그중 옥류동의 동명은 인왕산 서쪽 기슭, 옥 같은 샘물이 석벽 사이에서 나오고 그 석벽 위에 '옥류동'(玉流洞) 세 글자가 새겨진 데서 유래된 것으로 보인다.

그림 부채에 쓰다 題畫扇

풀 깊어 해오라기[450] 다리는 보이잖고   艸深僅沒春鋤趾

물 얕으나 꽃 그림자 능히 띄울 만하네.   水淺能浮倒影花

봄 산의 고요하고 한가한 뜻 헤아려   料得春山孤靜意

이끼 낀 바위에는 노을이 쌓였어라.   一卷苔石數堆霞

신해년(정조 15, 1791) 7월에 이덕무·유득공과 함께 『국조병사』
를 찬집하라는 명을 받들어 비성에 서국을 열었다. 이때 성대
중이 마침 숙직 중이었는데, 홍원섭[451]·박지원·옥류 등 여러
분이 우연히 모였다 辛亥七月 同淸莊泠菴 奉命纂輯國朝兵事 開局於秘省
而靑城適就直 太湖燕巖玉流諸公偶集

1

화성(華省)[452]의 사람 모두 여름 더위 잊었으니   華省都忘畏日薰

한 굽이 흐르는 물 어구(御溝)[453]로 갈라지네.   一灣流水御溝分

---

450. 해오라기   원문은 용서(舂鋤). 해오라기는 얕은 물을 건널 때에 머리를 숙였다 치켜들었다 하
는 모습이 마치 절구질하고 호미질하는 것처럼 생긴 까닭에 해오라기를 '용서'(舂鋤)라고 한다.
451. 홍원섭(洪元燮)   자는 태화(太和), 호는 태호(太湖), 본관은 남양(南陽)이다. 영조 때 사마시(司
馬試)에 합격, 음보(蔭補)로 참봉이 되고, 1790년에 황주목사(黃州牧使)를 거쳐 1801년 찬집랑(纂
輯郎)으로 『화성성역의궤』(華城城役儀軌)를 편찬한 공으로 가자(加資)가 되기도 했다. 홍대용·박
지원 등과 교유했다. 『태호집』 8권 4책이 규장각에 있다.
452. 화성   인품이 맑고 귀한 사람이 있는 관서(官署), 혹은 맡은 직무가 임금과 밀접하고 존귀한
관서를 가리킨다. 여기서는 비성(秘省)을 가리키는 것으로 보인다.

뜰에는 품계석이 한 줄로 펼쳐졌고　　　　庭羅幾品平章石

창문은 심상하게 궁궐 구름[454] 들이누나.　　窓納尋常錫貢雲

성근 버들 명사의 수척한 모습이요　　　　疎柳眞同名士瘦

시든 연꽃 오히려 미인의 향기로세.　　　殘荷猶似美人醺

자연의 소리마다 내 시는 자재(自在)하니　　吾詩自在吟哦列

매미 소리 벌레 울음 모두 다 문장일세.　　蟬唫蟲音摠是文

2

이따금 뜰에서는 풀과 나무 향기 나고　　　庭園時聞草樹薰

먼 산은 가을빛에 물들기 시작했네.　　　遠山秋色已三分

뒤섞인 관복들은 모두 오랜 벗들이고[455]　　冠裳裸還非今雨

우뚝한 누각에는 저녁 구름 어려 있네.　　樓閣岧嶢有宿雲

병석의 생각이라 고운 시어 나오잖고　　　病裏風懷妨綺語

술자리의 아름다움 살짝 취함에 있구나.　　酒中佳處在微醺

분분한 역사 담론 귀로 흘려듣는데　　　紛紛耳食談秦漢

오로지 청성만이 능히 글을 짓는구나.　　秖有靑城解屬文

453. **어구**　궁궐 안을 흐르는 개울을 말한다.

454. **궁궐 구름**　원문은 석공(錫貢). 천자의 명을 기다린 뒤에 진상하여 바치는 것으로, 상공(常貢)과는 별도로 있는 것이다. 『서경』 「우공」(禹貢)에 "귤과 유자를 싸서 바치다"(厥包橘柚錫貢)라는 구절이 보인다.

455. **뒤섞인~벗들이고**　원문의 관상(冠裳)은 관리가 입은 예복을 뜻하고, 금우(今雨)는 신우(新友)라는 뜻이다. 두보가 「추술」(秋述)에서 "가을에 내가 병이 들어 장안 여곽에 머물렀다. 비가 많이 내려 고기가 생기고 푸른 이끼가 걸상까지 미쳤다. 수시로 거마를 타고 객이 찾아왔는데, 옛 친구만 오고 새 친구는 오지 않았다"(秋, 杜子臥病長安旅次, 多雨生魚, 靑苔及榻. 常時車馬之客, 舊雨來, 今雨不來.)라 한 데서 유래한다.

3

발에는 가을 더위 아직도 남았는데	丁簾秋暑尚餘薰
나무 끝 은하수는 밤중에 빛나누나.	樹杪明河耿夜分
차솥에서 빗소리가 후두둑 듣더니만	數點蕭騷茶鼎雨
연지의 구름에는 고인 물이 흥건하다.	一泓澎湃研池雲
임천에 둔 기약은 시구로 이어가고	林泉有約詩堪續
푸성귀의 가난 잊고 술 마셔 취해 보리.	蔬菜忘貧飮可醺
팔뚝 아래 홀연듯 송석(松石) 구경 더하려니	腕底忽添松石賞
『열하일기』 문장만 놀라운 것 아니라네.	驚人不獨熱河文

　　연암이 〈송석도〉를 그렸다. 燕巖畫松石.

4

관각엔 맑은 향기 자욱하게 배어 있고	官閣淸香藹宿薰
열흘 사이 사람 가니 서로 나뉨 교묘하네.	隔旬人去巧相分

　　내가 작년에 두 번째로 연경에 가다가 황주의 관루가 새로 낙성된 것을 보았
　　는데, 홍원섭이 다시 유배를 당했다.[456] 余去年再入燕京, 見黃州官樓新落, 而太
　　湖再被謫矣.

사신 행차 다시 밤에 제안(齊安)[457]에 이르렀고	征槎再泊齊安月
지친 말은 외로이 파령(岊嶺)[458] 구름 뚫고 갔네.	倦馬孤穿岊嶺雲
수조(水調)[459]의 맑은 가락 꿈속에 자주 들 제	水調淸詞頻入夢
죽루(竹樓)[460]의 봄 술은 아직 익지 않았겠지.	竹樓春酒不成醺

---

456. **내가 작년에~당했다**　1790년 박제가가 연행 길에 황주의 누각이 새로 지어진 것을 보았는데,
열흘 뒤에 홍원섭이 황주목사로 부임했다는 뜻이다. 여기서 '피적'(被謫)은 유배가 아니라 지방 관
아로 부임한 것을 뜻하는 것으로 보인다.
457. **제안**　황해도 황주의 옛 별칭이다.
458. **파령**　자비령(慈悲嶺)의 다른 이름이다.

좋구나 오늘 여기 마음을 나누는 곳 　　　　可憐此日題襟地
성군 시절 풍류를 서로 함께 말하도다. 　　共說風流際右文

5

손 델 만큼 그 기세 뜨겁다[461] 말을 마오 　　炙手休言勢可薰
새로 지은 다락은 낮은 관리 차지라네. 　　新樓好與冷官分
함께 들은 빗소리 등불은 콩알 같고 　　聯床聽雨燈如菽
땅 그으며 병법 논하니 군진은 구름 같네. 　畵地談兵陣似雲
시어는 난삽하여 이웃 할미 모르고[462] 　　詩澁難逢鄰媼解
살림이 가난해도 완적 취함[463] 흉내 내네. 　廚貧猶借步兵醺
세상의 유자들은 병서를 경시하니 　　　世間儒學輕鈐韜
손오 문장 고문임을 그 누가 알겠는가. 　　誰識孫吳亦古文

6

미추 선악 가치를 나란히 보려 하면[464] 　欲齊姸醜一蕕薰

---

459. 수조 곡조 이름이다. 두목(杜牧)은 「양주」(揚州)에서 "그 누가 수조곡을 노래하는가, 명월은 양주에 가득 찼는데"(誰家唱水調, 明月滿揚州.)라 하고, "수나라 양제(煬帝)가 운하를 만들면서 만든 곡조"라고 주를 달았다.

460. 죽루 황해도 황주에 있던 누각이다.

461. 손 델~뜨겁다 원문은 자수(炙手). 두보의 「여인행」(麗人行)에 "손 대면 델 정도로 권세가 뜨거우니, 삼가 대지 마오 승상이 화를 내리"(炙手可熱勢絕倫, 愼莫近前丞相嗔.)라고 보인다.

462. 이웃 할미 모르고 원문은 인온해(鄰媼解). 당나라의 백거이와 원진이 시를 지으면 이웃집 할머니에게 보여 그가 이해한 뒤에야 탈고한 고사에서 따온 말이다.

463. 완적 취함 원문은 보병훈(步兵醺). 도남(道南)에 살았던 진(晉)나라의 완적(阮籍)과 완함(阮咸)은 도북(道北)의 북완(北阮)이 부유했던 데 반해 매우 가난했다 한다. 완적이 술을 탐내 보병교위(步兵校尉)를 자청하고, 완함이 돼지와 술을 마셨던 고사는 유명하다. 『진서』(晉書)에 보인다.

464. 미추~한데 원문의 연추(姸醜)는 아름답고 추한 것으로 『장자』에 용례가 보이고, 유훈(蕕薰)은 악취가 나는 풀과 향기로운 풀이라는 뜻으로 선악을 의미하는데 『좌전』에 나온다. 이 구절은 그러한 미추와 선악의 절대 기준을 없애고 싶다는 뜻이다.

훼예(毁譽)를 어찌하여 외양으로 나누리오. 　　　毀譽何須色臭分
세상만사 무대 위 꼭두각시놀음이요 　　　　萬事登場如傀儡
천 년의 일들이란 스쳐 가는 연기라네. 　　　千秋過眼只煙雲
얘기하며 중원 승취 아련히 떠올리고 　　　談憐縹緲中原勝
술 마시나 여름날 취하는 것 꺼리누나. 　　　酒畏迷離暑月醺
얼마간 강호의 좁은 안목 논하다가 　　　多少江湖論隻眼
별자리가 천문을 움직인다 말하누나. 　　　敢云星象動天文

7
이름이 높아지면 비방 따름 우습나니 　　　自笑名高謗亦薰
청광(淸狂)이 어찌하여 너희 분수 바라리오. 　　　清狂寧向若曹分
먼 하늘 기미성(箕尾星)[465]은 들판 위에 떠 있고 　　　天長箕尾飛騰野
뻗은 길 여산에는 구름이 쌓여 있네. 　　　路展巫閭叠積雲
먹과 시의 숲에서 한바탕 꿈 다했으니 　　　墨藪詩林輸一夢
물가의 꽃 아래서 옛 친구를 떠올리네. 　　　水邊花下憶同醺
희음(希音)이 그릇되이 제공 인정 입었으니 　　　希音枉被群公賞
한 시절의 기림이야 한 푼이나 될까 보냐. 　　　時譽何嘗值一文

8
시내 아래 숨은 꽃 홀로 향기 품었는데 　　　澗底幽花獨抱薰
서풍도 서늘해라 추분이 가까웠네. 　　　西風澹澹近秋分
삼경 비에 매미 소리 끊어질 것 같은데 　　　蟬聲欲斷三更雨
나무 빛은 십 리 구름 아득히 머금었네. 　　　樹色長含十里雲

---

465. **기미성**　　원문은 기미(箕尾). 기성(箕星)과 미성(尾星)은 모두 28수의 하나다. 기미는 방위상 동북간을 가리킨다.

쏜살같은 세월에 짧은 이별 놀라서　　彈指光陰驚小別
다락 기대 천지간에 남은 취기 부치노라.　倚樓天地屬殘醺
밝은 시절 그리며 벼슬길에 오래 있어　烏紗久結明時戀
무덤 앞에 맹서하던 그때 다짐[466] 저버렸네.　辜負當年誓墓文

9

문득 보매 석류 열매 불타는 듯 익어 가고　榴火俄看灼灼薰
서쪽 이웃 대추 익어 어느새 딸 만하다.　西鄰棗熟已堪分
자각(紫閣)에서 읊조리다 가을비를 맞이하고　沈吟紫閣迎秋雨
붉은 난간 거닐다가 저녁 구름 잠을 자네.　緩步紅闌睡夕雲
한가한 곳 공명은 저술로 남아 있고　閒局功名留著述
낮은 관직 풍치는 술기운에 내맡기네.　冷官風致任醒醺
이곳이 궁궐 옆임 늘상 잊지 못하니　難忘此地金門側
몇 차례나 지친 나귀 문서 교정 나갔던가.　幾度疲驢赴校文

10

집 맞닿은 짙은 그늘 기름져 향기롭고　接屋濃陰膩欲薰
수많은 매미 소리 사방으로 흩어진다.　萬蟬聲許四鄰分
하늘 바람 소매 들자 온통 물결 일어나고　天風衫懷都生浪
때마침 산천 비에 구름 절로 일어나네.　時雨山川自出雲
천지는 삼복 뒤라 더위 한풀 꺾였는데　殷地無多庚後熱
니인(泥人)[467]은 새벽부터 술에 흠씬 취했네.　泥人還是卯前醺

---

466. 무덤～다짐　　원문은 서묘문(誓墓文). 왕술(王述)의 이름이 높아 왕희지와 병칭되었지만, 왕희지는 그를 경시했고 이 때문에 둘 사이가 좋지 않았다. 왕희지는 뒷날 직접 왕술을 겪어 보고 예전 자신의 태도를 깊이 반성했다. 그리고 부모의 무덤을 찾아 다시는 관직에 나가지 않을 것을 맹세했다. 이후 관직을 버리고 귀은한다는 뜻의 관용어가 되었다.

오사란 가는 줄 친 비단 무늬 종이에다 　　　　烏絲小格羅紋紙
정유각 열 수 시를 혼자서 베껴 쓴다. 　　　　自寫貞蕤十疊文

11

연각(延閣)의 향 내음은 백 보 밖서 풍겨 오고 　延閣芸香百步薰
취향(醉鄉)은 남북으로 고르게 나뉘었네. 　　醉鄉南北許平分
돈 받고 아첨 않음 지금의 한퇴지요[468] 　　金難諛墓今韓愈

　　　연암이 담헌의 묘지를 꺼내 보여 주었다. 燕巖出示湛軒墓志.

관직은 높잖아도 후세의 자운일세. 　　　　爵不逾人後子雲
비 맞은 뒤 합밀과(哈密瓜)는 잘 익어 향기롭고 哈密瓜香經雨老
페르시아 복숭아는 가을볕에 뺨이 붉다. 　波斯桃頰望秋醺

　　　비성에 편도가 있다.[469] 秘省有匾桃.

청장관은 전부터 뛰어난 무리거니 　　　　青莊故自超超輩
해서 글씨 주문(籀文)[470] 같아 괴이하기 짝이 없네. 多怪楷書似籀文

---

467. 니인　　진흙으로 만든 인형을 말하는데, 여기서는 니취(泥醉)한 박제가 자신을 가리킨다.
468. 돈 받고~한퇴지요　　한유가 남들의 비지문을 많이 써 주었는데, 사례를 받고 한결같이 과도하게 고인을 칭송했다 하여 후대에 비판의 대상이 되었다. 박지원이 지은 홍대용 묘지문을 두고, 글은 훌륭하지만 한유처럼 돈을 받고 죽은 자에게 아부한 것은 아니라는 뜻이다.
469. 비성에 편도가 있다　　이덕무의 『청장관전서』에도 관련 기사가 보인다. "지금 교서관(校書館)의 직려(直廬) 직숙에 복숭아나무 한 그루가 동쪽 담장 아래에 심어져 있다. 그 복숭아나무에 납작한 열매가 맺혔는데 세속에서 말하는 '구수시'(蔓籔柿)와 같다. 그러므로 사람들이 '감복숭아'〔柿桃〕라고만 일컬을 뿐이고 다른 나라에서 진품(珍品)으로 여기는 줄은 알지 못한다." 편도는 『본초강목』에 남쪽에서 나는 과일의 일종으로 소개되어 있다.
470. 주문　　한자의 옛 자체의 하나이다. 주(周)나라 선왕(宣王) 때 태사(太史) 주(籀)가 창안한 것이다. 소전(小篆)의 전신으로 보통 대전(大篆)이라고 한다.

청성 성대중과 함께 비각에 모이다 4수 與靑城 集秘閣 四首

1

어지러운 과거 답안 세태 부침 말하면서 　　　紛紛闈墨說升沈

웃음거리 전해 주어 『어림』(語林)⁴⁷¹을 보완하네. 　笑柄輸君補語林

> 이때 과거 시험이 막 끝났는데, 과객 중에 낙강사자(落講士子)로 금은(金
> 銀)⁴⁷² 장두(杖杜)⁴⁷³ 등의 내용이 무릇 10여 건이나 되었다. 時, 試闈新過, 客有
> 舉落講士子金銀杖杜之屬, 凡十餘事者.

나무와 높은 누각 어둠을 재촉하니 　　　　　樹與高樓催暮色

하늘 나는 외로운 새 가을에 드는구나. 　　　天連孤鳥入秋陰

편서국(編書局)서 늙느라 붓끝은 무뎌져도 　編書局老頹毛穎

접대 술상 푸짐하여 닭 요리⁴⁷⁴가 섞여 있네. 　款客盤稠錯翰音

도보로 출근하며 가난 더욱 심해지니 　　　徒步司經貧轉劇

> 나와 이덕무는 둘 다 말[馬]이 없는지라 게해사(揭奚斯)⁴⁷⁵의 일을 썼다. 余與
> 懋官, 并無馬, 用揭奚斯事.

---

471. 『어림』 『어림』은 『하씨어림』(何氏語林)을 가리킨다. 하씨는 동해(東海) 하양준(何良俊)을 가
리킨다. 육조(六朝) 이후 원(元)나라에 미치기까지 이름난 대부와 선비의 한마디 말이나 짤막한 논
(論)으로, 진(晉)나라 제현(諸賢)과 짝 될 만한 것 및 한(漢)·위(魏)·진(晉) 3대 명인의 이야기 중에
서 유의경(劉義慶)의 『세설신어』(世說新語)에 빠져 있는 것을 수록했다고 한다.

472. 금은 한유(韓愈)의 아들 창(昶)이 집현교리(集賢校理)가 되었을 때 사서(史書)에 나오는 금
근거(金根車)를 금은거(金銀車)로 잘못 읽었다는 고사에서 따온 말이다. 금근거란 천자(天子)의 승
여(乘輿)를 가리키는데, 송(宋)나라 때는 상근거(桑根車)라고도 했다.

473. 장두 『시경』의 편명인 체두(杕杜)를 장두(杖杜)로 잘못 읽은 정승이 있었다는 고사에서 따
온 말이다. 『구당서』(舊唐書) 「이임보전」(李林甫傳)에 자세히 보인다.

474. 닭 요리 원문은 한음(翰音). 『예기』 「곡례」에 "소는 일원대무(一元大武), 돼지는 강렵(剛鬣),
닭은 한음(翰音), 개는 갱헌(羹獻)이라 한다"고 한 것으로 보아 한음은 닭을 가리킨다.

475. 게해사 원나라 문종 때 사람으로 일찍이 규장각 각료가 되었는데, 집이 가난하여 도보로 궐
문에 들어갔다고 한다.

화려한 시구 펴지 못함 누가 아쉬워하리.　　　誰憐繡句已囊琴

2

객줏집 머물자니 석양빛 내려앉고　　　　　酒所留連夕景沈
비서각476 가을 기운 긴 숲에 가득하다.　　　木天秋氣泛脩林
궤안 기댄 사람은 남곽(南郭)477과 한가지고　人方隱几同南郭
기심 잊은 내 모습은 한음(漢陰)478과 비슷하네.　我已忘機似漢陰
연전(硯田)에 흉년 없기479 다 함께 축원하고　共祝硯田無惡歲
산수에 청음 있음 어여쁘기 그지없네.　　　可憐山水有淸音
나귀 타고 노홍을(盧鴻乙)480 찾아볼 기약하니　騎驢約訪盧鴻乙
등 뒤의 종 아이는 소금(素琴)을 끼고 있네.　背後奚奴挾素琴

3

맑은 낮 향로의 수침 향 아른대니　　　　　淸晝爐煙裊水沈
문 닫은 공관은 산림과 다름없네.　　　　　閉門公舘卽山林
금전화(金錢花) 또렷하다 찬 꽃의 그림자요　金錢的歷寒花影

---

476. 비서각　원문은 목천(木天). 한림원의 별칭이다.

477. 남곽　남곽자기(南郭子綦)를 가리킨다. 그가 궤안(几案)에 기대어 앉아 마른 나무와 싸늘한 재처럼 하고 있는 모습이 곧 은자의 모습이다. 『장자』「제물론」에 "남곽자기가 궤안에 기대어 앉아 하늘을 바라보고 한숨을 쉬니 마치 짝을 잃은 것 같았다"(南郭子綦, 隱几而坐, 仰天而噓, 荅焉似喪其耦)라고 했다.

478. 한음　송나라 강하(江夏) 사람 두감(杜淦)을 일컫는다. 그는 스스로 한음노인(漢陰老人)이라 부르며 사수(泗水) 부근에 은거했다. 농사를 지어 15년 만에 부자가 되었다. 그는 일찍이 사람들에게 이렇게 말했다. "수모를 견디고 벼슬하는 자들은 대부분 처자를 먹여 살리기 위해서다. 그들은 수모를 견디고 나는 노력을 한다. 모두 먹여 살리기 위한 것이지만 그에 비하면 내가 낫지 않은가."

479. 연전에 흉년 없기　송나라 당경의 「차박두」(次泊頭)에 "연전에는 흉년이 없고, 주국은 언제나 봄날이라"(硯田無惡歲, 酒國有長春)라고 보인다.

480. 노홍을　당나라 때의 화가로 〈종남초당도〉(終南草堂圖) 등을 그렸다.

푸른 홀 들쭉날쭉 뭇 골짜기 그늘일세.　　　　　　碧笏參差衆壑陰

잡목들 빈풍화(豳風畵)[481]의 정의를 머금었고　　　　雜樹俱含豳畵意

온갖 벌레 모두 다 이소 소리 지어내네.　　　　　百蟲皆作楚騷音

평생 삶 울적하여 슬픈 노래 지었으니　　　　　平生壹鬱悲秋語

하약금[482]의 천 년 곡조 다름 아닌 이것일세.　　　便是千年賀若琴

4

술잔 속 잔물결은 빗소리에 가라앉고　　　　　酒鱗微皺雨聲沈

황혼이 상림 숲에 질 때까지 앉아 있네.　　　　坐到昏雅繞上林

세상의 모든 일들 한담이 되고 말아　　　　　萬事都歸閒說話

뜬 인생 몇 년이나 더 살 수 있을는지.　　　　浮生能得幾光陰

쟁쟁한 저술들을 금궤에서 뽑아내니　　　　　崢嶸著述抽金匱

정중하게 은혜로 옥음(玉音)을 받았노라.　　　鄭重恩私荷玉音

관리 된 내 인생이 도리어 우습나니　　　　　却笑行藏期作吏

어디로 떠나가서 거문고를 울리려나.　　　　不知何處去鳴琴

---

481. 빈풍화　　원문은 빈화(豳畵). 원나라 때 조맹부가 그린 그림으로 농업과 관련된 것인데, 음력
7월의 절기를 담았다.

482. 하약금　　당나라의 하약이(賀若夷) 또는 수나라의 하약필(賀若弼)이 지었다고 전해지는 거문
고 곡조의 이름으로, 고담스러움이 도연명에 비견되었다.

두 손님이 찾아와 소나무 아래에서 백화를 들고서
二客來訪 松下拈白華

이중(二仲)[483]으로 인하여 삼경(三徑)[484]이 열렸으니	三徑原因二仲開
시절 지위 얕았어도 깊은 술잔 얻었구나.	淺於時地得深杯
국화와 백로는 가르침 아님 없고	黃花白露無非教
밝은 달과 맑은 시 별재가 있음이라.	明月淸詩有別才
이 나무는 집 지을 때 중하게 쓰일 텐데	此樹可能爲屋重
산에 와서 본다 해도 몇이나 알아볼까.	幾人眞辨看山來
반악(潘岳)[485]의 부 속에서 해마다 느끼노니	安仁賦裏年年感
가을바람 예전처럼 기러기 떼 재촉하네.	一例西風雁字催

다음 날 객이 어애송 시를 보내왔기에, 다시 앞의 시에 차운하여 明日 客以御愛松詩見寄 復次前韻

1

백 년토록 품은 회포 몇 번이나 풀었던가	百年懷抱幾回開

---

483. 이중　한나라의 양중(羊仲)과 구중(裘仲)이다. 장후(蔣詡)의 집에 세 갈래 길이 있었는데 오직 양중과 구중만이 좇아서 노닐었다. 두 사람은 모두 후대에 은거한 선비를 가리키는 말로 쓰였다.

484. 삼경　정원 안의 세 갈래 좁은 길을 가리키다가, 은자(隱者)의 문안의 뜰 또는 그 주거(住居)를 뜻하게 되었다.

485. 반악　원문은 안인(安仁). 진(晉)나라 때의 시인. 안인(安仁)은 그의 자다. 『문선』(文選)에 실린 「추흥부」(秋興賦)를 두고 한 말이다.

창공(蒼公)[486]께 읍을 하고 함께 잔을 당기노라.　　作揖蒼公共引杯
눈 속에도 오래도록 군자의 빛 머금었고　　雪裏長含君子色
비 내려도 다투어 대부 재주[487] 말한다네.　　雨中爭說大夫才
낙산에 서리어서 뿌리를 머물렀고　　蟠侵駱岾留根住
비스듬 장교(長橋)[488] 향해 비취색을 불러오네.　　褰向長橋命翠來
맑은 그늘 다 쓰는 데 한나절이 더 걸리니　　掃徧淸陰遲半日
게으른 종 꾸짖으며 사람 시켜 재촉하네.　　錯嗔僮懶敎人催

2

띳집의 한쪽 면을 그대 위해 열어 두니　　茅亭一面爲君開
그 아래 좋은 샘물 잔을 씻기 알맞구나.　　下有名泉合洗杯
비바람에 은자의 꿈[489] 홀연히 놀라 깨니　　風雨忽驚貞白夢
그림에는 어느 누가 필굉(畢宏)[490]의 재주런가.　　畫圖誰是畢宏才
화려한 꽃 다 진 뒤에 사람들 찾아오고　　浮華落後人方到
어둔 구름 지나가자 달이 막 돋아 오네.　　纖翳空時月定來
변치 않는 우정을 논할 수만 있다면　　但使論交長色在
거울 속에 늙어 감을 근심치 않으리라.　　不愁臨鏡二毛催

486. **창공**　어애송을 가리킨다.
487. **대부 재주**　원문은 대부재(大夫才). 오대부송을 가리키는 말이다. 진 시황이 태산에 올라가 바위를 세워 제사를 지내고 내려오는데 비바람이 사납게 몰아쳐 나무 아래에서 휴식했다. 이로 인해 그 나무를 봉하여 오대부로 삼았다. 『사기』「진시황본기」에 나온다.
488. **장교**　장통교를 가리킨다.
489. **은자의 꿈**　원문의 정백(貞白)은 도홍경(陶弘景, 452~536)의 시호(詩號)다. 그는 중국 남북조 시대의 본초가(本草家)로, 구곡산에 들어가 스스로를 화양도은(華陽陶隱)이라 칭하며 수도 생활을 했다. 유·불·도 3교에 능통했으며, 『고금도검록』(古今刀劍錄)을 저술하는 등 여러 종류의 잡학(雜學)에도 밝았다고 한다.
490. **필굉**　당나라 중기의 화가로, 묵송(墨松)으로 유명하다.

3

푸른 솔에 바람 일어 주렴 한 번 걷었더니 　　綠蕤風動一簾開
애납(艾納)[491]의 고운 향기 호박 잔에 스미누나. 　艾納香侵琥珀杯
주미(麈尾)[492]가 이제 막 도강(都講)[493] 손에 옮겨지니 　麈尾初移都講手
용린(龍鱗)[494]은 언제나 저서 재주 짝하누나. 　　龍鱗長伴著書才
산 깊어 철간(銕幹)[495]은 구름을 당겨 가고 　　山深銕幹挐雲去
밤 고요해 고운 그늘 달님을 불러오네. 　　　夜靜絺陰喚月來
세상에 얼마간 부귀가의 사람이여 　　　　多少世間車馬客
누굴 위해 어여쁜 꽃 찾아서 재촉하나. 　　尋紅問紫爲誰催

4

방문을 근심스레 달빛 향해 열어 두니 　　房櫳悄向月明開
때때로 송홧가루 술잔에 흩날리네. 　　　時有松花拂酒杯
온갖 초목 시듦에서 정해진 이치 보고 　　百卉凋零看定論
천인(千人)에게 그늘 주니 재주라 할 만하네. 　千人蔭映足秤才
심상한 흰둥이는 문가에 누워 있고 　　　尋常白犬迎門臥
붉은 깃 새 소리는 꿈속에 들려오네. 　　　髣髴朱衣入夢來
보배로운 나무는 늦게야 쓰이리니 　　　珍重木公須晩用
어지러운 절목으로 재촉하지 마시게나. 　紛紛節目莫相催

491. **애납**　소나무나 매화·등나무 껍질 위에 생겨나는 일종의 이끼로 향기가 있다.
492. **주미**　청담(淸談)하는 사람이나 불도(佛徒)를 가리킨다. 주미는 고라니의 꼬리털로 만든 먼지떨이를 가리키는데, 청담을 하던 사람들이 많이 가졌으며 후에는 불도들도 많이 가지고 다녔다.
493. **도강**　도강생의 준말로, 고대의 학교에서 박사를 도와 경전을 강하는 유생을 가리킨다.
494. **용린**　소나무 껍질이 용의 비늘 같아서 붙여진 이름이다.
495. **철간**　고목이 된 매화나무 따위의 줄기인데, 여기서는 어애송의 줄기를 가리킨다.

북영[496]에서 北營

높은 산엔 비각이 걸리어 있고	崇山帶飛閣
깊은 골짝 단풍이 은은하구나.	幽壑隱丹楓
흰 구름 밖에서 잠을 자다가	延睡白雲外
가을의 시냇가를 돌아 거닌다.	繞行秋澗中
허유(許由)의 자취[497] 아님 부끄럽나니	慙非箕潁迹
무우(舞雩)의 바람 쐼[498]을 슬피 바라네.	恨望舞雩風
저문 빛은 사람 걸음 따라오는데	暝色隨人步
쓸쓸한 저 기러기 허공에 든다.	蕭蕭雁入空

496. **북영**　창덕궁의 북쪽에 있던 훈련도감(訓練都監)의 분영(分營)이다. 정약용의 『경세유표』(經世遺表)에서는 북영이 요금문(曜金門) 밖에 있다고 했는데, 『신증동국여지승람』에서는 창덕궁 서쪽 공북문(拱北門) 밖에 있어 영사(營舍)가 235칸이고, 그 남쪽에 군향색고(軍餉色庫)가 있으며, 군자정(君子亭)과 몽답정(夢踏亭)이 있다고 했다.

497. **허유의 자취**　원문은 기영(箕潁). 세상에서 물러나 은둔하는 삶을 말한다. 요임금이 천하를 허유에게 물려주려 하자 그는 물러나 숭산에 있는 영수(潁水) 기산(箕山) 아래에 숨어 살았다. 요임금은 계속 허유를 불러 천하를 다스리게 하려 했지만 그는 그 소식을 듣지 않으려고 영수 가에서 귀를 씻었다고 한다.

498. **무우의 바람 쐼**　원문은 무우풍(舞雩風). 공자가 제자 증점에게 물었다. "혹시 알아주는 사람이 있다면 하고 싶은 일이 무엇인가?" 증점은 타던 비파를 내려놓고 대답했다. "따뜻한 봄날 봄옷이 마련되면 관자(冠者) 5~6인, 동자 6~7인과 함께 기수에서 목욕하고 무우에서 바람을 쐰 다음 노래하며 돌아오겠습니다." 『논어』 「선진」에 보인다.

연암 선생께서 율시 지으심을 축하하여 賀燕巖作律詩

예로부터 글에서는 귤과 준치 한했으니[499]　　從古文章恨橘鰣

몇이나 연암께서 시 짓는 것 보았던가.　　幾人看見燕巖詩

우담바라 한 번 피고[500] 하도(河圖)에 웃을 때　　曇花一現龍圖笑

이게 바로 선생께서 시를 지을 때라네.　　正是先生覓句時

현천 원중거 만사 挽元玄川〔重擧〕

1

온 가족이 용문산에 은거하여서　　盡室隱龍門

흰머리로 나물 뿌리 씹고 사누나.　　白頭咬菜根

어려워도 오히려 곧은 도리만　　濱危猶直道

---

499. **예로부터~한했으니**　　송(宋)의 팽연재(彭淵材)는 다음과 같이 한스러워했다고 한다. "내가 평생에 한스러운 것은 다섯 가지뿐이다. 첫째는 준치가 가시가 많은 것이고, 둘째는 귤이 너무 신 것이다. 셋째는 순채가 성질이 냉한 것이고, 넷째는 해당화가 향기가 없는 것이다. 다섯째는 증공이 시를 잘 짓지 못한 것이다."(平生所恨者五事耳, 一恨鰣魚多骨, 二恨金橘多酸, 三恨蓴菜性冷, 四恨海棠無香, 五恨曾子固不能作詩.) 『유설』(類說)에 보인다. 연암이 시를 잘 짓지 않았음을 비유한 것이다.

500. **우담바라 한 번 피고**　　원문의 담화(曇花)는 불교에서 여래나 전륜성왕(轉輪聖王)이 나타날 때만 핀다는 상상의 꽃인 우담바라를 가리키는데, 매우 드물고 희귀하다는 비유 또는 구원의 뜻으로 쓰인다. 불경에 의하면 여래의 묘음(妙音)을 듣는 것은 이 꽃을 보는 것과 같고, 여래의 32상을 보는 것은 이 꽃을 보는 것보다 몇 백만 배나 어렵다고 했다. 담화일현(曇花一現)은 『장아함경』(長阿含經) 「유행경」(游行經)에서 "여래가 때때로 세상에 나옴은, 우담바라가 때로 한 번 피는 것과 같다"(如來時時出世, 如優曇鉢花時一現耳.)라고 한 이래로 사물이 잠깐 나타났다가는 곧장 사라짐의 비유로 쓰인다.

입 열면 말마다 명언이라네.　　　　　矢口卽名言
한 잔 술을 속류들 몹시 꺼려도　　　杯酒時流忌
문장은 이역에서 드높았었네.　　　　文章異域尊
이 사람 무덤에 들었다 해도　　　　　斯人雖宿草
그의 유풍 박부도 도탑게 하리.[501]　　風使薄夫敦

2

하늘 뜻 규곽을 어여뻐하고　　　　　天意憐葵藿
가을빛 혜초 난초 아쉬워하네.　　　　秋容惜蕙蘭
칠순에 서국에서 녹봉을 받고　　　　七旬書局俸
3품은 죽었을 때 벼슬이었네.　　　　三品葬時官
평생토록 깨끗함 온전히 하여　　　　完此平生潔
죽도록 가난함 달게 여겼지.　　　　　甘爲沒世寒
아첨이 바야흐로 습속이 되니　　　　脂韋方習熟
고인의 어려움 그 누가 알랴.　　　　誰識古人難

3

시를 보면 장경풍(長慶風)[502]의 넉넉함 있고　詩看長慶富
관리 생활 도주의 순리였었네.[503]　　吏有道州循
거절 승낙 가난해도 더욱 엄했고　　辭受貧逾峻

---

501. **박부도 도탑게 하리**　원문은 박부돈(薄夫敦). 『맹자』 「만장」에 유하혜(柳下惠)의 풍도를 듣게
되면 "속이 좁은 자도 관대해지고, 야박한 자도 돈후해진다"(鄙夫寬, 薄夫敦.)는 말이 있다.

502. **장경풍**　원문은 장경(長慶). 당나라 장경(長慶) 연간에 서로 어울려 시를 지었던 원진(元稹)
과 백거이(白居易)의 시풍을 말한다.

503. **관리 생활 도주의 순리였었네**　당나라 때 양성(陽城)이 도주자사(道州刺史)로 좌천되었을 적
에 선정을 베풀어 큰 업적을 이루었다. 그러자 백거이가 도주민(道州民)이란 제목으로 시를 지어
양성의 선정을 크게 격찬한 일이 있었다. 이 구절은 여기에서 따온 것이다.

사귐은 늙을수록 진실했었지.	交遊老漸眞
스승 자리[504] 처지는 쓸쓸하여서	蕭瑟皐比地
나무 돌 이웃하며 세월 보냈네.	崢嶸木石隣
슬프다 연주하며 노래할 적에	傷心絃誦迹
나이 따라 자리 정함[505] 하지 못함이.	不及燕毛辰

영평 선산으로 가는 경산 이한진[506]을 전송하며
送京山李布衣〔漢鎭〕寓居永平先壟

소나무와 향나무 수십 그루에	松栝數十株
짧은 고개 서넛이 첩첩 쌓였네.	短嶺三四疊
밤에 앉아 실개천 소리를 듣고	夜坐聞細泉
낮에는 낙엽 길을 헤치며 가리.	晝行穿落葉
십 리 길을 조금 더 지나가 봐도	十里少經過

---

504. **스승 자리**　원문은 고비(皐比). 고비는 원래 호랑이 가죽이란 뜻이었는데, 옛사람들이 호피를 깔고 앉아 강학을 했으므로, 후대에는 '스승의 자리'〔師席〕란 뜻으로 쓰였다.

505. **나이 따라 자리 정함**　원문은 연모(燕毛). 연모는 제사 지내고 술을 마실 때 수염과 머리카락의 희고 검은 정도로 자리를 정하던 일을 가리킨다. 연장자인 원중거가 세상을 떠서 상석에 모실 일이 없어졌다는 뜻이다.

506. **이한진**　1732~?. 조선 후기의 서예가로 본관은 성주(星州), 자는 중운(仲雲)이며, 호는 경산(京山)이다. 벼슬은 감역(監役)을 지냈다. 전학(篆學)에 뛰어났으며, 음악에도 통하여 그의 퉁소는 홍대용(洪大容)의 거문고와 함께 짝됐다고 한다. 이러한 재주로 당시의 명사였던 이덕무(李德懋)·박제가(朴齊家)·성대중(成大中)·홍원섭(洪元燮) 등과 교유했다. 글씨는 당나라 이양빙(李陽氷)의 소전(小篆)을 따랐는데, 『서청』(書鯖)에서는 그의 전서가 이름은 나 있으나 근골(筋骨)이 적다고 평했다.

이웃에는 책 상자 전혀 없으리.	四隣無書笈
정녕 가시는가 경산 어르신	去矣京山子
숨어 사는 그 뜻은 자못 시원해.	居之意殊愜
은자에겐 품은 뜻 적지 않거니	隱者多帶性
처사는 유협을 편히 여기네.	處士寧游俠
당년에 범을 쏠 장한 그 뜻이	當年射虎志
늙어서 메추라기 사냥을 하네.	老作鶉鶉獵
자취 눈 질화로에 어리 비치고	微雪映地爐
촌 막걸리 뺨 붉게 물들이누나.	邨醪已潮頰
밭이 비록 넉넉지 않겠지만은	有田雖未寬
공명 길의 좁음보다 나으리로다.	猶勝名途狹
시 보내면 아우[507]가 화답하리니	詩遣卯君和
글씨 써서 집 기둥에 붙여 두소서.	書成丙舍帖
그리우면 암석에 기대어 서서	懷人倚巖石
해 저물녘 퉁소를 한 번 불겠네.	日暮簫一撤

김석손[508]이 매화 시를 구하다 金生祏孫乞梅詩

| 해맑은 산속에 햇살이 드니 | 瀟洒山中日 |
| 찬 꽃에 다시금 시인이 있네. | 寒花復韻人 |

---

507. 아우   원문은 묘군(卯君). 묘시에 태어난 사람이라는 뜻으로, 아우를 가리킨다. 송나라 시인
소식(蘇軾)이 아우 소철(蘇轍)의 생일 축하 시에 '東坡持是壽卯君'이라고 한 데서 비롯되었다.

향기는 술집까지 끼쳐 오나니	流香通飮戶
그림자가 시 읊는 내 몸을 덮네.	作影覆吟身
푸른 깃 정스런 꿈을 부르고	翠羽牽情夢
푸른 꽃 봄날이면 열매 맺으리.	靑蕤結子春
어느 해나 광복산(光福山)509 아래로 가서	何年光福下
그대 위해 좋은 이웃 사서 줄거나.	爲爾買芳隣

청성 시에 차운하다 次韻靑城

긴 줄로 가는 해를 묶어 볼까 생각타가	虛擬長繩繫日行
무료히 또 서쪽에서 떠오는 달을 보네.	居然又見月西生
옥피리 가락 속에 매화는 피려 하고	梅催玉笛聲中蘂
빈풍화 그림 속에 술잔을 띄우노라.	酒泛豳風畫裏舩
객 붙드는 그 뜻을 등불은 아는 듯	燈火似知留客意
누각에 기댄 마음 노을 길게 띠고 있네.	雲霞長帶倚樓情
올 들어 집안일로 내 맘이 쓰이지만	年來家事猶關我
신발 신고 마음으로 상자평(向子平)510을 따르리.	躡屐心追向子平

---

508. 김석손　매화벽(梅花癖)이 있었다. 집에 매화나무 수십 그루를 심어 놓고 그 사이에서 시를 읊조리고, 존비귀천을 가리지 않고 수천 명의 시인을 찾아다니며 매화 시를 지어 달라고 하여 매화 시광(梅花詩狂)으로 불리기까지 했다. 매화 시를 적은 두루마리가 소의 허리 두께보다 더 굵었다 하니, 매화 시에 대한 벽의 정도를 짐작할 수 있다.

509. 광복산　원문은 광복(光福). 광복산은 일명 등위산(鄧尉山)이라 하는데, 강소(江蘇) 오현(吳縣)의 서남 70리 지점에 있다. 앞으로는 태호(太湖)가 보여 풍경이 아름다우며, 산에는 매화가 많아 꽃이 피면 온통 눈세계가 된다고 한다.

안의현감으로 가는 연암을 전송하며[511] 送燕巖之官安義

둥지 같은 고을에서 몸 편히 지내시라　　　　一縣如巢穩庇身

시절은 봄날이라 부임하기 좋을시고.[512]　　好飛鳧鳥作陽春

돌림 술잔 손에 오자 새 이별에 놀라거니　　杯巡到手驚新別

고기 안주 앞에 두면 옛사람 생각하리.　　　肉食當前念舊人

여러 사람 다투어 『유수기』[513]를 전하니　　萬口爭傳濡水記

십 년 동안 연암과 이웃을 맺었었네.　　　　十年擬結燕巖隣

슬프다 지는 달빛 비파 가락 꿈속에　　　　可憐落月琵琶夢

안의 삼동[514] 아득하다 조랑말이 가노매.　　三洞迢迢細馬塵

---

510. **상자평**　자평은 후한 때의 사람 상장(向長)의 자다. 숨어 살고 벼슬하지 않았으며, 『노자』와 『주역』의 이치를 좋아했다. 건무(建武) 무렵에 자녀들의 혼인을 마치고 집안일과는 인연을 끊고, 마땅히 내가 죽어 버린 것처럼 나와 상관없이 하라 하고서야 드디어 마음 내키는 대로 하면서, 서로 좋게 지내는 북해(北海)의 금경(禽慶)과 함께 오악(五嶽)의 명산에 노닐었는데, 끝내 죽은 곳을 알지 못했다.

511. **안의현감으로~전송하며**　연암이 안의현감에 부임한 것은 1791년 봄의 일이다.

512. **시절은~좋을시고**　원문의 부석(鳧鳥)은 신선의 신발로, 지방의 수령 혹은 현령을 가리킬 때 쓴다. 후한의 왕교(王喬)가 지방관으로 있으면서 매월 초하루와 보름이면 반드시 조정에 와 조회를 하고 갔는데 수레도 없이 왔다 갔다. 이상히 여긴 황제가 태사(太史)에게 밀령을 내려 지켜보게 했더니, 그가 올 때쯤 두 마리의 오리가 동남방에서 날아오고 있을 뿐이었다. 그리하여 그 오리가 가까이 오기를 기다려 그물을 던져 잡았더니 오직 신발 한 짝이 있었다고 한다.

513. **『유수기』**　『열하일기』를 말한다. 역도원의 『수경주』(水經注)에 따르면, 원문의 유수(濡水)는 현재 중국의 난하(灤河)를 가리킨다. 난하가 동쪽으로 흘러 무열수(武列水)와 만나는데 이때의 무열수가 바로 열하라고 한다. 유수와 열하가 한 곳에서 만나는 까닭에 『열하일기』를 『유수기』라 적었다.

514. **안의 삼동**　안의에서 산수가 수려한 세 명소 화림동 계곡, 용추계곡의 심진동, 그리고 원학동을 가리키는 말이었다.

장씨삼세정려비[515]의 판각 뒤에 적다 題張氏三世旌閭碑版後

하늘에는 해 달 별 세 빛이 반짝이고	天有三光日星月
사람에겐 충효열 세 가지의 강령 있네.	人有三綱忠孝烈
한 가지만 얻어도 우주에 빛나려니	得一於斯輝宇宙
하물며 온 집안이 함께 정려 받음에랴.	何況全家並棹楔
그 옛날 장공께서 의병 깃발 떨치실 땐	憶昔張公奮義旗
환난 속에 바야흐로 신하 절개 드러났지.	版蕩方識誠臣節
호접진 경쾌하게 적의 간담 깨쳤으나	蝴蝶陣輕初破膽
아귀 깃발 높은지라 마침내 피 흘렸네.	餓鬼旗高竟流血
빈 안장의 백마는 슬피 울며 돌아오고	空鞍白馬歸悲鳴
아들은 호곡하며 복수를 맹세했지.[516]	有子號天不反兵
선진(先軫)[517]의 산 얼굴에 적인은 감복했고	先軫如生感狄人

515. **장씨삼세정려비** 효자 장사일(張士逸)은 임진왜란 때의 충신 장핵(張翮)의 장자다. 그는 어려서부터 효성이 극진하고 의기를 지녔으며, 용력이 뛰어나 22근이 넘는 큰 돌을 들어 던지면 200여 보나 나가는 역사였다. 그의 아버지 장핵은 선조 16년 무과에 급제하여 수문장으로 있다가 벼슬을 내놓고 귀향했다. 그러던 중 왜적이 침입했다는 말을 듣고 의병을 모아 죽산과 진천 사이에서 방어진을 치고 적을 맞아 싸웠다. 여러 차례 왜적을 막아 냈으나, 그와 내외종 되는 박씨가 함께 싸우다 전사함을 보고 분이 복받쳐 적진에 뛰어들어 분전하다가 전사했다. 장사일은 아버지가 전사했다는 말을 듣고 전쟁터로 달려가서 아버지의 시체를 발견하고 통곡하였다. 그때 사일은 나라의 원수요, 자기 아버지를 죽인 원수인 왜적에게 복수할 것을 다짐했다. 장례를 치른 뒤 그는 의병을 이끌고 전쟁터로 달려가 싸워 여러 차례 공을 세웠다. 그러던 중 권율 도원수에게 청하여 인수 받은 군량미가 떨어지고 병기도 부족해지자 군사들은 이리저리 흩어지기 시작했다. 그는 하늘을 우러러 탄식하고 할 수 없이 고향에 돌아와 선친 묘 옆에 움막을 짓고 시묘살이를 했다. 삼 년간의 시묘를 마치고 집에 돌아왔으나 그동안 먹지 못하고 애통해한 끝에 병이 생겨 젊은 나이에 세상을 떠나니 그후 조정에서 이 이야기를 듣고 그의 아버지 핵은 충신이요, 아들 사일은 효자라 하여 정문을 세웠다.

516. **복수를 맹세했지** 원문은 불반병(不反兵). "부모의 원수와는 하늘을 같이하지 않고, 형제의 원수와는 병기를 돌이키지 않는다"(父母之讎, 不共戴天, 兄弟之讎, 不反兵.)고 한 말에서 따온 말이다. 『예기』에 보인다.

관부(灌夫)[518]는 홀로 나서 오영을 놀래켰네.	灌夫獨出驚吳營
패잔병 흩어지니 어찌할 수 있으리.	殘兵鳥散可奈何
하늘 뜻 어진 이를 태어나게 하신 것을.	天意或令賢人生
세상에서 늙어 가며 흙덩이를 베었으니[519]	髮白人間尙枕塊
푸른 산 일 년 내내 곡소리가 들리었지.	山靑四時聞哭聲
아아, 저 효자여 그대에게 복을 주리.	嗟嗟孝子錫爾類
며느리는 가난해도 부모 능히 봉양했네.	少婦居貧能養志
수시로 머리 잘라 부모 음식 마련하니	截髮尋常換瀡滫
반달의 얼레빗은 땅바닥에 뒹구누나.	半月梳頭旋委地
오랑캐가 느닷없이 날뛴다는 말을 듣고	聞說倉黃虜使跳
숭례문 앞에다 푸른 글씨 붙였다네.	崇禮門前貼靑字
조정은 서둘러 갑진구(甲津口)[520]로 향하였고	廟社徑向甲津口
향축은 하마 벌써 개원사(開元寺)[521]로 내렸었네.	香祝已下開元寺
붉은 갓끈 좁은 소매 저들은 누구인가	紅纓窄袖彼何人
피 뿌림 마다 않고 수레 가득 약탈했지.	不辭濺血膏車輪
몇 곳에선 사내들이 구차하게 살았건만	幾處男兒猶苟活

517. **선진** 춘추시대 진(晉) 나라 대부의 이름이다. 일찍이 임금의 잘못에 분개하여 돌아보지 아니하고 침을 뱉은 적이 있었는데, 뒤에 다른 나라와 전쟁할 때에 "나는 임금에게 무례하였으니 죽어야 한다" 하고 갑옷을 벗고 적군(狄軍) 진영으로 뛰어 들어가 죽었다. 적인(狄人)이 그의 머리를 돌려주었는데 얼굴이 마치 살아 있는 사람과 같았다고 한다. 『좌전』에 보인다.

518. **관부** 한나라의 무장으로, 무제 때 아버지 관맹(灌孟)을 따라 오(吳)나라를 쳐 용맹을 떨쳤다. 그러나 뒤에 실세한 두영(竇嬰)과 날마다 교유했으며, 사람됨이 호협하고 강직하며 술주정을 잘했다. 뒤에 승상 전분(田蚡)의 좌석에서 주정을 부려 좌중을 욕보이자 전분이 노하여 그의 전 가족을 처형했다. 『전한서』「관맹전」(灌孟傳)에 보인다.

519. **흙덩이를 베었으니** 원문은 침괴(枕塊). 부모의 상중에 비통한 뜻을 표시하기 위하여 상주가 누울 때 흙덩어리를 베개로 삼는 것을 말한다.

520. **갑진구** 병자호란 때 조정에 피난 갔던 강화도의 포구 이름이다.

521. **개원사** 남한산성에 있는 사찰이다. 이때에 종묘의 위판(位板)을 개원사 법당에다 모셨다.

이제 와 여인네가 능히 인(仁)을 이뤘구나.　　如今巾幗能成仁
조정에서 표창하여 세교를 북돋우니　　　　列朝褒揚勵世敎
제공들 큰 붓으로 인륜을 떠받치네.　　　　諸公大筆扶彝倫
내 취해 노래 지어 운손(雲孫)에게 주노니　我醉作歌貽雲孫
맑은 바람 백세토록 옷 위로 불어오리.　　　清風百世吹衣巾

　　장씨의 이름은 핵이다. 임진년에 의병장으로 순절하였다. 아들 사일이 삼 년
　　을 시묘하다가 몸이 상해 죽었다. 핵의 둘째 아들 사준의 아들 한의 처 이씨
　　도 병자년에 오랑캐에게 잡히자 스스로 자결하여 죽었다. 함께 정려문을 세
　　웠다. 張氏名覈. 壬辰義兵將殉節. 子士逸廬墓三年以毁死. 覈次子士俊子漢妻
　　李, 丙子爲胡縶, 自刎死. 幷旌閭.

호서 지역으로 돌아가는 담수를 전송하며 送澹叟歸湖中

물나라엔 바람 안개 자욱도 한데　　　　澤國饒風烟
집 둘레 모두가 갈대밭이네.　　　　　　繞屋皆菰蘆
이 가운데 은거하는 사람이 있어　　　　有一隱居人
시서로 자기 혼자 즐기는도다.　　　　　詩書以自娛
동편 언덕 백 그루 소나무 심고　　　　東岡百株松
작은 못엔 천 마리 고기 기른다.　　　　勺波千頭魚
번드쳐 쌍화살을 쏘아 대면서　　　　　翩然發雙矢
웃으며 나는 오리 맞히는구나.　　　　　仰笑弋飛鳧
인생은 뜻 맞으면 그뿐일러니　　　　　人生適意耳
부귀를 내 어찌 기대하리오.　　　　　　富貴非我須

오사모의 나그네 탄식하노니　　　　　歎息烏紗客
나귀 발 봄 진흙에 빠지는도다.　　　　春泥溢短驢
새벽에 두른 띠에 허리 아프고　　　　腰疲晨束帶
밤중엔 글 쓰느라 눈도 침침해.　　　　目暗夜鈔書
덧없이 흘러간 십 년 세월에　　　　　忽忽十年間
마침내 성취한 것 무엇이던가.　　　　成就復何如
문장은 지기를 저버리었고　　　　　　文章負知己
강해에서 세월을 흘려보냈네.　　　　江海失居諸
슬피 그대 전송하고 돌아오는데　　　　惆悵送君歸
어스름 새벽빛에 까마귀 우네.　　　　曙色迷啼鳥

김화순의 시권에 제하다 　題金生〔華淳〕詩卷

봄 새와 가을벌레 제각기 한때이니　　　春鳥秋蟲自一時
공자의 산시(刪詩) 이후 시 없단 말 옳지 않네.[522]　未應刪後更無詩
배나무와 귤나무를 내 모두 좋아하니　　　櫨棃橘柚皆吾好
비취새와 고래도 네 스승을 삼을지라.　　　翡翠鯨魚任汝師
아낄 만한 후생은 세도와 관계되니　　　珍重後生關世道
한마디 말 속마음이 드러남 어여뻐라.　　　可憐片語見襟期

---

522. **공자의~옳지 않네**　북송의 소옹(邵雍)은 공자가 『시경』을 산정한 뒤로는 시다운 시가 없다고
개탄했고, 후세의 많은 유자들이 여기에 동조했다. 박제가는 봄 새와 가을벌레의 소리가 제각기 아
름다운 것처럼, 오늘날에는 오늘날의 시가 아름답다는 사실을 말한 것이다.

밥 연기 끊어져도 향연은 피어나니　　　　爐煙不與炊煙斷
유유한 이 뜻을 깨달은 이 누구이랴.　　　此意悠悠契者誰

동자 서묘술의 시화권에 적다 題徐童卯戌詩畫卷

그대의 천연스런 먼 숲 그림 아끼나니　　　愛爾天然畫遠林
아울러 시어마저 당음과 비슷해라.　　　　更兼詩語似唐音
자식 아이 나이도 열두 살[523]이 되었건만　　我兒恰到甘羅歲
도통(陶通)의 밤톨 찾는 마음[524]만 지녔구나.　只有陶通覓栗心

---

523. 열두 살　원문은 감라세(甘羅歲). 감라(甘羅)는 진(秦)나라 때 사람이다. 열두 살에 조(趙)나라에 사신 가서 조왕(趙王)을 설득하여 다섯 성을 할양 받고 돌아와 상경(上卿)에 봉해졌다. 감라세(甘羅歲)는 열두 살을 뜻한다.
524. 도통의 밤톨 찾는 마음　도통은 도연명의 막내아들 이름이다. 도연명은 「책자」(責子)란 시에서 아홉 살 난 막내아들이 배와 밤톨만을 찾는다고 나무란 구절이 있다. 동자 서묘술에 비해 박제가의 자식이 아직 철딱서니가 없다는 뜻이다.

어가를 모시고 세심대[525]에 가서 삼가 어제시에 화운하다[526]

陪駕洗心臺 恭和御製

1

어여쁜 온갖 꽃은 뉘 잘라 만들었나 　　裁剪誰教百卉妍

바람은 풀무 따라 그릇은 반죽 따라. 　　風從橐籥器從埏

봄날에 활을 쏘니 사람은 바다 같고 　　靑春射鵠人如海

황도에서 용을 타고 성군께서 승천하네. 　黃道乘龍聖御天

태사의 새 점으로 구름 바로 드러나고[527] 太史新占雲正現

사문의 맑은 감식 거울 높이 걸려 있네. 　斯文淸鑑鏡高懸

팔도의 모든 인재 황극으로 돌아가니 　　陶甄八域歸皇極

꽃밭 아래 널찍하게 잔치를 벌이셨네. 　　花底衢尊敞法筵

2

호위 군사 먼저 보려 앞다투는데 　　　羽衛爭先覩

금오랑(金吾郎)[528]은 시끄럽다 야단치잖네. 金吾不呵喧

선관은 계적(桂籍)[529]에 이름 적혔고 　　仙官聯桂籍

---

525. **세심대** 　서울시 종로구 궁정동 칠궁 뒤쪽에 있는 석벽에 '세심대'(洗心臺) 석 자가 새겨져 있다. 정조가 간혹 행차하여 휴식을 취했던 곳이다.

526. **어가를~화운하다** 　1791년 3월 17일, 정조는 세심대에 행차하여 잠시 쉬면서 오언 근체 한 수를 짓고 신하들에게 화답하게 했다(『정조실록』). 이 시는 그때 지어진 것으로 보인다.

527. **태사의~드러나고** 　태사(太史)는 고대에 천문과 역법을 관장했던 벼슬 이름이다. 태사는 천문이나 기후 등을 토대로 인간사의 길흉을 점치는 기능도 담당했다. 이 구절은 이날의 날씨가 청명했음을 가리킨다.

528. **금오랑** 　원문은 금오(金吾). 금오는 원래 새 이름이다. 상서롭지 못한 기운을 물리친다고 하여, 천자가 행차할 때 앞에서 불의의 사태를 대비하는 관리들에게 이 이름을 붙였다. 고려 시대에는 중앙 군대의 한 명칭이었다. 여기서는 금위군을 가리킨다.

법부(法部)[530]는 이원에 성대하도다.　　　　法部盛梨園

국사(國士)는 알아줌에 감동을 하고　　　　國士感知遇

임금께선 형세 높음 잊으셨도다.　　　　聖王忘勢尊

휘황하게 보묵을 잡으시더니　　　　輝煌攀寶墨

찰랑찰랑 큰 술잔을 내려 주시네.　　　　瀲灔賜深樽

3

온종일 많은 깃발 고요도 한데　　　　盡日千旗靜

여름 숲엔 온갖 새들 시끄럽구나.　　　　新林百鳥喧

시냇가에 주방을 설치하고서　　　　天廚臨絶澗

임금께선 층층 동산 건너가신다.　　　　御履涉層園

봄 깊어 자취는 찾기 어렵고　　　　春遠難爲迹

대 평평해 높은 곳에 있기 좋다네.　　　　臺平善處尊

오사모의 무거움도 꺼리잖으니　　　　不嫌紗帽重

꽃 그림자 술잔 위로 얼비치누나.　　　　花影倒金樽

---

529. 계적　과거에 급제한 사람의 명부로, 여기서는 임금을 모시는 신료들을 가리킨다.

530. 법부　이원법부(梨園法部)의 약칭으로, 법곡(法曲) 연주를 맡았던 부서다. 이원(梨園)은 당나라 현종이 속악을 익히게 하던 곳이다.

눈이 어두워져 관직을 사임하며 동료들에게 보이다

以眼昏辭官示諸寮

눈 어지러 나무에 헛 무늬 나타나고	眼暈著樹生虛紋
이따금 금가루가 어지러이 흩날린다.	有時金屑流紛紜
게다가 잔물결에 동심원이 번져 가고	又如輕波蕩發圓
볕 받아 낙숫물이 거꾸로 떨어지듯.	承暉倒寫屋霤翻
어리어리 흔들흔들 이 무슨 물건인가	搖搖忽忽此何物
잡아 보면 꽃 아니요 막고 보면 모기 아닐세.	拂之非花禦非蚊
그 옛날 깨알 글씨 쓰던 일 탄식하니	歎息從前作細字
모지라진 몽당붓531이 한 무더기 되었다네.	禿盡一塚中書君
내각의 문서들을 낙엽 쓸 듯하였고	內閣文書如掃葉
십 년간 밤낮없이 교정을 보았었지.	十年校讎窮朝曛
전생에서 남은 빚이 얼마나 많았던지	前生負債億億萬
이번 생에 한 글자로 한 푼 빚 갚는다오.	今生一字酬一文
아니면 틀림없이 노둔한 말이 되어	不然定有駑駘相
날마다 채찍 맞고 3백 근을 날랐으리.	鞭箠日輸三百斤
바깥에서 마구 써도 시력 잃기 충분한데	虐用其外足傷明
하물며 괴롭게도 오장까지 태웠다네.	況復酸辛腸內焚
고아는 봉양 못함 남 몰래 아파하니	隱痛孤兒不逮養
녹 있대서 어이해 무덤 꾸밈 후히 할까.	有祿何曾徹厚墳
고기도 맛이 없고 만종 녹도 가벼우니	三牲無味萬鍾輕

531. 몽당붓　원문의 중서군(中書君)은 붓의 별칭으로, 한유의 「모영전」(毛穎傳)에 보인다. 독진 (禿盡)은 붓의 수명이 다해 끝이 뭉툭하게 닳은 것을 말한다. 총(塚)은 다 쓴 붓을 묻는 필총(筆塚) 이다. 필총은 묵지(墨池)와 함께 많은 글씨를 썼다는 것을 의미한다.

세상의 영고성쇠 뜬구름과 같은 것을.	世上榮悴如浮雲
구구하게 다시금 임금 향한 마음 있어	區區別有戀主義
알아줌에 벼슬 지위 높낮음을 안 가렸지.	際遇不係官卑尊
이로 좇아 서성이며 또한 오래 있다 보니	由是遲回亦云久
어이하나 하루아침 두 눈이 흐려졌네.	無奈一夕雙眸昏
내 벼슬 악공과 나란함 창피커늘	我官羞與樂工比
어떻게 더듬더듬 문단을 따를쏜가.	詎宜擿埴隨詞垣
소인들은 나를 보고 출세했다 말하지만	小人謂我飽且颺
지금껏 아내의 치마 없음 누가 알리.	誰知至今妻無帬
높은 자취 숨어 있는 어진 선비 따르면서	儻追高踪沈驎士
남은 해를 침묵 속에 초야에 기대리라.	餘年靜默依邱樊
성군을 곁에 모심 그래도 길 있으니	獲近耿光猶有路
월강(月講)[532]에 참여하고 설날에 조회하리.	周旋月講朝三元

성시전도, 임금의 령에 응하여 城市全圖 應令

그대 보지 못했나	君不見
한양의 궁궐이 하늘에서 솟아나	漢陽宮闕天中起
층층 성에 둘리어 40리나 뻗은 것을.	繚以層城四十里
좌우로는 묘사(廟社)가 우뚝하게 서 있고	左廟右社宏樹立
산들을 등지고서 먼 물을 앞에 했네.	背負叢山面遠水

---

532. **월강** 매월 예조에서 성균관과 사학(四學)의 유생들을 모아 놓고, 고강(考講)하는 것을 말한다.

하늘 땅 활짝 열린 남녘의 평양이니	天開地闢南平壤
옛 나라 새 천명을 선왕에게 이으셨네.	舊邦新命先王以
문명의 일월은 부상에 가까웁고	文明日月近榑桑
경회(慶會)의 풍운은 선리(仙李)[533]를 호위하네.	慶會風雲護仙李
흰 돌 깔린 길가로 육조는 높이 섰고	六曹高臨白道傍
붉은 노을 잠긴 속에 칠문이 솟았구나.	七門聳出丹霞裏
백성은 오부에서 통합하여 다스리고	民惟五部之統轄
군대는 삼영에서 나누어 관리하네.	兵乃三營所管理
즐비하게 늘어선 기와집이 4만 호요	戢戢瓦鱗四萬戶
넘실대는 물결은 잉어를 감췄구나.	髣髴淪漪隱魴鯉
화공의 깊은 생각 추호처럼 섬세하니	畫工思入秋毫細
유리로 비추어서 종이 위에 축소한 듯.	映以玻瓃縮以紙
오성(五城)의 거리들이 차례대로 늘어서고	五城衖衕列次第
커다란 궁전들도 띄엄띄엄 솟았구나.	大都宮殿疎遠委
풍속은 여태도 동월부(董越賦)[534]에 전해지고	風俗猶傳董越賦
방언은 예전에 예겸(倪謙)[535] 기록 남아 있네.	方言舊說倪謙記
사실은 손목(孫穆)[536]의 유사로 구분하고	事有孫穆類外別
그림은 서긍(徐兢)[537]의 도경에서 미뤄 보네.	圖從徐兢經中揣
설색(設色)은 상세하기 여지가(輿地家)보다 낫고	設色詳於輿地家

---

533. 선리 조선의 국성을 가리킨다.

534. 동월부 1488년(성종 19) 명나라 사신으로 조선을 다녀간 동월(董越)이 지은 작품으로, 조선의 풍속을 기록하고 주를 달았다. 동월은 명나라의 학자로 자는 상구(尙矩), 호는 규봉(圭峰), 시호는 문희(文僖)다.

535. 예겸 세종 32년(1450) 명나라 경종(景宗)의 즉위를 알리는 조칙을 가지고 사신으로 조선에 왔었다. 그는 남예부상서(南禮部尙書)의 벼슬까지 지냈고, 『조선기사』(朝鮮紀事)를 저술하기도 했다. 예겸의 기록은 이 책을 두고 한 말이다. 예겸의 자는 극양(克讓), 호는 경서후인(經鋤後人)이다. 『명사』(明史)에 그의 전기가 있다.

장고(掌故)는 마땅히 직방씨(職方氏)에 앞서도다.	掌故宜先職方氏
하천과 골목길은 낱낱이 셀 수 있고	川渠巷陌紛可數
또렷한 거리거리 교비(郊鄙)에 잇닿았네.	歷歷閭閻連郊鄙
콩알 같은 사람과 말 도리어 바보 같고	豆人寸馬還笨伯
집은 겨우 코딱지만 나무는 개미 같네.	屋僅如黎樹如螘
두릉의 꽃 소식은 용릉 기운 맞닿아서[538]	杜陵花接舂陵氣
별도의 광경 내어 자주 기운 생겨나네.	別有光景生微紫
선산의 누각은 그림 속 어디 있나	仙山樓閣卷何有
변하의 청명도와 견줄 수 있겠구나.	汴河淸明局可擬
동쪽은 홍화문에 남쪽은 돈화문	震爲弘化離敦化
그림 읽기 우선 먼저 궁궐에서 시작하네.	讀畫先從禁禦始
창덕궁과 창경궁이 나누어 열리더니	分開昌德與昌慶
건양문 하나가 중간에 솟았구나.	建陽一門中間峙
푸르른 나무 보고 춘당대 길 알아보니	靑蔥樹認春塘路
고운 비단 두건 쓰고 반궁 선비 돌아간다.	軟羅巾歸泮宮士
북원의 솔 그늘은 유난히도 추운데	北苑松陰特地寒
우위(羽衛)도 엄숙해라 황단에서 제사하네.	羽衛蕭蕭皇壇祀
서편으로 고릉(觚陵)의 젤 높은 곳 바라보니	西望觚稜最高處
경희궁의 금방(金榜)이 맑은 허공 걸렸구나.	慶熙金榜晴空倚

---

536. **손목** 송나라 사람으로, 그가 지은 『계림유사』(鷄林類事)에 고려 시대의 어휘 350단어가 한자(漢子)로 표기되어 있다고 한다. 이규경의 『오주연문장전산고』에 "『계림유사』 3권은 숭녕 초기에 손목(孫穆)이 찬했는데, 토풍(土風)·조제(朝制)·방언(方言)을 서술하고, 구선(口宣)·각석(刻石) 등의 문자를 부록했다"는 기록이 보인다.

537. **서긍** 중국 송나라의 문신으로, 1123년(인종 1) 사신으로 고려에 들어와 개경에 1개월간 머물렀다. 귀국 후 『선화봉사고려도경』(宣和奉使高麗圖經)을 지어 고려의 실정을 송나라에 소개했다.

538. **두릉의~맞닿아서** 두릉은 동대문 밖을 가리키고, 용릉은 서대문 밖을 말한다.

어구(御溝)의 근방에선 빨래 소리 들리는 듯 乍聞漂聲近御溝

다시금 홰나무 꽃 조각 문에 떨어지네. 復有槐花拂彫甿

오얏꽃은 석양 산에 울긋불긋 피어나니 小李金碧夕陽山

골수로 스며드는 이 영롱함 사랑하네. 愛此玲瓏入骨髓

배오개와 종루와 칠패 등 세 곳은 梨峴鍾樓及七牌

이 바로 도성의 세 곳 큰 저자로다. 是爲都城三大市

온갖 장인 일하는 곳 사람들이 붐비나니 百工居業人磨肩

온갖 물화(物貨) 이문 쫓아 수레가 연이었네. 萬貨趨利車連軌

봉성의 융모에다 연경의 비단이요 鳳城戎帽燕京絲

북관의 삼베에다 한산의 모시로다. 北關麻布韓山枲

쌀과 콩 벼와 기장 조와 수수 보리에다 米菽禾黍粟稷麥

느릅나무 녹나무에 닥과 칠과 솔과 오동. 梗楠楮漆松梧梓

마늘 콩 생강 파에 부추 겨자 대자리요 菽蒜薑蔥薤芥簟

포도 대추 밤과 귤에 배와 감이 나왔구나. 葡萄棗栗橘梨柹

쪼개 말린 생선에다 꿰어 말린 새고기 有剖而腒貫以胹

장대 끝엔 조기, 가재미, 연어, 전어 달아맸네. 章擧石首鰈鱅鮋

잣 잎으로 과실에 물 뿌려 갓 따낸 듯 윤기 나고 柏葉灑菓潤欲滴

목화씨에 달걀 받쳐 핥은 듯이 깨끗하다. 綿核護卵明於舐

두부 파는 광주리는 높기가 탑과 같고 賣腐篩匡高似塔

참외 담은 망태기 코 노루 눈마냥 크네. 盛苽網眼疎如麂

게 광주리 머리 이고 아이 등에 업었는데 蟹筥在首兒在背

포구 여자 푸릇푸릇 길패(吉貝)[539]를 늘였구나. 浦女靑靑吉貝縱

혹은 무게 달아 보려 닭 한 마리 들고 있고 或試其重擧一雞

꽥꽥댐이 성가서서 돼지 둘을 등에 졌네. 或壓其嘶負雙豕

---

539. 길패 목면(木棉)의 다른 이름이다.

소에 실은 섶을 사려 고삐 끄는 이도 있고	或買牛柴自牽轡
허리춤에 채찍 꽂고 말 이빨을 살피누나.	或相馬齒傍挿箠
두 눈을 껌뻑이며 거간꾼을 불러 대고	或瞬其目招駔儈
혹 다툼 풀어 주며 잘 지내라 권한다네.	或解其紛勸姌娌
새 곡조에 따라서 거문고를 연주하고	或有彈琴依新聲
어떤 이는 퉁소 불며 빼난 재주 뽐내누나.	或有吹簫誇絶技
악기 그려도 그 소리는 못 그린다 뉘 말했나	誰云畫樂不畫音
손가락 법만 봐도 곡조를 알 만해라.	指法亦足審宮徵
당시(唐詩)와 두율(杜律)을 대련으로 붙여 놓고	唐詩杜律貼對聯
누다락 곳곳마다 긴 의자에 앉아 있네.	樓梯處處憑長几
문간에서 손님 불러 맞는 이는 누구인가	迎門喚客者爲誰
신발 코는 뾰족하고 행전(行纏)에는 귀가 있네.	鞋鼻尖尖偪有耳
알기 쉬워 염전국(染靛局)을 누군들 잊으리오	易知誰忘染靛局
벽 가득 푸른 자국 손자국이 찍혔구나.	滿壁靑痕搨掌指
야금장과 갖바치가 항상 이웃하고 있어	皷冶皮革恒比隣
위에는 줄을 걸고 아래는 솥 걸었네.	上掛鞦銜下釜錡
갈대발 속의 사람 일 없어 한가한 듯	葦簾中人頗似閑
가만 앉아 천궁(川芎) 백지(白芷) 저울에 다는구나.	坐秤川芎與白芷
머리 빗는 젊은 아낙 원나라 때 단장하고	梳頭少婦元時粧
새끼 꼬아 드리워 문이 반쯤 열렸구나.	絢索垂垂門半闔
갑자기 느릿 걸어 큰길을 지나려니	忽若閒行過康莊
너니 네니 시끄럽게 야단 소리 들리는 듯.	如聞嘖嘖相汝爾
거래는 다 끝나고 연극 얘기 청하니	賣買旣訖請說戲
배우의 복장은 놀랍고도 망측하다.	伶優之服駭且詭
우리나라 사당놀이 천하에 짝 없으니	東國撞竿天下無
허공 달려 줄 걸으니 거미가 매달린 듯.	步繩倒空縋如蟢

한켠에선 꼭두각시 무대에 오르는데   別有傀儡登場手
칙사(勅使)가 동쪽에서 나와 따귀를 한 대 친다.   勅使東來掌一抵
원숭이는 아녀자들 참으로 놀래키니   小猴眞堪嚇婦孺
사람의 뜻 맞추어 절 잘하고 꿇어앉네.   受人意旨工拜跪
늙고 젊은 온갖 이들 지패(紙牌) 뽑아 소리치니   老少八色號紙牌
심한 이는 미친 듯이 저물도록 앉았구나.   甚者如狂窮日暮
경측(瓊畟)540 갈라 두 개의 붉은 팥알 만드니   瓊畟剖成二赤豆
무릎 치고 이를 던져 구슬 산통 견주네.   拍膝擲之玹玫比
바람개비 종이 연은 모두 다 변함없어   風車紙鳶總依然
잗달다 혐의 않고 가까이서 구하누나.   瑣細不嫌求諸邇
월병과 화전 시절 이미 지났으니   月餠花饌節已過
저자 모습 어느새 4월이 되었구나.   市色居然月建巳
부처님 생일 맞아 온통 연등 만드니   如來生日作燈市
온 장안 떠들썩함 대보름날 비슷해라.   雜還傾城上元似
물에 띄워 박 울리니 북소리 들리는데   泛水鳴匏聞坎缶
느릅잎 쪄 낸 국수 나무 그릇 가득 담겨 있네.   人麪蒸楡有餕篕
한 무리의 소년들이 무리 지어 몰려가니   少年一隊簇擁去
팔뚝 위엔 보라매가 털과 부리 으스댄다.   鷂兒在臂矜毛觜
집비둘기 이름이 수십 종이 넘어가니   鵓鴿名字過數十
아로새긴 새장에 깃발이 펄럭이네.   雕籠彩笯風旖旎
목 뺀 오리 기러기는 멋대로 모이 쪼고   舒雁舒鶩恣呻咮
물가의 술집에는 술지게미 쌓여 있네.   酒家臨水糟爲壘

---

540. **경측**   도박에 쓰이는 주사위의 일종이다. 『고박경』(古博經)에 "경측은 방촌이 삼 분이고 장
촌이 오 분이다. 그 머리 부분을 날카롭게 하고 네 면에 경(옥玉)을 새겨 넣어 눈을 만든다"(瓊畟方
寸三分, 長寸五分, 銳其頭, 鉆刻瓊四面爲眼.)고 했다.

아이들 놀려 대자 눈먼 장님 호통치고
건너려다 못 건너니 다리 이미 끊겼구나.
개백정 옷 갈아입음 사람들 몰라봐도
개는 쫓아 짖어 대며 성난 듯 노려보네.
가소롭다 예조(禮曹)에서 급제함을 알리니
무에 급해 네 옷을 반쯤 걸쳐 놓았으냐?
고운 임은 꾸민 말에 으뜸가는 옷을 입고
푸른 부채, 주머니를 비단으로 둘렀구나.
숭양(崧陽) 땅 초립(草笠)에다 다홍 적삼 입고서
하인들 씩씩하게 성큼성큼 걸어간다.
우물가엔 대통으로 늙은이가 물을 긷고
버들 아랜 꼬맹이들 매미가 들러붙듯.
삼삼오오 제가끔 찾는 일 따로 있어
오고 감 어지러워 도무지 끝이 없네.
이서(吏胥)배의 절하는 법 허리까지 수그리고
시정잡배 침 뱉기는 이빨 새로 찍 뱉는다.
안장 없이 말을 타고 어디론가 몰고 가니
바구니 들고 선 건 누구 집 여종일까?
맨발에 큰 버선은 황문의 내시이고
흘깃 보며 치마 걸음 누구일까 기생이라.
땅이 넓고 물건 많아 없는 것이 하나 없고
도둑질 못된 짓 못하는 짓이 없네.
붉은 오라 순라군이 두리번거리면서
무리 중에 몸을 빗겨 서서 누굴 기다린다.
잠시 후 '물렀거라' 벼슬아치 행차하니
초헌 위 앉은 자리 높이가 우뚝하다.

有瞽叫罵兒童笑
欲渡未渡橋已圮
狗屠更衣人不識
狗隨而嗥怒睨視
可笑南宮報捷人
何急於汝衣半襬
阿郎寶馬一品衣
青扇黃囊擁羅綺
崧陽草笠茜紅衫
掖隸翩翩輕步履
井邊黃篋箍箭叟
柳下雙丱黏蟬子
三三五五各有求
來來去去紛無已
吏胥之拜拜以腰
市井之唾唾以齒
不鞍而騎何處圍
挾籃而拱誰家婢
徒而寬襪是黃門
眄而褰裳卽紅妓
物衆地大無不有
亦能偸竊藏奸宄
赤索邏者來睢盱
衆中側身立以俟
須臾辟易官人來
軺車之坐高可跂

일산 받쳐 오는 자는 숨을 헐떡거리면서	荷傘隨者喘最急
분부 듣고 종종걸음 '에이!' 대답하는구나.	且聽且趨諾唯唯
인두 그림 담뱃대는 길이가 한 길이요	烙竹烟盃長一丈
나전칠기 담배합은 가볍고도 어여뻐라.	螺鈿小盒輕可喜
파초잎 큰 부채는 크기가 돛만 하고	蕉葉扇歃大如帆
끌릴 듯한 편한 가마 의정부의 관리라네.	曳地便輿議政是
영사는 의리 따라 긴 갓끈 매달고서	令史義不廢長纓
부액하며 따라오니 반보인들 떨어질까?	腋隨何嘗離半跬
쥐색 모자 쓴 사람은 승품 벼슬 아닌 게고	帽灰鼠者未陞品
검은 각대 두른 이는 벼슬 처음 나선 걸세.	帶烏角者初筮仕
한 폭 위에 대도회의 모습이 펼쳐지니	一幅森羅大都會
세태와 인정까지 여기 모두 담겼구나.	世態人情畢輸此
태평한 문물이 중화와 맞겨루니	太平文物侔中華
백성 길러 4백 년간 제사를 이어 왔네.	休養生成四百祀
이 그림이 어찌해 세도(世道)와 무관하리	此圖豈非關世道
집들은 다닥다닥 천 길이나 이어졌네.	甃屋不違千尺咫
거친 필세 참으로 곽하양(郭河陽)[541]과 한가지요	眞同盤礴郭河陽
풍류 또한 조 승지[542]를 손꼽지 못하리라.	不數風流趙承旨
이제야 왕회(王會) 그림 우연 아님 알겠나니	始知王會圖非偶
급취장(急就章)도 비루하다 말해선 안 되겠네.	休言急就章皆俚
묻노라 흥인문은 저만 홀로 왜 다른가	借問興仁門自別
방성(方城)을 쌓아 놓고 치첩(雉堞)[543]까지 두었다네.	區獨也方城獨雉

---

541. **곽하양**　1023~1085?. 송나라 때의 화가 곽희(郭熙). 산수화로 이름이 높았다.
542. **조 승지**　1254~1322. 남송 말의 화가 조맹부(趙孟頫)이다. 그의 벼슬이 한림원승지에 올랐기에 붙여진 이름이다.
543. **치첩**　몸을 숨기고 적을 공격하기 위해 성 위에 쌓은 낮은 담을 말한다. 성가퀴라고 한다.

성 북쪽 둔전 곁의 풍속 가장 어여쁘니　　　　最憐城北屯邊俗
복사꽃 안 심으면 부끄럽게 여긴다네.　　　　不種桃花以爲恥
옛 궁궐 길 위로 푸른 이내 날려 오면　　　　空翠飛來舊宮路
행인은 임진년에 불타던 일 말들 한다.　　　　行人解說龍蛇燬
연못 물 깊지 않아 주춧돌에 사람 서고　　　　石礎人立池光淺
죽은 솔가지 위로 백로가 날아오네.　　　　白鷺飛踏松枝死
숲 저편 가리키니 활터 환히 보이는데　　　　指點林端射垜明
나무꾼은 저물녘에 무너진 담 앉았구나.　　　　亦有樵兒暮乘垛
상투 튼 수염 난 이 빈 활을 퉁겨 보고　　　　立辮鬚者彈虛弓
앉은 이는 손으로 살 구부려 매만지네.　　　　坐屈指者調橫矢
태평관 동편에는 명설루 솟아 있어　　　　太平館東明雪樓
붉은 문에 칠한 기둥 또렷이 보이누나.　　　　紅表丹楹宛在彼
혜청(惠廳) 균청(均廳) 나라의 중요한 기관이라　　　　惠廳均廳國之淵
창고도 높고 높다 억만 섬 쌓여 있네.　　　　倉庾崇崇萬億秭
해 질 무렵 여기저기 평안화(平安火)[544] 불을 붙여　　　　黃昏幾點平安火
나누어 남산 보내 사훤(司烜)에 맡기누나.　　　　分與南山屬司烜
아득한 교외에는 양 떼가 눈에 뵈고　　　　微茫郊署辨羖䍽
드넓은 마구간엔 좋은 말이 뛰노누나.　　　　磊落天閑滾駃騠
그림 보면 마땅히 그린 뜻을 말해야지　　　　對畫應須說畫義
그림의 묘한 솜씨 역사와도 통한다네.　　　　丹靑妙諦通於史
청계천의 준설 일은 어효첨(魚孝瞻)의 상소 있고[545]　　　　濬川疏尋魚孝瞻
『여지승람』 편수 일은 정인지가 맡았다네.　　　　志地編修鄭麟趾
우리 임금 검소한 덕 절 올려 하례하니　　　　拜賀吾王昭儉德
백성 풍속 검소하여 사치함 아예 없다.　　　　民風朴素無華侈

---

544. 평안화　매월 초저녁에 한 무더기의 봉화로 연기를 피워 평안함을 알리는 것을 말한다.

남쪽에는 한라산, 북쪽에는 백두산이	南自乇羅北不咸
동쪽으로 울릉도요, 서쪽에는 마자수[546]라.	東至于山西馬訾
4천여 리 쟁기질하지 않는 곳이 없고	四千餘里未所剌
36국 모두 다 배를 쓰지 않는다네.	三十六國船不使
놀고먹는 백성 없어 집집마다 다 부자요	民無遊手屋皆富
저울눈을 속이잖아 풍속 모두 아름답다.	金不欺秤俗盡美
인(仁)으로 성을 쌓고 의리(義理)로 저자 이뤄	立國仁城義市中
번화함과 화려함을 아예 믿지 않는다네.	不以繁華佳麗恃
봉황새 둥지 틀고 기린이 모여드니	鳳凰來巢麟在藪
환히 빛난 수성(壽城)에 백성들 함께 사네.	熙熙壽城惟民止
엷은 먹 가져다가 한 해 한 번 그렸다면	只將淡墨歲一掃
그림 속에 인가(人家)는 마땅히 몇 배이리.	畫裏人烟應倍徙
장화(張華)가 한 궁궐을 그린 일과 짝이 되니[547]	擬追張華漢宮對
대궐 담장 비 흩뿌리고 등불빛에 바람 부네.	拕垣瀟雨吹燈蘂

545. 청계천의~상소 있고   청계천은 조선 시대까지 개천(開川)으로 불렸다. 세종 때 개천 물이 더럽고 악취가 나자 이현로(李賢老)는 풍수지리에 입각하여 깨끗한 명당수가 흐르도록 하여 반역과 흉측한 일이 생기는 것을 막자고 주장했다. 이때 어효첨(魚孝瞻)은 풍수설을 미신으로 보고, 많은 사람이 살면 불결해지는데 이를 소통시키는 개천과 같은 큰 개울이 있어야 더러운 것을 떠내려 보낼 수 있다고 주장했다. 마땅히 다른 대안이 없던 세종은 어효첨의 말이 정직하고 감동적이라고 하며 손을 들어주었고, 이후 개천은 생활 하천으로 방치되었다. 그러나 영조 때 개천의 토사(土砂) 유입량이 늘어나 여름철 홍수 피해로 골머리를 앓자 대대적인 준설 공사를 벌였다. 1760년 2월에 착공한 준설 작업은 장장 20만 명을 동원하여 57일간의 작업 끝에 완성되었다.

546. 마자수   압록강의 다른 이름이다. 『한서』「지리지」와 『신당서』「동이전, 고려」에 설명이 보인다.

547. 장화가~되니   장화는 진(晉) 나라 때의 인물이다. 무제(武帝)가 한나라 궁실의 제도를 물으니 대답이 물 흐르듯 하여 사람들이 지루한 줄 몰랐고, 땅에다 금을 그어 지도를 그리니 사람들이 모두 주목했다고 한다. 『진서』「장화전」에 보인다. 『박물지』(博物志)의 저자로도 유명하다.

금강산 일만이천 봉, 두 번째 시험에서 임금의 령에 응하여 金剛一萬二千峯 再試 應令

지팡이 옮겨서 하루 한 봉 올라도 　　移筇一日一峯頭
백 년을 셋 나눠야 한 바퀴 겨우 돌리. 　　百歲三分始一周
황하 9천 굽이 중에 곤륜산이 으뜸 되고 　　河曲九千崑最大
진나라 백이 관문 웅문관이 맞겨루리. 　　秦居百二雍堪儔
높고 낮음 저절로 모두 다 다르지만 　　高低自有千般異
삐죽 솟은 봉우리를 한꺼번에 볼 수 있네. 　　剡屴都將一覽收
개골산 이름 얻음 산이 돌로 되어서요 　　皆骨爲名山是石
단풍나무 많아서 가을에 더욱 좋네. 　　多楓之故地宜秋
뭇 기이함 눈 가득해 모두 알긴 어려우니 　　群奇滿眼知難悉
많은 골짝 가없으니 그 누가 계획했나. 　　衆雛無邊孰布籌
그림으로 그린대도 빠진 것 있게 마련 　　縮入丹青猶挂漏
천억으로 흩어서 멋대로 찾아보네. 　　散爲千億恣窮搜
그 이름 불경에서 필시 나왔으련만은 　　名言定自禪經出
품제(品題)는 도리어 교묘하게 구하였네. 　　題品還從巧曆求
근해엔 아마득히 원기가 쌓였는데 　　近海蒼茫元氣積
허공 가득 춤추듯이 흰 멧부리 촘촘하다. 　　滿空飛舞素峯稠
다행히 고려국에 태어나 살아가니 　　人生幸在高麗國
천하는 마땅히 헐성루가 없으리라. 　　天下應無歇惺樓
봉우리 하나마다 구름 변화 일어나니 　　朶朶皆從雲變化
올라 보면 온통 모두 백옥으로 새겨 둔 듯. 　　登登盡是玉雕鎪
절집은 저절로 천연스런 형세 되니 　　浮圖自作天然級
영주(瀛洲)는 애초부터 딴 곳이 아니로다. 　　瀛海初非分外洲
백 줄기로 내리는 물 골짝 많음 알 수 있고 　　百道泉來知壑衆

네 계절 늘상 추위 숲 깊음을 깨닫겠네.　四時寒在覺林脩
산그늘 금성의 경계로 곧장 닿고　峯陰直接金城界
산길은 저 멀리 철령으로 통하누나.　峽路遙通銕嶺郵
마치도 저녁볕이 눈썹 가에 드러난 듯　恰帶斜陽眉際現
아득히 옅은 구름 손가락 끝 떠 있는 양.　逈如微雲指端浮
뜬 이내 푸른 기운 빛이 온통 움직이자　浮嵐暖翠光皆動
땅을 뽑고 하늘 찌를 기세 더욱 웅장하다.　拔地參天勢更遒
늘어선 멧부리는 미쳐서 절하는 듯　疊嶂森羅狂欲拜
우뚝 솟은 봉우리는 웃으며 맞이하듯.　層巒攢矗笑迎眸
무정한 듯 태가 있어 돌아보면 간데없고　無情有態回頭失
땅 달라도 같은 이름 손꼽기 하릴없다.　異地同名屈指愁
언뜻 보면 솟구침은 말이 내달리는 듯　乍望奔騰如有驟
돌아서면 손 맞잡고 서로 읍을 하는 양.　旋看拱揖似相酬
하늘 바람 느닷없이 퉁소 소리 보내오고　天風忽送笙簫韻
나뭇잎은 동시에 범패 소리 흐르는 듯.　木葉時同梵唄流
험한 곳선 머리 쭈볏 산 기운은 굳센데　險處髮隨山氣勁
한가할 젠 말소리도 물소리로 부드럽네.　閒來語帶水聲柔
오악에 양식 싸 와 선배를 그리나니　齋糧五獄懷前輩
머리 긁고 하늘 향해 옛 놀던 이 물어본다.　搔首靑天問舊遊
삼천리 약수에는 신선도 오지 않고　弱水三千仙不到
남조 시절 4백 개의 절집만 남았구나.　南朝四百寺空留
그윽한 창 푸른 홀은 옷 주름에 둘려 있고　幽窓碧笏圍衣褶
해묵은 집 푸른 이끼 기왓골에 돋았구나.　古屋蒼苔上瓦溝
묘길상 참으로 크고 고움 놀랐더니　妙吉相驚眞巨麗
중향성은 가장 깊고 그윽한 곳 자리했네.　衆香城處最深幽
시내 따라 수국은 물가에 숙여 있고　緣谿繡菊垂垂側

바위 안고 대숲은 가늘게 웃자랐다.	抱石叢篁細細抽
오문(吳門)처럼 드높아 백마성과 나뉘었고	高似吳門分白馬
기협(夔峽)보다 험하고 황우협(黃牛峽)도 밑길일세.	險於夔峽下黃牛
구렁 걸친 큰 나무는 여기저기 흔하니	尋常駕壑緣柟木
몇 번이나 허공 달려 쇠고리를 당겼던고.	幾度懸空汲鐵鉤
한 줄기 길 하늘 통해 참새조차 멍해지고	一線天通癡鳥雀
도끼 쪼갠 두 산 절벽 원숭이도 겁을 내리.	兩山斧劈怯猿候
아슬한 기둥 하나 집을 온통 버팅기니	危看一柱能支广
천 길 높은 자리에다 예전 배를 매어단 듯.	高有千尋舊繫舟
괴상하고 기이함이 원래 절로 다르거니	怪怪奇奇元自別
뾰족한 것 바숴진 것 서로 상관하지 않네.	尖尖碎碎不相侔
물 흐르고 메 솟구친 이곳은 어드메뇨	爭流競秀斯何地
골짝 찾고 언덕 지나 그래도 쉬지 않네.	尋壑經邱且未休
세상 피한 중국 사람 이름도 하릴없다	避世華人名草草
향 바치던 원사(元使)의 일 아마득히 유유하네.	降香元使事悠悠
먼 데서 부처님이 뗏목 타고 건너오니	遐蹤佛有乘槎泛
남은 풍속 중이 전해 폭포에 뛰어든다.	遺俗僧傳走瀑泅
신령스런 복지라 범의 자취 감추었고	福地神靈藏虎迹
골짝의 비바람은 용추(龍湫)에서 일어나네.	洞天風雨起龍湫
태초의 초본(屮本)이란 말짱 헛말 분명하고	鴻荒屮本齊東語
자라 바다 뽕밭 됨은 기국(杞國)의 근심일레.	鼇海桑田杞國憂
백탑에서 영원동을 늘 꿈에 그렸더니	白搭靈源長夢想
베 버선 푸른 신에 몇 번을 망설였나.	靑鞋布韈幾夷猶
영랑 술랑 남긴 글씨 천 년을 전해 오니	書傳永述今千載
지경은 신라 들어 예전의 구주(九州)라네.	地入新羅舊九州
방사는 인연 없어 공연히 약만 캐니	方士無緣空采藥

성인께서 들으시면 반드시 떼를 타리.
태산의 일관봉도 풍광이 이 아래라
화악의 거상곡과 누가 낫나 비교하세.
나는 신선 한 번 좇아 노닐기 쉽지 않고
행각승도 아니어서 머무를 데가 없네.
절집에 해가 지자 목어를 두드리고
감전(紺殿)에 날이 차서 비둘기 들까 염려된다.
이곳을 옮겨 가서 종병(宗炳)을 눕혀 볼까
몇이나 상평(向平)에게 부끄럽지 않으리오.
뒤엉킨 검은빛에 마음 모두 젖어들고
그윽한 바람 소리 귀에 온통 울리누나.
방외의 높은 노님 한만함을 기약하니
세상의 잔단 선비 쑥덕대며 말하라지.
간데없는 왕마힐의 그림 속에 놓였거니
맹호연의 산음 길고 비슷하지 않은가?
양사언의 글씨는 미불 글씨 한가지요
심사정의 그림은 구영(仇英)에 견준다네.
알기 쉬워 못 잊겠네 새 길이 열려 있어
이리 보고 저리 보니 아무 언덕 분명하다.
훌륭한 글 성세에 못 울림이 부끄럽고
영경이 먼 구석에 감춰 있단 말 들었지.
3경에 심지 잘라 시를 겨우 완성하니
하루 저녁 산 얘기에 병이 하마 나았다네.
언제나 서른여섯 봉우리를 다시 찾아
해산정의 갈매기를 희롱하며 놀거이나.

聖人聞此定乘桴
泰山日觀風斯下
華嶽車箱較孰優
一逐飛仙遊未易
也非行腳住無由
琳宮日落華鯨吼
紺殿天寒怖鴿投
是處堪移宗炳臥
幾人能不向平羞
傞枒黛色心俱化
窈窕風湍耳與謀
方外高遊期汗漫
寰中小士任啁啾
依然摩詰圖中也
得似山陰道上不
楊老書同漣水米
玄齋筆比十洲仇
易知難忘開新徑
側眺橫看認某邱
愧乏鴻詞鳴聖世
但聞靈境祕遐陬
三更剪燭詩仍就
一夕談山病已瘳
再訪奇峯三十六
海山亭畔狎輕鷗

유하정[548] 노래, 세 번째 시험에서 임금의 령에 응하여

流霞亭行 三試 應令

내 낀 버들 자옥하다 십 리 길 이어지니	煙柳濛濛一十里
문 앞의 봄 강엔 강물이 반쯤 찼다.	門對春江半江水
사공과 길손들이 모두 고개 돌려 보며	舟人行客盡回頭
유하정 묵은 정자 손을 들어 가리킨다.	指點流霞舊亭子
이름 보고 지명 인해 성인을 떠올리니	覸名因地想聖人
요순의 그 마음이 강가에 남았구려.	堯情舜思留江濱
초목들은 모두 다 '어애'(御愛)란 이름 전해지고	艸木皆傳御愛名
편액은 임진년과 달라진 것 없다네.	華扁不改龍潛辰
이 정자 참으로 문운과 관계되니	此亭正自關文運
규장각이 세워짐을 기다림 있었다네.	有待金章閣初建
내 낀 물은 경호(鏡湖)의 조서를 실어 오고	煙水全輪鏡湖勅
구름 누대 화산(華山)의 문서를 가른다네.	雲臺久割華山券
드높아 놀 만하고 깊어서 쉴 만하니	有敞可遊深可息
다시 고쳐 수리하여 술과 음식 잇는구나.	復許藏修繼酒食
이 뜻 어이 놀이 자리 제공하려 함이리오	此意詎直供游衍
사람마다 찾아와서 본받게 함이라네.	要使人人來矜式
사치함은 태복시의 명마를 꾸민 듯	侈以太僕之名駒
은총은 황봉의 백호를 아끼듯해.	寵以黃封之百壺
반짝이는 금패를 앞장으로 세우고서	導以耀日之金牌
그 옆으론 바람 따라 젓대 소리 흥거워라.	夾以從風之笙竽

---

548. 유하정 두모포(지금의 성동구 옥수동) 북쪽에 있던, 제안대군(齊安大君)의 저택으로, 중간에 무너졌다가 정조 5년(1781) 규장각에 하사되었다. 『만기요람』에 그 내력에 대한 설명이 있다.

난간 창에 그림자 져 푸른 허공 굽어 뵈고
손님들 구름처럼 강기슭을 메웠구나.
저물녘 물결 울면 큰 물고기 펄떡 뛰고
비단 돛은 사람 맞아 한 폭이 기울었네.
금벽산은 한남 길을 에워싸 푸른데
압구정 나무 위로 하늘은 짙푸르다.
오늘 저녁 즐거움이 그지없다 말들 하니
풍류 모두 이름난 정자인 까닭일세.
중사의 시 재촉은 나는 말이 내닫는 듯
붓 휘둘러 종이에 씀 어찌 이리 웅장한가.
호당의 옛일을 기쁘게 다시 보니
나라의 급선무는 어진 인재 기름일세.
퉁소 불며 물가 달에 거닐자 약속하고
두건 쓰고 성의 눈을 맞아 보자 기약했지.
다락 올라 휘파람에 하늘과 물 드넓어서
인간 세상 옷 껴입은 무더위를 씻어 주네.
이로부터 밝은 조정 으뜸가는 몸일러니
고기잡이 나무꾼과 차마 이웃 못하겠네.
지금껏 망호정 둘레 우거진 풀들은
파릇파릇 마치도 봄 장막을 친 듯해라.

欄牕倒影俯空綠
賓從如雲弊江麓
日斜波鳴大魚立
錦帆迎人攲一幅
金碧山圍漢南路
蔚藍天入鷗亭樹
齊言今夕樂未央
風流摠是名亭故
中使催詩飛馬來
揮毫落紙何雄哉
湖堂故事欣再覯
國之所急惟賢才
共約吹簫步汀月
相期幞被衝城雪
登樓一嘯水天寬
消盡人間襬襫熱
自是明廷黼黻身
未忍便結漁樵隣
至今望湖亭畔艸
青青猶似下帷春

양지 이홍상[549] 만시 挽李陽智〔鴻祥〕

장용영서 춘첩으로 부름을 받고[550]	帖子春營召
내각에선 편서로 이름 있었네.	編書內閣名
예전부터 여러 분의 선배 있지만	從來數先輩
이런 영예 아무도 얻지 못했지.	摠未獲斯榮
말을 타면 삼한 땅 좁기만 했고	策馬三韓隘
벗 논함에 만 리를 기울였다네.	論交萬里傾
한 쌍 오리[551] 마침내 날지 못하니	雙鳧飛不竟
까마귀 울음소리 애를 끊누나.	腸斷孝烏聲

꽃 아래 거닐면서 마음 설레고	心忪花底屧
성중에서 술 마시며 마음 졸였네.	氣短省中杯
잊지 못할 바탕이 있지 않고야	不有難忘質
파고드는 슬픔이 어이 생기리.	那成觸緖哀
대동강 가 이별이 꿈인가 싶어	忽疑淸浿別
북관서 돌아오길 기다렸건만.	猶望北關回
술 마시는 자태에 시골(詩骨) 지니고	酒態將詩骨
마침내 천년 세월 야대(夜臺)[552]로 가네.	千年竟夜臺

---

549. 이홍상 생몰년 및 자세한 인적 사항은 미상이다. 자는 사거(斯擧). 이천보(李天輔)에게서 배
웠다. 영조 말 정조 초에 벼슬한 사실이 보인다. 영조(英祖) 18년(1742)에 사신을 따라 연경(燕京)
에 들어갔다. 『청장관전서』 제12권 「아정유고」 4에도 만시가 실려 있다.

550. 장용영서~받고 이덕무의 연보 49세(1788) 12월 조를 보면, 당시 정조가 시인들을 가려 뽑아
장용영(壯勇營)으로 불러 춘첩을 짓게 했는데, 이홍상도 거기 들어 있었다.

551. 한 쌍 오리 원문은 쌍부(雙鳧). 후한의 왕교(王喬)가 지방관으로 있으면서 한 달에 한 번씩
두 마리 오리를 신발처럼 타고 날아 조회했던 고사가 『후한서』 「왕교전」에 보인다. 이로부터 쌍부
는 지방관을 뜻하게 되었다. 당시 이홍상이 평안도의 지방관으로 있다가 죽었던 것으로 보인다.

초가을 병중의 생각 初秋病裏書懷

베짱이 가까이서 울어 쌓는데	絡緯啼何近
숲 속에 서등은 밝게 빛난다.	書燈樹裏明
명주옷 병든 몸에 방해가 되고	生衣妨病骨
찬비는 그윽한 정 덜어 가누나.	寒雨捐幽情
지난 일 모두 다 덤덤해지니	往事都成淡
뜬 이름에 다만 홀로 놀라는도다.	浮名只自驚
몸 숨김에 오히려 방법 있나니	藏身猶有術
채소 심어 운경(雲卿)[553]을 배우는 걸세.	種菜學雲卿

입춘에 부여 관사에서 扶餘縣齋立春

현령 자리 별다른 홍취 없는데	縣紱無情緒
타관에서 또다시 봄을 맞누나.	殊鄉又一春
오늘 아침 석 자나 눈이 내리니	今朝三尺雪
땅속의 사람을 몹시 그리네.	深念地中人

552. 야대   저승 또는 무덤을 가리킨다. 이백의 「곡선성선량기수」(哭宣城善釀紀叟)에 "야대에는 밝은 햇빛 없으니, 술을 산들 누구와 함께 할거나"(夜臺無曉日, 沽酒與何人.)란 구절이 있다.
553. 운경   송나라 때의 소운경(蘇雲卿)을 말한다. 그는 초막을 치고 독신으로 살면서 채소 심고 짚신 삼아 생계를 유지했다. 소년 시절 장준(張浚)과 가까운 사이였는데, 후에 장준이 재상이 되어 서신과 함께 많은 금폐(金幣)를 실어 보냈으나 받지 않고 그곳을 떠나 버렸다. 『송사』(宋史)에 보인다.

늦봄에 창고의 다락에서 倉樓晚春

신록은 들쭉날쭉 화당에 그늘지니	新綠參差蔭畫堂
집 섬돌 절반이 푸른 물에 잠긴 듯.	堂階一半卽滄浪
복어는 올라오고 복사꽃 늦었는데	河豚欲上桃華晚
들오리 나뉘어 날고 두약은 향기롭다.	野鴨分飛杜若香
보슬비에 물결 빛이 대자리를 흔들고	細雨波光搖碧簟
저물녘 말소리는 높은 돛에 맴도네.	夕陽人語壓高檣
황량한 주춧돌은 지금껏 깎이어도	至今皺削荒臺石
오히려 변함없이 백제 왕을 얘기하네.	猶自依俙說濟王

비로 인해 조창[554]에 묵으며 홍산부사에게 보이다

雨宿漕倉 示鴻山使君

십 리 길 푸른 강에 저녁이 드니	十里滄江夕
흐린 날씨 불빛 하나 낮게 깔렸네.	天陰一火低
먼 연기 관청에 잠기어 있고	遠煙沈廨屋
새잎은 방죽 길에 어둑하구나.	新葉暗官隄
병중에도 시를 외려 지어 보면서	病裏詩還就
공무의 나머지에 술과 짝하네.	公餘酒偶携

---

554. **조창** 조세미(租稅米)를 모아 보관하고 이를 중앙에 수송하기 위해 수로(水路) 연변에 설치한 창고를 말한다.

내 이 두 고을을 몹시 아낌은　　　　　　偏憐吾二邑
양수(瀁水)의 동서(東西)[555]와 비슷해설세.　　爲似瀁東西

자온대[556]의 창사에서 自溫臺倉舍

갠 광경 서녘이 특히 좋으니　　　　　　霽景偏西好
높은 성엔 저녁노을 둘러 있구나.　　　曾城帶晚霞
누대 앞엔 반반한 바위가 있고　　　　樓前當面石
창 안은 이웃 꽃과 떨어져 있네.　　　窓裏隔隣花
모여든 벌레는 낟알 탐내고　　　　　聚族蟲謀粒
시끄러운 제비는 집을 찾는다.　　　多聲燕識家
솔바람에 한바탕 껄껄 웃고서　　　　松風供一笑
베개 베고 차 끓이는 소리를 듣네.　　支枕聽烹茶

---

555. 양수의 동서　원문은 양동서(瀁東西). 중국 기주부(夔州府)에 있는 양수(瀁水)의 동쪽과 서쪽 지역으로, 당나라의 두보(杜甫)가 이곳에서 남의 초가를 빌려 살았던 곳이다. 은거지를 뜻한다.

556. 자온대　충청남도 부여군 규암면 규암리의 옛 규암나루터 백마강 변 위쪽에 세워진 정자를 가리킨다. 낙화암에서 물을 따라 서쪽으로 내려가면 물가에 걸터앉은 괴상한 바위가 있는데, 10여 명이 앉을 만하다. 전해 오는 말에 따르면, "백제의 왕이 이 바위에서 놀면 그 바위가 자연히 따뜻해졌기 때문에 그와 같이 이름을 붙였다"고 한다(『신증동국여지승람』 제18권). 그러나 백마강에 있는 바위로, 의자왕이 가끔 놀던 곳인데 간신배들이 미리 와서 불을 피워 바위를 덥히고 왕이 오면 숯불을 쓸어 내니 이 사실을 모르는 왕이 스스로 따뜻해지는 바위라 하며 지은 이름이라고도 한다(문효치, 『백제시집』, 문학아카데미). 암벽에는 '자온대'라고 쓴 우암 송시열의 친필이 남아 있다.

관아 숙소에서 무송기인에게 삼가 보이다 縣齋 奉示撫松畸人

손님 접대 은실 같은 회를 쳐 내고	款客銀絲膾
흰 모시옷 입고서 바람을 맞네.	迎風白苧衣
차 끓자 시도 문득 이루어지고	茶鳴詩忽就
보리 익자 송사도 드물어진다.	麥熟訟初稀
거북 비석[557] 황량한 탑 기대어 있고	龜趺依荒塔
용 비린내 옛 물가에 떨어지누나.	龍腥落古磯
이 땅에 빼어난 자취 많으니	此邦饒勝蹟
땅 좁아 볼 것 없다 웃지를 마소.	休笑幅員微

거듭 앞 시의 운을 써서 무송자에게 보이다 疊前韻 示撫松子

바다 덮은 당의 군대 기세도 당당하니	唐師蔽海氣堂堂
참으로 누선 장군 낙랑을 깨뜨린 듯.	眞似樓船破樂浪
들풀에 덮인 곳은 그 옛날 궁전 터라	野艸知爲宮殿地
바위 꽃은 아직도 비단 향기 풍기누나.	巖花猶作綺羅香
저물녘 달팽이 뿔 천 년의 옛 탑이요	斜陽蝸角千年塔
가랑비에 백구 물결 백 자 되는 돛대일세.	細雨鷗波百尺檣
그때 영웅 볼 길 없음 크게 탄식하면서	太息英雄俱寂寞

---

557. 거북 비석 원문은 구폐(龜趺). 거북이 우는 모양으로 비석을 등지고 있는 좌대를 가리키는 것으로 보인다.

고란사 아래에서 부처[558]에게 예불하네.   皇蘭寺下禮空王

제목 잃은 시 失題

두 줄기 궁궐 버들 안개도곤 푸른데   兩行宮柳碧于煙
누대 밖 흐르는 물 초승달 비슷해라.   樓外江流似月弦
이따금 백사장서 모래톱 위 바라보니 時向白沙洲上望
푸르른 몇 봉우리 저기가 임천(林川)[559]일세. 數峯青峭是林川

이덕무의 무덤[560]을 지나며 過懋官墓

아내 잃고 벼슬 잃고 몸뚱이만 남았는데 無室無官剩此身
국화꽃 초췌하고 흰머리만 돋아나네.   黃花憔悴白頭新

---

558. 부처 원문은 공왕(空王). 불가에선 일체 공과 무(無)를 주장하기 때문에 공왕이라 한다. 『원각경』(圓覺經)에 보인다.

559. 임천 지금의 충청남도 부여군 임천면이다.

560. 이덕무의 무덤 이덕무는 1793년 1월 25일 진시(辰時)에 청장관의 정침(正寢)에서 죽었다. 2월 21일에 광주(廣州) 낙생면(樂生面) 판교(板橋)의 언덕에 유좌(酉坐)로 장사 지냈다. 공의 조고(祖考) 강계도호부군(江界都護府君) 묘가 판교에 있는데, 공의 묘는 왼편 기슭으로 겨우 1백 보 되는 거리에 있다. 공의 대인(大人)이 생존해 계셨으므로 이에 이르러 갈장(渴葬: 날을 기다리지 않고 급히 장사 지냄)했다. 『청장관전서』 제71권에 보인다.

가을 겨울 어름이면 예부터 마음 상해   傷心自古秋冬際

청산에 홀로 올라 옛 벗에게 술 따른다.   獨上靑山酹故人

몽뢰정 10수 夢賚亭十詠

1 몽뢰정의 초승달 夢亭新月

계수나무 어이해 이지러졌나   桂樹何空缺

다락 하나 더하면 마침맞구나.   謂宜添一樓

보름달을 탑본하여 살펴보면은   擬搨月輪看

그 가운데 이 정자가 혹시 없을까?[561]   中有此亭不

2 고란사의 저녁 종 蘭寺暮鐘

당나라 때 지은 절 맑기도 하고   瀟灑唐朝寺

종소리는 세속의 것 아니로구나.   鐘音非世間

배도 화상(杯渡和尙)[562] 사는 덴가 의심하는데   猶疑杯渡地

해맑은 범패 소리 어산(魚山)서 나네.   清梵出魚山

3 호암의 돛단배 虎嵓風帆

금강 물의 고기는 석 자나 되고   錦水魚三尺

561. **계수나무~없을까** 초승달의 나머지 부분이 지상에 내려와 다락이 된 게 아닐까 하는 상상력을 그린 것이다. 이러한 시상은 정자의 이름에 담긴 뜻, '달이 보내 준'에서 비롯된 것이다.
562. **배도 화상** 원문은 배도(杯渡). 옛날 중국의 배도(杯渡)라는 중은 신통한 술법이 있어, 매양 잔〔盃〕을 물에 띄워 그것을 타고 바다를 건너다녔다. 그래서 사람들이 그를 배도 화상이라 불렀다.

은진 땅의 소금은 백곡이라네.　　　　恩津鹽百斛

오늘 아침 강 오르기 마침 맞으니　　今朝上江好

돛에 가득 서풍이 불어오누나.　　　西風在帆腹

4 계룡산의 맑은 이내 雞岳晴嵐

동쪽 메 터진 곳을 바라보자니　　　東峯缺處望

검게 뵈는 저 메가 계룡산일세.　　　稍黑知雞龍

뭉게뭉게 산 빛이 아낄 만한데　　　愛有靄靄色

바람 따라 옅어졌다 짙어지누나.　　隨風成淡濃

5 부산의 낙조 浮山落照

이어진 메 희미한 자줏빛 띠고　　　列峀帶微紫

텅 빈 강은 짙푸르게 변하였구나.　　空江變深碧

홀로 서서 저물녘 까마귀 헤다　　　獨立數昏鴉

발 걷자 먼 데서 손님이 왔네.　　　鉤簾有遠客

6 천대의 피리 소리 天臺牧篴

풀빛이 우거진 백제의 왕궁　　　　草色濟王宮

---

563. **옥수가**　　남조(南朝) 때 진 후주(陳後主)가 작곡한 노래 「옥수후정화」(玉樹後庭花)를 가리킨다. 『진서』(陳書) 「후주장귀비」(後主張貴妃)에, "후주(後主)는 손님들을 불러 귀비(貴妃) 등과 잔치를 벌일 때마다 여러 귀인(貴人)과 여학사(女學士), 친구들로 하여금 시를 짓게 하여 서로 화답하곤 했다. 그 가운데 더욱 곱고 아름다운 작품을 골라 곡을 붙여 새 노래를 만들었는데, …… 「옥수후정화」나 「임춘악」(臨春樂) 등의 곡이 있었다. 주제는 대체로 장 귀비(張貴妃)와 공 귀빈(孔貴賓)의 용모를 찬미한 것이다"라고 보인다.

564. **산양의 피리 소리**　　원문은 산양적(山陽笛). 죽림칠현의 한 사람인 향수가 혜강·완적 등이 죽은 뒤 산양 땅을 지나다가 저물녘에 들려오는 피리 소리를 듣고 지난날이 사무치게 그리워 「사구부」(思舊賦)를 지은 데서 나온 말이다. 이후로 가고 없는 옛날이나 죽은 벗을 그리워하는 의미로 쓰인다.

아스라이 쇠등으로 해가 지누나.　　　　　　迢迢牛背夕
옥수가(玉樹歌)[563] 가락은 들리질 않고　　　不聞玉樹歌
산양(山陽)의 피리 소리[564] 들려온다네.　　但聽山陽笛

7 　석탄의 밤비　石灘夜雨

소낙비 실실이 쏟아지더니　　　　　　　　急雨絲絲直
찬 샘은 굽이굽이 돌아 흐르네.　　　　　　寒泉曲曲懸
쟁글쟁글 천만 가지 소리를 내며　　　　　玲瓏千萬籟
한밤중 잠 속으로 나아오누나.　　　　　　共赴一宵眠

8 　유촌의 저녁놀　柳村晚霞

봄 강물에 몇 그루 버드나무가　　　　　　幾樹春江柳
실바람에 너울너울 출렁이누나.　　　　　輕風漾麴塵
한 필의 흰 비단 어디서 와서　　　　　　何來一匹白
멀리 가는 사람을 감싸 안는가.　　　　　橫著遠歸人

9 　분포의 기러기 떼　溢浦雁陣

앞장선 기러기는 하늘에 있고　　　　　　先飛已映天
뒤처진 놈 아직도 물에 있다네.　　　　　後飛猶貼水
기러기 나는 것이 낮음 아니라　　　　　不是雁飛低
누대가 십 리만큼 높아서일세.　　　　　樓高一十里

10 　창강의 고기잡이 불　滄江漁火

게통발은 황량한 길 둘러서 있고　　　　蟹籪圍荒徑
고기 작살 흰 배 위에 걸쳐 있구나.　　魚杈倚素舲
비바람 몹시 부는 깊은 밤중에　　　　　最憐風雨夜

잔별 몇 개 남았을 제 가장 좋아라.　　　　　　留得幾殘星

시집

4

詩集

속회인시 18수 續懷人詩 十八首

1 운미 팽원서 彭芸楣〔元瑞〕

왕희지와 주문(周文)의 면목을 바꿔 내고[1]	王字周文換面來
굽은 길서 말 올라타[2] 맑은 재주 다투었네.	螘封盤馬鬪淸才
일찍이 한마디로 황각(黃閣)[3]에 발탁되어	曾將片語干黃閣
『방략』(方略)[4]이 완성되자 총재(摠裁)[5] 자리 잃었다네.	方略書成失摠裁

2 효람 기윤 紀曉嵐〔昀〕

폐백 들고 지금껏 구주를 편답하니	執贄由來遍九州
계림 땅의 제자 또한 가르침 받는구나.	鷄林弟子亦蒙求
세모의 회인시에 도리어 놀라노니	翻驚歲暮懷人作
옥정과 주천에 만곡의 물 흐르누나.[6]	玉井珠泉萬斛流

---

1. **면목을 바꿔 내고** 원문은 환면(換面). 개두환면(改頭換面)의 준말로, 내용과 실질은 그대로 두고 형식적인 면목(面目)만 바꾸었다는 뜻이다. 여기서는 팽원서의 글씨가 훌륭해서 왕희지와 주나라 금문(金文)의 글씨를 자기 것으로 소화해 냈다는 뜻이다.
2. **굽은 길서 말 올라타** 원문은 의봉반마(螘封盤馬). 의봉이란 개미 둑으로 구불구불하다는 의미이다. 반마는 말에 올라타고 회선(廻旋)하는 것이다. 개미 둑 같은 구불구불한 험로에서 말을 자유자재로 부린다는 의미이다. 『진서』(晉書) 권75에 "왕담(王湛)이 조카 제(濟)와 함께 말을 시험할 때 의봉(螘封)으로 가서 말을 달려 돌았는데, 그가 지적한 말은 까딱없었고 제가 타던 말은 지쳐 넘어졌다"란 구절이 보인다.
3. **황각** 집에 누런 색깔을 칠하였으므로 붙여진 이름이다. 한대(漢代)에는 승상이 업무를 보는 곳이라 하여 승상부(丞相府)라 했고, 당(唐)나라에서는 문하성(門下省)이라 했다. 궁궐 문을 주문(朱色)으로 칠했으므로 승상의 처소는 황색으로 칠하여 분별되게 하였다 한다.
4. **방략** 『개국방략』(開國方略)으로 보인다. 청(淸) 고종(高宗)의 칙명에 의하여 편찬한 책으로, 청나라 개국(開國)의 사적(事蹟)을 기록하였다. 모두 32권이다.
5. **총재** 명청(明淸) 시대 중앙의 편찬 기구에서 책임을 맡은 우두머리 관리. 팽운서는 『개국방략』 저술의 책임을 맡았던 것으로 보인다.

3 담계 옹방강 翁覃溪〔方綱〕

담계학사 옹방강은 소동파에 벽이 있어 覃溪學士癖於蘇
거처에 언제나 입극도(笠屐圖)[7]를 걸었다네. 燕處長懸笠屐圖
구불구불 사람이 금석속을 지나가니 宛轉人行金石裏
아홉 굽이 구슬을 개미가 뚫는 듯해.[8] 恰如九曲螘穿珠

4 양봉 나빙 羅兩峰〔聘〕

뜻 높은 나반우(羅飯牛)[9]를 만나 보지 못해도 不見高人羅飯牛
꿈속의 밝은 달은 그 옛날 양주(揚州)[10]라네. 夢中明月古揚州
안개 구름 공양이 지금은 어떠신지 煙雲供養今何似
하늘가 독화루서 애간장이 끊어지리. 腸斷天涯讀畫樓

---

6. **옥정과~흐르누나** 서호수(徐浩修) 『연행기』(燕行紀) 제3권에 "예부(禮部)에서 황제의 뜻을 받들어 어선(御膳)·발발(餑餑)과 빈과(蘋果)·포도·복숭아·임금(林檎)·석류·밀감을 나눠 보내왔다. 상서(尙書) 기균(紀昀)에게 편지를 보내어 문안(問安)하고, 겸하여 황서필(黃鼠筆) 30자루와 유매묵(油煤墨) 10자루와 채전(彩箋) 30장을 보냈더니, 기 상서가 단계연(端溪硯) 1개와 묵죽(墨竹) 1축(軸)을 답례로 보내왔다. 벼루 머리에 옥정(玉井)이라는 두 글자를 새기고, 뒷면에는 효람(曉嵐) 자찬(自撰)의 명(銘)을 새겼는데, '소동파(蘇東坡)의 글은 구슬샘이 만곡(萬斛)이지만, 나는 나의 우물을 파니 논이랑에 물을 대기에 또한 넉넉하네'(坡老之文珠泉萬斛, 我浚我井灌畦亦足.) 하였다. 글이 매우 고아(古雅)하여 기뻐할 만하였다"란 기록이 보인다.
7. **입극도** 소동파 숭배자였던 옹방강은 자신의 거처에 소동파가 삿갓을 쓰고 나막신을 신은 「입극도」를 그려서 붙여 놓곤 했다. 훗날 추사와 자하 또한 이를 흉내 내서 같은 그림을 걸어 두었다.
8. **구슬을~듯해** 원문은 의천주(螘穿珠). 실을 구슬에 꿰는데 개미허리에 비단실을 묶어 놓고 반대편에는 꿀을 발라 개미가 꿀을 찾아가게 했다는 고사에서 나온 것이다.
9. **나반우** 청(淸)나라 초기의 화가 나목(羅牧, 1622~?)을 이른다. 자는 반우(飯牛), 호는 운암(雲菴)이다. 강소성(江西省) 영도(寧都) 출생으로 남창(南昌)에서 살다가 죽었다. 특히 산수화로 유명하다. 여기서는 나빙을 나반우에 견주어 말한 것이다.
10. **양주** 나빙의 고향이다. 나빙은 20여 년 동안 북경에서 생활을 했는데, 항상 고향 양주에 돌아가고자 하였다. 천진링(陳金陵)의 「나빙의 회화와 조선친구」(『미술사논단』, 한국미술연구소, 1995.) 참조.

5 수옥 장도악 張水屋〔道渥〕

세상에 풍자(風子)¹¹ 없어 너무도 적막하니	世無風子亦寥寥

세상에 풍자(風子)[11] 없어 너무도 적막하니　世無風子亦寥寥
화의와 시정 모두 도무지 높지 않네.　畵意詩情未是驕
근래에 가난이 사무친다 하지 마오　莫道近來貧到骨
천금을 걸고라도 오늘 밤을 내기 하세.　千金容易博今宵

6 야정 철보 鐵冶亭〔保〕

흐드러진 앵두꽃이 문에 가득 난만한데　聯輝棣萼盛門闌
이국 사람 함께 와서 초성(草聖)을 보는구나.　異國人携草聖看
시명으로 철보(鐵保) 어른 놀래킴을 웃노니　自笑詩名驚老鐵
동국 사신 만날 때면 평안한지 물으시네.[12]　每逢東使問平安

7 백공 진승본 陳伯恭〔崇本〕

백 년의 문헌이 상구(商邱)[13] 땅에 속했는데　百年文獻屬商邱
관각의 진룡은 머리털이 아직 검네.　館閣陳龍又黑頭
개성 연간 진적[14]이 좋은 것을 아끼나니　最愛開成眞蹟好
그댈 위해 새롭게 석경루(石經樓)[15]를 짓는다네.　爲君新起石經樓

---

11. 풍자　장도악(張道渥)의 자는 죽휴(竹畦)·수옥(水屋)인데, 스스로 풍자(風子)라 칭하였다. 시와 그림에 소질이 있었다.

12. 시명으로~물으시네　철보가 박제가의 시를 높게 평가해서 우리나라 사신을 만나기만 하면 박제가의 안부를 물었다는 의미이다.

13. 상구　진숭본의 자는 정양(井養)·백공(伯恭)으로, 하남(河南) 상구(商丘) 사람이다.

14. 개성 연간 진적　원문은 개성진적(開成眞蹟). 당(唐) 문종(文宗)이 경서를 석각하게 하였는데, 태화(太和) 7년(833)에 시작, 개성(開成) 2년(873)에 완성하여 장안(長安)의 태학(太學)에 둔 석경을 말한다. 현존하는 석경으로는 가장 오래된 것인데, 서가(書家) 사이에서는 귀중한 자료로 여긴다.

15. 석경루　이규경(李圭景)의 『오주연문장전산고』(五洲衍文長箋散稿)에, 정조 때 강산(薑山) 이서구(李書九)의 아우 경구(經九)가 비싼 값을 치르고 당나라 개성의 석경을 구입하여 집에 간직하고 '석경루'(石經樓)라 이름 지었다는 기록이 보인다.

8 운록 손형 孫雲麓〔衡〕

어여뻐라 손랑의 멋진 풍류 생각하나	媚嫵孫郎憶采風
압록강 천 리 길에 우편통이 막혔구나.	鴨江千里阻郵筒
집닭이든 들오리[16]든 원래 일이 많겠지만	家鷄野鶩元多事
홍범구주[17] 베껴 써서 한 통 부쳐 주시게나.	倩寫箕疇付一通

9 행장 공협 龔荇莊〔協〕

오룡강(烏龍江)[18] 가의 풀이 봄을 알지 못하니	烏龍江草不知春
연경은 어지러워 마음속 말 못 나누네.	日下紛紛話未眞
내 그댈 그려 지은 금루곡(金縷曲)[19]이 있지만	我有顧郎金縷曲
지금에 이 곡 알 이 그 누가 있겠는가?	祇今誰是賞音人

10 묵경 이병수[20] 伊墨卿〔秉綬〕

한 잔 술 권하면서 우당(雨堂)[21]에서 얘기할 제	一盞遙飛話雨堂
풍류스런 마음은 묵경(墨卿) 향해 쏠렸었지.	風心偏向墨卿長

---

16. **집닭이든 들오리든** 원문은 가계야목(家鷄野鶩). 같지 않은 서법, 또는 사람들이 신기한 것만 좋아하고 일상의 평범한 것을 대수롭지 않게 여김을 비유한다. 진(晉)나라의 『진중흥서』(晉中興書)에 "소인배는 집오리에 싫증을 내고 들꿩을 좋아하니 모두 왕희지의 글씨만을 배운다"(小人輩, 厭家鷄, 愛野雉, 皆學王逸少書.)고 하였다.

17. **홍범구주** 원문은 기주(箕疇). 『서경』「홍범」(洪範)의 구주(九疇)를 가리킨다. 구주를 기자(箕子)가 썼기에 이름 한 것이다.

18. **오룡강** 흑룡강(黑龍江)으로 보인다. 공협이 박제가와 처음 만난 후에 모함을 받아 흑룡강에서 수자리를 살았다. 이정구의 『월사집』(月沙集)「경신연행록」(庚申燕行錄)에, "黑龍江, 或云烏龍江."이라는 용례가 보인다.

19. **금루곡** 악곡 이름으로, '하신랑'(賀新郎)·'유연비'(乳燕飛)라고도 지칭한다.

20. **이병수** 이 책 중권 167쪽 각주 389 참조.

21. **우당** 이들이 산속 집에서 비 오던 밤 만나 얘기 나누던 일을 말한 것이다. 이 책 중권 159쪽의 「회인시, 심여 장사전을 흉내 내다」(懷人詩, 仿蔣心餘.)의 '이남천'(伊南泉) 참조.

깨알같이 작은 글씨[22] 무엇과 같을쏜가.　　　　針頭芥子緣何似

매애(梅崖)[23]의 책 속 향기 접하지도 못했네.　　不接梅崖卷裏香

11　치존 홍양길 洪穉存〔亮吉〕

고로(菰蘆)[24]의 인물이요 육조의 문장이라　　菰蘆人物六朝文

생긴 모습 훤출하여 무리에서 빼어났네.　　眉宇青霞逈出群

예학은 천추에 큰 공[25]을 논하겠고　　　　　禮學千秋論配食

정현(鄭玄)[26]의 집 아래에 으뜸가는 공신일세.　康成廡下策元勳

12　비부 손성연 孫比部〔星衍〕

한 말의 먹물로 큰 글씨 베껴 쓰니[27]　　　　一斗隃麋寫擘窠

팔뚝 안에 한나라 309비 들었구나.　　　　　腕中三百九碑多

영롱관 안에 있는 붉은색 황권(黃卷)[28]들은　玲瓏館裏丹黃卷

---

22. **깨알같이 작은 글씨**　원문은 침두개자(針頭芥子). 바늘 끝과 겨자씨는 극히 작은 것인데, 여기서는 깨알 같은 글씨를 말한다. 권4 「연경잡절」에서는 "이병수는 호가 묵경(墨卿)이다. 휘주에서 나는 조공으로 바치는 먹을 내게 주었다. 불상을 새긴 뒤쪽에 반야심경을 썼는데, 가늘기가 가을 터럭 같았다"(伊秉綬號墨卿, 贈徽州貢墨, 刻佛像背, 書般若蜜多心經, 細入秋毫.)라 언급하였다.

23. **매애**　청(淸) 주사수(朱仕琇)의 호이다. 『매애거사집』(梅厓居士集)이 있는데, 30권과 외집 8권으로 되어 있다. 문장이 기이하고 말은 오묘하여 주진한위(周秦漢魏)의 풍도가 있다. 청(淸) 왕사정(王士禎)도 『매애시의서』(梅厓詩意序)에서 "세상의 영욕과 득실은 하나도 마음에 둘 것 없다"(若人世榮辱得喪, 一無足芥其中者.)라 언급하였다.

24. **고로**　은자가 거처하는 곳을 비유적으로 가리킨다.

25. **큰 공**　원문은 배식(配食). 배향(配享)함. 공자의 제자나 역대 명유(名儒)·공신들을 부제(祔祭)하는 일을 가리킨다.

26. **정현**　원문은 강성(康成). 강성은 한(漢)나라 정현의 자. 모든 경학에 널리 정통하여 한대 경학을 집대성하였다.

27. **먹물로 큰 글씨 베껴 쓰니**　유미(隃麋)는 옛 고을 이름으로, 이곳에서 생산되는 먹이 유명하다. 벽과(擘窠)는 크게 쓴 전서 글씨를 말한다.

이 모두 선생의 직접 교감 거친 걸세.　　　　　擦被先生手勘過

13　향조 반정균 潘香祖〔庭筠〕

수많은 꽃 탑을 이뤄 부처[29] 앞에 절 올리며　　　千花成塔禮瞿曇
둘이 함께 관음사서 얘기턴 일 생각하네.　　　　　憶共觀音寺裏譚
듣자니 반어사는 언제나 재계하며[30]　　　　　　　聞說長齋潘御史
삿갓을 빌려 쓰고 강남을 들렀다네.　　　　　　　　乞携野笠過江南

14　추사 강덕량 江秋史〔德量〕

붓 받는 꿈[31]꾸고 나서 성명을 드날리니　　　　　姓字翩翩夢筆餘
시명이 왕추사[32]와 나란히 높았다네.　　　　　　　詩名七十二泉如
수장함은 동기창[33]의 발문을 뒤이은 듯　　　　　收藏擬續思翁跋
아계(鵝溪) 부자 두 세대[34]의 글씨를 감정했네.　　鑑定鵝溪兩世書

---

28. 황권　서적을 말한다. 좀먹는 것을 막기 위하여 황벽나무 즙으로 물들인 종이로 만든 데서 이름 붙여졌다. 여기에는 황권이 많아 붉은색을 띨 정도였다는 의미로 보인다.

29. 부처　원문은 구담(瞿曇). 석가모니가 속세에 있을 때의 성(姓)이다. 반정균은 불교를 매우 좋아하였다 한다.

30. 언제나 재계하며　원문은 장재(長齋). 불가(佛家)에서 한낮이 넘도록 굶는 것을 재(齋)라 하고, 그것을 반복하는 것을 장재(長齋)라 한다. 두보(杜甫)의 「음중팔선가」(飲中八仙歌)에 "소진은 수불 앞에서 장기간 재계를 했지만, 취중에는 가끔 좌선을 도피하기 좋아했다네"(蘇晉長齋繡佛前, 醉中往往愛逃禪.)란 구절이 보인다.

31. 붓 받는 꿈　원문은 몽필(夢筆). 붓을 받는 꿈을 꿈. 창작력이 크게 진보함을 말한다. 기소유(紀少瑜)가 꿈에 붓을 받은 후 글을 잘 짓게 되었다는 고사에서 비롯되었다. 『남사』(南史) 「문원전」(文學傳)에 보인다.

32. 왕추사　원문은 칠십이천(七十二泉). 박지원의 『열하일기』 「피서록」에 "역성(歷城) 왕진사(王進士)인데, 이름은 평(苹)이요, 자는 추사(秋史)·자호(自號)를 칠십이천주인(七十二泉主人)이라 하였다. 반정균의 시에 '칠십천 소리소리 돌절구질하는 듯이'(七十泉聲亂石春)는 곧 이를 두고 이른 것이다'라고 했는데, 칠십이천은 바로 왕평을 두고 한 말이다. 왕평은 왕사정과 동시대 사람으로 시명(詩名)이 있었다.

15 선산 장문도 張船山〔問陶〕

매번 맑은 태도 보면 장문단[35]을 생각터니	每因淸範想文端
이 바로 선생께서 예전 심은 난초로세.	此是先生舊種蘭
시인을 불후하다 보지를 마시게나	莫把詩人看不朽
명절(名節)은 끝까지 지키기 어렵거니.	須知名節到頭難

16 취봉 장화 蔣醉峯〔和〕

졸노인(拙老人)[36]의 손자가 여태도 형부(刑府) 맡아	拙老人孫尚典刑
어지러운 세상[37]서도 옷깃 여태 푸르도다.[38]	鷄鳴風雨子衿靑
서생이라 공명이 박한 것은 아닐러니	書生不是功名薄
궁포 다시 하사 받아 황제께 알현하네.	再錫宮袍覲帝庭

17 백암 오조 吳白菴〔照〕

강서의 묵죽[39]은 중흥의 시대이니	江西墨竹中興年

---

33. 동기창　원문은 사옹(思翁). 중국 명나라 말기의 문인화가인 동기창(董其昌, 1555~1636)을 가리킨다.

34. 아계 부자 두 세대　원문은 아계양세(鵝溪兩世). 왕희지, 왕헌지 부자를 가리키는 듯하다.

35. 장문단　원문은 문단(文端). 장붕핵(張鵬翮)으로, 장문도는 문단의 증손이다. 집안 대대로 청백리라 전해진다.

36. 졸노인　장형(蔣衡)으로, 장화의 할아버지다. 그래서 장화는 스스로 강남소장(江南小蔣)이라 하였다. 할아버지 상범은 『십삼경주소』를 직접 쓴 사람이다.

37. 어지러운 세상　원문은 계명풍우(鷄鳴風雨). 『시경』 「풍우」(風雨)에 "쓸쓸한 비바람에 꼬끼오 닭이 우네"(風雨凄凄, 鷄鳴喈喈.)라 하였다. 이 작품은 군자를 그리는 것으로, 비록 난세에 살고 있지만 군자가 그 법도를 고치지 않음을 그리워한 것이다.

38. 옷깃 여태 푸르도다　원문은 자금청(子衿靑). 『시경』 「자금」(子衿)에 "푸르고 푸른 그대의 옷깃, 길게 이어지는 나의 마음속의 생각"(靑靑子衿, 悠悠我心.)이라는 시구가 보이는데, 이 작품은 난세에 학교가 폐쇄됨을 풍자하였다. '청청'이라는 것은 솔기의 색깔이다. 부모를 모시고 있을 때는 옷의 갓선을 청색으로 한다. 후에 학자나 생원을 자금이라 하였다.

사해에 삼창(三蒼)[40]의 일맥이 전해 오네.   四海三蒼一脉傳

청삼(靑衫)[41]을 안 입고도 그 또한 얻었으니   不着靑衫他亦得

석호[42]의 봄 물에 고깃배서 낚시하네.   石湖春水釣魚船

18   고공 왕영부 王考功〔寧煒〕

뜻밖에 현공(懸空)[43]에서 묵은 인연 펼치니   分外懸空宿契申

통쾌하기 삼세의 전생을 깨친 듯해.   快如三世悟前因

영롱한 온갖 도리 서혈(書穴)을 꿰뚫으니   玲瓏百道穿書穴

한번 웃다 『범아』(梵雅)[44]와 가까움에 놀라누나.   一笑還驚梵雅鄰

---

39. 강서의 묵죽   원문은 강서묵죽(江西墨竹). 오조는 시를 잘 지었고 묵죽 또한 잘 그렸는데, 기운이 생동하여 사람들이 '강서묵죽'이라 말하였다.

40. 삼창   『창힐편』(蒼頡篇)·『훈찬편』(訓纂篇)·『방희편』(滂喜篇)을 가리킨다. 당시 오조는 삼창과 관련된 『설문편방고』(說文偏傍考)와 『남조사정어』(南朝史精語) 등을 저술하였다.

41. 청삼   예전 관리의 복장이다. 여기서는 오조가 벼슬살이를 하지 않았다는 의미인 듯하다.

42. 석호   〈석호도〉(石湖圖)는 나빙의 그림이다. 오조는 박제가에게 청해 이 그림 권수(卷首)에 '석호어은'(石湖漁隱)이란 글씨를 받았다. 그런데 이를 본 옹방강이 태평성대에 '은'(隱)을 일컬음은 마땅치 않다고 하자, '어은'(漁隱)을 '과경'(課耕)으로 바꾸었고, 박제가도 고쳐 써 주었다.

43. 현공   산서성(山西省) 항산(恒山)에 있는 현공사(懸空寺)를 가리키는 듯하나 전후 맥락이 분명치 않다.

44. 『범아』   청(淸) 왕사진(王士禛)의 『지북우담』(池北偶談)에, "안구(安丘)에 사는 예부(禮部) 마응룡(馬應龍)이 『범아』 12권을 찬하였는데, 제1은 석언(釋言), 제2는 석의(釋義), 제3은 석상(釋相), 제4는 석교(釋敎), 제5는 석불(釋佛), 제6은 석보살(釋菩薩), 제7은 석성문(釋聲聞), 제8은 석외도(釋外道), 제9는 석인륜(釋人倫), 제10은 석천문(釋天文), 제11은 석지리(釋地理), 제12는 석조수(釋鳥獸)다" 하였다. 이규경의 『오주연문장전산고』에 보인다.

무림수죽재 만시 3수 挽茂林修竹齋 三首

1

명향을 안 사른 지 오래됐는데	不爇名香久
묵은 풀 속 그대 묻힘 안타까워라.	憐君宿草中
어이 다시 그림을 볼 수 있으리	那能觀畵再
한 곡조 피리 연주 생각나누나.	忽憶弄簫終
찼던 칼 저자에서 팔아 버리고	市賣曾携劒
예전 심은 오동 찍어 불때 버렸네.	薪摧舊種桐
처량타 이렇게 살아 있자니	凄凉非屬死
만감이 이내 몸에 밀려드누나.	百感到微躬

2

삼한 풍속 땅에 한번 떨어진 뒤로	一墮三韓俗
재주가 많아 봐야 조롱만 사네.	多才適取譏
생애는 떠돌이[45]와 다름없지만	生涯同蜑戶
그 품격 오의(烏衣)[46]와는 차이 났었지.	流品別烏衣
풍류 마음 스러짐 깨닫고 보매	頓覺風心盡
어느덧 알아주는 이도 드무네.[47]	居然賞鑑稀
논의는 영욕 밖서 이루어지니	論成腴瘠外

---

45. 떠돌이 원문은 단호(蜑戶). 중국의 복건성과 광동성 일대에 살았던 종족의 이름이다. 이들은 배를 집 삼아 어업을 생계로 삼았다.

46. 오의 오의랑(烏衣郞)의 줄임말로 부귀가의 자제를 가리키는 말이다. 진(晉)나라 때 남경의 오의항(烏衣巷)에 당시 권귀들이 많이 살았던 데서 유래한다.

47. 알아주는 이도 드무네 원문은 상감희(賞鑑稀). 서상수는 당대 제일의 감식안으로 유명하여, 연암은 이를 두고 신묘한 경지에 들었다고 격찬한 바 있다. 그가 죽어 세상에 올바른 감식안을 찾아보기 어렵게 되었다는 말이다.

물들잖고 온전히 돌아갔도다.　　　　　　　　不染是全歸

3

오십에야 벼슬길에 나아갔으나　　　　　　五十烏紗命
쓸쓸히 7품관에 제수되었네.　　　　　　　寥寥七品除
뭇 소음 속[48] 음악에 능통했지만　　　　　衆咻媒曉樂
한 번 귀양[49] 장서에 연루되었지.　　　　一謫累藏書
한가롭게 지내면서 시를 지었고　　　　　　賦就閒居後
좋은 모임 끝나면 그림 그렸네.　　　　　　圖成雅集餘
많은 사람 어느덧 이승 떴으니[50]　　　　　閱人昭穆暫
세상을 살펴본들 무엇하리오.　　　　　　　觀世欲何如

---

48. 뭇 소음 속　　원문은 중휴(衆咻). 『맹자』「등문공」에 나오는 말이다. 임금 주위에 소인이 많고 군자가 홀로 있으면 공을 이루기 어렵다는 것을 말하기 위해, 초나라 사람이 제나라 말을 배울 때 주위의 많은 사람이 초나라 말로 떠들어 대면 말을 배우기 어렵다는 비유를 제시하였다. 중휴(衆咻)는 '주위에서 떠들어 대는 말'이란 뜻이다. 시에서는 그렇게 어려운 가운데서도 음악의 이치를 깨쳤음을 말한 것으로 보인다.

49. 한 번 귀양　　원문은 일적(一謫). 한 번 유배 갔다는 뜻으로 국가에서 금지하는 책을 소장했기 때문이거나, 장서각과 관련된 사건 때문에 유배갔던 것으로 보인다.

50. 이승 떴으니　　원문은 목잠(穆暫). 사당에 조상의 신위를 모시는 차례. 왼쪽 줄을 소(昭), 오른쪽 줄을 목(穆)이라 하는데, 중앙에 제1세를 모시고 그 양쪽으로 나머지 조상을 모신다. 여기서는 교분이 깊었던 많은 사람이 벌써 죽었음을 말한 것으로 보인다.

51. 서상수의 제삿날　　서상수는 1793년에 죽었다. 원문의 상일(祥日)은 3년상을 마치고 탈상제를 지내는 대상(大祥)이다.

관재 서상수의 제삿날[51] 3수 徐觀齋祥日 三首

1

옛집 반을 나누어서 작은 못이 되었으니 　　舊屋中分變小池

사는 집 옮길 것을 자식에게 유언했지. 　　却將遷徙詔孤兒

눈앞의 상전벽해 마음이 상하는데 　　　　眼前桑海傷心事

백설루는 황량하여 채희의 일 얘기하네.[52] 　白雪樓荒說蔡姬

2

패엽에 종횡으로 분방하게 시를 적어 　　　貝葉題詩縱復橫

변흠(邊欽)과 서오(徐五)[53]가 이름을 드날렸지. 　邊欽徐五擅時名

그 시절 호협들은 지금 어디 계시는가 　　　當年豪俠今安在

쓸쓸한 청산에 고아영(顧阿瑛)[54]이 묻혀 있네. 　蕭瑟靑山顧阿瑛

3

죽어 편함 그뿐이라 내게 성을 내지 마오 　宴死尋常勿我嗔

---

52. 백설루는~얘기하네 　백설루(白雪樓)는 이반룡(李攀龍)의 서실(書室) 이름이고, 채희(蔡姬)는 그의 총희(寵姬)의 이름이다. 이반룡은 시문(詩文)으로 일세를 호령하였는데, 그가 몰락하자 백설루는 부귀가(富貴家)의 마구간으로 쓰이고, 채희는 교외에서 떡을 팔아 연명하였다는 기록이, 왕사진(王士禛)의 『지북우담』(池北偶談)에 전한다. 이규경, 『오주연문장전산고』 「이창명(李滄溟, 이반룡의 호)의 후사(後事)를 개탄한 데 대한 변증설」 참조.

53. 변흠과 서오 　가운데 글자를 빼고 줄여서 부른 이름. 변흠은 자흠(子欽) 변일휴(邊日休, 1740~1778)이고, 서오는 여오(汝五) 서상수(徐常修, 1735~1793)이다.

54. 고아영 　원나라 말의 사람으로, 이름은 덕휘(德輝)다. 젊어서부터 재물을 가벼이 보며 벗들과 함께 호탕하게 놀았다. 서른 살이 되어 글을 읽기 시작하였다. 밤낮으로 문사들과 시주를 즐기니 사방의 문사들이 모여들었다. 관직에 천거되었지만 굳이 사양하고 나아가지 않았으며, 뒤에는 승려가 되었다.

마음에 맞는 사람 본디 무덤 속 사람일세.　　可人元是塚中人

막내 딸 믿지 않고 아비 급히 부르면서　　阿季未信催爺急

붉은 명정 차마 보며 그 뒤를 밟아 가네.　　忍見丹旌躡後塵

가운 서유년 만시 挽徐稼雲〔有年〕

어르신은 굴원의 귤송(橘頌)[55]과 같아　　師君如橘頌

말년에는 통재(通才)로 소문이 났지.　　末路藉通才

좋은 세상[56] 몸이 먼저 떠나가시니　　壽域身先殀

성균관[57] 홀로 앉아 원망하누나.　　賢關坐獨猜

새우의 눈을 빌려[58] 함께했건만　　相隨蝦代目

한 번 가자 새조차 중매함 없네.[59]　　一去鳥無媒

아직 어린 자식 교육[60] 뉘게 맡길까　　蒙養兒誰托

하염없이 뒷일을 슬퍼하누나.　　蒼茫後事哀

---

55. 귤송 『초사』(楚辭) 구장(九章)의 편명으로, 굴원(屈原)이 자신의 고결하고 변하지 않는 지절(志節)을 귤나무에 비유해 읊은 것이다.

56. 좋은 세상 원문은 수역(壽域). 인수(仁壽)의 지역으로, 좋은 세상을 말한다. 『한서』(漢書)에 "온 세상의 백성을 이끌어 인수의 지역에 오르게 한다"는 구절이 보인다.

57. 성균관 원문은 현관(賢關). 학문과 도덕이 높은 경지에 오른 것을 말한다. 태학(太學)의 뜻으로도 쓰인다.

58. 새우의 눈을 빌려 원문은 하대목(蝦代目). 퇴계 선생의 「답이강이문목」(答李剛而問目)이란 글에, "수모(水母)는 수충 중에 눈이 없는 것으로 새우에 붙어 새우 눈을 빌려 움직이는데, 새우가 없으면 방향을 잡지 못한다"(母, 水母之無目者, 附於蝦, 借蝦目以行, 無蝦則不知所向.)라는 구문이 보인다. 따라서 본문에 보이는 하대목(蝦代目)은 수모가 새우의 눈을 빌려 이동 방향을 잡듯 박제가가 서유년을 통해 삶의 방향을 찾았다는 의미다.

밤에 찾아온 서수부와 정자청을 머물게 하고 술을 마시다 留飲徐水部鄭子靑夜至

청릉(靑綾)[61]은 엄숙하여 주려(周廬)[62]와 가까우니 　　青綾肅肅近周廬
십 년 동안 규장각서 임금을 모셨다네. 　　十載奎章注起居
숙직이라 제대로 술 마시기[63] 어려웠고 　　上直難逢藍尾酒
사귀면서 편지글을 짓기에도 게을렀네. 　　論交懶作赫蹏書
서수부가 껄껄 웃자 매화 막 피어나고 　　徐郞索笑梅初動
정자청이 시 읊으니 눈발이 잦아드네. 　　鄭谷孤吟雪正疏
이 밤의 풍류 마음 섣달에 남아 있어 　　此夜風心餘見臘
금박 뿌린 종이[64] 위에 옷깃이 비치네. 　　冷金箋色映襟裾

---

59. 새조차 중매함 없네 　원문은 조무매(鳥無媒). 굴원의 『이소』에 보면 "풍륭이 복비를 구하자 짐새〔鴆鳥〕가 융녀를 중매했다"(豐隆求宓妃, 鴆鳥媒娀女.)란 구절이 보이는데, '조매'(鳥媒)도 여기에서 따온 것으로 보인다. 풍륭은 구름과 천둥을 주관하는 귀신이고, 복비는 복희씨(伏羲氏)의 딸로 낙수(洛水)에 빠져 죽어 수신(水神)이 된 인물이며, 융녀는 유융씨(有娀氏)의 딸 간적(簡狄)으로 제비 알을 삼켜 은탕(殷湯)의 시조 설(契)을 낳았다고 한다.

60. 아직 어린 자식 교육 　원문은 몽양(蒙養). 『주역』「몽괘」(蒙卦)의 "몽하여 정을 기른다"(蒙以養正)에서 온 말로, 원래는 겉으로 어리석은 태도를 가지면서 속으로 정도(正道)를 기르는 것을 이르는 말이었는데, 후세에 동몽(童蒙)을 교육하는 뜻으로 전용되었다.

61. 청릉 　숙직하는 시종신을 말한다. 한(漢)나라 때 상서랑(尙書郞)이 건예문(建禮門)에서 숙직할 때에는 푸른 비단 잠옷을 지급했다고 한다.

62. 주려 　궁중의 숙위(宿衛)하는 곳으로, 사방을 둘러 여사(廬舍)가 되었다.

63. 술 마시기 　원문은 남미주(藍尾酒). 최후에 마신 술잔을 말한다. 또는 말석에 앉은 사람이 석 잔을 연속해서 마시는 것을 일컫기도 한다.

64. 금박 뿌린 종이 　원문은 냉금전(冷金箋). 금박을 입힌 고급 종이의 하나.

이욱수[65]가 새 검서관으로 들어왔다 李旭秀新入檢書

자질 적고 업무 중해 일 어렵다 외쳤더니	資輕務重號難能
열여섯 해 네 차례나 선발하여 증원했지.	十六年看選四增
서 말 식초[66] 코로 마심 논의하지 아니하고	鼻吸休論三斗醋
관함[67]에 관직 겸함[68] 다시금 기뻐하게.	頭銜且喜一條冰
관청 규율 지키는 일 선배를 따라주고	官箴有守從先進
전할 아도(雅道) 없지만 중흥을 부탁하네.	雅道無傳屬中興
시험 면한 특별 은총 저버리지 마시고	免試殊恩眞不負
대가들의 문맥으로 후세를 채우시게.	大家文脈盛雲仍

65. 이욱수　조선 후기 문신인 이복원(李福源, 1719~1792)의 아들이다.

66. 서 말 식초　원문은 비흡삼두초(鼻吸三斗醋). 퇴계 선생의 「답유언우」(答柳彦遇)란 글에 보면 다음과 같은 구문이 보인다. "범질(范質)은 성품이 변급(辨急)하여 면전에서 남의 단점을 바로잡기를 좋아하였다. 그래서 그를 두고 '코로 서 말의 식초를 마시니 재상이 될 만하다'라고 하였다."(范質性辨急, 好面折人短, 日鼻吸三斗醋, 方可爲宰相.) 범질은 송나라 초기의 재상으로 이후 노국공(魯國公)에 봉해진 사람이다. 따라서 본문에서 '코로 마신 서 말의 식초'(鼻吸三斗醋)에 대해 말하지 말라는 것은, 범질처럼 재상에 오를 수 있을까를 생각지 말라는 뜻으로 이해할 수 있다.

67. 관함　원문은 두함(頭銜). 관사(官史)의 위계(位階)를 적은 관함(官銜)을 이른다.

68. 관직 겸함　원문은 일조빙(一條冰). 한림의 직에 있으면서 문한의 관직을 겸하고 있는 것을 일조빙(一條冰)의 관함(官啣)이라고 한다. 송나라 진팽년(陳彭年)이 한림에 있으면서 다른 문한의 직을 겸하고 있을 때 사람들이 그의 직함을 일조빙(一條冰)이라 한 데서 유래한다.

새로 지은 건물에서 숙직하다 2수 新寮直中 二首

1

중비(中批)⁶⁹의 먹빛 혼적 새로웁나니	中批墨痕新
군왕께선 옛일 자주 생각하시네.	君王念舊頻
후배들의 빼난 풍채⁷⁰ 깜짝 놀라고	鳳毛驚小友
묵은 사람⁷¹ 초라함 정말 우습다.	驢迹笑陳人
새 건물에 이름을 짓는 날이라	廷閣題名日
조복(朝服) 입고 새벽부터 거울 보았네.	朝衣攬鏡晨
공사 간의 이해⁷²가 걸려 있지만	公私關痛癢
동료들 다행히도 이웃하였네.	寮寀幸比隣

2

못난이⁷³라 선배들께 부끄러웁고	嬤母慙前輩
새 사람이 구실하긴 어렵기만 해.	新人做樣難
관직이야 낮아도 재망(才望)은 높고	職卑才望峻
놓인 처지 좁지만 성은은 크네.	地狹聖恩寬
미천해⁷⁴ 버려진들 상관없지만	棄蒯都無妨
비단을 지녔어도 견줄 데 없네.	持縑莫比看

---

69. **중비** 전형을 거치지 않고 특지로 벼슬에 임명하는 것을 말한다.
70. **빼난 풍채** 원문은 봉모(鳳毛). 뛰어난 풍채를 가리키는 말로, 재사(才士)를 칭찬하여 일컫기도 한다.
71. **묵은 사람** 원문은 진인(陳人). 시대에 뒤떨어진 쓸모없는 사람이라는 뜻, 또는 자기의 겸칭으로 쓰인다.
72. **이해** 원문은 통양(痛癢). 아픔과 가려움. 전하여 자기에게 직접 관계되는 이해의 비유로 쓰인다.
73. **못난이** 원문은 모모(嬤母). 본래는 황제(黃帝)의 제사비(第四妃)의 이름으로 아주 추부(醜婦)였으므로, 널리 추녀(醜女)의 뜻으로 쓰인다.

가늘게 적어 놓는 천만의 글자　　　　　　細書千萬字
한 조각 단심(丹心)만을 귀히 여기네.　　　　珍重寸心丹

화성에서 진찬하는 날, 임금 시에 받들어 차운하다[75]

華城進饌日　恭次御製

층층 성의 고운 기운 바라보매 새롭고　　　層城佳氣望中新
문모(文母)[76]께서 임하시니 만물은 봄이로다.　文母來臨萬物春
경사를 축하하여 천세천세 외치는데　　　祝慶山呼千甲子
임금 타신 수레[77]는 가까이[78]에 있구나.　陪鑾地近一由旬
거리마다 선비들은 관모에 꽃을 꽂고　　　通衢徧是簪花士
고을마다 백성들 음식 내려 먹인다네.[79]　列郡均爲賜酺人

---

74. 미천해　원문은 기괴(棄劊). 『좌전』 성공 9년 조에 "비록 명주와 삼이 있다고 해서 왕골과 띠를 버리지 마라"(雖有絲麻, 無棄菅蒯.) 하여 '최선의 것이 있더라도 차선의 것을 버리지 않음으로써 유사시에 대비함'의 뜻으로 쓰인 전거가 보인다.

75. 화성에서~차운하다　『홍재전서』 권6에 「화성에서 진찬하는 날에 읊조리어 잔치에 참여한 여러 신하에게 보여서 만년 축복의 정성을 부치는 바이다.」(華城進饌日, 口占, 示與宴諸臣, 以寓萬年祝岡之城.)라는 제목의 다음 시가 보인다.

76. 문모　주(周) 문왕(文王)의 비(妃) 태사(太姒)를 말한다. 『시경』 「옹」(雝)에 "이미 황고(皇考)를 제사하고 또한 문모(文母)를 제사하게 하였다" 하였는데, 그 주에 "문모(文母)는 태사(太姒)다"라고 하였다. 여기서는 물론 정조의 어머니 혜경궁 홍씨를 가리킨다.

77. 임금 타신 수레　원문은 배란(陪鑾). 천자의 수레에 붙어 따라간다는 뜻으로, 수란(隨鑾)이라고도 한다.

78. 가까이　원문은 유순(由旬). 유순나(由旬那)의 약칭으로 길의 거리, 노정(路程)의 단위다. 30리·40리·60리의 여러 가지 설이 있다. 유순나(由旬那)는 범어(梵語) 'yojana'의 음역이다.

임금 효심 하늘 닿아 은혜가 두터우니 　　　　　聖孝極天恩至渥

사시사철 언제나 임금[80] 순행 바라누나. 　　　　四時長願翠華巡

임금의 장대[81] 시에 받들어 차운하다 恭次御製將臺

백성 마음 성효(聖孝)를 믿고 따르니 　　　　　民心孚聖孝

성이 커도 수고로이 여기지 않네. 　　　　　　城鉅不爲勞

형주(荊州)는 남해(南海)로 이익을 삼고[82] 　　荊州南海利

마복군은 북산 고지 점거하였네.[83] 　　　　馬服北山高

번개 치듯[84] 창과 창이 합하여지고 　　　　電掣戈鋋合

별똥 날 듯[85] 기마복은 호걸스럽다. 　　　　星馳袴褶豪

상서론 빛 달빛과 어우러지니 　　　　　　　祥光將月色

79. **음식 내려 먹인다네**　원문은 사포(賜酺). 조정에서 백성에게 모여 술 마시며 즐김을 허가하는 일, 또는 관청에서 음식물을 베풀어 주는 일을 뜻한다.

80. **임금**　원문은 취화(翠華). 물총새의 깃으로 장식한 천자의 기를 뜻한다.

81. **장대**　『홍재전서』 권6에 「화성의 장대에서 성안의 군사 훈련을 친히 사열하고 시를 지어 문미 위에 제하다」(華城將臺, 親閱城操, 有詩題于楣上.)라는 제목의 시가 보인다.

82. **형주는~삼고**　『삼국지연의』 38회에서 제갈량은 형주를 촉나라의 거점으로 삼는 취지를 이렇게 말한 바 있다. "형주는 북쪽으로 한(漢)과 면(沔)을 의거하고, 남쪽으로는 남해로 이로움을 다하며, 동쪽으로 오(吳)와 이어지고, 서쪽으로 파(巴)·촉(蜀)과 통하니 군사를 쓸 땅입니다."(荊州北據 漢沔, 利盡南海, 東連吳會, 西通巴蜀, 此用武之地.)

83. **마복군은~점거하였네**　마복군(馬服君)은 전국시대 조나라의 장수 조사(趙奢)의 봉호이다. 그는 진(秦)나라 군대와의 전투에서 허력(許歷)의 진언을 받아들여 북산(北山) 고지를 먼저 점거해서 승리했다. 『사기』「염파·인상여열전」 참조.

84. **번개 치듯**　원문은 전체(電掣). 번쩍이는 번개라는 뜻으로 몹시 짧은 시간의 비유다.

85. **별똥 날 듯**　원문은 성치(星馳). 별똥이 떨어지듯 아주 빠르다는 뜻이다.

임금님 지척으로 느껴지누나.   咫尺認龍袍

어가를 모시고 북산 세심대에서 임금께서 지으신 시에 삼가 차운하다 陪駕北山洗心臺 恭次御製

난간 아니 설치해도 절로 높은 누대에   欄楯不設自高臺
오래도록 봄이 깊어 보좌(黼座)가 열리었네.   長得春深黼座開
해마다 은광(恩光) 보내 만물에 미치었고   歲遣恩光覃萬品
나날이 가경(嘉慶)으로 천 잔 술을 내리셨네.   日推嘉慶貺千杯

꽃구경하고 낚시하며, 임금께서 지으신 시에 삼가 차운하다 賞花釣魚 恭次御製

천 그루 높은 나무 평대(平臺)에 그늘 짓고   千章雲木蔭平臺
만 가지 이름난 꽃 차례대로 피어나네.   萬種名花次第開
봉지(鳳池)[86]의 깊은 곳에 즐거이 갔다가   好向鳳池深處去
천상에서 보낸 술잔 문득 깜짝 놀라네.   忽驚天上送流杯

---

86. 봉지 봉황지(鳳凰池)를 일컫는데, 당나라의 중서성에 있는 못이다. 전하여 중서성의 별칭으로도 쓰인다.

제목 잃은 시 失題

집에 머문 사흘 동안 또한 무얼 하였던가	在家三日亦何爲
중서성의 잇따른 숙직 더딤이 괴이하다.	偏怪中書鎖直遲
상관들 찾아뵙긴 도량 좁아 시름겹고	參過長官愁局促
봉사(封事)[87] 글 베끼는 일 따분하여 싫증나네.	抄來封事厭支離
뭇 생물 호탕하니 모두가 봄 뜻이요	群生浩蕩皆春意
미물도 잘 자라니[88] 성은을 입음이라.	微物陶甄荷聖慈
꿈속 모두 환경(幻境)이라 말하긴 어려우나	難道夢中都幻境
꿈속서도 오히려 임금[89]을 모신다오.	夢中猶自侍彤墀

북둔의 복사꽃 아래에서 운자를 정하고, 영재 유득공 등과 함께 짓다 北屯桃花下拈韻 同泠齋諸子

꽃 사이 생활하고 숲 사이 거처하니	花間生活樹間扉
한 길 가득 꽃비 나려 노을빛에 반짝이네.	一道紅霏暎紫暉
뻐끔대는 피라미는 그림자를 예뻐하고	呷水鰷魚憐倒影
사람에 놀란 나비 흩어져 나는구나.	驚人蛺蝶解分飛

---

87. **봉사** 임금에게 밀봉하여 올리던 글. 봉주(封奏)·봉장(封章)·봉소(封疏)라고도 하며, 비밀이 누설되지 않도록 봉하여 올렸기 때문에 이 이름이 생겼다.

88. **자라니** 원문은 도견(陶甄). 도균(陶鈞), 도공(陶工)의 녹로(轆轤). 도공이 녹로로 여러 가지 그릇을 만들으로, 천하를 잘 다스림의 비유. 또 인물을 양성함의 비유.

89. **임금** 동지(彤墀). 붉은 칠한 섬돌로, 조정·왕궁·임금을 가리키는 말로 두루 쓰인다.

취하나 깨나 괴로우니 술 마시기 어렵고　　　　　醉醒俱病難爲酒
추위 더위 함께 있어 마땅한 옷이 없네.　　　　　凉熱同時未適衣
성안에 이와 같은 한경(閑境)이 있었거늘　　　　　如此城闉閒境在
좋은 모임 십 년 동안 없음 어이 견뎠을까.　　　　那堪雅集十年稀

별군직 이석구가 시를 구함에 장난으로 응하다

戲應李別軍職〔石求〕索詩

소리장군 이석구가 나의 시를 좋아하여　　　　　小李將軍愛小詩
술 취하면 안 써 준다 화를 내곤 한다네.　　　　酒酣嗔我劈賤遲
또한 만두 삼백 개쯤 다 먹고 나게 되면[90]　　　也消三百饅頭顆
그때가 선생께서 붓을 떨굴 때이라네.　　　　　便是先生落筆時

---

90. 만두~되면　　원문은 소삼백만두(消三百饅頭). 박제가가 만두를 좋아해서 만두를 300개쯤 차려
술상을 봐 오면 그때 가서 글씨를 써 주겠노라고 농담한 것이다.

혜경궁의 회갑 탄신에 화답하여 짓다 惠慶宮周甲誕辰賡韻

책력[91]은 『황람』(皇覽)[92]에 연이어지고	鳳曆延皇覽
용안에 축수 술잔 얼비치누나.	龍顔映壽觴
하늘 사람 모두 함께 기쁨 넘치고	天人俱悅豫
예악을 두루 갖춰 펼쳐 보이네.	禮樂備鋪張
은택도 새로워라 쌀 내리시고	賜米新恩澤
법도도 예스럽다 꽃[93]을 꽂았네.	簪花舊典章
원손의 생일 경사 같은 날이라	元孫同日慶
동방의 앞날을 활짝 여시네.	開啓兆東方

---

91. **책력**   원문은 봉력(鳳曆). 봉조씨(鳳鳥氏)는 상고 시대 책력을 맡은 관원이었으므로 책력을 봉력이라 칭한다. 『좌전』(左傳) 소공(昭公) 17년에, "소호씨(小昊氏)가 즉위하자 봉새가 마침 이르렀으므로, 새로써 관(官)을 기록하며 봉조씨를 역정(曆正)으로 삼았다" 하였다.

92. **『황람』**   위나라 유소(劉劭)가 지은 책 이름이다. 여기서는 좋은 시절이 이어짐을 비유하여 말한 것인 듯.

93. **꽃**   원문은 잠화(簪花). 경회(慶會) 때 남자 머리에 꽂는 조화를 말한다.

전하께서는 말을 펴면 문장을 이루셨다.[94] 지난번에는 시인 신광하를 강화통판에 보임하시고는 불러 책지 4언 12구를 받아 적게 하셨는데 자연스레 운에 맞았다. 여러 신하에게 화답하여 지어 올릴 것을 명하였다. 초계문신 여섯 사람이 곁에서 모시고 있다가 나부터 차례대로 고시를 지었는데, 그 운자를 차운하였다. 今上發言成章 向補詩人申光河 沁洲通判也 呼寫責旨四言十二句 天然合韻 命諸臣廣進 抄啓文臣六人因陪班 歷余聯成古詩 卽次其韻

술그릇 서너 가지 영성하기 그지없고	酒器零星三四事
시권 속의 오칠자는 볼 만한 게 없구나.	詩卷叢殘五七字
머리 위에 관모 쓴 지 스무 해나 되었지만	頭上烏紗二十年
가슴속에 속된 뜻은 없다고 자신하네.	自信胸中無俗意
아침저녁 창문 앞의 어애송(御愛松) 바라보니	窓前朝夕御愛松
이 바로 선생의 소박한 삶이라네.	此是先生小排置
이로 좇아 고와(高臥)하던 계획 또한 얻었으나	從玆高臥計亦得
부엌 연기 푸르기가 쉽지 않음 염려하네.	但恐廚煙靑未易
괴상하다 이웃과도 왕래를 끊었건만	頗怪鄰居絶往還
큰 나라의 종백(宗伯)께서 붉은 명함 남기셨네.	大邦宗伯留紅刺
웅장한 뜻 만 리 길도 가볍다 여기고서	自笑雄心輕萬里
연산 길 세 번이나 말달린 일 웃는도다.	三度燕山馳駈騎

---

94. 말을~이루셨다   원문은 발언성장(發言成章). 시를 읊을 경우에 마음과 입이 서로 들어맞아 말을 하면 곧 문장이 되는 것을 말한다.

나귀 탄 손님에게 주다 贈騎驢客

그대는 회창 시절 부거(赴擧) 선비[95] 아니고	君非會昌赴擧士
그렇다고 태원 땅의 규염객(虯髥客)[96]도 아니라네.	又非太原虯髥客
힝힝대는 나귀는 키가 고작 석 자인데	驢子蕭蕭長三尺
서쪽은 책구루(幘溝婁)[97]요 동쪽엔 예맥일세.	西幘溝婁東穢貊
묻노라 어이하여 문 나선 지 오래도록	問君胡爲出門久
명산 향해 좋은 벗 찾아감을 아끼는가.	愛向名山訪好友
좋은 벗은 본래부터 쉬 못 얻음 아니니	好友元知不易得
이덕무와 유득공은 시 이야기 할 만하지.	差可譚詩李與柳
시를 지어 싣게 되면 나귀조차 엎어질 듯	覓詩載驢驢欲顚
빈 주머니 돈 백 전이 남았던 일 부끄럽다.	羞澁囊空餘百錢
내일 아침 또다시 영남[98] 길로 떠나가니	明朝又向嶠南去
신라 땅 다한 곳엔 물결 하늘 맞닿으리.	新羅地盡波連天
자금성 남쪽에서 갑자기 만났을 젠	紫禁城南忽相見
오히려 연하 속의 옛 모습이었었지.	猶是煙霞舊顏面
집 찾아가 세 번이나 못 만남[99] 웃지 마소	莫笑到家三不遇
그대에게 그 몇이나 문에 봉 자(鳳字) 썼겠는가.[100]	幾人於君題鳳徧

---

95. 회창~선비　회창(會昌)은 당나라 무종(武宗, 재위 841~846)의 연호. 이 시기 나귀를 타고 과거에 응시하러 간 사람이 누구인지는 미상.

96. 규염객　당나라 장열(張說)의 소설 『규염객전』(虯髥客傳)에 나오는 인물이다. 이 작품에서 규염객이 나귀를 타고 다녔기에 이른 말이다.

97. 책구루　고구려 때 현도군에 설치한 성 이름이다. 『북사』에, "한나라가 고구려에 의책(衣幘)과 조복(朝服)을 주면 고구려는 항시 현도군에 가서 받았는데, 뒤에는 점점 교만하여 현도군에 나가지 않고 동쪽 지경에 작은 성을 쌓고 거기서 그것을 받았으므로 결국 그 성 이름을 책구루(幘溝婁)라 하였다. 구루라는 것은 고구려에서 성을 일컫는 말이다" 하였다.

98. 영남　원문은 교남(嶠南). 조령(鳥嶺) 남쪽의 경상도를 의미하는데, 즉 영남(嶺南)의 별칭.

이별의 맘 도리어 눈과 함께 깊어지니　　　別意還與雪俱深
나귀 발굽 어지러워도 찾아갈 수 있겠구나.　　驢蹄不方猶可尋

화성어제에 삼가 차운하다 5수 恭次華城御製 五首

1

엄숙하게 드높은 산길을 따라　　　蕭蕭喬山路
임금 행차 일 년에 한 번씩 가네.　　　鑾旂歲一行
우러르는 마음으로 어상을 두고　　　瞻依留御像
보호코자 마음의 성 쌓으셨다네.　　　懷保築心城
서둘러 감 하늘도 애석했는지　　　返斾天應惜
살풋 적셔 비에도 정이 있는 듯.　　　霑輕雨有情
만인이 일제히 절을 올리니　　　萬人齊手額

99. 세 번이나 못 만남　　원문은 삼불우(三不遇). 재주를 가지고도 때를 만나지 못한 것을 말한다. 한(漢)나라 무제(武帝) 때 안사(顔駟)의 고사에서 유래하였다. 『문선』(文選)의 「사현부」(思賢賦)의 주(註)에, "안사가 한 무제 때 낭관으로 있었는데, 무제가 연(輦)을 타고 낭서(郞署)를 지나가다가 안사가 눈썹이 길고 머리가 흰 것을 보았다. 이에 상이 묻기를 '노인네는 언제 낭관이 되었는가? 어찌하여 그렇게 늙었는가?' 하니, 안사가 답하기를 '신은 문제(文帝) 때 낭관이 되었는데, 문제는 문신을 좋아하였으나 신은 무신이었고, 경제(景帝) 때에 이르러서는 경제는 용모가 아름다운 것을 좋아하였는데 신은 얼굴이 추하였으며, 폐하께서 즉위하여서는 젊은 사람을 좋아하였는데 신은 이미 늙었습니다. 이 때문에 삼대의 임금을 섬기도록 때를 만나지 못하여 낭서에서 늙은 것입니다' 하니, 상이 드디어 그 말에 느끼는 바가 있어서 회계도위(會稽都尉)로 발탁하였다"는 기록이 있다.
100. 문에 봉 자 썼겠는가　　원문은 제문지봉(題門之鳳). 진(晉)나라 때 여안(呂安) 혜강(嵇康)과 가까웠는데, 그의 집을 찾았다가 혜강은 없고 평소 백안시하던 그의 형 혜희(嵇喜)가 나와 맞이하자, 들어가지 않고 문 위에 '봉'(鳳) 자를 써 두고 가 버렸다. 혜희는 자신을 봉황으로 여긴다는 말로 알고 기뻐하였으나, 이는 사실 파자(破字)하여 '범조'(凡鳥)로 기롱한 것이었다.

| 강 건너 군대 동작[101] 또렷이 뵈네. | 隔水辨形名 |

2

성군 효자 동틀 무렵 길을 떠나니	聖孝懷明發
봄바람 빗소리를 일으키누나.	春風作雨聲
깊은 사랑 화상으로 전하여지고	愛深傳以畫
간절한 맘 국그릇[102]에 모습 비치네.	慕切見於羹
창오(蒼梧)[103] 들판 근처에서 말을 내려서	下馬蒼梧近
고요한 한강물에 배를 띄운다.	方舟漢水平
보고 느낌 신속함을 바로 알겠네	定知觀感速
인산인해(人山人海) 모여든 사람들 보니.	人海復人城

3

우러르고 다시금 우러러봄은	瞻望復瞻望
우리 임금 무한히 깊은 정일세.	君王無限情
하룻밤 새도록 비가 내려서	仍之一宵雨
이 때문에 육군 행차 묶이었다네.	駐此六軍行
왕릉[104]은 나무들에 가리어 있고	掩藹珠邱樹
버들잎 성벽을 둘러 있구나.	縈紆柳葉城

---

101. 군대 동작 원문은 형명(形名). 기폭과 북을 울려서 군사의 앉고 서고 나아가고 물러가는 따위의 동작을 지휘 명령하는 일을 말한다.

102. 국그릇 원문은 갱(羹). 웃어른을 사모하는 데 쓰는 말이다. 『후한서』(後漢書) 「이고전」(李固傳)에, "옛날 요(堯)임금이 죽은 뒤에 순(舜)임금이 삼 년을 사모하여, 앉아 있을 때는 요임금을 담장에서 뵙고, 밥 먹을 때는 요임금을 국그릇에서 뵙는 것같이 하였다" 하였다

103. 창오 순(舜)임금이 순행하다 죽어 장사 지낸 곳으로, 지하에 묻힌 성군(聖君)을 뜻한다.

104. 왕릉 원문은 주구(珠邱). 제왕(帝王)의 능(陵)을 말한다. 순(舜)임금을 장사 지낸 창오에 새들이 청사주(靑砂珠)를 물어 와 언덕을 만들었는데, 이를 주구라 하였다.

못난 신하 군복[105]을 갖추어 입고 微臣忝橐鞬

거둥길 하례하며 앞서 맞는다. 蹕路賀先迎

4

그 옛날 천추절(千秋節)[106] 생각해 보니 感昔千秋節

이곳까지 하루 만에 걸음 했었지. 紆茲一日行

화상 보며 모시던 일 그리워하니 畫猶思定省

그 효성 신명조차 감동했다네. 孝己格神明

보슬비에 척후 군사[107] 머물게 하고 細雨留塘馬

봄 깃발이 어영에 높게 걸렸다. 春旗卓御營

어진 교화 만물을 소생시키니 仁風蘇百物

좋은 기운 새 성에 가득하여라. 佳氣滿新城

5

무덤에 절 올리러 나오셔서는 拜陵千乘出

사흘 밤 화성에서 묵으셨다네. 三宿在華城

어여뻐라 저 비가 사람 붙드니 可愛留人雨

어버이 그리는 정 알 수 있겠네. 從知望幸情

갈 때는 봄날 짧다 의심을 하고 到疑春晝短

올 적엔 말 잘 달림 애석해했네. 回惜馬蹄輕

우리네 임금님이 효성스러워 共說吾王孝

---

105. **군복** 원문은 고건(橐鞬). 활집과 화살통을 이른 말. 전쟁에 나가는 무인(武人)을 뜻한다.
106. **천추절** 임금의 탄신일을 일컫는다. 여기서는 사도세자의 생일날 정조가 화성을 찾은 일을 말한 듯하다.
107. **척후 군사** 원문은 당마(塘馬). 척후의 임무를 띤 군사, 곧 척후기병을 말한다.

더디더디 이 길 갔다 모두 말하네.　　　　　　遲遲此路行

임금님께서 중화척[108]을 나누어 주며 지으신 시에 삼가 차운하다 恭次御製中和尺頒賜詩韻

옥척엔 왕의 풍도 예스러웁고	玉尺王風古
군신 간 시 화답[109]은 성대하도다.	賡歌盛事重
스스로 분을 쪼개 날을 아끼고	自當分惜日
감히 한 치 풀줄기로 종을 치누나.[110]	敢以寸撞鍾
상성(上聖)께서 몸으로 척도 되시니	上聖身爲度
새 옷에 팔꿈치를 넣을 수 있네.	新衣肘可容
펴기 위해[111] 구부린 자벌레 보고	求伸看屈蠖

---

108. 중화척　조선 시대에는 2월 초하룻날을 중화절이라 하여 어전에서 왕이 재상과 시종하는 신하들에게 자〔尺〕를 나누어 주었다. 이것을 중화척(中和尺)이라 한다. 얼룩무늬가 있는 반죽(斑竹)이나 붉은 나무로 만들었다. 왕이 신하들에게 나누어 줌으로써 농업에 힘쓰라는 뜻을 보여 주었다고 한다.

109. 군신 간 시 화답　원문은 갱가(賡歌). 순(舜)임금 조정의 창화가(唱和歌)였다. 『서경』「익직」(益稷)에 의하면 "대신들이 즐거우면 임금이 흥성하고 백관도 화락하리라"(股肱喜哉, 元首起哉, 百工熙哉.)는 순임금의 노래와 이에 고요(皐陶)가 화답한 "임금님이 밝으시면 신하들도 훌륭하여 만사가 안정되리다"(元首明哉, 股肱良哉, 庶事康哉.)는 노래와 또 이어서 부른 "임금님이 잗달게 굴면 신하들도 해이해져서 만사가 실패하리다"(元首叢脞哉, 股肱惰哉, 萬事墮哉.)는 노래를 말한다. 곧 화답하는 노래를 뜻한다.

110. 감히~치누나　풀줄기로 종을 치면 종의 음향을 낼 수 없다. 학식이 천박한 사람이 많은 사람에게 배우기를 청함을 비유한다. 한나라 동방삭의 「답객난」(答客難)에 "대롱으로 하늘을 보고, 표주박으로 바다를 재고, 풀줄기로 종을 치면 어찌 능히 그 도리를 통할 수 있으리오."(以管窺天, 以蠡測海, 以莛撞鍾, 豈能通其條寬.)라 하였다.

높이 누운 원룡(元龍)[112]을 비웃는도다.　　　　　　高臥笑元龍

유본예[113]가 취성당[114]의 운으로 지은 영설시에 답하다

答柳本藝依聚星堂韻詠雪

나무 없고 가지 없이 흰 잎만 흩날리니　　　　無樹無枝飛素葉

창힐은 글자 지어 '설'(雪)이라고 불렀다네.　　倉頡字之呼作雪

구양수와 소동파가 지은 시 다시금 전해 오니　更有歐蘇賦詩來

청고하게 아로새김[115] 그 말이 빼어났지.　　　刻露淸高語超絶

유씨 집 두 도련님 참으로 기재여서　　　　　柳家二郎眞奇才

내게 한 편 보이는데 마음 문득 꺾이었네.[116]　睬我一篇心便折

이 도는 희미해져[117] 사백 년이 되었건만　　　此道中微四百年

---

111. 펴기 위해　원문은 구신(求伸). 『주역』(周易) 「계사전 하」(繫辭傳下)에 "자벌레〔尺蠖〕가 몸을 구부리는 것은 장차 펴기 위해서다〔求伸〕"라고 하였다

112. 원룡　동한(東漢) 진등(陳登)의 자. 허사(許氾)가 찾아가서 집 사는 문제를 상의하려 하자, 속물로 여겨 주객(主客)의 예를 지키지 않고 자기는 높은 침상에서 자면서 허사는 바닥에서 자게 했다고 한다.

113. 유본예　유득공의 아들이다. 형 본학(本學)과 함께 순조 때 검서관으로 활약하였다. 『한경지략』(漢京志略)이 그의 저서로 추정된다.

114. 취성당　구양수는 「설」(雪)이라는 시를 지으며, 눈을 형용하는 글자를 제목에 넣지 않는 규칙을 만들었다. 얼마 뒤 소동파도 「취성당설」(聚星堂雪)이라는 시를 지으면서, 구양수의 시를 언급하며 그 규칙을 따랐다. 이렇게 특정 사물을 두고 시를 지을 때 제목에 일정한 제한을 가하는 것을 금체(禁體)라 한다.

115. 청고하게 아로새김　원문은 각로청고(刻露淸高). 각로청수(刻露淸秀)라고도 한다. 가을에 잎이 다 진 뒤의 맑고 깨끗한 경치를 뜻하는 말로, 구양수의 「풍악정기」(豊樂亭記)에 보인다.

116. 마음 문득 꺾이었네　원문은 심절(心折). 마음으로 복종한다는 뜻이다.

낭화(浪花)[118]는 일고 꺼짐 모름지기 논하잖네.　　　浪花不須論起滅

견문은 풍기 좇아 얽매임이 많은 법　　　　　　　見聞多從風氣圍

손과 발 썼다 하면 공령문에 이끌리네.[119]　　　手脚動被功令掣

노부는 가시숲[120]에 새 길 낼 힘이 없어　　　　老夫無力開荒榛

흰머리로 아득하게 눈꽃〔眼花〕만 희끗희끗.　　　白首茫茫眼花纈

세상 사람 그댈 보고 어이해 알 수 있나　　　　世人見君那得知

집닭과 들오리[121]는 대단찮게 보는 것을.　　　家鷄野鶩元不屑

도리어 금체(禁體) 지어 줄줄이 외우면서[122]　　　還將禁體成雒誦

홀로 큰 술잔 잡고 흩날림을 마주하네.　　　　獨把深杯對飄瞥

예형(禰衡)[123]은 망년우를 창피하게 생각 않고　　禰衡不媿忘年友

사람마다 이야기함 항사(項斯)[124]는 기뻐했네.　　項斯自足逢人說

복숭아에 보옥으로 보답코자 함 아니니[125]　　豈謂投桃思報瓊

황금을 가져와서 쇠와 바꿈 외려 웃네.　　　　却笑持金來易鐵

---

117. 이 도는 희미해져　원문은 차도중미(此道中微). 차도(此道)는 금체(禁體)로 시 짓는 풍속을, 중미(中微)는 중간에 쇠해짐을 뜻한다.

118. 낭화　공중에서 잠깐 허랑하게 피었다가 지는 눈꽃을 말한다. 설화(雪花)라고도 한다.

119. 손과 발~이끌리네　검서관으로 있으면서 관각의 문자만 지으니, 그러한 시체를 닦을 겨를이 없다는 뜻이다.

120. 가시숲　원문은 황진(荒榛). 수목이 우거진 깊은 숲을 뜻한다. 손작(孫綽)의 「유천태산부」(遊天台山賦)에 용례가 보인다.

121. 집닭과 들오리　원문은 가계야목(家鷄野鶩). 주변에서 흔히 볼 수 있는 것들이니, 사람들의 심리가 이런 것들은 대수롭지 않게 여기고 밖의 신기한 것만 좋아함을 뜻한다. 세상에서 유본예의 능력을 몰라봄을 말한 것이다.

122. 외우면서　원문은 낙송(雒誦). 낙송(洛誦)으로도 쓴다. 글을 반복하여 줄줄이 읽어 대는 모습을 뜻한다. 『장자』 「대종사」에 보인다.

123. 예형　예형은 후한 때의 인물로 재주가 뛰어나, 공융(孔融)·양수(揚脩)하고만 사귀고 나머지는 모두 우습게 보았다. 공융도 그의 재주를 사랑하여 벗이 되었다. 그때 40세의 공융은 20세의 예형을 벗으로 대접하였다. 박제가가 벗 유득공의 아들 유본예를 칭찬하며, 자신과 벗함을 부끄러워하지 말라는 뜻이다.

다시 앞의 운을 써서 再用前韻

한양에 봄이 일러 뽕잎이 싹트더니	漢城春早萌桑葉
여러 날 눈비 내려 홀연히 놀라누나.	忽驚連朝天雨雪
은 술잔과 흰 띠[126]가 온 땅에 가득하고	銀杯縞帶從滿地
고니와 난새[127]의 퉁소 소리 끊이잖네.	赭鵠髾鸞吹不絶
우리 집 어애송을 온통 잔뜩 눌러 대니	壓遍吾家御愛松
서른두 개 고인 기둥 받침대 부러질 듯.	三十二柱礬欲折
날벌레 요란하게 치는 소리 들리는 듯	似聞游蟲撲撩亂
홀로 가는 까마귀가 멀리서 가물대듯.	獨有歸鴉遠明滅
석양볕 지기 전에 갑자기 어둡더니	斜陽未了便成昏
찬 연기 오르다간 문득 돌려 끌려오네.	冷烟欲放旋見掣
바람 속에 물레 타며 목화솜 자아내고	風中沓拖彈木綿
하늘 끝 어지러이 비단 천을 펼친 듯해.	天末迷離張蜀纈

---

124. 항사 당나라 때 사람이다. 아직 이름이 알려지기 전에, 자기의 시권(詩卷)을 가지고 양경지 (楊敬之)를 만났다. 양경지가 항사에게 이런 시를 주었다. "몇 차례 시를 보니 모두 좋았는데, 그 사람 만나 보니 시보다 뛰어나네. 한평생 남의 능력 알아보지 못하는데, 만나는 사람마다 항사를 말하누나."(幾度見詩詩盡好, 及觀標格勝於詩. 平生不解藏人善, 到處逢人說項斯.) 유본예의 뛰어난 인품을 많은 이가 알고 있다는 격려의 표현이다.

125. 복숭아에~아니니 『시경』에 "복숭아를 보냈으니 보옥으로 보답하리. 보답이 아니오라 영원 히 사이좋게 지내자는 뜻이라오"(投我以木桃, 報之以瓊瑤. 非報也, 永以爲好也.)라 하였다. 유본예 의 시가 더 훌륭함을 우회하여 표현한 것이다.

126. 은 술잔과 흰 띠 원문은 은배호대(銀杯縞帶), 한유의 「설」(雪)에 "수레 따라 모시 띠 번드치 고, 말을 좇아 은 술잔 날리누나"(隨車翻縞帶, 逐馬散銀杯.)라 하였다. 눈 쌓인 곳을 수레가 지난 바 퀏자국과, 말발굽이 찍은 발자국을 가리키는 것으로 보인다.

127. 고니와 난새 원문은 자곡곤란(赭鵠髾鸞). 귀유광의 「'저녁에 함박눈이 내리니 오리알이 길 에 가득하였다. 나는 자다가 다시 일어나 대나무를 태워 비춰보았다'는 시 80운에 차운하다」(次夕 降搏雪徑滿鵝鴨卵余睡而復起燒竹照之八十韻)에, "난새와 고니의 깃털 모두 스러지고, 대나무 매화 울부짖어 뼛골까지 헤치누나"(鸞髾鵠赭吹毛盡, 竹哭梅啼到骨披.)란 구절이 있다.

천 겹이나 쌓인 근심 단단히 엉겼는데	徑愁千重悉堅凝
여섯 모를 헤아리니 참으로 잗달구나.	細數六出眞瑣屑
떨어진 꽃 웬일로 땅 닿으면 사라지나	落花何意到地消
지친 나비 뜬금없이 살적에 깃드누나.	倦蝶無端棲鬢鬐
또한 엄한 군령[128]이 활법 아님 알겠거니	亦知令嚴非活法
장차 시를 지음에 표절을 경계하네.	且可詩成戒勦說
옛사람에 못 미침이 바로 여기 있나니	古人難及政在此
못 자르고 쇠를 끊듯[129] 굳게 다짐하여 보세.	大約斬釘而截鐵

〔부〕 차운하여 유본에 형에게 부치다: 아들 장임

〔附〕次韻寄柳兄本藝: 男長稔

병진년(1796) 봄 둘째 숙부께서 퇴근하셔서는 소매에서 유이랑이 취성당의 운에 따라 지은 '설시'(雪詩)를 한 편 꺼내 보이시며 "유표의 아들이 감히 손권을 바랄 수 있겠는가?"[130]라고 하셨다. 나는 몹시 부끄

---

128. 엄한 군령   원문은 영엄(令嚴). 시를 짓는 데 있어 지나치게 제한을 가한다는 뜻. 여기서는 금체(禁體)의 시령(詩令)을 뜻한다.

129. 못 자르고 쇠를 끊듯   원문은 참정절철(斬釘截鐵). 못을 자르고 쇠를 끊듯, 결심을 과감하게 단행하는 것을 뜻한다. 여기서는 옛사람의 구습에 얽매이지 말자는 뜻으로 한 말이다.

130. 유표의~있겠는가   유경승(劉景升)과 손중모(孫仲謀)는 삼국시대의 유표(劉表)와 손권(孫權)이다. 조조(曹操)가 손권을 칭찬하며, "아들을 낳으면 마땅히 손중모 같아야지, 유경승의 아들은 개나 돼지와 같을 뿐이다"(生子當如孫仲謨, 劉景升兒若豚犬耳.)라 한 말이 『삼국지』에 실려 있다. 당시 유표의 아들 종(琮)은 형주(荊州) 땅을 들어 조조에게 항복하였는데, 오히려 조조에게서 천시를 받았다.

러워 힘을 다해 받들어 화운하였지만, 먹 장난의 수준을 면치 못하였
다. 丙辰春, 仲家大人公退, 袖示柳二郎雪詩, 依聚星堂韻一篇曰, 劉景升兒
敢孫仲謨乎. 余甚愧焉, 竭力奉和, 未免塗雅習氣也.

평생에 지은 시가 다만 겨우 몇 장인데	平生作詩秖數葉
칠언시로 금년 눈을 처음으로 지어 보네.	七言初賦今年雪
나이로도 그대와는 어깨를 못 겨루고	年紀於君未肩隨
재주 갖춤 그대에게 아마득히 뒤진다오.	才具乃爾相懸絶
취성당 시 가운데는 엄격한 법이 있어	聚星堂中三尺律
굽은 길 돌아가니 곡절도 하 많아라.	蟻封盤馬多曲折
당시의 빈객들은 모두 다 명류로서	當時賓客盡名流
시권은 홍니(鴻泥)[131]처럼 지워지지 않으리.	詩卷不隨鴻泥滅
아아 내가 배우려도 말 짓기 껄끄럽고	嗟余欲學苦語澁
필력은 애초부터 굳센 힘이 없는 것을.[132]	腕筆初非從後掣
찢긴 그물 같은 마음 글자들 죄다 새고	心如破網字全漏
이리저리 헤매는 꼴 참으로 우습구나.	可笑東披復西纈
진부한 말 옥월(玉月)을 금함[133]은 들었어도	陳言但聞禁玉月

---

131. **홍니** 소동파의 시 「화자유민지회구」(和子由澠池懷舊)에 "우리네 인생살이 무엇과 비슷한가. 눈 쌓인 들을 걷는 기러기와 닮겠구나. 눈 위에 어쩌다가 발자국을 남겼지만, 기러기 날아가면 어딘지 알 수 없네"(人生到處知何似, 應似飛鴻踏雪泥. 泥上偶然留指爪, 鴻飛那復計東西.)란 구절이 있다. 덧없음을 뜻한다.

132. **필력은~없는 것을** 『진서』(晉書) 「왕희지전」(王獻之傳)에 "왕헌지가 7~8세 때 글씨를 배우는데, 왕희지가 가만히 뒤에서 그 붓을 잡아당겼지만 꼼짝도 하지 않았다. 탄복하며 말하기를 '이 아이가 나중에 마땅히 큰 이름을 얻겠구나'"(〔獻之〕七八歲時學書, 羲之密從後掣其笔不得, 嘆曰, '此兒后當复有大名!') 했다는 이야기가 전한다. 여기서는 자신의 필력이 유본예에 훨씬 미치지 못함을 겸양하여 이른 말.

133. **옥월을 금함** 원문은 금옥월(禁玉月). 구양수가 처음 시를 지을 때 금지한 단어 중의 하나가 옥월(玉月)이었다.

험운에 섭(葉)과 설(屑) 통함 어이해 알 수 있나.　　險韻邪知通葉屑

그대 시는 가려운 등 긁어 줌과 똑같아서　　君詩政如搔背癢

묘한 말 눈앞으로 스쳐 가지 않게 하네.　　妙語莫教經眼瞥

당시(唐詩)에 가까웁고 송시(宋詩)조차 낮게 보니　　唐疊可軮宋墻短

동방의 사람이야 말하여 무엇하리.　　東方之人不可說

내 장차 그대의 말구종이 될 터이니[134]　　吾將側執御李幰

약관에도 벌써부터 그 명성 쟁쟁해라.　　弱冠已是錚錚鐵

검서관 유득공과 함께 동내각에서 옛일을 이야기하다 앞시의 운을 다시 써서 짓다 偕柳惠風檢書于東內閣 話舊復用前韻

교정 일 지루하기 낙엽 쓸기 한가진데[135]　　校書支離如掃葉

괴상한 일 하도 많아 월나라 눈[136] 격일세.　　見怪尋常多越雪

벼슬길 바쁘대도 명함조차 지님 없고　　縱道官忙未帶銜

친한 벗 아예 없어 장차 뉘와 절교할까.　　初無交好將誰絕

나 진실로 그대에게 두 무릎 꿇으리니　　我眞令公膝當屈

---

134. 말구종이 될 터이니　　원문은 집어리(執御李). 동한(東漢)의 이응(李膺)은 어진 사람으로 세상에 이름이 높았다. 순상(荀爽)은 그를 사모하여 뵙고는 그를 위해 말고삐를 잡았다. 그 뒤로 이 말은 어진 이를 가까이한다는 뜻으로 쓰였다. 『후한서』 「이응전」(李膺傳)에 보인다.

135. 교정 일~한가진데　　낙엽 쓰는 일은 쓸고 나면 다시 떨어져서 일이 끝이 없는 것처럼, 문서 교정의 일도 끝이 없어 지루하기 짝이 없다는 말이다.

136. 월나라 눈　　원문은 월설(越雪). 중국 남방에는 날이 따스하여 눈이 내리면 개가 짖을 정도로 드문 일이었다. 촉 땅에는 해를 보기 힘들어 해가 나면 개가 짖는다는 말과 유사하다.

그대 처사 아니라도 허리 굽히지¹³⁷ 마시게.　　君非處士腰堪折
구구하게 벌과 개미 각자 서로 호소하니　　區區蜂蟻各相訴
하늘 닿은 지극정성 스러지지 않으리라.　　至誠根天不磨滅
옥당을 오가면서 시화를 이어 가니　　揭來玉堂續詩話
예리한 붓끝에선 늙어서도 불꽃 튀네.　　老去機鋒猶電掣
문장과 정사에서 무엇을 이뤘던가　　文章政事兩何有
백 년 세월 쏜살같고 등불만 깜빡이네.¹³⁸　　百年鼎鼎風燈纈
자석 구함 같거늘 바늘 어이 구부리며¹³⁹　　磁石同求鍼豈曲
비취는 붙이 달라 금도 외려 하찮다네.¹⁴⁰　　翡翠殊族金還屑
그림 속 붉은 도포 옥순처럼 우뚝한데¹⁴¹　　畵裹緋袍玉筍高
꿈속의 붉은 관복 황량몽¹⁴² 설핏 꾼 듯.　　夢中朱紱黃粱瞥
우시(優施)¹⁴³가 한가하여 감히 노래 부르지만　　優施暇豫敢自歌
갈부가 곡식 구함¹⁴⁴ 말하기 부끄럽네.　　褐父庚癸應羞說

---

137. 허리 굽히지　원문은 요절(腰折). 도연명이 자기 허리에는 오만한 뼈〔傲骨〕가 있어 관리들에게 허리를 굽힐 수 없다며 벼슬을 버리고 돌아간 것을 두고 한 말이다.

138. 등불만 깜빡이네　원문은 풍등(風燈). 풍중촉(風中燭)이라고도 한다. 바람 앞의 촛불처럼 세월이 얼마 남지 않았음을 비유한다. 고악부(古樂府) 중 「원가행」(怨家行)에 "백 년의 긴 세월도 다 가고 마니, 덧없기 바람 앞의 촛불이라네"(百年未幾時, 奄若風中燭.)란 구절이 있다.

139. 자석 구함~구부리며　자석이 쇠붙이를 잡아당기는 것처럼, 억지로 하지 않아도 서로 부합하는 것을 말한다. 자신과 유득공의 관계를 비유한 것이다. 소식(蘇軾)의 「화도련우독음」(和陶連雨獨飮)에 "평생 나와 너는, 언제나 서로 뜻이 맞았지. 어찌 자석과 바늘 사이, 붙었어도 사이 있는 것에 그치랴"(平生我與爾, 擧意輒相然. 豈止磁石鍼, 雖合猶有間.)란 구절이 있다.

140. 비취는~하찮다네　앞의 구절로 보아, 지취(志趣)가 다른 무리들에게는 아무리 소중한 것이라도, 자신들에게는 별 의미가 없는 것임을 일컫는 말로 보인다.

141. 옥순처럼 우뚝한데　원문은 옥순고(玉筍高). 훌륭한 인재를 비유한다. 그림 속에서 높은 관리가 되어 본다는 말이다.

142. 황량몽　원문은 황량별(黃粱瞥). 가끔 꿈속에서 높은 직급에 올라 보지만, 기장밥 익을 사이의 일장춘몽에 지나지 않는다는 말이다.

143. 우시　춘추시대 진(晉) 헌공(獻公)이 데리고 있던 배우의 이름이다.

바람 마음 다만 믿기 솜 진창뿐이거니   風心秖信絮黏泥

세상 안목 어이해 솜 싼 쇠를 알아볼까.   世眼那認綿裹鐵

〔부〕 정유 노형이 취성당 고사를 이어 지은 시에 차운하다: 영재 유득공 〔附〕次韻貞蕤老兄續修聚星故事: 泠齋

맡은 일 몇 년 이래 지엽 말단 싫증나니   屬事年來厭枝葉

다시는 소금으로 눈에 비건 않으리라.[145]   更不將鹽擬議雪

비유하면 참선함에 게송 없는 것[146]과 같고   譬如參禪偈都無

지음을 만났는데 거문고 줄 끊어진 격.   況遇知音絃忽絶

그로부터 오백 년 뒤 이 바로 오늘이니   後五百年正今日

풍아를 이어받음[147] 곡진하게 보이누나.   沿溯風雅見委折

동파옹은 그 자신 과거의 부처이니   坡翁自是過去佛

---

144. 갈부가 곡식 구함   원문은 갈부경계(褐父庚癸). 갈부(褐父)는 베옷을 입은, 신분이 천한 사람이다. 여기서는 벼슬하지 않는 포의지사의 뜻으로 썼다. 경계(庚癸)는 군중에서 식량을 구하는 은어다. 배우는 자기 재주를 팔아 밥을 먹고 산다지만, 선비는 벼슬하지 않으면 생계를 잇기가 곤란함을 말한 것이다.

145. 다시는~않으리라   진(晉)나라 태보(太傅)인 사안(謝安)이 눈 내리는 날에 자질(子姪)들을 모아 놓고 분분한 백설(白雪)을 형용해 보라고 하자, 형의 아들 호아(胡兒)가 "소금을 공중에 뿌려 놓은 듯하다"고 하였는데, 이에 형의 딸 도온이 "그것보다는 버들개지가 바람에 날리는 듯하다고 하는 것이 낫겠다"(未若柳絮因風起)고 하자, 사안이 크게 웃으며 즐거워하였다는 고사가 전한다. 『세설신어』(世說新語)에 보인다.

146. 게송 없는 것   원문은 게도무(偈都無). 게(偈)는 석가의 설법이나 참선해서 깨달은 것을 가락을 붙여 지은 시구인 게송(偈頌)을 가리킨다. 참선을 했는데 게송이 없다 함은 그 소출이 없음을 의미한다.

불성은 영원한 것 누가 능히 없애려나.	佛性長在誰能滅
매화꽃 안 폈는데 추위가 억누르고	梅枝未吐輕寒勒
버들가지 놀려 하자 미풍이 끌어가네.	柳絲欲弄微風掣
쌀 던져 장난치매[148] 놀랄 만큼 쏟아지고	狡獪擲米驚簌簌
아리땁게[149] 꽃 던지니 울긋불긋 시름겹다.	娉婷散花愁纈纈
용공(龍公)의 처음 뜻은 비 내림에 있었는데	龍公初意只行雨
지기 전 얼어붙어 가루가 되었구나.	未墮而凍鬆成屑
봄 산의 기운은 옥과 같이 따스하여	春山氣味溫如玉
땅 위에 닿자마자 순식간에 없어지네.	任他糢糊消一瞥
넘치는 시화를 누가 있어 다듬을까	充棟詩話有誰理
그대와 웃으면서 때때로 얘기하리.	與君解頤時時說
소유각 위에 올라 비파를 연주하면	小酉閣上携琵琶
연못에서 틀림없이 유빈철(蕤賓鐵)[150]이 솟으리라	池中定有蕤賓鐵

---

147. 풍아를 이어받음　원문은 연소풍아(沿溯風雅). 연소(沿溯)는 옛것의 정신을 미루어 잘 이어받는다는 뜻을 지닌 연습추소(沿襲追溯)의 줄임말이다. 여기서 풍아(風雅)는 소동파의 풍류아취를 가리킨다. 5백 년 전 소동파의 풍류아취가 오늘 완연히 되살아났음을 의미한다.

148. 쌀 던져 장난치매　원문은 교회척미(狡獪擲米). 마고 선녀가 땅에 쌀을 뿌리면[擲米] 모두 진주가 되었다. 이에 왕방평(王方平)이라는 선인(仙人)이 "마고는 젊지만 나는 늙었으니, 다시 그런 애들 장난하지 않기를 바란다"고 하였다. 『신선전』에 나오는 이야기다. 교회(狡獪)는 애들 장난이라는 뜻이다.

149. 아리땁게　원문은 빙정(娉婷). 아리따운 여인 또는 그 모습을 뜻한다. 봄날 새가 날아올라 꽃잎이 흩어지는 모습으로 흩날리는 눈을 대유한 것이다. 구양수의 「제조」(啼鳥)에 "봄 이른 산성 안은 적막하기 그지없어, 잔을 잡고 언제나 교태 없음 한하노라. ……한가한데 술은 좋아 봄 풍경 아끼노니, 새들이 흩어지며 꽃 날릴까 저어하네"(春到山城苦寂寞, 把盞常恨無娉婷. ……身閑酒美惜光景, 惟恐鳥散花飄零.)란 구절에서 가져온 듯하다.

150. 유빈철　당나라 때 악리(樂吏) 염교(廉郊)가 평천별서(平泉別墅)에서 하루 묵은 적이 있었다. 마침 달빛이 밝고 바람이 맑아 연못가에서 비파로 「유빈조」(蕤賓調)를 타니, 연못 속에서 갑자기 쟁그랑 소리와 함께 한 조각 방향(方響)이 튀어나왔는데 바로 유빈철(蕤賓鐵)이었다. 타 보니 소리가 정묘하여 운율이 잘 들어맞았다. 『악부잡록』의 「비파」에 나오는 이야기다. 뒤에 탄주 기예의 정묘함을 비유하는 말이 되었다.

앞 시의 운으로 네 번째 시를 지어 부채에 써서 유본예에게 주다 書扇贈柳本藝 四用前韻

남산의 작은 누각 새 잎은 빛나는데	南山小閣明新葉
유씨 집안 소년은 그 모습 백설 같네.	柳家少年貌白雪
난간을 빙 돌면서 영사시(詠史詩) 읊조리니	步繞欄干自詠史
모난 두건[151] 홍불(紅拂)[152]은 참으로 청절쿠나.	角巾紅拂眞清絶
자식이 더 뛰어나[153] 감당할 수 없다 하니	人言跨竈大不堪
가벼운 말 이따금 장어(莊語)에 꺾인다네.[154]	諧語時將莊語折
분 바른 하랑(何郞)[155] 얼굴 시험 삼아 닦아 보고	何郞粉面試相拭
순욱(荀彧)[156]의 옷 향기는 머물러 남아 있네.	荀令衣香留不滅
선파(仙葩)[157]는 제 스스로 세상 밖서 향기롭고	仙葩自有世外芬
뛰어난 새 새장에 갇히지 않는다네.	俊翮不受籠中掣
요즘의 봄빛은 제법 맘에 들어서	爾來春光殊可念

---

151. **모난 두건**　원문은 각건(角巾). 은자들이 두건을 이것으로 장식하였다.

152. **홍불**　붉은색의 먼지떨이이다.

153. **자식이 더 뛰어나**　원문은 과조(跨竈). 아비보다 더 훌륭한 자식을 뜻한다. 『서언고사』(書言故事)에 의하면, 자식이 아비보다 나은 것이 마치 '말의 뒷발굽이 앞발굽보다 훨씬 멀리 뛰어서 곧장 안개 낀 높은 누각을 처부수고 넘어가는 것과 같다(跨竈撞破煙樓)'고 한 데서 온 말이다.

154. **가벼운 말~꺾인다네**　가벼운 말, 즉 해어(諧語)는 농담으로 하는 우스갯소리이고, 장어(莊語)는 이치와 도덕에 맞는 말이다. 아버지가 가끔 농담을 해도 아들이 정숙한 말로 경계한다는 뜻.

155. **하랑**　삼국시대 하안(何晏)으로, 용모가 아름다웠는데 얼굴에 흰 분을 바르고는 얼굴에 손을 대지 않았다. 위나라 명제(明帝)가 그를 시험하기 위해 무더운 여름철에 뜨거운 탕병(湯餠)을 먹게 하니 땀이 비 오듯 하여 소매로 얼굴을 닦자 더욱 아름다웠다는 고사를 인용한 것이다. 『세설신어』(世說新語)에 보인다.

156. **순욱**　원문은 순령(荀令). 순욱(荀彧)은 후한 때 사람으로, 조조에게 신임을 받았다. 어느 날 민가에 앉았는데 사흘 동안 향기가 사라지지 않으니 그를 순령향(荀令香)이라 하였다.

157. **선파**　신선 세계의 기이한 화초를 말한다.

아지랑이 푸른 숲에 피어오름 본다네.   已見遊絲綠樹纈

술 들고 와 나와 함께 한잔하지 않으려나   胡不提壺來飮我

낮 길어 담소하기 정말로 좋은 것을.   晝永政好霏譚屑

내가 자네 나이 적에 자네 아니 났거늘   我昔如君君未生

날아가는 새마냥 오십 년이 훌쩍 갔네.   五十光陰飛鳥瞥

자네 혹시 이날의 아까움을 알고 있나   君知此日足可惜

시를 보면 마땅히 내 말을 수긍하리.   也應見詩頷我說

우리 집 작은 녀석 청년이 되었으니   吾家小兒頭角長

강동 땅에 촌철(寸鐵)[158]이 없다고 말 마시게.   莫謂江東無寸鐵

〔부〕 거듭 유이[159]에게 보내다: 아들 장임

〔附〕再寄柳二: 男長稔

온 세상에 가득히 나뭇잎 흩날리니   宇宙芒芒飛水葉

잎 지는 시절이라 흰 눈은 아니라네.   葉纔消時便非雪

그 소리 하 가벼워 쌓이지도 않는 듯   其聲至輕如不積

홀연히 인적 끊긴 사립문만 바라본다.   忽見衡門人迹絶

사립문 인적 끊김 근심할 것 없지만   衡門人絶不足愁

---

158. 촌철   소동파가 빈객들과 구양수의 눈(雪)에 대한 시를 지을 때 눈과 관련된 어휘의 사용을 금했던 일을 생각하며 "당시의 규칙을 그대들 준수하라, 시 겨룸에 촌철도 지니면 아니 되네"(當時號令君聽取, 白戰不許持寸鐵.)라 하였다. 촌철은 눈과 관련된 옥(玉), 은(銀), 학(鶴) 등의 글자를 가리킨다.

159. 유이   유득공의 둘째 아들 유본예를 가리킨다.

다만 처마 소나무 꺾일까 걱정이네.　　　　但惜簷松危欲折

성 머리 점점이 검은 것은 무엇인가?　　　　城頭點黑彼何物

만물이 모두 다 까마귀 떼 되었구나.　　　　萬象皆化烏不滅

아득하긴 집 휘장에 모기 떼가 모인 듯　　　　杳如紗幬蚊翅集

나른하긴 지는 꽃잎 거미줄에 매달린 듯.　　　倦如落花蛛絲掣

미친 듯 어지러이 휘날림 어떠한가　　　　紛紜浩蕩奈若何

이리저리 정처 없이 바람결을 따르네.　　　　無經無緯從風纈

사씨 집안 자식들[160] 재주도 없으면서　　　　謝家子女本無才

소금이네 유서(柳絮)네 의견도 분분했지.　　　比鹽擬絮眞鄙屑

그대 보낸 설시(雪詩)에 지난해 생각하니　　　君寄雪詩憶前年

궁궐[161]서 만나 본 후 한 번도 못 보았네.　　　青瑣邂逅無已瞥

　　　지난해 겨울에 함께 임금의 부름을 받아 궁궐에 들어갔었다. 去年冬, 偕君被

　　　召入禁中.

곧바로 취성[162]당의 눈 읊은 시 모방하여　　　直堪高據聚星席

한 글자도 옛사람 말 따라 쓰지 않았네.　　　一字不襲前人說

바라건대 주의 깊게[163] 풀무[164] 소리 듣다가　　　願將錙銖聽爐鞴

금은을 단련하고 동과 철 합하소서.　　　　打成金銀合銅鐵

---

160. 사씨 집안 자식들　원문은 사가자녀(謝家子女). 진나라 사안이 자식들과 눈에 대해 형용했던
일이 있다.

161. 궁궐　원문은 청쇄(青瑣). 한(漢)나라 궁궐의 문에 푸른 칠을 하였으므로, 일반적으로 궁문(宮
門)을 지칭한다.

162. 취성　별들의 모임으로, 상투적인 단어를 빼고서 독특한 표현으로 시를 짓는 것을 말한다. 송
(宋)나라 구양수(歐陽脩)가 영주태수(潁州太守)로 있을 때 눈 내리는 날 빈객들과 술을 마시면서
'옥'(玉), '월'(月), '이'(梨), '매'(梅), '은'(銀), '무'(舞), '백'(白) 등등의 글자를 빼고서 시를 짓도
록 한 고사가 소식(蘇軾)의 「취성당설시병인」(聚星堂雪詩並引)에 보인다.

〔부〕 유이에게 보내는 세 번째 답장: 아들 장임

〔附〕三答柳二: 男長稔

꽃에 이슬 내리고 가을 잎에 서리 져도	雨露於花霜於葉
천지간의 변화는 눈만 한 것 다시 없네.	天地之變無如雪
증발하여 수증기 되었다가 다시 얼어	氣蒸而水水而凝
바람 따라 휘날려 내려오니 장관이네.	從風飛下事奇絶
몸 위에 덮이면 저절로 천기이니	身邊棲集自天機
차마 몸을 흔들어 털어 내지 못하겠네.	未忍傾搖遽摧折
어느새 온 집 지붕 물고기 비늘 같고	居然萬屋魚鱗平
앉아서 봄 산 보니 녹색 초목 사라졌네.	坐見春山空翠滅
눈 귀신[165] 재주 많아 마음대로 희롱하여	滕六多才恣劇戱
구양수의 시령(詩令) 행함 심히도 막았었지.	歐九行令太牽掣
문자가 궁핍하여 쉬이 금기 저촉하니	文貧字乏易觸犯
한겨울 지내면서 마치 홑옷 입은 듯.	如御大冬衣單纈
노비의 말 되는 것을 면하지 못하겠고	未免仍作奴婢語
입 열면 '쌀가루'란 말부터 나오누나.	開口第一稱米屑
저물녘에 갑자기 누런 웃옷[166] 입더니	晚日忽被黃襖子

---

163. 주의 깊게   원문은 치수(錙銖). 차를 잘 끓이는 데는 불을 알맞게 맞추어 때는 법이 있는데, 한 치 한 푼의 눈을 다투는 저울처럼 세밀하게 주의하는 것이다.

164. 풀무   원문은 노비(爐鞴). 화로에 바람을 불어 넣는 가죽 주머니로, 풀무 혹은 화로를 주조하는 것을 말한다.

165. 눈 귀신   원문은 등육(滕六). 전설 속의 눈 귀신〔雪神〕 이름이다.

166. 누런 웃옷   원문은 황오자(黃襖子). 황면오자(黃綿襖子)의 줄임말로 겨울 볕을 비유한다. 『학림옥로』(鶴林玉露) 「내편」(內編) 권1에, 하사거(何斯擧)의 말로, "임인년 정월 눈비가 열흘이나 이어졌는데 홀연 날이 개었다. 그러자 마을의 노인들이 서로 축하하며 이르기를 '황면오자(黃綿襖子)가 나타났다'고 하였다"는 이야기가 전한다.

숲 끝의 희고 흰 것 언제 벌써 사라졌나?	林端皓白何其瞥
온 집안 자제들이 모두들 호사가니	通家子第摠好事
소금 버들 어지러운 『세설신어』 보충하네.[167]	鹽絮紛紛補世說
새매처럼 날랜 노련이 나는 부끄럽고[168]	我媿黃鷂矜魯連
그대 흡사 흰 제비가 노철을 놀래킨 듯.[169]	君似白燕驚老鐵

소동파집의 시에 차운하여 심유에게 주다 贈沈游 次蘇集

마을은 바뀌었고 수염 눈썹 변했지만	井廬非昔鬚眉改
들어와도 알지 못함[170] 나는 아직 그대로네.	入門不省吾猶在
진흙탕 삼백 리 길 달려와 이르니	衝泥赴擧三百里
베로 만든 시 주머니 등 뒤에 매달렸네.	布袍詩囊行自背

---

167. 소금 버들~보충하네   사씨 집안에서 눈을 읊은 시들을 자신들이 보완한다는 뜻이다.

168. 새매처럼~부끄럽고   한유는 시 「조노련자」(嘲魯連子)에서 새매처럼 작고 날랜 노중련(魯仲連)이 세객(說客) 전파(田巴)의 입을 다물게 하였음을 묘사하였다. 자신과 상대방을 각각 전파와 노중련으로 비유하여 겸손과 칭송의 뜻을 부친 것이다. 시 원문은 다음과 같다. "魯連細而黠, 有似黃絲子. 田巴刀老蒼, 憐汝矜瓜瓠."

169. 그대~놀래킨 듯   누군가 '백연'(白燕)이란 시제로 노철(老鐵)이란 사람을 놀래킨 고시가 있는 듯하나 전거는 찾지 못했다. 여기서도 역시 '백연'은 상대방의 솜씨를 높인 표현이다.

170. 들어와도 알지 못함   원문은 입문불성(入門不省). 원진(元稹)의 시 「득낙천서(得樂天書)」에서 가져온 표현이다. 원진과 백거이가 각각 통주(通州)와 강주(江州)로 유배되어 있을 때, 두 사람은 몇 차례 편지를 주고받았다. 원진의 이 시는 백거이의 편지를 받고 지은 것인데, 내용은 다음과 같다. "먼 편지 문에 들자 눈물부터 흐르니, 아내 아이 놀라며 까닭을 물어보네. 평소엔 이와 같은 알지를 못했으니, 이는 응당 강주사마가 보내온 편지라오"(遠信入門先有淚, 妻驚女哭問何如. 尋常不省曾如此, 應是江州司馬書.)라 하였다. 자신과 심유의 사이를 원진과 백거이의 관계로 비의한 것.

내 어릴 적 그대 아직 남쪽으로 가기 전에　　　君家未南我甫齓

아직까지 벽 위의 말[171] 그림 기억나네.　　　猶記騎駼壁上繪

낙서 윤씨의 그림에는 말이 심히 많이 있다. 有駱西尹氏畫馬甚多.

아명을 부르면서 수염을 매만지다　　　呼君小字捋君髥

찬 마루 밤 얘기로 새벽 기침 더하네.　　　寒廳夜話添晨欬

요즘에 소식 듣고 자못 마음 기뻤는데　　　頗喜年來接問訊

벼슬길에 두 번이나 호서 땅 지나가네.　　　宦遊再過湖之內

재주 가문 있으면서 떠돎이 불쌍터니　　　憐君才地尙蓬蒿

옛 학문에 전념하다 두 눈도 침침쿠려.　　　古學自與時眼䀏

언제나 한강 가의 밭두둑 함께 사서　　　何年共買漢上田

둘이서 경작하며 사립문 마주할까.　　　耦耕紫門好相對

중화의 농정서를 조금씩 시험하여　　　小試中華農政書

용미거(龍尾車)[172]와 나귀의 맷돌[173]을 만들려나.　　　龍尾車成驢碾磑

---

171. 말　원문은 도도(騎駼). 북국에 사는 말[馬]의 이름이다. 심유의 집 벽에 공재 윤두서가 그린 말 그림이 붙어 있었던 듯하다.

172. 용미거　높은 데로 물을 끌어올리는 관개(灌漑)에 쓰이던 기구. 원통의 중심에 둥근 나무 축이 있어 이것을 돌려 물을 끌어올린다.

173. 나귀의 맷돌　원문은 여연애(驢碾磑). 나귀가 돌리는 맷돌로, 『북학의』에 "맷돌을 돌리는 나귀는 가죽 조각으로 두 눈을 가린다. 빙빙 돌아가는 것을 모르게 하기 위해서다. 알면 곧 현기증을 일으키기 때문이다. 이는 물고기를 기를 때 물 안에 반드시 섬을 만들어 주는 것과 같다. 물고기가 섬 주위를 돌면서 매일 천 리 길을 돌아다닌다고 생각하게 만드는 것이다"란 언급이 보인다.

황단[174]에서 친히 제사 드리며 임금께서 지으신 시의 운을 잇다 皇壇親享 御製賡韻

백 년의 비단 가죽 모양 서로 가까우니	百年皮幣貌相親
햇빛에 마음 매어 봄이면 동쪽 가네.	暾日心懸左个春
병거를 한데 모음 공을 누가 창조하리	九合兵車功孰倡
초가집 한 칸에서 무거운 뜻을 펴네.	一間茅屋義重陳
선왕께서 밟으셨던 산하는 그대론데	山河不改先君履
지사의 두건을 의장[175]에 더했구려.	儀物長沾志士巾
깨끗한 땅 여러 번 머묾을 얻었나니	留得數兮乾淨土
서울 맡긴 삼후(三后)[176]께서 옛 법도를 이끄시네.	配京三后舊章導

---

174. **황단** 숙종 30년(1704) 창덕궁에 설치한 대보단을 가리킨다.
175. **의장** 원문은 의물(儀物). 정재(呈才)를 상연할 때 의장(儀仗)으로 쓰이는 여러 가지 물건.
176. **삼후** 태왕(太王)과 왕계(王季), 문왕(文王)을 가리킨다. 『시경』 대아(大雅) 「하무」(下武)에 "삼후께서 하늘에 계시어, 왕은 서울에서 그 뜻을 받드시네"(三后在天, 王配于京.)라 하였다.

학사 이만수가 임금을 모시고 활 쏘러 가는 날에 나막신을 하사 받았다. 다시금 은총을 내리시어 일장 팔구의 시를 지어 새기셨다. 진신들이 모두 화답시를 지었기에 삼가 임금께서 지으신 운을 따르다. 李學士晚秀 於侍射之日 蒙木履之賜 復寵以御撰銘 詩一章八句 搢紳咸屬和 謹依宸韻

얼음을 박은 듯한 띠가 있으니	有條冰銜
마치도 규성(奎星)[177]을 신고 있는 듯.	似履奎星
나막신에서 무엇을 취하리오	奚取乎屐
경이 또 경 자신을 신고 있는 셈.[178]	卿自用卿
세년의 표절로써	世年標節
사재(四載)[179]가 경에 실려 있네.	四載垂經
흙탕에도 물들지 아니하나니	汚泥不染
왕께서 조정에서 애를 쓰시네.	王懋在庭

177. 규성 규숙(奎宿). 이십팔수의 하나. 백호칠수의 첫째 성수로 열여섯 별로 구성되어 있으며, 문운(文運)을 맡았다고 한다.

178. 경이~있는 셈 이만수의 호가 나막신 극(屐) 자를 쓴 극옹(屐翁)임을 빗대어 말한 것이다.

179. 사재 우임금이 치수 사업을 하러 형산에 올랐을 때 강물의 흐름을 두루 조사하기 위해 사용했던 네 가지 탈것. 육상의 수레, 물 위의 배, 진흙 위의 썰매, 산행할 때 사용하는 쇠가 달린 나막신.

다섯 번째로 취성당 운을 써서 혜풍 유득공에게 보이다

五用聚星韻 示柳惠風

한 쌍의 연잎인 양 종이[180] 펴서 손에 받아	赫蹏收掌雙荷葉
찻그릇 홀로 들고 가벼운 눈을 가네.[181]	自把茶甌碾輕雪
인간의 부귀란 또 무슨 물건인가	人間富貴更何物
하늘 보고 크게 웃자 갓끈이 끊어지네.	仰天大笑纓索絶
여러분께 부탁건대 마음으로 비방[182] 말고	寄語諸公休腹誹
내게 잘못 있거든 눈앞에서 허물하오.[183]	吾有罪過須面折
이제 금방 성인께서 신정(神鼎)[184]을 밝히시니	方今聖人燭神鼎
해와 달이 떠오르자 횃불은 사라지네.	日月中天爓火滅
빼어난 시문으로 뱀의 무리[185] 사로잡고	高文赤手長蛇捕
거대한 필력으로 바다 고래[186] 낚는구나.	大筆碧海鯨魚掣
집에서 늘 잘 먹으니 귀한 반찬 사양하고	家常好喫謝綺饌
좋은 옷에 낭비 않아 거친 염료 태우네.	善衣不費焚蠱纈
명의께서 명약을 내려 주심 같으니	如大毉王授大藥

---

180. **종이** 원문은 혁제(赫蹏). 고대에는 글씨를 쓰는 폭이 좁은 비단을 가리켰으며, 후대에는 종이를 가리키는 의미로 썼다.

181. **찻그릇~가네** 차맷돌에 떡차를 갈아 내니 찻가루가 눈가루처럼 부서진다는 의미인 듯하나 분명치 않다.

182. **마음으로 비방** 원문은 복비(腹誹). 입 밖에 내놓지는 않으나 속으로 비방한다는 뜻이다.

183. **눈앞에서 허물하오** 원문은 면절(面折). 마주 대고 과실을 힐책한다는 뜻이다.

184. **신정** 솥의 미칭(美稱)이다. 상고 시대의 제왕들이 왕조를 세울 때에는 반드시 새 솥을 주조하여 나라를 세우는 중기(重器)로 삼았다.

185. **뱀의 무리** 원문은 장사(長蛇). 탐욕스럽고 흉악한 사람을 비유적으로 가리킨다.

186. **바다 고래** 원문은 체경(掣鯨). 재주가 크고 기운이 웅장함을 비유한다. 두보(杜甫)의 「희위육절구」(戱爲六絶句)에 "이따금씩 난로 위 물총새나 바라보며, 푸른 바다 고래를 잡아오지 못하누나"(或看翡翠蘭苕上, 未掣鯨魚碧海中.)라고 보인다.

왼손으로 저울 쥐고 오른손은 약 짓누나.	左手持衡右劑屑
우리 같은 소인들은 아래 서길 바라노니	吾儕小人企下風
보배로운 뗏목 타고[187] 언덕에 오르리라.	寶筏飄然登岸礉
『춘추』의 바른 의리 적들은 성을 내니	春秋之義敵所愾
뜻 있어도 구구하게 번드르한 말 막겠는가.	有志區區距詖說
교칠(膠漆) 같은 항아리 속 용감히 물러나와	膠漆盆中勇退來
문을 닫고 글 읽으니 마음은 쇠와 같다.	閉門讀書心似鐵

여섯 번째로 첩운하다 六疊

반평생 다 되도록 닥나무 잎 새김[188] 없이	半世無成刻楮葉
곱던 얼굴 다 바래고 머리에는 눈 내렸네.	韶顏褪盡頭有雪
한 언덕 한 골짝을 비록 지나왔다지만	一邱一壑雖過之
화절(畫絕) 재절(才絕) 다 아니요 어리석은 치절 (癡絕)일세.[189]	非畫非才竟癡絕
무심코 나 혼자서 저승[190] 향해 노닐려니	無心獨向黃壚遊

---

187. 보배로운 뗏목 타고　원문은 보벌(寶筏). 불교 용어로, 중생을 인도하여 고해(苦海)를 건너 피안(彼岸)의 불법 세계에 도달하는 것을 비유적으로 가리킨다.

188. 닥나무 잎 새김　원문은 각저(刻楮). 『한비자』(韓非子) 「유노」(喩老)에 "송나라 사람 중에 임금을 위하여 상아로 닥나무 잎을 만든 자가 있었는데, 3년이 되어서야 완성했다. 풍성한 것과 마른 것, 잔가지와 굵은 줄기, 가느다랗고 뾰족한 것과 무성하게 윤이 나는 것까지 똑같아서 진짜 닥나무 잎 가운데 섞어 놓으면 구별할 수 없을 정도였다"(宋人有爲其君以象爲楮葉者, 三年而成. 豐殺莖柯, 毫芒繁澤, 亂之楮葉之中, 而不可別也.)라고 보인다. 이로부터 기예가 공교롭거나 학문이 대단한 것을 비유하는 말로 쓰인다.

뿔 있다고 어이해 주생에게 꺾일 건가.[191]　有角寧受朱生折

온 집안이 신선술을 배우지 못했으니　　　旣不全家學飛昇

공문에서 적멸 논함 그것도 이상하리.　　又異空門譚寂滅

강산의 풍월은 벼슬길에 잘못되고　　　　江山風月仕宦誤

영웅호걸 큰 뜻은 처자에게 붙들렸네.　　英雄豪傑妻孥掣

수판(手版)에 빰을 괴고[192] 봄 하늘에 기대니　搘頤手版倚春天

궁궐 시내 흐르는 물 신발 자국 맺혔구나.　御溝流水靴紋纈

문종이 치는 벌[193]은 깁창 치며 잉잉대며　　紙蜂翏翏弄紗翔

책벌레가 헤엄치며 은물결을 남긴다.　　　書魚脉脉遺銀屑

갑작스레 한번 웃고 물어볼 사람 없어　　呀然一笑無人問

새는 날아 꽃가지를 밟고서 잠깐 보네.　　有鳥飛踏花枝瞥

깨달은 뒤에는 곳곳이 길이거니　　　　　須看悟後頭頭道

예로부터 지금까지 온갖 말이 있었다네.　古往今來橫竪說

그때 사람 찾지 못함 크게 한숨 쉬노니　太息時人覓不得

신발로 쇠를 깨려 헛된 공부 했구나.　　枉費工夫鞋破鐵

---

189. 화절 재절~치절일세　　진(晉)나라 때 유명한 서화가 고개지(顧愷之)는 세상에서 재절(才絶)·
화절(畵絶)·치절(癡絶)의 삼절(三絶)로 일컬어졌는데, 박제가는 재절도 화절도 아니고 다만 시속(時
俗)에 어울리지 못하는 치절일 뿐이라고 자조(自嘲)한 것이다.

190. 저승　　원문은 황로(黃壚). 지하 또는 저승을 가리킨다.

191. 주생에게 꺾일 건가　　주생은 한나라 성제 때의 사람인 주운(朱雲)을 가리킨다. 그는 괴리(槐
里)의 수령으로 있으면서 성제의 측근인 안창후 장우(張禹)를 죽이라는 간언을 올렸다. 이에 성제
의 노여움을 사서 어전 밖으로 끌려 나갔는데, 이때 주운이 어전의 난간을 잡아당겨 부러뜨렸다.
본문은 여기에서 따왔다. 『한서』에 보인다.

192. 빰을 괴고　　원문의 지이(搘頤)는 손으로 빰을 괸다는 뜻이다. 왕유(王維)의 「증동악초련사」
(贈東嶽焦煉師)에 "빰을 괴고 초객에게 물어보노니, 세상살이 다시금 어떠하더뇨"(搘頤問楚客, 世
上復何如.)라 보인다.

193. 문종이 치는 벌　　원문은 지봉(紙蜂). 방안에 들어온 벌이 출구를 찾지 못해 문종이를 두드린
다는 말로 미망(迷妄)을 떨치지 못함을 비유한 말이다.

일곱 번째로 첩운하다 七疊

복숭아 살구나무는 꽃 없이 먼저 잎을 토하니	桃杏無花先吐葉
어여뻐라 겨울이 따뜻하면 봄엔 눈이 많구나.	可憐冬暖春多雪
천 리에 보리를 촘촘히만 심는다면	但使千里麥芒稠
한때라도 먹을 것 없음 근심하지 않으련만.	不愁一時菜種絶
그대 시를 부쳐 오니 승전보[194]와 한가지라	君寄詩來捷書同
미친 듯 소리치며 기쁨에 젖었노라.[195]	人間狂呼屐齒折
솥에 볶으려고 해도 떡 하나뿐이어서	欲就熬鐺還一餠
사람이 덥히잖아 부뚜막 다시 식었네.	因人不熱竈更滅
새 신 같은 외모는 재상의 풍모지만	新鞾外面宰相好
헌 솜 같은 생애는 가시에 막혔구나.	敗絮生涯荊棘掣
저무는 해 지은 자태 마음에 와 닿으니	斜陽作態底意思
둥근 구름 뚫고서 황금빛이 아롱진다.	卵雲穿寶金光纈
이때에 한 잔 술로 서둘러 취하니	此時一杯徑取醉
금줄기와 옥가루도 부럽지가 않구나.	不羨金莖和玉屑
삼만 육천 날 중에 절반이 지났어도	三萬六千日半過
스물네 번 바람[196]이 한순간에 지나가네.	二十四番風一瞥
어찌하면 문자 인연 영원히 벗어나서	何當永脫文字緣
어지러운 백가설(百家說)을 다 쓸어 내버릴거나.	掃盡棼棼百家說

---

194. 승전보　원문은 첩서(捷書). 싸움에 이긴 것을 보고하는 글.
195. 기쁨에 젖었노라　원문은 극치절(屐齒折). 극치(屐齒)는 나막신의 굽이다. 극치지절(屐齒之折)
은 『진서』(晉書) 「사안전」(謝安傳)에 나오는 말로, 나막신의 굽이 부러지는 것도 모를 정도로 기쁨
에 젖는 것을 의미한다.
196. 스물네 번 바람　원문은 이십사번풍(二十四番風). 이십사번화신풍(二十四番花信風). 꽃 피는
계절, 1년 24절후(節侯)마다 각기 다른 종류의 바람이 불어온다는 데서 나온 말이다.

높은 노래 씩씩하여 진성(秦聲)으로 가득하니[197]　　高歌忼壯多秦聲

좋은 수레 사철(駟鐵)[198]과 어울린 듯하여라.　　髣髴車轔與駟鐵

시희의 작은 부채에 쓰다 2수 題詩姬小扇 二首

1

나는 술 마시는 유자요 협객　　　　　我酒儒而俠

그대는 시를 짓는 여선(女仙)일레라.　　君詩女更仙

저물녘 좋은 말 붙잡아 두니　　　　　夕陽留細馬

보슬비에 꽃 하늘을 어이하리오.　　　微雨奈花天

2

연못가의 말을 거꾸로 타니　　　　　倒騎池上馬

나 또한 술에 취한 신선이로세.　　　吾亦酒中仙

고운 님 떠나감을 서글퍼하매　　　　惆悵玉人去

저녁 바람 파초 잎에 불어오누나.　　夕風吹綠天

---

197. 진성으로 가득하니　　원문은 다진성(多秦聲). 전국시대 진(秦)나라와 조(趙)나라가 면지(澠池)에서 회담을 벌였을 때, 진왕이 조왕을 협박하여 거문고를 연주하도록 했다. 이때 조왕을 수행했던 인상여(藺相如)가 진왕 또한 분부(盆缶)를 가지고 진성(秦聲)으로 화답할 것을 요구했다. 진왕이 여러 차례 화를 내며 이를 거부했으나 인상여는 끝내 목숨을 걸고 진왕을 협박하여 악기를 연주하도록 한 바 있다. 『사기』 「염파인상여열전」(廉頗藺相如列傳)에 보인다.

198. 사철　　한 대의 수레를 모는 네 필의 말들을 뜻한다. 『시경』 「사철」(駟鐵)에 "네 마리 검붉은 말 크기도 하니, 여섯 가닥 고삐는 손에 있도다"(駟鐵孔阜, 六轡在手.)라 보인다.

〈동강전승어맥도〉[199]에 쓰다 題桐江殿丞魚麥圖

무리 지은 백로도 제가끔 서로 달라	白鷺成羣也不同
함께 날다 동과 서로 짝지어 앉는구나.	雙飛耦坐各西東
세간에도 더위 쫓는[200] 나그네가 있건만	世間亦有乘涼客
수많은 벼슬아치 티끌 먼지 밟고 가네.	多少烏紗踏軟紅

그림에 쓰다 3수 書畫 三首

1

가을 새 까마귄 듯 점을 찍었고	秋禽點似鴉
가을 나무 적대[201]처럼 동그랗구나.	秋樹拳如棋
먼 곳 나무 아무런 소리 없어도	遠樹自無聲
아득히 날 저묾을 알 수 있겠네.	杳然知日暮

---

199. 〈동강전승어맥도〉 동강전승은 후한 때의 엄광을 가리킨다. 어린 시절 광무제와 함께 공부하였으나, 광무제 즉위 후 부춘산 칠리탄에 이름을 감추고 숨어 은거하였다. 어맥도는 엄광이 낚시질하는 광경을 그린 그림인 듯하다.

200. 더위 쫓는 원문은 승량(乘凉). 더운 날씨에 볕이 시원하고 바람이 통하는 곳에서 휴식함을 뜻한다. 『칠수류고』(七修類稿) 「이승시루」(二僧詩累)에서 원(元)나라 덕상(德祥)의 「하일서원」(夏日西园)을 인용하여 "서쪽에 작은 초당 새롭게 지었나니, 더울 때 시원하게 지낼 곳이 없어설세"(新築西園小草堂, 熱時無處可乘涼.)라고 했다.

201. 적대 원문은 구(棋). 제향(祭享) 때 희생(犧牲)을 담는 그릇을 말한다. 생긴 모양은 책상반(冊床盤) 비슷하다.

2

날아가는 기세에 넋 움직여도	魄動飛流勢
귓불은 도리어 고요하다네.	耳根還闃然
이내 몸 돌이 됨도 알지 못하다	不知身化石
살쩍에 연기 임을 문득 깨닫네.	忽覺鬢生煙

3

천지간에 아름답고 빼어나기론	天地之精英
새로 돋는 풀빛만 한 것이 없다네.	無如新草色
게다가 자연스런 무늬가 있어	更有自然文
붉은 꽃이 흰 받침에 점을 찍었네.	丹葩點素翼

진사 이정용이 반촌에서 저물녘에 취해 돌아오다가 집춘문[202]의 나졸에게 붙잡혔다. 임금께서 이를 들으시고 특별히 한 섬의 쌀을 내리시어 술빚을 갚아 주셨으므로, 한때 떠들썩 전하여 특별한 대우[203]로 여겼다. 그의 기은시(紀恩詩)에 차운한다. 2수 李進士正容 自頖村迫昏醉歸 爲集春門邏卒所拘 上聞之 特賜斛米 以償酒債 一時喧傳 以爲異數 次其紀恩詩韻 二首

1

호리병 속 별천지가 있음을 제외하곤	除是壺中別有天
도도한 술 나라의 세월 기억 못하네.	陶陶不記醉鄕年
밤길에 장군의 꾸짖음을 자초하니	夜行自速將軍呵

맨머리 참으로 장욱(張旭)[204]과 한가질세.　　　露頂眞同草聖顚

분에 넘친 은혜 영광 꿈속의 일과 같아　　　分外恩榮如夢裏

느닷없이 성명이 임금 앞에 이르렀네.　　　居然名姓達君前

이웃 사람 밥 연기 푸름을 괴이쩍어 물으니　　　隣人怪問炊煙碧

처자식 둘러앉아 웃으며 얘기했네.　　　圍繞妻兒笑語邊

2

백안으로 세상일 가볍게 바라보니　　　白眼看他世事輕

푸른 적삼 쉰한 살의 다만 한 서생일세.　　　靑衫五十一書生

금오 순라 몽둥이가 취한 머리 붙드니　　　扶頭醉後金吾伏

옥 같은 낟알들이 발 떨어진 솥에 있네.　　　折脚鐺邊玉粒粳

풍류로 밤낮 이음 혼자서 웃노라니　　　自笑風流宵作晝

죄가 영예 되는 조화 어찌 생각하였을까.　　　寧期造化罪爲榮

이제부턴 거침없이 왕도를 따르리니　　　從今蕩蕩遵王道

술 나라 산천에는 만 리가 평탄하리.　　　酒國山川萬里平

---

202. **집춘문**　창경궁 동북쪽 담장에 있는 궁문으로, 성균관의 문묘가 마주 바라보이는 곳에 있다. 『동국여지비고』에 따르면, 이 문은 후원의 동문으로 지금의 성균관인 태학(太學) 서쪽 반교(泮橋)와 제일 가까워 역대 임금들이 태학으로 나갈 때에는 이 문을 경유했다고 한다. 처음 지어진 것은 창경궁 창건 때나 현재의 건물은 조선조 말기에 건립된 것으로 추정된다.

203. **특별한 대우**　원문은 이수(異數). 보통과 다른 특별한 대우.

204. **장욱**　원문은 초성전(草聖顚). 당나라의 장욱(張旭)이 술이 거나해지면 머리를 풀어 붓을 삼아 초서를 써내려 갔다 하여 하는 말.

소청삼각에서 여름날에 4수 小淸森閣夏日 四首

1

주름 무늬 주렴이 가을도곤 담박하니   縠紋簾子澹於秋
비바람에 나 홀로 다락 위에 기대노라.   風雨無人獨倚樓
새 솔방울 매단 솔이 집 모롱이 침범하고   松吐新毬侵屋角
산기운 어스름히 성 머리 감싸 안네.   山含淺黛抱城頭
황금 옷 벗겨지니 꾀꼬리 울음 사납고[205]   金衣脫落啼鶯狠
분 날개 추레하여 지친 나비 근심겹다.   粉翅叢殘倦蝶愁
문장으로 나라 보답 어이 능히 할 수 있나   豈有文章能報國
애오라지 숲 언덕에 세월을 의탁하리.   聊將歲月托林邱

2

좋은 향[206] 스러지고 주미는 놓였는데   艾蒳香殘麈尾橫
대자리[207]에 누웠자니 바람물결 주름지네.   風漪皺蹙臥桃笙
나방은 선정 들어 변화를 하려는 듯   蛾如入定黏將化
벌은 흡사 태를 던져[208] 제 새끼를 축원하듯. 蜂似投胎祝已生
사물에는 홀로 능히 꼼꼼히 마음 써도   於物獨能心轉細
사람과는 어디에서 눈빛 먼저 밝아지리.   與人何處眼先明
꿈속에 손님 있어 천도를 얘기하다   夢中有客談天道

---

205. **황금 옷~사납고** 5월이면 꾀꼬리가 개고마리가 된다는 말이 있다. 이때가 되면 꾀꼬리의 황
금빛이 바래지고 목소리가 날카롭게 찢어지는 소리를 낸다.
206. **좋은 향** 원문은 애납(艾蒳). 서역에서 나온 향의 이름. 여러 향을 섞어 만들었는데, 푸르스름
한 흰빛의 연기가 흩어지지 않고 곧게 오르는 것으로 유명했다.
207. **대자리** 원문은 도생(桃笙). 도죽(桃竹)의 가지로 엮은 자리를 말한다. 도죽(桃竹)은 대나무
의 일종으로, 재질이 곧고 단단하여 화살이나 지팡이 또는 자리를 만드는 데 많이 쓰였다. 생(笙)
은 자리[簟]라는 뜻이다.

깊은 정 돌아보며 담담하게 떠나가네.　　　　濃裏回頭淡裏行

3

한가히 지내느라 작은 정원 친해지니　　　　閑居漸與小園親
푸르른 언덕길을 몇 번이나 돌았던고.　　　　莽蒼坡陀到幾巡
매미 허물 본색이 아닌 줄을 누가 알며　　　　蟬蛻誰知非本色
개구리 되고 나면 올챙이 적 잊는다네.　　　　鼃成寧復記前身
패랭이꽃 빛깔 변함 몹시도 사랑하고　　　　偏憐石竹花多變
앵두 맛 새로움을 또다시 기뻐하네.　　　　且喜含桃味更新
서창서 잠 깨나니 해는 뉘엿 밝았는데　　　　睡起西窓明日脚
푸른빛 유리 그릇 비늘무늬 감상하네.　　　　玻瓈盌碧玩纖鱗

4

먹고살 일 가족 걱정[209] 마음 풀지 못하니　　　何肉周妻未遣懷
가난한 집안 살림 절간과 비슷해라.　　　　居貧定復似長齋
봄날 얼음 범의 꼬리[210] 어이해 미칠거나　　春冰虎尾嗟何及
옥그릇의 고운 미인[211] 분수 이미 어긋났네.　　玉椀蛾眉分已乖
점심밥 짓는 연기 솔 그림자 따라 멎고　　　午飯炊隨松影限

---

208. 태를 던져　원문은 투태(投胎). 속설에 사람이나 동물이 죽으면 그 영혼이 남의 배에 들어 세상에 태어난다고 하였다. 이지(李贄)의 편지 「여주우산」(與周友山)이나 『홍루몽』 1회 등에 용례가 보인다. 앞 구절은 나방이 한 자리에 가만히 붙어 있는 모습을, 이 구절은 나나니벌이 앞발을 비벼 마치 기도하는 모양으로 나는 모습을 묘사한 것이다. 당시 사람들은 나나니벌이 뽕 벌레를 업어다 빌려서 자신을 닮은 벌레로 변화시킬 줄 안다고 믿었다. 『성호사설』에 자세하다.

209. 먹고살 일 가족 걱정　원문은 하육주처(何肉周妻). 남북조 시대의 주이(周顒)와 하윤(何胤)은 모두 불법에 정통했던 인물들이다. 그런데 이들에게도 수행을 방해하는 것이 하나씩 있었으니, 주이는 고기를 좋아했고, 하윤은 결혼하여 아내가 있었다. 이후 하육주처(何肉周妻)는 수행을 방해하는 것, 또는 수행하기의 어려움을 뜻하는 말로 쓰였다. 『남사』(南史) 「주이전」(周顒傳) 참조.

까치 소리 더불어 새벽에 잠을 깬다.　　　　晨眠窹與鵲聲偕

삼산과 오악 인연 모두 다 허망하니　　　　三山五嶽緣俱妄

다시 내 집 향해 가서 젊은 가인 얻으리라.　　還向吾廬得少佳

금릉학사 남공철이 나를 위해 어애송 장구 한 편을 지어 보여 주었는데, 맑은 소리가 청아하여 송풍곡에 못지않았다. 기뻐 절구 여덟 수를 짓는다 金陵學士爲余撰示御愛松長句一篇 淸音瀏瀏 不減松風一曲 喜作八絶

1

불볕더위 어애송 시에 감사하며 절 올리니　　炎天長揖謝蒼公

빼어난 그 빛깔이 좁은 집에 깊었구나.　　　　秀色偏深一畝宮

서리어 뻗은 가지[212] 몇 자인가 알려거든　　欲識蟠拏眞幾尺

푸른 그늘 가운데로 와서 과녁 쏘아 보게.　　須來射的碧陰中

2

건들건들 바람 불어 시내 골짝 새로운데　　謖謖風吹澗壑新

---

210. **봄날 얼음 범의 꼬리**　　원문은 춘빙호미(春冰虎尾). 매우 위태로운 상태를 뜻한다. 『서경』「군아」(君牙)에 "마음의 근심과 위태로움이 범의 꼬리를 밟고 봄철 얼음을 건너가는 듯하다"(心之憂危, 若蹈虎尾, 涉于春氷.)고 하였다.

211. **옥그릇의 고운 미인**　　원문은 옥완아미(玉椀蛾眉). 옥완(玉椀)은 옥으로 만든 귀한 그릇을, 아미(蛾眉)는 아름다운 여인을 뜻한다. 부귀영화 정도의 의미다.

212. **서리어 뻗은 가지**　　원문은 반나(蟠拏). 움켜쥐고 있는 듯이 구부린 모양.

헝클 머리 거친 옷에 천진함이 드러나네.　　　　亂頭粗服見天眞
서둘러 솟은 뿌리 가리어 앉았거니　　　　　倏然自揀高根坐
구름 속에 졸면서 바위 앉은 사람일세.[213]　　也是眠雲跂石人

3
작은 기둥 큰 기둥을 차례 지어 세웠어도　　橡柱藤楣取次張
뻗어 나간 푸른 가지 다 받치지[214] 못했네.　攀靑疊翠未渠央
나무줄기 엿가락처럼 늘인다 의심 마오　　莫疑幹是飴餹引
엿가락 늘인대도 어이 이리 길게 될까.　　那得飴餹似箇長

4
들창 기둥 침범하니 내 이를 어이할까　　　犯牖侵楹奈爾何
해마다 집을 향해 엉긴 가지 뻗는구나.　　年年向屋出交柯
이 소나무 옆으로 뻗는 것이 귀하거니　　此松只以橫爲貴
하늘 솟는 낙락장송 굳이 곱다 할 것 없네.　落落干霄未足多

5
백 걸음 영롱하게 달 하늘 아로새겨　　　百步玲瓏鏤月天
네 계절 피리 소리 창 너머로 전해 준다.　四時竽籟隔窓傳
세상의 단풍 버들 빛깔이 변하여도　　　世間楓柳無長色
홀로 찬 솔 마주하여 십 년을 살았도다.　獨對寒松住十年

---

213. **구름 속에~사람일세**　유우석(劉禹錫)의 「서산난야시다가」(西山蘭若試茶歌) 마지막 구에 "새
차의 청량한 맛 굳이 알려 하거든, 구름 속에 졸면서 바위 앉은 사람일세"(欲知花乳淸凉味, 須是眠
雲跂石人.)란 구절이 있다. 깊은 산 구름 속에 사는 신선과도 같은 사람을 뜻한다.
214. **받치지**　원문은 거앙(渠央). '금방 완결 짓다'는 뜻으로 '받치지'로 의역하였다.

6

천 집의 큰 나무들 눈 안에 들어와도　　千家雲木望中攢
교묘히 임금 눈길 한 번 입기 어려웠네.　巧被天人一眄難
남이원(南怡園) 가 나무에는 미치지 못하지만　不及南怡園畔樹
그 풍경 그림 얻어 길이 두고 보리라.　　風期長得畫圖看

7

도첩을 뒤적이며 옛일을 징험하니　　啓牒披圖故事徵
내 동산 흡사 마치 감승원과 방불해라.²¹⁵　吾園彷彿似甘昇
주해(周楷)와 공백(孔柏)을 그대여 말을 마오²¹⁶　周楷孔柏君休說
이곳은 문왕이 비 피하던 언덕²¹⁷이니.　此是文王避雨陵

8

소백(召伯)의 시 가운데 감당(甘棠)은 늙어 가고²¹⁸　甘棠召伯詩中老
양웅(揚雄)의 부 속에 옥수(玉樹)는 푸르도다.²¹⁹　玉樹揚雄賦裏青
삼층의 다락 위에 앉아 있는 저 손은　　何似三層樓上客
솔바람에 피리 부는 신선과 한가질세.　松風一院學吹笙

---

215. 감승원과 방불해라　감승원은 서호(西湖)에 있었던 송나라 내시 감승(甘昇)의 정원이다. 이종(理宗)이 늘 행차했는데, 수백 년 묵은 어애송(御愛松)이 있었다고 한다. 장대(張岱)의 『서호몽심』(西湖夢尋)에 보인다.

216. 주해와~마오　주해와 공백은 모두 제왕과 관련이 있는 나무로 보이는데, 그 전거는 불명.

217. 문왕이 비 피하던 언덕　원문은 문왕피우릉(文王避雨陵). 문왕(文王)이 비를 피한 능(陵). 효(崤) 지방에 두 능[二陵]이 있는데, 북릉(北陵)은 주문왕(周文王)이 바람과 비를 피하던 곳이다. 『좌전』(左傳) 희공(僖公) 33년에 "효함(崤函)에 두 언덕이 있으니 남쪽은 하걸(夏桀)의 조상인 하후고(夏侯皐)의 무덤이고, 북쪽은 문왕이 풍우(風雨)를 피하던 곳이다"라고 하였다. 여기서는 어애송이 있는 박제가의 집 정원을 가리킨다. 전대에 임금이 이곳에 와서 비를 피한 일이 있는 듯하다.

밤비 夜雨

한밤중[220] 우레 소리 깊이 든 잠 깨우니 　　　　乙夜雷聲撼黑甛

깨진 창에 바람 불어 등불이 흔들린다. 　　　　破窓風拂一燈尖

천지에 빗방울이 온통 폭포 이루어서 　　　　　天泡地沫都成瀑

깊은 골[221]이 아닌데도 물 주렴이 걸렸구나. 　　不必谽谺始水簾

7월 유화[222]를 노래하다 賦得七月流火

요력(堯曆)[223]은 중후(中候)[224]를 잘 알지 못해 　　堯曆昏中候

빈풍화(豳風畵)[225] 그림에선 가을이라네. 　　　　豳風畫裏秋

동산에선 왜가리 꽥꽥거리고 　　　　　　　　林園警鳴鵙

---

218. 소백의~늙어 가고　소백의 시는 『시경』의 「감당」(甘棠) 편을 말한다. 그 시에 "무성한 감당 나무 자르지 말아라. 소백이 초막으로 삼으셨던 곳이니라"(蔽芾甘棠, 勿勿伐. 召伯所茇)라고 하였다. 주나라 문왕 때 남국(南國)의 백성들이 소백의 선정에 감격하여, 그가 다니며 쉬었던 감당나무를 소중히 여긴 데서 나온 시다. 본문의 감당은 여기에서 따왔다.

219. 양웅의~푸르도다　양웅의 부는 그가 지은 「감천부」(甘泉賦)를 말한다. 그 시에 "옥수는 푸르게 우거졌고, 말과 무소 눈동자 구슬 같다"(翠玉樹淸蔥兮, 璧馬犀之瞵璘.)는 구절이 있는데, 본문의 옥수는 여기에서 따왔다.

220. 한밤중　원문은 을야(乙夜). 하룻밤을 갑·을·병·정·무의 오야(五夜)로 나눈 것 중의 둘째는 지금의 오후 10시 전후의 두 시간을 가리킨다. 이경(二更)에 해당한다.

221. 깊은 골　원문은 함하(谽谺). 골짜기가 깊고 공허한 모양.

222. 유화　『시경』에 "칠월유화"(七月流火)란 구절이 있는데, 하늘에 있는 대화심성(大火心星)이 칠월이 되면 아래로 흐르므로 칠월을 유화(流火)라 한다.

223. 요력　요임금의 역서. 요임금의 뜰에 명협(蓂莢)이란 서초(瑞草)가 나서 매달 15일경에는 하루에 한 잎씩 피고, 16일부터는 한 잎씩 떨어지므로, 이것을 보고 역서(曆書)를 만들었다 한다.

은하수엔 견우성이 환히 빛난다.	河漢皖牽牛
화덕(火德)의 염제(炎帝)[226]는 시들해지고	火德消炎帝
금풍(金風)의 욕수(蓐收)[227]를 맞이했다네.	金風迓蓐收
휘황하게 북두칠성 나타나서는	煌煌會牛現
반짝반짝 서남쪽으로 흘러가누나.	晰晰忽申流
전도(躔度)는 장경성(長庚星)[228] 가까이 있어	躔度長庚近
순환함에 북두성(北斗星)을 따르는구나.	回環斗柄侔
태양[229]은 북쪽 땅 멀리 떠나고	陽烏辭北陸
주조(朱鳥)[230]는 남쪽 구석 사양하누나.	朱鳥讓南陬
좌선(左旋)하는 천체 운행 군세기만 해	左旋天行健
세서(歲序)를 고루고루 나누었구나.	平分歲序遒
길쌈 등불 밝은 빛 가물거리면	績燈還掩映
반딧불이 저절로 떠다닌다네.	螢火自沈浮
오동잎 맨 처음 떨어지더니	一落先梧葉

---

224. 중후　옛날 중국에서는 소만(小滿: 입하와 망종 사이에 들며 음력 4월, 양력으로 5월 21일 무렵) 입기일(入氣日)로부터 망종까지의 시기를 5일씩 삼후(三候)로 등분하여 초후(初候)에는 씀바귀가 뻗어 오르고, 중후(中候)에는 냉이가 누렇게 죽어 가며, 말후(末候)에는 보리가 익는다고 하였다.

225. 빈풍화　원나라 조맹부(趙孟頫)가 『시경』의 빈풍칠월(豳風七月), 즉 농사짓는 일을 내용으로 하여 그린 그림이다.

226. 화덕의 염제　화덕(火德)은 태양의 뜨거운 열을 말하고, 염제(炎帝)는 여름을 맡은 신(神)을 말한다.

227. 금풍의 욕수　금풍(金風)은 가을바람을 가리키고, 욕수(蓐收)는 가을의 신을 말한다. 형벌을 관장했다.

228. 전도는 장경성　전도(躔度)는 천체 운행의 도수(度數)를 가리키고, 장경(長庚)은 저녁에 서쪽 하늘에 보이는 큰 별을 말한다. 태백성 혹은 장경성(長庚星)이라고도 한다.

229. 태양　원문은 양오(陽烏). 태양 안에 산다는 까마귀의 전설에서 따온 말로, 이후 해를 뜻하게 되었다. 금오(金烏)·양오(暘烏)라고도 한다.

230. 주조　이십팔수(二十八宿) 가운데 정(井)·귀(鬼)·유(柳)·성(星)·장(張)·익(翼)·진(軫)의 총칭으로 남방을 지키는 신(神)이다.

갈고리달 날씨도 선듯해진다.　　　　　　　　微凉復月鉤

때맞춰 농사일 모두 마치곤　　　　　　　　授時農事畢

두 동이 술[231] 경루(瓊樓)[232]에서 잔치 베푸네.　　朋酒饗瓊樓

자다가 깨어 睡起

졸음은 담박하여 경계 없으니　　　　　　　睡意淡無界

살풋 깬 잠 말조차 하지 못하네.　　　　　　微醒不成語

빈 주렴에 먼 하늘 비치어 들자　　　　　　虛簾納遠天

창망히 거울 속엔 비가 내리네.　　　　　　蒼茫鏡中雨

문득 이 몸 배 안에 누워 있다가　　　　　　忽疑臥舟中

배가 가자 언덕 절로 떠나는 듯해.　　　　　舷移岸自去

느닷없이 맑은 소리 들리어 오니　　　　　　驀然動淸聽

매미들 톱을 켜듯 일제히 운다.　　　　　　萬蟬齊引鋸

석양빛 홰나무에 부서지는데　　　　　　　夕陽破踈槐

미풍은 가는 새 부채질하네.　　　　　　　微風扇歸羽

옷깃 털고 한 차례 바라보자니　　　　　　振衣時一望

가을 기운 어느새 이와 같은가.　　　　　　秋氣遽如許

솔잎은 어느덧 저렇게 자라　　　　　　　松針長於愳

---

231. **두 동이 술**　원문은 붕주(朋酒). 『시경』에 "두 동이의 술로 연향을 베풀어 고양(羔羊)을 잡아
저 공당(公堂)으로 올라가서 저 뿔잔을 드니 만수무강하리로다"(朋酒斯饗, 日殺羔羊, 躋彼公堂, 稱
彼兕觥, 萬壽無疆.)라 보인다.
232. **경루**　달 속에 있는 궁전.

푸른빛 창문에 번드치누나.	翠色飜幃戶
한가로이 『수경주』(水經注)[233]에 평을 달다가	閒評水經注
자세히 『방초보』에 주석을 다네.	細箋芳草譜
마음 맞는 사람은 볼 수가 없어	會心人不見
조용한 삶 천고(千古)에 혼자뿐일세.	端居獨千古

영재 유득공의 남과[234] 시에 차운하다 次韻泠齋南瓜

하늘[235]의 직녀성이 과실 열매 주관하니	天市織女主菓蓏
땅의 도리 나무에 빠르고 정사는 나나니벌에.[236]	地道敏樹政蜾蠃
온 나라에 덩굴 뻗어 쟁기 보습 일으키나	蔓生萬國未耜起
다시금 호박 있어 달린 열매 수도 없네.	復有南瓜不計顆
딸 때에는 손에 가득 품에 가득하더니	摘自盈握至合抱

---

233. **『수경주』**　북위의 역도원(酈道元)이 찬한 인문 지리서로, 총 40권으로 되어 있다.

234. **남과**　호박인데, 박과에 딸린 한해살이 덩굴풀로 왜과(倭瓜)·번과(番瓜)라 한다. 잎은 염통 꼴로 다섯 갈래로 얕게 째졌으며, 암수한그루로 여름에 노란 홑성꽃이 피고 둥근 열매를 맺는다. 잎·어린줄기·열매를 다 먹을 수 있으며, 기름을 짜거나 약용으로도 쓰인다. 명(明) 이시진(李時珍) 의 『본초강목』(本草綱目)에 자세하다.

235. **하늘**　원문은 천시(天市). 별자리의 이름이다. 방(旁)·심(心)의 동북에 있어, 나라의 시장 교 역 및 참륙(斬戮)의 일을 관장한다고 한다. 『사기』(史記) 「천관서」(天官書)에 보인다.'

236. **땅의~나나니벌에**　땅의 도는 나무에 빠르게 나타나니 정사는 나나니벌과 같다는 의미다. 『중 용』에, "사람의 도는 정사에 빠르게 나타나고 땅의 도는 나무에 빠르게 나타나니, 정사란 것은 갈 대와 같다"(人道敏政, 地道敏樹, 夫政也者, 蒲盧也.)라 하였다. 이는 정사의 신속한 효험이 쉽게 자 라는 갈대와 같다는 것이다.

쪼개면 꼭지부터 몸통까지 길쭉하다.	剖從口弇連腹哆
색이 검고 왜소해도 속은 이미 익었으니	矮黑雖微中已老
정말로 좋은 것은 푸르고 긴 것일세.	佳境正在靑而橢
『군방보』(群芳譜)[237] 안에서도 제영을 빠뜨리니	群芳譜內失題詠
대부의 그 재주가 훌륭하다 할 만하네.	大夫之才能言哿
열매 간혹 꽃 달아도 꽃은 열매 아니어서	實或戴花花不實
빈 꽃받침 다른 떨기 싹터 나옴 의아해라.	更訝虛跗秀別朶
공이 높아 진작부터 『본초』에도 올랐거니	閥閱早已登本草
그 명망 어이하여 가지만 못하리오.	門望胡爲冒番果
대모를 길게 잘라 졸이면 걸쭉하고	鎊翻瑇瑁煎初濃
양장처럼 달아매어 볕에 쬐어 말리네.	紡引羊膓曬始嚲
누런 껍질 붉은 속 들깨[238] 넣어 국 끓이면	黃皮赤瓤臛靑蘇
겨울철에 그 맛이 참으로 훌륭하다.	恰到冬天風味可
이밖에도 달달 볶아 떡 사이에 넣어 두니	別有炒熬間餠餡
이 방법 어김없이 내가 만든 비법일세.	此法居然出自我
목살고기 목이(木耳)버섯[239] 마음껏 찢어 놓고	項臠樹鷄恣擣撦
고추와 석이버섯 가루 내어 뿌려 두니,	辛椒石耳紛細瑣
유명한 오후정(五侯鯖)[240]이 하나도 안 부러워	不羨馳名五侯鯖
볼 것 없는 진경좌(陳驚坐)[241]를 웃으며 보는구나.	笑看拾芥陳驚坐

237. **『군방보』** 명나라 왕상진(王象晉)이 1621년에 편찬한 책이다. 『군방보』에 남과를 읊은 내용이 없다는 의미다.

238. **들깨** 원문은 청소(靑蘇). 일종의 초본 식물로, 자소(紫蘇)나 백소(白蘇)와 비슷하나 푸른빛이 난다. 즙을 내어 먹을 수 있으며, 열매와 뿌리는 약용으로 쓰인다.

239. **목이버섯** 원문은 수계(樹鷄). 명나라 이시진(李時珍)의 『본초강목』(本草綱目)에 자세하다.

240. **오후정** 보통 맛볼 수 없는 진미(珍味)를 말한다. 한(漢)나라 때 누호(婁護)가 권세가 왕씨(王氏) 집안의 다섯 제후들로부터 진귀한 음식을 각각 나눠 받은 뒤 이를 합쳐 끓여서 '오후정'이라는 요리를 만들었던 고사가 있다. 『서경잡기』(西京雜記) 권2에 보인다.

배불리 먹고 나서 차를 끓여 마시니	便從飽後自煎茶
둥근 면 볼록한 등 무더기로 뜨는구나.	盌面蟾背浮磊砢
아이에게 분부하여 솥에 넣어 잘 끓이니	分付兒童善鑪鼎
이는 바로 선생의 연단하는 불이로다.	此是先生煉丹火
노련한 농부 비록 경제 수단 뽐내지만	雖然老圃誇經濟
대저 그 살림살이 또한 어떠하던가.	大抵生涯亦么麼
뉘 알리 납충(蠟蟲)²⁴²이 원나라²⁴³서 들어와도	誰知蠟蟲昉胡元
서양서 온 고구마를 가장 사랑하는 것을.	最愛甘藷自歐邏
어찌하면 방법 전해 온 나라가 함께할까	安得傳方共一國
대대로 그 공은 목화와 같으리라.	世世功如草緜播
아내²⁴⁴ 시켜 날마다 남과를 먹게 되면	徒令細君日噉瓜
이가 온통 누래져서²⁴⁵ 웃음 어이 지으랴.	齒如居晉笑豈瑳
남과는 진솔하니 우리가 먹는다면	瓜能眞率容我輩

241. 진경좌 한나라 때 진준(陳遵)과 같은 이름을 지닌 사람이 있었다. 그가 남의 집 문에 이르면 좌중의 사람들이 모두 들썩거렸는데, 막상 와 보면 진짜 진준이 아니었다. 경좌(驚坐)는 이름만으로 좌중을 진동시킨다는 뜻이다. 반대로 유명무실함을 뜻하기도 한다. 『한서』 권92 「유협전」에 보인다.

242. 납충 백저충(白蛆蟲)이라고도 한다. 무리 지어 백저의 나무나 여정나무 위에 서식하기에 붙여진 이름이다. 수놈은 백저를 분비하여 몸을 휘감는다. 백저충을 길러 백저를 생산한다. 명나라 이시진(李時珍)의 『본초강목』「목삼·여정」(木三·女貞)에는, "입하 전후에 납충의 종자를 취하여 쌓아서 나무 위에 올려 둔다. 15일쯤 지나면 그 벌레가 나와 나뭇가지 위로 올라가서는 백랍을 만드니, 민간이 그 이로움을 크게 얻었다"(立夏前後取蠟蟲之種子, 裏置樹上. 半月, 其蟲化出, 延緣妓上, 造成白蠟, 民間大獲其利.)란 기록이 있다.

243. 원나라 원문은 호원(胡元). 원나라에 대한 비칭이다. 원나라는 북방 이민족이 세운 나라이기에 이름하였다.

244. 아내 원문은 세군(細君). 원래 제후(諸侯)의 부인을 뜻하였는데, 동방삭(東方朔)이 자신의 처를 세군이라 해학적으로 표현한 뒤부터 아내를 가리키는 말이 되었다. 한(漢) 무제(武帝)가 관원들에게 하사한 고기를 동방삭이 허락도 받지 않고 칼로 잘라 집으로 가져가자 무제가 자기비판을 하도록 명하였다. 이에 동방삭이 "돌아가 세군에게 주었으니, 또 얼마나 인자한가?(歸遺細君, 又何仁也.)"라고 말하자 무제가 그만 웃고 말았다는 고사가 전한다. 『한서』 권65 「동방삭전」(東方朔傳)에 보인다.

오장은 놀라잖고 입에도 맞으리라.　　　　　　臟神不驚舌本妥

흰 자루 보습[246]으로 널 버리지 아니하고　　　白柄長鑱休棄汝

다행히 자식[247] 있어 지고 가게 하노라.　　　幸有添丁克負荷

거듭 차운하다 再疊

부엌에서 손수 익혀 남과를 요리하니　　　　　園庖手熟宰南苽

식단에 맛난 반찬 오르는 일 드물구나.　　　　食單稀登鱗羽羸

유랑(廋郞)[248]의 스물일곱 반찬을 압도하고　　壓來廋郞廾七種

여지 열매 삼백 개와 아주 흡사하구나.　　　　强似荔枝三百顆

한 뿌리 다 거두면 소 등이 휘청하고　　　　　一根畢收牛背彎

며칠만 모아 두면 광주리에 가득하다.　　　　數日聚長筐口哆

---

245. 누래져서　원문은 거진(居晉). 진나라 사람들이 대추 먹는 것을 너무 좋아하여 이가 모두 다 누렇게 되었다는 고사에서 나온 말이다.

246. 흰 자루 보습　원문은 백병장참(白柄長鑱). 두보의 시에 "긴 보습 긴 보습 흰나무의 보습이네"(長鑱長鑱白木鑱)란 구절이 있다.

247. 자식　원문은 첨정(添丁). 자식을 낳는 것을 낮춰 부르는 말이다. 당(唐)나라 제도에 남자가 스무 살이 되면 정(丁)이라 하여 부역(賦役)에 나가야 하므로 생긴 말인데, 당나라 노동(盧仝)은 아들을 낳자, 나라의 장정(壯丁) 하나를 더 보탰다는 뜻으로 첨정(添丁)이라 이름을 지었다. 『당서』(唐書) 「노동전」(盧仝傳)에 보인다.

248. 유랑　남조(南朝) 제(齊)나라 유고지(廋杲之)인데, 매우 청빈하여 밥 먹을 때면 매양 구저(韭菹: 부추로 담근 김치)·약구(瀹韭: 삶은 부추)·생구(生韭: 생부추)로만 반찬을 하므로, 임방(任昉)이 "그 누가 유랑(廋郞)이 가난하다고 했는가. 식탁에 항상 27종의 반찬이 오르는걸"이라고 희롱하였는데, 27종이라는 것은 곧 3(세 종류)×9=27의 뜻으로 '韭'의 음이 '구'이기 때문에 구(九) 자의 뜻으로 해석하여 농담을 붙인 것이다. 『남제서』(南齊書) 권34, 「유고지전」(廋杲之傳)에 보인다.

남과의 묘한 효능 장수에 꼭 맞으니　相苽妙能中壽妖
싹이 장차 움터서는 허리 먼저 길어지네.　苗之將茂腰先橢
제사상에 올리는 법 전례에는 없어도　薦以時食禮雖闕
기이한 재화처럼 풍성하고 훌륭하다.　居如奇貨富而帑
접시꽃 잎을 가른 형상을 본떴으니　已從蜀葵分葉狀
얼마간 원추리〔忘憂〕의 꽃떨기와 비슷하다.　蹔將忘憂喩花朵
북돋울 땐 똥거름을 주는 것도 괜찮으니　壅時擼糞亦可能
삼태기로 메고 팔 젠 열매인 줄 어이 알리.　售來荷簣寧知果
작을 땐 오리알[249] 기름진 듯 예쁘더니　穉小初憐鴨蜑滋
다 자라자 명사 열매[250] 늘어지듯 하는구나.　老大已作樸櫨彈
겉 같아도 속은 달라 익고 안 익음 논하나니　貌同心異論生熟
서과와 동릉과에 맞겨룰 만하도다.　西域東陵伯仲可
어릴 적 빨아 먹던 꽃꿀을 생각하는데　兒時憶舐花臍蜜
오늘도 그때처럼 꿀벌이 나를 좇네.　此日依然蜂趁我
백발 홀로 슬퍼하며 다른 마음 없거니　自憐髮白無佗腸
푸른 열매 배부르게 잘게 잘라 먹는다네.　飽碧饞青吞璞瓅
묻노라, 이 음식은 언제나 끝이 날까　借問此齋何時畢
석 달이나 선생은 자리를 뜨지 않네.　三月先生未破坐
불뚝한 배[251] 문지르며 또한 홀로 만족하니　瓠肥捫腹亦自足
재주 품어 우뚝함[252]을 어이 감히 바라리오.　敢望英多而磊砢
오로지 우리 백성 낯빛[253]도 누렇잖고　但願吾民無菜色

---

249. 오리알　원문은 압단(鴨蛋)으로, 오리알을 말한다.
250. 명사 열매　원문은 명사(榠櫨). 능금나무과에 속하는 낙엽 교목으로, 모과(木瓜)나무와 비슷하다.
251. 불뚝한 배　원문은 호비(瓠肥). 박처럼 살이 쪘다는 뜻이다. 『사기』「장승상열전」(張丞相列傳)에, "몸은 장대하고 박처럼 살찌고 하얗다"(身長大, 肥白如瓠.)라는 구문이 보인다.

먹을거리를 물불처럼 쉬 얻기만 바라노라.[254]   使有菽粟如水火

어지러이 고기 음식 꾀하는 자 바라보니   眼看紛紛謀肉食

혀와 입술 움직이며 일이 온통 번다하다.   搖脣鼓舌事極麼

늙은 농부 잠 못 잠을 사양하지 아니하니   不辭老圃眠不得

초가집은 둥지 같아 야경꾼에 놀라누나.   草庫如巢警夜邏

꼭두서니 머리통에 무 꼬리 오이 허리   茜頭菁尾瓜爲腰

으뜸가는 좋은 밭에 한 해 세 번 거두누나.   上上之田歲三播

내 이제 그림 그려 곽박(郭璞)[255]에 견주려니   我今圖贊擬郭璞

그대는 경차(景瑳)[256]처럼 시를 지어 주시게나.   君請作賦如景瑳

넝쿨 진 고구마에 풍미는 못 미치고   蟠延比藷風味遜

연잎보단 버성겨서 비 맞기 마침맞네.   叢蜜非蓮雨點妥

늘그막에 남과와 지기를 맺었으니   暮年獨結瓜知己

벽돌화로 돌솥 걸어 마음껏[257] 취하리라.   石銚甋爐醉鍤荷

---

252. **재주 품어 우뚝함**   원문은 영다이뢰나(英多而磊砢). 영다(英多)는 재주가 남보다 뛰어난 것이고, 뇌나(磊砢)는 성정이 비범함을 말한다. 『세설신어』(世說新語) 「언어」(言語)에 보인다.

253. **낯빛**   원문은 채색(菜色). 굶주린 사람의 얼굴에 누르스름한 빛깔을 띤 것을 말한다.

254. **먹을거리를~바라노라**   『맹자』 「진심」(盡心)에, "성인(聖人)이 천하를 다스림에 백성들로 하여금 콩과 곡식을 물과 불처럼 흔하게 소유하게 하니, 콩과 곡식이 물과 불처럼 흔하다면 백성들이 어찌 인(仁)하지 못한 자가 있겠는가!"(聖人治天下, 使有菽粟如水火. 菽粟如水火, 而民焉有不仁者乎!)라 보인다.

255. **곽박**   동진(東晉)의 학자로 박학하고 시부(詩賦)를 잘했으며, 『이아주』(爾雅註)·『산해경주』(山海經註)·『초사주』(楚辭註) 등을 지었다.

256. **경차**   전국시대 초나라 굴원의 제자 경차(景差)로, 『초사』(楚辭)의 「대초」(大招)를 지었다고 한다. 「대초」는 지하에 떠도는 초나라 충신 굴원(屈原)의 혼을 불러 달래 주는 내용으로 되어 있다. 『한서』(漢書) 「고금인명표」(古今人名表)에는 경차(景瑳)의 차에 대한 음을 '자하반'(子何反)으로 기재하고, 차(瑳) 자는 차(差)로도 쓴다고 되어 있다.

257. **마음껏**   원문은 삽하(鍤荷). 진(晉)나라 죽림칠현의 한 사람으로, 「주덕송」(酒德頌)을 지은 유령이 늘 술병을 들고 나가면서 삽을 메고 따르게 하다가(使人荷鍤而隨之) 자기가 죽으면 그 자리에 파묻도록 한 고사가 있다.

권처가가 와서 묵다 權處可來宿

화성에서 동쪽으로 십 리쯤 가면	華城東十里
빽빽이 가려진 거처 좋다네.	蒙密幽居好
그대가 사는 곳 알지 못하여	不知君所住
그저 지남 마음에 안타까웠지.	憂過有餘懊
오늘 아침 참으로 반가운 소식	今朝信息大
느닷없이 먼 길 찾아 여기 왔구려.	翩然自遠道
가을 난초 엮어서 옷을 만들고[258]	雜服紉秋花
묘한 말로 글재주 자랑하누나.	妙語揚文藻
일 년 내내 어울림이 거의 없더니	終年寡所諧
그대 만남 진실로 뛸 듯 반갑다.	於君寔傾倒
바쁘게 술[259] 내오라 청해 놓으니	忙請杜康來
내 얼굴 늙어 감을 위로하누나.	慰我容顏老
찬 산은 뼈 저밀 듯 저리 푸른데	寒山入骨青
바람 잎 버석이는 소리 들린다.	風葉響枯槁
높은 성엔 저녁 기운 서리어 있고	曾城泛夕氣
어지러이 들려오는 다듬이 소리.	歷亂千砧擣
달빛은 한없이 넘쳐흘러서	月色漲無垠
집들은 섬처럼 잠기어 있네.	平沈屋如島
아득해라 그 깊이 몇 자나 될까	浩浩深幾尺
달빛은 빗자루로 쓸 수가 없네.	空明不可埽

---

258. **가을 난초~만들고** 『초사』(楚辭)「이소경」(離騷經)에 "가을 난초를 엮어 차노라"(紉秋蘭以爲佩) 한 데서 온 말이다.

259. **술** 원문은 두강(杜康). 두강(杜康)이 술을 최초로 빚었다는 사람인 데서 생긴 뜻이다.

우리들 이 맑은 밤 사랑하지만	吾曹愛淸夜
세상 사람 저리 일찍 잠만 자누나.	世人眠苦早
쑥대머리로 오나라의 노래 부르고	蓬首叫吳歌
달빛 보며 근심함 그만두세나.	對月休草草
웅장한 말 비단을 떨친 듯하고	雄詞若振綺
삼라만상 깊은 이치 토론하노라.	萬象窮幽討
성명이야 어찌 족히 말하겠는가	聲名寧足云
지락(至樂)은 마음 품음 귀히 여기네.	至樂貴襟抱
이곳엔 이렇다 할 물건이 없어	此地無長物
솔 그늘을 보배로 생각한다네.	松陰以爲寶

〔부〕 정유 선생의 시를 받들어 차운하다: 담수
〔附〕奉次 貞蕤先生: 澹叟

서로 만나 붙들어 못 가게 하니	相見苦相留
치의(緇衣)[260] 입은 그대 모습 보기 좋았네.	子有緇衣好
외딴 거처[261] 벗 모일 일이 드물어	索居罕聚首
안타까이 마음에 괴로웠었지.	悢悢如有懊
전원에 기꺼이 묻혀 지내나[262]	田園甘沒齒
마흔에도 깨달음은 얻지 못했네.	四十未聞道

260. **치의**　검은 옷이다. 옛날에 관리가 집에 있을 때 입던 옷 또는 중의 옷을 가리키기도 한다.
261. **외딴 거처**　원문은 삭거(索居). 이군삭거(離群索居)의 준말로, 벗들과 떨어져 홀로 지낸다는 뜻이다.

태산북두 같은 이름 우러러보니	高名仰山斗
우뚝해라 글재주 비추이누나.	落落映文藻
세모에 그대 집을 찾아갔는데	歲晏造幽軒
이름 대자 신 거꾸로 신고 나왔지.	通名屣已倒
닭 잡아 범경(范卿)[263]을 대접하였고	殺雞候范卿
인끈 푼 하노(賀老)[264]에게 깜짝 놀랐네.	解龜驚賀老
누각 앞에 서 있는 저 어애송은	樓前御愛松
사시사철 푸르러 시들지 않네.	四時青不槁
둘이 같이 달 바퀴 가리키노니	共指月輪上
어슴푸레 옥토끼가 방아 찧는다.	婆娑玉兎擣
흰 구름 묘하게도 서려 있어서	白雲工點綴
둥실둥실 떠 있는 섬들 같구나.	疑嶼復疑島
맑은 빛 잠깐 만에 펴지더니만	清輝展須臾
참으로 푸른 하늘 깨끗해졌지.	眞將碧天埽
이 좋은 밤 어이해 홀로 보내리	良宵詎可孤

---

262. 묻혀 지내나   원문은 몰치(沒齒). 수명이 다할 때까지의 한평생 또는 배냇니가 빠지는 나이인 7~8세를 가리킨다.

263. 범경   후한(後漢) 사람 범식(范式)을 말한다. 그는 태학의 유생 시절 여남(汝南) 출신의 장소(張劭)와 친구가 되었다. 어느 날 두 사람은 함께 고향으로 돌아가는 이야기를 하게 되었다. 범식이 장소에게 말했다. "2년 후에 고향으로 돌아갈 때에는 먼저 자네 양친에게 절하고서 자네를 보겠어." 그러고는 기일을 약속하고 헤어졌다. 2년이 지나 약속한 날이 다가오자 장소는 어머니에게 그를 위해 음식을 준비해 줄 것을 부탁했다. 이에 장소의 어머니는 "2년간 천 리나 되는 먼 곳에 떨어져 있으면서 약속을 하였으니, 어찌 서로 약속을 지킬 수 있다고 하겠느냐?" 하고 말했다. "거경은 신의가 있는 선비입니다. 반드시 약속을 어기지 않을 것입니다." 이에 어머니는 "그렇다면 당연히 술을 준비해야지" 하고 말하였다. 그날이 되자, 거경은 과연 도착하였는데, 먼저 당(堂)에 올라 원백의 양친에게 절을 하고 나와 함께 술을 마시고, 한껏 회포를 푼 후에 헤어졌다. 『후한서』(後漢書) 권81, 「범식전」(范式傳)에 보인다.

264. 인끈 푼 하노   원문의 귀(龜)는 거북 모양의 금으로 된 도장으로, 즉 관인(官印)을 말한다. 하지장(賀知章)이 이백(李白)을 처음 만났을 때 관인을 잡혀서 술을 마셨다 한다.

겨울[265]은 다행히도 오지 않았네.	冬令幸不早
말세라 환담(桓譚)[266]이 있지 않아서	末路少桓譚
『태현경』지어 본들 뉘라 알리오.	誰知太玄草
춘추의 크나큰 한 법도로써	春秋大一統
이단을 마땅히 물리치리라.	異學宜懲討
백이(伯夷)의 고사리는 먹지 않고서	未食伯夷樹
화씨벽 끌어안음[267] 부끄럽구나.	空慙卞和抱
부들잎 부채를 다만 얻어다	但乞蒲葵扇
촌가의 보물로 남겨 두리라.	留作村家寶

〔부〕 아버님의 시에 삼가 차운하여 담수에게 드리다: 아들 장임 〔附〕贈澹叟 敬次家大人: 男長稔

| 벗님께서 기쁘게 자주 머물며 | 故人欣屢止 |
| 즐거이 함께함을 좋아하시네. | 惠然同我好 |

265. **겨울** 원문은 동령(冬令). 겨울철에 시행하는 정령(政令)이다. 고대인들은 천시(天時)와 정사(政事)가 부회해야 하므로 정령이 계절에 상응해야 하며 그렇지 않으면 재앙이 생겨난다고 믿었다.
266. **환담** 후한(後漢)의 학자로, 비참(秘讖)을 좋아하는 광무제(光武帝)를 극간(極諫)하다가 육안군(六安郡)의 승(丞)으로 쫓겨났다. 그가 양웅(揚雄)의 『법언』(法言)과 『태현경』이 후세에 반드시 전해질 글이라는 것을 말한 적이 있다. 『후한서』(後漢書) 권58, 「환담전」(桓譚傳)에 보인다.
267. **화씨벽 끌어안음** 원문은 변화포(卞和抱). 춘추시대 초(楚)나라 사람이던 변화(卞和)가 형산(荊山)에서 옥돌을 얻어 여왕(厲王)에게 바쳤으나 왕이 이를 알아보지 못하고 변화에게 오히려 월형(刖刑)을 가했다. 무왕(武王)이 즉위하여 다시 옥돌을 바쳤지만 결과는 마찬가지였다. 뒤에 문왕(文王)이 즉위했을 때 변화는 형산 아래에서 옥돌을 끌어안은 채 통곡했고, 문왕이 장인(匠人)으로 하여금 옥돌을 갈고 닦게 하여 마침내 '화씨벽'(和氏璧)을 얻기에 이르렀다.

가만히 눈썹 사이 살피어 보니	竊覰眉睫間
가난해도 근심을 품지 않았네.	居貧自無懊
홀로 가도 친한 이 가까이하니	獨行不違親
이 바로 옛사람 곽유도(郭有道)[268]일세.	無乃郭有道
뉘 능히 숨은 재목[269] 천거할거나	疇能薦蟠木
그 재주 문단 오름 합당한 것을.	才合登羣藻
명예 이룸 간혹 요행과 같아	名途或徼幸
이제 그대 더더욱 영락하셨네.	如君更潦倒
혼천의가 그 절기 가리키노니	玉衡指其節
개연히 가을도 벌써 깊었다.	慨然秋已老
추위가 사람 몸에 선듯하여서	薄寒乍中人
바위 여위고 단풍은 더욱 말랐네.	石瘦楓更槁
끼룩끼룩 기러기 떼 울면서 날고	咽咽群雁鳴
싸늘하게 들리는 다듬이 소리.	凄凄一杵擣
금단을 못 이루고 늙어 가노니	金丹感遲暮
좋은 기약 봉래산은 아득하구나.	佳期隔蓬島
지사는 천하를 생각하는 법	志士念天下

---

268. 곽유도 후한 때의 은사(隱士) 곽태(郭太, 128~169)를 가리킨다. 곽태의 자는 임종(林宗)이고, 유도(有道)는 곽태가 도(道)를 지닌 사람으로 천거되었기 때문에 불린 이름이다. 어떤 사람이 범방(范滂)에게 곽태가 어떤 인물이냐 묻자, "은거하면서도 가까운 사람을 떠나지 않았고 도도하면서도 속세를 끊지 않았으며, 천자도 그를 신하로 삼지 못했고 제후도 그를 벗으로 삼지 못했으니 나는 그가 어떤 인물인지 도대체 모르겠다"고 하였다. 『후한서』(後漢書) 권68, 「곽태열전」(郭太列傳)에 보인다.

269. 숨은 재목 원문은 반목(蟠木). 한(漢)나라 때의 문인(文人) 추양(鄒陽)의 옥중상서(獄中上書)에 "얽히고 설킨 나무 뿌리가 꼬불꼬불 얽혔는데도 만승천자의 기물이 될 수 있는 까닭은 무엇인가? 좌우에서 먼저 그것을 수식해 주었기 때문이다"(蟠木根柢, 輪困離奇, 而爲萬乘器者, 何則? 以左右先爲之容也.)라고 한 데서 온 말이다. 일찍 천거(薦擧)를 받아서 천자(天子)에게 등용되는 것을 의미한다. 『사기』 권83, 「추양열전」(鄒陽列傳)에 보인다.

방 한 칸 쓰는 일에 어이 족할까.	一室安足埽
가소롭다 티끌세상 묻힌 사람들	可笑紅塵子
어이 일찍 옷깃을 떨치지 않나.	拂衣胡不早
흰 실[270] 같은 물정(物情)을 슬퍼하노니	物情悲素絲
잡초도 방초로 바뀌는 것을.	蕭艾化芳草
그대 응당 이 미친 말 용서하시고	君應恕此狂
술 마시며 성토함 싫어 마소서.	有酒不嫌討
흰 달은 뜰 가운데 가득 고여서	白月滿庭心
굽어 서린 소나무를 감싸 안누나.	屈蟠松合抱
매임 없다 신선을 부러워 마오	無累莫羨仙
욕심 없음 그것이 보배일러니.	不貪方識寶

연경잡절. 임은수 자형과 헤어지며 주다. 옛 기억을 더듬어 붓을 달려 140수를 얻었다

燕京雜絶 贈別任恩叟姊兄 追憶信筆 凡得一百四十首

1

| 길 떠나는 사람에게 술을 권하니 | 酌酒勸行人 |
| 내일 아침 먼 이별 앞두었도다. | 明朝當遠別 |

270. **흰 실**　원문은 소사(素絲). 마음이 변하는 것을 비유한 말이다. 춘추시대 묵적(墨翟)이 흰 실은 물들이면 황색으로도 흑색으로도 변할 수 있듯, 인간의 성품도 환경에 따라 선하게도 악하게도 변할 수 있다고 하면서 슬피 여겨 울었던 데서 나온 말이다.

장쾌한 여정 부디 조심하소서[271]　　　　壯遊尙愼旃

요동과 계주 땅엔 눈보라 치리.　　　　遼薊多風雪

2

어둑어둑 해가 장차 서편에 지니　　　　杳杳日將西

낮게 깔린 하늘은 압수(鴨水)로 든다.　　天低鴨水入

검은 옷 입은 사람 때로 만나면　　　　時逢黑衣人

말 먹이며 갈대밭에 서 있곤 하네.　　　牧馬蘆中立

3

책문 들자 거칠고 궁벽하여도　　　　　入柵雖荒絶

집집마다 여인들 꽃을 꽂았다.　　　　　家家女揷花

봉성 땅 삼십 리를 가면서 보니　　　　鳳城三十里

이에 벌써 번화함 지극하도다.　　　　已是極繁華

4

마천령 지나자니 다시 청석령　　　　　摩天復靑石

묵은 사당 산속에 잠겨 있구나.　　　　古廟鎖嵯峨

합죽선 하나를 접어 들고서　　　　　　一摺聚頭扇

도사가 주는 차에 답례하였네.　　　　憑酬道士茶

고개 위에는 반드시 불사와 관묘와 도관이 있다. 비가 오나 눈이 오나 도를
닦으며 길 가는 사람에게 차를 권하는데, 값을 받지 않는 것으로 공덕을 삼는
다. 우리나라 사신들은 항상 백지와 부채, 청심환 등을 답례로 주고 간다. 嶺

---

271. 부디 조심하소서　　원문은 상신전(尙愼旃). 상(尙)은 '부디'의 뜻이고 전(旃)은 지언(之焉)의 준
말로 지(之)와 같은 뜻이니, 상신전(尙愼旃)은 '부디 조심하라'는 뜻이 된다.

上, 必有佛寺關廟道觀. 雨雪修道, 勸行人茶, 不受値, 以爲功德. 東使常以白紙
扇子淸心丸等, 投贈而去.

5

팔참 길엔 굽이진 골짝 많은데	八站多隈隩
눈에 익음 마음이 그러해설세.	慣看心所然
우뚝이 솟아 있는 저 석문령(石門嶺)은	偉哉石門嶺
대륙을 하늘에다 붙여 놓은 듯.	大陸黏靑天

6

울지탑(尉遲塔) 하늘 높이 솟아 있으니	黨天尉遲塔
그 형세 전 요동과 다툴 만해라.	勢與全遼爭
풍경 소리 아스라이 스러지는 곳	風鈴聲盡處
어느덧 열흘의 여정이라네.	已是一旬程

7

심양 땅 부자묘에 이르러 보니	瀋陽夫子廟
수많은 서생들 부산도 하다.	草草數書生
지금에 서 있는 저 문소각은	卽今文溯閣
남경의 문원각과 비슷하다네.	髣髴於南京

부자묘는 조선 고관의 동쪽에 있는데, 공자의 소상을 모셔 놓았다. 문소각에
는 『사고전서』가 비치되어 있어 연경의 문연각, 열하의 문필각 그리고 남경
의 문원각과 어깨를 나란히 한다. 夫子廟, 在朝鮮古館東, 有宣尼塑象. 文溯
閣, 貯四庫全書, 與燕京文淵熱河文筆南京文源, 幷列.

8

의무려산 향해 가는 이백 리 길은	巫閭二百里
푸름 다한 옛날의 유주(幽州) 땅일세.	青盡古幽州
천지엔 아름다운 기운이 있어	天地有佳氣
동북편 구석까지 두루 미치네.	彌綸東北陬

9

영수사(靈壽寺) 온천에서 갓끈 씻으니	濯纓靈壽泉
도화동엔 글귀가 새겨져 있네.	泐句桃花洞
규방서 기다리는 어여쁜 임이	不知閨裏人
요서 땅 꿈꾼 까닭 모르겠구나.	眞作遼西夢

영수천은 영원부에서 동남쪽으로 십오 리 떨어진 곳에 있는데, 온천으로 행궁이 있다. 도화동은 의무각에 있는데 북진묘에서 십 리 거리다. 황제의 어제집에는 조선인이 새겨 놓은 글귀가 많다고 했으니, 대개 사실을 기록한 것이다. 靈壽泉, 在寧遠東南十五里, 卽溫泉, 有行宮. 桃花洞, 在醫巫閭, 距北鎭廟十里. 皇帝御製集云, 多朝鮮人泐句, 蓋記實也.

10

위원대 천 길 높이 우뚝 섰는데	威遠臺千尺
만 리의 바람 앞에 술잔 들었네.	携尊萬里風
칼 뽑아 땅 찍으며 춤을 추노니	拔劍斫地舞
휘날려 발호함이 웅장도 해라.[272]	飛揚跋扈雄

272. 휘날려~해라   원문은 비양발호웅(飛揚跋扈雄). 두보의 「증이백」(贈李白) 중 "드날리고 발호하여 누구의 영웅 되리"(飛揚跋扈爲誰雄)라는 구절에서 취하여 쓴 것이다.

11

진의정 큰 바위가 한 덩이 있어[273]	振衣石一片
평야가 솟아올라 언덕 되었네.	平野突爲原
강녀 행적 기리는 망부 사당이	所以望夫廟
나부낄 듯 징해루(澄海樓) 앞에 있다네.	飄然澄海先

강녀묘(姜女廟)는 산해관(山海關)의 동쪽 오 리에 있는데 망부묘라고도 부른다. 징해루는 장성이 끝나는 바다 어귀에 있어서 명나라 때는 망해정이라 불렀다. 姜女廟, 在山海關東五里, 或稱望夫廟. 澄海樓, 在長城盡處海嘴, 明時稱望海亭.

12

아홉 겹 문을 쌓은 진나라 장성	秦城九重門
발해(渤海) 물결 그 끝을 적시어 드네.	渤海浸其垠
해서〔眞書〕로 씌어진 편액을 두고	莫以眞書榜
이사(李斯)[274]의 글씨라고 생각지 마라.	翻疑小篆人

세속에서는 "산해관(山海關)의 편액은 이사(李斯)가 쓴 것인데, 십 리 떨어진 곳에서도 볼 수가 있다"고들 말한다. 대개 관문 바깥으로 둘러친 성에는 원래 편액이 없다. 성에 들어온 뒤에 성문의 다락 위를 돌아보면 '천하제일관'(天下第一關)이라고 해서로 쓴 다섯 글자가 걸려 있으니 곧 소현(蕭顯)[275]의 글씨다. 산해관이란 이름은 서달(徐達)[276]에게서 비롯되었다. 게다가 이사가

273. **진의정~있어**　강녀묘가 있는 망부석에는 '진의정'(振衣亭) 세 글자가 새겨진 바위가 있다. 이의현의 『경자연행잡지』에 기록이 자세하다.
274. **이사**　원문은 소전인(小篆人). 중국 진 시황 때 승상을 지낸 이사(李斯)를 가리킨다. 그가 대전(大篆)을 간략하게 변형하여 소전(小篆)을 만들었으므로 일컫는 말이다.
275. **소현**　자는 문명(文明)이다. 벼슬은 병과급사중(丙科給事中)·복건안찰첨사(福建按察僉事)를 지냈는데 정직하기로 유명했고, 시가 청간(淸簡)하였으며, 글씨로 일가를 이루었다고 한다.

어찌 해서를 썼겠는가? 俗稱山海關匾額, 爲李斯書, 可以望十里. 蓋關外重城,

元無匾. 入城後, 回見城樓上, 揭天下第一關眞書五字, 卽蕭顯筆. 山海之名, 昉

於徐中山, 李斯豈作楷書乎?

13

사호석(射虎石)은 그 이름 높기도 한데	名高射虎石
가 보니 비파강(琵琶岡)과 겨우 비슷해.	僅比琵琶岡
그래도 범의 이마[277] 본 것만 같아	猶疑見白額
겁을 내어 석양에 말을 달리네.	疾馬怯斜陽

비파강(琵琶岡)은 한양 묵사동(墨寺洞) 동쪽 기슭 이동악(李東岳) 시단[278] 있
는 자리 뒤편 활터의 북쪽에 있다. 琵琶岡, 卽漢陽墨寺洞東麓李東岳詩壇後射
場之北.

---

276. 서달　중국 명나라의 건국 공신 서달(徐達, 1332~1385)을 가리킨다. 자는 천덕(天德), 익호
는 무녕(武寧)이며, 사후에 중산왕(中山王)으로 추인되었다. 22세 때 주원장의 부하가 되었고, 손
덕애(孫德崖)에게 붙잡힌 주원장을 구출하여 그의 신뢰를 받았다. 1381년에 주원장은 서달을 파견
하여 산해위를 설치하면서 "산을 베고 바다를 안아 후두와 같으니 관을 이리로 옮겨 장성을 끌어
오자"라며 산해관이라는 이름을 붙였다. 여기서는 산해관의 이름이 명나라 때 생겼는데 그 글씨를
이사가 썼다고 말하는 것은 시대의 앞뒤가 맞지 않음을 말하고자 한 것이다. 이덕무 또한 『청장관
전서』 60권, 「앙엽기」 7의 '천하제일관'에서 관문의 글씨가 이사의 것일 수 없음에 대해 견해를 피
력한 바 있다.

277. 범의 이마　원문은 백액(白額). 사호석이 흰빛을 띠고 있음을 가리킨다.

278. 이동악 시단　동악(東岳)은 이안눌(李安訥, 1571~1637)의 호다. 이안눌은 18세 때 진사시에
수석하여 성시(省試)에 응시하려고 하던 차에 동료의 모함을 받아 정거(停擧)되었다. 이안눌은 이
때부터 더욱 문학에 열중하여 문인들과 사교하였으며, 그의 동료인 권어(權韠)와 선배인 윤근수(尹
根壽), 이호민(李好閔) 등과 특별히 가까운 사이였다. 이안눌을 중심으로 한 문인들의 모임이 동악
시단(東岳詩壇)이었는데 이안눌의 집에서 모였다. 이안눌의 집 자리임을 기념하기 위하여 이주진
(李周鎭, 1691~1749)의 해서 대자(大字)를 음각하였던 것이 '동악선생시단'(東岳先生詩壇)이다.
서울시 중구 필동 3가 동국대학교 북문 근처 벽면에 있었다.

14

백이궁(伯夷宮)서 고사릿국을 끓이고	羹薇伯夷宮
난하(灤河)[279]에서 저녁 무렵 낚시를 한다.	投釣灤河夕
그림 뜻에 능통한 사람이 있어	能通畫意人
찾아와서 행궁에 돌을 쌓았네.	來壘行宮石

우리나라 사신들은 고사리나물을 가져가 성청묘(聖淸廟)에서 밥을 먹는다. 묘에는 돌을 쌓아 둔 것이 있는데 몹시 기이하다. 듣자니, 소남이 만든 것이라 한다. 東使輒持薇菜, 飯于聖淸廟. 廟有壘石, 甚奇. 聞召南工作也.

15

무녕(撫寧) 땅 살고 있는 서 진사(徐進士)[280] 집을	撫寧徐進士
동국 사람 어쩌다 한 번 들렀네.	東人偶一過
그 옛날 서화들이 여태 남아서	猶存舊書畫
그 집에서 대대로 맞아 보내네.	迎送世其家

서학령(徐鶴齡)의 집은 백하(白下) 윤순(尹淳)[281]이 처음 들른 뒤부터 해마다

---

279. 난하 중국 하북성 북동부를 흐르는 강이다. 길이는 약 800킬로미터다. 하북성 북부 몽골 고원 남부에서 발원하여 많은 지류와 합쳐지며, 급류를 이루어 남동쪽으로 흘러내린다. 다시 맥을 가로지르고 난현(灤縣)을 거쳐 하북평야 하류에 델타를 형성하면서 발해만으로 흘러든다.

280. 서 진사 서학령(徐鶴齡)에 대해서는 『청장관전서』 66권, 「입연기(상)」 '5월 8일조'에 자세한데, 여기에는 서학령(徐鶴齡)을 서학년(徐鶴年)으로 적었다. 이날 영평부(永平府)에 유숙하게 된 이덕무는 "유관에서 서쪽으로 이십 리를 가면 무녕현(撫寧縣)이 있다. ……시장 점포 북쪽 끝에 서학년(徐鶴年)의 집이 있다. 옥우(屋宇)가 굉장히 컸으므로 전부터 우리나라 사신들이 반드시 들어가 구경했다. 학년의 자는 명고(鳴皐)이고, 진사를 지냈다. 사람됨이 장자(長者)의 풍도가 있었고, 집이 부유해서 객을 좋아했으나 지금은 죽었고, 아들을 둘 두었다. ……둘째 아들은 소신(紹薪)으로 자가 초단(樵丹)이다"라고 적었다.

281. 윤순 1680~1741. 본관은 해평(海平), 자는 중화(仲和), 호는 백하(白下) 또는 학음(鶴陰)이다. 1712년 진사시에 장원, 1713년 증광문과에 급제, 부수찬(副修撰)을 지냈다. 1723년 응교(應敎) 때 사은사(謝恩使)의 서장관(書狀官)으로 명나라에 다녀왔다.

방문하는 것이 상례가 되었다. 그 둘째 아들 서소신(徐紹薪)도 또한 제법 시에
능하다. 徐鶴齡家, 自尹白下淳爲始, 每年歷訪爲常. 其二子紹薪, 亦翩翩能詩.

16

계문(薊門)은 수은의 바다와 같아	薊門水銀海
그림자 가물가물 잠기어 든다.	人影沒霏霏
억지로 이름 지어 연수(煙樹)[282]라 하니	强名作煙樹
기운도 활발하게 빛을 받누나.	氣活而承暉

17

반산(盤山)[283]은 그 옛날 공동산(空同山)[284]으로	盤山古空同
위에는 신선 사는 집이 있다네.	上有仙人宅
누가 능히 수레를 세워 두고서	誰能駐轓軒
몸 솟구쳐 먼 산 위로 오를 것인가.	輕身凌遠碧

18

조양문(朝陽門)[285] 채 미치지 아니한 곳에	未及朝陽門
다름 아닌 동악묘(東岳廟)[286] 여기로구나.	是爲東岳廟
붉은 난간 하늘에 솟아 있어서	紅欄出半天
만국(萬國)이 와서 함께 우러르누나.	萬國來同眺

---

282. 연수　박제가는 앞선 연행에서도 '계문연수'(薊門煙樹)를 노래한 바 있다. 『정유각시집』 권3
에 「부득계문연수」(賦得薊門烟樹)가 보인다.
283. 반산　중국 천진시 북부의 계현(薊縣) 경내에 있는 산이다. 이 책 중권 84쪽 각주 162 참조.
284. 공동산　북경 근처 계주에 있는 산 이름이다. 연행사들이 간혹 들러 구경했던 곳이다. 연행
사들은 이 산을 도교 발상지인 감숙성의 공동산에 비기곤 했다.

19

천자께서 도읍으로 정한 곳이라	天子之所都
바다를 머금고 땅을 품었네.[287]	海涵而地負
하한(河漢)을 다 쏟았다 말하려 하나	欲言盡河漢
변사(辯士)도 그 입을 열지 못하리.	辯士箝其口

20

만 리의 길이라 말들 하지만	人言萬里道
중화의 변두리에 거우 닿았네.	僅到中華邊
그래 봤자 이제현(李齊賢)의 반도 못 되고	未及益齋半
노인(魯認)이 앞서 간 것 부끄럽구나.	空慙魯認先

고려 때 익제(益齋) 이제현(李齊賢)이 사신의 명을 받들어 촉 땅으로 들어가[288] 강남 땅에서 향을 하사 받았다. 병사(兵使) 노인(魯認)[289]은 임진년에 왜놈의 포로가 되었다가 도망쳐 복건에 이르러 고정서원(考亭書院)[290]에서 공부하며 서발(徐渤) 형제와 교유하였다. 뒤에 육로를 따라 본국으로 돌아왔다. 지금도 그 집에는 서홍 공이 작별하며 써 준 시의 진적이 있다고 한다. 高麗李益齋齊賢, 奉使入蜀, 降香江南. 魯兵使認, 壬辰被倭俘, 逃至福建, 講學考亭書院, 交

---

285. **조양문** 중국 북경성의 아홉 성문 가운데 하나로, 조선의 연행사는 동악묘에서 옷을 갈아입고 조양문을 통해 성내로 들어갔다. 아홉 성문은 동쪽의 동직문(東直門)과 조양문(朝陽門), 서쪽의 서직문(西直門)과 부성문(阜城門), 남쪽의 숭문문(崇文門)과 정양문(正陽門, 永定門)과 선무문(宣武門, 和平門), 북쪽의 덕승문(德勝門)과 안정문(安定門, 地安門) 등이다.

286. **동악묘** 중국에서 태산(泰山, 東岳)의 신인 태산부군(泰山府君, 東岳帝)을 제사 지내던 도교 사원이다. 중국의 천자는 산동성 중부에 있는 명산이자 중국 5악 중의 하나인 태산에 올라 하늘에 제사 지내고 그 산록에서는 땅에 제를 드렸는데, 이를 봉선(封禪)이라고 한다. 매년 3월 28일은 동악대제의 탄생일이므로 대제가 행해지는데, 이를 진회(塵會)라고 한다.

287. **바다를~품었네** 원문은 지부해함(地負海涵). 대지는 만물을 짊어지고 바다는 온갖 시내를 다 받아들인다는 뜻으로, 삼라만상을 포괄하여 풍부하게 담고 있음을 가리킨다.

徐渤兄弟, 後從陸路還國. 今其家, 猶有徐興公別詩眞蹟云.

21

기공은 세 가지가 모두 높으니[291]	紀公三達尊
을사년 천수 중에 한 분이라네.	乙巳千叟一
내게서 무엇을 좋게 봤는지	奚取於我哉
해마다 문필을 부쳐 온다네.	年年寄文筆

기공은 이름이 윤(昀)이니 예부상서다. 호가 효람(曉嵐)이다. 일찍이 내 시를

---

288. 사신의~들어가 원문은 봉사입촉(奉使入蜀). 이제현(1278~1367)은 1314년에 처음 원나라에 도착해서부터 1341년 귀국 때까지, 잠시 고려에 다녀간 경우를 제외하고는 대부분의 시간을 중국에서 보냈다. 그동안 세 차례에 걸친 여행을 하는데, 1차는 1316년에 서촉(西蜀)에 사신으로 간 것이고, 2차는 1319년 충선왕이 강남(江南)의 사찰에 향을 하사하러 갈 때 수행한 것이며, 3차는 1323년에 서쪽 토번(吐藩)으로 충선왕을 만나고자 간 것이다. '사신이 되어 촉 땅에 든 일'(奉使入蜀)은 이 중 1차 여행을 가리킨다. 주서평의 「익재 이제현의 중국에서의 행적과 원대 인사들과의 교유에 대한 연구」(『남명학연구』 6, 남명학연구소, 1996) 참조.

289. 노인 조선 선조 때의 무신이다. 본관은 함평(咸平)이고, 호는 금계(錦溪)이다. 1592년(선조 25) 임진왜란 때 권율(權慄)의 휘하에서 이치(梨峙)·행주(幸州)·의령(宜寧) 싸움에 참전하였다. 1597년 정유재란 때는 남원(南原)에서 포로가 되어 일본까지 끌려갔다가 탈출하였다. 그 뒤 중국 명(明)나라의 무이서원(武夷書院)에서 정주학(程朱學)을 강론하였는데, 명나라 신종(神宗)이 "충(忠)은 상(祥, 文天祥)과 같고, 절(節)은 무(武, 蘇武)와 같다"라고 하여 말 한 필을 하사 받기도 하였다. 1599년에 돌아와, 1603년 무과에 급제하여 수원(水原)·웅진(甕津)을 다스렸다. 수원·웅진의 사당에 배향되었다. 저서에 『금계일기』와 『금계집』이 있다

290. 고정서원 주희가 세운 중국 복건성의 죽림정사(竹林精舍)를 가리킨다. 주희는 1194년에 자신의 거처 동쪽에 죽림정사를 세운 것으로 보이며, 1244년 황제의 명에 따라 고정서원으로 이름이 바뀌었다. 이후 여러 세기 동안 고정서원은 파괴와 재건의 부침을 겪었고, 그 위치도 여러 차례 바뀌었다. 진영첩, 『진영첩의 주자강의』(푸른역사, 2001) 참조.

291. 세 가지가 모두 높으니 원문은 삼달존(三達尊). 『맹자』 「공손추」에서 맹자가 "천하에 세 가지 높은 것이 있는데, 벼슬 지위가 하나요, 나이가 하나며, 덕이 또 하나다. 조정에서는 벼슬의 지위만 한 것이 없고, 마을에서는 나이만 한 게 없으며, 세상을 도와 백성을 기르는 데는 덕이 최고다"(天下有達尊三, 爵一齒一德一. 朝廷莫如爵, 鄕黨莫如齒, 輔世長民莫如德.)라고 한 말을 가져온 것으로, 기윤이 그 세 가지 높은 것을 다 갖추었다는 뜻이다.

일컬어 "서권기가 많으니, 해외에 있는 큰 인물이로다"라고 하였다. 매년 반드시 안부를 물으며 시를 부쳐 오는데, 나는 외교의 의리가 없는지라 감히 답장은 못하고 있다. 부쳐 온 시에 수인을 찍었는데, '을사천수지일'(乙巳千叟之一)[292]이라는 글귀가 있었다. 올해로 73세다. 紀公名昀, 禮部尙書, 號曉嵐, 嘗稱余詩, 多書卷氣, 海外大有人在也. 每年必問安否寄詩, 余以無外交之義, 不敢答, 來詩引手印, 有乙巳千叟之一, 今年七十三也.

22

금석문은 정삼옹 옹방강이요	金石正三翁
그림으로 뛰어나긴 나양봉일세.	丹靑羅兩峰
맑은 행실 비부의 손성연이요	淸修比部衍
웅장하고 아름답긴 홍양길이라.	鉅麗北江洪

시랑 옹방강은 자가 정삼이다. 나양봉은 이름이 빙(聘)이다. 손비부는 이름이 성연이요, 자는 연여(淵如)다. 한림 홍양길은 학식이 넓고 변려문에 뛰어났다. 翁侍郎方綱, 字正三, 羅兩峰名聘, 孫比部名星衍, 字淵如, 洪翰林亮吉, 博學工騈儷之文.

23

전례도 성대하게 번국 맞으니	盛典迎藩國
철보가 사신 행차 찾아왔다네.	鐵卿來客星
동쪽 바다 안목으로 바라본다면	不知東海眼
오는 날 뉘 반길지 모르겠구나.[293]	到日爲誰靑

---

292. 을사천수지일 청나라 건륭제 을사년(1785)에 건청궁에서 천수연을 베풀었다. 이때 잔치에 참여한 자가 3천9백여 명이었는데, 각각 구장(鳩杖)을 하사 받았다. 기윤이 이 잔치에 참여하였으므로 이렇게 말한 것이다.

철보는 예부시랑이다. 일찍이 내게 이렇게 말했다. "조선에 가는 사신으로 만주 갑과 출신의 대신을 쓴다면 우리 형제가 마땅히 나갈 것이오." 그의 아우옥보 또한 학사인데 문학으로 이름났다. 鐵保禮部侍郎, 嘗謂余曰: "東國詔使, 須用滿洲科甲大臣, 我兄弟或當出也." 蓋其弟玉保, 亦學士, 有文學名.

24

이공은 해맑은 사람이어서	伊公素心人
이웃처럼 마음을 허락하였네.[294]	托契猶比隣
관음상 새긴 먹에 절을 올리니[295]	頂禮觀音墨
내 장차 벽산(碧山)[296]에 묻혀 죽으리.	吾將殉碧山

　　이병수(伊秉綬)는 호가 묵경(墨卿)이다. 휘주에서 나는 조공으로 바치는 먹[297]을 내게 주었다. 불상을 새긴 뒤쪽에 반야심경을 썼는데, 가늘기가 가을 터럭 같았다. 伊秉綬號墨卿, 贈徽州貢墨, 刻佛像背, 書般若蜜多心經, 細入秋毫.

---

293. 오는 날~모르겠구나　　원문은 도일위수청(到日爲誰靑). 내심 여전히 만주족에 혐의를 두고 있는 조선 지배층의 풍토를 말한 것이다.

294. 이웃처럼 마음을 허락하였네　　원문은 탁계유비린(托契猶比隣). 왕발(王勃)이 지은 「송두소부지임촉주」(送杜少府之任蜀州)의 시구 "해내에 마음 아는 벗이 있다면, 천애의 먼 곳도 이웃 같으리"(海內存知己, 天涯若比鄰.)를 염두에 둔 말이다.

295. 절을 올리니　　원문은 정례(頂禮). 인도 고대의 절하는 법으로, 상대자의 앞에 나아가 머리가 그의 발에 닿도록 하는 절을 말한다. 오체투지(五體投地)·접족례(接足禮)·두면례(頭面禮)라고도 한다.

296. 벽산　　호북성 안류시(安陸市) 경계에 있는 산으로, 청말에 편찬된 『안륙현지』에 따르면 이백이 이 산 아래서 독서했다고 한다. 이백의 「산중문답」(山中問答)에서 말한 "무슨 일로 푸른 산에 사느냐고 묻기에, 웃으며 답 안 하니 마음 절로 한가롭다"(問余何意棲碧山, 笑而不答心自閑.)의 벽산(碧山)이 여기라고 한다.

297. 휘주에서~바치는 먹　　원문은 휘주공묵(徽州貢墨). 휘주 지방에서 공물로 바치는 묵으로, 휘묵(徽墨)이라 한다. 휘주부(徽州府)는 지금의 안휘성 흡현(歙縣)에 해당된다. 여기서 나는 묵은 품질과 포장이 모두 아름다워 송대 이후 명성이 높았다.

25

미시(米市)의 거리[298]를 잊지 못하니   難忘米市街

진숭본 집 느티나무 크기도 했지.   老大陳家槐

초죽으로 황기를 만들어 내니   楚竹翻黃器

안 준대도 마음에 품을 만해라.   匪貽伊可褱

> 학사 진숭본(陳崇本)[299]의 집은 미시(米市)호동의 서쪽에 있었다. 나에게 반황색 문방(文房) 상자 하나를 주었다. 陳崇本學士家, 在米市衕西, 贈余反黃文房一函.

26

공협의 수자리 삶 마음 아파서   心傷龔戍人

『추가집』(秋笳集)[300]을 눈물로 적시는구나.   淚濕秋笳集

그의 딸 아형(阿馨) 나이 손꼽아 보니   屈指阿馨年

시집갈 나이 그 누가 불쌍타 하리.   誰憐笄已及

> 공행장의 이름은 협이다. 나보다 한 살이 적다. 일찍이 그 이름과 나이, 족보와 자녀의 이름을 써서 나에게 주었다. 그 부인 위(韋)씨는 좨주(祭酒) 벼슬을 지낸 약헌 위겸항(韋謙恒)의 따님이다. 어머니는 왕어양의 증손녀가 된다. 들으니, 비방에 걸려 흑룡강에서 수자리를 산다고 한다. 아형은 그 어린 딸의 이름이다. 『추가집』은 한사 오조건(吳兆蹇)이 지은 것이다. 龔荇莊名協, 少余一歲. 嘗書其名甲世派子女名字, 以贈余, 其夫人韋氏, 祭酒約軒謙恒之女, 母

---

298. **미시의 거리**   원문은 미시가(米市街). 북경의 거리 이름으로 선무문(宣武門) 밖에 있었다. 쌀 시장이 있었기 때문에 붙여진 이름이다. 근처에 조선 사신들과 인연이 깊은 법원사(法源寺)가 있다.

299. **진숭본**   『호저집』에 따르면, 자는 정양(井養)으로 하남(河南) 사람이다. 벼슬은 한림원시강학사(翰林院侍講學士)였으며, 그의 집이 미시호동 서쪽에 있었다고 한다.

300. **『추가집』**   청나라 초기 오조건(吳兆騫, 1631~1684)의 문집이다.

爲王漁洋曾孫女. 聞以橫謗, 戍黑龍江云. 阿馨其小女字也. 秋茄集, 吳漢槎著.

27

무리 중에 붓글씨를 살펴보더니	衆中看墨迹
조장남이라고들 말을 하누나.	云自趙潯南
남자 운의 간(諫) 자가 염(艶)과 통하듯	南韻諫通艶
검담(劍潭)을 간담(澗曡)이라 말한 것일세.[301]	劍潭爲澗曡

서장관 조덕윤의 아들이 국박(國博) 왕단광(汪端光)을 만나 영첩(楹帖)[302]을 주었는데, 왕단광은 조공을 일컬을 때 반드시 장남(潯南)이라 하였다. 자신의 서명에는 간담(澗曡)이라 하였는데, 전에 쓰던 호인 검담(劍潭)과는 달랐다. 중국음으로 이를 읽어 보고서야 비로소 발음이 같은 것을 알았다. 왕군은 나이가 젊은데도 이처럼 교묘한 말을 지어냈다. 趙書狀德潤之子, 逢汪國博端光, 贈楹帖, 必稱趙公爲潯南. 自署曰澗曡, 與前號劍潭異, 以華音讀之, 方悟. 汪君年少, 作此狡獪語.

28

소장(小蔣)은 재주가 무적이거니	小蔣才無敵
공봉(供奉)의 반열 올라 여유롭다네.	閒居供奉班
황제의 시에다 화의 담으니	御詩傳畫意
풍죽 그림 세상에 가득하구나.	風竹滿人間

대조(待詔) 장화는 졸노인(拙老人) 상범 선생(湘帆先生) 장형(蔣衡)의 손자

---

301. **검담을~말한 것일세**   원문은 검담위간담(劍潭爲澗曡). 중국어 발음으로 남(南)은 'nan', 간(諫)은 'jian', 염(艶)은 'yan'이니 서로 통운(通韻)하는 것처럼, 자신의 호인 검담(劍潭)과 발음이 같은 간담(澗曡)을 썼던 것을 말한다.
302. **영첩**   기둥에 붙이는 글귀란 뜻으로, 대련(對聯)이나 대자(對子) 또는 영련(楹聯)이라고도 한다. 의미가 서로 관련되고 형식상 대구를 이루는 두 구절이다.

로, 자칭 강남소장(江南小蔣)이라 하였다. 상범은 『13경주소』를 직접 썼던 사람이다. 장화는 황제께서 지은 시의 뜻을 가지고 대나무 10여 폭을 그려 판목에 새겨 바쳤다. 蔣待詔和, 拙老人湘帆先生衡之孫, 自稱江南小蔣, 湘帆卽手書十三經注疏者. 和以皇帝御製詩意, 作畫竹十餘幅, 刻板以進.

29

손사인은 자태가 순아하여서   舍人醇雅姿

도무지 재상 집안 같지 않았지.   都無相門氣

아내 잃은 나의 슬픔[303] 어이 알아서   知我叩盆情

만 리 길에 시를 보내 위로하였네.   緘詩萬里慰

> 사인 손형은 자가 운록(雲麓)이니, 총독 손사의(孫士毅)의 아들이다. 내가 상처했다는 소식을 듣고 만시를 부쳐 이렇게 말했다. "옛날에 한안인(韓安仁)은 제문 짓기 능하였고, 지금에 순찬(荀粲)[304]은 몰래 마음 상하네." 孫舍人衡, 字雲麓, 總督士毅之子. 聞余喪婦, 寄輓曰: "自昔安仁工製誄, 如今奉倩暗傷神."

30

아득히 장선산을 떠올리자니   遙憶張船山

지금에 그의 시는 더욱 좋으리.   如今詩更好

게 누렇고 술동이 익어 갈 적에   蟹黃酒熟時

---

303. 아내 잃은 나의 슬픔   원문은 고분정(叩盆情). 전국시대에 장자(莊子)가 아내를 잃고 동이를 두드리며 노래한 고사에서 따온 말이다.

304. 순찬   삼국시대 위나라 사람으로, 원문의 봉천(奉倩)은 그의 호다. 그는 부인과 애정이 도타운 것으로 유명했다. 하루는 그의 아내가 열병에 걸리자 밖에 나가 냉기를 쐬고 들어와 온몸으로 아내의 몸을 문질러 주었다. 아내가 죽은 뒤에 얼마 안 되어 죽었는데, 관련 이야기가 『세설신어』에 전한다.

꿈길은 점제현 길 헤매 돈다네.   夢落鮎蟬道

    장선산은 이름이 문도니, 문단공(文端公) 장붕핵(張鵬翮)의 증손이다. 일찍이
나를 청해 한림관 가운데서 게를 대접했다. 진사 남덕신이 가장 잘 먹었고,
십삼 이희경이 그 다음으로 잘 먹었다. 내가 글씨를 써서 보여 주며 말했다.
"남덕신이 해원(蟹元)을 하고, 이십삼은 방안(螃眼)이 되며, 나는 팔고(八股)
의 밖에 있도다."[305] 선산은 손뼉을 치면서 크게 웃었다. 張船山 名問陶, 文端
公鵬翮曾孫. 嘗邀余食蟹于翰林館中, 南進士德新最嗜食, 李十三次之. 余書示
云: "南爲蟹元, 李爲螃眼, 余却在八股外也." 船山拊掌大笑.

31

수레 편에 소문이 들리어 오니   輶軒聞所聞
풍자가 벼슬 얻어 떠났다 하네.   風子得官去
오만한 관리라 세정 없으니   傲吏無世情
미친 이름 어느 곳에 떨어질는지.   狂名落何處

    장도악은 자가 수옥이다. 양주염운으로 있다가 쫓거나 풍자라 자칭하였다.
들자니 지주로 등용되어 복직되었다[306] 한다. 張道渥字水屋, 罷官楊州鹽運自
稱風子, 聞甄復以知州用.

32

근년 들어 우리나라 여러 선비가   年來東國士

---

305. 남덕신이~있도다   해원(蟹元)은 해원(解元)으로 과거 시험의 장원을 뜻하고, 방안(螃眼)은 방
안(榜眼)으로 차석자를 뜻한다. 팔고(八股)는 팔고문으로 과거의 문장이다. 게를 잘 먹는 순서를 과
거의 순서에 비겨 설명한 것이다. 남덕신은 장원으로 게의 머리에 해당하고, 이희경은 차석으로 게
의 눈에 해당하며, 박제가 자신은 꼴찌로 게의 다리에도 미치지 못한다며 농을 한 셈이다.
306. 복직되었다   원문은 견복(甄復). 사건을 조사한 후에 다시 복직시키는 것과, 늙어서 벼슬을
내놓고 퇴임(退任)한 사람을 필요에 따라 다시 불러 벼슬시키는 것을 말한다.

이묵장의 이름을 좋아한다네.   稍說墨莊名

옛 벗의 도리로 말 부치노라   寄語故人道

붉은색 관복 입은 위위경(衛尉卿)[307]에게.   緋衣衛尉卿

> 묵장은 편수관 이정원의 호다. 墨莊, 李編修鼎元號.

33

청아하게 먹으로 그린 대나무   蕭疎墨竹圖

아득한 남성 땅의 오조 솜씨라.   縹緲南城照

머리 들어 서풍을 향해 서자니   矯首向西風

달빛 속 피리 소리 들려오는 듯.   如聞月裏嘯

> 백암 오조는 강서성 남성 사람이다. 시에 능하고 묵죽을 잘 그렸다. 吳白庵
> 照, 江西南城人. 能詩善墨竹.

34

웅방수가 영첩(楹帖)을 보내왔는데   熊君送楹帖

'막수'라 한 것 두고 한참 웃었네.   蓋笑莫愁云

어이하여 양포(洋布)[308]를 손에 들고서   胡不持洋布

바람결에 완군(宛君)[309]에게 부치질 않나.   因風寄宛君

> 한림 웅방수는 내가 소실[310]을 얻었다는 말을 듣고 한 연구를 주어 이렇게 말
> 했다. "예전에 그대 이름 해와 같다 들었는데, 새로 얻은 가인은 이름이 막수

---

307. 위위경 당나라 때의 벼슬이다.

308. 양포 손으로 짜지 않고 기계로 짠 직물로, 서양포(西洋布)를 말한다.

309. 완군 심의수(沈宜修)의 자(字)다. 명나라 오강(吳江) 사람으로 산동부사(山東副使) 충(珫)의
딸이며, 공부낭중(工部郎中) 엽소원(葉紹袁)의 처다. 시재(詩才)가 있었다. 딸 셋을 낳았는데, 모두
용모가 아름답고 시를 잘했다. 셋째 딸과 큰딸이 연달아 죽자, 완군도 괴로워하다가 따라 죽었다.
남편인 소원이 처와 딸의 작품을 모아 『오몽당집』(午夢堂集) 10권을 만들었다.

(莫愁)³¹¹라지." 熊方受翰林, 聞余卜小星, 贈一聯云: "舊聞才子名如日, 新得佳
人字莫愁."

35

반공이 남쪽으로 내려가던 날	潘公南下日
급하게 편지 한 통 보내왔었지.	倉卒尺書憑
'농후한 곳 마음을 쏟지 말게나'	濃厚莫回頭
이 한마디 마땅히 마음 새기리.	此語當鏤膺

시어사 반정균이 변고를 만나 남쪽으로 내려가면서 내게 편지를 부쳐 이렇게
말했다. "대략 농후한 곳에는 오래 머물지 말게나." 내가 이 말에 심복하였
다. 潘侍御史庭筠, 遭故南下, 寄余書云: "大約濃厚處莫留連." 余心服斯言.

36

성도의 우촌 노인 이조원 선생	城都雨村叟
방랑길 지금은 어떠하신지.	放浪今何如
만 리라 가는 배 무거웠겠네	萬里歸舟重
천추의 『함해』를 잔뜩 실어서.	千秋函海書

통정 이조원이 성도에 들어가니 풍류가 절로 호방하여 사람들이 승암 양신

---

310. 소실　원문은 소성(小星). 『시경』「소성」(小星)에 "희미한 저 작은 별, 셋 그리고 다섯 동천에
있도다"(嘒彼小星, 三五在東.)라 했는데, 후궁이 임금의 사랑을 받아 별이 보이기 시작하는 초저녁
부터 임금의 침실에 들어가는 것을 말한다. 여기서는 초정이 소실을 들인 것을 말한 것이다. 초정
의 아내 덕수 이씨는 1792년 가을 세상을 떠났다. 초정은 이듬해인 1793년 가을경에 장씨를 첩실
로 들였다. 저간의 사정에 대해서는 안대회의 「초정 박제가의 인간 면모와 일상」(『한국한문학연
구』 36, 한국한문학회, 2005.12) 참조.
311. 막수　당(唐)나라 때 석성(石城)에 살던 여자인데, 그가 가요(歌謠)를 잘하였다 한다. 그는 15
세에 노씨(盧氏) 집에 시집을 갔다. 남조(南朝) 양무제(梁武帝)의 『하중지수가』(河中之水歌)에 보
인다.

(楊愼)[312]에 견주었다. 자신이 지은 저서 『함해』를 판각하였는데, 승암의 저술 50종과 자신의 저술 40여 종이 실려 있었다. 벼슬을 그만두자 판목을 싣고서 천중현으로 들어갔다. 李通政調元, 入城都, 風流自豪, 人比之楊升菴, 刻其自著函海, 有升菴五十種, 自著四十餘種, 罷官載板, 入川中.

37

반의당을 내 정말 사랑하노니	吾憐潘毅堂
옛 인장 천방을 넘는다 하네.	古印逾千方
더하여 강추사도 몹시 아끼니	復愛江秋史
명현의 필적이 향기롭구나.	名賢手蹟香

반유위는 노견회(盧見會)[313]의 고물(古物)과 고기(古器)를 다 사들여 천하에 으뜸이었다. 손수 진한의 인장 5백여 방을 찍어 내게 주었다. 추사 강덕량은 북송 때 명현의 척독 2권을 장정하였는데, 내 시에서 이른바 "원우 연간 사람 글씨 다시 살 수 없는가?"라고 한 것은 한 번 보기를 구한 것이다. 潘有爲, 悉買雅雨盧氏古物古器, 甲於天下, 手榻漢秦印五百餘方, 贈余. 江秋史德量, 裝北宋名賢尺牘二卷, 余詩所謂"元祐人書再購無"者, 蓋求見也.

38

황제께서 능묘를 참배할 적에	皇帝拜陵時
일찍이 심양에서 구경하였지.[314]	曾於瀋陽見
곧게 뻗은 직도는 2천 리인데	直道二千里

---

312. 양신 중국 명나라 때의 문학가로 경학과 시문에 뛰어났다. 자세한 내용은 이 책 중권 73쪽 각주 124 참조.

313. 노견회 산동(山東) 덕천(德州) 사람으로 자는 포손(抱孫), 호는 아우(雅雨)이다. 재사(才士)와 객(客)들을 좋아하여 사방의 명사들이 모두 『아우당총서』·『금석삼열』(金石三例)을 판각하였다.

모두 다 녹독(碌碡)³¹⁵으로 닦은 거라네.　　　都將碌碡碾

39

홍등은 세 걸음에 하나씩인데　　　三步一紅燈

한밤중에 천단(天壇)³¹⁶을 찾아가누나.　　　天壇子夜行

깃발은 심은 듯 우뚝 서 있고　　　旗麾立如植

들리는 건 만마의 발굽 소리뿐.　　　萬馬只蹄聲

40

당자(堂子)³¹⁷의 일 자못 비밀스러워　　　堂子事頗秘

조제(助祭)들 와서는 소나무 꽂네.　　　助祭來挿松

악폐(嶽幣)는 장백산을 우선시하고　　　嶽幣先長白

하생(河牲)은 혼동강³¹⁸을 으뜸 삼누나.³¹⁹　　　河牲祖混同

41

산은 높고 물은 늘 서편 흐르니　　　山高水長西

불꽃놀이 원소절에 잔치 벌였네.　　　火戲元宵宴

---

314. **황제께서~구경하였지**　　건륭제는 1778년 7월 북경을 나서 제3차 동순(東巡)에 나선 바 있다. 박제가는 심양에서 건륭제의 행차를 본 것이다. 아래 구의 직도(直道) 2천 리는 북경에서 심양 사이 어로(御路)를 가리킨다.

315. **녹독**　　울퉁불퉁한 길을 평평하게 닦는 데 쓰는 기구다.

316. **천단**　　북경에 있는 단으로, 명·청 양대에 제왕이 하늘에 제사를 드리고 풍년을 기원하는 곳이다.

317. **당자**　　만주족 고유 신앙의 사원으로, 청나라 때 제왕이 신에게 기도를 드리던 곳이다. 만주족의 풍속을 잘 알지 못하던 조선의 사신들은, 청 황제의 당자 행차를 두고 온갖 구구한 억측을 하곤 하였다. 최근 중국 학자 갈조광(葛兆光)은 조선 사신들의 당자에 대한 억측과 오해를 흥미롭게 소개한 바 있다. 『서성』(書城) 2006년 12월호의 「당자내사등장군」(堂子乃祀鄧將軍) 참조.

우르릉 꽝 수많은 폭죽[320] 터지니 · 雷轟萬鳥槍

왜적을 무찌르던 전쟁터 같네. · 隱若鏖倭戰

42

인두그림 테두리선 너무 가늘고 · 火圖細勾勒

인두글자 파임 삐침 솜씨도 좋다. · 火字工波拂

인두로 그린 용은 허공 춤추며 · 火龍舞空中

관절도 부드럽게 솟구치누나. · 騰擲頓肢節

43

맑은 새벽 서원(西苑)[321]에 들어가 보니 · 西苑淸晨入

뾰족한 기 언덕 위에 가지런하다. · 尖旗岸上齊

작은 진을 이루어 얼음 타는데 · 走氷成小陣

하나같이 징 박은 신을 신었네. · 箇箇著釘鞋

44

이른 새벽[322] 대궐 잔치 들어가서는 · 卯初入內宴

---

318. 혼동강 흑룡강과 송화강이 만나는 지점인 조소리강 일대의 별칭이다. 송화강은 모래가 많이 밀려오기에 강물 북쪽은 검고 남쪽은 누렇다. 오래도록 흐르다가 비로소 섞이기에 이름하였다.

319. 악폐는~으뜸 삼누나 악폐(嶽幣)는 산악 신에게 바치는 폐백이고, 하생(河牲)은 강의 신에게 바치는 폐백이다. 악폐를 바침에 장백산을 우선시하고 하생을 바침에 혼동강을 으뜸으로 삼았다는 것은, 청조가 전통의 사전(祀典) 체계에서 벗어나 자신들의 발상지인 백두산과 혼동강을 중시했음을 뜻한다.

320. 폭죽 원문은 조창(鳥槍). 유럽에서 전래된 화승총이다.

321. 서원 북평(北平) 구황성(舊皇城) 서화문(西華門) 서쪽에 있는 원(苑) 이름이다. 원래는 금(金)나라의 이궁(離宮)이었는데, 원(元)나라에 와서는 대내(大內)를 두었고, 명·청 시대에 와서는 원(苑)이 대내의 서쪽에 있으므로 서원이라 불렀다. 그 안에는 태액지(太液池)·경화도(瓊華島)·광화전(廣華殿) 등 여러 승경(勝景)이 있다.

오후[323] 들어 조천 의식 겨우 마쳤네.　　　未正罷朝天

허리 사이 가느다란 소리가 있어　　　腰間有細響

시계는 크기가 동전만 하다.　　　時標大如錢

45

열하에 새로 만든 석고(石鼓)[324] 있으니　　　熱河新石鼓

남은 글자 찬연히 문장 이뤘네.　　　殘字粲成章

사주(史籒)[325]가 봉토를 옮긴 셈이니　　　移封史籒氏

주 선왕의 석고를 본뜬 것일세.　　　副本周宣王

46

금천의 승경을 기록한 그림　　　金川紀勝圖

경계 나눔[326] 터럭보다 섬세하여라.　　　界畫毫毛細

한인[327]이 살고 있는 돌집을 보니　　　蠻子所居磵

얼음무늬 섬돌을 깔아 놓았네.　　　猶是氷紋砌

322. **이른 새벽**　원문은 묘초(卯初). 묘시의 처음, 곧 오전 5시가 막 지난 때이다.

323. **오후**　원문은 미정(未正). 미시의 한가운데, 곧 오후 2시를 말한다.

324. **석고**　주(周) 선왕(宣王) 때 사주(史籒)가 선왕의 공을 적은 북 모양의 돌이다. 여기서는 1791년 건륭제의 친필로 새긴 석고를 가리킨다. 이 10기의 석고는 현재 피서산장 박물관에 진열되어 있다.

325. **사주**　선왕 때의 태사(太史)다. 그가 대전(大篆)을 만들었기 때문에 대전을 일명 주문(籒文)이라고도 한다.

326. **경계 나눔**　원문은 계화(界畫). 중국 회화(繪畫)의 화법(畫法)이다. 궁실 누대(宮室樓臺), 배나 수레 따위를 그리는 데에 계척(界尺)을 사용하여 직선을 만드는 섬세한 필법(筆法)이다.

327. **한인**　원문은 만자(蠻子). 한족을 가리킨다. 당시 청인은 만주(滿洲)라 부르고, 한인은 만자(蠻子)라 불렀다. 이의현의 『경자연행잡지』 하에 보인다.

47

천 리 길 버드나무 끝이 없는데   千里盡槐柳
장정은 단정에 잇닿아 있네.   長亭接短亭
아홉 문[328] 온통 모두 돌길을 깔아   九門皆石路
많은 수레 천둥 치는 소리를 낸다.   萬軌作雷霆

48

늘어선 집 고운 단청 휘황도 한데   列屋輝金碧
백성들은 수놓은 옷 걸쳐 입었네.   編氓罪繡衣
양탄자엔 흰 개가 컹컹 짖으니   臥氈雪猳吠
깃발 물고 밀화부리 날아가누나.   御旗蠟嘴飛

49

집집마다 담장의 밑자락에는   家家照墻根
온갖 화초 덤불이 서로 비친다.   花艸叢相映
곳곳마다 유리로 어항 만들어   處處瑠璃盆
금붕어가 물풀 사이 뻐끔대누나.   朱魚呷藻荇

50

언제나 풍악 소리 쉴 새가 없고   無時不管絃
어디서고 연극 구경 그치질 않네.   無地不觀劇
밤 시장 원소절로 계속 이어져   夜市接元宵

---

328. **아홉 문** 원문은 구문(九門). 북경성 사방에 있는 아홉 개의 문을 가리킨다. 아홉 개의 문을 둔 것은 중국 전통의 도성 건축 방식에 따른 것이다. 여기에 대해서는 김종범의 『중국 도시의 이해』(서울대출판부, 2000) 참조.

붉은 등불 온 거리에 잇달았구나.　　　　　　紅燈連九陌

51

연마(連磨)[329]는 바람같이 돌아가는데　　　　連磨轉如風
수문은 산언덕과 통하였구나.　　　　　　　水閘通山塢
물 뿜는 통 환한 해를 깜빡 속여서　　　　　噴筒欺白日
불어와 꽃동산에 비를 뿌리네.　　　　　　吹作花園雨

52

늙은 아낙 문가에 기대어 서서　　　　　　老婦靠門首
갈이틀 뒤집어 솜실을 뽑네.　　　　　　　倒鏃立撚綿
소년은 활쏘기 시합하더니　　　　　　　　少年走角射
나무 과녁 두 번을 거듭 뚫었네.　　　　　樹的兩重穿

53

농부는 말똥을 주워 담으려　　　　　　　佃夫拾馬通
소쿠리를 가지고 말꼬리 쫓네.　　　　　　持籃逐馬尾
말이 만약 그 자리서 오줌을 싸면　　　　　馬如立地溲
땅을 파서 그 찌꺼기 가져가누나.　　　　　掘取其泥滓

54

농가에선 파란색 동이를 쓰니　　　　　　田家翠瓦盆
구리로 된 대야보다 훨씬 낫구나.　　　　却勝銅鑼罂
종이창엔 거미줄을 새겨 놓았고　　　　　紙牖鏤蛛絲

---

329. **연마**　맷돌처럼 생긴 기어 장치로, 수문을 여닫는 데 쓰였다.

갈대 시렁 마름모꼴³³⁰ 무늬 박았네.　　　　蘆棚纈麂眼

55

네모나게 반듯반듯 구획을 갈라　　　　方罫各尋丈
채소밭에 청황색이 섞여 있구나.　　　　靑黃錯菜田
띳집은 청소하면 깨끗해져서　　　　茅屋掃還淨
십 년은 끄떡없이 지탱하겠네.　　　　能支一十年

56

꼬맹이들 귀뚜라미 싸움하다가　　　　兒童鬪蟋蟀
깜짝 놀라 고려 손님 물어보누나.　　　　驚問高麗客
수수깡 빈 것을 갈라내어서　　　　剖空蜀黍莖
여치를 가두어 둘 집을 만드네.　　　　却敎籠蟈蟈

57

마을의 조그만 계집아이들　　　　村中小兒女
이마 쓸어 가르마를 갈라놓았네.　　　　掃額髮猶分
"저 혼자 신발 밑창 바느질하니　　　　儂自縫鞋底
남에게 주려는 것 아니랍니다."　　　　非關要贈人

58

딸의 출가 관해서 물어봤더니　　　　嫁女問何如
요거(搖車)³³¹를 제일 먼저 알려주누나.　　　　搖車知最先

---

330. 마름모꼴 　원문은 궤안(麂眼). 노루의 눈은 사방형(斜方形)이므로 바자의 격자로 엮은 꼴의 비유로 쓰인다.

아이가 만약에 크게 울면은   兒生若啼哭

서둘러 그네처럼 흔들어 주네.   火急上鞦韆

59

우물 위엔 도르래틀 매달아 두고   井上作蠟轤

바퀴와 덮개를 설치하였네.   車輪與覆蓋

좌우로 두레박줄 같이 도나니   左右綆雙旋

그 효과 몇 배나 더하는구나.   厥功已加倍

60

한족 여인 신은 버선 술잔만 한데   漢女襪如杯

지팡이를 짚고서 걸식을 한다.   扶筇多乞食

만족 여인 바느질하지 않건만   滿女不持針

가죽신은 높이가 한 자나 되네.   步鞋高一尺

61

수레 탄 여성과 마주쳤는데   相逢車上女

돌구유서 말에게 물을 먹이네.   飲馬石槽頭

수레 난간 여린 손 내밀었는데   車欄吐纖手

손가락이 흡사 모두 물 흐르는 듯.   五指如俱流

---

331. 요거　어린아이를 기르는 만주족 특유의 기구다. 나무로 타원형 기구를 만들어 종이를 바른 다음 검은 칠을 하고 화초(花草)를 그린다. 그 안에는 포대기를 깔고 어린아이를 넣은 다음, 끈으로 들보에 달아서 울 때면 그네처럼 흔들어 울음을 그치게 한다.

62

트레머리 소주 풍속 배워 온 듯이   雲髻學蘇州

예닐곱 개 비녀를 섞어 꽂았네.   褓釵五六七

윗입술 연지분을 붉게 발랐고   上脣抹臙脂

아랫입술 남겨 두고 안 발랐구나.   下脣留不抹

63

분 바른 뺨 광채가 반짝거리고   粉頰冴光勻

좋은 구슬 봉관(鳳冠) 위에 달려 있구나.   東珠綴鳳冠

천연스레 검은빛 박쥐 모양을   天然黑蝙蝠

이마 밑 두건에다 붙여 놓았네.   倒額貼紗巾

64

황금빛 둥근 알약 여기 있으니   有箇金彈丸

신약으로 삼한에서 나온 거라네.   神藥出三韓

딸랑이는 구리 방울 여기 있으니   有箇銅鈴顫

그 비방 미얀마서 전해졌다네.   秘方傳緬甸

65

삼한 손님 청심환 자랑을 하고   韓客誇金彈

버마 손님 구리 방울 비밀로 하네.   緬客秘銅鈴

구리 방울 이내 몸 죽일 수 있고   銅鈴儂可死

청심환은 이내 몸을 살릴 수 있지.   金彈儂可生

66

코끼린 짐승 중에 왕이 되나니   象爲獸中王

코 모양 특히나 괴상도 하다.　　　　　鼻形尤可怪

낙타 소리 닭 울음과 비슷도 한데　　　橐駝類鳴雞

등에 솟은 봉우리가 맛이 좋다고.　　　美味峰于背

67

사나운 개 러시아서 나왔다는데[332]　　獒出鄂羅斯

허리에 쇠줄 매고 으르렁댄다.　　　　猖猖腰鐵索

그 앞에는 다가서 가질 못하고　　　　明知不敢前

문 앞에서 걸음 외려 물러서누나.　　　當戶步猶却

68

범 가르쳐 시늉으로 깨물게 하고　　　敎虎虎伴嚙

뱀 길들여 모두 다 말을 잘 듣네.　　　呪蛇蛇盡馴

이쪽저쪽 어지러이 뒤엉켰다가　　　　爾芋混我芋

소리치자 나뉘어 갈라지누나.　　　　叫得劃然分

69

요술쟁이 요술의 주문 갖고서　　　　幻人持幻呪

비둘기 날아오게 재주 부리네.　　　　能作鵓鳩飛

반도(蟠桃)는 반쯤 붉게 익어 있으니　　蟠桃頰半頳

천상에서 막 따서 돌아온 듯해.　　　　天上摘初歸

---

332. 사나운~나왔다는데　　『열하일기』에 따르면 악라사(鄂羅斯)는 흑룡강(黑龍江)에 있는 부락으로 집마다 반드시 개 한 마리를 두는데, 크기가 나귀만 하고, 목에는 작은 방울을 10여 개나 달며, 멍에를 씌워 수레를 끈다고 한다. 개는 높이가 말만 하고, 온몸의 뼈는 가늘며, 털이 짧다. 꼬리는 뱀같이 움직이며, 허리와 배는 가느다랗고, 귀에서부터 주둥이까지는 한 자가 된다. 범이나 표범도 죽인다고 한다.

70

어린것이 그 등이 유연하여서　　　　　有穉柔其背
활처럼 제 몸을 구부리누나.　　　　　如弓反體然
천리 상함 마땅히 금할 일인데　　　　傷天當厲禁
어이해 사람더러 돈을 달래나.　　　　何至要人錢

71

발끝의 북이 이미 위태로운데　　　　　足尖鼓已危
북 위에 사다리 능히 세우네.　　　　　鼓面梯能竪
사다리 올라가 찔러 대면서　　　　　緣梯刺釽行
위험하게 아이 춤을 부추기누나.　　　險哉嗾兒舞

72

쇠가위 소리가 쟁그렁대니　　　　　　鐵剪響錚然
머리 깎는 이발사 온 줄 알겠네.　　　　知是剃頭者
대머리가 구리 방울 흔들어 대며　　　兀子搖銅鈴
말하길 귀지까지 파 주겠다고.　　　　自云撽耳也

73

백 길 높이 나무로 된 그네를 타고　　百尺木秋千
사람이 허공 속을 뱅뱅 도누나.　　　　人從空裏旋
철현금 소리가 쟁그렁대니　　　　　　鏗爾鐵絲琴
천추에 그 곡조 한 번 변했네.　　　　千秋彈一變

74

불 마시기 천하에 쉬운 일이요　　　　火歆易天下

코 연기는 바람이 일어나는 듯. 鼻煙風又成
약수저 서로 뽐내 보여 주는데 壺匕相誇示
도규(刀圭)³³³의 냄새가 그치질 않네. 刀圭嗅不停

75

배우가 기다란 수염을 사니 郭郎買長髥
땋은 머리 가격도 꽤나 비싸네. 髢髮售頗貴
길에서 도사와 마주쳤더니 途逢一道士
망건이 없느냐고 물어보누나. 問有網巾未

76

예전의 의관을 찾으려거든 要尋舊衣冠
배우의 무리 속에 물어야 하리. 戲子叢中詰
어디서 중화의 풍속을 보랴 何處見華風
극장서 남녀를 구분한 걸세. 觀場男女別

77

책들은 음란한 내용뿐이고 書至於淫書
그림은 비밀스런 춘화도일세. 圖至於秘戲
하도 낙서 변하여 이 지경 되니 河洛變如斯
화이(華夷)가 마땅히 뒤집어졌네. 華夷應倒置

78

노부가 경술년에 이곳 왔을 젠 老夫庚戌年

---

333. **도규** 약을 뜨는 숟가락.

천추절 장관을 모두 보았지.　　　　　　　觀止千秋節
비인가 싶더니만 구름도 되니　　　　　　疑雨復疑雲
여기저기 경도되어 바라보았네.　　　　　傾倒觀點綴

79

십이율에 가락 맞춘 다섯 악기가　　　　五聲十二律
뜬구름 저 너머에 아스라하다.　　　　　縹緲浮雲外
갈대 자린 푸른 산을 본떠 놓았고　　　　蘆簟象青山
연못은 푸른 바다 모양이로다.　　　　　溝池成碧海

80

헤엄치는 용에 다시 흐르는 물길　　　　游龍復流水
옥동교는 금호교에 연이어졌네.　　　　玉蝀連金鰲
호로각(葫蘆閣) 그림자 어리비치니　　　倒影葫蘆閣
저 멀리 상앗대가 반쯤 잠겼네.　　　　遙遙浸半篙

81

열일곱 개 문교(門橋)가 늘어섰는데　　　一十七門橋
홍예가 둥글게 솟아 서 있네.　　　　　虹蜺脊上立
철우(鐵牛)[334]는 작기가 두꺼비만 해　　鐵牛小如黿
비스듬히 태항산(太行山)[335]과 마주하였네.　斜對太行疊

---

334. **철우**　이화원에 있는 철로 만든 소인데, 물의 범람을 막기 위하여 만들었다고 한다.
335. **태항산**　산서성(山西省) 고원(高原)과 하북성(河北省) 평원(平原) 사이에 있는 산으로, 이화원 뒤편으로 길게 늘어서 있다.

82

양응대(晾鷹臺)[336]서 진한 술을 걸러 마시고	釃酒晾鷹臺
활을 걸고 해자(海子)[337]로 돌아왔구나.	抨弓海子廻
노구교(蘆溝橋)[338] 물 위로 달이 떠오니	蘆溝橋畔月
경경(慶卿)[339]이 온 것을 보고 있는 듯.	如見慶卿來

83

느릿느릿 궁시(宮市)[340]를 헤치고 가서	緩步穿宮市
조각배로 어하(御河)[341]를 거슬러 간다.	扁舟沂御河
외국 말이 도리어 부끄러운지	還慙外國語
흰 잉꼬 깜짝 놀라 날아가누나.	驚起白鸚哥

---

336. 양응대 원대(元代)에 사냥하며 노닐던 곳으로, 사냥하는 사람이 언제나 매를 데리고 이곳에 와서 쉬었기에 붙여진 이름이다. 이후에 조정의 황가(皇家)에서 사냥을 하고 무예를 익히던 곳으로 사용되었다. 지금의 북경시 교외인 남원(南苑)에 있다.

337. 해자 동산 이름으로, 천자가 수렵(狩獵)하는 곳을 가리킨다. 가운데에 해자가 있는데, 그 물이 사철 마르지 않는다. 금성(禁城) 북쪽에 북해자(北海子)가 있고, 남쪽에 남해자가 있다.

338. 노구교 북경(北京)의 영정하(永定河) 위에 세워진 다리로, 1189년에 만들기 시작하여 1192년에 완공되었다. 이후 수해로 인하여 훼손되었다가 1698년에 복구되었다. 281개의 돌난간과 기둥이 있으며, 기둥 위에는 사자 모습이 조각되어 있다. 이 다리에서 1937년 7월 7일 전면적인 항일 전쟁(抗日戰爭)이 발발한 후, 1987년 이곳에 항일 전쟁 기념관과 기념비를 건립하였다. 기둥 위에 조각된 사자는 모양이 다양하고 살아 있는 듯하며 변화가 많아, "노구교 위의 돌사자가 몇 개인지 아무도 모른다"는 속담이 전해진다. 조사에 의하면 사자의 수는 총 281개이며, 그밖의 작은 사자들까지 합하면 그 수가 485여 개에 이른다.

339. 경경 위나라 사람 형가(荊軻)를 말한다.

340. 궁시 궁궐 안에 설치한 시장이다.

341. 어하 황실 전용 물길이다. 연경(燕京)의 서화문(西華門) 서쪽에 있는 다리를 어하교(御河橋)라 한다.

84

준마에 색륜(索倫)³⁴² 땅 담비 옷 입고   駿馬索倫貂

뒤편엔 팔뚝에 매 얹은 기병.   臂鷹騎在後

성명이 뭐냐고 묻지를 마라   不須問姓名

어김없이 팔기(八旗)³⁴³의 한 부서라네.   敢是八旗部

85

강둑에서 말 타고 활 쏘는 여인   河堤馬射女

고운 모습 말 타는 솜씨³⁴⁴ 날렵해.   玉貌猿騎急

텁석부리 줄타기 재주³⁴⁵ 부리니   髯雖作繩伎

다만 도로(都盧)³⁴⁶처럼 서길 배운 듯.   但學都盧立

86

층계 길은 뾰족하게 멀리 보이고   城道尖看遠

중문은 직선으로 열리었구나.   重門直線開

홍초는 키 작은 게 하나도 없어   紅蕉無矮本

모두 다 담장 위로 솟아올랐네.   都過粉墻來

---

342. 색륜   중국의 소수 민족인 악온극족(鄂溫克族)을 말한다. 흑룡강성 연강 주변에 분포하였으며, 백성들이 강건하고 용맹하여 싸움을 잘하였다.

343. 팔기   여덟 종류의 기(旗: 황·백·홍·남색과 각 색에 선을 두른 것과 안 두른 것)에 따라 편성한 데서 유래한 명칭이다. 청나라가 발전한 것은 정복한 각 부족을 팔기제로 편성한 데 힘입었으며, 초기에는 각 기의 왕의 합의제로 정치가 이루어졌다.

344. 말 타는 솜씨   원문은 원기(猿騎). 원기놀이[猿騎戲]라는 것은 지금 풍속의 이른바 마상재(馬上才)인데, 달리는 말 위에서 원숭이와 새처럼 온갖 재주를 부리는 장난이다.

345. 줄타기 재주   원문은 승기(繩伎). 줄 위에서 공이나 칼을 던지는 곡예다.

346. 도로   서역(西域)의 나라 이름이다. 그곳 사람은 몸이 가벼워 나무나 장대 위에 잘 오르는 재주가 있다.

87

담겨진 생각은 다함이 없고
짠 무늬는 온갖 변화 머금고 있네.
그림으론 아무래도 전할 길 없어
누각이 진면목을 활짝 열었네.

意慮所不窮
織文含萬變
畫圖所未傳
樓閣開眞面

88

옥 떨기 산호의 줄기에다가
구리 난초 영락없이 춤춰 나는 듯.
유리로 병풍을 만들었으니
조심하여 손으론 만지지 마라.

玉藥珊瑚幹
銅蘭宛飛舞
玻瓈作屛風
愼勿手摩撫

89

낫 놓고 기역 자를 모르긴 해도
입만 열면 모두들 문장이 되네.
이 어찌 명사가 아닐까 보냐
시정에는 서화를 늘어놓았네.

目雖不識丁
口出皆文話
豈非名士哉
市井列書畫

90

수화로(水火爐)[347]로 사람을 붙들어 두나
겨울날은 해가 짧아 괴로움다네.
낙화유수 문양 새긴 시전지(詩箋紙)에다
운파청천 무늬 그린 주발이라네.

留人水火爐
冬日苦嫌短
落花流水箋
雲破靑天椀

347. **수화로**   술이나 물을 끓일 때 쓰는 작은 금속성 화로이다.

91

천금 주고 행권을 구입하면은	千金買行眷
어여쁜 아가씨를 맘대로 하네.	隨意可憐兒
왕식의 그림[348]을 살피게 하고	敎看王式畫
임천의 노래[349]를 잘도 부른다.	解唱臨川詞

92

콩알만 한 닭에다 아주 작은 개	豆雞與寸猋
깃털 수염 공교롭기 진짜 같구나.	羽鬣工天肖
섬세하여 모자란 구석 없으니	細瑣無癡鈍
영롱함이 지혜를 꿰뚫었구나.	玲瓏穿慧竅

93

한나라 때 옥으로 만든 대두(擡頭)[350]가 있어	漢代玉擡頭
옅은 황색 밀랍을 바른 듯하네.	微黃如蠟澆
내 장차 관심 끄고 버려두리니	吾將棄不收
천금의 값이래도 알 바 있으랴.	寧識千金價

94

내 들으니 천 년 된 그릇 있는데	我聞千年器

---

348. 왕식의 그림　원문은 왕식화(王式畫). 왕식은 명나라 장주(長洲) 사람으로 자는 무예(無倪), 호는 태창(太倉)이다. 인물화에 능했다.

349. 임천의 노래　원문은 임천사(臨川詞). 명나라 때 임천(臨川) 탕현조(湯顯祖)가 정교하게 다듬은 네 편의 사곡(詞曲)을 뜻하는 듯하다. 탕현조는 『자채기』(紫釵記)·『환혼기』(還魂記)·『남가기』(南柯記)·『한단기』(邯鄲記) 등 네 편의 사곡을 지었는데, 모두 꿈으로 세상일을 서술한 것이다. 사람들이 이를 가리켜 '임천사몽'(臨川四夢)이라 하였다 한다.

350. 대두　머리카락을 받쳐 주기 위해 이마에 두르는 장식.

주사에 푸른 흙을 점 찍었다네.　　　　　　朱砂點土翠

두드려도 쇳소리 울리지 않고　　　　　　扣之無銅響

닦아도 비린 기운 풍기지 않네.　　　　　　磨之無腥氣

95

천하에 귀한 보배 셋이 있으니　　　　　　天下寶有三

미불 집안 벼루가 그중 하날세.　　　　　　米家硯山一

내 실제 두 눈으로 똑똑히 보곤　　　　　　吾猶及見之

꿈만 같아 기이함에 소리 질렀네.　　　　　夢想叫奇絶

96

강서 땅 사기 주발 빛깔도 맑아　　　　　　江西亮砂盌

햇빛이 비추이면 매화가 핀다.　　　　　　映日作梅花

알록달록 꽃무늬 술병[351]을 들고　　　　多慚什錦鍾

술집 와 사치함이 부끄럽구나.　　　　　　來侈酒人家

97

변론은 고정림(顧亭林)[352]도 능히 꺾을 듯　　辯能詘亭林

대(戴)씨 집안 동원(東原)[353]이 나타났구나.　　戴氏東原出

---

351. 꽃무늬 술병　　원문은 십금종(什錦鍾). 십금(什錦)은 여러 가지 꽃 색깔로 만든 알록달록한 무늬를, 종(鍾)은 종 모양의 술병을 뜻한다. 여기서는 꽃무늬 등이 새겨진 술병을 가리키는 것으로 보인다.

352. 고정림　　명말청초의 대사상가 고염무(顧炎武, 1613~1682)를 가리킨다. 정림은 그의 호다.

353. 대씨 집안 동원　　원문은 대씨동원(戴氏東原). 청나라의 학자 대진(戴震, 1724~1777)을 가리킨다. 그는 안휘성 휴령(休寧) 사람으로, 동원(東原)은 그의 자다. 건륭 27년 거인(擧人)이 되어 건륭 38년에 사고전서 편수관에 임명되었다. 음운, 역산, 지리 등에 두루 정통하였다. 우리에게도 잘 알려진 『고공기도』(考工記圖) 등의 많은 저술을 남겼다.

근자에 왕희지를 이을 솜씨[354]는　　　　近頻祧右軍
사구(司寇) 지낸 장득천[355]의 필법이라네.　　得天司寇筆

98

우루무치 비석의 글씨를 보면　　　　　　烏魯木齊碑
누기(婁機)[356]도 후생을 두렵다 하리.　　　婁機後生畏
마음으로 출가한[357] 가암(家菴)의 승려　　心出家菴僧
그 풍격 서위[358]를 압도하누나.　　　　　風格壓徐渭

99

어여뻐라 황금 덮개 씌운 가마에　　　　可憐金頂轎
단정히 올라앉은 성인의 자손.[359]　　　　端坐聖人孫
사람 시켜 시초를 주라 명하며[360]　　　　將命貽蓍草

---

354. 왕희지를 이을 솜씨　원문은 조우군(祧右軍). 조(祧)는 승계하여 후사가 된다는 뜻이다. 우군(右軍)은 왕희지의 별호이니, 왕희지의 필법을 잇는다는 말이다.

355. 사구 지낸 장득천　원문은 득천사구(得天司寇). 득천(得天)은 장조(張照, 1691~1745)의 자다. 한때 사구 벼슬을 지낸 까닭에 그렇게 말한 것이다. 벼슬은 형부상서에 이르렀으며, 서법으로 이름이 높았다.

356. 누기　1133~1211. 송나라 때 가흥(嘉興) 사람으로, 자는 언발(彦發)이다. 서법에 조예가 깊어, 그의 척독을 사람들이 아껴 간직하였다고 한다. 1구의 오로목제(烏魯木齊)는 현재 신강성(新疆省)의 성도인 우루무치다. 누기(婁機)가 찬(撰)한 『한례자원』(漢隷字源)에는 한위(漢魏) 시대 비문(碑文)의 예자(隷字)가 있다. 이 『한례자원』에는 비목(碑目) 제일(第一)의 맹욱수요묘비(孟郁脩堯廟碑)에서부터 제삼백구(第三百九)의 주천제명(酒泉題名)에 이르기까지 수많은 비문의 예자들을 모두 운(韻)으로 분류해서 수록(收錄)하였다.

357. 마음으로 출가한　원문은 심출가(心出家). 『유마경』에 출가의 종류를 신출가(身出家)와 심출가(心出家)로 나누어 설명하였다. 심출가(心出家)는 세속에 있으면서 번뇌와 탐욕을 끊은 상태를 말한다. 가암승(家菴僧)이란 마음으로만 출가하여 집을 암자 삼아 사는 승려라는 뜻으로 쓰인 말이다. 누구를 가리키는지 정확하지 않다.

358. 서위　1521~1593. 명나라 때의 문인으로 시서화에 모두 능했다. 그의 독창적인 사상과 문풍은 청나라 문단에도 많은 영향을 끼쳤다.

규문(奎文)³⁶¹의 전적 대해 말을 하누나.　　　　　奎文典籍云

100

천사(天師)³⁶²의 눈동자는 검고 둥근데　　　　　天師眼黑圓
압자(押字) 필세 참으로 시원스럽네.　　　　　押字信雄偉
집 돌아가 대문에 붙여 놓으면　　　　　歸家貼門扉
동방의 잡귀들을 물리친다네.　　　　　辟易東方鬼

101

천하가 온통 모두 향을 사르니　　　　　天下遍燒香
관우 모신 사당에도 부처가 있네.　　　　　關祠又一佛
주공과 공자의 천하이건만　　　　　周孔九州內
귀신 믿는 종교는 가지도 많다.　　　　　神教亦多術

359. 성인의 자손　원문은 성인손(聖人孫). 공자의 72세손인 공헌배(孔憲培)를 가리킨다. 서호수의
『연행기』(국역연행록선집 제5책) 권3에 사람을 시켜 시를 주고받은 기록이 나온다. 이때 서호수의
심부름을 했던 사람은 유득공이었다. 공자의 후손들은 연성공(衍聖公)이라 불렸으며, 문묘의 문물
전적을 담당했던 것으로 보인다.

360. 사람~명하며　원문은 장명이시초(將命貽蓍草). 장명(將命)은 중간에서 말이나 물건을 전달
한다는 뜻으로, 조선 사신과 공헌배 사이에 시문과 예물이 사람을 통해 오갔음을 말한다. 공헌배가
심부름 간 유득공에게 공자묘에 난 시초를 주었다는 기록이 이규경의 『오주연문장전산고』, 「경사
편1-경전류1」의 '시초(蓍草)'에 대한 변증설 조에 실려 있다.

361. 규문　공묘(孔廟)의 다른 이름이다. 옛사람들은 공자를 28숙(宿) 중 문장을 담당하는 규성(奎
星)에 견주어 그를 모신 사당을 규문이라 불렀다. 규문에서는 제왕을 대신하여 묵적과 전적을 수
장하는 역할을 담당하였다.

362. 천사　원래는 도교의 창시자 장도릉(張道陵)을 일컫는 말이었지만, 여기서는 도관 지위 높은
도사 정도를 뜻하는 말로 쓰였다. 도교는 처음부터 벽사의 부적 등을 발행하여 사람들을 모았는데,
그러한 전통이 남아 있어 사신 일행이 도관을 방문했다가 부적을 받은 것이다.

102

전쟁으로 새롭게 나라를 여니	戰伐新開國
안남은 완씨 성[363]이 왕이라 하네.	安南阮姓王
사람들 비웃음은 상관도 않고	不關人竊笑
익숙하게 조개 구워 맛을 보누나.	抄慣蠣灰嘗

103

유구는 참으로 문약하여서	琉球信文弱
의관을 같이함만 기뻐하누나.	頗喜冠裳同
상투 보고 벼슬의 품계를 아니	視髻知官品
비녀는 금은에다 주석과 구리.	簪金銀錫銅

104

묘족(苗族)은 닭털을 머리에 꽂고	苗子揷雞羽
휘돌아 땅을 쓸며 춤을 추누나.	旋風拂地舞
그들이 달 밝은 밤 춤을 출 적에[364]	想佗跳月時
피리 불며 구리 북을 두드리겠지.	吹笛擊銅鼓

105

서른여섯 번국[365] 중 대만 사람은	三十六生番

---

363. **완씨 성** 원문은 완성(阮姓). 안남의 완혜(阮惠)로, 광남(廣南) 사람이다. 스스로 왕위에 오르고 광평(光平)으로 개명한 다음, 사신을 보내어 조공을 바치고 장차 입조(入朝)하려 하자, 건륭 황제가 안남국 왕으로 삼았다. 안남국과 완혜에 대해서는 서호수의 『연행기』에 자세하다.

364. **달 밝은~출 적에** 원문은 도월(跳月). 매년 초봄이나 늦봄에 결혼하지 못한 남녀들이 달 밝은 밤에 들판에 모여 노래하고 춤을 추면서 서로의 짝을 구하는 것[跳舞求偶]인데, 묘족 혼례 풍습의 하나다.

365. **번국** 원문은 생번(生番). 교화되지 않은 야만인 나라로, 대만을 가리키는 경우가 많다.

눈썹 위의 머리털을 잘라 내었네.   齊眉髮輒剪
옷자락엔 목패를 매달아 놓고   衣襟繫木牌
귀에는 구리 고리 꿰뚫었구나.   耳朶穿銅圈

106

남장 사람³⁶⁶ 언제나 살피어 보면   常觀南掌人
붉은 비단 복건을 두르고 있네.   織錦紅幅巾
불현듯 황금각을 머리에 이고   忽戴黃金角
에워 보면 괴로워 성을 내누나.   圍看苦見嗔

107

합밀(哈密)³⁶⁷ 땅의 나이가 어린 임금은   哈密少年王
토번과 한족 말을 능히 하누나.   能爲蕃漢語
스스로 가로쓰는 글씨 적는데   自寫傍行書
동서양의 소리를 옮길 수 있네.   東西音可譜

108

황색 웃옷 푸른 꼬리 장식한 무리   黃袿翠尾班
온통 모두 만주 말을 해 대는구나.   盡作滿州話
끌어안고 만나는 예³⁶⁸ 바쁘기도 해   抱見禮何勤

---

366. **남장 사람**　원문은 남장인(南掌人). 지금의 라오스 사람을 가리킨다.
367. **합밀**　중국의 신강성 합밀현을 가리킨다. 타클라마칸 사막 북쪽에 있는데, 원나라에서 족자(族子) 납홀례(納忽禮)를 위하여 봉한 땅이다. 명나라 영락(永樂) 초에 편입되었으므로 합밀위(哈密衛)를 설치하였는데 성화(成化) 이후에 토로번(吐魯番)에 점거되었다. 동서문화의 교류의 한 축이었다.
368. **끌어안고 만나는 예**　원문은 포견례(抱見禮). 청인들이 서로 좌우로 포옹하며 환영의 뜻을 표시하는 예절을 말한다.

굳게 잡고 놓아주질 아니하누나.　　　　　　握堅不可解

109

누런 옷 차려입은 라마승 하나　　　　　　黃衣喇嘛僧
범패 소리 울리며 높이 앉았네.　　　　　　梵唄振高坐
홍교(紅敎)[369]는 다시금 어떠하던가.　　紅敎復如何
천연스레 붉은 옷깃 끌고 다니네.　　　　　天然曳赤袘

110

법왕에도 크고 작은 구별이 있어　　　　　法王有大小
새 몸 빌려[370] 환생함 끊이지 않네.[371]　奪舍如傳薪
세간엔 있지 않은 것이 없으니　　　　　　世間無不有
서하객(徐霞客)의 기문(紀聞)이 거짓 아닐세.[372]　霞客紀聞眞

---

369. 홍교　서장(西藏) 라마교(喇嘛敎)의 일파인데, 붉은 색깔의 옷을 입기 때문에 홍교라 한다. 서원(西元) 747년에 인도의 유명한 학자 연화생상사(蓮花生上師)가 초빙을 받고 서장으로 가서 열심히 포교하여 보리심(菩提心)을 호지(護持)하는 것으로 주지(主旨)를 삼고, 또 신통력으로 서장의 무귀파(巫鬼派)를 감화시켰으므로, 서장 사람들이 모두 그를 높여 구세주로 삼아 서장에 불교의 기반이 정착되었다. 그 뒤에 서장의 왕은 연화생상사를 추존하여 국교의 개조(開祖)로 삼았다.

370. 새 몸 빌려　원문은 탈사(奪舍). 도가에서 남의 시신(屍身)을 빌려 화신(化身)하는 법을 말한다. 건강(建康)에 진도인(陳道人)이 있었는데, 항상 오인(仵人: 시체를 검사하는 사람)과 왕래하며 술을 마시곤 하여 매우 친하였다. 도인은 그에게 "나는 17, 18세의 건강한 남자 시신을 얻고 싶다" 하였다. 하루는 유태위(劉太尉)가 한 소년을 매질하여 죽자 오인이 갖다 주었더니, 도인은 그 시체를 목욕시킨 다음 자기의 옷과 관을 입혀 한 탑자(榻子) 위에 가부좌(跏趺坐) 시키고 그 앞에 가부좌하였다. 다음 날 아침에 보니, 도인은 시체로 화하고 소년의 시체는 살아 있었다. 이것이 바로 탈사법이라 한다. 『계신잡지』(癸辛雜誌)에 보인다.

371. 끊이지 않네　원문은 전신(傳薪). 불이 땔나무에 옮겨져 앞쪽의 땔나무가 다 타면 불이 또 뒤쪽의 땔나무로 옮겨 가는 것으로, 불이 지속적으로 옮겨 가 끊어지지 않음을 말한다. 『장자』(莊子) 「양생주」(養生主)에 "장작불 다 타들어 가도 불씨는 남아 영원히 꺼질 줄을 모른다"(指窮於爲薪, 火傳也, 不知其盡也.)라고 보인다.

111

회회족도 한 종류의 사람이거니	回回一種人
푸른 눈에 수염으로 덮여 있구나.	碧眼鬚皆拳
이 같고 다시금 이와 같으니	若是復若是
나아가 평안한지 문안을 한다.	卽此問平安

112

섬라국(暹羅國)[373]엔 노소의 구분이 없이	暹羅無老少
머리에 흰 면포를 드리웠구나.[374]	粉髮白䊵䊵
금엽은 중국에서 전해져 왔고	金葉來中國
소춘주(小春酒)는 검남(劍南)에서 나왔다 하네.	燒春出劍南

---

372. 서하객의~아닐세 서하객(徐霞客, 1587~1641)의 본명은 서굉조(徐宏祖)이며, 만명(晩明) 시기 사람이다. 여행지에서 보고 들은 것을 아주 자세하게 기록하여 『서하객유기』를 남겼는데, 여기에 다음과 같은 기록이 있다. "토번국(吐蕃國)에 법왕(法王)과 인왕(人王)이 있다. 인왕은 병혁(兵革)에 관한 일을 주관하는데 처음에는 넷이다가 지금은 하나로 통합되었고, 법왕은 불교를 주관하는데 역시 둘이 있다. 인왕은 나라의 소출로 법왕만을 받들 뿐 중국이 있는 줄은 모르며, 법왕은 인왕을 대신하여 인민들을 교화시켜 조정의 명을 따르도록 한다. 그 교(敎)는 대법왕(大法王)과 이법왕(二法王)이 서로 교대해서 스승과 제자가 되어, 대법왕이 죽을 무렵에는 바로 이법왕에게, 자신이 다시 태어나게 될 곳을 먼저 말해 준다. 이법왕은 그 말대로 가서 찾아보면 반드시 다시 태어난 아이를 얻게 된다. 그러면 바로 그 아이를 안고 돌아와 길러서 대법왕으로 삼아 도를 전해 준다. 그 아이는 안고 돌아올 때에 나이가 매우 어리지만 전생에 있었던 일을 마치 양호(羊祜)가 금환(金環)을 찾아내듯이 분명히 말하여 틀리지 않는다. 이법왕도 죽을 무렵에 다시 태어날 곳을 대법왕에게 먼저 말해 주어, 대법왕이 그 말대로 가서 찾아 가지고 안고 돌아와 교(敎)를 전해 주기를 역시 전날 대법왕의 예와 똑같이 한다. 그리고 그들이 다시 태어난 가정과는 거리도 그리 멀지 않다. 그들은 모태만 빌렸을 뿐이지 과보(果報)는 바뀌지 않고, 대법왕과 이법왕도 서로 스승과 제자의 연원만 되었을 뿐이지 왕위는 변경되지 않는다." 『오주연문장전산고』 「석전잡설」(釋典雜說)에 보인다.

373. 섬라국 원문은 섬라(暹羅). 1939년 이전의 태국 국호이다.

374. 머리에~드리웠구나 태국 사람들은 머리에 흰 면포를 길게 드리웠는데, 이덕무의 「청령국지」 권2에 자세히 보인다.

113

갈백(葛伯)[375]이 그 도를 행하였는지	葛伯行其道
예수교 바야흐로 한창 성하다.	耶蘇方燎原
근본이 흐트러짐 알겠거니와	明知頭腦錯
말단은 모름지기 논할 것 없네.	方伎不須論

114

몽고 여인 모습에 눈 밝아지니	眼明蒙古女
원나라 때 화장과 흡사하구나.	猶似元時粧
돌아와 그 아내와 마주해서는	歸對其妻室
모자가 누렇잖음 으스대누나.	但誇帽不黃

115

평생에 일백 일 되는 날들을	平生一百日
연경에 있으면서 밥을 먹었네.[376]	傳食於燕京
연근 찐 밥맛은 영롱하였고	玲瓏藕孔飯
제비 집으로 만든 국은 아주 비쌌지.	清貴燕窩羹

116

대추 씨 있어도 없는 것 같고	棗核有若無

---

375. **갈백** 탕(湯) 임금이 박(亳) 땅에 있을 때 갈과 이웃이었는데, 갈백이 선조에게 제사를 모시지 않으므로 탕이 사람을 시켜 "어째서 제사하지 않는가?" 하고 묻자, 갈백은 "제사에 소용되는 희생(犧牲)이 없어서 못한다"고 하였다. 탕이 소와 양을 보내 주었으나 갈백이 먹어 버리고 또 제사하지 않았다. 『맹자』에 관련 기록이 보인다. 당시 관리들이 백성들에게 무리한 세금을 착취하여 나라에 바치지도 않고 자기들 사욕만 채우는 것을 비유한 말이다. 갈백이 그 도를 행했다 함은 예수교가 조상에게 제사 지내지 않음을 두고 한 말이다.

376. **밥을 먹었네** 원문은 전식(傳食). 여러 곳을 옮겨 다니며 기식하는 것을 말한다.

포도는 도리어 씨도 없구나.   蒲桃却無核

배추잎은 크기가 치마만 하고   菘葉大於裙

파뿌리는 흰 부분만 한 자나 되네.   蔥根白一尺

117

사국공 포도주[377]를 시켜 놓고는   邀來史國公

동파육(東坡肉)[378] 요리로 안주를 삼네.   配以東坡肉

옹심이[379]는 희기가 동전 같으니   圓子白如錢

영락없는 탕병의 모임[380]이로다.   依然湯餅局

118

과일을 새것 묵은 것 섞어 놓고서   菓子雜新陳

보관하는 방법 있다 말을 하누나.   亦言藏有術

구리 녹[381]을 간혹 가다 거둔다는데   銅青或可收

고기(古器)는 어디에서 나오는 건지.   古器從何出

119

눈 오지 않는 날 곡식 볕 쬐니   曬穀天無雪

겨울에도 방앗공이 바쁘게 찧네.   冬舂石杵忙

양선(颺扇)[382]에 넣을 때는 가림이 없고[383]   颺扇口無擇

---

377. **사국공 포도주**   원문은 사국공(史國公). 중국 전통의 술 이름.

378. **동파육**   소동파가 즐겨 먹었다는 돼지고기로 만든 음식 이름이다.

379. **옹심이**   원문은 원자(圓子). 탕원(湯圓)과 비슷한 음식 이름이다.

380. **탕병의 모임**   원문은 탕병국(湯餅局). 옛날 아이를 낳은 지 사흘 후에 벌이는 축하 잔치 때 행복과 장수를 의미하는 국에 국수를 넣어 먹은 데서 이 말이 나왔다.

381. **구리 녹**   원문은 동청(銅青). 과실과 정과 등을 오래 보관하기 위해 이를 사용하였다는 기록이 『산림경제』 등에 보인다.

고운 것과 거친 것이 갈려 나오네. 精粗別有腸

120

탄궁(彈弓)[384]은 길이가 일 심쯤 되니 彈弓長一尋
양장현의 가운데 손잡이 있네. 植玊羊腸弦
솜 뭉치면 시위가 홀연 성내니 綿凝弦忽怒
거꾸로 튀는 소리 상쾌하구나. 逆撥聲琅然

121

팔십 근이나 되는 풀솜 더미도 艸綿八十斤
기계를 돌리면 하루 일일세. 車攪日中畢
날베가 바쁘게 지나가면은 生布夾過忙
반짝반짝 삼백 필 무명이 되네. 硏光三百匹

122

삐그덕 국수 기계 발로 밟으면 伊雅踏麪機
국수가 받침대서 쏟아지누나. 麪在屜中飛
일꾼은 편안히 가만 앉아서 丈人且安坐
가는 나귀 어서 돌라 소리치누나. 喝送磨驢歸

123

땅의 쓰임 벽돌이 우선인데도 地用甓爲先

382. **양선** 곡식을 까불리는 기계다.
383. **가림이 없고** 원문은 구무택(口無擇). 구무택언(口無擇言), 즉 하는 말마다 도리에 맞는다는 뜻이다.
384. **탄궁** 솜을 뽑는 기계로, 대나무로 만드는데 길이는 넉 자 가량이다.

우리나라 사람들 꾀하지 않네.[385]	東人都不講
게다가 웃음거리 더하는 것은	還添一笑資
말 탈 때 고삐를 잡게 함일세.[386]	騎馬使之控

124

| 모재(慕齋)[387]는 중국 유학 원하였었고 | 慕齋願入學 |
| 잠곡(潛谷)[388]은 수레 이용 뜻을 두었지. | 潛谷志行車 |

---

385. 땅의 쓰임~꾀하지 않네 박제가는 『북학의』 「벽」(甓)에서 벽돌의 견고함과 안정성을 들어 대량 생산과 유통을 제기했으며, 벽돌 재료와 벽돌을 바르는 데 쓰는 몇 가지 원료를 선택하고 이용하는 방법에 대해서도 설명한 바 있다. 그는 벽돌의 사용을 예로 들어 "모든 일을 임시방편으로만 처리할 것이 아니라 근본적인 치유책을 마련할 것"을 주장하고 있는데, 이러한 그의 생각은 이후 『북학의』 전편을 통해 일관되는 바다.

386. 게다가~함일세 『북학의』 「마」(馬)에서는 말을 탈 때 마부를 두어 고삐를 잡게 해서는 안 되는 이유를 몇 가지로 나누어 자세히 설명한 바 있다. 첫째는 한 사람이 편하자고 다른 사람을 힘들게 하기 때문이고, 둘째는 마부에게 이끌리다 보면 기마(騎馬)의 장점인 기동성이 무색해지기 때문이며, 셋째는 이로써 전시에도 말이 제 능력을 발휘하지 못할 것이기 때문이다. 이밖에도 견마잡이 스스로 편한 길을 택하느라 말로 하여금 불편한 길을 걷게 하는 점, 말 탄 사람의 고삐는 결국 겉치레에 불과하므로 긴급한 상황에도 아무 쓸모가 없다는 점, 견마잡이가 말의 속도를 자신의 속도에 맞추게 되므로 비효율적인 점 등을 더 들고 있다.

387. 모재 조선 전기의 문신이자 학자인 김안국(金安國, 1478~1543)을 가리킨다. 모재는 그의 호다. 박제가는 『북학의』 「통강남절강선박의」(通江南浙江商舶議)에서 "강남·절강과 통하기에 앞서 요양의 배와 먼저 통상을 하는 것도 좋은 방법이다. 왜냐하면 요양은 압록강과 철산취 한 곳을 사이에 두고 있어서 전라도와 경상도가 떨어진 정도에 불과하기 때문이다. 이것은 마치 모재 김안국 선생이 연경의 태학에 입학할 수 없다면 대신 요동의 학교에 들어가기를 바란 뜻과 같은 이치"라고 적고 있다. 김안국은 『모재집』 권9의 「청견자제입학주」(請遣子弟入學奏)에서 '삼국·고려 이래로 중국의 학교에 인재를 유학시켜 교육을 받게 한 관례를 회복함으로써 중국에 인재를 파견하여 교육을 받게 할 것'을 주장한 바 있다.

388. 잠곡 조선 중기의 문신 김육(金堉, 1580~1658)을 가리킨다. 잠곡은 그의 호다. 1605년 진사시에 급제하고 이후 성균관에서 공부했다. 1636년 성절사(聖節使)로서 명나라에 갔는데, 이때 남긴 『조천일기』(朝天日記)에는 그가 직접 목도한 명나라 관원의 타락과 어지러운 사회 분위기가 잘 나타나 있다. 박제가는 「진북학의소」에서 "승상 김육이 평생에 걸쳐 추진했던 정책은 수레와 화폐의 사용임"을 들어 수레의 운행〔行車〕을 강조한 바 있다.

두 분이 사사로이 좋아했겠나　　　　　二公豈私好
큰 계획이 나라와 관계되실세.　　　　　大計關國家

125

십이두(十二頭)[389] 만주 말을 모르면서도　　未解十二頭
도리어 청금관에 올라갔다네.　　　　　却上靑金館
그래도 문자 인연 남아 있어서　　　　　猶存文字緣
더불어 중서와 벗이 되었네.　　　　　偶與中書伴

126

서책이 어찌 나를 속일 것이랴　　　　　書卷豈欺余
제경(帝京)은 처음으로 봄이 아닐세.　　帝京非創覩
가슴속 노수에서 펼친 이야기　　　　　胸中潞水談
공연히 못난 시로 보충하였지.　　　　　空把小詩補

127

금방(金榜)에는 만주 말 적히어 있고　　滿書夾金榜
여창(臚唱)[390]도 만주 말로 옮기어지네.　滿語飜臚唱
노련(魯連)[391]은 벌써 다 머리 깎았고　　魯連已剃頭
백이숙제 연향(燕饗)에 참석하였네.　　夷叔來參饗

---

389. 십이두　　고대 만주어의 자모가 12개로 구성되어 있어서 만주어를 가리키는 말로 쓰인다.

390. 여창　　과거를 보고 나서 합격자의 이름을 호명하던 의식의 한 가지다. 황제가 전에 이르러 합격자 명단을 발표하면 각 전각에서 차례로 이를 전달하여 궐 밖에까지 이르렀으며, 마지막에는 궐 밖의 호위 군사들이 이를 큰 목소리로 제창하여 알렸다. 중국 송나라 때에 시작된 제도로 전려(傳臚)라고도 한다. 금방(金榜)이나 여창(臚唱)은 모두 중화의 문물이 오랑캐화 되었음을 탄식하여 한 말이다.

128

온갖 가축 어지러이 무리 안 짓고	六畜不亂群
모든 백성 헛되이 노는 이 없네.	四民無游手
고희를 맞이한 천상 사람들	古稀天上人
손 맞잡고 천수연을 즐기는구나.	垂拱宴千叟

129

융복사(隆福寺)³⁹²엔 사람들 북적거리고	肩磨隆福集
법장사 칠층탑³⁹³을 돌아 오르네.	螺旋法藏塔
거기에 더한 것은 국자감이니	却添國子監
동쪽 사신 발길이 세 번 미쳤네.	東使屢三及

---

391. 노련 제(齊)나라 사람 노중련(魯仲連)을 가리킨다. 그가 일찍이 조(趙)나라를 떠돌아다닐 때 진(秦)나라가 조나라에 쳐들어와 포위했다. 조나라 효성왕(孝成王)이 위(魏)나라에 도움을 요청하자, 위나라 안리왕(安釐王)은 장수 진비(晉鄙)를 시켜 조나라를 구원토록 했다. 그러나 진비는 진나라 군대를 두려워하여 탕음(蕩陰)에 머물러 있었고, 위나라 왕은 신원연(新垣衍)을 조나라로 보내어 진나라가 원하는 바를 알려 주었다. 진나라가 요구하는 바는 조나라가 진나라 소왕(昭王)을 황제로 높여 불러 주는 것이었다. 이때 조나라의 평원군(平原君) 집에 머물러 있던 노중련이 신원연을 만나 위나라와 조나라가 같은 제후국인 진나라를 제국(帝國)으로 높일 수 없음을 가지고 설득함으로써 진나라 군대를 물리친 일이 있다. 노중련은 위 시의 4구에 등장하는 백이숙제와 함께 한족의 문화를 상징하는 인물들이며, 이들이 각각 머리를 깎거나 밥을 먹게 됐다고 한 것은 모두 한족의 문화가 퇴색하고 만족의 문화가 만연했음을 가리킨다. 『사기』「노중련추양별전」(魯仲連鄒陽列傳) 참조.

392. 융복사 박제가는 『북학의』「시정」(市井)에서 "동악묘·융복사(隆福寺) 같은 곳에서 특별히 시장을 개설하는 날에는 기묘하고 값진 보물들이 많이 쏟아져 나왔다"고 적으면서, 국내에서의 시장 활성화와 소비 촉진에 대해 주장한 바 있다. 또 「상고」(商賈)에서는 "재상들도 가끔은 융복사 근처 시장에 직접 가서 골동품을 사기도 한다"면서 상거래의 중요성을 강조했다. 융복사는 상당히 큰 규모의 절로 한 달에 세 차례 정도 큰 장이 열렸는데, 그 장을 융복시(隆福市)라 한다. 절이 헐린 자리에는 현재 융복가(隆福街)가 조성되어, 북경 물류 유통의 중심지 역할을 하고 있다.

393. 법장사 칠층탑 원문은 법장탑(法藏塔). 북경 시내 천단(天壇) 동쪽에 있던 법장사(法藏寺)의 7층탑을 가리킨다. 박지원의 『열하일기』「앙엽기」(盎葉記)에 관련 기록이 자세하다. 지금은 남은 자취가 없다.

130

홍인사(弘仁寺)394를 올라보지 못하고서야 　　　不上弘仁寺

전단불(栴檀佛)395을 어떻게 알 수 있으랴. 　　焉知栴檀佛

불교 아닌 옛것을 기림이어니 　　　　　　慕古不慕禪

삼천 년이나 묵은 참물건일세. 　　　　　　三千年眞物

131

안거(安車)396는 의자가 뒤편에 있고 　　　　安車檔在尾

보여(步輿)397는 다리가 허리에 있네. 　　　　步輿杠在腰

명산을 어이 군이 찾을 것인가 　　　　　　名山何必問

저자를 소요하기 다만 원하네. 　　　　　　只願市逍遙

---

394. 홍인사　　홍대용은 『담헌집』 「연기」(燕記)에서 홍인사에 대해 다음과 같이 적고 있다. "태액교(太液橋)에서 서쪽으로 달리면 길은 한결 넓어진다. ……그곳에 절이 있는데, 이름을 홍인사(弘仁寺)라 한다. 역시 라마승들이 있는 곳으로, 전무(殿廡)의 크고 화려하기가 옹화궁(雍和宮) 다음간다. 향나무〔栴檀〕 불상이 있고 또 불골(佛骨)이 있는데 굉장히 크고 이상하게 생겼다고 한다. 통나무집 속에 천불(千佛)을 모셨다는데 나무 둘레가 여남은 발이나 된다 한다. 그런데 중들이 문 열기를 완강히 거부했다. 정전 뒤로 열 길 벽지보탑(辟支寶塔)이 서 있는데, 탑 위로 철간(鐵竿)을 튼튼히 박고 주위를 쇠줄을 당겨 매고 사방에 10여 개의 풍경을 달았다. 크고 작은 차가 있어 바람을 받아 소리를 낼 때면 청탁(淸濁)이 서로 섞여 음악을 연주하는 것 같다."

395. 전단불　　전단(栴檀)은 향나무 이름이며, 전단불은 이 나무로 만든 불상을 말한다. 서호수는 『연행기』(국역연행록선집 제5책) 권3의 '1790년 8월 26일' 조에서 홍인사와 전단불의 관련에 대해 다음과 같이 적었다. "홍인사(弘仁寺)는 태액지의 서남 언덕에 있는데 땅이 시원하고 밝다. 청나라 강희(康熙) 연간에 청복전(淸馥殿) 옛터에 절을 세우고, 전단불(栴檀佛)을 맞이하여 거기에 모시었다고 한다. 누런 기와와 붉은 기둥에 집은 시원하고 아름답다. 앞에 두 방(坊)이 있는데, 동쪽은 광은부화방(廣恩敷化坊)이고, 서쪽은 보도능인방(普度能仁坊)이다."

396. 안거　　늙은이를 불러들일 때에 특별히 우대하여 편안하게 타도록 마련하여 보내는 수레를 말한다.

397. 보여　　천자가 타는 수레를 말한다.

132

무수히 몰려든 강남의 배들　　　　　　　　蠡蠡江南船

통주 성 아래에서 정박하누나.　　　　　　通州城下泊

성안에 먼지 많음 하도 괴로워　　　　　　城裏苦多塵

배 가운데 즐거움 떠올려 보네.　　　　　　却憶船中樂

133

아름다운 음악과 현란한 빛깔　　　　　　　聲音與釆色

화려함 온통 모두 공허하구나.　　　　　　燦爛盡浮虛

근본을 다시 찾을 방법 있으니　　　　　　元元本本術

농정신편(農政新編) 한 질의 책이로구나.　　農政一編書

134

그대여 인장 달고 다니지 마오.　　　　　　公毋襪印章

돼지고기 주사[398]가 생각이 나니.　　　　豕肉朱砂記

그대여 나귀 탄다 자랑을 마오.　　　　　　公勿誇騎驢

거지에 견줘질까 부끄러우니.　　　　　　羞將乞丐比

135

이천 종에 달하는 도서 목록이　　　　　　書目二千種

편집되어 연경에 알려졌도다.　　　　　　編成日下聞

다만 이 한 책에 갖춰졌으니　　　　　　但詳此一部

다시금 되풀이해 말하지 마라.　　　　　　勿復重云云

---

398. 주사　　인주의 주재료로, 붉은빛이 나는 광물질로 수은과 황의 화합물이다. 정제하여 물감이
나 한방에서 약재로 이용하기도 한다.

136

두강엽 따서 만든 용정차에다　　　　　龍井頭綱葉

양호필은 붓 허리가 반 자나 되네.　　　羊毫尺半腰

내게 편지 부친 사람 요행 만나면　　　幸逢寄我者

중간에 은홍교(殷洪喬)³⁹⁹를 배우지 말게.　莫學殷洪喬

137

검서관 박제가가 글씨를 쓰니　　　　　貞蕤檢書書

유리창에 가짜 글씨 돌아다니네.　　　廠中傳贋本

새벽녘 열 개의 연구(聯句)를 써서　　　晨興寫十聯

나양봉 밥상에다 부쳐 보냈네.　　　　寄與兩峰飯

138

먼 옛날 적선이 썼던 필체로　　　　　迢遞謫仙書

절 이름 독락사(獨樂寺)⁴⁰⁰라 적혀 있구나.　招提名獨樂

커다란 금불상은 대추나무요　　　　　棗木大金軀

조그만 안약(眼藥)⁴⁰¹은 거위 깃만 해.　　鵝翎小眼藥

139

깨끗하고 정갈한 향화암(香花庵)⁴⁰²에서　　瀟灑香花庵

---

399. 은홍교　진(晉)나라 사람이다. 『세설신어』(世說新語)에 의하면 은홍교가 예장태수(豫章太守)가 되어 고향으로 돌아가는데, 도성 사람들이 백여 통의 편지를 주면서 전해 주라고 부탁하였다. 가는 도중 편지들을 물에다 모두 던지고는 "뜰 것은 뜨고 잠길 것은 잠겨라. 나는 편지 전하는 우체부가 될 수 없다"고 하였다.

400. 독락사　계주(薊州)의 서쪽에 있으며, 원(元)나라 때 세웠다.

401. 안약　계주 독락사(獨樂寺)에 신기한 효험을 지닌 안약이 있었다.

밥 짓는 연기가 정오에 이네.	炊煙亭午起
이따금 나이 든 비구니에게	時從老尼姑
백송의 씨앗을 얻어 온다네.	乞得白松子

140

애달파라 어찌 저리 경황이 없나	鬱鬱何蔥蔥
상여가 백주에 나가는구나.	輀車白晝出
혼계(魂雞)[403]는 멍하니 울지를 않고	魂雞癡不鳴
종이에 그린 말[404]은 살아 있는 듯.	紙馬畫中活

참판 유형의 연행을 전송하며 3수 送副使柳參判炯之燕 三首

1

| 대부의 청정함은 옥호빙(玉壺冰)[405]과 한가지니 | 大夫清似玉壺冰 |

402. 향화암   계주의 백간점(白礀店) 노변에 있다. 백간점 담장 안에 백간송(白幹松)을 심었기 때문에 백간점(白礀店)이라 한다. 향화암은 숭덕(崇德) 연간에 건립한 것인데, 전설에 "숭덕 황제(崇德皇帝: 청 태종)의 누이가 일찍 과부가 되자 여승〔尼〕이 되어 항상 이 절에 있으므로, 그 절에 원당(願堂)을 지어 주었다"고 한다.

403. 혼계   영혼이 붙어 있는 닭이란 뜻이다. 중국 장례 풍습에 상여 위에 반드시 수탉 한 마리를 올려놓는데 이를 혼계라 한다.

404. 종이에 그린 말   원문은 지마(紙馬). 지마는 인간 세계와 신령계를 왕래하는 교통수단으로 생각되었다.

405. 옥호빙   청정하고 고결한 품격을 뜻한다. 남조(南朝) 송(宋) 포조(鮑照)의 시 「백두음」(白頭吟)에 "충직하기론 붉은색 밧줄이요, 청정하기론 옥병 속의 얼음일세"(直如朱絲繩 清如玉壺冰)라는 표현에서 유래하였다.

시속과 다른 유래 여태껏 본 적 없네.　　殊俗由來見未曾
소흥주 시원타고 설령 말을 한다 해도　　縱道紹興都冷了
감히 폐백 인하여서 황금비단 내기할까[406]　　敢因皮幣博金繒

2

산과 내 만 리 길에 붓 싣고 떠나가니　　載筆山川萬里餘
수레에서 초겨울의 해와 바람 만났구나.　　輶軒風日屬冬初
한림의 종백께서 안부를 물으시면　　翰林宗伯如相問
무정해 편지를 안 부친 것 아니라고.　　不是無情不寄書

3

세 차례의 연경 길에 자못 정을 다한지라　　三度遊燕頗盡情
붉은 대문 큰 절집도 등한히 지나가네.　　朱門佛寺總閒行
서산에 세 든 집은 작기가 배와 같고　　西山賃屋如舟小
다리 주변 폭포 소리 여태도 기억나네.　　尙記橋邊瀑布聲

빗속에 청성 성대중 어른께 부치다 雨中寄靑城丈人

간밤 비가 묵은 솔을 흠뻑 적시니　　宿雨淋古松

---

406. 소흥주~내기할까　소흥(紹興)은 절강성의 지명이나 여기에서는 소흥주를 뜻한다. 여러 연행
록에 소흥주에 대한 기사가 보인다. 소흥주가 아무리 좋아도 예물로 술값을 치르지는 못하리라는
뜻으로 보인다.

그윽한 창 찬 대낮에 닫혀 있구나.　　　幽窓掩寒晝

나무에 붉은 잎은 시들었더니　　　在樹紅已病

붉던 잎 이제 다시 떨어진다네.　　　紅今落來又

가만히 한양 사람 손꼽아 봐도　　　默數長安中

술병 들고 찾아갈 이 누구이리오.　　　有酒誰當就

남산서 시옹(詩翁)과 함께 지내며　　　南山與詩翁

바싹 여윈 가을 눈썹 마주하리라.　　　相對秋眉瘦

남영[407]에서 한식날에 南營寒食

좋은 날 문 닫으니 이 무슨 마음인가　　　佳辰閉戶竟何心

남쪽 기슭 꽃 어여뻐 장차 한 번 찾으리라.　　　南麓花多且一尋

머리 세도 술자리서 노닒은 능히 하니　　　髮白尙能遊酒藪

반가운 벗 다시금 문림(文林)을 마주했네.　　　眼靑還復對文林

시내 바람 차지 않아 거문고 들고 앉아　　　溪風未冷橫琴坐

산 해도 뉘엿할 제 나무 기대 읊조린다.　　　山日將沈倚樹吟

손님들 너무 자주 찾아올까 염려하고　　　怕遣客人來欲數

서국(書局) 땅 몹시 깊음 더더욱 아끼노라.　　　更憐書局地偏深

---

407. 남영　창덕궁 정문 앞에 있는 훈련도감의 분영(分營)을 말한다.

다시 서국의 제공에게 보여 주다 再示書局諸公

봄 숲은 녹색으로 물들어 가고	春樹生眞碧
봄 새들 재잘대는 소리 들린다.	春禽送正聲
잔 들고 하루를 지나 보내며	含杯移白日
말달려 청명을 화답하노라.	走馬答淸明
저 멀리 나는 새는 보이지 않고	浩蕩窮遲鳥
구불구불 옛 성은 숨어 있도다.	紆廻隱古城
요즘에는 붓과 벼루 내던져 두고[408]	近來焚筆硏
총채를 휘두르며 병법 말하네.	揮麈却譚兵

---

408. 붓과 벼루 내던져 두고 원문은 분필연(焚筆硏). 글이 다른 사람만 못함을 부끄러워하여 스스로 그 벼루를 불살라 다시 글을 짓지 않는 것을 말한다. 『진서』(晉書) 「육기전」(陸機傳)에 관련 고사가 보인다.

정사년(1797) 4월 24일 담수·신암과 함께 광나루에서 배를 띄워 미호로 거슬러 올랐다. 바람에 막혀 하룻밤을 묵고, 말 머리를 나란히 하여 길을 돌려 초계의 분원으로 향했다. 이틀을 머물며 술을 마셨다. 우산 전겸익의 칠언 근체시에서 운을 뽑아 거듭 사용하여 21장을 지었다. 기사와 술회, 논문과 부탁의 말이 서로 뒤섞여 나와 차례가 없다. 21수 丁巳四月二十有四日 舟同澹叟信菴 泛廣津 溯渼湖 阻風一宿 聯騎轉向茗溪分院 留飮二日 拈虞山七言 近體詩韻 疊至二十一章 紀事述懷論文屬示之語 互陳錯出 無倫次焉 二十一首

1

드날리는 의기를 어찌할 줄 몰라서 　　　　　飛揚意氣欲何如
수양버들 십 리 길에 뚫고서 나왔다네. 　　　穿出垂楊十里墟
말 내리기 재촉하여 배 오르라 날 부르니 　喚我登舟催下馬
마음 맞음 취함이지 고기 욕심 아니라네.[409] 憐渠取適政非魚
시와 술에 미쳐서 이 몸 온통 늙어 가니 　詩狂酒態身全老
물가에서 살자던 계획 또한 성글도다. 　　水宿霞餐計亦疎
긴 보습 손에 들고 깊은 골짝 찾으리니 　　擬把長鑱尋絶巘
사는 백성 진나라 적 유민[410]이라 말을 하리. 居民還道是秦餘

---

409. 마음 맞음~아니라네 취적비취어(取適非取魚)에서 따온 말이다. 고기를 낚는 데 목적이 있는 게 아니라 한가로움을 추구한다는 뜻으로, 은자의 삶을 표상하는 말이다. 당나라 잠삼(岑參)의 시 「어부」(漁父)에 "세상 사람 어떻게 깊은 뜻 알 것인가, 늙은이 뜻 고기 아닌 마음 맞음 구하는 걸"(世人那得識深意, 此翁取適非取魚.)이란 구절이 있다.

410. 진나라 적 유민 원문은 진여(秦餘). 도연명의 「도화원기」(桃花源記)에 나오는 무릉도원 사람들을 말한다. 이 글에서 무릉도원 사람들은 자신들이 진나라의 학정을 피해 몸을 숨긴 이들의 후예라고 말한다.

2

물길은 낮인데도 밤길과 다름없어	水行雖晝夜行如
눈에 용궁 어른대니 신기루를 보는 듯해.	溼目龍宮接蜃墟
하늘 끝 나는 학을 손들어 불러 보고	擧手自招天際鶴
낚싯대로 달빛 아래 물고기를 낚는도다.	携竿去釣月邊魚
양 언덕 뚫고 가니 화전 연기 합쳐지고	穿來兩岸畬煙合
중류에 배 띄우자 나무 그림자 성그네.	泛入中流樹影疎
지척에서 근심 겨워 나는 새 보노라니	咫尺愁看飛鳥重
배 가득 푸른 기운 사람을 적시누나.	滿船空翠濕人餘

3

우두커니 앉았자니 무정도 유정한 듯	無情凝坐有情如
몇 마리 까마귀가 저문 마을 찾아든다.	幾點烏鴉趁暮墟
4월이라 보리 자라 송아지 키 나란하고	四月麥深齊小犢
강가에 꽃이 지자 물고기 떼 모여드네.	半江花落聚游魚
나그네 맘 술 마셔야[411] 비로소 풀리나니	客心歡伯纔能解
돈만 아는 세상맛은 멀어진 지 오래라오.	世味錢兄久已疎
천추의 안개 물가 자취 슬피 바라보니	悵望千秋煙水足
은자[412]는 떠나가고 낚싯줄만 남았구나.	羊裘人去一絲餘

4

날 개자 늘어선 뫼 거울 속 한가진데	天晴列岫鏡中如

---

411. 술 마셔야　원문은 환백(歡伯). 술의 별칭이다. 근심을 제거하고 즐거움을 불러온다고 해서 붙여진 이름이다.

412. 은자　원문은 양구(羊裘). 양구수조(羊裘垂釣)의 줄임말로, 양가죽 옷을 입고 낚싯줄을 드리운다는 뜻이다. 은자의 생활을 말한다. 『후한서』 「엄광전」(嚴光傳)에 보인다.

백제 적 황량한 성 바로 그 옛터로다.	百濟荒城認舊墟
짙은 물결 가로 흘러 기러기 떼 나누고	楚色橫流分起雁
물결 주름 잡히는데 물고기 걸려드네.	波紋忽皺有懸魚
배 가자 입은 옷이 낡은 것을 깨닫겠고	舟行更覺衣冠古
술병에 뼈마디가 성글어짐 불쌍해라.	酒病偏憐骨節疎
전랑의 백 수 시[413]는 어떠한 것이관대	何物錢郎詩百首
자질구레 잔단 경계 여태껏 남아 있나.	零零瑣瑣境猶餘

전기의 강행절구를 이른다. 謂錢起江行絶句.

5

가없이 지는 노을 꼭두서니 붉은빛	落霞無際茜紅如
외론 배 위에 앉아 먼 마을 바라보네.	人在孤舟望遠墟
간간이 날아오는 외기러기 보이는데	不少不多看隻雁
바람과 물결이 쌍어를 막는구나.[414]	半風半水阻雙魚
돌아보니 계절은 단오에 가까웠고	回頭節物天中近
손꼽을 만한 벗은 일하(日下)[415]에 멀리 있네.	屈指交游日下疎
동련의 꿈[416]만이 가없이 날리는데	只有悠揚銅輦夢

---

413. **전랑의 백 수 시**　당나라 전기(錢起, 722~780?)가 지은 5언 절구 「강행무제」(江行無題) 100 수를 일컫는다.

414. **간간이~막는구나**　3구의 척안(隻雁)과 4구의 쌍어(雙魚)는 모두 편지를 은유한다. 각각 한나라 때 흉노에 간 사신이 기러기 다리에 편지를 매어 소무(蘇武)가 살아 있음을 알린 고사와, 멀리서 보내온 두 마리 잉어를 삶으려고 배를 갈랐더니 편지가 들어 있었다는 옛 악부시의 고사에서 유래한다. 벗들의 소식이 한동안 끊겨 있음을 말한 것이다.

415. **일하**　북경(北京)을 뜻한다.

416. **동련의 꿈**　원문은 동련몽(銅輦夢). 동련(銅輦)은 원래 태자가 타는 수레를 가리킨다. 동련을 꿈꾼다는 것은 도성 또는 궁궐을 그리워한다는 뜻으로 보인다. 전겸익의 「견성집도차타자운시중화」(見盛集陶次他字韻詩重和)에 "가을 이불 동련이 꿈에 자주 지나는데, 네 벽의 벌레들은 어찌 이리 울어 대나"(秋衾銅輦夢頻過, 四壁陰蟲聒謂何.)란 구절이 있다.

백구의 고장에서 낮잠이 달콤하다.　　　　　白鷗鄉裏黑甛餘

6

나는 새 아득히 물 위를 스쳐 가고　　　　　飛鳥茫茫貼水如
큰 강은 하늘가 나루터서 갈라지네.　　　　　大江天限析津墟
한 조각 작은 배는 귀뚜라미 한가지요　　　　扁舟只是同蜻蜓
명사는 원래부터 붕어처럼 많다네.[417]　　　　名士元來比鯽魚
한강 어귀 청산에는 땅거미 내려앉고　　　　漢口靑山千點暮
강 남쪽 안개 버들 줄지어 늘어섰다.　　　　漢南煙柳一行疎
갈대는 예부터 시인의 한 자아내니[418]　　　　蒹葭終古詩人恨
애끊는 분사(分司)[419]는 아스라한 저편일세.　　腸斷分司莽蒼餘

7

드문드문 먼 산은 엷은 먹 찍은 듯이　　　　冉冉遙山澹墨如
백사장 물가에서 뱃머리 삐걱댄다.　　　　　船舷暝戛白沙墟
잘못된 이 대부분 진짜 새를 탐하노니[420]　　錯人都大眞貪鳥
물가 임해 물고기에 부끄럽지 않으랴.　　　　臨水何嘗不愧魚

---

417. 붕어처럼 많다네　　원문은 비즉어(比鯽魚). 붕어처럼 많음을 뜻한다. 명나라의 문사 원굉도(袁宏道)가 처음 소흥(紹興)을 방문하고 「초지소흥」(初至紹興)이란 시를 남겼는데, 여기에 "배의 크기 신발보다도 작고, 명사는 붕어처럼 많기도 하네"(船方尖履小, 士比鯽魚多)란 구절이 있다.
418. 갈대는~자아내니　　원문의 겸가(蒹葭)는 『시경』에 용례가 보이는데, 사랑하는 사람을 두고도 가까이할 수 없는 안타까운 마음을 표현한 것이라고 한다.
419. 분사　　본관청에서 분화되어 나온 관서이니, 여기서는 사옹원의 분원을 가리킨다. 지금의 경기도 광주시 남종면 분원리 일대이다.
420. 새를 탐하노니　　원문은 탐조(貪鳥). 『열자』「탕문」(湯問)에 나오는 기심(機心)에 얽힌 고사를 말한 것이다. 갈매기와 거리낌 없이 어울리던 한 소년이, 갈매기 한 마리 잡아 오라는 아버지의 말을 듣고 강가에 나가자 갈매기 한 마리 다가오지 않았다는 이야기가 전한다.

들 나루엔 바람 많아 마름풀은 키가 작고	野渡多風菱葉小
강 하늘 비를 아껴 대추꽃이 성글구나.	江天惜雨棗花疎
뉘 알리 오늘 저녁 갈대밭서 먹은 밥이	誰知一夕蘆中飯
한양[421]서 밥을 물린 그 다음 끼니임을.	還是春明退食餘

8

글 읽는 배 안온하기 집 안이나 다름없고	書船安穩屋中如
마름풀에 앉았자니 버들 밖서 닭이 우네.	坐菱雞鳴柳外墟
다섯 재주 다람쥐[422]의 궁한 신세 불쌍하니	五技都憐窮鼫鼠
일생토록 괴로이 충어(蟲魚)[423]에 주를 다네.	一生何苦注蟲魚
구름 물결 드넓어서 옷깃 불어 시원한데	雲濤浩淼吹襟冷
강 위 해도 창망하여 성근 터럭 비추누나.	江日蒼茫照髮疎
뜬금없이 물새는 행부득(行不得)[424] 노래하니	無賴禽言行不得
몇 번이나 석우풍[425]에 그 마음 꺾였던가.	幾回心折石尤餘

---

421. 한양 원문은 춘명(春明). 당나라 때 장안 도성의 동쪽 문을 일컬었는데, 후세에는 서울을 일컫는 말로 통용되었다.

422. 다섯 재주 다람쥐 원문은 석서(鼫鼠). 오기서(五技鼠)라고도 한다. 날 줄 알지만 집을 넘지 못하고, 기어오를 수 있어도 나무 끝까지 오르지 못하고, 헤엄칠 줄 아나 골짝을 건너지 못하고, 구멍을 팔 줄 알아도 몸을 숨기지 못하며, 달릴 줄 알아도 사람보다 앞서지 못한다고 『설문』(說文)에 소개되었다.

423. 충어 협의로는 새나 곤충에 관련된 자잘한 책을 가리키는데, 광의로는 어원과 주석 등을 따지는 훈고학을 뜻하기도 한다. 욱달부(郁達夫)의 「삼월십팔야기목진로사」(三月十八夜寄木津老師)에 "나날이 충어 안고 무릉에 엎드리니, 옆 사람들 다투어 무능하다 비웃누나"(日抱蟲魚伏茂陵, 旁人爭笑客無能.)란 구절이 있다.

424. 행부득 자고새의 울음소리를 음차한 것이다. 가고 싶어도 갈 수 없다는 뜻으로 많이 쓰였다.

425. 석우풍 원문은 석우(石尤). 거슬러 부는 바람, 곧 역풍을 뜻한다. 우랑(尤郎)의 아내 석씨(石氏)가 남편이 먼 길에 장사 나가는 것을 말렸으나 듣지 않고 떠나 버리니, 이후 그가 돌아오기를 날마다 기다리다가 지쳐 마침내 병들어 죽게 되었다. 임종 자리에서 "내가 죽으면 곧 바람이 되어 천하의 아내들을 위해 그의 남편들이 멀리 장삿길 떠나는 것을 막으리라"고 말했다는 고사에서 온 말이다.

9

골짝 지나 언덕 가도 시야 높이 가리더니	峽盡岸奔尙勃如
하늘 낮은 동북편에 인가가 처음 뵈네.	天低東北始人墟
느릿느릿 훨훨 나는 새들을 따라가다	行隨㦤㦤粉粉鳥
씩씩하게 모여 노는 물고기를 헤아린다.	坐數堂堂策策魚
청한주(靑翰舟)⁴²⁶는 가까이 온 신선 벗에 놀라고	靑翰舟驚仙侶近
백송선(白松扇)⁴²⁷은 휘갈겨 쓴 초서 글씨 떨치누나.	白松扇拂草書疎
낭관도 명사라고 일컫기에 충분하니	郎官也足稱名士
구름 많고 물 넓은데 마음껏 마셔 보세.	水闊雲多痛飮餘

10

조각배 삽시간에 가위처럼 물 가르니	輕舟一霎剪刀如
물 위에 어리비친 푸른 하늘 쪼개누나.	劈劃靑天積水墟
나그네 길 풍류는 죽순 안주 낭자하고	客裏風流喧竹肉
병중의 심사는 순어(蓴魚)⁴²⁸를 떠올린다.	病中心事憶蓴魚
작은 글자 쓰다 보니 눈 흐려짐 탄식하고	眼偏書細嗟先暗
살진 고기 먹기 전에 이빨 성금 깨닫누나.	齒未茹肥覺漸疎
셋이 앉아 글 논함은 정해진 운수거니	鼎足論文眞有數
잠깐의 한가로움 월말에 잠깐 얻었다네.	小閒儌得月之餘

---

426. **청한주** 뱃전에 새를 새기고 푸른 칠을 한 배를 말한다.

427. **백송선** 조선 특산의 접부채를 가리킨다. 명나라 육심(陸深)의 『춘우당수필』(春雨堂隨筆)에 보면 "동파가 이르기를, 고려의 백송선은 펼치면 한 자 남짓 되고 접으면 손가락 두 개 크기 정도가 된다"(東坡謂, 高麗白松扇, 展之廣尺餘, 合之止兩指許.)라 한 구절이 있다.

428. **순어** 순채국과 농어회를 말한다. 진(晉)나라 장한(張翰)이 동조연(東曹掾)이라는 관직에 있다가 어느 날 가을바람이 부는 것을 보고 고향의 순채국과 농어회가 그리워진다고 하면서 사직하고 떠나간 고사가 있다. 『진서』(晉書) 권92.

11

요관(窯官)[429]은 목민관과 한가지라 말들 하니
둘러봐도 밥 짓는 연기 황량한 터에 적네.
여자들은 절구질해 능히 녹을 걸러 내고
남자들은 솔불 살라 물고기를 새기누나.
묵정밭의 세금도 빠짐없나 걱정하고
그릇 굽는 방법이 서툰 것도 염려하네.
이따금 강가 주막 동이 열어 마시는 이
반쯤은 장삿배요 벌목꾼이 나머질세.

見說窯官牧守如
人煙極目少荒墟
女春塏碓能淘銹
男爇松明慣刺魚
正恐菑畬征不漏
更愁埏埴法還疎
有時江閣開樽飮
半是商船伐木餘

12

잔잔히 넓은 강물 다리미로 편 듯한데
수정 같은 수면 위로 유리 빛 나무 그림자.
벗님은 말술 놓고 꾀꼬리 소리 듣고
야객은 조각배서 백어를 낚는구나.
이제껏 자식 혼사 얽매임 남았는데
나고 듦에 세상과는 본시부터 성글었지.
청량한 경계 위에 숙연히 홀로 서니
한나절 지루하기 일 년보다 더 길구나.

萬斛江平熨帖如
琉璃樹影水精墟
故人斗酒聽黃鳥
野客扁舟釣白魚
昏嫁至今猶有累
行藏與世本相疎
肅然獨立淸凉界
一日長疑一歲餘

13

고금의 구름 안개 눈앞을 스쳐 가니
몇 안 되는 벗들도 반 넘어 세상 떴네.
어느덧 꿈속 넋이 나비인가 의심하니

今古雲煙過眼如
無多朋友半邱墟
已將魂夢疑蝴蝶

---

429. **요관**　도자기의 생산과 출하를 맡은 관리다.

서책을 벗한 생애 이제 그만 내려 두리.　　休把生涯伴蠹魚

늙어 가매 연옥(燕玉)[430]의 따스함 필요하고　　老去蹔須燕玉暖

근심 오면 아직껏 술 멀리한 적이 없네.　　憂來未遽杜康疎

봄 풍경 난만한데 풍류 마음 다했으니　　鶯花婉晚風心盡

강호에선 온통 모두 시 읊는 소리만이.　　滿地江湖一嘯餘

14

뜬 인생 어이하여 티끌 하나 같으랴만　　浮生奚趐一塵如

다행히 해 뜨는 땅 문명 세상 태어났네.　　幸墮文明日出墟

사는 곳 작고 보니 동해 자라 부끄럽고　　處小常慙東海鼇

한동네 같이 살며 낙랑 어족 주 달았지.　　居同自注樂浪魚

도경을 잃고 보니 산천 경계 어지럽고　　山川錯落圖經失

기록이 성근지라 인물 자취 아득하다.　　人物鴻濛紀傳疎

좁은 땅[431]서 그 무엇을 보려고 하지 마오　　莫作彈丸看幺麼

그래도 의관만은 한당의 나머질세.　　衣冠猶是漢唐餘

15

이제껏 인상여(藺相如)[432]와 서로 마주하였지만　　至今相對藺相如

조리(曹李)[433]가 났을 때는 이미 죽은 뒤였다네.　　曹李生時早已墟

---

430. 연옥　옥같이 아름다운 여인을 뜻한다. 두보의 시에 "노인을 덥히려면 연옥이 필요하다네"(煖老須燕玉)란 구절이 있다.

431. 좁은 땅　원문은 탄환(彈丸). 탄환흑자지지(彈丸黑子之地)로, 아주 협소한 땅을 가리키는 말이다.

432. 인상여　전국시대 조(趙)나라의 재상이다. 신분이 낮았지만 뛰어난 기지와 높은 기개로 강대국 진(秦)과 맞서 약소국 조(趙)나라의 실익과 자존을 지켜 냈다. 내분을 피하기 위해 염파(廉頗)를 피한 고사로 유명하다. 『사기』「염파인상여열전」에 보인다.

433. 조리　한나라 때 장수 조참(曹參)과 이광(李廣) 등을 가리키는 듯하나 분명치 않다.

말 뼈 사서[434] 어느 해나 준마를 구하리오 　　買骨何年求駿馬
몇 날 걸려 장대 오르는 메기를 비웃는다.[435] 　　上竿幾日笑鮎魚
당나라 때 삼매[436]는 벼슬 홀연 벗어났고 　　飄然脫直唐三昧
한나라 적 이소[437]를 비슷하게 자취 좇네. 　　髣髴追踪漢二疎
강가에서 손잡으니 마치 꿈만 같은데 　　握手江干疑夢寐
사귐 논함 도리어 스무 해가 더 되었네. 　　論交還是卄年餘

16
나는 이 세상에서 지닌 것 변변찮아 　　我於物也總戞如
돌아가 몇 이랑에 밭 갈기 마땅하다. 　　只合歸耕數畝墟
참새와 쥐 태창에서 훔쳐 먹음 염증 나고[438] 　　厭向太倉偸雀鼠
학구 따라 연비어약[439] 강하기도 시름겹다. 　　愁從學究講鳶魚
초두(焦頭)의 상객[440]은 기댈 공이 없으니 　　焦頭上客功無賴

---

434. 말 뼈 사서　원문은 매골(買骨). 매준골(買駿骨)이라고도 한다. 전국시대 말 연(燕)나라 소왕
(昭王)이 천하의 현재를 모으고자 하였다. 이에 곽외(郭隗)가 옛 고사를 들어 방법을 일러 주었다.
그 내용은, 옛날 한 군주가 천금으로 천리마를 구했지만 3년이 지나도록 얻지 못했는데, 5백금을
들어 죽은 천리마의 뼈를 샀다는 소문이 퍼지자 오래지 않아 세 필의 천리마를 구했다는 것이다.
후대에 널리 인재를 구한다는 뜻으로 전용되었다. 『전국책』(戰國策) 「연책일」(燕策一)에 보인다.
435. 장대~비웃는다　메기는 죽간(竹竿) 위에 오를 수 있지만 비늘이 없으므로 매끄러운 대나무
를 오르기는 어렵다. 그러나 입으로 댓잎을 물어 더위잡으면서 능히 높은 곳으로 올라가니, 오르는
것이 매우 어렵다는 의미로 쓰인다. 구양수의 『귀전록』(歸田錄)에 자세하다.
436. 당나라 때 삼매　원문은 당삼매(唐三昧). 구체적으로 누구인지 분명치 않다. 숙직을 서다 말
고 벼슬을 내던지고 떠나갔다는 뜻이다.
437. 한나라 적 이소　한(漢)나라 선제(宣帝) 때의 명신(名臣) 소광(疎廣)과 조카 소수(疎受)를 말
한다. 관직이 높아지고 명성이 널리 퍼졌으나, 그만두고 돌아가지 않으면 후회할 일이 생길 것이라
면서 이내 고향으로 돌아갔다. 『한서』(漢書) 권71에 보인다.
438. 참새와 쥐~염증 나고　원문의 작서(雀鼠)는 소인을 비유하는 말이고, 태창(太倉)은 고대 경사
에 있던 큰 곡식 창고를 뜻한다. 참새나 쥐가 태창의 곡식을 훔쳐 먹는 것은 소인배가 작록을 축내
는 것을 지시한다. 소동파의 시에 "참새와 쥐 태창 곡식 장차 훔쳐 먹으려는데, 의관을 신무문에 즐
겨 걸지 못하였네"(方將雀鼠偸太倉, 未肯衣冠挂神武.)라는 구절이 있다.

대머리의 중서랑은 늙어 더욱 소외되네.　　　　秃髮中書老見疎
한 번 가매 정 깊음을 한갓 홀로 자부해도　　　一往情深徒自負
정두(飣餖)[441]는 남 남긴 것 줍기를 기꺼워하네.　肯將飣餖拾人餘

17

묻노라, 그 누구가 담수와 같으리오.　　　　　解問人誰澹叟如
아득히 풍아로써 은허(殷墟)[442]를 뒤따르네.　　遠將風雅溯殷墟
부 짓는 동천사[443]는 이제 다시 못 보나니　　　更無作賦董天使
시선 엮은 오자어[444]가 어이 다시 있으리오.　　豈有選詩吳子魚
물에 뜬 배 뜬세상의 좁음보다 드넓고　　　　野艇闊於浮世狹
구름 산은 소원한 벗보다 더 낫구나.　　　　　雲山勝似故人疎
신 신고 한 번 나서 집안도 돌보잖고　　　　　靑鞋一出輕家室

---

439. 연비어약　원문은 연어(鳶魚).『시경』「한록」(旱麓)의 "소리개는 날고, 물고기는 뛰도다"(鳶飛戾天, 魚躍于淵.)에서 나온 것으로, 소리개와 물고기는 자득(自得)하는 모양 또는 임금의 덕화(德化)가 잘 미치고 있는 상태를 말한다.

440. 초두의 상객　한나라 선제(宣帝) 때 곽광(霍光)이 죽은 뒤에 곽씨들이 역모를 하다 멸망하였다. 이때 곽씨의 역모를 고변한 자들은 다 봉작되었으나, 곽씨의 역모 조짐을 미리 상소했던 서생에게는 아무 보답이 없었다. 이때 한 사람이 "화재를 대비하라고 말한 사람의 은공은 몰라보고, 불을 끄느라 머리와 이마에 화상을 입은 자들만 상객(上客)으로 대우한다"며 상소한 데서 따온 말이다.『한서』(漢書) 권68「곽광전」(霍光傳)에 자세하다.

441. 정두　음식을 죽 늘어놓고 먹지 아니함이다. 의미 없는 문사(文詞)를 죽 늘어놓음을 말한다.

442. 은허　은나라가 망한 뒤, 기자가 옛날 은나라 터를 지나다가 궁실이 모두 무너지고 무성하게 보리 이삭이 팬 것을 보고는 가슴이 아팠는데, 곡을 하자니 안 될 일이고 울자니 부녀자와 비슷하게 될 듯하여 이에 '맥수가'(麥秀歌)를 지어서 노래하였다 한다.『사기』(史記)「송미자세가」(宋微子世家)에 보인다.

443. 동천사　조선 세종 때 조선에 사신 온 동월(董越)을 가리킨다. 조선에 사신와서『조선부』를 지었다.

444. 시선 엮은 오자어　오자어는 임진왜란 당시 조선에 참전한 명군 장교 자어천군 오명제(吳明濟)를 가리킨다. 그는 허균의 도움을 받아 조선의 시를 간추려『조선시선』을 엮었다. 정민의「임란시기 문인지식층의 명군 교유와 그 의미」(『목릉문단과 석주권필』, 태학사, 1999) 참조.

푸른 파도 만 리 너머 눈으로 다 보누나.　　　　目極滄波萬里餘

18

아이들 벌써 커서 그대와 꼭 같은데　　　　兒曹長大乃翁如
어느새 용광(龍光)[445]이 북두성에 닿았구려.　　　已見龍光觸斗墟
현언을 아껴 듣고 주미(麈尾)[446]를 휘두르며　　　愛聽玄言揮麈尾
푸른 바다 섯돌며 고래를 낚아채네.　　　　旋驚碧海掣鯨魚
별원에서 생황 부니 솔바람과 하나 되고　　　吹笙別院松風合
외론 배의 영사시에 빗방울 성글도다.　　　詠史孤舟雨點疎
아침 꽃 저녁 송이 그대 홀로 취하거니　　　夕秀朝華君自取
만난 이들 칭찬함을 아끼지 않는구나.　　　逢人不惜齒牙餘

19

이 시로 도리어 저 시 같음 비웃으니　　　　此詩還笑彼詩如
당시를 잘못 배워 송시를 엿보는 듯.[447]　　　枉躡唐藩闞宋墟
사람 쏠 땐 말을 먼저 쏘라[448]고 말하지만　　　道是射人先射馬
고기 마음 내 모름[449]을 어이 능히 알겠는가?　　安能知我不知魚

---

445. 용광　남의 풍채에 대한 경칭이다.

446. 주미　고라니의 꼬리털로 만든 먼지떨이로 청담을 하던 사람들이 많이 가졌으며, 후에는 불도들도 많이 가지고 다녔다.

447. 당시를~엿보는 듯　원문의 당번(唐藩)은 당시풍의 영역, 송허(宋墟)는 송시풍의 영역을 말하는 듯하다.

448. 사람~쏘라　원문은 사인선사마(射人先射馬). 두보의 시 「전출새」(前出塞)에 나오는 구절로, 뜻하는 바를 이루기 위해서는 먼저 요해가 되는 일부터 처리해야 함을 말한 것이다.

449. 고기 마음 내 모름　원문은 지아부지어(知我不知魚). 장자가 물고기를 두고 혜시와 나누는 대화 중의 한 구절로, 『장자』에 나온다. 혜시가 "그대는 물고기가 아니면서, 어찌 물고기의 즐거움을 아는가?"(子非魚, 安知魚之樂.)라고 하자, 장자가 웃으면서 "그대는 내가 아니면서, 어찌 내가 물고기의 즐거움을 알지 못하는 줄 아는가?"(子非我, 安知我不知魚之樂.)라고 반문하였다.

원래부터 못난 선비 책 보는 것 협소하나　　　　元來曲士看書窄
어이해 전현의 글 씀 성김 있으리오.　　　　詎有前賢下字疎
묘한 이치 처음부터 말로는 못 얻지만　　　　妙諦初非言語得
청장의 남긴 자취450 남김없이 다 보았네.　　　青莊竪拂示無餘

　　　　새로 찍은 『청장유사』를 읽었다. 讀青莊遺事新刻本.

20

온갖 성인 전한 마음 나 또한 지녔거니　　　　百聖傳心我亦如
종묘에 예 올리고 빈터에서 느끼누나.　　　　敬於宗廟感於墟
말 잘하는 앵무새의 작은 지혜 나무라고　　　嗔他小慧能言鳥
요령 없이451 잠 안 자는 물고기가 되었구나.　　做箇頑空不寐魚
하룻밤 시성(詩城)에서 깃발과 북 정돈하니　　一夜詩城旗鼓整
천 년의 술 나라는 땅덩이 성글었네.　　　　千年酒國幅員疎
알괘라, 헤어진 뒤 그대를 그릴 제면　　　　定知別後思君地
귀 기울여 강물 소리 이따금씩 들려오리.　　側耳江聲往往餘

21

가리켜 보이는 곳 노홍452 그림 한가지니　　　指點盧鴻畫裏如

---

450. 남긴 자취　원문은 수불(竪拂). 수불의 원뜻은 불자(拂子), 즉 총채를 곧추세운다는 것이다.
선가(禪家)에서 사용하는 하나의 방편인데, 문맥을 따져 남긴 자취로 의역하였다. 청장은 이덕무
의 호다. 이덕무의 유사(遺事)를 기록한 책이 간행되었음을 알 수 있다.
451. 요령 없이　원문은 완공(頑空). 완고하게 공(空)한 것만을 주장하는 것으로, 불법의 이치는 공
하면서도 실(實)함을 알아야 하는데 공한 것에만 빠진다는 말이다. 고루하고 감각이 둔한 것을 비
유한 것인데, 문맥을 따져 '요령 없이'로 번역하였다.
452. 노홍　당(唐)나라 범양(范陽) 사람으로, 자는 호연(顥然)이다. 산수수석(山水樹石)을 잘 그렸
으며, 숭산에 은거하였다. 현종이 불러 간의대부(諫議大夫)를 제수하였으나 끝내 사양하고 산으로
돌아갔다. 그가 그린 〈초당십지도〉(草堂十志圖)가 유명하다.

말쑥한 초당이 숲 속에 자리했네.	草堂蕭灑靠林墟
비로소 동군에서 요호(窯戶)⁴⁵³ 감독함을 아니	始知東郡監窯戶
서호에서 자어로 세금 거둠 부럽잖네.	不羨西湖稅鮆魚
새 동이의 술 따르니 빛깔도 뽀얀데	酌酒新甕明綽約
관가 나무 무성한 곳 돛 내린 배 숨어 있네.	落帆官樹隱扶疎
벗님은 날 권하여 시 짓고 가라 하니	故人勸我題詩去
청산을 돌아보며 이삼 일 묵으리라.	回首青山信宿餘

제주로 돌아가는 만덕을 전송하며 지은 시〔짧은 서문이 있다〕 送萬德歸濟州詩〔有小序〕

을묘년(1795)에 탐라에 큰 기근이 들었는데, 여인 만덕이 곡식을 내서 백성을 구휼하였다. 소원이 무어냐고 물었더니, 금강산을 구경하고 싶다고 했다. 하지만 산이 강원도 회양부에 있어 제주목과의 거리가 수륙으로 이천여 리나 되는데다, 섬에 사는 여자는 바다를 건너지 못하는 관례가 있었다. 임금께서 그 뜻을 기특히 여기시어 여의(女醫)로 불러 약원(藥院)에 예속하게 하고 역말을 주게 하여 그 뜻을 이루어 주셨다. 성인께서 아랫사람의 뜻을 굽어 살피시어 평범한 아낙조차 있을 곳을 얻게 한 것은 옛날에도 이에 견줄 만한 것이 없다. 만덕이 이로 말미암아 높은 벼슬아치들 사이에 이름이 크게 알려졌다. 아아! 만약 만덕이 남자였더라면 임시로 3품의 관복을 입고 만호(萬戶)의 인끈을 차게 하는 데 그쳤을 뿐이리니, 어찌 능히

---

453. 요호　기와나 그릇, 벽돌을 굽는 집이나 장인을 말한다.

세상에 전해졌을 것인가? 다만 눈썹 먹을 내던지고 수많은 목숨을 살리고, 연지분을 내치고서 푸른 바다를 건너, 서울의 궁궐에 조회하고 이름난 산을 찾았으니, 세상에 들건 나건 넉넉히 풍치가 있음을 귀하게 여길 만하다. 만덕은 겹눈동자를 지녔으니, 대개 특이한 상을 지녔다. 어찌 전생에 부처의 마음과 신선의 풍골이 깃듦이 아니겠는가? 그녀가 돌아가므로 시를 지어서 준다.

歲乙卯, 耽羅大饑, 女人萬德, 捐粟賑民. 問奚願, 願見金剛山. 山在江原道淮陽府, 距本牧, 水陸二千餘里, 故事 島中女, 毋過海. 上奇其志, 以女醫, 召隷藥院, 給驛遞以成其志. 聖人之體下, 匹婦之獲所, 古無與比. 萬德由此, 名動搢紳間. 嗟乎! 使萬德男子乎, 卽不過假三品服佩萬戶印綬而止耳, 惡能必傳於世哉? 惟其掃蛾眉而活千命, 抗脂粉而涉滄溟, 朝京闕訪名山, 入世出世, 綽有風致者, 爲可貴耳. 萬德目重瞳, 蓋異相也. 豈佛心仙骨, 有夙世之種者歟? 於其歸, 贈之以詩.

바다 밖 큰 세계에 머리조차 못 내미니　　　　　大寰海外頭不出
자식 혼사 마친대도 오악 구경 뉘 하리오.　　　五嶽誰能昏嫁畢
탐라[454]는 섬으로서 부상(榑桑)과 경계 되니　　毛羅爲島界榑桑
도주[455]는 천 년토록 조공으로 귤 바쳤네.　　星主千年僅貢橘
귤나무 숲 깊은 곳 여인네의 몸이건만　　　　　橘林深處女人身
의기로써 남극에서 주린 백성 없게 했지.　　　意氣南極無饑民
벼슬은 줄 수 없어 소원을 물었더니　　　　　爵之不可問所願
금강산 만이천 봉 보기를 원했다네.　　　　　願得萬二千峰看
푸른 소매 귀밑머리 돛단배에 올라서는　　　　翠袖雲鬢一帆峭

---

454. **탐라**　원문은 탁라(乇羅). 탐라의 초기 국호.
455. **도주**　원문은 성주(星主). 신라, 고려, 조선 초엽까지 탐라의 우두머리를 일컫던 말이다.

남극성 비추는 곳[456] 하늘 보며 웃었겠지.	弧南所照回天笑
서둘러 말 갈아타 금강산을 향해 가니	催乘馹騎向煙霞
불일 폭포 신선 풍골 패옥이 반짝인다.	佛日仙風環佩耀
신라와 일념으로 통합을 깨달으니	眞覺新羅一念通
귀한 관상 여인네는 겹눈동자 부합했네.	異相巾幗符重瞳
물결 헤쳐 바람 타고 먼 곳을 찾는 뜻이	從知破浪乘風志
대장부[457]만 누릴 일이 아님을 알았겠구나.	不是桑弧蓬矢中

신암이 와서 묵으며 지은 시에 차운하다 次韻信菴來宿

에워싼 산 모두 다 고요도 한데	環山皆窈窕
이곳엔 구름 잠긴 솔도 있구나.	此地復雲松
책 펴니 맑은 노을 저 멀리 지고	開卷晴霞落
술잔 들자 초승달 얼굴 내민다.	含杯細月逢
한가하여 사귐도 담박하거니	閒來交有淡
늙어 가매 취미도 조촐하다네.	老去趣無濃
성곽의 동서에서 서로 그리다	相憶東西郭
저물녘 종소리를 함께 듣누나.	同聽日暮鐘

---

456. **남극성 비추는 곳**　원문은 호남소조(弧南所照). 호남(弧南)은 남극성이고, 남극성이 비추는 곳은 곧 제주를 가리킨다.
457. **대장부**　원문은 상호봉시(桑弧蓬矢). 뽕나무 활과 쑥 화살이다. 옛날에 사내아이를 낳으면 이활 여섯 개로 여섯 개의 쑥 화살을 천지 사방에 쏘았다. 남자를 가리키는 말로 쓴다.

담수의 시에 차운하다 3수 次韻淡叟 三首

1

천하에 이만 한 반송(蟠松) 보기 드물거니 天下蟠松似此稀
천 사람 앉은 곳에 햇빛조차 들지 않네. 千人坐處失朱暉
바람은 솔가지서 때 없이 울어 대고 風從積翠無時籟
새들은 그늘 털고 밭 저편을 날아간다. 鳥拂層陰竟畝飛
장경교(長慶橋)[458] 어귀에서 하염없이 바라보다 長慶橋頭看不足
의성정(宜城井)[459] 언저리서 돌아감을 잊었다네. 宜城井畔歇忘歸
작은 누각 깨끗하여 내 게으름 용납하니 小樓淸絶容吾懶
성근 발에 달이 뜨자 술기운도 흐려지네. 月上疎簾酒力微

2

오이국 나물죽도 드물어 우스운데 自笑瓜羹糝亦稀
뜬금없이 밥 손님이 저물녘에 이르렀네. 無端飯客到斜暉
장안의 온갖 집들 갠 날에 다 보이고 千家樓閣晴俱出
나무마다 쓰르라미 더운지 날지 않네. 萬樹蜩蟧暑不飛
거울 속 시든 얼굴에 쓸 만한 약 없어도 鏡裏凋顔無大藥
산중에 부친 편지 받아 볼 이 있으리라. 山中寄信有當歸
인간 세상 글 읽는 이 그 누가 이어 가리 人間書種誰相繼
이제 와 이 도조차 희미한 지 오랜 것을. 此道如今久已微

---

458. **장경교**　서울시 종로구 연건동 128번지 동쪽과 이화동 171번지 서쪽 사이에 있던 다리 이름이다. 이화동에 있는 관곽의 제작과 수선을 하던 장생전의 앞이므로 장경교 또는 줄여서 장교라 하였다.
459. **의성정**　의성위정을 말한다. 타락산(駝駱山) 아래 어의동(於義洞)에 있다. 성종조(成宗朝)에 그 우물을 봉(封)하고 길어다가 임금께 진상하였으므로 어정(御井)이라 하였으며, 후에 의성위에게 하사하였기 때문에 사정(賜井)이라는 두 글자를 우물 돌 위에 새겼다. 『신동국여지승람』에 보인다.

3

수많은 사람 중에 아는 얼굴 드무니	人海茫茫識面稀
사립문에 남은 햇살 그 볕이 은혜롭다.	柴門餘日是恩暉
주렴에 걸려 있는 달빛 항상 사랑하니	常憐好月簾鉤在
우는 샘물 가지 끝서 흩날림을 때로 보네.	時見鳴泉樹杪飛
물색은 〈망천도〉(輞川圖)[460]의 그림 속 거처이고	物色輞川圖上佳
행장(行藏)은 황보밀의 『고사전』[461]에 합당하다.	行藏皇甫傳中歸
관복 벗어 벽에 걸음 그대여 웃지 마오.	朝衣掛壁君休笑
푸른 산이 자미(紫薇)[462]에 가까움을 아끼나니.	只愛靑山近紫微

되는 대로 짓다 漫成

내 운명 굶주림은 면했다지만	我命不饑餓
어찌 능히 그윽한 일 겸할 수 있나.	寧能幽事兼
솔바람 파도 소리 집을 삼키고	松濤吞小屋
달빛은 빈 주렴에 스며드누나.	月色化空簾

---

460. **〈망천도〉** 당(唐)나라 때 시인 왕유(王維)가 자기 별장이 있는 망천(輞川)의 20곳의 승경(勝景)을 그린 것이다. 왕유는 시·서·화에 모두 뛰어났으며, 특히 산수화에 뛰어났는데 그중에서도 이 망천도가 가장 훌륭한 명화로 알려져 있다.

461. **황보밀의 『고사전』** 원문은 황보전(皇甫傳). 진(晉)나라 때 황보밀(皇甫謐)이 지은 고사전(高士傳)를 말한다. 고대(古代) 은사(隱士)들의 전기(傳記)를 실었다.

462. **자미** 북두칠성의 북쪽에 있는 별자리로, 천자를 상징한다. 여기서는 대궐과 멀지 않다는 뜻이다.

구름은 가을 들어 가늘어지고	雲入秋邊細
산 빛은 해 저문 뒤 더욱 고아라.	山從暮後纖
그 누가 '예예'⁴⁶³라고 말을 하리오.	誰言方泄泄
애오라지 나아감을 사절하노라.	聊此謝炎炎

지난해에 임금에게 올린 시에 차운하여 유득공에게 보여주다 2수 次去年虜進韻 示泠齋〔柳得恭〕二首

1

십 년을 한결같이 중서(中書)의 일⁴⁶⁴ 꿈꾸며	十年一夢中書事
머리 세도록 깨알 글씨 천만 자를 썼었지.	髮白蠅頭千萬字
이름난 큰 고장은 굳이 찾지 않아도	名都大邑不須說
한가로이 지내는 일 더욱 뜻에 맞는다네.	惟有閒居差強意
부끄럽다 명성이 만 리 밖에 전해지니	慚愧聲名萬里傳
어이해야 전원의 기름진 땅 얻을거나.	那得田園上腴置
문 닫고 술 마심을 어이해 그만두리	關門飲酒豈得已
입 놀리다 기휘 저촉 자못 쉬운 일이라네.	轉喉觸諱頗容易

---

463. **예예** 『시경』 「판」(板)에 따르면, "하늘이 바야흐로 궤(蹶)하시나니 예예(泄泄) 하지 마라"(天之方蹶, 無然泄泄.) 하였다. 이에 대해 『맹자』 「이루」(離婁)에서 인용하면서, "예예는 답답(沓沓)과 같은 것으로, 임금을 섬기되 의(義)가 없고, 나아가며 물러감에 예(禮)가 없고, 말을 하게 되면 선왕(先王)의 도(道)를 비방하는 것이 답답(沓沓)과 같은 것이다"라고 하였다. 예예는 느슨하게 풀어져 게으른 상태를 말한다.

464. **중서의 일** 궁중에서 비부(秘府)의 서적과 관계된 일. 검서관으로 일한 것을 말한다.

시 배움은 다만 그저 가을벌레 울음 같아　　　學詩只如候蟲鳴
흥 부침에 감히 시인 풍자 본을 받네.　　　托興敢效風人刺
아내 또한 스스로 지아비를 아낀대도　　　中閨亦自愛夫壻
천여 기(騎)⁴⁶⁵의 앞장이란 남편 자랑 어이하리.　　　何用上頭千餘騎

2

입 놀려 시사 논함 합당치 아니하고　　　不合刺口論時事
문자 속에 몰두함은 더더욱 맞지 않네.　　　又不埋頭向文字
아침 내내 꼼짝 않고 가을 산 마주하니　　　終朝兀兀對秋山
가는 새 오는 구름 남는 뜻이 있구나.　　　去鳥歸雲有餘意
소리 있는 그림⁴⁶⁶을 전할 방법 어이 알리　　　寧知有聲畫堪傳
무현금(無絃琴)⁴⁶⁷과 더불어 버려두지 않으리.　　　並與無絃琴不置
다만 능히 애써 가며 텃밭에 물을 주고　　　但能辛苦自灌園
점심에는 호박으로 한 끼니 맞바꾸네.　　　晌午南瓜一炊易
백 걸음 밖 언덕에 나무로 울 삼으니　　　因樹爲籬百步岡
찔레나무 끝에는 가시가 삐죽삐죽.　　　玫瑰木頭紛叢刺
이로부터 다시는 날 찾는 이 없으리니　　　從此更無人過我
길이 좁아 진실로 수레는 못 오리라.　　　道狹亮不容車騎

---

465. 천여 기　고악부(古樂府)인 맥상상(陌上桑)에 따르면, 나부라는 미녀가 한 성읍의 어른이 된 자기 남편을 자랑하면서 "동쪽으로 떠나는 일천 기마병, 우리 남편 제일 앞자리에 앉아 있네"(東方千餘騎, 夫壻居上頭.)라고 노래한 내용이 전한다. 이로부터 천기(千騎)는 주목(州牧)이나 태수(太守)의 별칭으로 쓰였다.

466. 소리 있는 그림　원문은 유성화(有聲畫). 소동파의 글에 시는 소리 있는 그림이요, 그림은 소리 없는 시라고 한 말에서 따온 것임. 아래 구의 무현금과 대구로 쓰였다.

467. 무현금　줄 없는 거문고. 『도정절전』(陶靖節傳)에 "연명(淵明)은 음률(音律)을 알지 못하면서도 무현금 한 개를 마련해 두고 항상 어루만지며 '거문고의 취미만 알면 되지, 어찌 반드시 줄을 퉁겨 소리를 내야 하느냐'"고 하였다.

한림 김이영이 유배되어 북쪽으로 가기에 빗속에 풍전역에 묵으며 부치다 寄金翰林履永被謫北行 雨中宿豊田

여윈 말 황량한 산 그 옛날 철주이니	瘦馬荒山古鐵州
엄한 일정 돌아올 날⁴⁶⁸ 생각할 겨를 없네.	嚴程不暇念刀頭
사람으로 풍전역에 오르지 않았다면	人生不上豊田驛
찬 날씨에 밤비 걱정 어이해 알았으리.	那識寒天夜雨愁

눈 온 뒤 경산 이한진 어른을 방문하다 雪後訪京山李丈〔李漢鎭〕

솔숲 사이 문은 깊어 낮에도 열리잖코	松桂門深晝不開
문 앞에선 원님⁴⁶⁹이 이리저리 서성이네.	門前五馬漫徘徊
시내 다리 십 리에 사람은 학과 같아	溪橋十里人如鶴
은산(銀山)을 돌아나와 옥수(玉樹)로 오시누나.	繞出銀山玉樹來

---

468. 돌아올 날　원문은 도두(刀頭). 돌아온다〔還〕는 말의 은어(隱語)다. 도두는 칼머리에 달린 고리〔環〕인데, 환(環)과 환(還)의 음이 서로 통하므로 이렇게 썼다. 유배 생활이 풀린 것을 이른다.
469. 원님　원문은 오마(五馬). 태수(太守), 즉 지방 수령을 뜻한다. 본래 태수의 수레에는 네 필의 사마(駟馬) 외에 한 필의 말을 더 붙여 주었다고 한다. 여기서는 박제가 자신을 가리킨다.

정월 대보름에 경산 이한진·권굉 노인과 함께 5수

上元同京山權老人〔竤〕五首

1

현재(縣齋)엔 밝은 달이 또 한 번 새로운데 　　縣齋明月一番新

거문고와 퉁소 가락 뜻밖의 봄이로세. 　　琴曲簫腔度外春

옛 벗과 옛날 일을 얘기할 생각하며 　　思與舊人談舊事

이제껏 오래도록 남에겐 말 않았다오. 　　如今久作不言人

2

내각에 귤 내리신 성은을 기억하니 　　內閣傳柑記聖恩

깊은 궁궐 등불 켜고 중원을 말했었네. 　　九門燈火說中原

작은 고을 술이 적다 꺼리지 마옵소서 　　莫嫌小邑無多酒

경산과 대보름을 함께 보냄 기쁘거니. 　　喜與京山作上元

3

권옹은 칠십인데 땅에 사는 신선이라[470] 　　權翁七十地行仙

곡조 맞춰 노래할 젠 소년과 다름없네. 　　度曲徵歌儼少年

바위 가 작은 움막 세 들어 지내면서 　　擬僦巖邊蝸一殼

도리어 추렴하여 누각 지을 돈 보냈네. 　　還須釀送起樓錢

4

너울너울 신선인 양 달빛 속을 거니노니 　　翩翩飛鳥月中廻

---

470. **땅에 사는 신선이라**　　원문은 지행선(地行仙). 불가(佛家)의 『능엄경』(楞嚴經)에 나오는 신선 이름으로, 장수하면서 한가하게 사는 노인들을 이르게 되었다

금수정은 날이 차서 매화 아직 안 피었네.　金水亭寒未放梅

이 밤에 청성께선 응당 외출했을 텐데　此夜靑城應出脚

어느 곳서 깊은 술잔 잡고 있나 모르겠네.　不知何處把深杯

5

남산서 필마로 좇아 노닒 끊겼어도　南山匹馬斷追隨

부자들의 비린 음식 헤아리지 않는다오.　不數膻葷衆富兒

포천 고을 아래에서 일찍이 묵을 적에　曾傍抱州城下宿

정자 옆서 태수와 이런저런 애기했지.　亭邊五馬說參差

유득공이 예전 포천의 원님을 지냈던 까닭에 한 말이다. 柳冷齋曾作抱州掌故云.

아들 장임의 금수정 시에 차운하다 次韻稔兒金水亭

북쪽에는 창옥병이 우뚝 솟았고　玉屛峙其北

동편엔 관아문이 기대섰구나.　縣門倚其東

남쪽 뫼 다시금 그 얼마던고　南峰復幾許

백 겹의 소나무가 둘러서 있네.　環繞百疊松

정자는 버섯인 양 붕 떠 있는데　亭子一菌浮

여울 소리 만 대의 축을 치는 듯.　灘聲萬筑雄

땔나무 진 늙은이 길에서 만나　路逢負薪叟

말 나누니 옛 풍속이 남아 있구나.　言談有古風

어찌 꼭 지초를 캐야만 하리　何當采紫芝

동원공(東園公)께 두 손 모아 읍을 하노라.[471]　高揖東園公

다시 차운하다 再次

고을 안을 낱낱이 헤아려 보니	歷數一域內
이름난 산 모두 다 동쪽에 있네.	名山盡在東
도경(圖經)만 보더라도 알 수 있으니	圖經尙可徵
영주(永州)에는 큰 소나무 많기도 하지.	永州多大松

서긍(徐兢)의 『고려도경』(高麗圖經)[472]에 광주(廣州)·양주(楊州)·영주(永州)
세 고을에 큰 소나무가 많다고 했다. 徐兢圖經, 廣楊永三州多大松.

봄 물은 푸르게 막 흘러내리고	春水碧初馺
먼 산은 빼어나도 웅장치 않네.	遙山秀不雄
명관의 전통을 누가 이을까.	名宦誰復繼
감개하여 유풍(遺風)을 그려 보노라.	慨焉慕遺風
딸들[473]도 진실로 사랑 받으니	宅眷洵堪愛
사위는 누구던가, 양사언일세.	女壻蓬萊公

정자는 본디 김씨의 것인데 사위인 봉래 양사언에게 전해졌다가 김씨의 자손
에게 다시 속환되었다. 亭本金氏物, 傳之女壻楊蓬萊士彦, 金之子孫復贖還焉.

---

471. 동원공께~하노라 동원공은 진나라 때 섬서성 상현(商縣) 동쪽에 있는 상산(商山)의 깊은 산
중에 들어간 4명의 은사 중 1명이다. 이들은 동원공(東園公)·기리계(綺里季)·각리선생(角里先
生)·하황공(夏黃公)으로 상산사호(商山四皓)라고 일컬어지는데, 세상의 근심을 잊기 위해 약초 캐
고 바둑을 두며 소일했다고 한다. 중국의 고전 악부(樂府)에는 상산사호가 나물을 캐면서 불렀다
는 노래 가사가 '사호가'(四皓歌) 또는 '채지조'(採芝操)라는 제목으로 후세에 전해 오고 있다. 산
에서 만난 늙은이가 동원공처럼 지초를 캔 것은 아니지만, 내 보기에는 동원공과 같다는 뜻이다.
472. 『고려도경』 송(宋)나라 사신(使臣) 서긍이 고려(高麗) 인종(仁宗) 원년(1123)에 고려에 와서
보고 들은 바를 그림과 글로 지은 책으로, 그림은 없어지고 글만 전(傳)한다.
473. 딸들 원문은 택권(宅眷). 집안의 여성 권속 즉, 딸을 가리킨다.

봉선사를 들르다. 내가 어릴 적 글을 읽던 곳이다 5수

歷奉先寺 余童子時 讀書處也 五首

1

제천(諸天)의 용상(龍象)[474]은 반나마 기울었고 　諸天龍象半欹斜
비바람 성긴 창에 부처님이 보이누나. 　風雨疎窓見釋迦
어이 다만 불경 읽는 스님만 없으리오 　詎但誦經僧不在
섬돌 앞 불상화(佛桑花)[475]도 하나 남지 않았네. 　階前無箇佛桑花

2

스님 거처 숲 그늘에 새벽은 어둑한데 　僧寮樹影曉沈沈
등롱 들고 독경 소리 듣던 일 떠오르네. 　憶抱篝燈聽梵音
복도를 다 돌아서 눈길이 머무는 곳 　巡盡廻廊留一眄
목어는 그대론데 먼지만 쌓였구나. 　木魚依舊背塵深

3

절문 들어 수레 멈춰 중들에게 물어보나 　入門停蓋問緇徒
내가 저를 모르는데 하물며 나를 알랴. 　我不知渠況認吾
슬프다 속세에서 한세상 사는 동안 　惆悵寰中觀一世
푸른 산엔 몇 개의 부도만 늘었구나. 　碧山添却數浮圖

---

474. 용상　물속에서는 용의 힘이 가장 크고 육지에서는 코끼리의 힘이 가장 크기에, 불가에서는 학덕이 높은 승려를 가리키거나 나한상을 말한다.
475. 불상화　불상수(佛桑樹) 혹은 그 꽃을 가리킨다. 잎이 뽕나무 잎과 같기에 붙어진 이름이다. 『본초강목』에 자세하다.

4

선방(禪房)의 꽃나무에 살쩍으로 바람 부니	禪房花木鬢絲風
사미승이 어느새 오십의 노승 됐네.	童子居然五十翁
우습다 꾀죄죄 늙어 버린 태수 신세	自笑龍鍾一太守
시 지은들 어이해 푸른 깁에 싸 두리오.[476]	有詩何足碧紗籠

5

봄 대낮 원당(願堂)[477]은 초목에 덮였는데	願堂春晝鎖葳蕤
절집[478]의 병풍에는 그림 자취 기이하다.	金地屛風畵跡奇
나는 배 새를 쫓아 하늘 밖 떠가거니	飛舸逐禽天外去
중산의 비조는 영걸스런 스님들뿐.	中山鼻祖儘英兒

---

476. **푸른 깁에 싸 두리오** 원문은 벽사롱(碧紗籠). 송(宋)나라 때 위야(魏野)가 일찍이 구준(寇準)과 함께 어느 사찰에 가 놀면서 각각 시를 지어 유제(留題)하였다. 뒤에 다시 구준과 함께 그 절에 가 보니, 구준의 시는 푸른 깁으로 싸 놓았고 위야의 시는 싸지 않아 먼지가 가득 끼어 있었다. 수행한 관기(官妓)가 소매로 그 먼지를 털어내자 위야가 다시 시를 지어 쓰기를, "다만 그때마다 미인 소매로 털 수만 있다면, 응당 푸른 깁으로 싼 것보다 나으리라"(但得時將紅袖拂, 也應勝似碧紗籠)라고 한 데서 온 말이다. 송(宋) 오처후(吳處厚)가 지은 『청상잡기』(靑箱雜記) 권6에 보인다.

477. **원당** 죽은 이의 명복을 빌기 위해 특별히 세우는 절로, 왕공(王公)이나 귀족들이 흔히 세웠다.

478. **절집** 원문은 금지(金地). 불교에서 보살이 거처하는 곳을 황금으로 깔았기에 붙여진 이름이다. 『석씨요람』(釋氏要覽) 상(上)에 "부처가 정사(精舍)를 지으려고 하는데, 땅 주인이 '황금을 땅에다 깔아 주면 그만큼 팔겠다' 하였다. 그의 요구대로 황금을 깔았으므로 절〔寺〕을 금지(金地)라 하였다"라고 보인다.

광릉[479]에서 감사를 뵙고 돌아오는 길에 포천의 남현에서 쉬며 謁巡相于光陵 歸路憩抱川南峴

산길은 옹중(翁仲)[480]을 침범하였고	樵路侵翁仲
솔바람은 포천에 가득하구나.	松聲滿抱川
우연히도 봄 바라기 하던 곳에서	偶然春望處
때마침 해 기우는 때를 만났네.	政値日斜天
외양간 밖에는 버들이 짧고	短柳牛宮外
백로 날개 너머로 노을이 진다.	殘霞鷺羽邊
목민관은 선정의 계책도 없이	牧民無善策
부끄러이 감사[481]를 맞이하였네.	慚愧迓旬宣

---

479. 광릉 세조와 정희 왕후 윤씨의 능으로, 경기도 남양주시 진접읍에 있다.

480. 옹중 길가에 이정표나 액막이로 세웠던 석상을 가리킨다. 옹중(翁仲)은 진(秦)나라 때 완옹중(阮翁仲)에서 유래한다. 그는 거인이었는데, 진 시황은 그를 시켜 북방의 흉노족을 치게 하였다. 옹중은 가는 곳마다 그들을 무찔러서, 흉노족은 옹중을 보기만 해도 도망가기에 바빴다. 왕은 그 공로를 기리어 옹중의 상을 만들어 아방궁 문밖에 세우도록 했다. 옹중이 죽었다는 소식을 들은 흉노족은 아방궁으로 진입을 시도했지만 성문 밖에 서 있는 옹중의 상을 보자마자 두려워서 도망쳐 버렸다고 한다. 『수경』(水經) 「하수」(河水) 주(注)에 보인다. 여기서는 나무꾼이 다니는 길이 무덤 바로 앞에 나 있는 것을 말한다.

481. 감사 원문은 순선(旬宣). 임금이 신하에게 명하여 천하에 정사를 두루 편다는 뜻으로, 『시경』 「강한」(江漢)에 그 용례가 있다. 여기서는 경기감사를 뜻한다.

고을 경계에서 김화 사또와 작별하다 境上 別金化使君

꾀꼬리 깊은 숲서 마음껏 노래하고	黃鸝深樹百般鳴
저물녘 나그네는 혼자서 가는구나.	日暮行人獨去情
풍전 쪽 들판 위를 저 멀리 바라보니	試向豐田原上望
둘러선 먼 산들은 이름조차 모르겠네.	遙山一抹不知名

화적연[482] 禾積淵

큰 바위 깊은 못에 솟아 있어서	巨石抗深潭
올려보니 하늘을 등지고 있네.	昂首背穹窿
그 모습 마치도 사람 엎드려	有如匍匐人
기저귀 찬 아이를 업고 있는 듯.	負兒溲衾中
오른쪽엔 솥 모양 구멍 뚫리어	右旁穴一釜
잔물결이 바닥까지 통하였구나.	淪漪徹底通
어깨쯤서 돌결이 달라져서는	自肩膚理殊
덧붙은 꼴 귀때기 솥 비슷하여라.	贅附類瓺銅

그릇에 귀가 달린 것을 조(瓺)라고 한다. 器有耳曰瓺.

위쪽 여울 어찌나 요란하던지	上灘何嘈嘈

---

482. **화적연**　경기도 포천군 영북면 임진강 상류에 있는 연못으로, 예부터 영평(永平, 지금은 포천) 8경의 하나로 꼽혀 왔다. 연못 가운데 볏가리 모양의 바위가 있어 화적(禾積)이란 이름이 생겼다. 조선 시대에는 관에서 기우제를 지내던 곳이었는데, 옛날 3년 가뭄에 한 농부가 이 물가에서 탄식을 하자, 갑자기 물에서 용이 솟구쳐 나와 큰 비를 내렸다는 전설이 전한다.

앞에 서면 우레 바람 몰아치는 듯.	對面成雷風
아래쪽을 백여 걸음 내려가 보면	下流百餘步
구름 낀 절벽 자태 웅장도 하다.	雲壁恣奇雄
돌 몸뚱이 비록 모두 일정하여도	石體雖一定
변화하는 자태는 무궁하다오.	變態亦無窮
조물주가 만들던 때 생각해 보면	緬想造物初
온갖 공력 쏟아부어 만들었으리.	積費鎔化功
아교로 붙이고 석회로 발라[483]	膠黏與灰隔
하나하나 사람이 만든 것 같네.	一一省人工
이름 붙여 화적(禾積)이라 부른다 하니	命名謂禾積
전원의 노인 솜씨 아니겠는가.	豈非田舍翁
어여뻐라 이 깊은 골짜기 안에	可憐邃壑中
이처럼 영롱한 경치 있다니.	乃有此玲瓏
5리의 하늘은 비단 펼친 듯	五里天一匹
솔 그림자 동서로 늘어섰구나.	松影夾西東
비단 바위 위에는 오리 떼들이	群鳧與錦石
드문드문 등진 모습 서로 같구나.	落落背相同
그늘진 벼랑엔 꽃이 일러서	陰崖花更早
엷은 꽃 그림자가 얼비치누나.	倒影搖微紅
가로 보면 물이 그닥 멀지 않으나	橫看水非遠
건너려면 작은 배가 있어야 하네.	津逮須孤篷
바지 걷고 건너는 사람도 있어	亦有揭厲人
물풀 덤불 따라서 그물을 놓네.	播網隨菰叢

---

483. 석회로 발라 원문은 회격(灰隔). 관과 광중(壙中) 사이에 석회를 채워 다지는 것으로, 여기서는 바위 사이를 석회로 채워 붙였다는 말.

옷을 털고 평원으로 나와서 보니　　　　　　振衣出平原
먼 보리밭 갠 하늘 머금었구나.　　　　　　遠麥含晴空

순담[484] 3수 蓴潭 三首

1

석상에 드리운 버들 그대 집 감추었고　　　　石狀垂柳隱君家
만 골짝 바람 여울 오솔길 비껴 있네.　　　　萬壑風湍一逕斜
겨울과 봄 구분해도 본래는 지척이니　　　　界劃冬春元咫尺
바위뿌리 눈 쌓였고 지붕에는 꽃 피었네.　　巖根積雪屋頭花

2

여울 소리 한 번 듣고 간담 이미 서늘한데　　一聽灘聲膽已寒
천 척 벼랑 매달린 난간 더욱더 위태해라.　　懸崖千尺更危欄
여기서 관부 문서 한 구석에 버려두고　　　此中翻却垂堂案
홍진 밟지 않는다면 다리 절로 편안하리.　　不踏紅塵脚自安

3

푸른 하늘 쏟아질 듯 사람을 놀래키고　　　青冥魠魠使人驚

---

484. 순담　강원도 철원군 갈말읍 군탄리에 있는 계곡이다. 순담(蓴潭) 또는 순담(純潭)이라 부르는데, 전자는 순채(蓴菜)라는 수초가 자랐다는 데서 기인하는 바, 조선 시대에는 이곳에서 자라는 순채를 왕실용 약초로 이용하기도 했다고 한다. 후자는 조선 정조 때 영의정 김관주가 연못을 만들어 순담(純潭)이라 했다는 데에서 유래한다는 설이 있다.

골짜기 가로질러 줄사다리 떠 있구나.　　欲泛繩橋架壑平
화적연과 순담은 동일한 판국이라　　　禾積蕁潭同一局
철주(鐵州) 물길 다하도록 길을 따라가노라.　鐵州河盡隆中行

순담에서부터 고석정에 이르는 도중에, 김화 사또에게 부치다 自蕁潭至孤石亭途中 寄金化使君

고요한 산골 지나 다시금 어촌이니　　峽行岑寂復漁灣
가는 풀 만발한 꽃 땅에 가득 얼룩진다.　細草濃花滿地斑
빗방울에 파여서 궁예 바위 이루었고　雨點嵌成弓裔石
푸른 하늘 철주의 산 모두 다 물들였네.　空青染盡鐵州山
지는 해 읊조리자 새 울음 변해 가고　孤吟落日鳴禽變
웃으면서 빈 들판에 말 타고 돌아오네.　一笑平蕪細馬還
그윽한 풍류를 뉘와 함께 얘기할까.　幽絶風流誰與語
만일 그대 머문다면 정히 얼굴 펴지겠네.　若令君住定開顏

골짜기 별장 풍경 谿庄卽事

옛사람 마음은 외려 씩씩해　　古人心却壯
깊은 곳에 과감히 집을 지었네.　結屋敢臨深

샘물 소리 들으며 취했다 깨고	醒醉俱泉響
사람들 모두 나무 그늘에 있네.	衣冠總樹陰
기생들[485]은 남아서 춤을 추는데	舞廻留謝妓
악공들은 걸터앉아 해금을 켜네.	騎導戞奚琴
주인을 귀찮게 함 부끄러워라	多愧煩東道
음식 들고[486] 골짝 깊이 찾게 했으니.	廚傳谷裏尋

풍전 가는 길 豊田途中

청사마(青絲馬) 타고서 골짝에 드니	入谷青絲馬
봄바람이 때때로 불어오누나.	春風時一鳴
불탄 곳에 뫼꽃은 또다시 피고	山花樵更發
쓰러졌던 물가 버들 살아났구나.	河柳臥還生
부슬부슬 마을 가에 비가 내리니	靄靄村邊雨
아득한 벌판에선 밭갈이하네.	迢迢原上耕
오색구름 가까이서 볼 수 있다면	五雲如可覯
관원[487] 되어 서울을 떠나갈 텐데.	鳧舃去朝京

---

485. 기생들   원문은 사기(謝妓). 진나라의 사안(謝安)이 풍류를 좋아하여 계곡에서 노닐 때마다
기녀를 불러 함께하였다는 데에서 나온 말로, 보통 유흥을 돕는 기녀를 뜻한다.
486. 음식 들고   원문은 주전(廚傳). 음식을 공궤하는 일을 말한다.

남천에서 금수정에 이르러 自南川至金水亭

봄 산엔 이내 기운 곱기도 하고	春山靄氣多
조금씩 물이 들어 제 빛 찾는 듯.	點染疑眞色
꽃향기 가까이선 문득 없더니	花香近却無
홀연히 허공 밖서 끼쳐 오누나.	忽從空外得
뜻있고 뜻 없는 사이 있으니	有意無意間
나의 시를 정녕코 누가 알려나.	吾詩定誰識
가마 타고 금수정 찾아가서는	肩輿訪金水
방초의 들판에선 신발을 벗네.	解履芳草城
정자 앞에 잣나무 숲이 있는데	亭前柏子樹
멀리 보니 먹물을 적신 듯해라.	遠望如濡墨
석양은 은은히 손끝에 있고	返照隱指端
냇물 소리 앉은 곳 가까이 있네.	川聲坐來逼
몇 손님 나보다 먼저 도착해	數客先我至
환호하며 마시고 먹고 있구나.	歡呼飮且食
기분 좋아 다시금 거리낌 없이	欣然不復疑
서로 끌고 술나라로 들어가누나.	相携入酒國
퉁소 가락 어이 이리 유장하던가	簫腔一何長
바람결을 따라서 사라져 가네.	滅沒倚風力

---

487. 관원 원문은 부석(鳬舃). 지방 관원의 행차를 이른 것. 후한(後漢)의 왕교(王喬)가 지방관으로 있으면서 매월 초하루와 보름이면 반드시 조정에 와 조회를 하고 갔는데, 뒤따라온 거기(車騎)도 없었다. 그를 이상히 여긴 황제는 태사(太史)에게 밀령을 내려 자세히 지켜보게 하였던 바, 그가 올 때쯤 해서 두 마리의 오리가 동남방에서 날아오고 있을 뿐이었다. 그리하여 그 오리가 가까이 오기를 기다려 그물을 던져 잡았더니 그물 속에는 오직 신발 한 짝이 있더라는 것이다. 『후한서』(後漢書) 「방술전」(方術傳)에 보인다.

봉래산에 귀양 온 신선이 있어 　　　蓬萊謫仙人

식구들이 여기서 살고 있구나. 　　　眷屬此樓息

내 장차 벼슬을 사양하고서 　　　吾將謝簪紱

훨훨 날아 낚시에 몸을 맡기리. 　　　翱翔任釣弋

내 손으로 조각배 직접 만들어 　　　手自製扁舟

바위 옆 물가에서 잠을 자리라. 　　　水宿玆巖側

세 번째 금수정에 이르러 三到金水亭

나는야 작은 고을 홀로 즐기니 　　　人自娛殘縣

금수정은 그 명성에 부합하누나. 　　　亭惟副盛名

나무들 관도 변에 곧게 솟았고 　　　樹扶官道直

꽃들은 물가 마을 밝게 피었네. 　　　花罨水村明

설핏 취해 시경(詩境) 각자(刻字) 만나 보려고 　　　小醉逢詩境

　　　육유가 쓴 시경(詩境)이란 두 큰 글자가 있다.[488]放翁有詩境二大字.

남여 타고 야정을 찾아가누나. 　　　便輿訪野亭

강물이 어디인지 알고자 하여 　　　欲知江近遠

해오라기 나는 곳 눈여겨본다. 　　　看取鷺飛平

488. 육유가~있다　　방옹(放翁)은 남송 때의 시인 육유(陸游)의 호다. 시경(詩境)은 옹방강의 서실
이름인 시경헌(詩境軒)을 이른다. '시경' 두 글자는 옹방강이 육유(陸游)의 친필을 탁본하여 서실
에 걸어 두었던 것인데 금수정 절벽에도 이 글자가 새겨져 있었던 듯하다.

백운사[489]에서 진사 이홍유·권담수·생질 임득상·아들 장임 및 생황 부는 이생[490]과 함께 5수

白雲寺 同李進士〔弘儒〕 權澹叟 任甥〔得常〕 稔兒及吹笙李生 五首

1

산사에선 어렵잖게 천 년 세월 지켜보니	山門容易閱千年
예부터 지나는 객 하룻밤만 자고 가네.	過客從來只一眠
우연히도 연단 위해 작은 고을 구했는데	偶爲丹砂求小縣
도리어 스님 따라 산문(山門)에 이르렀네.	還隨白衲到諸天
큰 나무는 꾀꼬리 소리 듣기에 합당하고	大都樹合聞鶯地
꽃잎들은 끝없이 말 맨 주변 날리누나.	無限花飛繫馬邊
진부한 것 신기한 것 자신이 취하는 법	腐臭新奇須自取
시 배움에 어이하여 잔재주[491]를 부릴 것가.	學詩寧作野狐禪

2

시옹과 술벗들 나이 잊고 만나니	詩翁酒侶總忘年
낮 비에 절집에서 자리 깔고 잠을 자네.	晝雨僧寮枕藉眠
절벽 다리 끊어져도 외려 길 남아 있고	斷壑崩橋猶有路
우거진 숲 큰 바위는 하늘조차 없는 듯해.	穹林巨石若無天
다음 날 소 탈 곳을 미리 걱정하다가	預愁明日騎牛處

---

489. **백운사** 경기도 포천의 백운산(白雲山)에 있다.

490. **이생** 여강출판사 영인본에는 이경인(李敬仁)이라고 이름이 밝혀져 있다.

491. **잔재주** 원문은 야호선(野狐禪). 참선(參禪)을 실제로 하지 않고 들여우가 사람을 속이는 것처럼 허위로 한다는 것으로, 하찮은 중을 말한다. 소동파(蘇東坡)의 「상주태평사법화원취제시」(常州太平寺法華院醉題詩)에서 "어이 동파의 쇠기둥 시랑이에 야호선이 일시에 놀라 일어남만 같겠는가?"(何似東坡鐵柱杖, 一時驚起野狐禪.)에서 나온 말이다

전날 밤 쏘가리 잡던 그곳에 함께 왔네.	共到前宵捕鱖邊
말하노니 현령은 속객⁴⁹²이 아니라서	敢道縣官非熱客
명승을 내맡겨서 늙은 선승 주었구려.	名區付與老棲禪

3

동쪽으로 건너와서 또 반년 지났는데	鵞鳥東飛又半年
산에 들자 먹고 자는 일 비로소 넉넉하네.	入山纔足飯時眠
스님들 손 전송하랴 사흘 내내 분주하니	僧方送客忙三日
한가함 훔치느라 이천(二天)⁴⁹³에 부끄럽네.	我自偸閒愧二天
주묵(朱墨)⁴⁹⁴의 밖에서 술 마시고 노래하며	把酒狂歌朱墨外
흰 구름 가까이서 생황 불며 우뚝 섰네.	吹笙竚立白雲邊
아침 오자 대롱물에 새 빗방울 더해져	朝來筧水添新雨
조계의 일적선(一滴禪)⁴⁹⁵이 젖어들어 흐르누나.	沾漑曹溪一滴禪

492. **속객**　원문은 열객(熱客). 세상의 명리를 추구하는 비속한 사람을 뜻한다.

493. **이천**　남의 특별한 은혜를 하늘에 비겨 이르는 말이다. 후한(後漢) 순제(順帝) 때 소장(蘇章)이 기주(冀州) 자사(刺史)가 되어 관할을 순행하다가 청하(清河)에 이르렀는데, 마침 청하태수(清河太守)는 옛 친구로 부정이 매우 많았다. 소장은 그 부정을 다 조사해 놓고서 곧 태수를 청하여 술을 마시며 친구 간의 우의를 담론하니, 태수가 매우 기뻐하며 "남들은 모두 하늘이 하나〔一天〕뿐이지만 나만은 하늘이 둘〔二天〕이다"라고 한 고사(故事)에서 나온 말로, 『후한서』(後漢書) 「소장전」(蘇章傳)에 보인다.

494. **주묵**　붉은 묵으로, 책에 비점을 찍을 때 사용하였다. 고대 관부의 문서는 주색과 묵색으로 만들었기에 공문서를 말한다.

495. **일적선**　불교 선종에서 하나의 구(句)나 일, 하나의 경지에서 도를 깨닫는 것을 말한다. 송(宋) 본각(本覺) 『석씨통감·소국사』(釋氏通鑒·韶國師)에 다음과 같은 내용이 있다. "'조계의 한 방울 물은 어떠합니까?' 안이 대답했다. '이것이 조계의 한 방울 물이다.' 소가 듣고서 이에 크게 깨달아 평생 의심스러웠던 것들이 얼음이 녹듯이 풀렸다."(問, 如何是曹溪一滴水. 眼日, 是曹溪一滴水. 韶聞仍大悟, 平生疑滯渙若氷釋.)

4

화창한 초여름날 하루가 일 년인데   首夏淸和日抵年
나그네길 뒤뚱뒤뚱 잠 이루지 못한다네.   征鞍兀兀不成眠
물 다하고 구름 이는 이곳은 어디런가   水窮雲起斯何地
녹음 짙고 꽃잎 드문 또 다른 세상이네.   綠暗紅稀又別天
꾀꼬리 끝없이 지저귐이 듣기 좋고   鶯惜好音如未了
산은 가없이 먼 빛을 머금었네.   山含遠色欲無邊
관청 부엌 밥을 하여 절집에서 함께하니   官廚炊飯同僧舍
선생의 본초선(本草禪)에 부끄럽기 그지없네.   慚愧先生本草禪

5

큰 곳집의 쌀알이고 매미 우는 찰나건만[496]   太倉稊米蟪蛄年
티끌세상 굽어보니 아직도 취해 자네.   俯視塵寰尙醉眠
누렁소의 발굽은 백록처럼 가벼운데   金犢蹄輕如白鹿
옥피리 불면서 푸른 하늘에 기대노라.   玉簫吹倦倚靑天
개 닭 우는 그곳엔 구름이 자욱하고   雲深犬吠鷄鳴處
원숭이 우는 조도(鳥道) 곁에 봄날이 다 가누나.   春盡猿聲鳥道邊
산골 풍속 순후함 어디서 다시 보랴   峽俗淳厖那復見
지금에 세금 거둠 쇠락한 절집까지 미치는걸.   卽今徵斂及殘禪

---

496. 큰 곳집의~찰나건만   원문의 제미(稊米)는 큰 곡식 창고 속에 있는 쌀알 한 톨을, '혜고년'(蟪蛄年)은 무궁한 세월 속에 매미 우는 짧은 시간을 뜻한다. 모두 『장자』에 나온다.

백운령을 넘으며 踰白雲嶺

이 고개 어느 누가 말을 하였나	此嶺何曾說
나무꾼 날로 백 번 들락거리네.	樵人日百廻
온갖 꽃 온통 모두 향기로운데	雜花皆馥郁
작은 폭포 요란하게 쏟아진다네.	小瀑亦喧豗
기심 잊은 낚싯줄 자주 내리고	屢下忘機釣
정갈한 술잔을 전해 주누나.	仍傳掃地杯
누가 능히 처자식을 버려두고서	誰能捨妻子
백운령 깊은 곳서 약을 캘거나.	朶藥白雲隈

곡운[497] 영당에서 谷雲影堂

노을빛이 은근할 제 돌계단을 건너자니	隱現斜陽度石梯
꽃 날리는 십 리 길에 소 발자국 찍혔구나.	飛花十里印牛蹄
흩은 구름 높은 나무 춘천으로 가는 길	亂雲喬木春州道
물 흐르고 까마귀 쉬는 옛 사당 서편이라.	流水棲雅古廟西
뜨락 풀[498]은 영락없이 주돈이의 그것이요	庭草依然周茂叔
무이도가[499] 참으로 무릉의 계곡일세.	櫂歌眞似武陵溪

497. 곡운 김수증(金壽增, 1624~1701)의 호다. 그는 조선 후기의 문신이자 성리학자로, 형조·공조의 정랑(正郎)을 거쳐 각 사(司)의 정(正)을 지냈다. 당시 성리학에 심취하여 북송의 성리학자들과 주자의 성리서를 탐독하였다. 춘천의 춘수영당(春睡影堂)에 제향되었다. 화천의 화악산 아래 곡운의 영당이 남아 있다. 문집에 『곡운집』이 있다.

은자의 서목은 천 년 동안 비었으니　　　　　　逸初書目空千載
다시 어떤 사람 있어 해제를 지으리오.　　　　更有何人作解題

처사 강세휘에게 주다 贈姜處士光伯〔世輝〕

첫 수염 하얀 치아 모두가 아득하니　　　　　　初鬚氷齒兩茫然
삿갓 쓰고 수레 올라 이십 년이 또 지났네.　　戴笠乘車又廿年
서책에 힘을 쏟은 강 처사가 없었다면　　　　不有勉書姜處士
경암(敬菴)[500]의 의발을 누구에게 전했을까.　　敬菴衣鉢向誰傳

직암 문숙 조태환에게 주다 贈趙直菴文叔〔台煥〕

온갖 종류 책들이 아직 있으니　　　　　　　　百種書猶在
조경암이 살아온 한평생일세.　　　　　　　　平生趙敬菴

---

498. 뜨락 풀　　원문은 정초(庭草). 염계(濂溪) 주돈이(周敦頤)가 창 앞의 풀을 깎지 않고 "자신의 의사와 일반이다"(與自家意思一般)라 하였다. 즉, 창 앞에 난 풀은 천지(天地) 생생(生生)의 기운을 받은 것으로 사람의 의사와 같음이 있다 하여 깎지 않았다 한다. 『성리대전』(性理大全) 39 참고.

499. 무이도가　　원문은 도가(櫂歌). 송나라 때 주희가 무이산(武夷山)의 정사(精舍)에 한가히 있으면서 장난삼아 지었던 「무이도가」(武夷櫂歌), 즉 「무이구곡시」(武夷九曲詩)를 가리킨다. 율곡 이이의 「고산구곡가」도 여기에서 파생된 것이다.

500. 경암　　이 책 상권 247쪽의 회인시 가운데 경암(敬菴) 조연귀(趙衍龜)에 대해 읊은 시가 보인다.

송곳을 세울 만한 땅은 없어도	雖無立錐地
다행히 가업 이을 아들[501] 있었네.	幸有克家男
최로(崔盧)[502]의 계보를 능히 이었고	解續崔盧譜
성명(性命)의 이야기를 곧잘 하였네.	能爲性命談
하여금 우리 도를 배불리 먹어	但教吾道喫
입에 넣자 단맛 절로 알게 하였네.	入口自知甘

이 직학이 보내온 시에 차운하다 10수 次韻李直學見寄 十首

1

조정에서 안부 묻는 재상은 없어도	中朝宰相無相問
동쪽 이웃 학사는 풍운이 넉넉하네.	東隣學士饒風韻
진서(眞書)를 죄 보내도 그 자리서 모사하고	眞書總遣脚下摹
좋은 시구 가벼이 눈썹 사이 떠올리네.	好句容易眉間運
마음잡고 글 읽으니 눈에 절로 힘 생기고	平心讀書自眼力
몸 낮추어[503] 사람 사귐 그 또한 천분일세.	折節交人亦天分

---

501. **가업 이을 아들** 원문은 극가남(克家男). 선조의 가업을 계승할 만한 자제를 가리킨다. 극가자(克家子) 또는 극가아(克家兒)라고도 쓴다.
502. **최로** 위진(魏晉) 시대로부터 당대(唐代)에 이르기까지 산동(山東) 지역의 사족으로 최씨와 노씨가 있었으며, 오랜 세월 동안 이들이 높은 지위를 차지했다. 누대에 걸친 명문의 집안임을 기려서 한 말이다.
503. **몸 낮추어** 원문은 절절(折節). 자신을 굽혀 남을 겸손하게 대하는 것을 뜻한다. 『전국책』「진책」(秦策)에 "임금은 자신을 굽혀 그 신하에게 낮춰야 하고, 신하는 몸을 옮겨 죽음도 불사하는 선비에게 낮춰야 한다"(主折節以下其臣, 臣推體以下死士.)란 구절이 있다.

동이 트매 꿈결이 경기 동쪽 산에 드니　　　　曉來夢入畿東山

태수는 산골 마을[504] 돌아가야 하리라.　　　當歸太守薇蕨郡

벼슬살이 가난해도 조 안 심음 우스워라　　　笑渠官貧不種秫

술 빚는 이 있건만 익은 술은 다시 없네.　　　徒有釀手無其醞

열흘간 비 맞으며 보람된 일 행했으니　　　　十日冒雨行可念

집에 호포(戶布) 이르러도 농사 교훈 밝히리라.　　家至戶布明農訓

　　당시 경기 남쪽에 큰 가뭄이 들어 대신 메밀을 파종하라는 조령이 있었으니,

　　고을 관리들이 모두 밭에 나가 씨를 뿌렸다. 時以畿南大旱, 有代播蕎麥之令,

　　縣官皆躬行隴畝課種.

2

만두[505] 어이 번거로이 귀인에게 물어보랴　　不托寧煩貴人問

못난 아낙 재주로는 『당운』(唐韻)[506]조차 못 베끼리.　拙婦才非寫唐韻

부끄럽다, 먼 옛날 제갈량의 아내는　　　　遠愧當時孔明妻

목려(木驢)[507]로 보리 찧어 바람같이 빨랐다네.　木驢磨麥如風運

장군은 잔뜩 먹어 기롱을 불렀으나[508]　　　將軍負腹漫招譏

여인은 사발 들고 나누어 주지 않네.　　　　蛾眉捧椀都無分

---

504. 산골 마을　원문은 미궐군(薇蕨郡). 고사리는 가난한 사람들이 평소 먹는 산나물이니, 미궐군(薇蕨郡)은 가난한 산골 마을 정도의 뜻이다.

505. 만두　원문은 불탁(不托). 당나라 때 탕병(湯餠)의 이칭이다. 싸우고 나서 한 사발의 불탁(不托)을 먹고 화해했다는 이야기가 『구오대사』에 전한다. 여기서는 만두를 뜻한다.

506. 『당운』　전 5권으로 되어 있는, 당나라의 손면(孫愐)이 저술한 책이다. 중국어를 운(韻)에 따라 배열하고 반절(反切)에 따라 발음을 표시한 것으로, 수(隋)나라의 육법언(陸法言)의 『절운』(切韻)을 증정(增訂)한 책의 하나이다. 후일 북송(北宋)의 서현(徐鉉)에 의하여 『설문해자』(說文解字) 대서본(大徐本)의 반절에 쓰였으나, 현재 완본(完本)은 남아 있지 않다.

507. 목려　자동으로 작동하는 맷돌이다. 제갈량이 아직 결혼하기 전 황승언(黃承彦)의 집을 찾았는데, 황승언의 딸 월영이 만든 스스로 움직이는 개와 맷돌을 보고 놀랐고, 뒤에 그녀와 결혼하였다는 이야기가 『양양기』에 전한다.

파를 뺀 묘한 솜씨 채희가 어여쁘고 拔蔥妙手憐蔡姬
솔방울로 고기 맛 낸 오군이 그리워라. 飼松美肉思吳郡
아침에 백 개라도 탐식 풀지 못하는데 平朝百顆劣解饞
좋은 술[509] 한 잔만을 알량하게 내렸도다. 下以一鍾靑州醞
맛나게 만드는 것 회남술(淮南術)[510]이 최적이니 調勻最宜淮南術
계집종을 보내서 가르침 받게 하게. 好遣丫鬟來受訓

이반룡은 파 향만 좋아하고 줄기는 싫어했다. 채희가 만두를 만들 적에 파를 넣었다가 다 익은 다음에는 빼냈다. 절강성 강산현에서는 돼지들을 솔방울로 키운다. 이학사의 시에 "만두를 함께 먹지 못한다"는 말이 있는 까닭에 전편에서 그 일을 말한 것이다. 李于鱗, 嗜葱香而惡葱身, 蔡姬作饅頭, 揷葱, 旣熟而拔之. 浙江江山縣, 猪皆飼以松子. 李學士有饅頭不同喫語, 故全篇及之.

3

이하(彛下)[511]는 재주 높아 물어봄에 대비하니 彛下才高備顧問
가슴에는 저절로 천연의 운 품었도다. 襟抱自有天然韻
청년의 빼난 생각 세속 자못 놀래켜도 靑年巧思頗驚俗
머리 한 올 천균 무게 감당함[512] 못 믿겠네. 一髮不信千勻運

508. **장군은~불렀으나** 송나라 장군 당진(黨進)은 몸이 비대하고 체구가 커서 많이 먹었다. 좋은 음식을 배부르게 먹고는 배를 만지면서, "배야 내가 너를 저버리지 않았다" 하였다. 어느 사람이 옆에 있다가, "장군이 배를 저버리지 않았지만 배가 장군을 저버려서 먹기만 하고 한 가지 지려(智慮)도 내지 않습니다" 하였다.

509. **좋은 술** 원문은 청주온(靑州醞). 환공(桓公)에게 주부(主簿)가 있었는데 술맛을 잘 가려, 술이 있으면 맛보게 했다. 맛있으면 청주종사(靑州從事), 맛없으면 평원독우(平原督郵)라 하였다. 청주에는 제군(齊郡)이 있고 평원에는 격현(鬲縣)이 있는데, 청주종사는 도제(到臍)를, 독우는 재격상주(在鬲上住)를 뜻한다.

510. **회남술** 회남방(淮南方)이라고도 한다. 한나라 회남왕 유안(劉安)이 지녔던 만두 만드는 비법을 뜻한다.

511. **이하** 초재(蕉齋) 심염조(沈念祖)의 아들 심상규(沈象奎, 1766~1838)의 호다.

풍류 이미 육조의 으뜸 됨 뛰어넘고	風流已過六朝宗
문장은 소식과 황정견에 가까워라.	翰墨尤近蘇黃分
글 올려도 서호[513]의 물 구걸하기 어렵고	上章難乞鏡湖水
바둑 둬도 선성 고을[514] 걸지는 않는다네.	圍棋未賭宣城郡
늙은이 평생토록 많은 사람 겪었지만	老夫平生閱人多
초재처럼 빼어나고 온화한 이 없었다네.	未若蕉齋秀且醞
바보 같은 사람 있어 봉의 깃 찾았더니	定有癡人索鳳毛
껄껄껄 웃으면서 동고훈(童詁訓)을 내보이네.	大笑出示童詁訓

초재 학사 심염조가 일찍이 「동고」(童詁)를 지었는데, 이하 심상규가 선친의 문집에 주를 달았기 때문에 이렇게 말한 것이다. 蕉齋學士曾著童詁一編, 犀下注其先集故云云.

4

술 싣고서 모를 글자 물을 사람 없더니만	載酒無人字空問
그대 오래 『규장전운』(奎章全韻)[515] 교감한 것 알았노라.	知君久勘奎章韻

---

512. 머리~감당함　원문은 일발천균(一髮千勻). 머리카락 한 올로 천균의 무게를 지탱한다는 뜻으로, 매우 위험한 상황에 처해 있음을 뜻한다. 얕은 지위로 무거운 책임을 맡고 있는 상황을 뜻하기도 한다.

513. 서호　원문은 경호수(鏡湖水). 중국 절강성 소흥현 남쪽에 있는 호수의 이름으로, 태호(太湖)라고도 한다. 중서비감(中書秘監) 하지장(賀知章)이 '경호섬계'(鏡湖剡溪)를 하사 받은 뒤 하감호(賀監湖)라고도 한다. 세상 모든 것을 얻을 수 있어도 태호의 아름다운 경치는 얻기 어렵다는 뜻이다.

514. 선성 고을　원문은 선성군(宣城郡). 중국 안휘성에 있는 고을 이름이다. 남조(南朝) 제(齊)나라 때 산수시로 이름 높았던 사조(謝脁)가 태수로 있어 유명해졌다. 바둑을 두며 다른 건 다 걸어도 선성 산수의 아름다움을 내기 걸지 않겠다는 뜻이다.

515. 『규장전운』　원문은 규장운(奎章韻). 정조의 명을 받아 이덕무가 1796년 편찬한 운서(韻書)로, 당시 한글음과 한자음을 연구하는 데 중요한 자료다.

살펴보면 경쾌해도 바라보면 중후하니	視之何輕望何重
글 지음은 세운과 관련된다 말하였지.	作文謂余關世運
늙어 가며 빈한이 뼈에 각기 저몄어도	垂老貧寒各徹骨
처음부터 은혜 입음 분수를 넘었다네.	自初恩榮果逾分
세상의 한바탕 꿈 깨어나지 못하여	人間一夢尙未覺
남쪽 가지[516] 개미 고을 아직껏 드나드네.	出入南柯蟻所郡
엊그제 남과를 그대에게 대접할 제	憶昨南瓜餉君時
땅속의 술독에서 누룩 뜬 술 꺼내었네.	地窖提出浮花醞
나귀 타고 명산에 옴 왜 이리 더디신가	名山一驢來何遲
금수정의 연하가 표훈사에 닿았는데.	金水煙霞接表訓

금강산 만폭동에 절이 있는데 이름이 표훈이다. 金剛山萬瀑洞有寺, 名表訓.

5

검서관 일 바쁘려니 문안도 못했는데	檢書之忙不須問
창졸간에 시 보내니 일이 자못 운치 있네.	忽謾郵詩事頗韻
미관[517]으로 늙었어도 성대한 시절이요	郎潛皓首亦盛際
태어남 늦었지만 외려 좋은 운수일세.	生晚吾曹猶午運
천하 사방 큰 뜻 품고 태어났을 때부터[518]	粤自桑蓬揆初度
우주는 드넓어도 운수 이미 정해졌지.	宇宙茫茫皆已分

---

516. 남쪽 가지　원문은 남가(南柯). 당나라 때 소설 「남가태수전」에서 가져온 말이다. 순우분(淳于棼)의 집에 오래된 회나무가 있었는데, 어느 날 술에 취해 그 아래서 잠들었다. 꿈속에서 괴안국(槐安國)에 가서 왕의 접대를 받고 남가태수에 제수되어 20년 동안 영화를 누렸는데 깨어 보니 회나무 아래였다. 살펴보니 나무 아래 탁자에 큰 개미가 있으니 꿈속에서 만난 왕이고, 개미구멍이 남쪽 가지로 통했으니 바로 다스리던 고을이었다는 이야기다. 부귀영화의 허무함을 풍유한 이야기다.

517. 미관　원문은 낭잠(郎潛). 한나라 때 안사(顏駟)가 낭관의 자리에 머물러 등용되지 않았던 고사에서 가져온 말로, 뛰어난 능력을 지녔지만 불우하여 능력을 제대로 펴지 못함을 뜻한다.

만 리를 다녀보고 천하 큼을 알았거니	行經萬里知天大
말 타고 요동 일대 두루 밟아 보았다오.	馬蹄踏遍遼東郡
서역의 번왕들이 와서 글씨 달라 했고	西域蕃王來乞字
만주족 천자께선 친히 술잔 내리셨지.	滿洲天子親宣醞
이제는 적막하게 이은(吏隱)이 되고 보니	如今寂寂作吏隱
한양[519]의 방언들을 한가로이 풀이하네.	洌水方言閒自訓

검서관 원약허가 시를 보내왔는데, 그 7첩시에 나누어 부친 여러 작품이 있다. 元若虛檢書見寄, 其七疊詩有分屬諸作.

6

대자리[520] 꿈속에서 어초문답(漁樵問答)[521] 들었는데	桃笙夢入漁樵問
관청 숲의 가을 매미 저녁 운치 보내오네.	官樹秋蟬送夕韻
맨머리를 하였어도 혐의 두어 보지 않고	科頭不作白眼看
복식으로 호흡하며 신선술을 배워 보네.	服氣暫學丹田運
시내 산 겹겹인데 게다가 툭 터져서	溪山合沓復淸曠
벼슬길에 들었어도 신선 분수 잠깐 있네.	宦迹薄有神仙分
열 식구 성은 입어 주림을 면했으니	十口蒙恩幸免飢
어찌 감히 연줄 타고[522] 큰 고을 욕심낼까.	敢望夤緣超大郡

---

518. 태어났을 때부터 원문은 초도(初度). 처음 태어난 해 또는 생일. 『초사』 「이소」에 "황제께서 나의 생일을 살피시어, 나에게 좋은 이름을 내리셨네"(皇覽揆余初度兮, 肇錫余以嘉名.)라 하였다.
519. 한양 원문은 열수(洌水). 한강의 별칭이다.
520. 대자리 원문은 도생(桃笙). 대나무의 일종인 도죽(桃竹)으로 만든 돗자리이다.
521. 어초문답 어부와 나무꾼이 주고받는 이야기란 뜻이다. 초야에 묻혀 사는 은자의 삶을 가리키는데, 조선 후기에는 그러한 소망을 담은 〈어초문답도〉(漁樵問答圖)가 많이 그려지기도 했다.
522. 연줄 타고 원문은 인연(夤緣). 뇌물을 주거나 연줄을 이용하는 등, 부정한 방법으로 출세를 도모하는 행위를 말한다.

임기를 손꼽으며 혼자 좋아 웃어 보니 　　屈指瓜期成獨笑
세월 흘러 이제 막 천일주[523] 익어 가네. 　歲月纔熟中山醞
이로부터 옷깃 떨쳐 전원으로 돌아가서 　從玆拂袖歸去來
경전과 농사만을 아이에게 가르치리. 　　一經一鋤兒可訓

7

홰나무에 달이 떠서 술잔 들고 물어보니 　槐陰月出停杯問
늦더위 물러가고 거문고 더 운치 있네. 　晚暑初收琴更韻
은하수는 맑고 맑아 가을빛 띠고 있고 　銀河澹澹已秋色
귀뚜라미 울어 대니 시운이 느껴지네. 　蟋蟀叢鳴感時運
우연히 문자에다 깊은 마음 맡겼어도 　偶於文字托深心
끝끝내 금전과는 인연 맺지 못했어라. 　遂與錢兄無雅分
세월 가매 늙고 쇠해 은둔 생활 배우나니 　逝將衰懶學杜門
선정의 계보에다 이름 어이 올릴 건가. 　豈有聲名譜治郡
이십 년을 궁궐에서 노닐어 보내 오며 　遊戲金門二十年
성은 입어 몇 차례나 유하온(流霞醞)[524]에 취했다오. 　承恩數醉流霞醞
어지러이 가볍게 시문을 짓지 마오 　紛紛且莫輕題品
군왕께서 내린 옥음 친히 받들었나니. 　親奉君王玉音訓

8

말단 관리 일생을 그대는 묻지 말게 　冷官生涯君莫問
계곡의 맑은 소리 혼자만의 운치라네. 　水石泠泠獨幽韻

---

523. **천일주**　원문은 중산온(中山醞). 중산 지방에서 나는 좋은 술의 이름. 한 번 마시면 천 일을
취한다고 해서 천일주(千日酒)라고도 하였다. 어떤 사람이 술에 취해 3년 만에 깨어났다는 이야기
가 『박물지』에 전한다.
524. **유하온**　선계에서 신선들이 마신다는 전설상의 술. 여기서는 정조의 어사주를 뜻한다.

살다 보매 백발이 또한 문득 닥쳤으니	人生白髮亦儵來
자고 먹음 한결같이 느긋하게 맡기리라.	眠食一任騰騰運
근래에 가뭄 일어 자못 때를 넘겼으니	伊來一旱頗逾時
논두렁서 농민 격려 신하의 직분일세.	阡陌勞農臣職分
마루 위의 흰 구름은 도홍경(陶弘景)[525]의 다락이요	嶺上白雲陶弘樓
우물 속의 단사는 갈홍의 고을이라.[526]	井裏丹砂葛洪郡
봉래의 옛집을 별관으로 삼아 두고	蓬萊古宅當別館
자연에서 늙어 가며 맛난 술 담그리라.	圷老淸泉作芳醞
거울 속의 행인이요 얼음 위 관리로서	鏡中行人氷上吏
관리 계명 가정교훈 저버리지 않으리.	不負官箴與家訓

9

이름 석 자 해마다 상국에서 물어보니	名姓年年上國問
우리 동방 그리는 시편이 남아 있네.	眷我箕疇有遺韻
부끄럽다 동국 사람 너무도 어리석어	慚愧東人太鹵莽
사방 천 리 땅 위에 수레가 다니잖네.	地方千里無車運
모화(慕華)가 비방 빌미 될 줄 어이 알았으리	那知慕華獨媒謗
문장 논함 분수 어김 비로소 알았노라.	始覺論文爲犯分
신은 이제 늙어서 중서성에 안 맞으니	臣今老矣不中書
탕목읍 붓 고을[527]로 가고자 하나이다.	願歸湯沐管城郡
양문 객사 동쪽의 푸르른 연못가에	梁文院東碧池頭

---

525. 도홍경 원문은 도홍(陶弘). 남북조(南北朝) 때 말릉(秣陵) 사람으로 뒤에 구곡산(句曲山)에 숨어 화양은거(華陽隱居)라 자호하였다. 임금이 산속에 무엇이 있기에 숨어 나오지 않느냐고 묻자, 고개 위에 흰 구름이 많은데 다만 혼자 즐길 뿐 가져다드릴 수는 없다고 말한 고사가 있다.
526. 갈홍의 고을이라 구루산은 도서(道書)에서 말하는 제22번째의 동천(洞天)으로, 진(晉)나라 갈홍이 이곳에서 금단을 만들며 수도했다. '갈홍의 고을'은 바로 이 고사에서 나온 말이다.

푸른 연잎 사흘 싸자 좋은 술이 되었구나.　　　　　　綠荷三日包成醅

술에 취해 말을 타고 석양에 돌아오니　　　　　　　　茗艼騎馬日斜廻

금벽(金碧)⁵²⁸ 두른 산수는 이사훈(李思訓)⁵²⁹의　　　金碧山疑李思訓

　　그림 같네.

　　당시 양문(梁文)⁵³⁰의 객사를 새로 지었는데, 그 동쪽에 강산 이서구의 큰 연

　　못이 있다. 時, 新建梁文客院, 東有李薑山大池.

10

개구리들 문답하듯 잇달아 울어 대고　　　　　　　　蛙吹迭發如答問

새소리는 이따금 운치를 더해 주네.　　　　　　　　　禽言往往工塡韻

왕개미의 지식은 사관 임무 충분하고　　　　　　　　螞蟥知足領太史

말똥구리 재주는 곡물 운송할 만하네.⁵³¹　　　　　　蛣蜣才堪充轉運

연아체(演雅體)⁵³² 읊조리다 다시금 한숨 쉬니　　　　吟成演雅還太息

얼마간 사람으로 직분 수행 못해서네.　　　　　　　　多少於人未盡分

---

527. 탕목읍 붓 고을　원문은 탕목관성(湯沐管城). 탕목(湯沐)은 그 읍에서 거두는 구실로 궁궐의 비용에 충당하는 땅으로 천자나 제후의 사유 영지이고, 관성(管城)은 붓의 별칭이다. 글이나 지으며 묻혀 살겠다는 의미다.

528. 금벽　금벽은 청록색의 산수 테두리를 금빛으로 처리하는 산수화의 기법으로, 당나라 이사훈 (李思訓)이 개발하였다. 이사훈은 당나라 황실 사람으로, 그림을 잘 그려 북종화의 비조로 꼽히는 인물이다.

529. 이사훈　중국 당(唐)나라 때의 화가로 산수화에 능하였다. 특히 금벽산수(金碧山水)에 뛰어 났으며, 같은 시대의 오도현(吳道玄)이 속필(速筆)에다 소체(疎體)인 것과는 대조적으로 6조 이래 의 전통적인 정교·주밀한 묘법을 구사하였다. 품위와 격조가 높다는 평을 들었으며, 나중에 북종 화(北宗畫)의 시조(始祖)로 불렸다.

530. 양문　조선 시대 포천 북부 영평에 있던 지명으로, 여기에 역참이 있었다. 풍전과 철원, 김화 등을 거쳐 금강산으로 가는 길목이었다.

531. 왕개미의~운송할 만하네　둘 다 왕개미와 말똥구리의 습성에서 따온 구절로 보인다. 왕개미 는 부지런하여 태사(太史)의 일을 맡기기에 제격이고, 제 몸보다 몇 배나 무거운 말똥을 굴리는 말 똥구리는 무거운 곡물 운반에 제격이다.

조충전각(彫蟲篆刻)[533] 얕은 재주 과거에 합격하여   彫蟲篆刻摘科第

장록(障籙)[534]에다 몸을 맡겨 고을살이하는도다.   傾身障籙爲州郡

수민단(壽民丹)[535] 숨었으니 어찌 다시 조제하며   壽民丹秘邪復劑

태화탕(太和湯)[536] 오래되니 뉘 능히 담그리오.   太和湯古誰能醞

신선들 바둑 두는 그림을 살펴보니   看取仙翁奕棋圖

곁에서 멍청하니 구경하는 사람 있네.   有箇旁觀癡不訓

8월 15일에 예전 대사간을 지내신 자애 임공을 고을 동쪽의 굴동으로 이장하여 모시는 것을 보고 돌아오는 길에 짓다

八月十五日 觀故大司諫紫厓任公遷窆於縣東窟洞 歸路有作

영평에는 두 기의 묘소 있으니   永平有二墓

현지(縣志)에다 마땅히 전해야 하리.   縣志宜可傳

산처럼 우뚝했던 승선(承宣) 이수덕(李壽德)   嵒嶤李承宣

---

532. 연아체   시체(詩體)의 하나. 송나라 황정견(黃庭堅)이 개발한 것으로, 매 구절마다 새나 짐승, 곤충의 이름을 넣어서 지어야 한다.

533. 조충전각   조충소기(彫蟲小技)와 같은 말로, 시문(詩文)이나 사부(詞賦) 같은 문예(文藝)는 도덕이나 사업에 비하면 조충의 조그만 기교(技巧)에 해당한다는 말이다.

534. 장록   가리개와 대그릇. 여기서는 벼슬살이를 가리키는 말로 썼다.

535. 수민단   백성들을 오래 살게 하는 단약이란 뜻이다. 『동의보감』의 다른 이름으로 쓰인 바 있다. 여기서는 백성들을 살리는 옳은 정사 정도의 의미다.

536. 태화탕   술을 뜻한다. 소옹(邵雍)은 「무명공전」(無名公傳)에서 술을 태화탕이라 부른 내력을 기술했고, 「태화탕음」(太和湯吟)이란 시도 남겼다. 백성들의 태평 생활을 가져오는 정치적 효과를 비유하기도 한다.

무신년[537]에 강진[538]으로 귀향 갔었지.	維戊斥耽津
스스로 굳세었던 대간 임공은	自靖任大諫
백이와 한 부류로 목숨 버렸네.	捐生伯夷倫
두 어른 우정을 앞세우시어	兩公皆先友
혼인으로 인연을 무겁게 했지.	重之以親姻
큰 절개 가리워 안 드러나서	大節隱不章
초췌함만 후손에게 물려주었네.	憔悴遺兒孫
짧은 퓻말 남쪽 나무 어루만지며	短楬撫南樹
관머리[539] 북쪽 옮김 슬퍼하노라.	前和愴北遷
내가 마침 이 고을 맡게 됐으니	余適宰是邑
우연히 그리된 일 아닌 듯하다.	事若不遇然
포와 술을 가져다가 제사 도우매	脯酒來助祭
감격하여 눈물이 두건 적시네.	感激涕沾巾
누가 능히 산에서 바위를 잘라	誰能伐山石
업적 새겨 숨은 무덤 드러낼 건가.	顯刻表幽阡

이수덕(李壽德) 승지의 묘가 현의 남쪽 장곡에 있다. 李承旨壽德墓, 在縣南長谷.

---

537. **무신년**　원문은 유무(維戊). 1728년 무신년 이인좌의 난을 가리키는 듯하다.
538. **강진**　원문은 탐진(耽津). 전라남도 강진을 말한다.
539. **관머리**　원문은 전화(前和). 관(棺)의 전액(前額)을 가리킨다. 『여씨춘추』 「개춘」(開春)에 "관의 앞머리를 본다"(見棺之前額)는 구절이 있는데, 고유(高誘)의 주에 "관의 머리를 화(和)라 한다"고 하였다.

순담을 다시 방문하며, 이행묵 군과 약속하다

重訪蓴潭 約李君行嘿

황량한 산 고요하게 가을 노을 둘렀는데   荒山岑寂帶秋曛
여울의 물소리는 예전과 똑같구나.   只有灘聲似舊聞
무슨 일로 현감은 다시금 여기 왔나   何事使君重到此
절반은 산수 때문 절반은 그대 때문.   半緣泉石半緣君

삼부연에서 三釜淵

폭포가 높이 걸려 빼어난 경치   懸水高爲勝
무지개 까마득히 어려 있구나.   飛虹果十尋
우사(雨師)나무[540] 모래톱에 작달막하고   雨師沙觜短
운모는 벽감(壁龕)[541] 속에 깊기도 해라.   雲母壁龕深
새까만 빛 참으로 밑이 없으니   黝黑眞無底
절구질을 마침내 금할 수 없네.   舂撞遂不禁
천연히 구륵(勾勒)[542]의 형세 있으니   天然勾勒勢
관음상을 못 그림이 안타까워라.   恨未作觀音

---

540. **우사나무** 위성류라는 나무의 별칭. 위성류는 모래에 짧게 돋아나는 나무다.
541. **벽감** 벽면을 오목하게 파서 만든 공간을 말한다. 여기서는 폭포 절벽에 안쪽으로 움푹 들어
간 부분을 말한다.
542. **구륵** 선으로 윤곽을 그리는 기법을 말한다. 여기서는 절벽에 의대 모양의 선이 나 있는 것
을 말한다.

폭포 옆 절벽에 의대 모양의 무늬가 있어 건너가 한두 번만 붓질을 더하면 관음입상을 지을 수 있겠기에 말한 것이다. 瀑旁石壁, 有衣帶紋津, 逮而略加一二筆, 可作觀音立像故云.

구층동에서 경산 이한진과 함께 6수 九層洞 同京山 六首

1

계곡물 가을 들자 줄어들더니	谷水秋簾弱
돌돌돌 흐르는 물 많지도 않네.	淙琤不甚多
흰 구름 피어나는 오솔길에서	白雲生處路
누런 잎 밟으며 노래를 하네.	黃葉踏來歌
다행히 명산 약속 지키었는데	幸踐名山約
영광스레 어른께서 찾아 주셨네.	光承長者過
이 샘물 병을 낫게 할 수 있는데	此泉宜已疾
마시려도 마실 방법이 없네.	吾欲飲無何

2

붉은 나무 천지간에 가득 차 있어	紅樹塞天地
어느새 산은 더욱 고와졌구나.	不知山更多
두건 벗고 솔 아래서 한잔하면서	脫巾松下飲
물가에 마주 앉아 노래하누나.	抱膝水邊謌
내 게으름 용납하기 세상은 좁고	世狹容吾懶
손님 접대하기엔 관리 가난타.	官貧耐客過

| 그래도 시 짓는 것 능숙하나니 | 猶能理詩律 |
| 두시 배워 음갱 하손[543] 조종 삼았지. | 學杜祖陰何 |

3

명승지는 이르기도 참 어렵지만	名區固難及
마음에 드는 곳은 더욱 적다네.	適意更無多
산허리에서 휘파람 길게 불면서	半嶺留長嘯
바람에 좋은 노래 실어 나른다.	廻風度善謌
가마는 세 걸음마다 쉬어 가는데	肩輿三步歇
술기운은 한 차례 지나가누나.	中酒一番過
원님 되어 산수를 즐길 뿐이니	作宰耽山水
백성들 날 무어라 수군거릴까.	民其謂我何

4

관리의 습기를 다 벗어 내니	脫盡官人氣
되레 종들 많음도 귀찮기만 해.	猶嫌皂隷多
객은 능히 율려[544]를 얘기하는데[545]	客能談律呂
관리는 현가(絃謌)[546]에 부끄럽구나.	治自媿絃謌
험한 경지 초입만 찾아간다면	有險尋初入

---

543. 음갱 하손 원문은 음하(陰何). 음갱(陰鏗)과 하손(何遜)을 말한다. 하손은 남조(南朝) 양(梁) 나라 섬인(剡人)인데, 여덟 살에 능히 시를 지었다. 벼슬은 상서수부낭(尙書水部郞)이었고, 문장으로 이름이 높아 유효작(劉孝綽)과 더불어 세상이 '하류'(何劉)라 불렀다. 『하수부집』(何水部集)이 있다. 『양서』(梁書) 권693에 보인다. 음갱은 진(晉)나라 사람으로 자는 자견(子堅)이다. 사전(史傳) 에 박통하고 오언시에 능하였다. 『진서』(晉書) 권472에 보인다.

544. 율려 육률(六律)과 육려(六呂)로, 음악이나 음조를 말한다.

545. 객은~얘기하는데 이한진은 음악에 조예가 깊었다. 타고난 풍류객으로 여든이 되도록 거문 고와 퉁소를 놓지 않았다.

책 읽다 만 것과 같은 것이네.	如書讀未過
봉우리는 작변(爵弁)⁵⁴⁷과 한 모습이니	一峰同爵弁
이전에는 무엇이라 말을 했을까?	前此欲云何

5

붓 들자 가을 구름 가까워 오고	落筆秋雲近
행주(行厨)⁵⁴⁸에는 난석(亂石)이 많기도 하네.	行厨亂石多
철점(鐵店)에는 밥 연기 어리어 있고	孤煙盤鐵店
석양빛은 초동 노래 이끌어 온다.	返照引樵謌
산과일을 수레 옆서 바로 따내니	山菓車傍摘
나는 샘물 말 머리로 지나가누나.	飛泉馬首過
고을 동쪽 두루 돌아다니었는데	縣東行已遍
다시 남쪽 바라봄은 어째서인가.	南望復如何

6

작은 고을 땅 모두 척박한지라⁵⁴⁹	小縣偏磽确
세금이 많아서 늘 근심하네.	常愁糶糴多
멋대로 광산 엶을 금지하고서	漫申開礦禁
으레 훈민가만 가르치누나.	例飭訓民歌
세월은 모두 다 내던져 두고	歲月都抛却

---

546. **현가** 거문고를 타며 노래하는 것으로, 백성을 잘 다스렸다는 의미다. 공자의 제자 자유(子游)가 무성(武城)의 재(宰)가 되어 백성을 잘 다스려 교화시키자 백성들이 거문고를 타면서 노래했다고 한다. 『논어』 「양화」(陽貨)에 보인다.

547. **작변** 관(冠) 이름이다. 『의례』(儀禮) 사관례(士官禮)에 '작변복'(爵弁服)이 있는데, 그 주에 "작변이란 면(冕)의 다음인데 그 빛이 붉고도 약간 검어서 작두(爵頭)와 같다"라 하였다.

548. **행주** 외출할 때 휴대하는 음식물이나 밖으로 다닐 때에 임시로 만든 부엌을 말하다.

549. **척박한지라** 원문은 교학(磽确). 돌이 많은 메마른 땅, 곧 척박한 땅을 말한다.

문서 일은 책잡히지 않을 정도만.　　　　　文書只勘過

남들 응당 심란타 여기겠지만　　　　　　人應思憒憒

숨어 사는[550] 처음 뜻 어찌할거나.　　　　無奈遂初何

청석동 절구 靑石洞 絶句

촉막(蜀莫)의 배후에 있는 이 산은　　　　蜀莫背後山

짙푸르기 세 차례 물들인 듯해.　　　　　深碧如三染

저물녘 행인을 떠나보내니　　　　　　　斜日送行人

여울 소리 외로운 객점 울린다.　　　　　灘聲動孤店

세폐[551] 차사의 일원으로 금천에 이르러 어제시를 받들고 부임하는 초산 송상렴[552]을 만나다

以歲幣差使員 到金川 遇宋楚山祥濂陪奉御製赴任

객점에서 만나서 솜옷 차림 한 번 웃고　　　一笑緋袍店裏逢

---

550. 숨어 사는　　원문은 수초(遂初), 수초부(遂初賦)로 벼슬을 떠나 은거하여 처음에 가진 소원을 이루는 것을 말한다. 진(晉)나라 손작(孫綽)이 젊었을 때 허순(許詢)과 함께 세속을 초월하려는 뜻을 가지고 10여 년 동안 산수 속에 호방하게 살면서 수초부를 지어 자신이 만족한 생활을 한다는 것을 서술하였다. 『세설신어』(世說新語)에 보인다.

가을 겨울 어름에 다시 헤어지누나. 　別離還復際秋冬
좋은 말에 재갈 물려 천자께로 사신 가고 　銜綸麟馬朝天境
물과 뫼 사이 두고 모린(毛隣)[553]을 막는구려.[554] 　乘障毛隣隔水峰
새벽녘 나팔 소리 꿈을 깨라 재촉하고 　五夜角聲催夢散
희미한 달빛은 술잔 속에 짙으리다. 　二分月色倒杯濃
이 행차는 춘추(春秋) 의리 저버리고서 　此行差負春秋學
바리바리 예물을 겹겹으로 포장했네. 　管領金繒百十封

초산으로 가는 송지항에게 주다 贈宋生〔之沆〕楚山之行

처음 당한 먼 이별을 어떻게 이겨 내리 　那堪遠別卽初逢
여러 날 세찬 바람 초겨울에 매섭구나. 　數日天風凜始冬
그리움에 좋은 노래[555] 지을 수만 있다면 　使有相思靑玉案
어이해 낙타 등살 진미를 기다릴까. 　何須美味紫駝峯
바쁜 중에 마주친 일 또렷이 기억나니 　面從忙裏偏能憶

551. **세폐**　우리나라에서 해마다 음력 10월에 중국에 가는 사신이 가지고 가던 선물을 말한다.
552. **송상렴**　1760~?. 조선 후기의 문신으로 본관은 은진(恩津), 자는 원발(元發), 호는 과치(果癡)다. 영(鎣)의 아들이다. 1784년(정조 8)에 진사로서 정시문과에 병과로 급제하여 홍문관부수찬에 임명되었다. 1801년(순조 1)에 승지에 임명되었다가 몇 차례 대사간을 역임하였으며, 1809년에 예방승지로서 가선대부(嘉善大夫)에 가자(加資)되었다. 그 뒤 여러 차례에 걸쳐 대사간을 지냈으며 참판까지 이르렀다. 저서로는 『과치집』이 있다.
553. **모린**　조선 초 북방 야인(여진족)의 한 종족. 건주위(建州衛)·해서위(海西衛)·모린위(毛隣衛)를 삼위(三衛)라 하였는데, 모두 여진족의 종족 명칭이다. 15세기 조선 사료에 자주 보인다..
554. **막는구려**　원문은 승장(乘障). 성벽에 올라가 수비하는 것을 말한다.

사귐은 참되어도 질펀하진 못했었지.　　　　交到眞時未敢濃
그대 가서 시험 삼아 차령 올라 바라보면　　君去試登車嶺望
고향 가는 천 리 길이 눈으로 덮였으리.　　鄕山千里雪痕封

경산 이한진과 함께 밤에 한 마리 사슴을 삶다

夜煮一鹿 同京山

관아 문 호수 같아 배 술잔 불러오니　　　　官門如水喚舡船
변변찮은 관리도 백성에겐 하늘이네.　　　　吏拙於民只一天
찬 달빛 홀연 맑아 창 그림자 엷어지고　　　寒月忽令窓影薄
먼 바람에 새삼스레 낙엽 소리 깨닫누나.　　遠風偏覺葉聲牽
호로(呼盧)[556] 놀이 혼자 하며 등잔 앞에 웃음 짓다　呼盧自作燈前笑
사슴 잡아 애오라지 세모 잔치 벌였구나.　　斬鹿聊爲歲暮筵
이름난 차나무를 삼백 그루 심어 놓고　　　擬種名茶三百樹
그대가 손수 파매 얼음 샘이 있었으면.　　　坏翁手鑿有氷泉

---

555. **좋은 노래**　　원문은 청옥안(靑玉案). 사패(詞牌) 이름인데, 고시(古詩)를 가리키는 말로 쓴다.
한(漢)나라 장형(張衡)의 '사수시'(四愁詩)에 "무엇으로 청옥안 보답할거나"(何以報之靑玉案)라는
구절에서 비롯되었다. 두보(杜甫)의 시에도 "시험 삼아 청옥안을 읊노니, 자라남을 부러워 말라"
(試吟靑玉案, 莫羨紫羅囊.)라는 구절이 있다.
556. **호로**　　노(盧)는 주사위의 좋은 눈을 가리킨다. 주사위 놀이 등을 하며 좋은 눈이 나오기를 외
치는 것을 말한다.

중존 이재성이 관사를 방문하여 지은 시에 차운하다. 마침 차원[557]으로 차출되어 낙담하여 서둘러 갔다

次韻李仲存見訪縣齋 適有差員之役失意徑去

접암(蝶庵)[558]에서 시원스레 조구(精邱)[559]를 마주하니 　蝶庵瀟灑對精邱

인간에 흰머리 있음 상관도 않는다네. 　不管人間有白頭

바람 불면 거문고 줄 때로 절로 울어 대니 　風到琴絃時自語

해 질 제 바둑판을 누굴 시켜 거두려. 　日斜棋局倩誰收

빈 뜰에 낙엽 지자 빗소리 일어나고 　空階葉下聲聲雨

지친 손님 시 이루니 글자마다 가을일세. 　倦客詩成字字秋

말 타고 삼백 리를 내달려 왔는데 　騎馬忽馳三百里

슬프다 객점에 그댈 묵게 하다니. 　教君惆愴店中留

범수에게 주다 贈範壽作

젊은 그대 이 구학(邱壑)을 찾으려는
　　마음 품고 　　　　　　　　　　　小童胸次索仍邱

백 리의 동쪽 유람 의연하게 나섰구나. 　百里東遊儼出頭

---

557. 차원 　차사원(差使員)의 약칭이다. 중요한 사무로 임시 파견하는 직원을 말한다.

558. 접암 　나비집이란 뜻의 이 말은 『장자』의 호접몽에서 유래하는데, 현세의 삶을 잠깐의 꿈결로 생각한다는 뜻이 담겨 있다. 명말청초의 소품산문가 장대(張岱, 1597~1679)는 자신의 호를 접암거사(蝶庵居士)라 하였다.

문장으로 놀래킴은 순학(荀鶴)[560]의 짝이 되니　　　藻思幾驚荀鶴對
운연(雲烟)에 기대어서 어려운 말[561] 거두었네.　　　雲烟都倚篠驂收
짝 없는 그 재주는 강하(江夏)[562]를 능가했고　　　無雙已足凌江夏
한 가지에 전심함은 혁추(奕秋)[563]를 따랐구나.　　　其一專心聽奕秋
우리 집 세 아이는 한갓 밥만 축을 내니　　　我有三兒徒噉飯
예를 갖춰[564] 그대를 초당에 묵게 하리.　　　束脩敎汝草堂留

---

559. 조구　술지게미로 이루어진 산이란 뜻으로, 술을 환유한다. 이백이 「양양가」에서 한수(漢水)를 두고, "이 강물 변하여서 봄 술이 된다면, 누룩으로 보루 쌓고 술찌끼로 대 올리리"(此江若變作春酒, 壘麴便築糟邱臺.)란 구절이 있다.

560. 순학　당(唐)나라 두목(杜牧)의 막내아들인 두순학(杜荀鶴)을 말한다. 자(字)는 언지(彦之), 자호(自號)는 구화산인(九華山人)이다. 벼슬은 지제고(知制誥)에 이르렀고, 시에 뛰어났다.

561. 어려운 말　원문은 소참(篠驂). 죽마(竹馬)를 돌려서 한 말. 문장을 지을 때 쉽고 일상적인 말을 피해 예스럽고 험벽한 말을 구사하는 것을 가리킨다. 『전당시화』(全唐詩話)에서 서언백(徐彦伯)의 시풍을 설명하면서 예로 든 것 중 하나다.

562. 강하　동한(東漢) 시대 강하(江夏) 안륙(安陸) 땅 사람인 황동을 말한다. 이름은 향(香)이며, 자는 문강(文彊)이다. 어려서부터 많은 책을 읽어 글에 능하자, 당시 사람들이 "천하에 둘도 없는 강하의 황동이다"라고 칭찬하였다.

563. 혁추　『맹자』「고자 상」에 나오는 인물로, 바둑에 능하였다. 혁추가 두 사람에게 바둑을 가르쳤는데, 한 사람은 스승의 말을 들어 전심으로 노력한 반면에, 또 한 사람은 다른 생각만 하여 둘의 성취가 같지 않았다. 혁추를 따른다 함은 전심으로 한 가지 일에 노력함을 의미한다.

564. 예를 갖춰　원문은 속수(束脩). 수(脩)는 육포(肉脯)인데, 속수(束脩)는 육포 열 조각을 말한다. 옛날에는 제자가 스승을 뵈올 적에는 반드시 폐백이 있어야 하는데, 속수는 폐백 중에서 가장 박한 것이다. 그래서 뒷사람이 선생에게 바치는 예를 속수(束脩)라 칭한다.

병사를 점고한 뒤 음식을 베풀다. 앞 시의 운으로

點兵犒饋 次前韻

고요한 관아는 작기가 배만 한데	蕭條縣治小于船
짧은 해 들판 나무 하늘과 맞닿았네.	短日平蕪樹接天
해진 옷[565]의 사령[566]은 공연히 소리치고	皂隸懸鶉空大喝
현령은 말을 타고 여기저기 다니누나.	使君騎馬漫長牽
당귀와 지교를 상공(常貢)[567]으로 나눠 주고	當歸地窖分常貢
메밀로 만두 쪄서 큰 잔치 베푸누나.	蕎麥饅頭卽盛筵
용맹한 군사 삼백 명을 크게 떨쳐 벌여 놓고	大發雄兵三百箇
술 나누고[568] 웃으면서 용천검에 기대노라.	投醪一笑倚龍泉

---

565. 해진 옷　원문은 현순(懸鶉). 옷이 해져 기운 것이 메추라기처럼 달렸다는 뜻이다. 『순자』(荀子) 대략(大略)에 "자하(子夏)가 가난하여 옷이 메추라기〔鶉〕 매달아〔懸〕 놓은 것 같다" 하였다.

566. 사령　원문은 조예(皂隸). 각 관청의 사령들은 보통 검은 옷에 검은 벙거지를 쓰기 때문에 조예 혹은 검은 하인이라고 말한다.

567. 상공　고려·조선 시대 공물 세입 예산표인 공안(貢案)에 품목, 수량, 납부 시기, 부담 군현, 상납 관서 등을 명시하여 해마다 부과 징수할 공물을 말한다.

568. 술 나누고　원문은 투료(投醪). 군사들과 고락을 같이하는 것을 뜻한다. 『문선』에 실려 있는 장협(張協)의 「칠명」(七命) 주에, "황석공(黃石公) 기록에 말하기를, '옛날 어진 장수가 군사를 거느리고 전지에 임할 때에 어떤 사람이 자기에게 한 그릇의 탁주〔醪〕를 주자 흐르는 물에 던지고 모든 군사들과 함께 마시니 삼군(三軍)이 죽을힘을 다하여 싸웠다' 했다" 하였다.

관헌 서상수의 아들 서유전[569]이 찾아왔기에 5수

觀軒之子徐生有田來訪 五首

1

백 날을 머물러도 더디지 아니하니　　　十旬留汝未爲遲
너의 부친[570] 날 붙잡던 그때와 같겠느냐.　爭似而翁館我時
경전 밖 꽃 날릴 제 다정스레 얘기하고　　話細花飛經卷外
묵지(墨池) 가엔 달 지고 술잔은 그윽했지.　杯深月墮墨池涯
평생의 가까운 벗[571] 본래 서로 만났지만　平生痛癢元相及
저승길 헤어지곤 아무것도 알 수 없네.　一別泉原摠不知
고산유수 옛 연주를 잇고자 하건마는　　擬續高山流水奏
세상에 어찌하여 두 종자기 있으리오.　　世間寧有兩鍾期

2

회근(回졸)[572] 맞은 집안에는 세월이 더디 가고[573]　回졸家中歲月遲
7대 걸쳐 성균관서 이름을 드날렸지.　　成均七世耀當時

---

569. **서유전**　서상수의 아들이다. 큰아들 유년(有季, 1756~1793. 호는 가운稼雲)은 이때 이미 죽었으며, 이 책 중권 250쪽에는 서유년의 죽음을 애도한 「가운 서유년 만시」(挽徐稼雲)가 있다. 서상수는 3남 1녀를 두었다.

570. **너의 부친**　원문은 이옹(而翁). 상대방의 아버지를 말하거나 자신의 아버지를 가리킨다. 『사기』「항우본기」(項羽本紀)에 "내 아버지는 곧 당신의 아버지이니, 반드시 당신의 아버지를 삶고자 한다면 나에게도 국 한 그릇 나눠 주시게"(吾翁卽若翁, 必欲烹而翁, 則幸分我一桮羹)라고 하였다.

571. **가까운 벗**　원문은 통양(痛癢). 아픔과 가려움으로, 자기에게 직접 관계되는 이해를 말한다. 여기서는 몹시 가까운 벗의 의미로 썼다.

572. **회근**　회혼(回婚)과 같은 뜻으로, 혼인한 지 61년이 되는 해를 말한다.

573. **회근~더디 가고**　서상수(徐常修)는 1735년에 태어나 1793년에 죽었다. 1796년, 서상수가 살아 있었다면 회갑을 맞을 시기에 지어진 것으로 보인다. 그렇다면 '회근'도 회혼의 의미가 아니라, 회갑의 의미로 보아야 하지 않을까 한다.

마음 상해 차 마시며 향 사르던 나그네가　　　傷心啜茗焚香客

은빛 모래 금강 가에 보이질 않는구려.　　　不見銀沙錦水涯

종일토록 허공에 쓴[574] 괴이한 일이 많고　　　終日書空多怪事

십 년 벗과 만나도 새로운 벗은 적네.　　　十年傾蓋少新知

천 그루 밤나무 숲 문암(門巖)의 길 위에는　　　千株栗樹門巖路

옛 주막[575] 다만 남아 꿈속에서 기약하리.　　　只有黃壚夢裏期

3

돌아가서 함께 숨어 번지를 배우리니[576]　　　逝將偕隱學樊遲

지게문 닫아걸면 웅대한 맘 사라지네.　　　消盡雄心閉戶時

생계 위해 벼루를 갈지는 않으리라　　　衣食硏田磨不出

산천의 술나라는 가없이 넓은 것을.　　　山川酒國曠無涯

말 많은 하사(下士)들은 무리 지어 비웃으니　　　言多下士群相笑

깊은 생각 가족들도 모르는 것이 있네.　　　契有家人所不知

다락 안개 헤치는 일 진실로 기쁘거니　　　撞破煙樓眞可喜

이구(李駒)[577]와 변습(邊習)[578]의 삶 어찌 기약할 것　　　李駒邊習詎堪期

　인가.

---

574. 허공에 쓴　원문은 서공(書空). 괴이한 일을 표시하는 말이다. 진(晉)나라의 은호(殷浩)가 출방(黜放)을 당하자 입으로는 원망하는 말이 없고 다만 종일토록 공중을 향하여 '돌돌괴사'(咄咄怪事)란 네 글자를 썼다고 한다. 『진서』(晉書) 「본전」(本傳)에 보인다.

575. 옛 주막　원문은 황로(黃壚). 죽림칠현(竹林七賢)들이 모여서 노닐던 황공주로(黃公酒壚)로, 보통 세상을 떠난 벗을 추억할 때 쓰는 표현이다. 『세설신어』(世說新語) 「상서」(傷逝)에 보인다. 1793년에 죽은 서상수를 그리워하는 말이다.

576. 번지를 배우리니　번지(樊遲)는 공자의 제자. 공자에게 농사에 대해 물은 적이 있다(『논어』 「자로」 子路). 여기서는 농사에 뜻을 두리라는 의미다. 박제가의 『북학의』에, "농사짓기를 부끄러워하는 세상 사람들은 곧잘 번지와 허행을 구실로 삼는다. ……저 두 사람이라면 한(漢)나라에서는 역전(力田)의 자리에 천거하거나 수속도위(搜粟都尉)에 결원이 생길 때 충원하려고 했을 것이다"란 구절이 보인다.

4

세월 아껴[579] 한 줄기 빛 더디 감을 사랑하여	愛日偏憐一線遲
관청에 눈이 갤 때 주렴을 내리누나.	縣齋晴雪下簾時
한가로이 권자(圈子)[580] 좇아 무극을 탐색하니	閒從圈子探無極
짧은 세월 어찌하여 유한함을 좇으리오.	豈以些兒徇有涯
신선[581]의 인연이야 세월 지나 그쳤으니	丹井因緣經歲住
매화 피는 소식도 강 건너 있음 아네.	梅花消息隔江知
군역[582]과 조세 징수 모두 다 마치고서	簽丁納糴行當畢
황견(黃犬) 끌고[583] 매사냥[584]을 어느 때 갈 것인가.	爲問牽黃臂翠期

577. 이구 이반룡의 아들이다. 이반룡은 뛰어난 문장으로 한 시대를 풍미했으나, 그가 죽자 사랑하는 애첩은 호떡을 팔며 연명하였고, 아들 이구를 이어 다른 아들들도 잇달아 죽었다.

578. 변습 명나라 역성(歷城) 사람으로, 변공(邊貢: 명나라 사람으로 자는 정실廷實)의 아들이다. 변공은 평생토록 서책 모으는 것을 좋아하여 수만 권의 서적을 모았는데, 하룻밤 큰불에 모두 타 버리자 하늘을 우러러 "하늘이 날 버리는구나"라고 탄식하였다. 이 때문에 병이 들어 죽었다. 아들인 변습은 이 많은 서적을 전혀 볼 수 없었다.

579. 세월 아껴 원문은 애일(愛日). 효자는 날을 아낀다는 뜻으로, '될 수 있는 한 오래 부모(父母)에게 효성(孝誠)을 다하여 섬기고자 하는 마음'을 말한다. 『논어』「이인」(里仁)에 "부모의 나이는 알지 않을 수 없으니, 한편으로는 기쁘고 한편으로는 두렵기 때문이다"(父母之年, 不可不知也, 一則以喜, 一則以懼.)라고 하였다.

580. 권자 권자(圈子)는 책의 중요한 부분 글자 옆에 'ㅇ'를 찍어 놓은 것을 말한다. 권점이라고도 한다.

581. 신선 원문은 단정(丹井). 단약을 빚을 때 쓰는 물이 담겨 있는 우물이다. 신선을 환유한다.

582. 군역 원문은 첨정(簽丁). 군정(軍丁)에 결원이 생겼을 때 대신할 자를 정하는 것이다. 조선시대에는 6년마다 군적을 작성하되 그 사이 결원이 생기면 해당 군현에서 세초(歲抄) 때에 대신할 자를 정하고, 절도사는 관할 지역에서 1년 동안 충정(充定)했던 숫자를 모두 합계하여 계문(啓聞)하도록 법으로 규정하였다.

583. 황견 끌고 원문은 견황(牽黃). 누런 개를 끈다는 것인데, 유유자적한 한가로운 날을 말한다. 『사기』「이사열전」(李斯列傳)에 "이사가 감옥에서 나오며 함께 투옥되었던 둘째 아들을 돌아보고 말하기를, '내가 너와 함께 다시 한 번 누런 개를 끌고서 고향 상채의 동쪽 변두리로 나가 토끼 사냥을 하려고 했는데, 어쩔 수가 없게 되었구나'"(斯出獄, 與其中子俱執, 顧謂其中子曰, 吾欲與若復牽黃犬俱出上蔡東門逐狡兔, 豈可得乎.)라고 보인다.

5

날아가는 탄환 화살[585] 모두 다 느리잖아	跳丸激箭兩無遲
늙어 감에 옛일에 느꺼움만 많아라.	垂老偏多感舊時
올려보니 천봉은 모두 다 눈빛인데	擧目千峰皆雪色
그대 생각 한 줄기 물 하늘 끝과 다름없네.	思君一水若天涯
벼슬길 청하니 돌아가리 말을 하고	官淸只道當歸出
정자의 예스러움 먼 잣나무로 알겠구나.	亭古遙從柏樹知
절조[586]로 사귄 마음 송계(松桂)가 으뜸이라	氷蘗交情松桂宰
백발 되어 세한 기약 다시금 알았다네.	白頭重證歲寒期

부사로 연경에 가는 참판 김면주[587]를 전송하며
送金參判〔勉柱〕副价之燕

베틀 북 백 년 비어 마음이 아팠는데	傷心杼軸百年空
먼 옛날의 시인은 대동(大東)을 노래했네.[588]	終古詩人賦大東
부절 들고 먼 길에 사신 가는 나그네는	持節去爲天漢客

---

584. 매사냥 원문은 비취(臂翠). 비창(臂蒼)이라고도 한다. 푸른빛의 매를 팔 위에 올려놓고 사냥하는 것을 말한다.
585. 날아가는 탄환 화살 원문은 도환격전(跳丸激箭). 뛰는 탄환, 나는 화살은 모두 쏜살같은 세월의 흐름을 비유적으로 드러낸 말이다.
586. 절조 원문은 빙벽(氷蘗). 얼음물을 마시고 황벽나무를 식용으로 한다는 말로, 청고(淸苦)한 생활을 하며 절조(節操)를 지켜 온 것을 뜻한다.
587. 김면주 1740~?. 자(字)는 여중(汝中), 본관은 경주다. 『문과방목』에 정조(正祖) 즉위년(1776) 정시(庭試)에 입격 기록이 있으나, 구체적인 인물 정보는 알려져 있지 않다.

꽃 꺾어 찾아가서 이제묘에 참배하리.	折花來祭伯夷宮
먼 길은 아득하여 달빛[589]이 눈부신데	長途縹緲輝卿月
붓 들고 다니면서 국풍을 물으리라.[590]	彩筆徘徊問國風
세모(歲暮)에 당하여서 진중하게 이별할 제	珍重別離當歲暮
엷은 구름 눈보라가 공동산(崆峒山)에 가득하리.	薄雲吹雪滿崆峒

만세교[591] 농장의 고을 사람 정 아무개의 시에 차운하다. 이때 서당의 동자가 기름을 빌린 일이 있었기에 그에 관한 말이 많다 6수 次韻萬歲橋庄鄭邑子 時書堂童子有乞油之事 故多及之 六首

1

손수 심은 소나무 다 서까래 될 만하니	手種新松總可椽
만세교는 울창하여 먼 풍경 어여뻐라.	萬橋蒼翠望堪憐

---

588. 먼 옛날의~노래했네 『시경』 소아(小雅) 「대동」(大東)에, "작은 것도 동쪽이요 큰 것도 동쪽이니, 베틀이 모두 다 텅 비었구나"(小東大東, 杼柚其空.)란 구절이 있다. 『모시』(毛詩)에서는 이 시를 두고, "「대동」은 난을 풍자한 것이다. 동쪽 나라가 부역에 시달리고 재물에 손해를 입어, 담나라 대부가 이 시를 지어 그 병을 알린 것이다. 담나라는 동쪽에 있는 고로, 그 대부가 정역의 일에 더욱 애를 먹었다. 노 장공 10년, 제나라 군사가 담나라를 멸망시켰다. 소와 대는 부역의 많고 적음을 말한다. 적은 것도 동쪽에서 많은 것도 동쪽에서 하니, 그 정치가 편파적이어서 숫돌과 화살의 도를 잃었음을 말한 것이다. 담나라는 다른 재화가 없고 오직 실과 마가 있을 뿐이었는데, 지금 북과 보디마저 다 보내고 나니, 옷마저 지을 수 없게 되었다"라고 하였다. 정치가 어지러워 백성들의 삶이 궁핍한 것을 말한다.

589. 달빛 원문은 경월(卿月). 달빛의 미칭이다.

590. 국풍을 물으리라 원문은 문국풍(問國風). 청나라의 풍속을 탐문한다는 뜻이다. 사신에게는 이웃 나라의 여러 사정을 살피는 임무가 있었다.

표범은 변화 알아 안개 속에 몸 감추고[592]　　　　豹知變化能藏霧

새는 경영 않으니 신천옹[593]이라 부르네.　　　　鳥不經營號信天

작은 집은 고환[594]에 긴 밤을 시름하고　　　　子舍苦丸愁永夜

공전엔 들깨[595] 익어 풍년을 기뻐하네.　　　　公田桂荏喜豊年

서로를 그리워함 산음의 눈 같지만　　　　相思政似山陰雪

왕자유의 중도 귀환 배우지 마시게나.[596]　　　　莫學王猷半道旋

2

아이에게 어찌하여 큰 문장[597]을 바랄 건가　　　　兒曹寧望筆如椽

---

591. 만세교　경기도 포천시 신북면 만세교리에 있는 다리 이름. 구전에 따르면 1919년 삼일 운동이 일어난 곳이라 해서 만세교라 했다고 하는데, 이 시를 보면 이름의 유래가 훨씬 멀리 올라감을 알 수 있다.

592. 표범은~감추고　표범은 자기 털을 윤기 있고 아름답게 하기 위해 안개 속에 숨어 이레 동안 먹지 않을 때가 있다는 말이 유향(劉向)의 『열녀전』 「도답자처」(陶答子妻)에 나온다. 잠심수양하여 해를 멀리한다는 뜻으로 보통 쓰인다.

593. 신천옹　원문은 신천(信天). 신천옹(信天翁)이란 새는 직접 사냥을 하지 않고 다른 새가 떨어뜨린 물고기를 먹는다는 속설이 있어 왔다. 신천옹의 별칭이 청장(青莊)이고, 이덕무가 여기서 자기 호를 취했음은 잘 알려진 사실이다.

594. 작은 집은 고환　원문의 자사(子舍)는 작은 집, 또는 여러 사람이 사는 집이란 뜻이다. 고환(苦丸)의 뜻은 분명치 않지만 환약의 일종으로 보인다.

595. 들깨　원문은 계임(桂荏). 차조기〔紫蘇〕, 백소(白蘇)와는 다르며, 계피처럼 매운맛이 난다. 『본초강목』에 나온다. 잎에 붉은빛이 나는 들깨를 가리킨다.

596. 왕자유의~마시게나　왕자유는 산음(山陰)에 살았는데, 밤에 눈이 오다 개자 달빛이 맑고 사방이 하얗게 빛났다. 홀로 술 마시며 좌사(左思)의 「초은」(招隱)을 읊조리다 문득 대월이 생각났다. 이때 그는 섬주에 있었는데 곧 작은 배를 타고 찾아갔다. 하루 만에 겨우 이르렀는데, 문 앞에 이르자 그냥 돌아오고 말았다. 사람들이 그 까닭을 묻자, "본래 흥을 타고 갔는데 흥이 다하여 돌아왔네. 꼭 안도를 볼 것이야 있겠는가?"라고 대답하였다. 『몽구』 「자유심대」(子猷尋戴)에 보인다.

597. 큰 문장　연필(椽筆)은 대문장을 표상한다. 진(晉)의 왕순(王珣)은 꿈에 어떤 사람에게서 서까래만 한 붓 한 자루를 받았다. 꿈에서 깨어 사람들에게 "이는 큰 문장을 쓰게 될 징조다"라고 하였다. 갑자기 황제가 붕어하였는데 애책(哀册)과 시호(諡議)를 모두 왕순이 초하였다. 『진서』(晉書) 「왕순전」(王珣傳)에 보인다.

읽기만 배운데도 문득 이리 어여쁜걸. 　　　　學得咿唔便可憐
나뭇등걸 화롯불에 집 안이 환하다가 　　　　榾柮爐深明半屋
콩 짚단 재가 식자 긴 하늘 어둡구나. 　　　　豆稭灰落黯長天
예부터 문장 운명 믿기가 어렵나니 　　　　古來難信文章命
세상 밖서 한가로이 초목 세월 보내노라. 　　　　世外閒消草木年
서강에 터진 물이 없음을 탄식하며[598] 　　　　太息西江無決水
열 식구 주선 바람 공연히 부끄럽네. 　　　　空慚十口仰周旋

3

늙은 몸 서까래 진 기둥과 같은지라 　　　　老大身如棟負橡
모여 머리 맞대고선 신세를 한탄하네. 　　　　頭頭相聚枉相憐
아이들 학교 가니 모두 문장 재목[599]이요 　　　　兒能上學皆奎宿
아전은 징세 않아 갈천(葛天)[600] 씨의 세상일세. 　　　　吏不徵租是葛天
촛불 밝힌 풍류는 참으로 날이 아깝고[601] 　　　　炳燭風流眞惜日
밤을 잇는[602] 사업으로 다만 해를 마치누나. 　　　　焚膏事業只窮年
황량한 시골 마을 닭 소리에 죽 익을 제 　　　　鷄鳴粥熟荒村裏

---

598. 서강에~탄식하며 『장자』 「외물」 편에 다음과 같은 이야기가 있다. 장자가 길을 가는데 누가 부르는 소리가 들렸다. 돌아보니 수레바퀴 자국에 고인 물에서 붕어가 다 죽어 가고 있었다. 장자가 물었다. "너는 무엇을 하고 있는 거냐?" 붕어가 대답했다. "저는 동해의 파신(波神)인데, 몇 되의 물이 있으면 내게 부어 살려 주시길 청합니다." 장자가 말했다. "내가 남쪽으로 가서 오(吳)나라와 월(越)나라의 임금을 설득시켜 서강(西江)의 물을 끌어다가 너를 살리도록 하겠다." 붕어는 발끈 화를 냈다. "저는 몇 되의 물만 있으면 살아날 수 있습니다. 당신의 말대로 하다가는 차라리 저를 건어물 파는 상점에 가서 찾는 것이 더 나을 것입니다." 현실의 어려움을 도와줄 수단이 없음을 말한 것으로 보인다.

599. 문장 재목 원문은 규수(奎宿). 별자리 이름으로 28수(宿)의 하나. 모두 16개의 별로 이루어졌다. 그 모양이 문자와 비슷하여, 예부터 문운과 문장을 주관하는 것으로 생각해 왔다.

600. 갈천 상고시대 제왕의 이름으로, 무위로 천하를 다스렸다고 한다. 보통 태평성대를 가리킨다.

601. 촛불 밝힌~아깝고 가는 세월이 아까워 밤에도 촛불을 밝혀 풍류를 즐긴다는 뜻이다.

드리워져 돌아가는 북두칠성 바라보네.　　　　　　　　又看垂垂斗柄旋

4

몇몇 곳 부잣집은 촛대 크기 서까래니　　　　　　　幾處朱門燭似椽
반딧불로 글 읽는 서생 뉘라 불쌍타 하리.　　　　書生螢雪有誰憐
시냇가에 서 있자니 찬 달은 가라앉고　　　　　　溪橋佇立沈寒月
이불 덮고 읊조리며 새벽 추위 견디노라.　　　　布被微吟耐曉天
한밤중 어두워도 청려장 때는 선옹[603] 없고　　燃杖仙翁空半夜
불조의 전등[604]은 어느새 천 년일세.　　　　　傳燈佛祖已千年
관아를 환히 밝힌 한 줄기 등불로써　　　　　　明明一穗官釭火
안개 속 나루[605] 비춰 뗏목을 불러오리.　　　　長照迷津喚筏旋

5

오두막[606] 무너져서 서까래에 눈 덮여도　　　　瓜牛廬破雪埋椽
남에게 오만하여[607] 동정을 받지 않네.　　　　傲骨於人不受憐

---

602. **밤을 잇는**　원문은 분고(焚膏). 분고계구(焚膏繼晷)의 줄임말로, 밤낮을 가리지 않고 매일 부지런히 학습하거나 사업에 열중함을 뜻한다. 한유의 「진학해」(進學解)에 나온다.

603. **청려장 때는 선옹**　원문은 연장선옹(燃杖仙翁). 전설 속의 신선이다. 한나라 때 유향(劉向)이 한밤중에 서책을 교정 보고 있는데, 어떤 노인이 찾아와 자신이 짚고 온 청려장을 태워 어둠을 밝혔다고 한다. 『삼보황도』(三輔黃圖)에 나온다.

604. **불조의 전등**　원문은 전등불조(傳燈佛祖). 불가에서는 불법이 대중의 어리석음을 깨우친다고 하여 등불에 비유하였다. 전등(傳燈)은 부처와 조사의 불법이 전해지는 경로를 뜻한다.

605. **안개 속 나루**　원문은 미진(迷津). 나루에서 갈 길을 찾지 못하고 헤매는 모양. 불가에서는 삼도(三道) 육계(六界)를 헤매는 미망의 상태를 뜻한다. 뗏목〔筏〕은 여러 불경에서 차안에서 피안에 이르게 하는 도구로 비유된다. 미망에서 깨달음에 이르게 하는 불법을 상징하는 것이다.

606. **오두막**　원문은 과우려(瓜牛廬). 과우(瓜牛)는 달팽이이다. 과우려(瓜牛廬)는 달팽이 껍데기 모양의 작고 초라한 집을 뜻한다.

607. **남에게 오만하여**　원문은 오골(傲骨). 남에게 굽히기 싫어하는 자존심을 뜻하는 말이다. 이백(李白)의 허리에는 오골(傲骨)이 있어 남에게 굽히지 않았다는 속설이 전해진다.

아내는 길쌈하고 이 몸은 신을 짜니 　　妻自辟纑身織屨
갈아먹을 밭 적어도 큰 하늘에 휘파람 분다. 　耕雖少地嘯多天
자고(鷓鴣)[608]새 이름 아래 명함 품음[609] 부끄럽고 　鷓鴣名下慚懷刺
산박쥐[610] 소리 속에 가는 세월 느끼노라. 　鶹鳴聲中感逝年
고운사(孤雲祠) 주변에는 바위가 훌륭하니 　好在孤雲祠畔石
한평생 술 마시며 배회하기 충분하네. 　一生醒醉足盤旋

6

조그만 아문(牙門)에는 서까래도 없는데 　斗小牙門不采椽
형벌[611]은 외려 남아 연민을 일게 하네. 　猶存鞭扑使人憐
어찌하면 근현의 왕안석과 같이하며[612] 　寧同鄞縣王安石
항주의 백낙천을 배울 수 있을거나.[613] 　肯學杭州白樂天
토끼 입술 매화 피자 납일[614]이 돌아오고 　梅綻兔脣回漢臘

---

608. 자고　새의 일종. 서리와 이슬을 싫어하여 잘 날아다니지 않으며, 밤에는 나뭇잎 사이에 몸을 숨긴다고 하였다. 그 울음소리가 '行不得'(못 가네)과 같다고 하여, 후대에는 가고파도 가지 못하는 사람의 그리운 마음을 상징하기도 하였다.

609. 명함 품음　원문은 회랄(懷刺). 명함을 품고 있다는 말로, 언제나 군주를 알현할 준비가 되어 있다는 뜻이다. 『후한서』 「예형전」(禰衡傳)에 나온다.

610. 산박쥐　원문은 새단성(鶹鳴聲). 산박쥐의 일종으로, 밤낮을 가리지 않고 울어 대는 새라고 한다.

611. 형벌　원문은 편복(鞭扑). 편(鞭)은 관무를 게을리한 사람에게 내린 관형(官刑)을, 복(扑)은 학업을 게을리한 생도에게 회초리를 때린 교형(教刑)을 뜻한다.

612. 어찌하면~같이하며　북송의 왕안석이 절강성 근현의 현령으로 있을 때, 백성들에게 저리로 곡식을 내어 준 신법을 시행했던 일을 가리킨다. 왕안석의 개혁 신법은 기득권 세력의 반대로 실패하고 말았다.

613. 항주의~있을거나　백낙천은 항주자사로 있으면서, 저수(貯水)와 배수(排水)에 큰 공을 세워 백성들의 삶을 이롭게 하였다고 한다.

614. 납일　원문은 한랍(漢臘). 한나라 이후 새로 제정된 납일(臘日)을 뜻한다. 조선 시대에는 동지 후 셋째 미일(未日)이었다. 이날이 되면 납향(臘享)이라 하여 종묘사직에 대제를 지냈고, 민가에서도 명절의 예로 사당에 제사를 지냈다.

쇠눈 같은 눈 쌓이니 요순 시절 떠올리네. 　　　雪深牛目想堯年

한 마리 학 거문고도 번잡한 일이거니 　　　一琴一鶴元多事

어느 날 한 대 수레로 고향으로 돌아갈까. 　　　何日單車故里旋

감사 홍인호가 생선과 연어알 두 종류를 보내 준 것에 대해 사례하다 謝洪監司仁浩惠魚卵二種

화제주(火齊珠)[615] 닮은 젓갈 어금니 시큼하니 　　　火齊珠醯必酸牙

안석류(安石榴)[616] 담근 것은 또 맛이 어떠할까. 　　　安石榴沈味則那

입속의 세월은 순서가 뒤엉켜서 　　　口裏光陰都倒錯

앵도를 다 먹으니 매화꽃 떨어지네. 　　　櫻桃噉盡落梅花

〔연어알〕 　　　〔鰱卵〕

주공은 옥저(沃沮) 고기 알지를 못했으니 　　　周公不識沃沮魚

천추의 『이아』(爾雅) 주석 이상할 것 하나 없네. 　　　無怪千秋爾雅疏

힘들게 일본 책서 설(鱈) 자를 찾아보고 　　　苦向倭書尋鱈字

그림 설명 합하여 곤여도(坤輿圖)[617]를 보충하리. 　　　合將圖說補坤輿

〔대구〕 　　　〔魚〕

---

615. 화제주　보주(寶珠)의 일종. 자주색이 찬란한 옥으로, 가볍기가 운모(雲母)와 비슷하다고 한다. 여기서는 생선 알을 가리킨다.

616. 안석류　한(漢)나라 장건(張騫)이 서역(西域)에 사신으로 갔다가 안석국(安石國)에서 가지고 왔다는 석류나무다. 송나라 때 석류나무에 열린 과실의 숫자를 가지고 등과(登科)할 사람의 수효를 미리 알았다는 고사가 있다. 여기에서는 연어알젓 덩어리를 가리킨다.

청성 주인의 집 벽에 쓰다 題靑城主人壁

청성현[618]의 마을들 최고로 아끼나니   最愛靑城縣裏村
집집마다 흐르는 물 사립문에 닿아 있네.   家家流水到柴門
어느 누가 혜강(嵆康)[619]을 제대로 본받았나   何人解學嵆中散
풍로를 수리해서 나무 밑둥 두드렸네.[620]   自理風爐鍛樹根

번암 채재공 만사 2수 樊巖挽 二首

1

선대에 우뚝했던 한 사람의 신하로서   磊落先朝一介臣
창해를 가로 흘러 흠 없는 이 되었다네.   橫流滄海作完人
낙사(洛社)[621]가 이뤄지자 노소(老少) 중에 우뚝했고   圖成洛社耆英最
한유를 논정함엔 우뚝한 기운 참되었지.   論定韓公間氣眞

---

617. 곤여도   원문은 곤여(坤輿). 곤여도(坤輿圖)를 말한다. 1628년 무렵 선교사로 명나라에 와 있던 독일인 신부 샬(Schall, A.)이 제작한 세계 지도로 각 지역의 기후, 산물, 인종, 해류 따위를 자세히 기록하고 8첩 병풍으로 만들어 인쇄한 것이다. 조선 숙종 34년(1708)에 우리나라에 전래된 것을 후에 최석정이 발문(跋文)을 써서 보관하였다.
618. 청성현   경기도 포천의 다른 이름이다.
619. 혜강   원문은 혜중산(嵆中散). 중산대부(中散大夫)를 지냈던 혜강(嵆康)으로, 죽림칠현(竹林七賢)의 한 사람이다. 일찍이 양생론(養生論)을 지었으며, 직접 연단(鍊丹)을 하기도 하였다. 『진서』(晉書) 권49에 보인다.
620. 나무 밑둥 두드렸네   원문은 단수(鍛樹). 단류(鍛柳)를 말한다. 혜강의 집에는 무성한 버드나무 한 그루가 있었는데 물길을 끌어들여 그 주위를 둘렀다. 여름날이면 그 아래에서 버드나무를 두드리며 시문을 읊조렸다. 『진서』(晉書) 「혜강전」(嵆康傳)에 보인다.

문장은 원래부터 아뢰는 일 싫어하니 奎宿元來嫌奏事
당비(黨碑)⁶²²는 예부터 안민에 부끄럽네. 黨碑終古愧安民
일찍이 도리(桃李)⁶²³ 따라 문 앞을 지나는데 曾從桃李門前過
곳마다 평범한 꽃 봄 같지 않았다네. 到處凡花不似春

2
종정이나 산림이나⁶²⁴ 승유하기 넉넉하니 鐘鼎山林足勝遊
찬란한 문장 풍채 천추에 빛나리라. 瓊琚玉佩卽千秋
군계의 일학이니 누가 시기 아니할까 鷄群鶴立誰無妬
범 가고 용 죽자 세상 모두 근심하네. 虎逝龍亡蓋有憂
기미성⁶²⁵을 올라탐을 슬프게 바라보니 碧落騎箕空悵望
정승⁶²⁶으로 궤장 받고 머물지를 못했구나. 黃扉賜几未淹留
일단의 사신 뜻을 하늘 높이 드날려서 飛揚一段輶軒意

---

621. **낙사**　송(宋)나라의 구양수(歐陽脩)·매요신(梅堯臣) 등이 낙양에서 조직한 시사(詩社), 혹은 문언박(文彦博)·부필(富弼)·사마광(司馬光) 등이 조직한 낙양기영회(洛陽耆英會)를 가리킨다. 후대 선비들이 이 모임을 본뜬 시사를 열었다.

622. **당비**　원우간당비(元祐奸黨碑)를 말한다. 원우 연간인 송나라 철종(哲宗) 때 당론(黨論)이 아주 심하여 사마광(司馬光)을 중심으로 한 문언박(文彦博)·소식(蘇軾)·정이(程頤)·황정견(黃庭堅) 등의 구파(舊派)와 왕안석(王安石)을 중심으로 한 채경(蔡京)·증포(曾布) 등의 신파(新派)가 심하게 대립하였는데, 휘종(徽宗) 때에 이르러 채경 등이 용사(用事)하면서 구파를 당인으로 몰아 태학문(太學門) 앞에다가 사마광 등 309명의 이름을 새긴 비석을 세우고는 당인비(黨人碑)라 하였다.

623. **도리**　가르친 제자나 이끌어 준 후배를 비유한다. 당나라 적인걸(狄仁傑)이 어진 선비를 많이 추천하여 등용되었으므로, 사람들이 말하기를 "천하의 도리(桃李)가 다 공(公)의 문에 있다"고 하였다. 여기서는 글자 그대로 도리화 피는 봄날로 해석해도 무방하다.

624. **종정이나 산림이나**　원문은 종정산림(鐘鼎山林). 종정은 벼슬아치이고, 산림은 산림처사를 말한다. 두보의 시에 "관리와 산림처사 각자 자기 천성이니, 탁주에 거친 음식 내 생애 맡기리라"(鐘鼎山林各天性 濁醪麤飯任吾年)라고 한 것에서 따온 것이다.

625. **기미성**　원문은 기기(騎箕). 정승의 서거(逝去)를 뜻한다. 은(殷)나라 무정(武丁)의 정승 부열(傅說)이 죽은 뒤 "기미성을 타고 뭇별과 어깨를 나란히 하였다"(騎箕尾而比於列星)는 고사에서 연유한다. 『장자』 「대종사」(大宗師) 참조.

황금대[627] 꼭대기에 술병 들고 올랐었지.　　　　携酒燕臺最上頭

비 오는 중에 경산 어른께 부치다 雨中 寄京山丈人

홀연 옷을 덧입었다 또다시 벗었는데　　　　忽漫添衣又減衣
주렴이 흔들리자 먼 산이 희미하다.　　　　風簾搖曳遠山微
한바탕 소리 없는 비 어찌 견뎌 낼까　　　　那堪一陣無聲雨
속절없이 배꽃만 하루 종일 흩날리네.　　　　坐使梨花竟日飛

포천 솔재를 넘다가 현등산을 바라보다 踰抱川松峙 望懸燈山

지는 해 숨은 곳을 모르겠더니　　　　不知斜日隱
갑자기 구름을 떨치고 가네.　　　　猶自撥雲行
계곡 물에 사람 소리 뒤섞여 있고　　　　澗水迷人語
뫼꽃은 나그네 맘 슬프게 하네.　　　　山花愴客情
묵정밭[628] 춘천으로 이어져 있고　　　　菑畬連古貊

---

626. 정승　　원문은 황비(黃扉). 옛날 승상이나 삼공(三公) 등의 집무실 문을 황색으로 칠한 것을
말한다.
627. 황금대　　원문은 연대(燕臺). 전국시대 연 소왕(燕召王)이 천하의 현사(賢士)를 대접하기 위해
연경(燕京)에 지은 황금대(黃金臺)를 말한다.

닭 개 소리 포천에 닿아 있구나. 　　　　雞犬接靑城
어느 날에 현등산 현등사(懸燈寺)[629] 향해 　何日懸燈寺
짚신 신고 친구와 함께 갈까나. 　　　　芒鞋共友生

와룡담 가에서 경산 이한진 시에 차운하다 臥龍潭上 次京山

가마 타고 홀로 나섬 본디 기약 없었는데 　肩輿獨出本無期
촌 늙은이 만나 보고 한 번 웃음 짓는구나. 一笑園翁邂逅時
깊은 산속 꽃들은 능히 오래 피어 있고 　大抵幽花能久住
예부터 한가한 날 유독 더딤 알았다네. 　從來閒日覺偏遲
노니는 물고기는 하늘 위를 나는 듯 　　游魚態度乘空見
나는 새의 마음은 그림자로 알겠구나. 　去鳥神情倒影知
오백 년 뒤 사람들은 나를 두고 말을 하리 後五百年應說我
난가산(爛柯山)[630] 아래에서 썩은 바둑판 주웠다고. 爛柯山下拾殘棋

---

628. 묵정밭　원문은 치여(菑畬). 묵은 밭을 갈아 농사를 짓는다는 뜻이다.

629. 현등사　신라 법흥왕(法興王) 때 인도의 승려 마라하미(摩羅訶彌)를 위하여 창건하였다고 한다. 신라 말기에 도선(道詵)이 중창하고, 다시 고려 희종(熙宗) 때 보조 국사(普照國師) 지눌(知訥)이 재건하여 현등사라 이름 하였고, 그후 1411년(태종 11)과 1823년(순조 23)에 다시 중수하였다고 한다.

630. 난가산　진(晉)나라의 왕질(王質)이 난가산에서 나무를 하다가 두 동자(童子)가 바둑 두는 것을 구경하였는데, 그 판이 끝나고 보니 도낏자루가 이미 썩었다고 한다.

양암 초당에 유숙하며 청성의 시에 차운하여 주인 유재건에게 주다 留宿陽巖草堂 次青城韻 贈主人兪生〔載健〕

당당하던 충목공의 큰 집에서 나뉘어	堂堂忠穆大宗分
호걸 가문 되었으니 누가 감히 건줄 건가.	崛起豪門詎敢群
십족이 연루돼도 외려 후손 있었으나	十族株連猶有後
한 편 문서 의논 내림 마침내 답이 없네.	一書議下竟無聞
지나가다 폭포 보고 붉은 절 찾아와서	行看瀑水尋紅寺
흰 구름 가까이에 띳집을 엮었구나.	自縛茅廬近白雲
사군 와서 묵는 뜻 알고자 하시는가	要識使君來宿意
외가에서 영풍군께 제사 올리려 함일세.	外家承祀永豐君

주인은 충목공(忠穆公) 유응부(兪應孚)[631]의 형 응신(應信)의 후손이다. 몇 년 전에 영남의 유생들이 육신의 방손(傍孫)으로 후사를 세우는 일을 가지고 상소했다. 일을 예조에 내려보내서 대신들에게 명하여 의견을 모으도록 했으나 마침내 아무런 답계를 올리지 않았다. 당시 영풍군(永豐君)[632]·화의군(和義君)[633]·한남군(漢南君)[634] 등 세 왕자[635]와 금성대군(錦城大君)[636] 및 육신 등이

---

631. 유응부 ?~1456. 본관은 기계(杞溪), 자는 신지(信之)·선장(善長)이고, 호는 벽양(碧梁)이며, 충목(忠穆)은 그의 시호다. 첨지중추원사·평안도절제사를 역임하고, 1455년(세조 1) 중추원동지사로 정2품(正二品)에 올랐다. 성삼문(成三問)·박팽년(朴彭年) 등과 단종(端宗) 복위를 모의하고 명나라 사신을 초대하는 연회 장소에서 세조를 살해하는 소임을 맡았으나 김질(金礩)의 배신으로 잡혀 혹독한 고문을 당하면서도 끝까지 복종하지 않아 죽음을 당하였다.

632. 영풍군 1434~1457. 시호는 정렬(貞烈), 이름은 전(瑔)이다. 세종의 여덟째 서자(庶子)이며, 어머니는 혜빈(惠嬪) 양씨(楊氏)다. 부인은 형조참판 박팽년(朴彭年)의 딸이다. 1441년(세종 23) 영풍군에 봉해지고, 1453년(단종 1) 계유정변이 일어난 후로 정치·군사권을 장악하였으나 수양대군(首陽大君)에 의하여 제거되면서 예안에 유배되었다가 다시 안성에 이배되었다. 1456년 성삼문(成三問) 등에 의한 단종 복위 사건을 계기로 가산(家産)과 고신(告身)을 몰수당하고 임실에 위리안치(圍籬安置) 되었으며, 1457년 금성대군(錦城大君)과 순흥부사 이보흠(李甫欽)의 단종 복위 기도가 탄로나 살해되었다. 1712년(숙종 38) 신원 되고, 1791년(정조 15) 단종묘정에 배향되었다.

함께 화를 입었다. 主人爲兪忠穆應子兄應信之後. 數年前, 嶺儒有以六臣旁孫
立後事, 上疏. 事下禮曹, 命大臣收議, 尙無覆啓. 永豐和義漢南三王子與錦城
大君六臣等, 同被禍.

원화벽[637]에 연못이 천연적으로 이루어져 술잔을 띄우고 둘러앉을 만하다 元化壁有池天成 可以泛觴列坐

달님과 폭포[638]가 한 시내에 함께하니　　　　　　玉鏡天紳共一溪

633. 화의군　1425~1460. 이름은 영(瓔)이고, 자는 양지(良之), 시호는 충경(忠景)이다. 어머니는 영빈 진주 강씨다. 1433년(세종 15) 화의군에 책봉되고, 1436년(세종 18) 밀양 박씨 중손(仲孫)의 딸을 부인으로 맞았다. 1455년 단종이 왕위를 양위한 후에 사육신 등의 왕위 복위 거사가 일어났을 때 세조가 화의군에게 "성삼문을 파직 처리함이 옳지 않으냐?"라고 물었는데, 이때 화의군은 묵묵부답함으로써 익산군 금산(錦山)에 유배되었다. 1457년(세조 2) 금성대군의 거사가 발각되었을 때 정인지 등의 상소로 말미암아 모자가 함께 유배지에서 사사되었다.

634. 한남군　?~1457. 이름은 어(𤥠), 자는 군옥(群玉), 시호는 정도(貞悼)다. 세종의 넷째 서자이며, 어머니는 혜빈(惠嬪) 양씨(楊氏)다. 천성이 온순하고 효성이 지극하여 세종의 총애를 받았다. 1455년 세조가 즉위하자 단종을 봉양했던 죄로 사사(賜死)된 어머니의 뒤를 이어, 이듬해에는 아우 영풍군(永豐君)과 함께 사육신 사건에 연루, 함양에 유배되었다. 1457년 금성대군과 함께 단종의 복위를 도모하다가 발각되었으나, 세조의 배려로 죽음을 면하고 유배지에서 철저한 감시를 받다가 죽었다. 영조 때 신원(伸寃)되었다.

635. 세 왕자　여러 판본에는 이왕자(二王子)로 되어 있으나, 내용을 따져 볼 때 삼왕자(三王子)가 옳은 듯하다.

636. 금성대군　1426~1457. 이름은 유(瑜), 어머니는 소헌왕후 심씨다. 단종의 숙부이며 세조의 동생이다. 1433년(세종 15) 금성대군에 봉해지고, 1437년 방석(芳碩)의 후사가 되었다. 1455년(단종 3) 수양대군에 의해 모반 혐의로 삭영(朔寧)에 유배되었다가 다시 광주로 이배되었다. 1456년(세조 1) 성삼문 등 사육신의 단종 복위 운동이 실패하자, 이에 연루되어 순흥에 안치, 그곳에서 다시 순흥부사 이보흠과 함께 단종의 복위를 꾀하다가 기천현감의 고변으로 사사(賜死)되었다.

| 영주의 동쪽 경계 실운(室云)의 서쪽일세. | 永州東界室云西 |

실운은 춘천부에 속한다. 室云屬春川府.

표범 무늬 다람쥐를 어여삐 바라보고	愛看小鼠如文豹
홀연히 나는 새는 금계를 닮았구나.	忽有飛禽似錦雞
길을 가면 푸른 나무 하나가 될 듯하고	去路頻疑靑樹合
고개 들면 흰 구름이 내려앉나 느껴지네.	擧頭都覺白雲低
저물도록 여러분이 응당 나를 따르심은	諸君日暮應隨我
다만 연못 임하여서 헤어지기 아쉬워서.	只是臨池惜解携

경산 이한진 공께서 관아에 광림하여 채근당의 편액을 써 주신 일에 받들어 감사하며 奉謝京山李公 光臨敝衙 書惠菜根堂額

작은 고을 온갖 일 마뜩찮아도	殘縣百不堪
경산과 함께함이 유독 좋아라.	獨與京山好
시내 산에 꽃피는 소식 있으면	溪山有花信
서로 자주 편지 보내 알리곤 하지.	折簡屢相報
바위뿌리 천천히 배 묶어 두고	巖根繫舟遲
나귀 타고 들판에 나가도 보네.	野次騎驢造

---

637. 원화벽 경기도 포천에서 화악산을 넘어 화천 가는 길에 있는 절벽이다. 농암 김창협의 시에 용례가 보인다.

638. 폭포 원문은 천신(天紳). 하늘에서 드리워진 끈이라는 뜻으로 폭포를 형용한다. 한유의 「송혜사」(送惠師)에 "이때 비가 막 개자, 폭포는 천신을 드리웠네"(是時雨初霽, 懸瀑垂天紳.)라는 글이 보인다.

조용히 흉금을 마주 대하며	蕭然對沖襟
은근히 탐욕을 멀리한다네.	隱若遠貪冒
잗단 선비 기운 집을 싫어하여서	小士嫌偃室
편지만 보내고 오지 않는데,	書到身不到
오직 공은 왕래에 막힘 없으니	惟公任行止
누가 감히 높은 자취 따질 수 있나.	疇敢議高蹈
한평생 흰머리로 늙어 오면서	全生有白頭
다행히 오사모는 깨끗이 했지.	幸不汚烏帽
왕성에 대한 생각 없을까마는	王城豈無思
산의 곡식 배로는 나를 수 없네.	山粟不可漕
소나무 오동나무 언덕을 둘러	松楸繞邱隴
초당은 겨울에도 따뜻하다네.	草堂冬亦燠
대전의 글씨를 즐기어 보고	耽看大篆文
소산조(小山操)[639]의 노래로 귀를 씻누나.	冷聽小山操
복희씨의 샘에서 물을 마시고	飲我羲皇泉
호탕한 노래 불러 자위한다네.	浩謌以自勞
명사는 본래부터 천진스러워	名士本天眞
태수는 온 마음 빼앗겼다오.	太守寔傾倒
오늘은 보리밥을 준비해 놓고	今日具麥飯
풍헌에서 시원스레 마음을 씻네.	風軒痛灑掃
논마다 새 모를 심어 놓고는	新秧揷已徧
첫 기우제 반가운 비를 얻었네.	喜雨得初禱

---

639. **소산조**　악곡의 이름이다. 한(漢)나라 때 회남 왕안(淮南王安)이 천하의 준걸들을 모아 시를 짓게 한 뒤 『시경』의 소아(小雅)와 대아(大雅)를 본떠 소산(小山)과 대산(大山)으로 시를 분류하였는데, 소산에 속하는 초은사(招隱士)라는 시 속에 굴원(屈原)을 흠모하며 산택(山澤)에 은거하려는 뜻이 담겨 있는 데서 유래된 고사다. 『초사』(楚辭)「초은사」(招隱士)에 보인다.

백로는 장정(長亭)에 내려앉았고	白鷺下長亭
새 제방에 물길 벌써 열리었구나.	新堤水已導
전서 능한 어른[640]을 기뻐 맞이해	懽迎置薤人
채근이란 당호를 삼가 보이네.	敬眎咬菜號
먹 갈아 몇 되 먹물 가득 채우고	磨墨滿數升
값비싼 좋은 종이 마를 새 없네.	錢厚紙不燥
향을 살라 한 글자를 겨우 얻으니	焚香乞一字
만금을 준다 한들 거들떠보랴.	萬金從可傲

백룡담 白龍潭

연못은 깊고 맑아 푸른 노을 쌓여 있고	百笏泓澄貯碧霞
주름진 뫼 바위가 빗기어 서 있구나.	鷹巖皴石一支斜
마을 모습 우뚝한 나무들과 가깝고	村容近接亭亭樹
물가엔 어여쁜 꽃 무성하게 피었구나.	水次叢開冉冉花
가랑비에 도롱이 차림 볼수록 더 좋은데	細雨披蓑看更羨
새 샘물 논에 댄 일 자랑할 만하여라.	新泉灌稻事堪誇
농기구와 어구를 모두 다 갖춘다면	但須耕具兼漁具
이성(梨城)도 집을 지어 살기에 적당하리.	還有梨城合置家

---

640. **전서 능한 어른** 원문은 해인(薤人). 해엽(薤葉)에 능한 사람을 말한다. 해엽(薤葉)은 전서(篆書)의 일체(一體)다.

농암[641] 農巖

염락과 구증[642]을 본보기로 삼았으니	濂洛歐曾共典型
해맑게 학문하던 명현을 떠올리네.	名賢瀟灑想研經
무너진 다리 자갈들은 닳아서 희어지고	崩橋卵石磨仍白
옛집의 배꽃은 시들자 더 푸르도다.	古屋梨花瘦更青
선방은 완연히 오솔길로 통해 있고	宛見禪房通曲徑
은은한 패옥 소리 맑게 들려오는 듯해.	依然風佩入淸聽
멀리서도 알겠구나, 형제들[643] 지난 곳을	遙知兄弟經過處
그 어떤 호사가가 취성도[644]를 그리랴.	好事何人畵聚星

예조참의 김조순[645]이 견회시를 보내온 것에 대해 사례하다 謝寄金禮議〔祖淳〕見懷之作

부끄럽네, 춘관에서 두 번 편지 보냈는데	慚愧春官兩度書

641. **농암**　경기도 영평에 있던 바위 이름으로 여기 살았던 김창협(金昌協, 1651~1708)의 호이기도 하다.

642. **염락과 구증**　원문은 염락구증(濂洛歐曾). 염락은 송대 성리학자 주돈이·정이 형제가 살았던 염계(濂溪)와 낙양(洛陽)을 가리킨다. 구증(歐曾)은 송나라 때 산문 작가 구양수(歐陽修)와 증공(曾鞏)을 병칭하는 말이다. 김창협은 정주(程朱)의 학문과 한구(韓歐)의 문장을 자신의 지향처로 삼았다.

643. **형제들**　17세기 후반 농암에는 김창협이 은거했고, 이웃 고을 철원에는 김창흡이 은거하였다. 농암의 여섯 형제가 이곳을 자주 왕래하였다.

644. **취성도**　취성(聚星)은 하늘의 별자리가 모이는 것을 뜻하는데, 후대에는 학식이 뛰어난 인재들이 모이는 것을 말한다. 취성도는 뛰어난 인재들이 한자리에 모여 있는 광경을 그린 그림이다.

되레 내가 그대를 소원하게 대했구려.   非人疎我我還疎

두릅646에 가시 돋고 당귀는 시드노니   木頭生刺當歸老

괴로이 장안 땅의 조기를 생각하네.   苦憶長安石首魚

상사 허명이 관아로 나를 찾아왔다. 비를 맞으며 금수정에 올라 지은 칠언 율시를 보내왔기에 곧바로 그에 화답하다

許上舍〔明〕見訪縣齋 雨中登金水亭 寄示長律 率爾和之

그림 같은 시내와 산 빗속에 새로운데   罨畫溪山雨裏新

말 탄 사람 다리를 건너니 더욱 좋네.   好添騎馬度橋人

허정묘647의 시명을 들어 온 지 오래거니   詩名久識許丁卯

같은 해에 태어난 것 도리어 부끄럽다.   年輩還慚雌甲辰

술나라의 평장사는 임기 아직 남아 있고   酒國平章瓜未遞

바둑 고을 중정은 녹봉 외려 빈약하네.648   棋州中正俸猶貧

---

645. **김조순** 1765~1832. 본관은 안동, 자는 사원(士源), 호는 풍고(楓皐), 시호는 충문(忠文)이다. 초명은 낙순(洛淳)이다. 1785년(정조 9) 정시문과에 병과로 급제, 검열(檢閱)·규장각대교를 거쳐 1792년(정조 16) 동지 겸 사은사(冬至兼謝恩使)의 서장관(書狀官)으로서 청(淸)나라에 다녀왔다. 정조(正祖)의 신임이 두터웠으며, 정조가 작고하자 어린 순조(純祖)를 도와 국구(國舅)로서 30년간이나 국정을 담당했다.

646. **두릅** 원문은 목두(木頭). 어리석고 민활하지 못한 사람을 비유하는 말로도 쓰인다. 목두인(木頭人)·목인(木人)이라고도 한다.

647. **허정묘** 당(唐)나라 때 시인 허혼(許渾)이 정묘교 곁에 별장을 짓고 살았으므로, 전하여 시인 묵객이 사는 곳을 비유한 것이다. 여기에서는 허명의 시명을 말한다.

648. **술나라의~빈약하네** 술나라의 평장사와 바둑 고을 중정은 모두 영평현감인 자신의 처지를 비유한 것이다.

내 궁궐서 지은 시를 홀연히 읊조리니　　忽然誦我春闈作
딴 세상 얘기하는 선옹(仙翁)과 비슷쿠나.　眞似仙翁話隔塵

저물녘 성 동쪽에 나갔다가 관아로 돌아와서 유곤의 별장에 투숙했다. 그 정자 이름을 지어 주기를 오토구[649]라고 하였다

晚出郭東 還官次 投宿柳璉別墅 贈其亭名曰 吾菟裘

유곤과 만나는 일 드물었지만　　柳季逢偏少
가난해도 자주 멀리 노닐었다네.　家貧數遠遊
요사이 듣자니 며느리 맞아　　近聞迎子婦
마침내 이곳 언덕에 누웠다 하네.　遂此臥林邱
별장에서 바둑판 사이에 두고　別院携棋局
초가을 초승달을 바라보노라.　新秋見月鉤
한 가닥 서늘함도 과분하건만　一凉於我厚
푸르른 연못가로 밥을 내오네.　來飯碧池頭

---

649. **토구**　노나라의 은공이 은거했던 곳으로, 지금은 산동성 태안현의 동남쪽에 있다. 후대에는 은거, 은거지의 뜻으로 사용되었다. 오토구는 '나의 토구재', 즉 내가 은거할 만한 곳이란 의미다.

경산 이한진이 7월 16일에 보내 준 시에 차운하다. 경산의 시에 '소식(蘇軾)의 전·후 적벽부를 앉아 읊조리며, 퉁소 한 곡조를 혼자 불었다'라는 말이 있다 次韻京山李公七月旣望見寄之作 有坐誦坡仙二賦 自弄簫一曲語

비틀비틀 밤길 가니 마치도 임고(臨皐)[650] 같아 蹁躚暝步似臨皐

말술에 사람 없이 저 홀로 호방하네. 斗酒無人也自豪

적벽이 글로 인해 중하게 되었듯이 赤壁曾因文字重

포의 선비 때문에 고을 명성 높아졌네. 吾州還以布衣高

오래도록 가난해도 음악을 끊지 않고 長貧不斷琴簫韻

늙도록 변함없이 시문을 짓는구나. 素髮都忘翰墨勞

앉아서 둥그런 기망 달[651] 보내노니 坐送盈盈生魄月

삼 년의 벼슬 자취 깨끗이 사라지네. 三年吏蹟蔑絲毫

박연폭포[652] 朴淵

성거산 천마산이 겹겹이 주름진 곳 聖居天磨皺復皺

한 물줄기 엮어 모아 북문이 되었다네. 束成一溪爲北門

---

650. **임고**　소식의 「후적벽부」(後赤壁賦)에 나오는 임고정(臨皐亭)을 가리킨다. 여기에 "그해 10월 15일이었다. 설당에서 나와 임고정으로 돌아가기 위해, 나는 두 사람의 객과 함께 황니 고개를 넘고 있었다"(是歲十月之望, 步自雪堂, 將歸於臨皐, 二客從予過黃泥之坂.)라는 구절이 있다.
651. **기망 달**　원문은 생백월(生魄月). 보름이 지난 음력 16일의 달을 말한다. 16일부터 달에 음〔魄〕이 생기기에 붙여진 이름이다.

벼랑이 다하여서 서른 길 깎아지니 崖窮忽落三十尋

물 놀라 떨어져 괴어 연못 되었구나. 水驚而墜潭其根

아래에서 바라보면 가슴을 짓찧는 듯 自下望之撞心胸

무지개 우레마냥 몹시도 어지럽네. 譬虹擬雷頗紛紜

이백의 여산 노래 공공연히 전해 오니 公傳李白廬山作

은하수가 구천에서 떨어짐을 알겠구나.[653] 解道九天銀河落

또 은하로 인하여 장건(張騫)[654]을 그리나니 又因銀河想博望

범사정(泛槎亭)[655] 현판의 붉은 글씨 선명해라. 亭名泛槎明丹臒

이 모두 평범하고 진부한 말이거니 此悉凡諦與陳言

마음에 잠시라도 머무는 것 꺼린다네. 切忌胸中暫留著

비 지난 후 폭포 기세 더더욱 거세져서 過雨能令瀑勢粗

벼랑에 달라붙어 부들마냥 요동친다. 黏壁一拗如風蒲

사람들 말을 해도 입술만 움직이고[656] 就看人語只囁脣

큰 소리로 불러도 듣지를 못하누나. 大聲不得聞相呼

---

652. 박연폭포　원문은 박연(朴淵). 개성의 천마산(天摩山)과 성거산(聖居山) 사이에 있는 폭포로 높이는 약 20미터이다. 폭포 아래에는 지름 40미터에 이르는 고모담(姑母潭)이라는 못이 형성되어 있고, 못의 물이 매우 맑고 투명하여 못 속의 반석이 보일 정도이며, 일찍이 명유 서경덕(徐敬德), 명기(名妓) 황진이(黃眞伊)와 더불어 이른바 송도삼절(松都三絶)로 알려져 왔다.

653. 이백의~알겠구나　이백의 여산 노래는 「망여산폭포」(望廬山瀑布)를 가리킨다. 이 시에 "날아 흘러 3천 자를 곧장 떨어지니, 마치도 은하수가 구천에서 떨어지는 듯"(飛流直下三千尺, 疑是銀河落九天.)이라는 구절이 있다.

654. 장건　원문은 박망(博望). 박망은 장건(張騫)의 봉호(封號)로, 그가 황하의 근원지를 밝히려고 뗏목을 타고 가다가 하늘 궁전에 이르러 견우와 직녀를 만나고 왔다는 이야기가 장화(張華)의 『박물지』(博物志)에 실려 있다.

655. 범사정　원문은 범사(泛槎). 개성시 박연리에 있는 1700년에 세운 조선 시기 건물로, 우리나라 3대 명폭의 하나인 박연폭포를 옆에 끼고 대흥산성 북문으로 오르는 언덕길 중턱에 있는 정자다. 「중경지」에는 1700년에 이 건물을 세우고 옛 이름대로 현판을 달았다고 쓰여 있다.

656. 입술만 움직이고　원문은 번순(囁脣). 폭포 소리 때문에 사람의 소리는 들리지 않고 다만 입술만 움직이고 있는 것 같다는 의미다.

산 중턱의 쑥과 여지 말쑥이 목욕한 듯	山腰薜荔盡如沐
물속 학은 물방울 피하며 흩어지네.	水鶴披靡避跳珠
지름길로 백칠십 리 먼 길을 달려오니	徑馳一百七十里
박연 폭포 명성 그려 이 몸이 온 것일세.	慕朴淵名身到此
구룡폭포 제외하면 굽힐 곳이 없으니	除却九龍無屈膝
삼부연을 본다 해도 으뜸이 되리로다.[657]	若見三釜須執耳
그때는 진원 있음 알지를 못했기에	當年不識有眞源
금천(金川)과 청석(青石)의 물 바지 걷고 건넜었지.[658]	揭厲金川青石水

윤원지가 벼슬을 그만두고 시골에서 지내다가, 갑자기 현재로 방문하였다. 손가락을 꼽아 전에 덕평별업 지나던 일을 헤아려 보니 또한 16년이나 되었다[659] 2수 尹元之落職鄕居 忽訪縣齋 屈指曾過德坪別業 又是十有六年矣 二首

1
| 벼슬살이 꿈에서 놀라 깨 보니 | 一驚烏帽夢 |
| 토끼는 사라졌고 올무도 없네.[660] | 失兎亦忘蹄 |

---

657. **구룡폭포~되리로다** 금강산의 구룡폭포보다는 못해도 철원의 삼부연보다는 낫다는 뜻이다.
658. **바지 걷고 건넜었지** 원문은 게려(揭厲). 옷을 걷고 벗고 물을 건너는 것으로, 『시경』 「포유고엽」(匏有苦葉) 시에 "깊으면 옷을 벗고〔厲〕건너고 얕으면 옷을 걷고〔揭〕건너네"라고 보인다.
659. **윤원지가~되었다** 『초정전서』 권2 「차증윤원지덕평유거」(次贈尹元之德坪幽居)에 윤원지의 덕평별업과 관련된 작품이 보인다.

백발로 농사짓기 쉽지 않지만	白髮耘難遣
청산은 집을 짓고 살 만하여라.	靑山斫可棲
한가롭게 구루(句漏)[661]의 현령을 찾아	閒尋句漏令
태상처(太常妻)[662]와 웃으며 이별하였지.	笑別太常妻
소를 타고 떠난 길 알고 싶은가	欲識騎牛路
가을 구름 회나무 숲 서편이로다.	秋陰檜樹西

2

물가 나무 너울너울 춤을 추는 곳	水樹婆娑處
장정에서 이별하며 전송하누나.	長亭送別時
벼슬 잃음 개의찮고 나그네 되어	失官輕作客
오랜 병 견디면서 시구 찾누나.	久癃耐尋詩
정성스레[663] 한 잔 술 따라 주는데	酒有中心貺
왼손에는 집게발 들고 있다네.[664]	螯看左手持

---

660. **토끼는~없네**　원문은 실토망제(失兎忘蹄). 뜻을 일단 이룬 뒤에는 더 이상 과거의 일에 집착하지 않는다는 뜻이다. 『장자』(莊子) 「외물」(外物)의 "통발은 고기를 잡기 위한 것이니 일단 잡으면 필요가 없고, 올가미는 토끼를 잡기 위한 것이니 일단 잡으면 더 이상 생각할 필요가 없다"(筌者所以在魚, 得魚而忘筌蹄者所以在兎, 得兎而忘蹄).라는 말에서 나온 것이다.

661. **구루**　구루산으로, 도가(道家)에서 말하는 36소동천(小洞天) 중의 22번째 동천인데, 『진서』(晉書) 「갈홍전」(葛洪傳)에 "나이 들어 늙어지자 연단을 해서 수명을 늘려 볼 목적으로, 교지(交阯)에서 단사(丹砂)가 나온다는 소문을 듣고는 자원해서 구루(句漏)의 현령이 되었다" 하였다.

662. **태상처**　독수공방하는 아내라는 뜻이다. 후한(後漢)의 주택(周澤)이 종묘를 지키는 태상(太上)의 관원으로 늘 재궁(齋宮)에 거하였으므로 아내가 찾아와서 늙고 병든 그의 몸을 슬퍼하였는데, 주택이 재금(齋禁)을 범하였다는 이유로 아내를 붙잡아 조옥(詔獄)으로 보내자, 당시에 사람들이 혀를 차면서 "이 세상에 못할 일은 태상의 처가 되는 것, 일 년 삼백육십 일에 삼백오십구 일을 재계(齋戒)하네" 하였다 한다. 『후한서』(後漢書) 「유림전 하」(儒林傳下) '주택'(周澤)에 보인다.

663. **정성스레**　원문은 중심황(中心貺). 임금이 공 있는 제후에게 활을 준다는 것인데, 성심으로 하사함을 의미한다. 『시경』「동궁」(彤弓)에 "붉은 활을 갈무리해 놓았노니, 내 아름다운 손님이 있어 진심으로 준다"(彤弓弨兮, 受言藏之, 我有嘉賓, 中心貺之.)가 보인다.

중양절의 비바람 넉넉도 하니　　　　　　　　重陽風雨足
그대 위해 예전 약속 생각하누나.　　　　　　爲爾念前期

관사에서 9월 9일에 경산 이한진과 함께 縣齋 九日 同京山

가을바람 휘휘 불고 기러기 떼 빗겨 날 제　　的的西風雁字斜
먼 산 너머 몇 집에서 다듬이 소리 나네.　　遠山砧杵幾人家
맑은 피리 한 번 불자 관루(官樓)에 달이 뜨고　清箛一動官樓月
총국이 세 번 피니 옛 고을이 꽃이로다.　　叢菊三開古縣花
우리 고을 내와 들판 그림 뜻이 충만하니　　按部川原都畫意
거문고와 학 있으면 이내 생애 충분하리.　　隨身琴鶴足生涯
좌석의 보배로움[665] 경산 노인 있음이니　　席珍還有京山老
눈썹 사이 열 길 노을 가득히 펼쳐졌네.　　展盡眉間十丈霞

---

664. **왼손에는~있다네**　　원문은 좌수지(左手持). 『진서』(晉書)에 "왼손에 술잔을 들고서, 오른손에 게를 잡았지"(左手持酒杯, 右手持蟹螯.)라는 구절이 보인다.
665. **좌석의 보배로움**　　원문은 석진(席珍). 재질이 아름다운 유자(儒者)를 가리킨다. 『예기』「유행」(儒行)에 보인다.

고을 경계에서 검서관 성해응을 만나다 境會成檢書海應

헤어지고 몇 달 동안 일 없이 지냈는데	無事常經數月離
귀밑머리 쉽게 세니 괴이한 일이로다.	怪來容易鬢成絲
하늘과 물 엇갈린 속 인생을 살피다가	觀生天水相違裏
가을 겨울 어름에 손을 마주 잡았구려.	携手秋冬欲際時
기쁘도다 스님 만나 절집을 찾아가서	正喜逢僧過竹院
함께 밥을 먹으면서 도잠(陶潛) 시에 화답함이.	猶能喫飯和陶詩
같은 시내 다른 언덕 그대는 기억하리	同溪異岸君須記
주석 마을 부근에서 길이 갈려 나뉘었지.	蛀石村邊是路岐

밤에 경산 이한진·백석 이홍유와 모여 이야기하다
夜讌京山白石

달 지자 퉁소 가락 바뀌더니만	月落簫腔變
콩알 같은 가을 등불 푸르기만 해.	秋燈一豆青
술 실은 배 쓸쓸히 옮기어 가니	蕭蕭移酒舸
시성(詩星)은 쉬지 않고 옮겨 가누나.	脈脈動詩星
『이소보』[666]에 실려 있는 국화가 피고	菊綻離騷譜

---

666. 『이소보』 『이소』에 "아침에는 목련이 떨어진 이슬을 마시고, 저녁에는 가을 국화의 꽃잎을 먹는다"(朝飲木蘭之墜露兮, 夕餐秋菊之落英.)라는 구절이 있다. 『이소보』는 명청(明淸)대에 성행한 『국보』(菊譜)의 별칭인 듯.

『다경』에서 말한 대로 차를 끓이네.　　　茶鳴陸羽經
흥이 식자 화각(畫閣)이 싫증이 나서　　興闌嫌畫閣
손잡고 뜰 주변을 거닐어 보네.　　　　携手且巡庭

서울에서 관아로 돌아오는데, 백석과 함께 와서 기뻤다

自京還衙 喜白石同來

가을 산 한 줄기 길 고삐 늦춰 돌아오니　　一路秋山緩轡廻
국화꽃 나 올 때를 기다려 피었구나.　　　菊花留待使君開
초승달도 정 품은 듯 저녁 되자 나타나고　有情纖月初昏見
뜻을 따라 좋은 손님 먼 길을 쫓아왔네.　　率意佳賓遠道來
풍년 들어 작은 고을 견뎌 냄을 기뻐하나　且喜豐年支薄邑
늙고 쇠해 큰 술잔 두려워함 부끄럽다.　　自慚衰相畏深杯
다듬이 소리 마침내 돌아갈 곳 없나니　　砧聲竟亦無歸屬
허공 향해 낙엽을 재촉하는 듯하구나.　　似向虛空木葉催

두시에 차운하여, 백석과 함께 次杜同白石

잠방이 처세라서 넉넉잖음 괴롭나니　　處世如褌苦不寬
묵은 사람 원래부터 새 기쁨이 적다네.　　陳人元自少新歡

452　중권

두 눈썹 희게 세어 거울 보기 부끄럽고　　　雙眉換綠羞明鏡
왼쪽 눈이 먼저 흐려 소관조차 두렵구나.[667]　左眼先昏怕小冠
해 저물녘 서풍 불매 온 산이 빼어난데　　　落照西風千嶂秀
흰 구름 붉은 나무 미관 신세 쓸쓸해라.　　　白雲紅樹一官寒
향로 연기 피어날 제 한잔 술을 마시며　　　爐煙裊裊尊醪湛
이름 높은 금수정을 궤안에서 바라보네.　　　金水名亭几案看

경산이 금객을 데리고 밤에 온 일을 기뻐하며

喜京山携琴客夜至

밝은 시절 녹봉 훔쳐 공이 없음 부끄럽게　　明時竊祿愧無功
삼 년 동안 산골짝의 고을 맡아 다스렸지.　三載分符絕峽中
십 리 저편 시내 다리 사람과 달 어울리고　十里溪橋人倂月
산허리에 관각 있어 나무에는 바람 많다.　半山官閣樹多風
희음은 자줏빛 용순(龍脣)[668]의 갑에서 나오고　希音出匣龍脣紫
향로 둘러 술 취할 제 숯불은 붉게 타네.　大嚼圍爐獸炭紅
다니며 즐기느라 늙은 줄도 모르는데　　行樂未應驚白髮
향선생(鄕先生)[669]이 계시니 감히 옹을 칭할 건가.　鄕先生在敢稱翁

---

667. 왼쪽 눈이~두렵구나　　한(漢)나라 때 두흠(杜欽)과 두업(杜鄴)의 자(字)가 모두 자하(子夏)였
는데, 사람들이 한쪽 눈이 먼 두흠을 맹자하(盲子夏)라 부르며 두 사람을 구별하였다. 여기에 모욕
감을 느낀 두흠이 조그마한 관을 만들어 썼는데, 사람들이 다시 그를 소관자하(小冠子夏), 두업을
대관자하(大冠子夏)라 칭한 고사에서 따온 구절이다. 『한서』에 보인다.
668. 용순　　금순(琴脣)의 미칭 또는 금순을 용 모양으로 장식한 것을 가리킨다.

유본예가 와서 묵게 되어 아들 장임이 지은 시에 차운하다. 그때 나는 서울 집에 백석과 함께 있었다

次韻柳本藝來宿 稔兒作 時在京第 同白石

태어나 밥 먹은 지 오십 해가 지났는데　　　生來喫飯五十冬
세상맛은 모래 같아 달여도 떨떠름해.　　　世味如沙煎不濃
누대 앞 온갖 나무 잎은 다 떨어져도　　　樓前萬木總無葉
정유각 소나무는 언제나 푸르구나.　　　碧色依舊貞蕤松
남쪽 창가 책 비추는 해를 몹시 아끼노니　　　南窓愛日照書卷
책 속의 옛 인물을 아침저녁 만나누나.　　　卷中鬚眉朝暮逢
만약 어떤 사람 있어 녹봉을 묻는다면　　　若有人來問俸錢
크게 웃어 밥알을 벌 떼처럼 뿜어내리.[670]　　　大笑噴飯如飛蜂
내일 아침 한 필 말로 작은 고을[671] 찾아가면　　　明朝匹馬上縣去
백운산 깊은 곳에 천만 봉이 섰으리라.　　　白雲山深千萬峰
어쩌다 집에 오니 객사와 한가지라　　　偶一歸家同逆旅
푸성귀로 대접하는 누추함이 부끄럽네.　　　草蔬待客慚茅容

---

669. 향선생　벼슬을 그만두고 향리에 돌아가 그 향학의 선생이 된 사람을 말한다.

670. 밥알을 벌 떼처럼 뿜어내리　문여가(文與可)가 소동파의 시를 보고 저도 모르게 웃음이 터져 나와 입안에 든 밥알이 상 위에 가득 뿜어 나왔다고 한다. 여기서는 웃음이 터져 나왔다는 의미로, 벼슬살이에 대한 부정적인 의미다.

671. 작은 고을　원문은 상현(上縣). 세납미가 10만 석 이하인 지방 고을을 말하는데, 그곳에 백운산 천만 봉이 서 있다 했으니 포천으로 보아도 무방하겠다.

양주에서 목사를 겸직하여 병사를 점고하다가 유운옥[672]을 만나 밤에 금화정에서 잔치를 갖다

以兼牧點兵于楊州 遇柳運玉 夜宴金華亭

귀에 익은 노래를 늙어 어찌 사양하리	白髮寧辭耳熟歌
세월은 유수 같아 어느새 다 지나갔네.[673]	流光看見轉頭過
목양정[674] 은은한데 피리 소리 먼 데 나고	牧羊亭隱簫聲遠
기학주[675] 임하노니 달빛이 쏟아진다.	騎鶴州臨月色多
한 쌍의 비단 등불 길에 붉게 빛나고	一對紗燈紅表路
두 줄기 안개 버들 찬 물결에 푸르고녀.	兩行煙柳綠氷河
군복 차림 홀연히 번화한 객 같은데	戎裝忽似繁華客
두 미녀를 불러오니 이를 어이하리오.	喚取雙蛾奈爾何

---

672. **유운옥**　운옥은 자, 이름은 곤(璭)이다. 그 외 행적은 자세하지 않다. 이 시 외에도 이 책 중권 445쪽에 「저물녘 성 동쪽에 나갔다가 관아로 돌아와서 유곤의 별장에 투숙했다. 그 정자 이름을 지어 주기를 오토구라고 하였다」라는 시가 실려 있다.

673. **어느새 다 지나갔네**　원문은 전두(轉頭). 머리를 잠깐 돌리는 사이에 세월이 빨리 지나간다는 말이다. 매요신의 시에 "스물세 해 머리 잠깐 돌린 듯하네"(二十三年如轉頭.)란 구절이 있다. 이후로 전두는 시간이 빨리 흘러갔다는 뜻으로 사용되었다.

674. **목양정**　은사 또는 청렴한 관리의 삶을 상징하는 것으로 금화정에 견주었다. 특정 고사에서 뜻을 가져온 것인지는 분명치 않다.

675. **기학주**　몇 사람이 모여 각각 자기의 평생 뜻을 말했다. 한 사람은 양주(揚州)의 자사(字史)가 되고 싶다 했고, 한 사람은 많은 재물을 원한다고 했으며, 한 사람은 학을 타고 하늘을 날고 싶다고 했다. 그러자 한 사람이 "허리에 10만 관을 차고, 학을 타고 양주에 내리고 싶다"(腰纏十萬貫, 騎鶴下揚州.)고 했다. 남조(南朝)의 은운(殷芸)이 지은 『소설』(小說)에 보인다. 풍류 고을 영평을 의미한다.

유운옥이 방문하여 지은 시에 차운하다 次韻柳運玉見訪

차가운 산 한 줄기가 붉은 처마 닿아 있고 寒山一帶接紅櫨
작은 고을 교외까지 고르게 열려 있네. 小縣平開十里堈
그윽한 기약 있어 내 마음 설레고 客有幽期眞澹蕩
구름 한 점 없으니 달빛은 신령하네. 月無纖翳只空靈
주묵(朱墨)[676]으로 시권에 듦 스스로 대견하고 自憐朱墨參詩卷
송사 뜰에 돋아난 푸른 이끼 어여뻐라. 且愛靑苔入訟庭
관아 술의 빛깔은 흰 이슬과 한가지니 官酒炯然如白露
그대 함께 눈을 쓸고 금화정서 잔치하네. 與君披雪宴金亭

운옥이 양주에서 와 지은 시에 화답하다 和運玉自楊州來

책과 검[677] 쓸쓸해라 백리의 여정인데 書劍蕭蕭百里程
소가 끄는 수레 보고 사람들은 놀랐으리. 牛車漫被俗人驚
그대 정말 하늘 나는 신선술을 닦았던가 怪君眞有飛仙術
아침에 양주 떠나 저녁에 북평일세.[678] 朝發維楊暮北平

676. **주묵** 여러 뜻이 있으나, 여기서는 관공서의 문서를 의미하는 것으로 보인다. 행정 업무나 보는 관리의 무딘 붓으로 시인 묵객의 시권에 시를 올린다는 정도의 뜻이다.

677. **책과 검** 원문은 서검(書劍). 서책과 보검이다. 모두 옛날 문인이 지니는 물건이었으니, 그 자체로 선비를 환유한다. 『서상기』(西廂記)에서 장군서(張君瑞)가 자신의 신세를 "소생은 사방을 떠도느라 아직 공명을 이루지 못했습니다"(小生書劍飄零, 功名未遂.)라고 말하는 대목이 있다.

유운옥의 「독유금수정」 시에 차운하다 次韻柳運玉 獨遊金水亭

일 없는[679] 겨울날에 아지랑이 어지러워	解事冬暄野馬棻
다락 올라 짚어 보니 물소리 들려오네.	登樓指點水聲聞
양봉래의 큰 글자[680]는 바위 둘러 새겨 있고	蓬萊大字猶纏石
이름난 금수정은 구름 속에 들었구나.	金水名亭半入雲
동각의 풍류에 병듦을 시름하니[681]	東閣風流愁臥病
북산의 소식이 이문으로 내려왔네.[682]	北山消息有移文
그대[683]는 산수가 좋다는 말만 하며	癡人漫說溪山好
이 몸이 사군 됨은 아끼지 않는구려.	未愛貞甤作使君

---

678. 양주 떠나 저녁에 북평일세 원문은 유양북평(維陽北平). 유양(維陽)은 경기도 양주시에 있으며, 북평(北平)은 문맥으로 보아 포천을 가리키는 것으로 보인다.

679. 일 없는 원문은 해사(解事). 일 처리에 능란한 또는 면직된 상태를 뜻한다. 여기서는 '하루 업무를 마친' 또는 '관무가 적어 한가함' 정도의 뜻으로 풀었다.

680. 양봉래의 큰 글자 원문은 봉래대자(蓬萊大字). 포천 출신인 봉래 양사언은 금수정 일대의 바위에 '경도'(瓊島)·'존암'(尊巖) 등의 많은 글씨를 남겨 놓았다. 홍순석의 「금수정 암각문」(『포천의 암각문』, 한국문화사, 1997.) 참조.

681. 동각의~시름하니 동각은 동합(東閤)이라고도 한다. 한나라의 공손홍(孔孫弘)이 재상으로 있을 때 관사 동쪽에 작은 집을 지어 놓고 현인들을 즐겨 초빙한 데서 유래한 말이다. 그 뒤에는 빈객을 초지하여 접대한다는 의미로 널리 쓰였다. 이 구절은 박제가가 몸이 아파 함께 놀지 못했음을 의미한다.

682. 북산의~내려왔네 원문은 북산이문(北山移文). 은거했다가 뜻을 꺾고 벼슬길에 나아간 사람을 비난하고 조롱하는 뜻을 담은 문장이다. 북산(北山)은 중국 강소성 남경시 동쪽에 있는 종산(鍾山)을, 이문(移文)은 여러 사람에게 회람시키는 공문서를 의미한다. 북산에 은거했던 사람이 벼슬길에 나아가며 종산을 지나가려 하자, 공치규(孔稚圭)는 종산 산신령을 가탁해서 글을 보내 이르지 못하게 하였다. 공치규의 「북산이문」(北山移文)은 『문선』(文選)에 실려 전한다. 본문은 유운옥이 시를 지어 보내온 것을 두고 말한 것이다.

683. 그대 원문은 치인(癡人). 천진하여 세상과 전혀 다툼이 없는 사람을 가리킨다. 여기에서는 유운옥을 말하는 것으로 보인다.

유운옥에게 주다 2수 贈柳運玉 二首

1

문채와 풍류 모두 완함(阮咸)[684]과 부합하니　　　文采風流付阮咸
표연히 말 타고 서남 땅 다녔다네.　　　　　　飄然騎馬盡西南
육십 년을 살았어도 아는 사람 없으니　　　　行年六十無人識
영아가 노담임을 도리어 믿겠구나.[685]　　　　還信嬰兒是老聃

2

파산야우(巴山夜雨)[686] 옛 시에 마음이 꺾여지니　心折巴山夜雨時
그대와 어디에서 다시 만날 기약 두리.　　　與君何地復幽期
노루 고기 부드럽고 소춘주(燒春酒)가 익어 가나　山麞肉美燒春釀
만나서 함께 노닐 뜻 맞는 사람[687] 적네.　　只是逢迎少可兒

---

684. 완함　위진 시대 죽림칠현의 한 사람이다. 역시 칠현 중의 한 사람인 완적의 조카로, 비파 연주에 능하였다.

685. 영아가~믿겠구나　노자는 『도덕경』에서 세 차례에 걸쳐, 도(道)란 곧 영아의 상태를 유지하거나 그 경지로 복귀하는 것임을 말하였다. 유운옥이 예순의 나이에도 불구하고 아기처럼, 또는 노자의 도를 체득한 사람처럼 맑고 순진했음을 말한 것이다.

686. 파산야우　당나라의 이상은(李商隱)이 밤비 올 때 아내에게 부친 시 「야우기북」(夜雨寄北)에 나오는 구절이다. "언제 오나 물었지만 기약하지 못했는데, 파산에 밤비 내려 가을 못 넘친다오. 서창의 촛불 심지 언제 함께 자르면서, 파산의 밤비 올 때 얘기할 수 있을거나."(君問歸期未有期, 巴山夜雨漲秋池. 何當共翦西牕燭, 郤話巴山夜雨時.)

687. 뜻 맞는 사람　원문은 가아(可兒). 사랑하고 아낄 만한 사람이란 뜻으로, 『세설신어』에 용례가 보인다. 청나라 고욱(高旭)의 「협사행」(俠士行)에 "눈 아래 뜻이 맞는 사람이 적어, 영웅 마음 있어도 말할 수 없네"(眼底少可兒, 雄心不可說.)란 구절이 있다.

경산 이한진·청성 성대중과 함께 모이다 京山靑城同集

관아 부엌 검박해도 촌백성보다 나으니	官廚儉矣勝村甿
현리가 말직인들 대접에 소홀하랴.	縣吏雖微敢自輕
기운 돋워 문장 논함 본디 경계 있었고	盛氣論文元有戒
진심으로 일을 하여 명성을 구하잖네.	眞心做事不求聲
임기[688]는 마침맞게 한 해와 같이 가고	瓜期恰與年俱趁
솔 그림자 가득히 달빛 함께 맞이하네.	松影森然月共迎
전가에서 옛 약속[689] 지키는 것 흐뭇하니	笑赴田家雞黍約
유중과 주북[690]은 연명하기 좋아했지.	劉中周北喜聯名

청성은 포천에서부터 경산의 초당에 왔는데, 초당은 현치의 남쪽으로 십 리 떨어진 곳에 있다. 靑城自抱川至京山草堂, 距縣治南十里.

---

688. 임기 원문은 과기(瓜期). 『좌전』(左傳)에 "제 양공(齊襄公)이 관지보를 지방관으로 임명하여 오이〔瓜〕철에 보내면서, '내년 오이 철에 교대시키겠다' 하였다"라는 사실이 있으므로, 후세에서 지방관의 임기가 찬 것을 과기(瓜期)라 한다.

689. 옛 약속 원문은 계서약(雞黍約). 후한 때 범식(范式)과 장소(張邵)의 고사에서 따온 말로 『후한서』에 전한다. 자세한 내용은 이 책 중권 307쪽 각주 263 참조. 벗과 묵은 약속을 지키는 일을 말한다.

690. 유중과 주북 원문은 유중주북(劉中周北). 한나라 때의 유흠과 위진 이전 시대의 주북인데, 모두 뛰어난 문장으로 이름이 높았다. 함께 자주 거용되었던 모양인데 출처가 분명치 않다. 여기서는 이한진과 성대중을 뜻한다.

백석이 와서 묵다. 이때 나는 지칙[691]으로 현의 직무를 맡고 있었다 白石來宿 時余以支勅 仍任縣職

일생의 행장을 술잔에 맡겨 두고	行藏一任酒杯寬
죽도록 시 얘기는 그만두려 하지 않네.	抵死談詩不肯殘
들 나그네 수염에는 눈빛이 퍼져 있고	野客須眉多雪色
마을의 등불들은 봄 추위 자아낸다.	里門燈火作春寒
한 해 걸러 분주하게 거듭 칙사 맞는데	奔馳隔歲重迎勅
나이 더해 다시금 관직 나감 부끄럽네.	慚愧添年再上官
그대들과 기쁘게 수석을 기약하니	好與諸君期水石
오늘의 나라 경사 만인이 기뻐하네.	卽今邦慶萬人歡

다시 앞의 운을 써서 담수에게 보여 주다 再用前韻 示澹叟

솔 그늘 이다지도 넓을 줄은 몰랐는데	不謂松陰爾許寬
새기어 보월 되고 디디자 스러진다.	嵌成寶月踏成殘
부임한 바로 그날 새해 첫날 맞이하니	乘凭到日逢開歲
사냥하고 돌아와 인사를 나누었네.	射雉歸來作煖寒
벼슬 역량 어떻게 홍모객(紅帽客)[692]을 감당하리	吏幹寧支紅帽客

691. **지칙**　청나라에서 파견한 칙사 접대에 필요한 물품을 마련하는 직책을 말한다.
692. **홍모객**　청나라 사신을 가리킨다. 청나라는 관모의 색깔을 가지고 관리들을 민족에 따라 구분하였는데, 만주족은 붉은색 모자를 썼다.

때의 명성 일찍이 백의관을 더럽혔네.　　　時名曾忝白衣官
약관에 그대 보고 늙은 모습 다시 보매　　　見君弱冠看君老
등잔불 앞에 앉아 옛 즐거움 떠올리네.　　　却向燈前憶古歡

백석의 시에 차운하다 次白石

자신을 돌아보고 벼슬에서 물러나[693]　　　投笏終須自劾歸
시 지으면 한 번 웃고 사립문도 열지 않네.　　　詩成一笑不開扉
동쪽 사람 어떻게 두보를 알겠는가　　　東人豈識杜工部
송율(宋律)은 진여의(陳與義)[694]를 간신히 엿보았네.宋律纔窺陳去非
고사전(高士傳)에 나오는 송계(松桂)의 재상이요　　　高士傳中松桂宰
이소(離騷)에서 노래했던 숨어 사는 선비[695]라네.　　　離騷卷裏芰荷衣
백석이 구중(求仲)[696] 같음 몹시도 아끼나니　　　偏憐白石同求仲
쟁그랑 청려장을 저녁 해에 끌고 간다.　　　藜杖鏗然曳夕暉

---

693. 벼슬에서 물러나　원문은 투홀(投笏). 홀(笏)을 던진다는 뜻으로, 벼슬에서 물러남을 이른다. 투핵(投劾)은 고대의 관리가 벼슬을 그만두기 위해 스스로 제출했던 사직서를 가리킨다.

694. 진여의　1090~1138. 원문은 진거비(陳去非), 자는 거비(去非), 호는 간재(簡齋), 낙양 사람이다. 정화(政和) 연간에 진사 급제하여 태학박사를 지냈다. 남도(南渡) 후에는 중서사인(中書舍人)을 맡았다가 후에 참지정사(參知政事)에 중국 시문학사의 중요한 작가로 황정견과 진사도(陣師道)와 더불어 강서시파를 대표한다. 『무주사』(無住詞)에 18수가 전한다.

695. 숨어 사는 선비　원문은 지하의(芰荷衣). 지하의 잎으로 만든 옷으로 은자(隱者)의 옷이다. 『초사』(楚辭) 「이소」(離騷)에, "지하 잎 마름하여 옷을 만드네"(制芰荷以爲衣兮)라는 구절이 보인다.

696. 구중　한나라 때의 은사(隱士)로, 이후 은둔하는 선비를 지칭하였다.

백석·담수와 함께 부칙사 영화의 운자를 써서 6수

同白石澹叟 用副勅英華韻 六首

1

푸른 솔의 언덕은 알기 쉬워서	易識蒼松岸
조는 거위 보다가 문득 멈추네.	眠鵝望輒停
손님은 큰 술잔⁶⁹⁷을 채워야 하고	客當浮大白
시는 홀로 푸른 하늘 견줄 만해라.	詩獨比空靑
낮은 벼슬 생계에 지장 있지만	薄宦妨生理
횅한 정원 마음엔 꼭 맞는다네.	荒園適性靈
늙고 쇠해 물러나 삶 달게 여겨도	年衰甘退伏
밝은 조정 등진 것은 아니랍니다.	不是負明廷

2

산인(山人)이 사는 곳을 살펴보려고	山人觀所主
영광스레 작은 수레 멈추었구나.	榮此小車停
나물 밥상 삼백(三白)⁶⁹⁸이 하나 없으니	草飯空三白
백발⁶⁹⁹이 어찌 다시 검어지리오.	華顚詎再靑

---

697. 큰 술잔   원문은 대백(大白). 한나라 유향(劉向)의 『설원·선설』(說苑·善說)에 "위나라 문후가 대부들과 술을 마시다가 공승불인에게 술을 따르게 하면서 말했다. '다 마시지 않는 자는 대백의 잔에 가득 부어라'"(魏文侯與大夫飮酒, 使公乘不仁爲觴政曰, 飮不釂者, 浮以大白.)란 구절이 보인다.

698. 삼백   밥상에 오르는 것 중 소금과 무와 밥, 세 가지 흰 것을 가리킨다. 보통 가난한 집의 밥상을 뜻한다. 소동파가 "나는 아우와 과거 공부를 할 때 매일 삼백(三白)만을 먹었는데 맛이 매우 좋아 세상에 팔진미가 있다는 걸 알지 못했다"고 하였다. 상대방이 삼백이 뭐냐고 묻자, 한 줌의 소금과 한 줄기 무, 그리고 한 주발의 밥이라고 하였다. 송나라의 주변(朱弁)이 지은 『곡유구문』(曲洧舊聞) 권6에 나온다.

빈궁해도 송궁문(送窮文)은 부끄러우니[700]	窮慚文送鬼
통령한 붓놀림을 바보처럼 좋아하네.	癡喜筆通靈
어찌하면 반목(蟠木)[701] 같은 인재를 얻어	安得如蟠木
휘파람 불며 황제께 천거할거나.	吹噓薦帝廷

3

작은 누대 한 모퉁이 텅 비었는데	小樓虛一角
구름만이 절로 와 걸려 있다네.	雲氣自來停
보묵(寶墨)은 비백체에 머물러 있고	寶墨留飛白
흐른 세월 사책[702]에 들어갔구나.	流年入汗青
궁실[703]에서 부르는 은혜 자주 입으니	屢蒙宣室召
문사의 이름[704]에는 부끄럼 없네.	不愧草堂靈
고을에 매여 있어 분주하지만	奔走雖縻邑
높은 뜻의 절반은 조정에 있네.	翱翔半在廷

---

699. 백발 원문은 화전(華顚). 꽃이 피는 가지의 끝으로 백발, 즉 노년을 상징한다.

700. 빈궁하나~부끄러우니 한유(韓愈)는 다섯 궁귀(지궁智窮·학궁學窮·문궁文窮·명궁命窮·교궁交窮)를 전송하며 「송궁문」(送窮文)을 지었는데, 이 글에서 그 곤궁함이 결국 자기 문장의 원천이라는 설득을 듣고 궁귀들을 다시 맞아들인다. 가난을 빙자하여 자기 문재를 자랑한 한유의 글을 부끄럽게 생각한다는 뜻이다.

701. 반목 구불구불하게 자랐지만 제왕의 그릇이 되는 나무를 가리킨다. 추양(鄒陽)의 「옥중상서」(獄中上書)에 용례가 보인다.

702. 사책 원문은 한청(汗青). 옛날 종이가 없을 때 대쪽을 불에 구워 즙을 빼낸 다음 여기에 글씨를 썼다. 이것을 죽간(竹簡) 또는 한청이라 하였는데, 후세에는 사책의 별명으로 통용되었다.

703. 궁실 원문은 선실(宣室). 고대 궁전의 이름으로, 제왕이 거처하는 곳을 말한다.

704. 문사의 이름 원문은 초당령(草堂靈). 띠풀로 지붕을 얽은 집을 말한다. 옛 문인들은 항상 자신의 거처를 '초당'이라 이름 지었는데, 이로써 풍조가 고아함을 표시하였다. 남조(南朝) 제(齊)나라 공치규(孔稚珪)는 「북산이문」(北山移文)에서 "종산의 영령과 초당의 신령이 역로에 연기를 내달리게 하여 산정에 이문을 새기게 하였다"(鍾山之英, 草堂之靈, 馳烟驛路, 勒移山庭.)라고 하였다. 본문에서는 의역하여 '문사의 이름'이라 풀었다.

4

경사 때의 예식은 견줄 데 없어	慶禮從無比
백성 부역 모두 다 그치게 했네.	民繇悉賜停
화려한 문장 보려 앞을 다투고	爭先瞻黼黻
단청(丹靑)[705]에 기록하여 후세 보이네.	示後志丹靑
차례차례 삼선(三善)[706]을 행하고 나니	次第行三善
어지러이 네 영물[707] 모여들었네.	繽紛集四靈
백성 칭송 아직도 귓가에 있고	洋洋猶在耳
군신(君臣) 노래 우정(虞廷)에 가득하구나.[708]	賡載徧虞廷

5

『춘추』를 어디에서 읽을 것인가	春秋何處讀
한강 물은 흘러가며 멈추지 않네.	江漢逝無停
기자 후예 의복은 여전히 흰데	殷士衣猶白
풍비(豐碑)[709] 덮은 기와는 홀로 푸르네.	豐碑瓦獨靑

---

705. 단청　역사책으로, 옛날에 단책(丹冊)에는 공훈을 기록하고 청사(靑史)에는 일을 기록하였다.

706. 삼선　세자에 관한 교훈으로서 부자·군신·장유의 도리를 말하는데, 세자가 이 삼선을 다하면 나라를 다스릴 수 있다고 하였다. 『예기』(禮記) 「문왕세자」(文王世子)에 보인다.

707. 네 영물　원문은 사령(四靈). 네 가지의 신령한 동물로, 기린(麟)·봉황(鳳)·거북(龜)·용(龍)을 말한다.

708. 군신 노래~가득하구나　원문은 갱재편우정(賡載徧虞廷). '갱재'는 임금과 신하의 뜻이 서로 잘 어우러져 훌륭한 정치를 구가하는 노래를 말한다. '우정'은 순임금의 조정이다. 순임금은 신하들과 노래를 주고받았는데, 『서경』 「익직」(益稷) 편에 보인다. 정조 시대의 군신이 어우러진 성대한 모습을 비유한 말이다.

709. 풍비　공적을 기록한 거대한 석비(石碑)를 말한다. 금나라 원호문(元好問)의 시에 "천 글자 큰 비석은 누구의 솜씨인가, 항복하여 잡힌 이들 모두 다 왕신일세"(千字豐碑誰國手, 百城降虜盡王臣.)란 구절이 있다. 여기서는 병자호란이 끝난 뒤에 한강 가 송파에 세운 「대청황제공적비」를 가리킨다.

한평생 외람되이 사신이 되어	百年忝執壤
만 리에 날카롭게 뜻을 펼쳤네.	萬里劍揚靈
천둥과 비 조짐이 나타나더니	雷雨驚先兆
닭 모양의 장대[710]가 북정(北廷)[711]서 왔지.	雞竿自北廷

6

담수(澹叟)의 시 어떻게 벌을 주리오	澹叟詩何罰
과거 한 번 못 보게 함 마땅하리라.	宜令一擧停
나는 이미 늙어서 머뭇거리며	遲回吾髮白
그대의 옷깃 푸름[712]에 부끄럽다네.	慙愧子衿青
재주 무뎌 백성 고통 풀기 어렵고	竅鈍懸難解
구슬 돌아오는[713] 꿈 영험이 없네.	珠還夢不靈
야랑(夜郎)[714]이 자신을 크게 여겨서	夜郎空自大
한나라 조정을 비웃었다네.	却笑漢朝廷

---

710. 닭 모양의 장대   원문은 계간(雞竿). 황금으로 닭 모양을 만들어 깃대 끝에 단 것인데, 사령(赦令)이 내릴 때 꽂는다. 『당서』(唐書)에, "금으로 닭 모양을 만들어 장대〔長竿〕에 붙여서 대사면을 할 때에 전정(殿庭)에 높이 세운다" 하였다.

711. 북정   북정(北庭)이라 하는데, 지금의 북경이다. 원나라가 수도를 연경에 설치하자, 당시 한나라 사람들이 북정이라고 칭하였다.

712. 옷깃 푸름   원문은 금청(衿靑). 푸른 깃을 댄 옷소매로, 학자나 재능이 뛰어난 수재를 상징한다. 『시경』 정풍(鄭風) 「자금」(子衿) 시에, "푸르고 푸른 그대의 옷깃, 아득하게 끝없는 내 마음이여"(青青子衿, 悠悠我心.)라는 구절이 있다. 뒤에 청년 또는 과거를 준비하는 수재(秀才)의 뜻으로도 전용되었다.

육유의 시에 차운하여 次放翁

한평생 바보처럼[715] 중화 풍물 그렸지만	一生癡絶慕華風
선생이 지닌 마음 어찌 이리 고루한가.[716]	夫子之心豈有蓬
달은 새로 상현 되어 아리땁게 흐르고	月作新弦流態色
봄 기운 흘러넘쳐 허공중에 어리도다.	春將游氣暈虛空
글씨 새긴 돌과 쇠[717]가 오래갈 줄 어찌 알리	吉金貞石寧知壽
변변찮은 재주[718]로 공력만 낭비했네.	家火凡鉛浪費功

713. **구슬 돌아오는**　원문은 주환(珠還). 구슬이 돌아왔다는 것으로, 청렴한 데 대한 반응이 있다는 의미로 쓰인다. 한나라의 맹상(孟嘗)이 합포(合浦)의 태수로 갔는데, 그곳에서는 곡식이 나지 않았으므로 백성들은 바닷가에서 생산되는 구슬을 팔아 살아갔다. 그런데 먼저 부임한 관리들이 백성들의 구슬을 혹독하게 빼앗았기 때문에 그 구슬이 다른 바다로 다 옮아가고 없어졌다. 맹상이 태수로 와서 전에 해 오던 악한 법을 다 고치고 어진 정치를 베풀었더니 1년이 못 가서 도망갔던 구슬이 다시 돌아왔다. 『후한서』(後漢書) 「맹상전」(孟嘗傳)에 보인다.

714. **야랑**　자신의 능력과 분수도 모른 채 설쳐 대는 사람을 말한다. 한나라 때 남쪽 야만족인 자그마한 야랑국(夜郎國)의 왕이 한나라 황제와 자신을 견주면서 뻐겼던 고사에 유래한다. 『사기』(史記) 「서남이열전」(西南夷列傳)에 보인다.

715. **바보처럼**　원문은 치절(癡絶). 졸박함을 감추어 세속과 부합하지 않는다는 뜻이다. 진(晉)나라 때의 화가 고개지(顧愷之)는 늘 "내 몸에는 치(癡)와 힐(黠)이 반을 차지한다"(愷之體中癡黠各半)고 하였다. 이로 인해 민간에 "고개지에겐 삼절(三絶)이 있는데, 재절(才絶)과 화절(畫絶)과 치절(癡絶)이다"라는 말이 전해졌다. 『진서』(晉書) 「고개지전」(顧愷之傳)에 보인다.

716. **선생이~고루한가**　원문의 봉심(蓬心)은 지식이 천박하여 사리를 알지 못한다는 뜻이다. 다섯 말 크기의 박을 두고 장자가 혜자에게 말한 다음 말에서 따왔다. "지금 자네에게 다섯 말 크기의 박이 있는데, 이것으로 큰 술잔을 만들어 강호에 띄울 생각은 않고 박이 떨어지면 쓸 데가 없을 것을 걱정하니, 선생은 고루하고 식견 없는 마음을 지녔도다."(今子有五石之瓠, 何不慮以爲大樽而浮乎江湖, 而憂其瓠落無所容, 則夫子猶有蓬之心也夫.) 『장자』 「소요유」(逍遙遊)에 보인다.

717. **글씨 새긴 돌과 쇠**　원문은 길금정석(吉金貞石). 길금(吉金)은 정이(鼎彛) 같은 고대의 기물(器物)을 가리킨다. 고대에는 제사를 길례(吉禮)로 여겼으므로 동으로 주조한 그릇을 일컬어 '길금'(吉金)이라 했다. 정석(貞石)은 비석(碑石)의 미칭으로 쓰인다. 조희룡도 「우해악암고」(又海岳庵稿)에서 길금정석(吉金貞石)을 명문(銘文) 따위를 조각한 종정(鐘鼎)과 비갈(碑碣)을 가리키는 뜻으로 썼다.

오악에도 못 오른 채 나는 늙고 말았구나	五嶽未登吾老矣
불꽃이 흔들리매 술잔 물결 붉어라.	燈花搖蕩酒鱗紅

지나다가 오토구재에 묵었는데, 유군이 손자를 보이기에 마침 느낌을 적다 歷宿吾菟裘齋 柳君見其孫焉 偶書志感

온다 해서 그릴 바도 없겠거니와	來亦無所戀
간다 하여 그 또한 기쁠 것 없네.	去亦無所歡
스스로 늘그막에 이르러서야	自以遲暮境
인생길의 인연을 환히 알겠네.	了此行路緣
먼 산엔 겨울 가면 봄 돌아오고	遠山冬復春
초승달도 다시금 둥글어지지.	新月亦重團
오로지 사람은 육신719을 빌려	惟人假四大
시들고 쇠락하니 순환이 없네.	衰謝無循環
동쪽 교외 오래된 친구가 있어	東郊有故人
지나가다 묵으며 안부를 묻지.	過宿時一存
자기가 늙었음은 알지 못하고	不知渠已老
아이들이 자라남만 기뻐하누나.	還喜長兒孫
서로가 헤어진 지 몇 년 지나니	相別幾年所

---

718. 변변찮은 재주   원문은 가화범연(家火凡鉛). 집집마다 있는 불이나 평범한 수은으로는 금단 (金丹)을 이룰 수 없다는 것으로, 보통의 재질이나 솜씨를 뜻한다.
719. 육신   원문은 사대(四大). 세상의 만물의 근본이 되는 지(地)·수(水)·화(火)·풍(風)의 네 가 지를 일컫는다. 불교에서는 이 네 가지로 이루어진 사람의 몸을 뜻하기도 한다.

세상에서 흔히들 하는 말 있네.	乃有世間言
괴이하다 사람들 경험해 보면	怪我閱人衆
취향 달라 뜻이 늘 고단하다고.	趣異志常單
상평처럼 자녀 혼사[720] 마치지 않고	未畢向平嫁
갈홍(葛洪)의 관직에만 거듭 올랐네.	重上葛洪官
안타깝다, 오악에서 쉬지 못하고	恨未憩五嶽
도원에도 깃들지 못하였구나.	又未棲桃源
신선 부처 아무것도 못 이루고서	仙佛兩無成
검서관의 직함으로 시인이 됐지.	結銜作詩人
아무리 이내 가슴 두드려 봐도	急杵屢撞胸
우리 임금 은혜를 갚을 길 없네.	無計酬君恩

검서관 박종선이 자주색 도자기 필세를 준 데 사례하다

謝朴檢書[宗善] 贈紫窯筆洗

| 붓 고을 집안에 머리 감는 동이[721]에 | 管城家裏洗頭盆 |
| 푸른 뿌리 깎아내어 홍시를 앉혔네. | 碧瘦剗空老柿蹲 |

---

720. 상평처럼 자녀 혼사　원문은 상평가(向平嫁). 동한 때의 고사(高士) 상장(向長)의 자가 자평(子平)이었는데, 은거하면서 벼슬을 하지 않았다. 자녀의 혼사를 마치고 나서 오악명산에 노닐었고, 후에 어찌 죽었는지는 알지 못한다. 『후한서』「상장」(向長)에 보인다. 이후 '상평'(向平)은 자녀의 혼사를 마친 사람을 가리켰다.

721. 머리감는 동이　원문은 세두분(洗頭盆). 필세(筆洗)가 붓을 씻은 물을 받아 두는 물건이어서 이렇게 말했다.

당시의 왕자경을 문득 생각하노라니　　　　　　　忽憶當年王子敬

도엽 도근 두 애첩[722]을 끔찍이도 사랑했지.　　　纏綿桃葉復桃根

서울에서 관아로 돌아오다 自京還衙

오고 가며 다섯 번 늘어놓으니[723]　　　　　往還五雜組

작은 마을 분주한 물고기 신세.[724]　　　　　小縣魚千里

관리 능함 진실로 다른 것 없어　　　　　　　吏能誠無他

행리(行李)[725]에나 충실하면 그만이라네.　　　區區篤行李

역마가 축령산서 피로해지니　　　　　　　　官駿老祝嶺

울음 울어 긴 이빨 드러내누나.　　　　　　　嘶鳴見長齒

홀연히 고운 사당[726]에 이르러서는　　　　　忽到孤雲祠

---

722. 도엽 도근 두 애첩　셋째 구의 자경(子敬)은 진(晉)나라 왕헌지(王獻之)의 자(字)이고, 도엽(桃葉)과 도근(桃根)은 본래 그의 두 애첩의 이름이다.

723. 다섯 번 늘어놓으니　원문은 오잡조(五雜組). 시체(詩體)의 한 가지다. 옛 악부(樂府)의 하나로 삼언(三言) 육구(六句)를 한 수로 하고, 맨 머리구로 편(篇) 이름을 삼았다. 잡조(雜組)는 잡조(雜組)로도 쓰는데 잡록(雜錄)의 뜻이다. 도마 위에 요리를 마구 늘어놓은 것 같다는 데서 나온 말이다.

724. 분주한 물고기 신세　원문은 어천리(魚千里). 먼 길을 많이 쏘다녔다는 뜻이다. 춘추시대 범려(范蠡)가 못 가운데에다 아홉 개의 섬을 만들고 고기를 기르는데, 고기가 하루에 천 리를 다녀서 살이 쪘다는 고사가 있다. 쓸데없이 무언가를 계속해서 추구하는 것을 비유하는 말이다.

725. 행리　본래 왕명을 받아 지방관으로 부임하는 것을 의미하였는데(『좌전』), 이후에는 여행 또는 여행용 행장이라는 의미로 전용되었다. 여기서는 지방관의 임무를 수행하기 위해 부지런히 이동하는 것을 의미한다.

726. 고운 사당　원문은 고운사(孤雲祠). 경기도 포천시에 있는 청성사(淸城祠)를 가리킨다.

포천의 냇물을 따라가누나.   相隨抱川水

우리 고을 남달리 아름다우니   吾境自秀異

느릿느릿 병풍 속 들어간다네.   宛入屛風裏

창창하여 아득한 백운산 계곡   蒼蒼白雲谿

바위골짝 저렇게도 기이하더냐.   嵒壑何幽詭

피라미는 벽류에서 장난질하고   鯈魚弄碧流

물방울 절벽에서 떨어진다네.   吹沫自懸觜

세상 온통 푸르게 칠하였는데   萬綠肆塗堅

꾀꼬리 노랫소리 또렷도 하다.   鶯聲暾如彼

농부를 위로하며 밭둑에 쉬니   勞農憩阡陌

산들바람 한참 쉬기 충분하구나.   微涼足移晷

앞사람이 금전을 구하지 않아   前人不求錢

이 고을엔 이은(吏隱)이 많이 있다네.   吏隱多在此

백성들 순박하여 꾸밈이 없고   民淳尙未雕

감옥도 시장도 전혀 없다네.   曾無獄與市

신선 인연 어이 내게 이리 도탑나   仙緣何厚余

임기 차도 관직이 바뀌지 않네.   瓜熟驂未禠

한가로이 갈홍전(葛洪傳) 찾아 읽으며   閒尋葛洪傳

호기로이 노래하며 천 년 전 보네.   浩歌望千禩

세금 징수 끝나자 송사도 뜸해   糶畢訟亦稀

때때로 은자들 삶 본받는다네.   時時學隱几

열흘간 관아에서 먹고 지내니   旬日食於官

두릅나물 새싹은 아름답구나.   木頭初嫩美

당귀는 두규(杜葵)[727]와 짝지어 있고   當歸配杜葵

구묘(求苗)와 목이버섯 아울러 있네.   求苗兼木耳

부엌에는 향초가 가득 있으니   厨單徧香艸

『이소』의 난초와 견줄 만하다.　　　　　　　可與離騷比
손님이 내게 들러 술 안 마시니　　　　　　客不過我飲
벼슬아치 비루함[728]을 정녕 알겠네.　　　　寧知肉者鄙

용여 성해응이 관사를 방문하다 3수 成龍汝見訪縣齋 三首

1
꾀꼬리 우는 소리 아리땁고 고운데　　　　黃栗留聲嬌復嬌
아침에도 술기운 가시지 않는구나.　　　　平朝酒痕未全消
편지 써서 경산에게 부쳐서 보내리니　　　裁書欲寄京山去
내일은 어망 메고 북교를 건너리라.　　　明日携罾度北橋

2
나비가 날아와서 사람에게 아양 떠나　　　蝴蝶翩翩解媚人
삼생에 나비였음 알지를 못하겠네.　　　　不知三世作蟲身
채소꽃이 다만 그저 바늘 끝과 나란하니　　菜花只與針芒比
색색마다 영롱하여 저절로 봄이라네.　　　色色玲瓏也自春

---

727. **두규**　두형(杜衡)과 같다. 두형은 족두리풀로, 군자나 현인을 비유하는 말로 쓰인다.
728. **벼슬아치 비루함**　원문은 육자비(肉者鄙). 높은 지위에 있으면서 많은 복록을 받는 사람의 눈빛이 비루하고 천박함을 뜻한다. 『좌전』(左傳)에 보인다.

3

용화촌(龍華村)[729] 놀던 시절 매번 기억 떠올리면	每憶龍華村裏時
벼랑 기대 늘어서서 물소리 들었었지.	憑崖聽水列參差
게으름 꾸짖어도 전혀 방법 없더니만	如今策懶都無術
성 검서가 찾아오매 그제야 시를 짓네.	成檢書來始作詩

금수정 시판의 시에 차운하다 金水亭次板上韻

고을 관사 아스라이 기둥 몇 칸 분별되니	縣治微茫辨數楹
경기 감영 옛터인 줄 그 누가 알겠는가.	關防誰識古畿營
하늘은 화의(畫意)로서 금수정을 울리고	天將畫意鳴金水
세상은 선연(仙緣)으로 영평에 날 보냈네.	世以仙緣屬永平
바위는 술 배 되니 파인 곳 더욱 좋고	石作酒船窪更好
물결 속의 시판은 비친 모습 선명해라.	波搖粉牓倒還明
맑디맑은 차와 죽에 손님 주인 잊었노니	蕭然茗粥忘賓主
관리는 맑음 기약 아니해도 절로 맑네.	官不期清也自清

---

729. 용화촌 강원도 철원의 삼부연폭포 위에 있는 마을 이름이다.

첨지 정렴의 금수정 시에 차운하다 次韻鄭僉知濂金水亭

빗발 속에 산촌 청사 또렷도 한데	雨脚明山縣
짙은 그늘 석문을 가리었구나.	繁陰隱石門
단장 짚고 보리밭 물결을 보고	支筇看麥浪
베개 기대 새들의 노래 듣는다.	欹枕聽禽言
술 취한 춤 절주에 맞지 않는데	醉舞難爲節
김매기 노랫소리 물리지 않네.	鋤歌不厭村
앞 시내엔 건너는 사람 많은데	前川多揭厲
헤어지며 저녁 길 조심하라네.	相送愼黃昏

위위[730] 유공에게 소춘주를 대접하다 餉衛尉柳公燒春

맥추(麥秋)[731]라 서늘하고 논엔 비단 펼쳤는데	麥秋微涼秧似錦
관아 다락 빗기운이 높은 베개 이어지네.	官樓雨色連高枕
주량[732]은 없다 해도 술집은 알아보니	雖無酒腸識酒塲
윤달 만나[733] 두서없어 술 더욱 마실 만해.	值閏無齊尤可飮
벗들이 금강산에 많이들 놀러 가매	故人多向金剛去

---

730. **위위** 궁문을 지키는 군사를 지휘하는 직책이다.
731. **맥추** 보리가 익는 시절.
732. **주량** 원문은 주장(酒腸). 술 들어갈 창자, 곧 주량을 말한다.
733. **윤달 만나** 원문은 치윤(値閏). 윤달이 드는 해를 말하는데, 윤달이 드는 해에는 화양목의 한 마디가 줄어든다고 한다. 『육시』(陸詩)에 보인다. 비운(悲運)을 만났다는 의미로도 쓴다.

어지러이 어울려서[734] 장임[735]까지 데려갔네.　拖泥帶水携阿稔
근심스레 홀로 위위경(衛尉卿)을 생각하니　悄然獨念衛尉卿
요사이 놀고 있어 빈곤 더욱 심하다네.　近日閒居貧益甚
이웃집 잘 알아도 외상술 주지 않아　隣人當面不賒酒
돌아와 민망하여 입 굳게 다물었지.　自反而恧還成嗫
허리 사이 세 줄 인끈 붉은색 부절이　腰間三綰赤縣符
오디 먹고 취하는 뻐꾸기만 못하구나.　不及鳲鳩醉桑葚
가만 앉아 아내 불러 옷을 저당 잡히니　端坐呼妻責典衣
짐이라 자칭한 왕시(王始)와 뭐 다르리오.[736]　何異王始徒稱朕
나 또한 가족 두고 혼자 동쪽 와 있으니　我亦東來未盡室
입을 줄여 고생하며 박봉을 버틴다오.　減口苦難支薄廩
계집종들 오리 같아 부엌에 전갈 보내　數婢如鴨給廚傳
이따금 무정하게 밥 뜸 덜 듦 나무란다.　往往無情誚失餁
좋은 안주 갈치 배를 어찌 감히 바라리　佳殽敢望泊紫船
닭죽에 푼 고사리순 그만도 기쁘다네.　嫩蕨差喜沾鷄瀋
사람들 말하기를 이 고을엔 명승 많아　人言此邑饒名勝
예부터 현감들은 고생함이 없었다네.　從前任人無坎懍
큰 걱정은 다름 아닌 돈 없는 것이어니　大瘼非他卽無錢
한가로움 구하면서 마음 기름 뉘 청할까.　丐閒者誰乞養恬

---

734. 어지러이 어울려서　원문은 타니대수(拖泥帶水). 진흙을 물에 섞어 흙탕물을 만든다는 말로, 불가에서 어지러이 얽혀 있어 맑아지지 않는 상태를 가리킬 때 많이 사용한다.

735. 장임　원문은 아임(阿稔). 아(阿)는 친근한 뜻을 얹어 부르는 접두어로 사용된다. 여기서는 박제가의 맏아들 장임(長稔)을 가리키는 것으로 보았다.

736. 짐이라~다르리오　『진서』(晉書)에 따르면 요적(妖賊) 왕시(王始)가 무리를 모아 스스로 태평 황제(太平皇帝)라고 칭한 다음, 아버지를 태상황(太上皇), 형은 정동장군(征東將軍), 동생은 정서장군(征西將軍)이라 불렀다고 한다. 연(燕)의 모용진(慕容鎭)에게 사로잡혀 처형당했다. 실속도 없이 허세를 부린다는 의미로 썼다.

형벌을 삼가면 옥사 없단 말 못 믿으니	不信刑錯眞不獄
사형수가 있으면 살펴 심문해야 하네.	見有死囚當熟審
부귀해도 빈천해도[737] 결과는 똑같으니[738]	集枯集菀均亡羊
빈곤해도[739] 은혜론 말 내실에 새겨 두리.	咬菜恩言銘燕寢
머리보다 자란 수염 그 또한 웃음 나고	鬈長于髮亦可笑
허리띠는 헐렁하여 깊은 병이 든 듯하다.	帶圍寬鬆似病沈
호리병에 소춘주를 그대에게 보내노니	膽瓶燒春另寄君
따라 보면 그 빛깔에 마땅히 놀라리라.	一寫應驚色淰淰
두 손에 고깃덩이 없다고 탄식 마오	莫歎兩手無決肉
관포(官脯)는 벌금이 삼품[740]이나 된다오.	官脯抵罰金三品

창옥병 서쪽 시내에서 작은 물고기를 잡다 捕小魚于玉屛西澗

시내 고기 커 봐야 세 치도 되잖으니	溪魚長不滿三寸
십 리의 천렵 구경 그 또한 시원찮네.	十里觀漁亦癡鈍

737. **부귀해도 빈천해도**　원문은 집고집완(集枯集菀). 귀천과 영욕을 비유하는 말이다. 『국어』(國語) 「진어」(晉語)에 우시(優施)와 이극(里克)이 대화하는 가운데 나온다.

738. **결과는 똑같으니**　원문은 망양(亡羊). 책을 읽든 도박을 하든 다른 일을 하다가 막상 해야 할 일을 놓쳤을 때 그 결과는 똑같다는 것을 비유하는 말이다. 『장자』 「변무」(騈拇)에 나온다.

739. **빈곤해도**　원문은 교채(咬菜). 교채근(咬菜根)의 줄임말이다. 쓴 풀뿌리를 씹는다는 말로, 빈곤하고 고생스러운 생활을 뜻한다.

740. **삼품**　한나라 때 사용되었던 세 품등의 화폐로, 용폐(龍幣)와 마폐(馬幣)와 구폐(龜幣)를 뜻한다. 각각 3천과 5백과 3백금의 가치를 지녔다. 여기서는 금액이 많다는 뜻이다. 관청의 고기를 보내는 것이 큰 벌금에 해당하므로 고기는 보내지 못한다는 의미이다.

바람 불어 잔 그물에 걸리는 놈 드물어	風多數罟摘還稀
따라온 자 십여 명이 모두들 굶주리네.	從者十輩皆饑困
가마의 호피 방석 빗물에 흠뻑 젖고	藍輿虎皮雨盡沾
자갈밭 용수 자리741 앉기에 마땅찮네.	石卵龍鬚坐不穩
들 아궁이 문화(文火)·무화(武火)742 가리잖코 불을 지펴	野竈爇火無文武
수저를 새로 갖춰 밥을 지어 먹는구나.	匕箸一新聊一飯
배 고픈데 솜씨 없는 요리사를 꺼릴까	饑極寧嫌膾手生
겨자 식초743 늘려 있고 술 실은 배 끄떡없네.	芥醋縱橫酒帆健
물고기 많음 좋고 적어도 괜찮으니	多魚固善少亦佳
계약을 맺은 듯이 독촉744할 수 있을 건가.	那得追呼如契券
가마솥과 물 속이 참으로 기준745이니	釜中水中眞柯則
사랑한다 미워한다 어이해 논하리오.	愛渠殘渠成底論
고기잡이 시원찮다 농부들 말하더니	野人謂我漁不利
서로들 마음 다해 국 끓여 올리누나.	相與竭忠爲羹獻
오늘의 정사는 물고기들 우선이라	今日之政右水族
자그마한 물고기들 몸통 먼저 먹는다네.	幺麿鬐鬣先晦腱

---

741. 자갈밭 용수 자리　원문은 석란용수(石卵龍鬚). 용수(龍鬚)는 쭉쭉 휘감긴 오이 덩굴이나 포도 덩굴 따위를 용의 수염에 비유한 말이다. 여기서는 용수초로 만든 돗자리를 말한다. 석란은 물가의 자갈밭을 가리키는 듯하다.

742. 문화·무화　문화는 약한 불, 무화는 센 불이다. 불기운을 조절하고 말고 할 것도 없이 서두르는 모양이다.

743. 겨자 식초　원문은 개초(芥醋). 겨자와 식초로, 회를 찍어 먹는 양념을 말하는 것으로 보인다.

744. 독촉　원문은 추호(追呼). 계약서에 표기된 조건을 이행하지 않았을 때, 서리(胥吏)들이 집집마다 다니며 조세 납부 등을 독촉하는 일을 말한다. 계권(契券)은 일종의 계약서다.

745. 기준　원문은 가칙(柯則). 『시경』「벌가」(伐柯) 편에 나오는 "나무를 베고 베니, 그 본보기 멀지 않네"(伐柯伐柯, 其則不遠.)의 줄임말이다. 도끼로 도낏자루감을 벨 때는 자기가 잡고 있는 도낏자루를 기준으로 하면 된다는 뜻이다. 전하여 표준, 전범(典範) 또는 귀감이란 뜻이다.

처음부터 맛에는 마음 두지 않았으니 初心政不着味邊

붉은 깃발 다시금 호량[746]에 세웠구나. 赤幟重爲濠梁建

도마뱀을 용으로 메기를 고래로 보니 龍呼蝘蜓鮎視鯨

시내에 안주하여 바다 포부 없다 웃네. 笑我川心無海願

침 꼬리 바늘 수염 몸집은 조그만데 鍼尾芒鬚具體微

달빛 어린 물속에는 하늘이 구만 리라. 映徹空明天九萬

병아리 떼 달아나듯 갑자기 흩어지니 忽焉迸散若雛雞

어미닭은 매를 보고 비명을 지르누나. 雞母警鳶聲一曼

큰 놈은 여유 있게 게[747]처럼 다가오다 大者徐徐擁劍來

대오 속서 의심하자 문득 먼저 달아나네. 隊裏猜疑輒先遁

마당에서 놀던 계집 얼굴빛 고치잖고 童女嬉庭不改容

미인은 몸을 돌려 자기 혼자 멀어지네. 仕女回身獨自遠

나를 위해 노는 듯해 미소를 띄워 보나 笑他游如爲我然

모두 본디 성질이지 권해서가 아니라네. 皆其自性非由勸

급류에서 목욕하는 한 쌍 오리 배우지만[748] 擬學雙鳧浴盤渦

사람 피해 감히 옷을 모두 벗진 않는다네. 避人不敢衣全褪

사람도 얽매이면 문 나서지 못하거니 人生有累不出門

우리에서 여물 먹는 돼지와 뭐 다르랴. 何異啖糟豬在圈

양주의 동쪽이요 창옥병 서쪽이라. 楊州東界玉屏西

겹겹 산 실컷 보니 꽃나무들 어여쁘네. 飽看千山芳樹嫩

---

746. **호량** 중국 안휘성 봉양현(鳳陽縣)의 호수(濠水)에 놓인 다리다. 장자와 혜자가 물고기의 마음을 논한 곳으로 유명하다. 시인이 물고기를 많이 잡지 못한 것을 비유한 말이다.

747. **게** 원문은 옹검(擁劍). 팽기(蟛蜞)의 별명이다. 팽기는 게의 일종으로, 길이는 한 마디 남짓이며 암갈색을 띠고 있다.

748. **급류에서~배우지만** 두보의 시에 "급류에서 목욕하는 해오라긴 무슨 심성인가, 외나무에 꽃피니 저절로 분명하다"(盤渦鷺浴底心性, 獨樹花發自分明.)라는 구절이 있다. 급류에서 자유자재로 떴다가 잠겼다 하는 오리는 타고난 천성이 아니면 할 수 없다는 뜻이다.

개미는 냄새 찾아 생선 **뼈**를 옮겨 가나 　　蝗能尋臭鯁初移

말은 비린내 알지 못해 두 발을 모았구나. 　　馬不識腥蹏空頓

현감은 오늘에 돌아감을 잊었으니 　　　　　使君今日澹忘歸

정부들 횃불 들고 원망은 하지 마라. 　　　　丁夫持炬莫恨怨

말구유를 물에 띄워 다락배를 만들어서 　　　行當泛槽作樓船

물결을 가르면서 양문 방죽 건너가리. 　　　破浪橫截梁文堰

계지 박종선[749]의 시에 차운하다 2수 次朴繼之 二首

1

길을 나서 명산(名山)을 찾아가기 쉽나니 　　一出名山便易尋

절집의 나그네로 다만 열흘 보냈구나. 　　　只消旬日客祇林

좋은 시 우뚝하여 진부함 털어 내고 　　　　好詩落落超科臼

행적은 당당하여 상금(向禽)[750]과 짝이 되네. 　佳傳堂堂配向禽

나란히 누워서 밤비 들음 기뻐하니 　　　　喜此聯床聽夜雨

일찍이 내각에서 봄 경치를 감상했지. 　　　曾從內閣試春陰

관직을 구할 생각 다시 할 필요 없이 　　　不須更作求官想

숲 깊은 교외 별장 편하게 누우리라. 　　　高臥郊庄萬樹深

---

749. **박종선**　원문은 박계지(朴繼之). 박지원의 조카 박종선(朴宗善, 1759-1819)을 말한다. 계지는 그의 자이다. 연암의 삼종형 박명원의 서장자(庶長子)로, 규장각 검서관을 지냈다. 박지원이 그를 위해 「능양시집서」를 써 주었다.

750. **상금**　중국 동한(東漢)의 상장(向長)과 금경(禽慶)을 가리킨다. 상장은 자녀의 혼사를 마친 뒤에 금경과 함께 오악을 노닐었는데, 그 종적을 알 수 없었다고 한다. 『후한서』에 보인다.

2

나를 좇아 백 리를 찾아온 손님 있어	客有從吾百里尋
인사하고 일어나 숲 속에서 술 마시네.	寒喧即起飲脩林
오래 머문 동수접(銅鬚蜨)[751]을 어이 기약했으리	那期久立銅鬚蜨
가로 나는 갈색 새가 홀연히 보이누나.	忽見橫飛褐色禽
겹겹 핀 작약은 모두 붉게 어리었고	紅藥重臺皆正暈
천 겹의 푸른 산 층층 그늘 만드네.	碧山千疊作層陰
세상일과 관리 녹봉 말하지 말게나	莫談時事兼官俸
이 산이 깊잖을까 그것만이 걱정이네.	如此於山恐未深

거듭 유위위의 시에 차운하다 再次柳衛尉

동인의 도자기 보는 안목 빈약하기 그지없어	東眼於瓷僅什錦
해아침[752]을 한 번 보고 온 나라가 놀라누나.	舉國一驚孩兒枕
코담배[753] 도도하게 천하 풍속 바꿨으니	鼻煙滔滔易天下
백여 년 사람들은 화음[754]을 배우누나.	百餘年來學火飲

---

751. **동수접**　나비의 더듬이가 구리줄처럼 굵은 것을 말한다.
752. **해아침**　중국 고대 자기로 만든 물건으로, 어린아이가 책상에 엎드려 누워 있는 모습의 베개다. 이 베개는 잠잘 때 사용하는 도구다. 중국 사람들은 옥침(玉枕)과 자침(瓷枕)을 애용하였는데, 옥이나 자기가 몸과 정신을 시원하게 해 주며 눈을 맑게 해 준다고 생각했다. 자침(瓷枕)은 수(隋)나라 때부터 만들어지기 시작하여 당(唐)·송(宋)·원(元)대에 성행하였다.
753. **코담배**　원문은 비연(鼻煙). 담배의 일종으로 향기가 좋은 풀이다. 불을 붙이지 않고 손에 묻혀 향기만 맡는다고 한다.

보고 들음 적으면 괴이한 일 많은 법   少見多怪理則然

지혜를 좋아하나 멍청한 죄 이미 크네.   好智夸愚罪已稔

반면식도 없으면서 미목을 논하고[755]   曾無半面議眉目

풍문 듣고 추종함[756] 어이 그리 심한가.   推波附聲惟何甚

세상의 문자는 참으로 많은데   世間文字苦無多

훈고 편찬 작업을 모두 다 마쳤구나.   凡將訓纂都成嚛

명예 이익 다투어 입가엔 피 흘리며   嘬名嘶利口流血

덧없는 세상에서 오디[757] 하나 다투누나.   擾擾槐安爭一葚

먹지 못한 곳에서는 영공[758]을 찾지만   喫不得處索令公

영공이 어찌하여 구각짐[759]과 같으리오.   令公何如狗脚朕

신에게 기도한들 해시[760] 어찌 나타나며   禱神敢望出海市

구름에 감동한들 석름봉[761] 열 수 있나.   感雲或能開石廩

---

754. 화음　불을 마시는 것이니, 담배 피우는 것을 가리킨다.

755. 반면식도~논하고　반면(半面)은 얼굴을 다 모르는 반면지분(半面之分)의 줄임말로, 겨우 아는 정도를 뜻한다. 얼굴도 모르면서 미목(眉目)을 얘기한다는 것은, 잘 알지도 못하면서 본질과 핵심을 논했다는 뜻이다.

756. 풍문 듣고 추종함　원문은 추파부성(推波附聲). 추파(推波)는 추파조란(推波助瀾)의 줄임말로 성세를 조장한다는 뜻이고, 부성(附聲)은 부이사성(附耳射聲) 또는 부성폐영(附聲吠影)의 줄임말로 풍문만 믿고 맹목적으로 떠들어 댄다는 뜻이다.

757. 오디　원문은 심(葚). 뽕나무의 열매로, 『시경』 위풍(衛風) 「맹」(氓) 시에 "아! 비둘기야, 오디를 먹지 마라"(于嗟鳩兮, 無食桑葚.)란 구절이 있는데, 비둘기가 오디를 지나치게 먹으면 취해서 그 성(性)을 잃기 때문에 경계하여 말한 것이다.

758. 영공　영공(令公)은 당나라 때 중서령(中書令)의 존칭이다. 당시 절도사가 이 칭호를 즐겨 썼으므로, 후대에는 절도사의 통칭이 되었다. 여기서는 유위위를 가리키는 것으로 보인다.

759. 구각짐　위(魏) 효정제(孝靜帝) 때 제(齊) 문양왕(文襄王)이 제위(帝位)를 찬탈하기 직전에 효정제를 대단히 경멸하여 이른 말이다. 구각(狗脚)은 남의 명령을 잘 듣는 것을 뜻하는 말로, 문양왕이 효정제를 모시고 술을 마시다가 효정제에게 술잔을 권했으나 받지 않자, 문양왕이 노하여 효정제에게 말하기를 "짐, 짐, 구각짐!"(朕, 朕, 狗脚朕!) 하면서 다른 사람을 시켜 효정제를 주먹으로 때리게까지 한 데서 온 말이다. 『위서』(魏書) 「효정제기」(孝靜帝紀)에 보인다.

760. 해시　대기와 햇빛이 만들어 내는 신기루를 말한다.

창자 곯아 구른데도 누가 있어 알 것인가	腸雷自轉有誰知
평생을 숙직해도 밤낮없이 굶주리네.	上直平生無晝飪
가슴속 쌓인 주름 우연히 한 번 펼쳐	胸中鑒積偶一展
행장을 급히 꾸려 요양 심양 말달렸지.	急裝翩然騁遼瀋
몸이 마음 못 따르니⁷⁶² 이 일을 어찌하나	心長髮短奈若何
인군 은혜 못 갚으니 남몰래 두려워라.	未報殊恩私自懍
창파엔 갈대 하나 닿을 언덕 없는 법	滄波一葦本無岸
하늘에 호소한들 하늘 또한 어찌할까.	縱欲呼天天亦怎
분수에 넘치게도 동서 위위 겸직하여	東西衛尉侈兼銜
다달이 초하루면 봉심에 참여했네.⁷⁶³	吉月龍圖班奉審
볕 주고 길러 주어 구름이 갰으니⁷⁶⁴	化煦亭毒重陰解
성문의 화염⁷⁶⁵도 그 불길이 그쳤구나.	城門之火燄亦寢
시명은 거치나마 별재(別裁)⁷⁶⁶에 가 붙었으니	詩名草草付別裁

---

761. **석름봉**　원문은 석름(石廩). 산봉우리 이름으로, 중국 형산(衡山)의 다섯 봉우리 중 하나다. 그 모양이 창름(倉廩)처럼 생겼기에 붙여진 이름이다.

762. **몸이 마음 못 따르니**　원문은 심장발단(心長髮短). 마음은 있어도 늙어서 몸이 따라 주지 못하는 상황을 탄식하는 말로, 『좌전』 「소공」(昭公) 3년 기사에 나온다.

763. **다달이~참여했네**　원문의 길월(吉月)은 매달 초하루를 뜻한다. 용도(龍圖)는 용도각(龍圖閣)이다. 송나라 때 왕실의 전적을 수장하던 곳으로, 학사들이 근무했다. 여기서는 물론 규장각을 가리킨다. 봉심(奉審)은 받들어 살핀다는 뜻인데, 왕을 모시는 것을 의미한다.

764. **볕 주고~갰으니**　화후(化煦)는 문맥상 황지후지(化之煦之)이니 따뜻한 볕을 비추어 준다는 말이다. 정독(亭毒)은 『노자』에 나오는 "정지독지"(亭之毒之)인데, 여기서 정독(亭毒)은 성숙(成熟)으로 읽고 뜻을 새겨야 한다. 중음(重陰)은 구름이 가득 긴 하늘을 가리킨다. 왕의 은혜를 입었음을 말한 것이다.

765. **성문의 화염**　원문은 성문지화(城門之火). 성문실화(城門失火)로 춘추시대 송(宋)나라의 지중어(池仲魚)가 성문 가까이 살았는데, 성문에 불이 나자 그 집에까지 화염이 덮쳐 지중어가 불에 타 죽었다고 한다. 일설에는 송나라 성문에 불이 나자 그 불길을 끄기 위해 연못의 물을 퍼서 쓰자 못의 물이 다 말라서 물고기가 모두 죽었다고 한다. 『예문유취』(藝文類聚) 권96에 보인다. 까닭 없이 화를 입는 것을 비유적으로 표현한 것이다.

몽고곡(蒙古穀)[767]은 심귀우[768]의 노래와 비슷하네.　蒙古穀似歸愚沈

관사에서 촛불 피워 장가에 화답하매　官齋然燭和長謌

묵지에 검은 구름 뭉게뭉게 피어나네.　墨池玄雲噓淰淰

범 잡으나 보리 내나[769] 똑같은 비옥(緋玉)[770]이니　窂虎糶麥均緋玉

향당에선 삼품 벼슬 셈에 넣지 않는다오.　鄕黨不數官三品

---

766. 별재　당나라 두보의 「회위육절구」(戱爲六絶句)에 "위체를 선별하여 풍아에 가까우니, 갈수록 많은 스승 이것이 너의 스승이네"(別裁僞體親風雅, 轉益多師是我師.)란 구절이 있는데, 전겸익(錢謙益)은 주에서 "별재란 구별한다는 말이며 재란 잘라 버린다는 것이다. 위체를 능히 구별하여 버린다면 풍아에 가까울 것이다"(別者, 區別之謂. 裁者, 裁而去之也. 果能別裁僞體, 則近於風雅矣.)라 하였다. 유위위의 시가 뛰어나도 외이(外夷)여서 별재에 수록되리라는 의미이다.

767. 몽고곡　몽곡(蒙穀)·몽곡(蒙谷)으로, 고대 전설 가운데 나오는 태양이 들어가는 곳으로 산 이름이다. 함의는 미상.

768. 심귀우　원문은 귀우심(歸愚沈). 귀우는 청나라 심덕잠(沈德潛)의 호다. 70세 되던 해에 청 고종(淸高宗)이 노명사(老名士)라 하며 불러서 역대 시(詩)의 원류(源流)를 논하고 예부시랑(禮部侍郞)으로 특채하였다. 전진군(錢陳群)과 아울러 동남이로(東南二老)라 일컬었다. 저서에는 『오조시별재』(吳朝詩別裁)·『고시원』(古詩源)·『죽소헌시초』(竹嘯軒詩鈔)·『귀우시문초』(歸愚詩文鈔)·『서호지찬』(西湖志纂) 등이 있다. 여기서는 『오조시별재』(吳朝詩別裁)와 관련된 것으로 보인다.

769. 범 잡으나 보리 내나　원문은 정호조맥(窂虎糶麥). 정호(窂虎)는 함정을 파서 호랑이를 잡아 호환을 없애는 일이고, 조맥(糶麥)은 춘궁기에 보리를 낸다는 뜻이니, 모두 지방의 관원들이 하는 일을 가리킨다.

770. 비옥　고대에 4·5품의 관리가 입었던 복장으로, 박제가와 유위위가 모두 당시 낮은 지방관의 자리에 있었음을 말하는 것으로 보인다. 시골에서는 지방 관리가 하는 일이 중요하다는 것을 둘러 말하는 것이다.

주서 이기헌[771]이 금수정에 들르다 2수 李注書基憲見過金水亭 二首

1

그대처럼 보배롭고 귀한 사람도	環奇有如子
초야에다 기꺼이 머리 숙이네.	草莽肯低頭
긴 가을 길 떠날까 생각하다가	擬展長秋步
마음 돌려 윤하(閨夏)에 유람을 하네.	翻成閨夏遊
관아 문엔 나무가 우거져 있고	縣門多綠樹
물가엔 붉은 다락 보이는구나.	水次見紅樓
관리 생활[772] 앞으론 겨를 없을 터	簪筆從無暇
진인(眞人) 찾아 잠시만 머무르시게.	尋眞合少留

2

만나서 어느 누가 반겨 줄거나	邂逅誰靑眼
비등하니 아직도 젊은이로세.	飛騰尙黑頭
송계 맡은 현령을 찾아오고선	言尋松桂宰
죽림의 놀이를 다시 이었네.	來續竹林遊
지는 해는 서원을 머금고 있고	落景銜書院
구름은 물가 다락 머물러 있네.	歸雲護水樓
산과 물이 저절로 좋다 하여도	溪山雖自好
또한 모두 그대 위해 있는 것일세.	多是爲君留

---

771. 이기헌 1763년에 태어났다. 자는 온중(溫仲)이고, 본관은 전주다. 1801년 서장관으로 사행을 다녀온 뒤 지은 『연행록』 3책이 규장각에 있다.
772. 관리 생활 원문은 잠필(簪筆). 필요할 때 바로 쓰려고 붓을 비녀처럼 머리에 꽂는 것을 말한다. 얕은 벼슬아치가 됨을 뜻한다.

고을 남쪽 생관에 있는 온중 이기헌에게 부치다

寄李溫仲縣南甥館

시원하게 자리 드니 의기도 남다른데	入座翩翩意氣殊
흥취 일어 명승 고을 왔노라 말을 하네.	自言乘興到名區
남궁에선 전갈 급해 나는 학 타고 왔고	南宮報捷騎揚鶴
동도주인[773] 손 붙들어 지붕 까마귀도 사랑하	東道留賓愛屋烏
네.[774]	
얼큰하여 몽롱하게 수각에 임해 보니	小醉懵騰臨水閣
긴 바람 막힘 없이 평원으로 불어 간다.	長風豁達轉平蕪
굽은 강 꽃과 버들 무엇과 같을 건가	曲江花柳知何似
이것이 다름 아닌 부람난취[775] 그림일세.	此是浮嵐暖翠圖

---

773. **동도주인** 원문은 동도(東道). '동쪽 방향으로 가는 길을 안내하는 사람'이라는 뜻으로, 주인 노릇을 하는 사람을 비유하는 말이다. 주인이 손님을 대접하듯 동쪽 방향으로 가는 길을 안내한다는 것으로, 길을 안내하는 사람을 비유하거나 주인으로서 손님 접대를 하는 사람을 말한다. 『좌씨전』(左氏傳)「희공」(僖公) 30년 조에 나온다.

774. **지붕 까마귀도 사랑하네** 원문은 애옥오(愛屋烏). 옥오(屋烏)는 지붕 위에 앉은 까마귀다. 어떤 사람이 좋으면 그 집 지붕의 까마귀도 사랑스럽고, 누군가 미우면 서여(胥餘)도 꼴보기 싫다는 말에서 나왔다.

775. **부람난취** 뜬 남기(嵐氣)와 따뜻한 취치(翠緻)로 송나라 구양수의 「여산고증동년유중윤귀남강」(廬山高贈同年劉中允歸南康)에서 빌려 온 표현이다.

백운사에서 白雲寺

공무에도 그윽한 일 참여하여서	縣務參幽事
해마다 한 번씩 백운사 가네.	年年一白雲
낡은 절은 춘천으로 길 이어지고	寺殘通貊道
늙은 측백 호란(胡亂)을 기억하리라.	柏老記胡焚
산은 험해 저절로 변화가 많고	山險自多變
냇물 길어 몇 번 거쳐 소리 들리네.	川長經屢聞
농사짓는 사람을 만나고 보니	相逢耕鑿子
순박하여 꾸밈없음 기뻐하누나.	淳朴喜無文

수동의 구름다리 아래에 여울이 있는데, 기이한 돌이 빼곡 솟아 있다. 나는 그곳을 매우 사랑하여 연산뢰⁷⁷⁶란 이름을 붙여 주었다 水洞棧道下有灘 奇石森立 余甚愛之 贈名研山瀨

물새가 하필 꼭 하얀색이랴	水禽何必白
갈색의 새들도 아리땁구나.	褐色亦軒軒

776. **연산뢰**   송나라 미불이 그린 〈연산도〉(研山圖)란 작품이 있고, 김정희의 『완당전집』 권6에도 「연산뢰기」(研山瀨記)가 있다. 연산뢰가 어디인지 확실치 않으나, 초정의 행적으로 보아 경기도 남양주시 수동면 수동계곡인 듯하다. 미불이 소장한 연산석(研山石)이 있는데, 이 돌은 산봉우리가 서른여섯 개로 크고 낮은 봉우리가 우뚝우뚝 솟았고, 많은 골짜기마다 깊은 구렁과 연못이 패었으며, 동혈(洞穴)도 뚫린 천하의 명석(名石)이었다. 김정희가 말한 연산뢰도 이 돌과 관련된 것으로 보인다.

괴석이 하필 꼭 하얀색이랴	怪石何必白
묘함 다만 뾰족이 솟음에 있네.	妙只在巉屼
나는야 흰 구름 길에 있어서	吾於白雲路
이름 없는 이 여울 좋아한다네.	愛此無名灘
한 봉우리 비로소 동쪽 막으니[777]	一峰始東拒
세찬 여울 옆으로 콸콸 흐른다.	急湍從傍奔
흰 꼭대기 약간의 눈이 깔린 듯	素頂象微雪
물길의 근원은 맑기도 해라.	匯波湛其根
가운데 봉우리 주름이 많아	中峰正皺蹙
자연히 큰 산의 기세 있구나.	天然嶽勢存
천 개의 바위와 만 개의 골짝	千巖與萬壑
펼쳐 있어 손으로 잡을 수 있을 듯.	羅列手可捫
남쪽 봉은 홀연히 따로 우뚝 서	南峰忽離立
저 멀리 하늘 밖 산이 되었네.	遠作天外山
서쪽 섬은 남은 뜻 품고 있는지	西嶼有餘意
여기저기 둔덕이 펼쳐 있네.	落落數堆屯
평생토록 한 언덕[778]을 사모한지라	平生一邱想
석벽은 도손(稻孫)[779]에 경도되누나.	石癖傾稻孫
좋구나, 조그마한 세상 속에서	可憐小寰海
몇 길 몇 자 사이에 옮겨 다니네.	攝之尋丈間
웃으며 태항산[780] 꼭대기에서	笑據太行巔

777. 한 봉우리~막으니 수동을 기준으로 동쪽에 있는 축령산을 가리킨다.
778. 한 언덕 원문은 일구(一邱). 일구일학(一邱一壑)으로, 한 언덕과 한 골짜기다. 때로는 언덕에 오르고 때론 골짜기에서 낚시질한다는 뜻이다. 은거하여 재야에 있으면서 산수에 마음을 두는 은자를 비유한다. 『한서』(漢書) 「서전 상」(敍傳上)에 용례가 보인다.
779. 도손 청대 서화가 예도손(倪稻孫)을 가리키는 것으로 보인다. 그는 괴석벽이 있었다.

축융봉(祝融峰)[781]과 더불어 말을 하누나.	乃與祝融言
조계[782] 시내 오십 리 기나긴 길은	曹溪五十里
마땅히 성수[783]의 근원이 되네.	當爲星宿源
진짜 산이 귀하지 않겠는가만	眞岳豈不貴
그림 보고 신령하다 말을 하누나.	畵圖始稱神
그림이야 일면에 불과하나니	畵圖亦一面
귀한 것은 이 산이 진짜라는 것.	所貴此山眞

와룡담 臥龍潭

태고부터 동음[784]이란 고을 있는데	太古洞陰縣
가로 나눠 백 리의 물이 흐르네.	橫分百里川
드높은 봉우리는 비를 만들고	高峰能作雨
먼 데 나무 아련히 연기 같구나.	遠樹只如煙

---

780. 태항산 원문은 태항(太行). 중국 하남성과 산서성 경계에 있는 산으로, 길이 험준하기로 유명하다. 백거이의 「태항로」(太行路)에 "태항산 길 수레를 겪으나 그대의 마음에 비하면 평평한 길이로다" 하였다.

781. 축융봉 원문은 축융(祝融). 중국 형산(衡山)의 최고봉이다.

782. 조계 조계는 본래 중국(中國) 안휘성(安徽省)에 있는 물 이름이다. 『전등록』(傳燈錄)에 "양(梁)나라의 승 지락(智樂)이 배를 타고 조계의 입구에 이르자 향취가 진동하므로, 그 물을 맛보고 '이 강(江) 상류에 승지(勝地)가 있다' 하고, 터를 닦아 절을 세우고 보림사(寶林寺)라 이름 지었다. 이어 '앞으로 170년 뒤에 훌륭한 법사가 여기서 설법할 것이다' 하였다"라는 글이 보인다.

783. 성수 성수해(星宿海)를 가리킨다. 황하(黃河)의 발원지(發源地)로, 1백여 개의 샘에서 물줄기가 솟아나와 마치 뭇별처럼 찬란하게 빛난다고 한다.

784. 동음 지금의 경기도 포천군 영중면 일대를 가리킨다.

수렛길엔 유난히 부딪힘 많고 　　　　　　　輿路偏多觸
쟁기 흔적 절반쯤 걸려 있구나. 　　　　　　犁痕一半懸
못 속 바위 삐죽하게 솟아나 있어 　　　　　槎牙潭石出
그 꼭대기 밟음을 좋아한다네. 　　　　　　愛此躡其顚

가뭄이 심해 전야를 순시하다 우연히 짓다 旱甚巡野偶成

어둠 뚫고 밝은 해 솟아오르니 　　　　　　冥冥還杲日
어느덧 단옷날이 가까워졌네. 　　　　　　苒苒近端陽
옛 객사엔 제비들 둥지를 틀고 　　　　　　古館巢胡燕
들판엔 뽕나무 길게 자랐네. 　　　　　　　平田長魯桑
벼슬아치 한가함을 책망하여도 　　　　　　吏閒猶有責
이 몸 늙어 바쁜 일 없길 바라네. 　　　　　身老欲無忙
시골의 늙은이 쾌활하여서 　　　　　　　　快活村中叟
보리타작 마당에서 늘어져 자네. 　　　　　高眠打麥場

동료 계지 박종선이 금강산을 노닐고 돌아오는 길에 나의 「포어」 장편시[785]에 차운하여 보여 주기에 다시 그 운을 써서 짓다 繼之寮友 游金剛歸路 次余捕魚長篇見示 復用其韻

편지를 펼쳐 보니 코끝에 먹 내 짙네	鼻端墨深書數寸
안경[786] 쓰기 전에는 얼마나 둔했던가.	靉靆以前人何鈍
괴이하다, 그대는 척리(戚里)[787]에서 나고 자라	怪君生長戚里中
문질(文質)을 겸하고도 곤궁한 데 처했으니.	佩實銜華能處困
청문[788] 밖 폐원(廢園)에서 선주(先疇)[789]에 힘을 쓰니	靑門廢園服先疇
조시[790] 멀리 떠난지라 지내기에 편치 않지.	遠離朝市居非穩
갈대 이불 깨끗하니 스님 짝해 잠을 자고	蘆花被潔伴僧眠
왕대 골짝 깊은 곳서 아내와 밥을 짓네.	簹簹谷深携妻飯
우연히 흥이 일어 동해로 들어가서	偶然興到入東海
일만 이천 봉우리에 굳센 다리 뽐내누나.	萬二千峰誇脚健
때때로 고을에서 음식[791]을 보내 주고	時時州郡送食單
이따금 산승들이 술 어음을 끊어 준다.	往往山僧折酒券
한 편의 명산기를 부연해 지어내어	演成一部名山記

---

785. **「포어」 장편시**　이 책 중권 475쪽에 있는 「창옥병 서쪽 시내에서 작은 물고기를 잡다」란 작품을 가리킨다.

786. **안경**　원문은 애체(靉靆). 안경의 다른 이름이다.

787. **척리**　장안(長安)에 있던 마을 이름이다. 한(漢)나라 때 천자의 인척이 여기에 살았으므로, 전하여 임금의 외척이란 뜻으로 쓰인다.

788. **청문**　한(漢)나라 장안성(長安城) 동남문인 패성문(霸城門)을 가리킨다. 여기서는 한양의 동남문을 가리킨다.

789. **선주**　선대에서 전하여 내려온 전주(田疇), 즉 유산으로 내려온 영토를 말한다.

790. **조시**　조정과 저자로, 전하여 명리(名利)의 경쟁이 심한 곳을 가리킨다.

791. **음식**　원문은 식단(食單). 야외에서 밥을 먹을 때 땅에 덮어 음식 밑에 까는 천 조각을 가리킨다.

평생토록 『잠부론』[792]과 짝지어 주시게나. 配以平生潛夫論

전생 몸과 후생 몸이 무엇과 같을거나 前身後身定何似

시험 삼아 꽃을 들어 부처 앞에 바친다네. 試一拈花佛前獻

인생살이 마흔 해에 늙고 쇠한 몸뚱이라 人生四十亦衰相

잇병으로 어느새 질긴 음식 피하느니. 病齒居然避靭腤

지난날 중서성에 채필 따름 떠올리고 憶昨中書彩筆隨

남쪽에서 고을살이[793] 장군 깃발[794] 세웠었지. 亦曾南牧高牙建

천금도 한순간에 내던져 버리리니 揮斥千金自一時

구차한 돈의 노예 바라는 바 아니어라. 區區錢虜誠非願

산 위에 싹이 난 것 간저송(澗底松)[795]이 분명하니 山上之苗澗底松

오호라, 물정은 천만 가지 모습이라. 烏虖物情相千萬

그대 뉘만 같지 못해 공경이 못 되었나 君誰不如不公卿

풍채는 훌륭하고 살갗도 고운 것을. 督之平也膚之曼

하느님이 계시거니 영고성쇠 누가 알리 司命者存執榮枯

행인에게 물어봐도 괴상한 말만 많네. 執塗而問多詖遁

갓 벗고 노래하며 백운을 바라보니 高歌露頂望白雲

눈과 귀가 맑아지고 위태로움[796] 멀어지네. 六鑿蕭然機穽遠

정유각의 이은(吏隱)은 그의 행차 바라보고 貞㽔吏隱矙其行

---

792. 『잠부론』 후한의 왕부(王符)가 찬한 책 이름이다. 세상에 용납되지 않는 데 발분하여 당시의 폐정(弊政)을 통절히 논하였다.

793. 남쪽에서 고을살이 원문은 남목(南牧). 남하하여 방목한다는 뜻으로, 북방의 민족이 남침해 내려옴을 가리킨다. 가의가 「과진론」(過秦論)에서 "호인은 감히 남쪽으로 내려와 말을 쳐서는 안된다"(胡人不敢南下而牧馬)라 한 데서 비롯되었다. 음성현감으로 있었던 때를 말하는 듯하다.

794. 장군 깃발 원문은 고아(高牙). 고아대독(高牙大纛)을 말한다. 장군의 본진(本陣)에 세우는 높은 아기(牙旗)와 큰 독기(纛旗)로, 전하여 일군(一軍)을 통솔하는 장군의 지위를 가리킨다.

795. 간저송 골짜기 깊은 곳의 소나무라는 뜻으로, 대개 덕과 재주가 높으나 관직이 낮은 사람을 비유적으로 가리킨다. 진(晉)나라 때 좌사(左思)의 「영사」(詠史)에 용례가 보인다.

도중에서 맞이하여 술잔 잡고 권하노라.	邀之半途持杯勸
금수정 가운데에 윤4월이 되었으니	金水亭中閏四月
사뿐 날던 나비의 금날개 빛바랬네.	翩翩蝴蝶金衣褪
낚싯대 든 어부는 천홍포(茜紅袍)⁷⁹⁷에 의지하고	一竿漁倚茜紅袍
두 뺨은 옥빛으로 매화권(梅花圈)⁷⁹⁸에 비치누나.	雙鬢玉映梅花圈
세상사 모두가 취한 눈에 공허하고	宿物都從醉眼空
세상맛에 들지 않아 시심이 어여쁘네.	世味不入詩腸嫩
창랑은 자기가 취하니⁷⁹⁹ 강개하지 말게나	滄浪自取勿慷慨
기와 자갈 던지다간 힘 빠지기 십상일세.	瓦礫相投易委頓
추위 더위 맞이할 일 다시 얼마 남았다고	來頭寒暑復幾何
내 장차 뉘와 함께 은혜 쌓고 원한 질까.	吾將與人誰恩怨
불길한 일 있음은 더욱 경계해야 하니	有一不祥尤可戒
집 가난해 객과 함께 방죽에서 얘기하네.	家貧與客談堤堰

796. **위태로움** 원문은 기정(機穽). 본디는 기관(機關) 없이 짐승을 사로잡는 함정을 가리키며, 비유적으로는 위험한 지경을 뜻한다. 『후한서』「성일」(盛壹)에 "한 마리 궁한 새가 들판에서 날개를 접고 있었다. 위에는 그물이 있고, 아래는 덫이 있었기 때문이다"(有一窮鳥, 戢翼原野. 畢網加上, 機穽在下.)라고 보인다.

797. **천홍포** 『국역조선왕조실록』 영조 39년 11월 9일자 기사에 "당하관(堂下官)의 천홍포(茜紅袍)도 또한 비용이 많이 든다는 것으로 금지하였다"는 구절이 있는 것으로 보아, 천홍포는 당하관들이 입는 옷으로 보인다. 당하관은 '조선 시대 관리 중에서 문신은 정3품 통훈대부(通訓大夫), 무신은 정3품 어모장군(禦侮將軍) 이하의 품계를 가진 자'를 말한다.

798. **매화권** 옷에 수놓은 무늬의 하나로 보인다.

799. **창랑은 자기가 취하니** 원문은 창랑자취(滄浪自取). 창랑의 물이 맑으면 갓끈을 씻고, 창랑의 물이 흐리면 발을 씻었다고 노래한 것이 있다. 창랑이 맑고 흐림에 따라 갓끈을 씻거나 발을 씻게 되는 것이니, 그것은 창랑 저 자신에 달려 있다는 말이다. 『맹자』에 보인다.

유화의 면천 귀양지에 부치다 寄柳誠沔川謫居

화지는 자그마한 가의이지만[800]	鮮之小賈誼
엄한 견책 장사[801]보다 무거웠다네.	嚴譴重長沙
지하의 형수에게 부끄러우니	地下慚邱嫂
하늘 끝서 원수 집안 피하였다지.	天涯避怨家
객사 낡아 벽의 이에 근심겨운데	店荒愁壁蝨
폐지(廢池)엔 개구리가 많기도 하다.	池廢足官蛙
아득히 시 짓던 밤 떠올려 보니	遙憶題襟夜
초록 도포[802] 입고서 관아 왔었지.	荷衣到郡衙

죽은 딸의 장례식 날 亡女葬日

호중의 길 제대로 보이지 않고	不見湖中路
뜬구름만 종일토록 어둑하구나.	浮雲終日陰
아비를 불러 대던 생사의 눈물	呼爺生死淚
어미 없이 남겨진 형제의 마음.	無母弟兄心
아득히 집을 멀리 떠나가서는	杳杳離庭遠
어두운 땅속 깊이 들어갔구나.	冥冥入地深

---

800. 화지는 자그마한 가의이지만 유화의 자인 듯하다. 가의 역시 대신들의 시기를 받아 장사왕(長沙王) 태부(太傅)로 좌천되어 「조굴원부」(弔屈原賦)를 지은 바 있다.

801. 장사 장사왕 태부로 좌천됐던 가의를 말한다.

802. 초록 도포 원문은 하의(荷衣). 진사에 급제한 사람이 입던 초록색 도포.

| 머지않아 나도 곧 돌아가리니 | 魂歸應有日 |
| 우리 서로 마음껏 만나자꾸나. | 吾以意相臨 |

왕세정의 『엄주집』에서 운자로 수남라학을 뽑아 직각 심염조의 시에 차운하다 射弇州集韻輪南藝臟 次沈直閣

엄원 문집 여태도 읽지 못해 아쉽다가[803]	噬臍弇園藁未讀
운자를 뽑게 되니 마치도 사복(射覆)[804] 같네.	偶値射韻如射覆
부추기어 엽등하니 벽전(壁錢)[805]을 닮았지만	喉人黏蠟肯壁錢
지신(地神)께 벌레 구함 딱따구리와 한가지네.	呪地求蟲同啄木
의원 편작(扁鵲) 놀라면 보는 경계 그릇되고	醫扁失色視牆訛
마고할멈 긴 손톱이 격화(隔靴)[806]에 부끄럽네.	麻姑爪長慚隔韄
야인들의 예법에는 말 많은 걸 축하하나[807]	野人之禮慶多馬

803. **아쉽다가** 원문은 사제(噬臍). 배꼽을 물어뜯으려 해도 입이 닿지 아니한다는 뜻으로, 후회해도 이미 늦음을 비유하는 말이다. 『좌전』(左傳)에 "만약 일찌감치 계획하지 아니하면 뒤에 가서는 임금께서 반드시 배꼽을 씹으리라" 하였는데, 그 주(注)에 "사람이 자기 배꼽을 씹을 수 없는 것과 같이 미처 갈 수가 없다는 뜻이다"라 하였다.

804. **사복** 엎어 놓은 그릇 속에 물건을 넣어 두고 그것을 맞히는 놀이로, 종종 점을 치는 데 사용하기도 하였다. 『한서』(漢書) 「동방삭전」(東方朔傳)에 보인다.

805. **벽전** 납거미다. 동전 같은 흰색의 거미줄을 담장 사이에 쳐 놓기에 붙여진 이름이다.

806. **격화** 격화소양의 의미인데, 신 신고 발바닥 긁기와 같다는 뜻으로, 일이 철저하지 못하여 성에 차지 않는다는 말이다.

807. **말 많은 걸 축하하나** 원문은 경다마(慶多馬). 화살이 많음을 축하한다는 의미로, 고대에 투호 놀이에서 승자가 많은 화살을 차지한 것을 두고 이른 것이다. 『예기』(禮記) 「투호」(投壺)에 "경다마"(慶多馬)란 구절이 보이는데, 이때에 '마'(馬) 자를 지금에는 '마'(碼)로 쓴다.

앉은 객은 뜬금없이 요아(拗鵞)에 놀라누나.	坐客無端驚拗鵞
제공들 줄지어[808] 모두 다 부귀커니	諸公袞袞盡富貴
나 아니면 그 누가 이 맛을 알겠는가.	非我寧能知此味
술통 하나 깨끗하고 음지 과실 있어도	一樽蕭蕭陰地蓏
유고지의 삼구[809] 풍류 아직도 못 미치네.	庾郞三九風猶未
오이밭 탕진해도 아깝지 아니하니	瓜田蕩盡未足惜
다만 그저 오이 따듯 시구 따길 바랄 뿐.	但願句摘如瓜摘
아니면 『무자경』[810]을 보내기 어려우니	不然送難無字經
일곱 성인 길을 헤맨[811] 원한 또한 풀리리라.	七聖俱迷怨亦釋
내일 아침 군사들[812] 안장을 엄히 하여	詰朝偏師嚴鞁鞦
동반의 삽혈 맹세 좇아서 올라가리.	銅盤歃血從而上
중원의 백설[813]이 교만 떨지 못하리니	中原白雪不復驕
적수의 현주[814]는 상망(象罔)[815] 손에 들어갔네.	赤水玄珠歸象罔

---

808. 제공들 줄지어   원문은 제공곤곤(諸公袞袞). 두보(杜甫)의 「취시가」(醉時歌)에 "제공들 줄지어 대성에 오르는데, 광문 선생 관직만은 홀로 썰렁하구나"(諸公袞袞登臺省, 廣文先生官獨冷.)라는 구절이 있다.

809. 유고지의 삼구   원문은 유랑삼구(庾郞三九). 남조(南朝) 제(齊)나라 유고지(庾杲之)의 밥상에는 늘 부추로 만든 반찬 세 가지〔三韭〕만이 놓였다는 고사를 가리킨다. 자세한 내용은 이 책 중권 302쪽 각주 248 참조.

810. 『무자경』   누구나 마음속에 지니고 있는, 글자로 적혀 있지 않은 경전.

811. 일곱 성인 길을 헤맨   원문은 칠성구미(七聖俱迷). 황제(黃帝) 등 일곱 성인이 대도(大道)를 찾으러 떠났다가 양성 들판에서 길을 잃고 헤매던 중 목마동자(牧馬童子)를 만나 천하 다스리는 법을 얻어듣고는 천사(天師)라고 절을 하고 물러나왔다는 이야기가 전한다. 『장자』(莊子) 「서무귀」(徐无鬼)에 보인다.

812. 군사들   원문은 편사(偏師). 1개 부대의 뜻으로, 보통 거전(車戰)의 경우에는 25승(乘)을 말하고, 보전(步戰)의 경우에는 사졸(士卒) 50인을 말한다. 『춘추좌전』(春秋左傳) 선공(宣公) 12년에 보인다.

813. 백설   명나라 때 이반룡(李攀龍)을 가리킴. 그의 당호가 백설루였다. 왕세정과 쌍벽으로 이름이 높았는데, 결국 왕세정에 미치지는 못한다는 뜻이다.

정종대왕 만사 12수 正宗大王挽詞 十二首

1

성인이 있다는 말 들었는데	蓋聞有聖人
내 몸소 우리 성군 알현하였네.	躬親見我后
교화 문명 하늘에 높이 솟았고	聲明極天高
은택은 땅에 싸여 두텁기만 해.	惠澤蟠地厚
호호탕탕 군자의 풍모에다가	浩蕩君子風
따스한 태화주의 기운이셨네.	絪縕太和酒
뉘 능히 처음과 끝 헤아릴거나	疇能測端倪
만세토록 다스림 우러러보리.	萬世仰衡斗

2

큰 효성 하늘로부터 타고났으니	大孝由天得
어릴 적 삼가 낯빛 근심했다오.	沖齡儆色憂
열흘 이상 허리띠 풀지 않으니	兼旬不解帶
영고(寧考)[816]가 그 다음 날 병이 나았지.	寧考翼乃瘳
나라 사람 다투어 경하했으니	邦人走相慶

---

814. **적수의 현주** 명나라 때 손일규(孫一奎)가 지은 『적수현주』(赤水玄珠)란 의서(모두 30권이며, 한한·열열·허허·실실·표표·이리·기기·혈혈에 대하여 자세히 설명하였다)를 가리키기도 하지만, 여기서는 책이라기보다는 이 책 이름이 탄생하게 된 장자의 "황제(黃帝)가 적수(赤水)에서 놀다가 현주를 잃었다"는 말에서 따온 말로 보인다. 전체적으로 의미를 알기 어렵다.

815. **상망** 황제가 적수 북쪽에서 노닐다가 돌아오는 길에 현주를 잃어버렸는데, 아무도 찾지 못하는 중에 무심을 뜻하는 상망(象罔)만이 찾아냈다는 이야기다. 『장자』「천지」(天地)에 보인다. 여기에서 상(象)은 비무(非無), 망(罔)은 비유(非有)를 지시하고 있는데, 보통 무심(無心)의 상징으로 인지되고 있다.

816. **영고** 망부(亡父)로, 여기에서는 사도세자를 말한다.

군왕은 하늘이 믿는 바로다.   華袞天所孚

영광스레 관리[817]로 끌어 주시고   煌煌導銀印

관복과 복두를 하사하셨지.   公服而幞頭

3

제왕은 종통을 중히 여기나   帝王重宗統

소인들 사사로움 의심하였네.[818]   小人疑有私

구양수의 논의[819]가 어그러지니   歐陽議已失

석계(席桂)가 제멋대로 횡행하였지.   席桂敢橫馳

원년부터 큰 가르침 이끄셨으니   初元牗大誥

우리 예법 또한 이에 마땅해졌네.   我禮亦宜之

우공의 구정[820]처럼 『명의록』(明義錄)[821] 지어   禹鼎明義錄

궁궐의 위의를 알맞게 했네.   金稱宮園儀

---

817. 관리   원문은 은인(銀印). 은색의 관인(官印)으로, 보통 군수(郡守)를 뜻한다. 여기에서는 정조가 자기를 검서관 및 지방관으로 임명한 사실을 말한다.

818. 제왕은~의심하였네   영조는 사도세자를 죽인 뒤, 세손을 사도세자의 이복형 효장세자의 양자로 입적시켜 왕위에 오르게 했다. 그가 바로 정조다. 정조는 왕위에 오른 뒤 양부인 효장세자를 진종(眞宗)으로 추존하는 한편, 친부인 사도세자에게 장헌(莊憲)이라는 시호를 올렸다. 친부까지 왕으로 추존하면 왕실의 종통에 문제가 생기기 때문이었다. 두 구절은 왕위 추존 문제로 논란이 있었던 당시의 정치 상황을 말한 것이다.

819. 구양수의 논의   구양수가 제기한 정통론(正統論)을 가리킨다. 북쪽의 요(遼)와 서쪽의 서하(西夏) 등 이민족 왕조에게 끊임없는 압박을 받은 북송대(北宋代)에 살았던 구양수는, 한족 왕조의 정통성과 문화의 우위를 강조하기 위해 저술을 통해 정통론과 화이론(華夷論)을 제기하였다. 구양수의 논의는 이후 정통론 전개의 시발점이 된다.

820. 우공의 구정   원문은 우정(禹鼎). 우(禹)임금이 구주(九州)의 철(鐵)을 걷어 구정(九鼎)을 만들었는데, 그것이 역대로 전하는 보물이 되었다고 한다. 이후 이 말은 국가와 정권의 정통성 또는 영토를 상징하였다.

4

공자가 지위를 얻지 못하여	宣尼不得位
사도(師道)가 언제나 아래 있었네.	師道恒在下
정일(精一)[822]이란 한 말씀 전하여 오니	恭惟精一傳
대통이 조선으로 돌아왔구나.	大統歸海左
주자의 서책을 추존하여서	推尊紫陽書
의식처럼 우리를 길러 주었네.[823]	衣被芻豢我
정구[824]에서 팔황을 살피었으니	庭衢視八荒
그 누가 사악한 짓 할 수 있으리.	誰爲詖淫者

821. 『명의록』 조선 후기 정조의 정치적 처분이 정당함을 밝힌 책이다. 1777년(정조 1) 교서관에서 간행하였다. 1778년에는 1권의 『속명의록』이 간행되었다. 한글 번역본인 3권 4책의 『명의록언해』가 있는데, 한글 임진자본과 목판본 두 종류가 있다. 정조는 1776년 즉위하자 그 입지에 장애가 되었던 홍인한(洪麟漢)과 정후겸(鄭厚謙) 등을 곧 제거하였으며, 영조대 『천의소감』(闡義昭鑑)의 예를 따라 찬집청(纂輯廳)을 설치하고 김치인(金致仁) 등으로 하여금 그간의 경위와 처분에 대한 기록들을 모아 편찬하게 하였다. 개별적인 정치적 사건에 대해 정부에서 공식 문헌을 간행하여 처리를 마무리한 성격을 지닌다.

822. 정일 요(堯)가 순(舜)에게 제위(帝位)를 물려주면서 "인심은 위태롭고 도심은 은미하니, 오직 정성을 다하고 한결같이 하여 그 가운데를 잡으라"(人心惟危, 道心惟微, 惟精惟一, 允執厥中.)고 당부하였다. 『서경』 「대우모」(大禹謨)에 보인다. 후대의 유학자들은 이를 두고 십육자심전(十六字心傳)이라 하였다.

823. 의식처럼 우리를 길러 주었네 원문의 의피(衣被)는 옷과 이불이다. 추환(芻豢)은 개나 돼지 등 집에서 기르는 가축을 뜻하는데, 보통 고기를 범칭한다. 『맹자』 「고자」(告子)에 "의리로 우리 마음을 기쁘게 함은, 고기로 우리 입을 기쁘게 하는 것과 같다"(故義理之悅我心, 猶芻豢之悅我口.)라는 말이 있다. 앞 구절과 함께, 주자학의 의리를 널리 펼쳤다는 뜻이다.

824. 정구 소요(逍遙)하는 뜰과 길거리를 말한다. 죽림칠현(竹林七賢)의 한 사람인 진(晉)나라 유령(劉伶)의 「주덕송」(酒德頌) 첫머리에 "대인 선생이 있었으니, 그는 천지개벽 이래의 시간을 하루 아침으로 삼고, 천만 년을 순간으로 여겼으며, 해와 달을 창문과 빗장으로 삼고, 광활한 천지를 뜰과 길거리로 여겼다"(有大人先生, 以天地爲一朝, 萬期爲須臾, 日月爲戶牖, 八荒爲庭衢.)라는 구절이 나온다.

5

산과 시내 그리고 해와 달님은　　　　山川與日月
화려하게 천지의 무늬 이뤘지.　　　　麗爲天地文
지언(至言)은 아로새김 사양하노니　　　至言謝雕琢
옛 성인의 말씀825과 다름이 없네.　　　渾渾疑典墳
백세의 선비들이 잔을 들고서　　　　摻觚百世士
옷깃 여며 군왕께 조회하였지.　　　　歛袵朝吾君
명을 내려 화각을 설치했으니　　　　絲綸庀華閣
밤마다 붉은 구름 머무르누나.　　　　夜夜宿紅雲

6

환하게 빛을 내는 궁궐의 등불　　　　耿耿九華燈
추운 밤도 심지는 다시금 밝다.　　　　寒宵炧復明
닭 울음 경계826 어찌 생각 않으리　　　豈不念鷄鳴
죄를 논함 반드시 공평케 했네.827　　　罪疑必求平
반짝이는 저기 저 철루자828에서　　　喈彼鐵漏子
하나하나 마른 횃대829를 뽑아내셨지.　一一抽枯桁

---

825. **옛 성인의 말씀**　원문은 전분(典墳). 삼분오전(三墳五典)의 줄임말로, 각종 고대의 전적을 뜻한다. 삼분은 복희(伏羲)·신농(神農)·황제(黃帝)의 글이고, 오전은 소호(少昊)·전욱(顓頊)·고신(高辛)·요(堯)·순(舜)의 글이라고도 한다.

826. **닭 울음 경계**　원문은 계명(鷄鳴). 계명계단(鷄鳴戒旦)의 줄임말이다. 새벽을 놓쳐 일을 그르칠까 경계한다는 뜻이다.

827. **죄는~했네**　원문의 죄의(罪疑)는 "죄는 생각건대 가벼이 하고, 공은 생각건대 무겁게 하라"(罪疑惟輕, 功疑惟重)는 『맹자』「양혜왕」(梁惠王)에서 가져온 말이고, 구평(求平)은 치우침 없이 공평함을 추구했다는 뜻이다.

828. **철루자**　물시계를 가리킨다.

829. **마른 횃대**　원문은 고형(枯桁). 형(桁)은 횃대 또는 시렁의 뜻. 의미가 분명치 않다.

새들과 물고기도 방생하거늘   禽魚尙放生
혈육을 가벼이 여길 수 있나.   血肉那可輕

7
바람은 장대 끝에 휘몰아치고   獵獵風竿相
어지러이 비 내려 흘러넘치네.   濛濛雨尺深
혹한에도 제사 더욱 정성스럽고   祁寒祀愈虔
큰 근심은 자꾸만 깊어진다네.   大有憂更甚
니서(泥書)는 공거(公車)에 가득 차 있고[830]   泥書滿公車
침소에는 〈빈풍도〉 둘러 있었지.[831]   豳圖繞丙枕
궁민(窮民)에게 은혜가 먼저 이르나   無告惠必先
농사일 게을리함[832] 금지하셨네.   不毛田有禁

8
수명(修明)[833] 중에 가르침을 직접 받으니[834]   修明獲親炙
수십 가지 춘추의 뜻이었다네.   數十春秋旨

---

830. **니서는~있고**　니서(泥書)는 흙으로 봉한 책 상자이다. 공거(公車)는 천자나 관부의 수레 또
는 조정의 관서를 뜻하는데, 여기서는 정조의 서가 또는 규장각을 의미하는 것으로 볼 수 있다.
831. **침소에는~있었지**　병침(丙枕)은 임금이 잠자리에 드는 시각을 뜻하는데, 여기서는 왕의 침소
를 의미한 것으로 보았다. 〈빈풍도〉는 계절에 따른 농사일을 표현한 그림이니, 농업을 장려하고 백
성들을 사랑하는 정도의 의미로 쓰인 것이다.
832. **농사일 게을리함**　원문은 불모전(不毛田). 밭이 있어도 농작물을 심지 않음을 뜻하는 것으로
보인다. 『주례』(周禮) 「지관·재사」(地官·載師)의 "집 근처에 뽕나무와 삼나무를 심지 않는 자에겐
이포(里布)를, 밭을 갈지 않는 이에겐 옥속(屋粟)을 부과하였다"(凡宅不毛者有里布, 凡田不耕者出
屋粟.)라고 한 말에서 가져온 듯하다. 옥속은 옛날 세금의 명칭이다.
833. **수명**　선왕이 남긴 업을 닦아 밝히는 것을 말한다.
834. **가르침을 직접 받으니**　원문은 친자(親炙). 스승이나 존경하는 분에게 가까이하여 친히 가르
침을 받는 일을 말한다.

이 예는 없어질 수 없다 하면서   斯禮不可泯

황단에서 특별한 뜻 일으키셨네.   皇壇特義起

세 황제를 서울에 배향하였고   三后旣配京

십족으로 제사를 돕게 하셨지.   十族復侑祀

명사(明史)의 본기를 다시 높여서   革除尊本紀

오랜 세월 『심사』(心史)835를 보완하셨네.   滄桑補心史

9

왼쪽에 웅후(熊侯) 미후(麋侯)836 세워 두고서   左建熊麋侯

오른편서 연어(鳶魚) 노래837 듣곤 하셨지.   右聽鳶魚詠

문무838를 본디부터 몸에 갖추어   弛張本諸身

스물네 해 인재가 성대하였네.   二紀作人盛

남극성과 한가지로 차례 매기며839   秩禮同弧南

임금님의 장수를 기원하였지.840   以祈人瑞命

언제나 백성에게 장생 주시고   永錫壽民丹

---

835. **『심사』** 책 이름이다. 원나라가 들어선 뒤 송나라 유민 정사초(鄭思肖)가 한족(漢族)의 입장
에서 이민족을 배척하는 글을 지어 자신의 다른 글과 묶어 『심사』(心史)라 하였다(이덕무, 『간본 아
정유고』 권3 「송유민보전」宋遺民補傳 참조). 이 시는 정조의 존주사업(尊周事業)을 기린 작품이다.
정옥자, 『조선후기 조선중화사상 연구』(일지사), '정조대 대명의리론의 정리작업' 관련 내용 참조.
836. **웅후 미후** 원문은 웅미후(熊麋侯). 모두 과녁의 명칭이다. 과녁에 표시된 짐승의 문양으로
명칭을 구분하였다.
837. **연어 노래** 원문은 연어영(鳶魚詠). 『시경』 「한록」(旱麓)을 가리킨다. 그중 "소리개는 하늘에
서 날고 물고기는 못에서 뛰도다"(鳶飛戾天, 魚躍于淵.)라는 구절에서 따왔는데, 소리개와 물고기
가 자득(自得)하는 모양 또는 임금의 덕화(德化)가 잘 미치고 있는 상태를 말한다.
838. **문무** 원문은 이장(弛張). 『예기』(禮記) 「잡기」(雜記)에 "한 번 당기고 한 번 놓아주는 것이
문식의 도"(一張一弛, 文武道也.)라 하였다. 평화로울 때는 군사적 긴장감을 불러일으키고, 긴장이
지속되면 힘이 소진되니 적당하게 늦추어 주어야 한다는 뜻이다.
839. **남극성과~매기며** 원문의 질례(秩禮)는 고대에 상하와 귀천을 분별하던 예이고, 호남(弧南)
은 수명을 주관하는 남극성(南極星: 일명 노인성老人星)이 있는 하늘의 방위다.

요순 아픔 돌보지 않으셨다네.　　　　　　　　不憂堯舜病

10

능은문(稜恩門)[841] 우뚝하게 세워져 있고　　　鬱鬱稜恩門

왕릉 나무 아득히 우거져 있네.　　　　　　萬萬珠邱樹

진상(眞像)에 공경하는 마음 붙이고　　　　　眞像寓瞻依

새 성은 씩씩하게 지키고 있네.　　　　　　新城壯控護

술잔 올림 거르지 않길 바라며　　　　　　康爵願無違

평소 행적 담아서 존호 올렸지.　　　　　　徽稱讓有素

해마다 열흘씩 재를 올려야　　　　　　　年年一旬齋

평생의 사모함을 보일 수 있네.　　　　　　可見終身慕

11

밝은 달에 태극이 서리어 있어　　　　　　明月有太極

온갖 시내 저마다 빛을 받누나.　　　　　　萬川各受光

감히도 변변찮은 붓을 가지고　　　　　　敢以重儓筆

외람되이 성덕[842]을 기리는구나.　　　　　猥書雲漢章

어찌 알았으리오 태평한[843] 날에　　　　　豈料豐亨日

마지막 하명을 받게 될 줄을.　　　　　　翻承末命揚

---

840. 임금님의 장수를 기원하였지　　서명(瑞命)은 천명을 보여 주는 상서로운 조짐을 뜻한다. 여기
서는 시인이 정조 임금이 남극성처럼 오래도록 살기를 기원했다는 뜻으로 풀었다.

841. 능은문　　황제의 능묘에 이르기 위해 들어서야 하는 문이다.

842. 성덕　　원문은 운한(雲漢). 원래는 은하수를 뜻하는데, 뒤에 임금의 문덕 또는 아름다운 문장
으로 그 의미가 넓어졌다.

843. 태평한　　원문은 풍형(豐亨). 풍형예대(豐亨豫大)의 준말이다. 풍형은 모두 64괘의 하나다. 풍
은 성대한 모양, 예(豫)는 화락(和樂)한 모양. 곧, 천하가 태평하여 백성들의 향락이 극도에 이름을
말한다.

소유각(小酉閣)⁸⁴⁴서 창자가 끊길 듯하여 　　腸摧小酉閣

흰머리로 선왕을 그리워하네. 　　髮白見堯墻

12

한 사람 지기의 말을 얻어도 　　得一知己言

오히려 마음 깊이 간직하거늘 　　於敵尙銘佩

하물며 이러한 임금의 은혜 　　矧此君父恩

천 년이 지나도록 다시없으리. 　　千年不可再

향 사르며 임금 음성 떠올려 보고 　　香消玉音記

슬퍼하며 선왕 글씨 마주 대하네. 　　紙黯天章對

산릉⁸⁴⁵ 위에 세월이 지나갔건만 　　月日及山陵

끊어지지 않은 목숨 살아 있구나. 　　未絕命猶耐

느낌이 있어 2수 感懷 二首

1

백발은 늙어 감의 표식이거니 　　白髮老之旌

표표히 가는 대로 맡기어 두네. 　　飄飄任前導

떠나는 길 어드메에 있을 것인가 　　去路在何邊

---

844. **소유각**　이문원의 북쪽에는 대유재(大酉齋), 동쪽에는 소유재(小酉齋)가 있었고, 대유재로 연접된 동이루(東二樓)에 서적을 간직했다.

845. **산릉**　건릉을 말한다. 경기도 화성시 태안읍 안녕리에 있는 정조와 효의왕후(孝懿王后)의 능이다.

더디거나 빠르나 이르게 되리.　　　　　　　遲速終一到
향 연기는 가벼워 쉬 사라지고　　　　　　　香煙脆易消
큰 강물은 거꾸로 흐를 수 없네.　　　　　　大河挽不倒
수레 끌며 바큇자국 뒤돌아보니　　　　　　驅車顧轍痕
지나가면 다시 밟기 어렵겠구나.　　　　　　冉冉難再蹈
신선은 어찌 그리 바보 같은지　　　　　　　神仙一何愚
꿈속에서 『진고』(眞誥)[846]를 이야기하네.　　夢中說眞誥
잠깐 동안 고을의 수령이 되어　　　　　　　蹔現宰官身
한 차례 오사모를 써 보았다네.　　　　　　一著烏紗帽

2

스러진 달 송문(松門)에 가득 차 있고　　　缺月滿松門
교릉(喬陵)[847]은 맑은 강의 저편에 있네.　　喬陵隔淸漢
천안(天顔)은 어제와 다름없는데　　　　　　天顔似昨日
어느새 놀랍게도 해 바뀌었네.　　　　　　倏忽驚歲換
석마(石馬)[848]는 끝끝내 울지 않으니　　　　石馬竟無嘶
구름수레 뉘 능히 부를 것인가.　　　　　　雲軒誰能喚
지난 일 꿈결같이 생각되는데　　　　　　　徊徨影事疑
아스라이 정의는 흩어졌구나.　　　　　　　廖廓風期散
남은 생애 짚불과 비슷하거니　　　　　　　餘生類藁火
다시금 뜻 다질 일 바랄 수 없네.　　　　　無望復成鍛
지사의 눈물은 이어 흐르니　　　　　　　　志士淚相續

---

846. 『진고』　도홍경이 지은 도교 서적의 하나다. 총 20권으로, 신선과 주고받은 비결(秘訣)이 기
록되어 있다고 전해진다.
847. 교릉　송나라 휘종과 흠종의 능인데, 여기서는 정조의 능을 가리킨다.
848. 석마　왕릉 앞에 돌로 만들어 세워 놓은 말을 가리킨다.

인간 세상 경신년[849] 어떠하던가.　　　　　　人間幾涒灘

내각중서[850] 묵장 이정원의 〈유구봉사도〉에 쓰다

題李墨莊中翰琉球奉使圖

제주(齊州) 고을 두루 본 흥이 다 식기 전에　　　橫覽齊州未了煙

사신 되어 나는 듯이 다락배에 올랐구려.　　　　飄然玉節上樓船

황아[851] 고을 밖에선 백제(白帝)[852] 노래 부르고　　歌成白帝皇娥外

푸른 하늘 촉도 변에 집을 지어 사는구나.　　　　家住青天蜀道邊

귀족에게 물어보아 중원 성씨 알아내고　　　　　偶問簪纓知漢姓

한가로이 관지 찾아 왜국 연호 판독했네.[853]　　　閒尋款識辨倭年

평생에 굳고 높은 지조 가슴속 쌓인 기운　　　　平生兀硉胸中氣

중산주 힘을 빌려 좋이 한 번 재웠도다.　　　　　好借中山酒一眠

849. **경신년**　　원문은 군탄(涒灘). 고갑자(古甲子)의 십이지(十二支)의 하나인 신(申)을 말하는데, 여기서는 정조가 서거한 1800년 경신년(庚申年)을 일컫는다.

850. **내각중서**　　원문은 중한(中翰). 황궁 안 도서와 문적을 수장하는 곳. 명청(明淸) 시대에는 내각중서(內閣中書)의 별칭이었다.

851. **황아**　　순임금의 두 비인 아황과 여영으로, 순임금이 죽자 이들은 소상강에 빠져 죽었다. 소상강은 양자강 상류인 동정호 근처에 있다.

852. **백제**　　백제는 양자강 상류에 있는 지명이다. 이백의 「조발백제성」(早發白帝城)이란 작품이 있는데, 이 시는 귀양 갔다 돌아오는 시인의 마음을 배의 빠르기로 그려 낸 작품이다. 이 구절은 이조원이 유구국으로 사신 가는 것을 묘사한 것이고, 아래 구절은 이조원의 집이 사천성에 있음을 말한 것이다.

853. **한가로이~판독했네**　　관지(款識)는 금석에 새긴 글자로, 음각 자는 관(款), 양각 자는 지(識)라고 한다. 왜년(倭年)은 비석에 새겨 있는 일본 독자의 연호를 뜻하는 듯하다.

수재 상승의 추강 달밤에 낚시를 드리운 작은 초상화 그림에 제하다 題言象升秀才秋江月夜垂釣小照

꿈속에도 복숭아씨 작은 배[854]를 생각하니	夢想纏綿桃核船
바늘 머리[855] 안에서 소동파를 얘기했지.	一針頭內話蘇仙
빈 가람에 조각달 옛 모습 그대론데	空江片月都依舊
퉁소 소리에 또다시 오백 년이 지났구나.	又是吹簫五百年

황요포의 〈제서도〉[856]에 부친 노래 黃蕘圃祭書圖歌

책에 볕 쐬고 물 준단 말[857] 자부에서 나왔으니	曬書澆書俱涉矜
신의 경지 아니라면 그리지 못한다네.	未若稱神不居能
서책이 신령탄 말 이상할 게 없나니	謂書爲靈還自可

854. **복숭아씨 작은 배** 복숭아씨 안에 소동파의 「적벽부」의 광경을 새겨 넣은 미세 조각품을 말함.
855. **바늘 머리** 원문은 일침두(一針頭). 바늘 끝으로, 아주 좁은 공간을 뜻한다. 명나라의 이일화(李日華)가 찬한 『육연제이필』에 "제삼선 편정천 위에서 예순 명이 바늘 끝에 함께 앉아 설법을 듣는데, 서로 방해됨이 없었다"(第三禪遍淨天上, 六十人共坐一針頭而聽法, 不相妨.)라는 구문이 보인다.
856. **〈제서도〉** 책에 제사를 지내는 것이다. 루쉰의 글에 「제서신문」(祭書神文)이 있다. 유득공의 『연대재유록』(燕臺再遊錄)에 보면 황요포가 보낸 〈제서도〉(祭書圖)에 대한 기사가 자세히 전한다.
857. **책에 볕 쐬고 물 준단 말** 원문은 쇄서요서(曬書澆書). 책에 볕을 쏘이고 물을 준다는 뜻이다. 남조(南朝) 시대의 학륭(郝隆)은 해마다 7월 7일이면 볕에 나가 하늘을 보고 누웠다. 사람들이 그 까닭을 묻자 "책에 볕을 쐬는 중"이라고 하였다. 자기 뱃속에 든 지식을 자부한 말로, 『세설신어』 「배조」(排調)에 나온다. 요서(澆書)는 새벽에 술 마시는 일을 뜻한다. 시화에 따르면 소동파는 새벽 음주를 쇄서(曬書)라 했고, 이황문(李黃門)은 낮잠을 탄반(攤飯)이라 하였다고 한다.

그 안의 문자에는 천 년 신령 들어 있네.　　　中有千年言語憑

정으로 뜻을 세워 사전(祠典)을 넓혔으니[858]　緣情起義廣祠典

핏줄 전한 먼 조상과 무엇이 다를 건가.　　　奚異血脈傳高曾

강남의 급고(汲古) 풍속[859] 그친 지 오래인데　江南汲古久消歇

요포 선생 황씨[860]가 이 시대에 일어났네.　蕘圃黃氏方代興

수장할 뿐 아니라 읽기도 잘하거니　　　　　匪直收藏自善讀

세상의 온갖 서적 가슴에 다 새겼다네.　　　九流七略鐫心膺

단정하게 앉아서 한 생각을 맺을 때면　　　揭來端坐結一想

내단을 거듭하여[861] 정신 안에 모이는 듯.　如丹九轉神內凝

수달 같은 미물도 조상께 보답커늘　　　　　豺獺之微尙報本

하물며 먼 옛날서 대도를 받음에랴.　　　　何況大道遙相承

길일 잡아 네 벽 향해 몸 굽혀 절을 하고　諏辰傴僂向四壁

아홉 층 서성에다 분주하게 예 표하네.[862]　書城九級紛降登

옆 사람 웃으면서 웬일인가 물어보니　　　旁人大笑問何事

그대 이에 그림 그려 증거를 삼았구나.　　君乃作圖爲之徵

화폭이 막막하게 가을빛을 열었으니　　　小幀漠漠開秋色

강가의 나무들이 추등(秋燈)에 우는도나.　江干櫧櫧鳴秋燈

---

858. 사전을 넓혔으니　원래 책에 제향하는 의식은 없지만, 먼 선현들의 가르침을 책을 통해 배웠으니, 그 은정을 기려 책에 제사 지내는 사정을 말한다.

859. 급고 풍속　원문은 급고(汲古). 고적이나 고물을 첩연(鈷硏)하거나 수장하는 것이, 마치 우물에서 물을 긷는 것과 같다 하여 급고(汲古)라 하였다. 한유의 「추회」(秋懷)에 관련 구문이 보인다.

860. 요포 선생 황씨　원문은 요포황씨(蕘圃黃氏). 강남 오현(江南吳縣) 사람 황비열(黃丕烈)을 가리킨다. 상당한 수장품을 지니고 있었다. 유득공의 『연대재유록』에 관련 기록이 보인다.

861. 내단을 거듭하여　원문은 여단구전(如丹九轉). 단약을 아홉 번 달여 약효가 뛰어난 상태를 말한다. 여기서는 그 정도로 내단(內丹)을 수양하여 정신이 안에서 모이는 경지가 된 정도의 뜻으로 풀었다.

862. 예 표하네　원문은 강등(降登). 고대에 일정한 방식으로 계단을 오르고 내리면서 공경과 예양의 뜻을 표하는 의식이다.

오뉴월 도성 문에 이 그림 걸어 두면	五月都門揭此卷
모두들 깜짝 놀라 더위를 모르리라.	四座忽驚無炎蒸
자네는 술 포 갖춰 이 의례 강습하여	勸君脯酒講斯禮
봄가을로 책 제사를 빠뜨리지 마시게나.	春秋不嫌書再丞
내가 축관하고 그대가 집례하면	吾其祝宗君主鬯
그 귀신 아니라도 많은 미움 없을걸세.	雖非其鬼無庶憎

〔보유〕 공성기린각을 노래하다[863] 賦得功成畫麟閣

큰 누각 천하에 으뜸이거니	鉅閣雄天下
크나큰 공 태평성세 아뢰는도다.	鴻功奏太平
그 이름 오랑캐가 두려워 하고	姓名胡虜畏
초상은 귀신조차 놀라는구나.	圖畫鬼神驚
시원스런 그 영채(英采) 바라보려니	颯爽看英采
날고 뛰는 전쟁터 함성 들리듯.	飛騰想戰聲
풍운은 월나라 갑옷 따랐고	風雲隨越甲
문무는 주나라의 기둥 되었네.	文武作周楨
통쾌하게 동궁(彤弓)을 하사하시고[864]	磊落彤弓賜
우뚝히 철권(鐵卷)[865]에 맹서하였지.	崢嶸鐵券盟

863. **공성기린각을 노래하다** 이 작품은 『초정전서』본에는 누락되고, 문집총간본 『정유각시집』 권 4에는 실려 있으므로, 보유로 싣는다.
864. **동궁을 하사하시고** 원문은 동궁사(彤弓賜). 동궁은 붉은 칠을 한 활로, 고대에 천자가 공이 있는 제후나 대신에게 하사하여 전쟁에 나아가게 했다. 『서경』「문후지명」(文侯之命)에 보인다.

평원군 위해 실은 이미 다 사 버렸고[866]　　平原絲已買

범려[867]는 주물을 막 이루었네.　　范蠡鑄初成

비 세우고[868] 새벽에 격서(檄書)를 쓰며[869]　　勒石晨磨盾

띠 나눠주고[870] 비에 병기(兵器) 씻기네.[871]　　分茅雨洗兵

단청은 나라 안에 환히 빛나고　　丹青光國步

북소리 황제의 정을 일으키누나.　　鼛皷起皇情

여섯 번 선우의 장막에 갔고　　六涉單于幕

세 번이나 대장 깃발 뽑아왔다오.　　三搴大將旌

윗머리에 곽(霍)[872] 자를 써놓았으니　　上頭書霍字

천대에 간성으로 우러를밖에.　　千代仰干城

---

865. **철권**　공신에게 나누어 주던 훈공(勳功)을 적은 서책이다.

866. **평원군~다 사 버렸고**　평원(平原)은 조(趙)나라의 공자(公子)인 조승(趙勝)을 가리키는데, 그는 객경(客卿)을 잘 대접했던 것으로 유명하다. 당(唐)나라 이하(李賀)의 호가(浩歌)에 "실을 사서 평원군 수를 놓고, 술 있으면 조주 땅에 뿌려야지"(買絲繡作平原君, 有酒唯澆趙州土.)라 했는데, 평원군에 대한 사모의 정을 나타난 말이다.

867. **범려**　월(越)나라의 재상으로, 회계(會稽)에서 패한 구천(句踐)을 도와 오왕(吳王) 부차(夫差)를 멸망시키고 후에 도(陶) 땅에 가서 도주공(陶朱公)이라고 자칭하고 큰 부(富)를 쌓았다. 범려가 주물을 이루었다는 것은 세상의 어려움을 이미 평정했다는 의미다. 『사기』「화식열전」(貨殖列傳)에 보인다.

868. **비 세우고**　원문은 늑석(勒石). 돌에 글자는 새기는 것으로 적군을 크게 격파하고 비석을 세워 공업을 기술하는 것을 말한다.

869. **격서를 쓰며**　원문은 마순(磨盾). 방패 위에다 격서(檄書)를 쓰는 것을 말한다.

870. **띠 나눠주고**　원문은 분모(分茅). 옛날 천자가 제후나 공신(功臣)을 봉할 때 하얀 띠[白茅] 속에다 진흙을 붙어서 주는 것을 말하는데, 이것은 토지와 권력을 나누어 준다는 상징적인 의미를 갖는다.

871. **병기 씻기네**　원문은 세병(洗兵). 병기(兵器)를 깨끗이 씻어 거두어 둔다는 것으로 전쟁에서 승리하여 다시는 전쟁이 없다는 뜻이다.

872. **곽**　대장군 곽광(霍光)을 두고 한 말이다.

시집

5

詩集

양주 가는 도중에 楊州途中

흰머리 보존하여 감옥문[1]을 나와서	頭顱依舊出圓扉
임금 은혜 의지해 돌아가듯 길 떠나네.	憑仗王靈往似歸
나비는 이 몸의 죄 무거운 줄 모르고	蝴蝶不知身累重
쌍쌍이 날아와서 내 옷 위에 앉는구나.	雙雙飛坐逐臣衣

영평 가는 도중에 비를 만나 다리의 종기가 매우 깊어지다 永平遇雨 脚瘡甚詓

나무들 빛나는 양문역이요	樹色梁文驛
냇물 소리 들리는 만세교일세.	泉聲萬歲橋
뜬구름 능히 해를 가리었어도	浮雲能蔽日
소낙비 아침 내내 내릴 수 없네.[2]	驟雨不終朝
오리 다리 늘이기 어렵지만은[3]	鳧脛眞難續
닭의 혼은 불러올 수도 있으리.	鷄魂儻可招
아전 백성 옛 수령을 생각하여서	吏民憐舊守
전송하니 먼 길도 잊을 만하네.	相送却忘遙

1. **감옥문** 원문은 원비(圓扉). 주나라 때의 옥문을 가리킨다.
2. **소낙비~없네** 『도덕경』의 "강풍은 아침 내내 불 수가 없고, 소낙비 하루 종일 내릴 수 없다"(飄風不終朝, 驟雨不終日.)에서 가져온 표현이다. 큰 시련은 오래 머물지 않는다는 뜻이다.
3. **오리~어렵지만은** 물오리의 발이 짧다고 이어 대면 곧 걱정이 된다는 뜻으로, 사물의 특성을 인위적으로 손익 가감하여서는 안 된다는 말이다. 『장자』에 보인다.

김화현에 묵으면서, 동료 박종선과 이곳에 복거하기로 약속했던 일을 떠올리다 宿金化縣 憶與朴寮繼之 約卜居于此

지난날 벼슬자리 그만두고는	憶昨解綬初
마침내 동쪽 골짝 숨고자 했네.	遂欲隱東峽
편지 부쳐 친구를 오라 하여서	折簡招友生
둘이 함께 별장을 찾아다녔지.	聯鑣問別業
궁예 갈던 논밭을 수레로 돌며	載巡弓裔田
회양 땅의 낙엽을 모두 밟았네.	踏盡淮陽葉
시원하게 석교(石橋)[4]의 국수를 먹고	冷喫石橋麪
술 취해 원산(原山) 가자미 구워 먹었지.	醉炙原山鰈
이러한 즐거움도 길지 못하여	此樂亦不長
그 약속 오래도록 못 지켰구려.	幽期久不愜
연경에 다녀온 것 구실을 붙여	蒼茫賦西征
비방 논의 상자에 가득하였네.	謗議已盈篋
유언비어 갑자기 사람을 맞춰	蜚語忽中人
천둥 번개 아래로 내리쳤다네.	雷電下來攝
깊은 밤 형틀에 묶이었지만	三木嬰四宵
몸가짐 깨끗하니 두렵잖았네.	身潔志無慴
밝은 해는 마침내 다시 빛나고	白日竟昭回
은혜론 구름 널리 감싸 주셨지.	慈雲被普洽
밤이 되어 복지를 바라다보니	夜卽看福地
유배 간다[5] 어찌 눈물 흘릴 것인가.	播州寧足泣
어스름 저녁에 화강(花江)[6]을 지나	薄暮過花江

---

4. 석교   회양도호부 평강현(平康縣)에 석교원(石橋院)이 있었다.

겹겹 두른 작은 산에 기대었다네.	依微峯數疊
은거 약속 아직도 살아 있는데	鷗盟尙未寒
숨은 군자 탄식한들 어찌 미치리.	楚佩嗟何及
하늘이 날 불쌍히 여기셨는지	天公儻憐我
거듭 옛 고을을 찾게 했구나.	重得尋鄕邑
한 몸 계획 갖추기 쉽기도 하니	身計諒易辦
검은 소를 타고서 청약립 쓰리.	烏牛靑篛笠

회양에서 淮陽

금강이라 일만하고 이천의 봉우리는	金剛一萬二千峯
글자마다 하늘 꽃 임금 먹빛 짙었네.	字字天花御墨濃
오늘날 회양 땅서 무슨 일을 겪었는지	今日淮陽經底事
옥 같은 부용봉이 눈물에 가리누나.	淚痕遮斷玉芙蓉

---

5. **유배 간다** 원문은 파주(播州). 당나라 때의 지명으로 먼 유배지를 가리킨다. 유우석(劉禹錫)이 파주자사로 좌천되었다는 소식을 들은 친구 유종원(柳宗元)은 "파주는 몹시 궁벽한 변방인데 늙은 어머니를 모시고 갈 수도 없을 것이고, 또한 그 사실을 어떻게 어머님께 알릴 수 있겠는가. 내가 간청하여 대신 파주로 가는 것이 좋겠다"라며 울먹인 일이 있다. 한유의 「유자후묘지명」(柳子厚墓誌銘)에 보인다.

6. **화강** 오성산에서 발원하는 김화의 남대천이다.

은계[7]에서 銀溪

숲 안개 가득하여 옛 역 찾지 못하는데 　　　　　煙樹蒼茫古驛迷
산등성 양편으론 갈대가 우거졌네. 　　　　　一岡茅葦夾東西
나그네는 은계 물결 상관치 아니하고 　　　　行人不管銀溪水
석양을 바라보며 말발굽을 재촉한다. 　　　　長向斜陽促馬蹄

9월 22일 고산 가는 길에 2수 高山途中九月二十二日 二首

1

알맞게 잘 처신해[8] 조정에 바로 선들 　　　　　非夷非惠廁朝端
한 번만 어긋나면 어찌 고관 될 수 있나. 　　　一刺何曾到熱官
만 리 길 떠나감에 백발만 남은 채로 　　　　　萬里歸來餘白髮
그 옛날 천추절[9]에 유배객[10] 되었구나. 　　　千秋舊節又南冠

2

죽지 못한 외론 신하 북해 가를 헤매노니 　　　未死孤臣北海邊

7. **은계**　회양도호부의 서쪽 5리에 있었으며, 찰방(察訪)을 두었다.
8. **알맞게 잘 처신해**　원문은 비이비혜(非夷非惠). 백이(伯夷)와 같이 편벽되지도 않고 유하혜(柳下惠)와 같이 불공(不恭)하지도 않아 출처진퇴가 언제나 시의(時宜)에 맞음을 뜻한다. 『맹자』에 보인다.
9. **그 옛날 천추절**　원문은 천추구절(千秋舊節). 이날 9월 22일은 선왕 정조의 생일이다.
10. **유배객**　원문은 남관(南冠). 남방(南方), 곧 초(楚)나라의 갓을 가리킨다. 또 초나라 사람 종의(鍾儀)가 남관을 쓰고 잡힌 고사에서 포로 또는 고국을 생각하는 정이 두터운 포로를 뜻하기도 한다.

기러기 난다 한들 편지 어이 전할 건가.　　　雁飛那許帛書傳
임금 향한 오직 한 꿈 도화동의 바위러니　　匀天一夢桃花石
지나간 한평생 오십 해를 떠올리네.　　　　　記取前生五十年

안변에서 安邊

말 모는 평교 들판 넓기도 한데　　　驅馬平橋闊
사람들 산허리 북쪽에 사네.　　　　居人半嶺陰
솔과 구름 산과는 따로 떨어져　　　松雲與山別
바다 빛 하늘보다 짙푸르구나.　　　海色比天深
지는 해에 누대에 오른 나그네　　　落日登樓客
높은 가을 나라를 떠나는 마음.　　　高秋去國心
변방의 음산함을 근심하노니　　　　預愁關塞黑
돌아갈 꿈 또한 아득하구나.　　　　歸夢亦沈沈

원산, 덕원부에 속해 있다[11] 原山 屬德源府

이 바다가 진짜로 동해이어니　　　　此海眞東海
왕기(王頎)[12] 장군 한 번 온 적이 있네.　王頎惟一來
물고기 담백하고 맛도 좋건만　　　　其魚淡而醇

『이아』(爾雅)에 갖추어 싣지 않았네.	爾雅所未該
장사 풍속 민월(閩粵)[13]과 견줄 만하니	通商比閩粵
여기가 조선 땅의 등주 내주라.[14]	在國卽登萊
솜으로 삼베를 바꾸기 위해	緜絮易麻布
토문강 구석까지 찾아간다네.	搜至土門隈
가야 땅서 생산된 벼를 실으니	杭稻出伽倻
큰 배 돛대 높고도 우뚝하구나.	大帆高崔嵬
만 마리 말굽에 편자를 박아	緘鐵萬馬蹄
서울에 물건 대고 돌아온다네.	京師灌輸廻
모래 방죽 2천의 가옥 있으니	沙堤二千戶
저들의 삶의 모습 좋기도 하네.	生理伊可懷
나 또한 이곳에 살고 싶어서	我欲一居之
결(玦)[15]을 쥐고 다시금 배회하누나.	攬玦重徘徊

11. 원산~있다 18세기 이후 상업의 발달은 함경도 지역도 예외가 아니었다. 상업 활동이 활발해지면서 도로와 유통망 또한 비약적으로 발전하였다. 특히 함경도의 포구는 어물은 물론 산간 지역의 광물과 삼(蔘)·녹용 등이 집산하여 활발한 상거래가 이루어졌으니, 덕원의 원산포는 전국 3대 포구 가운데 하나로 꼽혔다. 18세기 함경도의 상업 발달과 덕원 원산포의 시장 특성 및 규모에 대해서는 고승희, 「18, 19세기 함경도 지역의 유통로 발달과 상업활동」, 『역사학보』 151(역사학회, 1996. 9) 참조.

12. 왕기 위(魏)나라 명제(明帝) 시대의 인물로, 고구려에 침입하여 왕을 달아나게 한 적이 있다.

13. 민월 중국 동남 지방의 오랑캐가 사는 곳으로 복건성(福建省) 일대를 가리킨다. 월(粵)은 월(越)과 같다.

14. 등주 내주라 원문은 등내(登萊). 중국 산동성의 등주(登州)와 내주(萊州)를 가리킨다. 두 곳 모두 바닷가에 있어 물산이 풍부하고 교역이 발달하였다.

15. 결 둥근 구슬[環]의 한쪽이 트인 것을 말한다. 옛날에 신하가 죄를 지으면 변경에 방치해 놓았는데, 3년 동안 움직이지 못하게 하다가 환(環)을 보내면 부른다는 뜻이고 결을 보내면 끊는다는 뜻이었다. 임금의 신임을 잃고 배척을 받았다는 의미이다. 혹 결단(決斷)을 내리려고 한다는 의미로도 쓴다.

문천에서 文川

지난날 갑자년(1744)에 아버지께선	先人甲子歲
외직으로 이 고을에 부임하셨네.	省郞出玆郡
관주(官廚)에서 어세(漁稅)를 거두지 않아	官廚不稅魚
바다 백성 빈곤에서 벗어났다네.	遂蘇海民困
그리하여 우리 외조부께서	粤我外王考
그 옛날 자식 집을 찾으셨다네.	疇昔子舍覲
호탕하게 해산(海山)의 거문고 끼니	豪挾海山琴
풍류의 남은 가락 여태 있다오.	風流有遺韻
어머니는 여기서 자식을 길러	先妣鞠於此
그날 일을 아직도 물을 수 있네.	往事猶及問
가난 속에 힘써 집안 유지하면서	力貧持我家
아들딸의 혼사를 모두 마쳤지.	女醮而男娶
슬프다 그 은혜[16] 갚지 못하고	寸草嗟未報
풍수지탄 헛되이 한만 맺혔네.	風樹空纏恨
어머니 사시던 집[17] 찾지 못하고	寒泉屋未就
부모님의 무덤[18]도 가지 못하네.	瀧岡石未達
흰머리로 번거로운 세사[19]에 묶여	白首嬰世網

---

16. **은혜**　원문은 촌초(寸草). 보잘것없는 마음이라는 뜻으로, 어머니에 대한 보잘것없는 효성을 말한다.

17. **어머니 사시던 집**　원문은 한천옥(寒泉屋). 한천(寒泉)은 어머니가 사시던 마을에 있는 찬 샘물이다. 『시경』에 그 용례가 보인다. 한천옥(寒泉屋)은 어머니가 사시던 집을 뜻한다.

18. **부모님의 무덤**　원문은 농강(瀧岡). 농강천표(瀧岡阡表)의 줄임말이다. 송나라 구양수가 그의 부조(父祖)와 모친 정부인(鄭夫人)을 농강산(瀧岡山)에 장사하고 비석에 새긴 비문이다.

19. **세사**　원문은 세망(世網). 세상의 그물이라는 뜻으로, 곧 세상의 번거로운 일에 얽매임을 말한다.

좋은 시절 깊은 과오 짊어졌다네.　　　明時負深釁

이뤄 주신 선왕께 눈물 흘리며　　　生成泣先朝

명철함은 가훈에 부끄럽구나.　　　明哲慚家訓

오늘 다시 이 땅을 지나가면서　　　今日過此地

목이 메어 차마 밥도 먹지 못하네.　　嗚咽不忍飯

뒤척임 속 온갖 감회 일어나노니　　輾轉起百感

안개 속에 놓인 듯 몽롱하구나.　　　懵如霧中賈

고원에서 홍시를 사다 高原買紅柹

아득한 귀양 길에 늙음을 탄식하며　　悠悠一謫歎衰年

뜨거운 마음으로 출새 편을 읊조리네.　慷慨行吟出塞篇

못 믿을손 죄인[20]이 북쪽만을 향한단 말　不信巾車長北首

저잣거리 홍시는 남쪽의 물산일세.　　市中紅柹尙南天

20. **죄인**　원문은 건거(巾車). 죄인이 타는 수레로, 여기서는 죄인을 지칭한다.

영흥에서 향촉을 모시고 가는 행차를 멀리 바라보며
永興 望見香燭陪進之行

붉은 휘장 아득히 말달려 나아가니	紅帕迢迢馳騎進
봄가을의 원묘(原廟)[21]에 제사 의식 새롭구나.	春秋原廟享儀新
선왕이 이문원서 재계를 하실 적에	先王齋戒摛文院
나 또한 그 당시엔 일을 맡은 신하였지.	我亦當年執事臣

정평에서 定平

이상타 천 리 땅에 수레 한 대 없으니	異哉無車國千里
등창 나 말 다 죽은들 그 누가 슬퍼하리.	萬馬誰憐瘡背死
평생토록 고공(考工)[22]을 말하기 즐겼는데	平生頗喜談考工
정평서 수레 보자 두 눈이 밝아지네.	眼明驅車定平始
바퀴는 거친데다 바퀴통 튀어나와	草草作輪尖其轂
나무를 구부려서 끌채 멍에 삼았구나.	以轅爲軶仍曲木
원나라의 남은 제도[23] 찬탄을 자아내니	蒙元遺制固可歎

21. **원묘** 원래의 정묘(正廟) 외에 따로 설치한 종묘(宗廟)를 말한다. 영흥에는 태조와 신의 왕후의 위판을 봉안한 본궁이 있었다. 숙종조에 신덕 왕후를 부묘하였다. 『연려실기술 별집』 권11, 「사전전고」(祀典典故). 이날 본궁에서 정조의 생일을 맞이하여 제례가 있었던 것으로 보인다.
22. **고공** 기계의 제도나 공업의 일체를 뜻한다. 백공(百工)의 일을 기록한 『주례』(周禮)의 「고공기」(考工記)에서 유래한다.
23. **원나라의 남은 제도** 박제가는 『북학의』에서 이 시기 함경도 지방은 수레를 이용하고 있었는데, 몽고 제도를 채용하였기에 다소 불편하다 하였다.

무거운 짐을 싣고 산길도 넘는구나.　　　　　　猶能載重踰山麓
해서에도 이 수레가 다닌다고 들었는데　　　　　聞道海西亦行車
오늘날 논의들은 어지러울 뿐이라네.　　　　　今之議者徒紛如
속되다는 한 글자를 깨뜨리기 어려우니　　　　難破悠悠一俗字
궁궐서 글 올리던 그때를 생각하네.　　　　　却憶天門曾獻書

함흥 낙민루[24]에서 　咸興樂民樓

비늘 같은 지붕에는 아침 햇빛 일렁이고　　　　魚鱗萬屋漾朝曦
공중엔 누각들이 무검(舞劍)처럼 솟아 있네.　　　畫閣中天舞劍危
원기는 아득하게 천 리에 쌓여 있고　　　　　元氣蒼茫千里積
시내는 넓게 퍼져 다리 아래 느리도다.　　　　平川散漫一橋遲
용이 난 땅 오래돼도 왕도 풍속 남아 있고[25]　興龍地古餘豳俗
개마(蓋馬)[26]란 산 이름은 한(漢) 때부터 있어 왔네.蓋馬山名自漢時
관북에 이를 줄은 생각도 못했거니　　　　　直北關山非夢寐
월나라 새[27] 어느 때나 남쪽 가지 돌아갈까.　越禽何日返南枝

24. **낙민루**　태조 이성계가 세운 것으로 알려진 누각으로, 만세교와 함께 함흥 제일의 명소였다.
25. **용이~남아 있고**　제왕이 일어난 고장이란 뜻으로, 함흥이 태조 이성계의 고향이기 때문에 한 말이다. 원문 빈속(豳俗)의 빈(豳)은 고대의 나라 이름으로, 주공(周公)의 선조인 공유(公劉)가 도읍했던 곳이다. 주공이 유언비어의 화를 피해 이곳에 머물면서, 옛날의 어진 정사를 생각했던 적이 있다. 여기서는 왕도 정도의 의미다.
26. **개마**　백두산의 다른 이름이다. 『한서』에는 "현토군 서쪽에 개마산이 있다"(玄菟郡西蓋馬)고 했고, 『후한서』에는 "동옥저는 고구려 개마대산 동쪽에 있다"(東沃沮在高句麗蓋馬大山之東)고 했다.

홍원에서 洪原

고개 중턱 꺾어져 동으로 가니	嶺腋折而東
바다 빛 처음으로 남쪽에 있네.[28]	海色始南面
산과 섬이 서로들 껴안은 형국	山島作拱抱
여기가 바로 그 홍원 땅일세.	是爲洪原縣
솔숲은 길 양옆에 우거져 있어	松林夾道旁
띳집 지붕 언뜻언뜻 보이는구나.	茅茨遞隱現
고깃배는 거울 물결 희롱을 하니	漁舟弄鏡波
완연히 야트막한 연못과 같네.	宛若池塘淺
고향 떠난 신세가 서럽긴 해도	去國雖可悲
사람 사는 모양에 부러움 이네.	居人亦堪羨
남정네는 저자에서 생선을 팔고	丁男販市魚
아낙은 마을에서 바느질하네.	中婦傭里線
그저 단란하게만 살 수 있다면	但令獲團圞
비천한 신세라도 사양 않으리.	不敢辭鄙賤

27. **월나라 새** 원문은 월금(越禽). 남쪽 고향을 잊지 못하는 새란 뜻이다. 『문선』(文選)「고시」(古詩) 19수 중 첫 수에 "호마는 북풍을 의지하고, 월조는 남지에 깃드는구나"(胡馬依北風, 越鳥巢南枝.)란 구절이 있다.
28. **바다 빛~있네** 지리상 함흥이 움푹 들어간 만의 모양이니, 홍원 땅에 들어서면 바다가 동남쪽으로 보이는 것을 말한다.

북청에서 北青

집 떠나 천 리 되는 길을 왔지만	辭家一千里
가는 길 여태도 반을 못 왔네.	去路猶未半
첫눈이 산마루에 경계를 짓고	初雪界山頂
해안엔 층층 음기 맺히어 있네.	層陰結海岸
아득히 생각하니 성부사께서	緬思成府使
사부를 지어 올려 명환 되었지.	獻賦作名宦
규장각서 특별히 전별을 하니	奎章別開餞
옛날에도 그런 은혜 드문 일이지.[29]	在古恩亦罕
미천한 재주로도 함께했었고	微才忝隨肩
또한 희음송(希音頌)[30]을 지어 올렸네.	希音頌亦撰
빈 구름 한낮에 정자 지나고	虛雲過亭午
태양도 경신년[31]에 깜짝 놀랐네.	太歲驚涒灘
구름 고을[32] 멀어서 좇기 어렵고	雲鄉杳莫追
선왕의 꿈[33] 어느새 끊어졌구나.	宣室夢已斷
가을바람 불어오자 옛날 제비들	秋風舊燕子

29. **옛날에도~일이지** 1792년 정조가 문체반정(文體反正)을 천명하였는데, 그해 겨울 노론계 북학자들 중에서 성대중만 유일하게 칭찬을 받고 북청도호부사(北青都護府使)로 특채되었다. 부임할 당시 정조가 어필(御筆)과 설전첩(雪牋帖)을 하사하여 격언(格言)을 써서 올리게 하였다. 이에 성대중은 고금(古今)의 문로(文路)를 논한 수천 언의 글을 지어 올린 바 있다. 성대중의 「어제자서첩발」(御製自序帖跋, 『청성집』靑城集 권8)에 당시의 정황이 보인다.

30. **희음송** 『초정전서』 권4에 있는 「비옥희음송」(比屋希音頌)을 말한다. 1792년 문체반정으로 자송문을 지어 받치게 했는데, 이때 초정은 부여현감으로 재직하고 있었다.

31. **경신년** 정조가 세상을 뜬 경신년(1800)을 가리킨다.

32. **구름 고을** 원문은 운향(雲鄉). 정조가 죽어서 간 곳으로, 선향(仙鄉)과 같은 뜻으로 쓰였다.

33. **선왕의 꿈** 원문은 선실(宣室). 은(殷)나라와 한(漢)나라 때의 궁전 이름으로, 후대에는 보통 궁실을 일컫는 말로 사용되었다. 여기서는 물론 자신을 총애하던 정조를 가리킨다.

들쭉날쭉 짝도 짓지 아니하누나.	參差不成伴
문장 궁해 관직[34]은 어긋났어도	文窮九命乖
은혜 깊어 오희(五噫)[35]가 사라졌다오.	恩深五噫竆
부러워라 저기 저 복 있는 자들	羨彼福力人
영화는 함께하나 환란은 아니라네.	同榮不同患
예전의 궁궐 기쁨[36] 떠올려 보고	栢悅念前蹤
여우 슬픔[37] 새삼스레 탄식하누나.	狐悲起新歎
시 지어도 감히 전치 못함은	有詩不敢傳
죄안[38]에 걸릴까 두려워설세.	怕輸烏臺案

---

34. 관직　원문은 구명(九命). 주나라 때 관작을 아홉 등급으로 나누었던 데서 유래한 말이다.

35. 오희　후한의 양홍(梁鴻)은 뛰어난 식견에도 벼슬길에 나가지 않고 초야에 은거하였다. 그러던 그가 하루는 낙양에 갔다가 백성들의 삶은 궁핍하기 짝이 없음에도 불구하고 황제의 궁궐이 그토록 화려한 데 깜짝 놀라 「오희가」를 지었다. "북망산에 올라가 아, 황제의 서울을 둘러보니 아, 궁실은 산처럼 솟았는데 아, 백성들의 고달픔은 아, 아득하여 끝이 없구나."(陟彼北邙兮噫, 顧覽帝京兮噫, 宮室崔嵬兮噫, 人之劬勞兮噫, 遼遼未央兮噫.)

36. 궁궐 기쁨　원문은 백열(栢悅). 궁궐에서 임금이 연회를 베풀어 여러 신하들을 초빙하여 함께 노니는 기쁨을 말한다. 백양대(栢梁臺)는 한나라 때 궁실의 이름이다. 향백(香栢)으로 들보를 삼아 생긴 이름이다. 한 무제가 일찍이 여기에 주연을 베풀고 신하들을 불러 시를 화답하게 하였다. 이후로 백양연(栢梁宴)은 임금이 베푸는 연회, 백양편(栢梁篇)은 어제시에 대한 화답시를 뜻하게 되었다.

37. 여우 슬픔　원문은 호비(狐悲). 호토지비(狐兔之悲) 또는 호사토읍(狐死兔泣)의 줄임말로, 모든 사물은 비슷한 무리의 죽음을 슬퍼한다는 뜻이다. 정조를 비롯하여 자신을 아껴 주고 지켜 주던 사람들이 죽어, 고달프게 된 자신의 처지를 한탄하는 말이다.

38. 죄안　원문은 오대안(烏臺案). 오대는 사헌부를 달리 이르는 말이다. 한(漢)나라 때 어사부(御史府)에 잣나무가 줄지어 서 있었는데, 그 나무 위에 수천 마리의 까마귀가 서식하였으므로, 어사대를 오대(烏臺)·오부(烏府)·백대(柏臺)라 한 일에서 유래되었다. 소식은 왕안석(王安石)의 신법(新法)을 반대하다 항주통판(杭州通判)으로 쫓겨나고 오대시안(烏臺詩案)으로 하옥되는가 하면, 그 뒤에도 여러 차례 지방으로 좌천되기도 하였다. 오대안이란 사헌부의 죄안(罪案)이다.

이원에서 利原

함관령(咸關嶺)[39]서 마천령(摩天嶺)[40] 이르기까지	咸關至摩天
그 사이 삼백 리 길 이어져 있네.	中間三百里
네 고을 모두 남쪽 향하여 있고	四邑盡南向
뒤로는 산 고르게 솟아 있구나.	後山平峛崺
무논은 강회 지방과 비슷하여서	水田類江淮
길손도 흰 쌀로 밥 지어 먹고.	過客餐雲子
『설문』에 나오는 예닐곱 생선	說文六七魚
모두가 예서부터 장에 나가지.	皆從此爲市
일월은 정면에서 떠올라 오니	日月浮正面
풍토[41]는 모두 다 아름답다네.	星土洵具美
벼슬아치 멀어서 살지 않으니	衣冠遠不居
백성 풍속 마침내 비루해졌네.	氓俗遂鄙俚
고을 수령 객사처럼 소홀히 여겨	長吏看逆旅
설렁설렁 일 끝나기 기다리누나.	姑息磨勘俟
가혹하게 세금을 거둬들이니	征斂至無厚
초췌하여 언제나 다 죽어 가네.	憔悴常瀕死
선왕께선 갱장에 뜻을 두시고	先王志更張
일소하여 기강을 회복했는데.	洗滌復綱紀

---

39. 함관령　원문은 함관(咸關). 함경남도 홍원군과 함흥시 사이 경계를 이루는 고개다.

40. 마천령　원문은 마천(摩天). 해발 709미터로, 마천령산맥에 놓여 있어 함경남도와 함경북도의 경계가 되었다. 옛날에는 길주(吉州)와 단천(端川) 사이에 있었는데, 지금은 길주의 남쪽에 새로 생긴 김책시에 자리 잡고 있다. 예부터 마천령 이북은 북관(北關), 이남은 남관(南關)이라 불렸다.

41. 풍토　원문은 성토(星土). 하늘의 별자리가 담당하는 지상의 구역이다. 고대 천문학에서는 천문(天文)과 지리(地理)가 어긋남 없이 조응한다고 생각했다.

향기가 중도에 그치고 마니	馨香中途訖
쇠미함을 뉘 능히 일으키려나.	疲癃孰能起
신을 불러 왕안석에 견주셨으니	呼臣比安石
그 옥음 아직 귀에 쟁쟁하여라.	玉音猶在耳
재주 차이 현격함을 모르셨을까	詎昧才相萬
경사(卿士)들 풍간하기 위함이었지.	所以諷卿士

시중대⁴²에서 侍中臺

야인이 어찌 감히 왕의 군대 대적하리	野人那堪敵王師
꿩 깃과 호리병⁴³은 일소에 부쳤어라.	雉羽葫蘆一笑之
천 년의 공훈 명성 해상에 남았으니	千載功名留海上
복파의 구리 기둥⁴⁴ 윤시중의 비석일세.	伏波銅柱侍中碑

---

42. 시중대　고려의 윤관(尹瓘, ?~1111)은 함흥 부근까지 들어와 주둔한 북방의 여진족을 몰아내고 9성을 축조하였다. 당시 윤관이 그 경계를 표시하기 위해 새운 공적비다.

43. 꿩 깃과 호리병　원문은 치우호로(雉羽葫蘆). 안정복(安鼎福)의 『동사강목』 제8 상 정해년(1107) 예종 2년 조에 다음과 같은 기사가 있다. "윤관과 오연총을 보내어 많은 군사를 거느리고 가서 동여진을 정벌하게 하였다. 왕이 처음 즉위하여 출사(出師)할 겨를이 없었는데, 이때에 와서 변장(邊將)이 보고하기를, "여진의 세력이 강성하여 변방의 성을 침범해 오고, 그 추장이 1개의 호리병〔葫蘆〕에 꿩 꼬리를 달아매어 여러 부락에 전하여 보이면서 일을 의논하였으니, 그 마음을 헤아릴 수가 없습니다" 하였다." 이로 보건대 꿩 꼬리〔雉羽〕와 호리병〔葫蘆〕은 여진족을 상징하는 것이다.

44. 복파의 구리 기둥　원문은 복파동주(伏波銅柱). 서역을 정벌한 후한의 복파장군(伏波將軍) 마원(馬援)이 교지(交趾)에 이르러서 한나라의 국경선을 획정하기 위해 세운 구리 기둥이다. 『후한서』 「마원전」에 보인다. 육진을 개척한 윤관의 공적을 마원에 견준 것이다.

단천에서 端川

북방의 물화로는 단천 꼽으니	北貨數端川
금옥과 이름난 말 산출된다네.	出金玉名馬
화폐는 산맥에 막히었지만	銅錢限岡巒
짐수레는 마을 사이[45] 다니는구나.	役車通里社
나는 듯한 상선을 기다리면서	翩翩候商帆
우뚝 솟은 관사를 바라보노라.	落落見官舍
변방 근심 이로부터 시작되노니	邊愁自玆始
서글프게 닥칠 일을 생각하노라.	愴然諗來者

성진진에서 城津鎭

새벽녘 소나무 숲 바다 들어 푸르고	曉望松林入海靑
성진은 아득한데 성문은 닫혀 있네.	城津縹緲城門扃
역참의 등잔불은 멀리서 깜박이고	驛舍燈火遠明滅
나그네 옷 지금껏 생선 냄새 배어 있네.	征衣尙帶魚膏腥
뱃사람 그물 치며 제각각 불러 대니	舟人撒網各呼喚
노 소리 갈매기 소리 뒤섞여 시끄럽다.	櫓聲忽與鳧鷖亂

45. 마을 사이 원문은 이사(里社). 옛날 각 동리(洞里)마다 토지신(土地神)을 모신 사당으로, 주부 군현(州府郡縣)의 동리에서 1백 호마다 1개의 단(壇)을 세워서 오토(五土)와 오곡(五穀)의 신에게 제사 지냈다. 여기에서는 마을을 의미한다.

곡항에 바람 없고 생선도 매우 많아　　　　　曲巷無風魚最多
한평생 생선 팔아 의식을 충당하네.　　　　　一生衣食將魚換

문암에서 門巖

파도가 연안에 밀려 들어와　　　　　海濤囓岸處
온갖 돌 모두 다 부서졌구나.　　　　　雜石總崩碎
커다란 건 섬 모양 만들어 내고　　　　　大者卽島嶼
작은 것들 기이하게 열 지어 있네.　　　　　小猶列奇怪
석문이 갑자기 떨어져 서니　　　　　石門忽離立
배들이 지나가도 걸리지 않네.　　　　　峭帆穿不礙
물 건널 땐 자벌레 걸음걸이요　　　　　跨水類蠖步
뼈 같지만 고래 등은 또한 아닐세.　　　　　似骨非鯨背
푸른 하늘 활 그림자 만들어 내고　　　　　青天作弓陰
새벽 햇살 문 사이로 비치어 든다.　　　　　曉日御圈內
주먹돌에 손가락 구멍이 있어　　　　　拳石穴一指
밝은 모습 오히려 아낄 만하네.　　　　　皦然猶可愛
위대해라 넓고 깊은 문암의 모습　　　　　偉哉此谽谺
아침 내내 마주해도 물리지 않네.　　　　　不厭終朝對

길주에서 군대 점검을 보다 吉州 觀點兵

길주성 위에는 대장기 꽂혀 있고	吉州城上牙旗揷
길주성 아래로는 진영이 모여 있네.	吉州城下陣雲合
전투 병사 모두들 과하마 타고 있고	戰士皆騎果下馬
장군은 자기 홀로 황금 갑옷 입었구나.	將軍獨借黃金甲
왜구도 칠 수 있고 말갈도 평정하니	鰕夷可征靺鞨平
평생의 장한 마음 병법을 얘기하네.	一生意氣能談兵
노부는 일찍이 장용영[46]서 일했으니	老夫曾隨天策府
말의 힘[47] 능히 알고 명령 신호[48] 구별하네.	能知馬足辨形名

명천에서 明川

바다는 명천에서 북으로 들어가고	海到明川差北入
고갯길 아득하여 높으면서 완만하네.	隴坂遙遙高不急
장승도 보이잖고 객사도 드무니	堠人不明店舍稀

---

46. 장용영 원문은 천책부(天策府). 당 태종 이세민(李世民)이 진왕(秦王)으로 있을 때 설치한 군부(軍府)의 이름으로, 이세민은 이를 통해 막강한 권력을 갖게 된다. 여기서는 정조가 왕권강화를 위해 설치한 장용영(壯勇營)을 빗댄 것이다. 박제가는 이덕무 등과 함께 장용영에 서국을 열어 일한 적이 있다.
47. 말의 힘 원문은 마족(馬足). 춘추시대 손자는 말의 다리를 보아 말의 등급을 상중하 셋으로 나누었다고 한다.
48. 명령 신호 원문은 형명(形名). 기폭과 북을 울려서 군사의 앉고 서고 나아가고 물러가는 따위의 동작을 지휘 명령하는 일을 말한다.

날 저물어 황토 흙에 말발굽만 고달파라.　　日暮黃泥馬蹄乏
안개 비낀 나무 너머 밥 연기 분주하고　　煙橫樹暝望火奔
시골집 소란하여 나그네 부끄럽네.　　墅屋村閭緣客喧
사방 한 자 종이로 한 끼 밥과 교환하고　　方尺之紙易一飯
두 길의 거친 베는 백 전에 해당하네.　　丈二粗布當百錢
관아 부엌 쓸쓸하여 고기 없음 사죄하고　　官廚蕭瑟謝無肉
호박으로 끓인 국은 덥히잖아 차갑구나.　　南瓜作羹寒不熟
가족 없이 삼 년간 승려처럼 지내노니　　三載長齋不挈家
변방의 고을 태수 되기를 싫어하네.　　厭作邊州二千石

귀문관에서 鬼門關

마을 사람 고기 없이 현미[49]만 먹으니　　統戶無魚飯脫粟
병중의 얼굴빛이 괴롭기 그지없네.　　病中顔色苦不足
먼 하늘 북쪽으로 아직도 땅 남았으니　　長天北望尙有邊
나의 행로 개미처럼 굽은 땅 기어가네.　　我行如螘繞地曲
귀문관 앞에 와서 아침 끼니 먹으니　　鬼門關前趁朝飧
우란분(盂蘭盆)[50] 스님네와 행색이 다름없네.　　行裝髣髴盂蘭盆
이제부터 빠르게 삼십 리 말달려도　　從此疾驅三十里
해 짧아 주촌 마을 지나기 어렵겠네.　　短日應難過朱村

---

48. 현미　원문은 탈속반(脫粟飯). 껍질만 벗기고 쓿지는 않은 거친 쌀인 현미(玄米)로 지은 밥을 말한다. 제(齊)나라의 안영(晏嬰)이 늘 이것을 먹었다고 한다.

주촌에서 朱村

개가죽 옷 만나도 괴이치 않고	犬衣逢莫怪
돈이면 무엇이든 할 수 있구나.	楮幣使還能
옛 변방 민둥하여 나무가 없고	古塞童無樹
찬 시내 얕아서 얼음 얼었네.	寒溪淺有氷
길 굽어 가다 보면 돌아오는 듯	路紆仍似返
산 멀어 올라갈 생각 못하네.	山遠不知登
천 리 길을 가고도 다시 또 천 리	千里復千里
장승 모습 더욱더 밉기만 하네.	堠人尤可憎

경성에서 鏡城

경성 또한 크나큰 도회지이니	鏡亦一都會
대씨의 발해 시절 남경이었네.[51]	大氏爲南京

50. 우란분 하안거(夏安居)의 끝 날인 음력 7월 보름날에 행하는 불사(佛事)를 말한다. 석가의 십대(十大) 제자의 한 사람인 목련 존자의 어머니가 죄를 지어 아귀도(餓鬼道)에 떨어져 있을 때에 그를 구하기 위하여 목련이 석가의 가르침에 따라 큰 잔치를 벌였는데, 이를 본받아 모든 사람이 조상의 성불(成佛)을 기원(祈願)했다고 한다. 이날 민가와 절에서는 여러 가지 음식을 만들어 분(盆)에 담아 조상의 영전(靈前)이나 부처에게 공양한다. 여기서는 승려를 가리키는 뜻으로 썼다.
51. 대씨의~남경이었네 대씨는 발해를 건국한 대조영을 말하고, 남경은 옥저의 옛 땅에 세운 발해의 오경 중 하나다. 현재 남경 남해부의 위치를 두고 학자 간에는 함경북도 종성을 지목하기도 하고, 함경남도 북동부의 북청을 일컫기도 하고, 함경남도 함흥으로 보기도 한다. 그 위치를 어디로 잡든 간에 함경북도 경성과는 거리가 멀다.

긴 강은 바다로 흘러내리고	長江入海流
높은 누각 층층이 화려하구나.	飛觀耀層城
부상(榑桑)에는 끝 닿는 언덕이 없어	榑桑無彼岸
붉은 해 거울 속서 돋아나누나.	紅日鏡中生
대숲처럼 빼곡한 천 호의 집들	笆籬一千戶
나무 울 높이높이 솟아 있구나.	樹柵高崢嶸
우거(牛車)는 꼬리 물고 이어져 있고	牛車自衛尾
생선 장수 멀리서 소리 지르네.	魚商叫遠聲
해거름 강촉(穅燭)[52]에 불을 지피니	薄暮進穅燭
하늘하늘 긴 가지 밝게 빛난다.	嫋嫋橫枝明
등불 기름 귀하지 않을까마는	膏油豈不貴
초가집 정겨움을 사랑한다오.	愛茲蔀屋情
재물을 안다 한들 어디다 쓰리	何用識泉貨
스스로 낚시하고 밭을 가는데.	自釣還自耕

부령에서 富寧

| 부춘산(富春山)이란 지명 어인 셈으로 | 何物富春山 |
| 숙신씨의 옛 땅에 남아 있는가?[53] | 乃在肅愼氏 |

---

52. **강촉** 조명 기구의 하나로, 과거 길림성의 민간에서 주로 사용되었다고 한다. 차조기 씨앗에서 기름을 짜고 남은 찌끼에 겨를 섞어 뭉쳐 쑥대[蓬梗] 위에 놓고 불을 붙여 사용한다. 강등(穅燈)이라고도 한다.

양가죽 옷[54] 입었단 말 듣긴 했어도	但聞披羊裘
어찌 다시 새매 화살[55] 갖추었던가.	寧復辨隼矢
황강(黃岡)이라 죽루를 짓기도 하고[56]	黃岡竹樓作
남양(南陽)이라 제갈공명 제사 지내지.[57]	南陽諸葛祀
대동의 삼백 고을 어느 곳이나	大東三百州
부회함이 모두 다 이와 같구나.	傅會悉如此
지지 담당 관리에게 말을 하노니	寄語輿地家
이름 바로잡음부터 시작하시라.	先從正名始

53. **부춘산이란~있는가** 부춘산(富春山)은 후한 때 엄광(嚴光)이 은거했던 중국 절강성의 산 이름이다. 당시 부녕에 있는 산을 부춘산이라 불렀는데, 지리적 사실과는 상관 없이 중국의 지명을 억지로 갖다 붙이는 풍속을 비판한 것이다.

54. **양가죽 옷** 원문은 양구(羊裘). 양구수조(羊裘垂釣)의 줄임말로, 양가죽 옷을 입고 낚싯줄을 드리운다는 뜻이다. 은자 엄광의 생활을 뜻한다. 『후한서』 「엄광전」(嚴光傳)에 보인다.

55. **새매 화살** 원문은 준시(隼矢). 숙신씨(肅愼氏)가 사용하던 무기다. 『가어』(家語)에, "진(陳)나라 궁정에서 고시로 매〔隼〕를 관통시켰는데, 석노(石砮)는 한 자 여덟 치였다. 석노의 길이가 한 자 여덟 치였으니 이는 숙신국(肅愼國)에서 만든 것이다"라고 하였다.

56. **황강이라 죽루를 짓기도 하고** 왕우칭의 『소축집』(小畜集)에 실린 「황강죽루기」(黃岡竹樓記)를 보면 죽루의 제도와 규모 그리고 그 이름 등이 자세하다. 황강은 황해도 황주의 옛 이름이다. 이름이 같은 것을 가지고 죽루를 세웠던 것을 말한 것이다.

57. **남양이라 제갈공명 제사 지내지** 중국 하남성 서남쪽의 남양시(南陽市) 와룡구(臥龍區)에 제갈량의 사당인 무후사(武侯祠)가 있다. 우리나라 충청도의 남양현에서 이름이 같다는 이유로 제갈량을 제향한 것을 말한다.

회령 북쪽으로 삼십 리를 가서 황제의 무덤을 지났다. 송나라 휘종을 장례 지낸 곳이라고 전해지는데,[58] 지리지를 살펴보니 바로 여기였다 3수

會寧北三十里 過皇帝塚 傳是宋徽宗葬處 按地志 良是 三首

1

시든 풀에 차가운 옥 겁화의 재[59] 알겠거니　　　衰草寒瓊認劫灰

역시나 송 천자는 재주 많음 얽매였네.[60]　　　果然天子累多才

흘간산[61] 작은 목숨 남가에서 쫓겨 오니[62]　　　紇干微命南柯謫

갈바람 몰아칠 적 떠나는 맘 슬펐으리.　　　一樣西風去國哀

2

간악(艮嶽)[63]에 가을 들어 새와 짐승 울어 댈 제　　　艮嶽秋生鳥獸呼

---

58. **회령~전해지는데**　예부터 회령과 종성의 접경에 있는 운두산성(雲頭山城) 밖에 황제의 능이 있다고 전해져 왔다. 1712년 '백두산정계비' 일로 조선에 왔던 목극등(穆克登)이 이를 파 보게 하니 '송제지묘(宋帝之墓)'라 새겨진 비석이 나와, 이후로 이를 송나라의 마지막 두 황제인 휘종과 흠종의 무덤으로 여겨 왔다. 『택리지』「팔도총론, 함경도」에 나온다. 『함북대관』(咸北大觀)에도 「송제(宋帝)의 함루처(含淚處) 오국산성(五國山城)에서」란 기행문이 실려 있어 당시 이곳의 지리적 정황과 전언의 내용을 살필 수 있다.

59. **겁화의 재**　원문은 겁회(劫灰). 겁화(劫火)의 재, 즉 세계가 파멸될 때에 일어난다는 큰 불이다.

60. **역시나~얽매였네**　송 휘종(1082~1135)은 예술의 후원자이자 화가, 서예가로 유명하다. 정치를 멀리하고 문학과 미술에 탐닉하여, 그 결과 망국을 초래한 사실을 말한다.

61. **흘간산**　원문은 흘간(紇干). 당(唐) 소종(昭宗) 때 주전충(朱全忠)의 난이 일어나자 소종이 화주(華州)로 파천하였다. 이에 시신(侍臣)에게 비어(鄙語)를 들어 "흘간산 머리에서 꽁꽁 언 새는, 왜 좋은 곳으로 날아가지 않는고"(紇干山頭凍殺雀, 何不飛去生處樂.)라고 한 고사가 전해진다. 흘간미명(紇干微命)은 좋은 곳으로 떠나지 못하고 흘간산 꼭대기에서 동사한 참새를 가리키는데, 여기서는 휘종의 원관념이다.

62. **남가에서 쫓겨 오니**　원문은 남가적(南柯謫). 황제의 자리에서 남가일몽 같은 부귀 생활을 누리다가 적군에 사로잡혀 비참하게 쫓겨 간다는 뜻이다.

63. **간악**　휘종 황제가 석가산을 조성한 곳이다.

새 성은 높고 곧아 굽은 곳이 없었다네. 　新城高直不須紆

북쪽에선 임영소(林靈素)[64]에 대답하지 않았는데 　胡天不答林靈素

말갈족이 『박고도』(博古圖)[65]를 어이해 알았을까. 　靺鞨寧知博古圖

3

만 리에 철경(鐵檠)[66]이 돌아왔단 헛소문에 　虛傳萬里鐵檠還

남쪽 나라 임금 신하 눈물 쉽게 말랐다네. 　南國君臣淚易乾

천고에 당생(唐生)[67]의 남은 한이 있어서 　千古唐生遺恨在

회령산엔 동청을 여태 심지 않는다네. 　冬青未樹會寧山

64. 임영소　송나라 때 온주(溫州) 사람으로, 나중에 도사가 됐다. 도교 신자인 휘종은 불교를 박해한 반면 서지상(徐知常)과 임영소 등을 가까이했다. 임영소는 한때 황제의 신임을 얻어 정사를 전횡하였다.

65. 『박고도』　중국 송대의 왕보가 편찬한 고기도록(古器圖錄)이다. 선화전의 이름을 붙여서 『선화박고도록』(宣和博古圖錄)이라고도 한다. 송나라 8대 황제 휘종(徽宗)이 대관(大觀) 초기부터 수집하여 선화전(宣和殿) 후원에 수장시켰던 고기(古器) 1만 점 가운데 상(商)·주(周)·한(漢)·당(唐)에 속하는 정(鼎)·호(壺)·종(鐘)·탁(鐸)·전(錢)·경(鏡) 등 839점을 선택하여 그것을 대략 20종으로 나누어서 도시(圖示)하고 그에 대한 대소(大小)와 명문(銘文)을 기록하고 해석해 놓은 것이다.

66. 철경　철경은 무덤에 함께 묻는 쇠로 만든 등잔대로, 황제의 시신을 의미한다.

67. 당생　이덕무의 「송유민보전」(宋遺民補傳)에 "서방에서 온 중이 여러 황제의 능묘를 파헤치자, 사고(謝翶)가 당각(唐珏)·임덕양(林德陽)·정박옹(鄭樸翁)과 함께 몰래 능골(陵骨)을 거두어 감출 것을 모의하고 「동청인」(冬青引)을 지었다"라는 기사가 실려 있다. 본문에서 말하는 당생이 바로 당각이다. 당각(1247∼?)의 자는 옥잠(玉潛), 호는 국산(菊山)으로, 회계 산양 사람이다. 번승(番僧)이었던 양련(楊璉)이 송나라 황제의 능을 파헤치자, 약초 캐는 사람으로 꾸며 묘지로 들어가 유골을 수습하여 묻고는 동청수(冬青樹)를 심었다고 한다.

종성에서 鐘城

수항루(受降樓)[68] 우뚝하게 세워져 있는	鬱鬱受降樓
구석진 변방 땅의 네 번째 고을.[69]	窮邊第四州
임금님께 기대었던[70] 그 일만 알 뿐	但知依斗柄
돌아갈 일[71] 생각할 겨를이 없네.	未暇念刀頭
국토는 멀리 와도 기뻐할 만해	國步遠堪賀
집안 편지 더디어도 근심이 없지.	家書遲莫愁
밤바람에 종이창 얇기만 하여	夜風窓紙薄
외로이 얇은 옷을 저어하누나.	孤獨怯綿裘

68. 수항루 조선 전기 북쪽 변경에서 자주 노략질하던 여진족의 항복을 받고서 이것을 징표로 남기기 위해 세운 3층 누각이다. 『증보문헌비고』(增補文獻備考)에 따르면, "종성에 뇌천각(雷天閣)이 있는데, 이것의 옛 이름은 수항루다"라고 한 것으로 미루어 보아, 종성의 수항루는 조선 중종 이전의 것으로, 조선 후기에 뇌천각으로 개칭하였음을 알 수 있다.

69. 네 번째 고을 원문은 제사주(第四州). 1440년(세종 22) 종성군을 백안수소에서 지금의 종성으로 옮기고 그 자리에 행영을 두는 한편, 다온성에는 온성군을 설치하여 이듬해 각각 종성부와 온성부로 승격시켰다. 이어서 1449년(세종 31)에 석막의 옛 땅에 부령부를 설치함으로써 6진이 완성되었다. 종성이 6진 중 네 번째로 설치된 사실을 가리킨다.

70. 임금님께 기대었던 원문은 의두병(依斗柄). 두병(斗柄)은 북두칠성의 자루에 해당하는 세 별을 가리키는데, 여기서는 제왕의 상징으로 쓰였다. 박제가를 알아주었던 정조를 가리킨다.

71. 돌아갈 일 원문은 도두(刀頭). 도두(刀頭)는 '돌아온다'〔還〕는 말의 은어다. 도두는 칼머리에 달린 고리〔環〕인데, 환(環)과 환(還)의 음이 서로 통하므로 이렇게 썼다. 유배 생활이 풀리는 것을 이른다.

억언 22수 憶言 二十二首

1

영평의 관아에서 수레를 재촉할 제	永平衙裏促歸輪
충렬공 집안에는 새로 제사 내리셨네.	忠烈家中賜祭新
엊그제 큰아들이 처음 벼슬하였으니	昨日大郞初筮仕
오늘 아침 어느새 현부인(縣夫人)⁷²이 되었구나.	今朝已作縣夫人

오늘 아침 어느새 현부인(縣夫人)[72]이 되었구나.　今朝已作縣夫人

2

예순 살 유생 있어 나쁜 운수 탄식하니　六十儒衣歎數奇
소남(召南)의 자애 효도[73] 다시 뉘 알아주리.　召南慈孝更誰知
인생살이 가난함은 풀어내기 쉽잖으나　人生貧賤眞難遣
다만 이젠 심상하여 눈썹 아니 찡그리네.　只是尋常不皺眉

3

이별의 근심에다 병까지 얽혀 있어　離憂添却病纏綿
누이 위해 죽 한 사발 끓이기가 어렵구나.[74]　一粥眞難爲姊煎
평안하게 서로 다시 만날 수만 있다면　得俟平安相見否

---

72. 현부인　조선 시대 외명부(外命婦)의 하나로, 종친(宗親) 정·종 2품관의 처에게 주는 작호(爵號)다. 이 시는 박제가가 유배를 떠나 영평을 지날 무렵의 일을 말한 듯한데, 그 맥락은 미상이다.

73. 소남의 자애 효도　원문은 소남가효(召南慈孝). '소남'(召南)은 『시경』 국풍의 편명이다. 국풍 가운데 「주남」(周南)·「소남」 두 편은 주(周)나라 초기의 태평 시대에 지어진 노래로 '정풍'(正風)이라 하여, 기타 왕도(王道)가 쇠미해지고, 기강이 무너진 때의 노래라는 뜻의 변풍(變風)과 구분하였다. 여기서는 다스려지는 시절 왕후의 부덕(婦德)을 뜻한다.

74. 누이~어렵구나　박제가에게는 네 살 손위 누이가 있었다. 그는 1760년 임희택(任希澤, 1744~1799)에게 시집갔는데, 박제가가 유배를 떠날 무렵 무거운 병을 앓았다. 이 누이는 결국 이해 11월경에 세상을 떠났다. 박제가가 죽은 이 누이를 위해 「칠석편」(七夕篇)을 지었다.

인삼밭 다 베어 냄도 마다하지 않으리라.　　　不辭刈盡種葠田

4

오래도록 좋이좋이 이 몸에 지니고서　　　長敎好好不離身
다락 올라 사진을 바라보기 좋아하네.　　　偏喜登樓看寫眞
아득히 생각하니 푸른 창 가린 곳에　　　逈想碧紗窓掩處
아이들 추위에 떨며 홀로 봄날 상심하리.　　　孩兒枕冷獨傷春

5

십 년 동안 부질없이 상처(喪妻)[75] 슬픔 품었는데　　十年空抱斷絃悲
큰딸이 낳은 아이 또다시 딸이구나.　　　長女生兒又女兒
아버지[76]의 어른다움 이제야 알겠으니　　　始信阿郞眞長者
당시에 담비 가죽 찾지를 않으셨지.　　　當時不欲索貂皮

6

요망한 이 피를 뿜어 사돈 재앙 지나치나[77]　　噀血妖人嫁禍偏
둥지가 뒤집혀도 알 온전해 다행이네.　　　覆巢深幸卵猶全
그 어디서 귀신들 놀라서 울고 있나　　　神驚鬼泣知何處
흔적 없이 먼저 떠난 너희를 그리노라.　　　念爾飄然去獨先

---

75. **상처**　원문은 단현(斷絃). 거문고의 줄이 끊어졌다는 의미다. 예전에는 금슬의 조화로움을 부부의 화락에 비유하였는데, 줄이 끊어졌다는 것은 아내를 잃은 것을 말한다. 박제가는 1792년 부인 덕수 이씨를 잃었다.
76. **아버지**　원문은 아랑(阿郞). 사마광(司馬光)의 『서의』(書儀)에 "옛사람은 아버지를 아랑(阿郞), 어머니를 양자(孃子)라 하였다"(古人謂父爲阿郞, 謂母爲孃子.)란 구절이 있다.
77. **요망한 이~지나치나**　박제가의 사돈 윤가기(尹可紀)가 거듭 옥사에 연루된 사실을 말한다. 박제가도 이 사건에 얽혀 유배를 온 것이다.

7

세상에서 참된 독서 얻기가 어렵더니　　　世間難得讀書眞
사장(詞章)을 내던지니 그 맛 더욱 새롭구나.　打破詞章味更新
이름 높다 반드시 잘못되진[78] 않겠지만　未必名高能誤我
네 이름 나는 것은 바라지를 않노라.　　不敢望汝作名人

8

비파담의 물과 돌 즐기기 넉넉한데　　　琶潭水石足婆娑
막내가 시집가 집안 이음 기뻐하네.[79]　阿季于歸喜克家
하룻길도 오히려 찾아오기 힘들거늘　　一日程猶嫌阻觀
늙은 아비 하늘가로 떨어질 줄 알았으리.　寧期老父落天涯

9

앞으로는 온 가족이 농사 어업 종사하며　行當盡室入耕漁
장백산 동서의 길 가는 대로 내맡기리.　長白東瞰任所如
돌아가지 못했으나 돌아간들 늙은 몸　我未環歸歸亦老
잠시 네게 수년 동안 책을 읽게 하리라.　姑教汝讀數年書

10

섣달에 태어나니 성인 탄신 한가지라　臘月生猶誕聖年
맑고 고운 너의 모습 마음 깊이 사랑했네.　憐渠骨相獨清妍

---

78. 잘못인 건　　원문은 오아(誤我). 아(我)는 위(譌)의 뜻으로 쓰인 것이다. 오아(誤我)는 오위(誤
譌)와 같은 말이다.
79. 막내가~기뻤지　　원문의 극가(克家)는 가사(家事)를 이어받는 것으로, 극가아(克家兒)는 조상
의 일을 계승하는 자제를 말한다. 박제가의 막내딸이 시집가서 아들을 낳은 것을 말하는 것으로 보
이는데, 구체적인 사실 여부는 확인되지 않는다.

어여뻐 언제나 야단치지 못한 것은　　　嬌癡未敢長嗔責
흡사 마치 어미 없다 맘 상할까 해서였네.　似若神傷無母然

11
이별에 마음 아파 지새는 밤 많은데　　　別恨偏知永夜多
작은 다락 책들은 요즈음 어떠한가.　　　小樓書籍近如何
말똥말똥 잠 안 와도 혼백은 집에 가니　明明不寐魂猶往
어애송 주변에는 내려 주신 거위 있네.　御愛松邊內賜鵞

12
조정은 내 몸으로 사람 숫자 채워 넣어　朝廷以我充人數
죄인 장부 가운데다 이름을 올렸다네.　也得名攙竄籍中
우습다 갈매기들 날 보고 비웃는데　　可笑沙鷗眞冷眼
연꽃은 피고 짐을 갈바람에 맡겼구나.　藕花開落任秋風

13
금문의 조정 반열 나날이 멀어지니　　金門鵷鷺日相疎
슬프다 규장각의 직무도 끝났구나.　　惆悵奎章罷起居
패사(稗史)를 지니고서 하늘가 홀로 향해　獨向天涯携稗史
선왕 능 고개 돌려 우초에 눈물짓네.[80]　茂陵回首泣虞初

---

80. 선왕~눈물짓네　우초(虞初)는 한 무제(漢武帝) 때의 방사(方士)로, 소설을 처음 지었다. 이후
소설가나 패관(稗官)을 가리키는 말로 쓰였다. 패사(稗史)를 지녔다 함은 정조와 관련된 여러 비공
식 사연들을 기억하고 있음을, 우초(虞初)에 눈물짓는다 함은 그 일들을 떠올리며 눈물을 흘린다
는 뜻이다.

14

수성 땅 쓸쓸하여 한 잔 술도 드물거니	愁城牢落一杯稀
여덟 날개[81] 부러져서 꿈속서도 못 나누나.	八翼摧頹夢不飛
당시의 정수곡(征戍曲)[82]을 익숙하게 외우나니	慣誦唐詩征戍曲
집안사람 이를 배워 겨울옷 부쳐 주리.	家人也學寄邊衣

15

대숲 깊어 하늘 길 아득히 뵈지 않고[83]	幽篁天路渺難尋
어느새 넋이 나가 고향 노래[84] 부르누나.	馬上魂消只越吟
인간 세상 일단의 처절한 마음으로	一段人間凄絶意
두만강 빗긴 해에 휘종 흠종 슬퍼하네.	土門斜日吊徽欽

16

북쪽 산 다 지나서 주름진 곳 길을 가니	巡盡胡山皺處行
주름마다 한 봉우리 빗겨 있음 알겠구나.	從知一皺一峰橫
두만강의 물소리는 작은 강과 같지 않아[85]	河聲不比江聲暖

---

81. 여덟 날개　원문은 팔익(八翼). 진(晉)나라 도간(陶侃)이 꿈을 꾸었는데, 여덟 개의 날개가 돋아 상계로 날아올랐다. 아홉 겹 궁궐 문 중 여덟 곳을 지났는데 마지막 한 문을 들어갈 수 없었다. 그때 문지기가 지팡이로 때리는 바람에 그만 땅에 떨어졌으며 날개도 부러지고 말았다. 『진서』(晉書) 「도간전」(陶侃傳)에 보인다. 뜻한 바를 이루지 못했다는 뜻이다.

82. 정수곡　변방에 수자리 살러 가는 군사들의 심정과 처지를 노래한 시로, 보통 변새시(邊塞詩)라 한다. 혹독한 추위와, 가족들이 걱정하며 옷을 보내 주는 것이 이 시들의 주요 모티브였다. 박제가 또한 조선의 변방에 와 있기에 한 말이다.

83. 대숲~않고　원문의 유황(幽篁)은 깊고 그윽한 대숲을 뜻한다. 굴원의 「구가, 산귀」(九歌, 山鬼)에 "나는 깊고 그윽한 대숲에 있어 끝내 하늘을 보지 못하네"(余處幽篁兮終不見天.)란 구절이 있다. 북관에 대숲이 있을 리는 없으니, 고단한 처지에 있음을 비유한 것이다.

84. 고향 노래　원문은 월음(越吟). 향수에 젖어 고향 노래를 부른다는 말이다. 장노(莊舃)는 전국 시대 월나라 사람으로 초나라에서 벼슬을 하였는데, 병이 나서는 월나라 노래만 불렀다는 이야기가 『사기』 「장의열전」(張儀列傳)에 보인다.

미친바람 성난 눈의 마음 길이 띠고 있네.　　　　　長帶狂風怒雪情

17

낙엽 진 진번(眞番)[86]에서 장정(長亭)을 바라보며　　眞番葉脫見長亭

북녘서 처량하게 흰 눈을 원망하네.　　　　　　　北曲啾啾怨白翎

우습다 작은 몸이 도깨비 능히 막아 내니　　　　自笑微軀能禦魅

『옥추경』(玉樞經)[87] 읽음보다 그 효과 뛰어나네.　　也應勝似玉樞經

18

변방이라 풍기(風氣)는 저절로 쓸쓸하고　　　　殊方風氣自蕭蕭

동해는 끝이 없고 북극성은 아득하네.　　　　　東海無邊北極高

옛날부터 난초가 나지 않는 곳이라　　　　　　終古芳蘭不生處

초인이 이소(離騷) 노래 어떻게 지어낼까.　　　　楚人安得著離騷

19

아득한 이내 신세 종적 없이 사라지고　　　　　悠悠身世付泥鴻

장백산엔 안개구름 일 년 내내 어려 있네.　　　長白煙雲一歲中

오국성(五國城)[88]의 남쪽에는 밥 짓는 연기 적고　　五國城南烟火少

---

85. 두만강의~같지 않아　원문의 하성(河聲)과 강성(江聲)의 함의는 분명치 않다. 여기서는 춥고 황량한 북방의 거센 강물 소리, 즉 두만강의 소리가 안온한 남쪽 강의 그것과 같지 않다는 뜻으로 풀었다.

86. 진번　한사군(漢四郡)의 하나다. 조선의 지식인들은 『한서』의 기록에 따라 한사군의 위치가 현재의 한반도 북단에 있는 것으로 이해하였다. 이에 따르면 진번의 위치는 지금의 함경남도 지역에 해당된다. 하지만 최근 과학적 거리 추정 결과, 한사군의 위치는 요하(遼河) 서쪽에 있었다는 연구 결과가 보고되었다(김종서, 『한사군의 실제 위치 연구』, 한국학연구원, 2005. 10).

87. 『옥추경』　도교 경전이다. 민간에서 널리 읽혔으나 도교의 정통 경전이 아닌 위경(僞經)으로 추정된다. 한국에서 이 경을 독경(讀經)하면 잡귀가 물러가고 질병이 낫는다는 신앙 때문에 가장 많이 읽혔다.

해동청 날아가고 석양은 붉게 지네.　　　　海靑飛盡夕陽紅

20

개마대산 웅혼하게 바다 끝에 서려 있고　　蓋馬魂魂極海蟠
눈구름 아니 껴도 날씨 늘 서늘하다.　　　非雲非雪氣常寒
예부터 북지(北地)에는 읽을 책이 없어서　　從來北地無書讀
일만 개의 강등(糠燈)[89]을 헛되이 저버리네.　　辜負糠燈一萬竿

21

높고 넓은 이 세상에 어디로 돌아갈까　　　天高海濶欲何歸
처연하게 등 뒤로 저녁 해가 지는구나.　　　只是蒼茫背落暉
전날에 꿈속에서 백익(伯益)[90]을 만났더니　　前日夢中逢伯益
황량한 동쪽 길에 희미하다 말하누나.　　　東荒徑裏說熹微

22

천 리 먼 땅 삭풍 불고 바다엔 파도 일고　　北風千里海生瀾
눈 덮인 봉우리엔 산길이 험난하네.　　　　嶺雪嵯峨鳥道難

---

88. 오국성　옛 지명으로, 송나라 휘종이 금나라 군사에게 포로로 잡혀 여기서 죽었다고 한다. 일설에는 흑룡강성 의란현 일대를 말한다고 한다. 안정복은 『동사강목』에서 "금(金)나라는 여진의 흑수부(黑水部)로, 우리나라의 북도와 가장 가깝다. 송나라 황제가 잡혀 와서 오국성에 구금되었으니 반드시 우리 국경과 서로 가까웠을 것이다. 흑수부 지역에서 가장 깊고 들어가기 어려운 곳은 오라성(烏喇城)이다. 오(烏)와 오(五)는 우리 음으로 비슷하니 '오국'은 아마도 오라의 잘못인 듯하다"라고 하였다.

89. 강등　쑥대 줄기 끝에 기름 찌꺼기를 달아 불을 붙여 조명으로 쓰는 것을 말한다. 예로부터 북방 지역에서 이를 썼다.

90. 백익　순임금 때 동이부에 낙점된 수령으로, 영씨(嬴氏) 성을 지닌 각 부족의 선조가 되었다. 우임금의 치수를 도운 공이 있어 우임금이 백익에게 지위를 양보하려 했으나 백익이 거부하고 기산의 북쪽에 기거했다고 전해진다. 『서경』 「순전」(舜典)과 『맹자』 「만장 상」에 보인다.

바라건대 산꼭대기 한 점의 봉화 되어　　　　願作山頭烽一點
잠시라도 흘러가서 서울을 비췄으면.　　　　片時流照到長安

'장' 자로 장난침[91] 謔張

그대는 신선이신 포박자 선생이고　　　　君是神仙抱朴子
나는 말 타고 쇠뇌 쏘는 군사라네.[92]　　　　我乃材官蹶張士
산천 절로 순박하다 그 누가 말했던가　　　　山川誰道自有淳
문무는 한쪽으로 늘어져선 아니 되네.[93]　　　　文武不能終一弛
스물여섯째 별자리는 하늘에 이었는데[94]　　　　二十六宿本連天
신라 땅 좁은 곳은 어이 그리 얽혀 있나.　　　　新羅一瓠何纏綿
돌상자 안[95] 보물처럼 나를 귀히 여기는데　　　　依俙寶我似石裏

91. **'장' 자로 장난침**　거의 매 구마다 '장'(張) 자를 쓰거나, 아니면 그와 관련된 고사를 쓴 희작이다.
92. **나는~군사라네**　원문의 재관(材官)은 기마병이고, 궐장(蹶張)은 쇠뇌를 쏘는 군사를 가리킨다. 『사기』「원앙전」(袁盎傳)에 용례가 있다.
93. **문무는~아니 되네**　『예기』「잡기」(雜記)에 "한 번은 당겨 주고 한 번은 풀어 주는 것이 문무의 도이다"(一張一弛, 文武之道也.)라 하였다. 정현(鄭玄)이나 공영달(孔穎達)은 여기서 '장'(張)은 사람이 긴장하거나, 백성이 노역에 종사하는 것을 비유한다고 풀이하였다. 긴장(緊張) 정도의 뜻으로 보면 무방하다.
94. **스물여섯째~이었는데**　이십팔수 가운데 스물여섯 번째 별이 장성(張星)이다. 주작 칠수 가운데 다섯 번째에 해당하며, 여섯 개의 별로 이루어져 있고, 장사좌(長蛇坐) 안에 있다. 『사기』「천관서」(天官書)에 보인다.
95. **돌상자 안**　원문은 석리(石裏). 귀중한 물건을 담아 보관한다는 뜻의 '장어석리'(藏於石裏)에서 가져온 말이다. 숨길 '장'(藏)과 베풀 '장'(張)의 발음이 같은 것을 가지고 언어유희를 부린 것으로 보인다.

노루처럼[96] 장난으로 그대를 부른다네.	狡獪呼君如鹿邊
고쳐서 줄 고르면[97] 거문고를 탈 법한데	必改而張瑟可鼓
무명의 통나무[98]로 오래도록 남았구나.	無名之樸琴猶古
목피(木皮)[99]는 예부터 상약에 들어갔고	木皮從來入上藥
꿩 그물[100] 악부 오름 오히려 놀랍도다.	雉網還驚登樂府
『논어』를 읽게 하여 당당함을 경계하고[101]	敎讀魯論戒堂堂
인보(印譜)를 훔쳐보고 오랑캐를 조롱했네.	偸看印譜嘲蠻郞
통나무 쪼개어서 돌이킬 수 없게 마오[102]	莫敎大朴散不回

96. 노루처럼 원문은 여록(如鹿). 왕안석의 아들 왕원택(王元澤)의 말에 "사슴 곁에 있는 것이 바로 노루요, 노루 곁에 있는 것이 바로 사슴이다"(鹿邊是獐, 獐邊是鹿.)라는 구절이 있다. 노루 '장'(獐)과 베풀 '장'(張)의 발음이 같은 데 착안한 것으로 보인다.

97. 고쳐서 줄 고르면 원문은 개이장(改而張). 현악기 줄을 바꿔 골라 소리를 새롭게 조율한다는 개현갱장(改絃更張)의 줄임말로, 제도의 개혁을 비유한다. 동중서(董重舒)가 정치경제의 개혁을 건의하면서 "적이 비유컨대, 거문고 소리가 맞지 않을 것 같으면, 심한 것은 반드시 풀어 다시 조이면 탈 수가 있습니다. 정치를 베풀어도 행해지지 않으면, 심한 것은 반드시 변화하여 거듭나게 하면 다스릴 수 있습니다"(竊譬之琴瑟不調, 甚者必解而更張之, 乃可鼓也. 爲政而不行, 甚者必變而更化之, 乃可理也.)라 한 데서 용례를 확인할 수 있다. 『한서』 「동중서전」에 보인다.

98. 무명의 통나무 원문은 무명지박(無名之樸). 『노자』 32장에 "도는 언제나 이름이 없으니 본디 통나무 상태다. 비록 작아도 천하의 누구도 부릴 수 없다"(道常無名, 樸, 雖小, 天下莫能臣也.)라고 하였다. 자연 상태의 질박함을 가리키는 말인데, 후대에는 남에게 인정받지 못하는 불우한 선비의 표상으로 쓰이기도 하였다. 여기서는 오래도록 쓰임을 얻지 못한 자신을 비유한 것으로 해석하였다.

99. 목피 장목피(樟木皮)로, 수피를 연중 수시로 채취하여 그대로 사용하거나 또는 햇볕에 건조한다. 행기(行氣), 지통(止痛)에 효험이 있다.

100. 꿩 그물 원문은 치망(雉網). 청(淸) 유통훈(劉統勳)의 「어제입애구원운」(御製入崖口元韻)에 "언덕 밖엔 곡식들 타작마당 올랐고, 언덕 안엔 꿩들이 그물에 걸렸구나"(崖外穀登場, 崖中雉網張.)란 구절이 있다.

101. 『논어』를~경계하고 공자는 제자 자장(子張)을 "당당하도다 자장이여, 하지만 함께 인(仁)을 행하기는 어렵도다"(堂堂乎張也, 難與竝爲仁矣.)라고 하였다. 자장이 외모는 당당하지만, 내적 수양이 성숙하지 못함을 경계한 말이다.

102. 통나무~마오 『노자』 28장에 "통나무가 흩어져 그릇이 되면, 성인이 이를 사용하여 백관의 우두머리가 된다. 그러므로 큰 제도는 깎지 않는 법이다"(樸散則爲器, 聖人用之, 則爲官長. 故大制不割.)라고 말한 데서 따온 것이다.

그리움에 말장난함 펼쳐 베풂 아니로다.　　　相思作謎非鋪張

홀로 앉아 獨坐

홀로 앉아 소리 없이 눈물 흘림은	獨坐無聲淚
유배 생활 이리 길기 때문 아닐세.	非緣謫裏多
어느 핸가 선왕께서 물으시면서[103]	何年宣室問
밤중에 효종 노래 부르셨었지.[104]	中夜孝宗歌
마음만은 천 리를 가고 싶지만[105]	心計魚千里
새 한 번 날아가듯 세월 지났네.[106]	風期鳥一過
백두산은 천하의 등뼈가 되니	白山天下脊
여기서 늙어 감이 어떻겠는가.	投老欲如何

103. **어느~물으시면서**　원문의 선실(宣室)은 한나라 때 미앙궁(未央宮)에 속한 궁전 이름으로 황제가 재계하던 곳인데, 한나라 문제가 이곳에서 가의를 접견하고 자문했다는 고사가 전한다(『한서』 「가의전」). 여기서는 정조가 박제가 자신을 가의에 비견했던 일을 가리킨다.

104. **밤중에~부르셨었지**　원문의 효종가(孝宗歌)는 효종이 봉림대군 시절 심양으로 끌려가며 불렀다는 시조 "청석령 지나거다 초하구 어드메뇨……"를 가리킨다. 정조와 박제가 의기투합하여 친밀하게 지내던 때를 회상한 것이다.

105. **마음만은~싶지만**　『관윤자』(關尹子) 「우」(宇)에 "조그만 동이에 연못을 만들어 돌로 섬을 만들어 놓았더니, 물고기들이 마치 몇 천 리라도 가는 듯 끝없이 헤엄쳤다"는 이야기가 나온다. 쓸데없이 추구하기를 그치지 않음을 비유한다.

106. **새~지났네**　원문의 풍기(風期)에는 소식, 품격, 우의, 풍광 등 여러 뜻이 들어 있다. 여기서는 마음의 기약과는 달리 여의치 않은 모든 외부의 여건 정도의 뜻으로 풀었다.

미역, 지금은 곽이라 한다 *海帶 今稱藿*

온 나라에 독특한 풍속 있으니	通國有所獨
산모들 미역국을 끓여 먹누나.	娩婦羹海帶
박물가의 책들을 찾아봤지만	究觀博物家
의서에도 미역은 실리잖았네.	醫方亦靡載
듣자니 옛날에 한 어부 있어	甞聞古漁人
삼켜져 고래 배 속 들어갔다지.	被吞入鯨內
점막에 칼을 대고 버티었더니	持刀攢皮膜
달리던 고래는 깜짝 놀라서	奮迅鯨一駭
서둘러 미역을 뜯어 먹으매	急乃囓此物
상처가 별 탈 없이 아물었다지.	創合自不害
고래가 뱉어 내어 탈출했는데	鯨吐遂得出
그의 아내 때마침 해산을 하니	厥婦娠方解
태반까지 모두 다 나온 뒤에도	意謂胎出餘
출혈 많아 산모가 죽게 되었네.	亂血多崩敗
미역을 먹였더니 효험 있었고	試之良有效
그 말 들은 사람들 후회 없었지.	聽者各無悔
임시로 산부추의 이름 썼는데[107]	冒占山韭名
풍속을 이루어서 못 바꾸었네.	滔滔莫之改
좌욕(坐蓐)[108]에는 귀천의 구별이 없고	坐蓐無貴賤
삼칠일이 넘도록 상복한다네.	唉過廿日外
불수산[109] 아니 먹는 경우 있어도	佛手或時空

---

107. 임시로~썼는데 미역을 해대(海帶)라 하지 않고 향초의 한 종류인 곽(藿)이라 이른 것을 두고 한 말이다.

108. 좌욕 산모가 아이를 낳을 때 몸 밑에 까는, 풀로 엮은 자리를 말한다.

미역국 아니 먹는 집은 없구나.　　　　　　玆羹不可廢

미끄러워 빗물에 씻김 알겠고　　　　　　柔滑知雨濯

채취 일러 푸른 것을 귀히 여기네.　　　　鮮靑貴早刈

가물치에 쌀과 새우[110] 함께 넣어 끓이면　鱧煎及米鰕

그 맛이 담박한 나물 같다네.　　　　　　風味連淡菜

장부 또한 나누어 배불리 먹고　　　　　　丈夫亦分飽

절집서도 물건의 반을 사누나.　　　　　　僧厨失半買

사물 이치 참으로 알기 어려워　　　　　　物理固難窮

애오라지 협대[111]에 보충해 두네.　　　　聊以補夾袋

생일 生日

이 세상 의지할 데 없는 사람은　　　　　　人間孤露子

생일날엔 더더욱 서러웁구나.　　　　　　生日增悲哀

게다가 죄안에 연루되어서　　　　　　　　何況罹憂患

산해의 구석을 떠돌고 있네.　　　　　　　飄零山海隈

아들딸 다섯이나 두었지마는　　　　　　　雖有五子女

눈앞에 술 한 잔을 받지 못하네.　　　　　眼前無一杯

109. **불수산**　원문은 불수(佛手). 해산을 전후하여 쓰는 탕약으로, 궁귀탕(芎歸蕩)이라고도 한다.
110. **새우**　원문은 하(鰕). 동해에는 새우와 그것을 소금에 절인 것이 없다. 소금에 담가 우리나라 전역에 흘러넘치게 한 것은 서해의 젓새우이며, 속어로 세하라 한다. 원문의 미하(米鰕)는 심심하게 말린 새우를 말한다. 『전어지』(佃漁志)에 보인다.
111. **협대**　귀중한 물건이나 문건 따위를 넣어 두는 자그마한 전대를 말한다.

늙으신 형님과 누님께서는　　　　　白首與兄姉
달을 보며 공연히 서성이시리.　　　望月空徘徊
구불구불 조그만 수화로(水火爐)[112]에는　羊腸水火爐
녹이 슬어 찬 재만 기울여 낸다.　　綠澁傾寒灰
안타깝다 만두 빚는 빼난 솜씨를　　可惜饅頭手
북방으로 보내오지 못하는 것이.　　不送北方來

빗긴 해 斜陽

근심 구름 깔려 있고 눈기운 어둑한데　愁雲曳地雪模糊
강 건너 호산에는 나뭇잎 다 졌구나.　隔水胡山樹葉瓓
분수 밖 석양빛이 한 줄기 비쳐 오매　分外斜陽明一線
창가에 앉은 채로 비연호[113]를 희롱하네.　閑窓坐弄鼻煙壺

112. **수화로**　옮기기 쉽도록 만든 작은 화로다. 여기에서 술이나 물을 끓인다.
113. **비연호**　비연(鼻煙), 즉 코담배를 담는 용기인데 제재와 종류가 매우 다양하다.

자식에게 부치다 2수 寄兒 二首

1

글자 없는 경전을 만 번 펴서 읽노라니　　　無字經繙紙萬番

객이 되어 세월을 보내기 어렵구나.　　　客中難遣是朝昏

백로의 다리에서 떠낼 고기 근심하니[114]　　鷺鷥脚上愁分肉

앵무새 앞에서는 감히 말함 두렵구나.　　鸚鵡前頭怕敢言

지난해 떠나올 제[115] 고을 백성 울었는데　　移錫去年啼邑子

어디서 옷자락 끌며 왕문을 찾고 있나.[116]　　曳裾何處覓王門

시심(詩心) 마치 길이 떠날 은거의 뜻 품은 듯　　吟魂似若懷長往

꿈속의 마을마다 대숲이 어여쁘네.　　　脩竹娟娟夢裡村

2

황량한 성 다듬이 소리 옛날의 진번인데　　荒城砧杵古眞番

쓸쓸한 동짓날에 날은 이미 어둑하네.　　冬至蕭條日已昏

강촉에 재 깊도록 먼 곳 편지 봉해 놓고　　糠燭灰深緘遠札

화피(樺皮)[117] 공책 쌓아 놓고 방언을 기록하네.　　樺皮卷積記方言

---

114. 백로의~근심하니　백로의 다리는 가늘고 길기만 하여 고기가 없다. 그런데도 거기에서 고기를 떠낼 것을 근심한다는 것은 탐욕의 극치를 말한 것이다. 풍몽룡(馮夢龍)의 『유세명언』(喩世明言)에 "백로 대퇴부에서 고기를 나눈다"(鷺鷥腿上割股.)라는 표현이 있다. 또 청대의 소설에서는 "백로 다리에서 고기를 발라내고, 모기 뱃속에서 기름을 짜내누나"(鷺鷥脚上劈精肉, 蚊子腹內垮脂油.)라는 구절을 찾을 수 있다. 상대방의 약점을 잡기 위해 혈안이 된 조정의 정객들을 비유한 것이다.

115. 지난해 떠나올 제　원문은 이석(移錫). 석장을 바꾼다는 뜻으로, 원래 스님이 절을 바꾸는 것을 말한다. 여기서는 원님이 고을을 떠나는 것을 말한다. 두보의 시 「대각고승난야」(大覺高僧蘭若)에 용례가 보인다.

116. 어디서~있나　한나라의 추양(鄒陽)이 오(吳)나라 양효왕(梁孝王)의 상객(上客)이 되어 "어느 왕의 문에서 긴 옷자락을 끌지 못하랴"라고 말했다. 출세하여 왕후의 문에 드나드는 것을 말한다. 『한서』 권51 「추양전」에 보인다.

유배되어 도성에서 살지를 못하는데[118]　　　流之不與同中國
늙어서 부질없이 궁궐 들 일 생각하네.　　　老矣空思入玉門
아직도 세상에는 세월이 남아 있나　　　　尚有人間餘景否
따르는 곳 바다 산이 곧 나의 마을일세.　　　海山隨處卽吾村

진사 주광겸의 문희연[119] 朱進士光謙聞喜

신방(新榜)[120]의 이름 석 자 깜짝 놀라니　　　姓字驚新榜
밝은 조정 주자(朱子)가 다시 났도다.　　　明宗復紫陽
땅 이로움 인하여 선비 기르니　　　　　養能因地利
이 지역서 급제자 처음 나왔네.　　　　科忽破天荒
문회(文會)라 난삼 옷이 예스러우니　　　文會襴衫古
사흘 유가(遊街) 행차가 빛나는구나.　　　榮旋馹路光
문풍[121]이 멀리 미침 기쁘게 보니　　　喜看絃誦遠
또한 족히 변방을 튼튼히 하리.　　　　亦足壯邊疆

117. **화피**　자작나무 껍질을 말한다. 함경도 지역의 특산물이었다.
118. **유배되어~못하는데**　『대학』(大學)에 "오직 어진 사람만이 질투하고 시기하는 사람들을 추방하되, 사방 오랑캐 땅으로 내쫓아 중국에서 함께 살지 못하도록 하나니, 이것을 일러 오직 어진 사람만이 제대로 사랑하고 제대로 미워할 수 있다고 하는 것이다"(唯仁人, 放流之, 迸諸四夷, 不與同中國, 此謂唯仁人爲能愛人能惡人.)라는 구절이 나온다.
119. **문희연**　원문은 문희(聞喜). 과거에 급제한 사람이 가까운 친구와 친척을 불러 베푸는 자축연(自祝宴)을 말한다.
120. **신방**　전날 과거(科擧)를 보인 뒤, 새로 급제한 사람의 성명을 써서 보이던 방목이다.
121. **문풍**　원문은 현송(絃誦). 거문고 타고 시 읊는 것을 말한다. 『예기』 문왕세자(文王世子)에 "봄에는 시를 외우고 여름에는 거문고를 탄다"라는 구절이 보인다. 문풍의 진작을 상징한다.

주 진사를 대신하여 하례에 답하다 答人賀喜 代朱進士

성 아끼는 사람들 이름은 안 아끼니 　　　　愛姓人應不愛名
외진 고을 작은 경사 소문이 쉽게 났네. 　　荒州小捷易馳聲
눈에 서서 스승님을 모셨던 일 부끄럽고[122] 　空慚雪立尊師道
바람결에 시를 읊는 그 소리 기쁘도다. [123] 　頗喜臨風詠洛生
천 리 달려 집에 오니 하객들 모여 있고 　千里還家攢衆賀
궁중에서 내려 주신 영광을 지녔도다. 　九重垂問佩殊榮
고향에 군자 없이 이를 어이 얻었으리 　鄕無君子斯焉取
한 번 취해 잗다란 성의조차 못 펼치네. 　一醉區區未展誠

대학 大學

명산 석실 보관한 일 목 놓아 통곡하며[124] 　慟哭名山石室藏
온 시내 비친 달빛 남은 빛을 우러르네. [125] 　萬川明月仰餘光

---

122. **눈에~부끄럽고** 　북송의 유생 양시(楊時)가 정이(程頤)를 찾아갔을 때, 눈이 무릎에 차도록 그 자리를 떠나지 않고 가르침을 청한 일이 있다. 이후 입설(立雪)은 스승으로 모시는 것을 뜻한다.

123. **바람결에~기쁘도다** 　동진(東晉)의 낙양(洛陽) 서생들이 중탁(重濁)한 소리로 시문을 읊곤 하였다. 사안(謝安)이 축농증을 앓아 그와 비슷한 소리를 잘 내었으므로, 혹 그를 본뜨려고 하는 사람들이 일부러 코를 막고 소리를 내었다고 하는 '사안낙생영'(謝安洛生詠)의 고사가 전한다. 『세설신어』(世說新語) 「아량」(雅量)에 보인다.

124. **명산~통곡하며** 　진 시황의 분서갱유 당시 명산 석실에 보관되어 있던 고대의 전적들 대부분이 불에 타 없어진 것에 대한 탄식이다.

125. **온 시내~우러르네** 　분서갱유를 겪고도 남은 『대학』에서 그 시절의 가르침을 미루어 우러른다는 뜻이다. 만천명월(萬川明月)은 정조의 만년 자호이기도 하다.

이제야 후회하네 『대학』을 지니고도   如今却悔携曾傳
친현(親賢)과 낙리(樂利) 장[126]을 공부하지 않았음을. 廢讀親賢樂利章

그믐날 除夕

촛불 심지 사위어 가[127] 연기가 하늘하늘   燭跋含殘裊裊煙
경전 한 권 옆에 두니 이것이 청전(青氈)[128]일세.   一經相伴是青氈
백두산 아래 여기 누구의 집이던가   白頭山下誰人屋
찾아 준 스님은 반년간의 인연일세.   來了頭陀半歲緣

126. 친현과 낙리 장　주자는 『대학』의 전문 10장을 마무리하면서, "이 장의 뜻은 백성과 더불어 호오(好惡)를 함께하고 그 이익을 독차지하지 않음에 있고……. 이와 같이 할 수 있으면 친현(親賢)·낙리(樂利)가 각각 그곳을 얻어서 천하가 태평할 것이다"라는 주를 달았다. 여기서 '친현·낙리'란 『대학』 전3장(傳三章)에서 『시경』 주송 「열문」 편의 "아아, 전왕을 잊지 못하리로다"(於戲, 前王不忘.)를 인용하기를 "군자들은 그 어진 이를 어질게 여기고 그 친한 이를 친하게 여기며, 백성은 그 낙을 즐겁게 여기고 그 이로움을 이롭게 여기나니, 이래서 죽을 때까지 잊어버리지 못하는 것이다"라는 말을 줄여 쓴 것이다.

127. 촛불 심지 사위어 가　원문은 촉발(燭跋). 초가 다 타서 밤이 깊어 감을 말한다. 『예기』 「곡례상」(曲禮上)에 "초가 아직 밑둥치를 나타내지 않았다"(燭不見跋)라는 용례가 보인다.

128. 청전　진(晉)의 왕헌지(王獻之)가 밤에 서재에 누워 있는데 도적들이 방 안에 들어와 물건들을 거의 다 가져갔다. 그러자 헌지가 도적들에게 천천히 "푸른 전만은 우리 집의 구물(舊物)이니 두고 가게"라고 말하였다. 이후 청전(青氈)은 여러 대를 전하는 물건, 혹은 여러 대째 글로 업을 삼는 것을 비유하게 되었다. 『진서』(晉書) 「왕헌지전」(王獻之傳)에 보인다.

설날 새벽에 앉아서 元日曉坐

서울이 아닌지라 마음 느꺼워	觸緖非京國
밥상을 맞이하니 눈물 고이네.	當殽涕淚凝
혼백 없는 몸뚱이만 남아 있으니	縱有無魂肉
머리 기른 승려가 아니겠는가.	寧非有髮僧
민간 풍속 배세(拜歲)[129]를 소홀히 하니	民風輕拜歲
나그네 맘 자꾸만 심지 돋운다.	客意重挑燈
나례 보며 지난 일 떠올리나니	看儺懷疇昔
춘당대의 눈 쌓인 섬돌 올랐지.	春塘雪砌登

1월 7일 人日

인간 세상 가위눌린 꿈[130]속 같으니	噩夢人間世
번화한 속세[131]와 떨어져 있네.	繁華隔兩塵
어버이 안 계서도 날이 아깝고[132]	親亡空愛日

---

129. 배세 12월 30일에 조상의 화상을 달아 놓고 절하여 제사하고, 어른과 어린이가 존장의 집에 가서 절하는 것을 말한다. 이압(李押, 1737~1795)의 『연행기사』(燕行記事) 「문견잡기」(聞見雜記)에 설명이 보인다.

130. 가위눌린 꿈 원문은 악몽(噩夢). 놀라 꾸는 꿈을 말한다. 『주례』(周禮) 「춘관·점몽」(春官占夢)에 점몽관(占夢官)이 일월성신을 가지고 여섯 가지 꿈, 즉 정몽(正夢: 느낀 바가 없이 편안하게 저절로 꾸는 꿈)·악몽(噩夢: 놀라 꾸는 꿈)·사몽(思夢: 깨달을 때 생각이 있어서 꾸는 꿈)·오몽(寤夢: 깨달을 때 조는 속에서 꾸는 꿈)·희몽(喜夢: 기뻐서 꾸는 꿈)·구몽(懼夢: 두려워서 꾸는 꿈)의 길흉을 점쳤다는 이야기가 전해진다.

벗은 멀어 봄날은 가슴 아프다.   士遠亦傷春

도(道)의 맛은 궁한 때에 생겨나는 법   道味窮時出

편지는 헤어진 뒤 더욱 새롭네.   書程別後新

기력 쇠함 스스로 부끄러워라   自慚衰性氣

바싹 말린 귤껍질[133]만 같지 못하네.   不似橘皮陳

2월 6일 二月初六日

석전제(釋奠祭)[134] 지내는 상정[135]이라 말을 하니   釋菜纔聞屆上丁

궁벽한 마을에서 날짜[136] 어찌 기억하리.   投荒那復記堯蓂

131. 속세   원문은 양진(兩塵). 양진은 속세를 뜻한다. 당나라 위자위(韋子威)가 도가(道家) 신선의 수련술(修鍊術)에 빠지자 정약이 말했다. "낭군은 도정(道情)이 깊어 어두운 방에서도 자신을 속이지 않으니 속세를 버리실 것이나 양진(兩塵)과는 떨어질 것입니다." 위자위가 "무엇을 양진이라 하는가?" 하고 물었다. 그가 대답하기를, "유가에서는 세(世)라 하고, 불가에서는 겁(劫)이라 하며, 도가에서는 진(塵)이라고 합니다" 라고 하였다. 『태평광기』에 보인다.

132. 날이 아깝고   원문은 애일(愛日). 얼마 남지 않은 어버이의 여생을 생각하며 하루하루 지나가는 날을 안타깝게 여기는 것을 말한다.

133. 귤껍질   원문은 귤피(橘皮). 귤의 껍질로, 청귤피(靑橘皮)와 진피(陳皮) 두 가지가 있다. 성질(性質)이 따뜻하고, 소화(消化)를 돕고, 뒤를 부드럽게 하므로 담중·기침·곽란(癨亂)·적취(積聚)에 쓴다. 진피(陳皮)는 귤껍질을 말려 오래 묵힌 것으로, 약재로서의 효능이 훨씬 뛰어나다. 여기서는 귤은 껍질도 말리면 약재로 쓰이는 데 반해, 갈수록 무용지물이 되어 가는 신세를 한탄한 것으로 보인다.

134. 석전제   원문은 석채(釋菜). 음력 2월과 8월의 상정일(上丁日)에 문묘(文廟)에서 선성(先聖)·선사(先師)에게 지내는 큰 제사를 말한다. 후세에 공자를 비롯한 유가의 현성(顯聖)에게 지내는 제사를 뜻하게 되었다. 석전대제(釋奠大祭)·석전(釋奠)이라고도 한다.

135. 상정   상정일(上丁日)을 가리킨다. 음력으로 매달 초순의 정(丁)의 날이다. 대개 이날에 나라나 개인의 집에서 연제(練祭) 등의 제사(祭祀)를 지낸다.

무정한 초승달은 서쪽 뜰에 걸렸는데   無情細月西庭畔

농부는 보이잖고 묘성(昴星)[137]만 반짝인다.   不見農人看昴星

집안 조카 장복에게 부치다 寄族從姪長復

궁벽진 땅에도 사람 있으니   地盡猶人類

새와 짐승 무리 지음[138] 근심하리오.   寧憂鳥獸群

집 떠나 얽매임서 벗어났거니   離家懸已解

연연치 아니하니 분별이 없네.   不慕性無分

새봄이라 마당엔 달빛 넘치고   庭壓新春月

이역 구름 산허리 가로 걸렸네.   山橫異域雲

평생에 방초보(芳草譜)[139] 읊조린 것은   平生芳草譜

---

136. 날짜　원문은 요명(堯蓂). 요임금 시절에 조정의 뜰에 자랐다는 상서로운 풀을 '명협'(蓂莢)
이라 하였다. 초하룻날부터 매일 한 잎씩 나서 자라고 열엿새째부터 매일 한 잎씩 져서 그믐에 이
르렀으므로, 이것에서 달력을 만들었다고 한다.

137. 묘성　28수의 하나로 상서(祥瑞)를 맡는 별이다. 농부들이 수확하는 철을 가늠하는 지표로도
활용되었다. 2월 초엿새에 묘성의 위치를 보고 농사의 풍흉을 점쳤다고 한다. 박제가는 이러한 방
법을 비과학적이라 하여 「진북학의소」에서 강하게 비판한 바 있다.

138. 새와 짐승 무리 지음　원문은 조수군(鳥獸群). 공자가 길을 가다가 은자(隱者)인 장저(長沮)와
걸익(桀溺)에게 "안 될 줄 알면서 억지로 하려는 사람"이라는 조롱을 들었다. 그러자 공자는 "새와
짐승과 같이 무리(群)를 지을 수 없으니 내가 이 사람을 버리고 누구와 함께 살까"라고 대답하였
다. 본문은 여기서 따온 말이다. 『논어』「미자」(微子)에 보인다.

139. 방초보　방초(芳草)는 덕이 아름다운 군자를 비유한 말로, 『초사』「이소」(離騷)에 나온다. 방
초보는 고결한 덕을 지닌 군자의 노래, 즉 『초사』를 뜻한다. 본문 아래 자주(自註)에 보이는 것처
럼 박제가 자신이 평생 『초사』를 읊조리기 좋아했음을 말한 것이다.

그대를 그리워할 조짐이었네.   兆眹爲思君

나는 젊어서 『초사』의 「이소」 읽기를 사랑하여 호도 초정(楚亭)이라 하였다.
지은 시는 대개 시름에 잠기거나 비분강개한 음조다. 가령 예전 지은 시에
"날 저물고 길 다하니 세상서 무얼 하랴. 산 오르고 물가 임해 가는 것을 전
송하네",[140] "세월만 아끼는 새 벌써 어둠 깔렸으니, 하릴없이 등불에 인생을
기대노라"[141]란 구절이 있는데, 대개 오늘 일은 벌써 그때 정해졌던 것이다.

余弱冠愛讀楚騷, 號曰楚亭, 其詩, 大抵多幽憂感慨之音. 如日暮途窮何世界,
登山臨水送將歸, 坐惜光陰成晼晚, 可堪燈火作依歸之類, 盖前定耳.

주자의 시 「감흥」 중에서 '동몽귀양정'[142] 한 편에 차운하여 아직 어린 두 아들에게 부치다

次朱子感興詩中 童蒙貴養正一篇 寄二稚

둘 모두 갓난아이 아니건마는[143]   象勺兩非稚

가르칠 방도 없어 부끄럽구나.   身敎慚無方

어려서 어미의 사랑을 잃어   孩提失所慈

---

140. **날 저물고~전송하네**   이 책 상권 112쪽 「다시 차운하여 청수옥에 부치다」(再次寄淸受屋六首)
참조.
141. **세월만~기대노라**   이 책 상권 109쪽 「청수옥에서 밤중에 앉아 짓다」(淸受屋夜坐六首) 참조.
142. **동몽귀양정**   『주자대전』(朱子大全) 권4에 있는 「재거감흥」(齋居感興)은 20수 연작시인데, 그
중 열여덟째 시가 '동몽귀양정'(童蒙貴養正)으로 시작하는 18구 고시이다.
143. **둘 모두~아니건마는**   원문의 상작(象勺)은 무작(舞勺)과 무상(舞象)의 줄임말이다. 『예기』
「내칙」에 따르면 고대에 13세에는 무작(舞勺)이라는 춤을 배웠고, 15세가 넘어서는 무상(舞象)이
라는 춤을 배웠다고 한다. 두 아들의 나이가 13세, 15세임을 말한 것이다.

자랐어도 끝내는 처량하구나.   頭角遂凄凉

아비 또한 먼 곳에 쫓겨났으니   厥考且行遣

너희들이 가업을 어찌 이을까.[144]   爾蒙焉肯堂

성내며 밥상 위의 찬을 다투고   嗔怒爭盤殽

큰길에서 장난치며 뛰어놀겠지.   跳躍戲康莊

어찌 알았으리오, 하늘 끝에서   詎念天一涯

조밥에 파 국도 없이 먹을 줄.   飯粟無葱湯

나는 절로 즐기는 여유 있으니   我自樂有餘

책 펴면 이치 더욱 자세하구나.   展卷理逾詳

늙음이 쉬 이름 한탄하면서   但恨耄易及

이뤄 세움 너흴 위해 마음 바쁘다.   成立爲汝忙

저기 저 뻐꾸기들 미물이건만   感彼鳲鳩拙

새끼들 먹이면서 함께 나는데.   哺子偕翺翔

목 놓아 울고 통곡하여도 萬哭篇

만 번 운들 슬픔이 다할 것이며   萬哭豈盡哀

만 마디 말 이름을 다할 것인가.   萬言豈盡名

으뜸의 자질 품고 태어나시어   恭惟首出姿

먼 옛날의 총명함 지니셨다네.   上古亶聰明

144. 너희들이~이을까   전체 원문 중 긍당(肯堂)은 긍당긍구(肯堂肯構)의 줄임말로, 『서경』「대고」(大誥)에 나온다. 아버지가 집을 지어 집안의 제도가 정해졌으면 아들이 따로 집터를 닦거나 집을 엮지 않는다는 말로, 아들이 아버지의 가업을 계승하는 것을 비유한다.

찬란한 문장 시운 열어 주셨고	煌煌啓奎運
빛나는 태평 세상 만드셨도다.	皥皥登泰平
공자를 스승 삼고 주자 벗 삼아	孔師而朱友
수재를 가려내고 영재 뽑았네.	掇秀復搴英
발휘하면 경천위지 문장이 되니	發爲經緯文
파란만장 그 솜씨 보게 되었네.[145]	波瀾觀厥成
도가 크니 나라 좁음 알게 되었고	道大知域小
예악마다 남은 정 배어 있구나.	禮樂有餘情
용의 수염[146] 갑자기 떨어졌으니	龍髥忽中隳
하늘이 백성들 삶 끊어 놓았네.	天意絶群生
한겨울 성인 장례 지켜본 뒤로	仲冬觀葬聖
해 지나도 깜짝깜짝 놀라는구나.	經年神獨驚
산과 강물 도성과 궁궐	山河與城闕
구슬피 어디로 가야 할거나.	悵悵安所行
비유하면 가위눌린 사람과 같아	譬如魘夢人
소리치려 해 봐도 나오질 않네.	欲呼不能聲
하물며 큰 어려움 뒤집어쓰고	何況蒙大難
천 길의 구덩이에 빠졌음에랴.	一落千丈坑
우러러 국사 대우 부끄러웁고	仰慚國士遇
굽어보니 백의 영광 더럽혔구나.	俯玷白衣榮
변변찮은 정위(精衛)[147]의 성정으로는	區區精衛性

---

145. 그 솜씨 보게 되었네   원문은 관궐성(觀厥成). 『시경』「문왕유성」(文王有聲)에 "우리 손님이 이르시어, 그 음악이 끝나는 것을 길이 보시도다"(我客戾止, 永觀厥成.)란 구절이 보이는데, 문왕(文王)의 성덕을 칭송하면서 썼던 표현이다.

146. 용의 수염   원문은 용염(龍髥). 제왕의 수염, 즉 제왕을 가리킨다. 여기서는 물론 정조를 말한다.

황하 물결 터짐을 막지 못하리.　　　　未障黃流傾
말을 하며 자정(自靖)[148] 의리 기약하노니　獻詞期自靖
태양은 이 정성을 비추어 주리.　　　　天日鑑精誠

주자의 「복거」[149] 시에 차운하다 次朱子卜居詩韻

약관 시절 「이소」를 읊조릴 적엔　　　弱冠誦離騷
성품이 가을 즐김 괴이 여겼네.　　　　常怪性多秋
꼿꼿하여 세속 따름 싫어하였고　　　　亭亭厭隨俗
쓸쓸히 그윽한 곳 즐겨 찾았지.　　　　落落愛尋幽
홀연히 사모하는 뜻을 일으켜　　　　忽焉起長慕
글방과 전원에서 늘상 읽었네.　　　　文淵復田疇
소금 장수 친구와 떠날 약속하고　　　去約販鹽侶
동강의 거룻배도 사 놓았었지.　　　　已買東江舟
오두막서 단가 비결 비추어 보며　　　蓬蓽映丹誥
사람들과 어울림[150] 아니 구했네.　　　茅茹非素求
마침내 궁궐의 수직이 되어　　　　　遂成紫微直

---

147. **정위** 『산해경』에 나오는 고대 신화 속의 새를 말한다. 염제(炎帝)의 딸로, 잘못하여 동해에
빠져 죽었다. 죽은 뒤에 정위(精衛)라는 새가 되었다. 빠져 죽은 것이 한이 되어 동해를 메우려 하
였다. 후대에는 한을 품고 어떠한 난관도 두려워 않고 복수를 준비하는 사람을 비유하게 되었다.
여기서는 자신에겐 능력이 없는데, 큰 직책을 맡았다는 의미 정도로 보인다.
148. **자정** 임금께 충성하는 의리를 지킨다는 뜻이다. 은나라의 미자가 기자와 비간에게 "스스로
의리에 편안하여〔自靖〕사람마다 선왕께 의로운 뜻을 바쳐야 한다"라고 한 데서 나왔다.
149. **「복거」** 『주자전서』(朱子全書) 권66에 실려 있다.

청산과의 약속은 어그러졌네.	未諧碧山謀
열을 지어 향안[151]을 모시다가는	聯翩侍香案
오가며 지방 수령[152] 노릇도 했지.	往來作遨頭
왕께선 둘도 없는 선비라 하니	上呼無雙士
이내 이름 2류는 아니었다네.	名非第二流
한 차례 천금의 상금을 받고	一荷千金賞
세 차례 중화 땅을 노닐었다네.	三作中華游
활 잃은[153] 안타까움 문득 품으니	遽抱遺弓恨
도리어 식자우환 빌미 되었네.	翻媒識字憂
집 편지 해 넘도록 끊어졌으니	家書阻經年
구름 바다 먼 곳에 떨어져 있네.	一落雲海脩
탄식하노니, 화양동의 우암 선생도	歎息華陽叟
한밤중 담비 갖옷 울었으리라.[154]	中夜泣貂裘

150. **사람들과 어울림**　원문은 모여(茅茹). 띠 뿌리가 많이 뻗어 서로 이어지는 모양이니, 동류끼리 서로 어울리는 것을 비유한다.

151. **향안**　향로를 올려 두는 탁자를 말하는데, 임금이 거처하는 곳을 상징한다.

152. **지방 수령**　원문은 오두(遨頭). 송대에 성도(成都)에서는 정월부터 4월까지 완화(浣花)하였다. 이때 태수가 나가서 놀았는데, 사람들이 따라서 구경하였다. 이 뒤로 지방 고을의 태수를 두고 오유(遨遊)하는 자의 우두머리라 하였으니, 이후로 오두(遨頭)는 태수의 별칭이 되었다.

153. **활 잃은**　원문은 유궁(遺弓). 황제(黃帝)가 용을 타고 신선이 되어 떠날 때 신하들이 붙잡고 함께 올라가려 하자, 황제의 활이 땅에 떨어졌다는 데서 나온 말이다. 임금의 유물, 나아가 임금의 죽음을 뜻한다. 『사기』 「봉선서」(封禪書)에 보인다. 여기에서는 정조의 죽음을 의미한다.

154. **한밤중~울었으리라**　효종은 북벌을 논하면서 요동벌의 추위를 함께하자는 뜻으로 송시열에게 담비 갖옷을 하사한 일이 있다. 1689년 기사환국으로 제주도로 유배 가던 중 풍파를 만나 보길도에 잠시 머물렀는데, 그때 옛날 효종이 내린 담비 갖옷을 떠올리며 다음과 같은 시를 지어 바위에 새겼다. "여든셋의 늙은 몸이, 머나먼 바닷길에 있구나. 한마디 말이 어찌 큰 죄 되어, 세 번을 쫓겨 가니 신세 궁하다. 북쪽 하늘 향하여 태양을 보고, 남쪽의 바다에서 바람 믿누나. 초구(貂裘)에 과거 은혜 서려 있으니, 외로운 마음 감격하여 눈물짓는다."(八十三歲翁, 蒼波萬里中. 一言胡大罪, 三黜亦云窮. 北極空瞻日, 南溟但信風. 貂舊萬恩在, 感激泣孤夷.) 여기서는 자신과 정조의 관계를 송시열과 효종의 관계에 견주어 말한 것이다.

사면되었을 때, 아들 장임이 보러 온다는 말을 듣고

有赦時 聞稔兒來覲

사면령은 경칩 때 우레 소리 한가지라	赦令眞同百蟄雷
천문만호가 일시에 열리는 듯.[155]	千門萬戶一時開
자식보다 말을 더 어이 아끼랴마는	寧云愛馬深於子
자식 옴은 접어 두고 말 오기만 기다리네.	不俟兒來俟馬來

거듭 장임의 시에 차운하다 重次稔兒

조선의 북쪽 끝 태고의 땅은	太古朝鮮北
개마산 북쪽의 외로운 고을.	孤城蓋馬陰
세상을 잊었노라 감히 말하니	敢言忘世累
갈수록 독서 깊음 깨달아 가네.	轉覺讀書深
항하 보던 얼굴에 주름만 늘고[156]	皺盡觀河面
사냥 구경하던 마음[157] 스러졌다네.	消空見獵心
마땅히 대아(大雅) 마음 지닐 뿐이니	惟應存大雅
인생의 부침이야 물을 것 없네.	不必問升沈

155. **사면령은~열리누나** 소강절(邵康節)의 시에 "홀연 한밤중에 우레 소리 울리더니, 만호천문이 차례로 열리누나"(忽然夜半一聲雷, 萬戶千門次第開.)란 구절이 있다. 동짓날 밤 비로소 양기(陽氣)가 크게 일어나기 시작하는 광경을 형상화한 것인데, 본문에서는 이를 사면령에 비유하였다.

차운하여 다른 사람에게 보여 주다 10수 次韻示人 十首

1

굴뚝[158]에선 하루 두 번 연기가 오르는데　　土銼猶能日再煙
나그네는 세상 잊고 나이 또한 잊었다네.　　客中忘世復忘年
나라 땅 다한 곳에 자리 잡고 앉았다가　　封疆盡處仍成坐
연기(緣起)가 비어 감에 시나브로 잠이 드네.　　緣法空來只引眠
슬해(瑟海)[159]라 저문 해는 고깃배 저 너먼데　　瑟海斜陽漁艇外
만주 땅 목동 옆에 봄비가 내리누나.　　滿洲春雨牧童邊
지금 사람 멀리서도 화들짝 피하거늘　　今人望見翻相避
하물며 때때로 후한 대접[160] 하겠는가.　　何況時時榻解懸

---

156. 항하~늘고　석가모니불이 파사익왕(波斯匿王)에게 본디 생멸(生滅)이 없음을 보여 준 것에서 따온 말이다. 『능엄경』(楞嚴經)에 다음과 같은 구절이 전한다. "부처가 파사익왕에게 말했다. '내가 지금 너에게 불멸성(不滅性)을 보여 주겠다. 네가 세 살 때 항하(恒河)를 보았는데 지금 열세 살이니 그 물이 그때와 어떻더냐?' 왕이 '지금 예순세 살이 되었는데도 다른 것은 없습니다'라고 대답하자, 부처가 말했다. '네가 지금 머리가 희고 얼굴이 주름졌으니 반드시 동년(童年)에서부터 주름졌을 것이다. 네가 지금 이 항하를 보는 것과 더불어 동모(童耄)의 구별이 있었는가?' 그러자 왕이 '그렇지 않습니다'라고 대답했다. 이에 부처가 '주름진 것은 변한 것이요 주름지지 않은 것은 변한 것이 아니니, 변하는 것은 멸(滅)을 받고 변하지 않은 것은 원래 생멸(生滅)이 없는 것이니라' 했다."

157. 사냥 구경하던 마음　원문은 '견렵심'(見獵心). '견렵심희'(見獵心喜)의 줄임말이다. 정명도(程明道)는 16·17세에 사냥을 좋아하였다. 12년 뒤 저녁에 돌아가다가 들판에서 사냥하는 사람을 보고 자기도 모르게 기쁜 마음이 들었다. 옛 관습을 잊기 어려움을 비유한 말로, 『이정유서』(二程遺書) 권7에 나온다.

158. 굴뚝　원문은 토좌(土銼). 밥 짓는 아궁이를 뜻한다. 두보의 「문곡사육관미귀」(開斛斯六官未歸)에 "사립문엔 덩굴이 우거져 있고, 아궁이선 연기가 드물게 나네"(荊扉深蔓草, 土銼冷疏煙.)란 구절이 있다.

159. 슬해　우리나라 북쪽의 바다를 가리킨다.

160. 후한 대접　원문은 현탑(懸榻). 걸상을 매달아 놓는다는 뜻으로, 후한의 진번(陳蕃)이 아무도 만나지 않다가 서치(徐穉)가 오면 걸상을 내려놓고 후히 대접하고 그가 가면 다시 그 걸상을 매달아 놓았다는 고사에서, 귀한 손님이나 손님을 후히 대접한다는 의미로 되었다.

2

세게 부는 바람과 엷은 안개뿐이거니	總是飄風與淡煙
남은 세월 길고 짧음 묻지를 마시게나.	莫將脩短問餘年
서왕모의 천 조각 복숭아도 처량하고[161]	凄凉王母桃千片
장안의 버들[162]이 한번 시듦 쓸쓸하네.	惆悵長安柳一眠
마주한 호산(胡山)은 집에 있는 듯하고	當面胡山如屋裏
반강의 푸른 풀은 하늘의 끝이로다.	半江青草卽天邊
이 몸이 제아무리 돌아갈 곳 없다 해도	此身縱道無歸處
오히려 붉은 마음 궐문에 드리우리.	猶有丹心魏闕懸

3

먼 데 나무 아스라이 안개에 묻혀 가고	遠樹微茫欲化煙
백두산이 고요하매 하루가 일 년 같다.	白頭山靜日如年
물가에 피는 꽃은 온몸이 취해 있고	汀花有似全身醉
물새는 눈을 반쯤 감고서 자는구나.	沙鳥能爲半眼眠
스물네 번 바람은 보매 또 다 지나니	廿四番風看又盡
2천여 리가 다시금 가이없다.	二千餘里更無邊
두만강 발원지의 눈으로 차 끓이니	煎茶豆滿江源雪
강왕곡(康王谷)의 폭포 물[163]도 부럽지 아니하네.	不羨康王谷水懸

---

161. 서왕모의~처량하고 서왕모의 복숭아는 3천 년에 한 번 꽃피고 3천 년에 한 번 열매를 맺는 선계의 열매로, 동방삭이 이를 먹고 장수했다는 고사가 전한다. 장수의 묘약인 서왕모의 복숭아가 처량하다는 것은 생사의 나뉨에서 처연함을 표현한 것으로 보인다.

162. 장안의 버들 『삼보고사』(三輔故事)에 한원(漢苑)의 버들은 하루에 세 번 시들었다가 세 번 일어난다는 기사가 실려 있다. 여기서는 힘없이 늘어진 버들의 모습을 그린 것으로 보인다.

163. 강왕곡의 폭포 물 강왕곡(康王谷)은 여산의 큰 협곡 이름인데, 일찍이 육우가 『다경』(茶經)을 엮어 천하의 물을 20종으로 나누어 기록하면서 강왕곡의 물을 제일로 꼽았다.

4

황강(黃岡)에 달이 밝고 백두산엔 안개 끼니	黃岡明月白山煙
또다시 소동파의 임술년[164]을 맞았도다.	又是蘇仙壬戌年
마갈궁(磨蝎宮)[165] 타고 나니 운수가 서로 같아	磨蝎星宮元共命
밭과 집 겨우 빌려 나눠 잠을 자는구나.	卑田乞院許分眠
생애의 반나마는 날다람쥐 진배없고[166]	生涯自處鼪鼯半
자취는 언제나 호표 주변 기대었다.	蹤跡常依虎豹邊
감춰 둔 세 가지 책[167] 죽은 뒤 일이거니	隱約三書身後事
높은 값에 나라 문에 내걸리진 못하리라.	未應高價國門懸

5

한평생 대궐에서 화로 연기 맡았건만[168]	一生身惹御爐煙
유배객이 되어서 지난날을 얘기하네.	忍戴南冠話昔年
골육의 만남조차 금지하는 법이 있어	骨肉相逢翻有禁
꿈결에 가 보려도 도리어 잠 못 드네.	夢魂歸去却無眠
봄날 다 지나가도 꽃 소식 오지 않고	花遲不省三春後
강물은 흘러내려 양국 경계 짓는구나.	河出如知兩國邊

---

164. **소동파의 임술년** 소동파의 「적벽부」가 "임술년 가을 7월 기망……"으로 시작하는 데서 자신의 거처 풍경이 「적벽부」의 그것과 흡사함을 말한 것이다. 이해도 임술년(1802)이다.

165. **마갈궁** 원문은 마갈(磨蝎). 마갈(磨羯)로도 적는다. 고대 역법에서 황도(黃道) 360도를 12등분한 것 중의 하나로, 별 이름이다. 성상(星象)을 믿는 자들은 일생에 우여곡절을 많이 겪고 불리한 일이 많은 경우에 마갈(磨蝎)을 만났다고 말한다. 한유와 소동파도 이 마갈궁을 타고났다고 한다.

166. **날다람쥐 진배없고** 제대로 하는 것이 없다는 뜻이다.

167. **감춰 둔 세 가지 책** 박제가가 유배지에서 엮은 세 가지 경서 관련 서적을 말한다.

168. **한평생~맡았건만** 원문의 '신야어로연'(身惹御爐煙)은 당나라 시인 가지(賈至)가 이른 아침 대명궁(大明宮)에서 양성(兩省)의 동료들에게 올린 시의, "패옥 소리 궁궐 섬돌 걸음을 따라가고, 의관 갖춘 몸은 어전 향로 향기를 묻혀 가누나"(劍珮聲隨玉墀步, 衣冠身惹御爐香.)란 구절을 인용한 것이다.

화살 끼워 활 당기매 참으로 통쾌하니　　　　挾矢張弓眞快活
얼룩덜룩 꿩 두 마리 말 머리에 걸렸어라.　　　斑爛雙雉馬頭懸

6

한 가닥 심향(心香)[169]에 오색 연기 맺혔는데　　一炷心香結彩煙
언제나 이내 몸이 돌아갈 수 있으려나.　　　　　不知何日是歸年
나무 밑서 책 읽으니 쉬는 소 한가지요　　　　　讀書樹下同牛歇
처마 끝 등을 쬐니 조는 새와 비슷하다.　　　　　炙背簷端學鳥眠
일찍이 천제(天帝) 따라 바둑을 두었더니　　　　博局曾隨天帝側
공연한 비파 소리 한왕(漢王)을 떠올리네.[170]　　琵琶空憶漢王邊
하늘하늘 나는 나비 뉘 너를 아낄런고　　　　　翩翩蝴蝶誰憐汝
거미줄을 만나서는 대롱대롱 매달렸네.　　　　　邂逅蛛絲忽倒懸

7

우리 백성 먹고사는 만정[171]에 연기 나니　　粒我依然萬井煙
요탕의 홍수 가뭄 건릉[172]의 세월일세.　　　堯湯水旱健陵年
나고 자란 참새 떼는 봄이 깊어 기뻐하고　　　生成鳥雀春深喜
사나운 맹수들은 날 저물어 잠이 든다.　　　　偃蹇豺貐日晏眠

---

169. 심향　정성스런 마음을 뜻한다. 원래는 불가(佛家)의 말로서 자기 마음속으로 지성을 다하면 자연히 부처가 감동하는 것이, 마치 부처 앞에서 향을 피워 정성을 표하는 것과 같기 때문에 한 말이다.

170. 공연한~떠올리네　왕소군(王昭君)이 한나라 황실을 떠나 흉노로 떠나갈 때 비파를 켜며 자신의 슬픈 처지를 노래했던 고사에서 따왔다. 자신의 처지를 왕소군에 견주어 정조를 그리워하는 말이다.

171. 만정　고대에는 지방 1리(里)를 1정(井)이라고 했다. 그런즉 만정은 만 리의 지방을 가리킨다. 때론 천가만호(千家萬戶)의 뜻으로도 쓰인다.

172. 건릉　정조의 능호다. 정조의 치세가 요탕의 시절과 같다는 의미다.

목극등 이곳 오자 헛되이 땅 잃었고[173]　　　　穆克登來空失地

김종서 예 이르러 잠깐 변방 개척했네.[174]　　金宗瑞到暫開邊

어둠이 막 깔리니 멀리 왔음 알겠으니　　　　初昏始識吾行遠

북두칠성 머리 위에 매달리지 않았구나.　　斗柄當頭不甚懸

8

헌걸찬 가슴에는 운연이 요동치니　　　　　揭來胸次盪雲煙

나는 듯한 너를 보니 한창 소년이로구나.　念爾翩翩政少年

행장 관여 아니하니 가볍기 잎과 같고　　　不管行藏輕似葉

풍아 웅치 아니하니 잠든 양 고요하네.　　未應風雅寂如眠

천상이 아니라면 멀어도 가겠건만　　　　　遠猶可到非天上

오래도록 임금님 곁을 잊기가 어렵구나.　　久益難忘只日邊

이번 달 변방[175]에서 초파일 눈물 나니　　是月三垂初八淚

모든 집엔 불등(佛燈)을 걸지도 않았다네.　萬家都廢佛燈懸

9

귀밑머리 흩날리고 죽로 연기 오르는데　　鬢絲風颭竹爐煙

두견새 하늘 끝서 또 한 해 보내노라.　　　鶗鴂天涯又一年

---

173. 목극등~잃었고　1712년(숙종 38) 청 태조가 오라총관(烏喇摠管) 목극등(穆克登)을 보내어 백두산을 중심으로 국경을 분명히 하자고 하므로, 조선 조정에서는 접반사(接伴使)로 박권(朴權)을 임명하고, 군관 이의복(李義復)·통역관 김응헌(金應憲)을 수행케 하였다. 이해 5월 15일 양국 대표는 백두산에 올라 회담하고 압록·토문 두 강의 분수령인 산꼭대기 동남방 약 4킬로미터, 해발 2200미터 지점에 경계비를 세웠다. 그런데 제대로 살피지 못한 까닭에 공연히 수백 리 땅을 잃어버린 것을 말한다.

174. 김종서~개척했네　세종 때 김종서가 지금의 함경북도 북변을 개척하여 경원(慶源)·경흥(慶興)·부령(富寧)·온성(穩城)·종성(鍾城)·회령(會寧)의 6진을 설치한 것을 말한다.

175. 변방　원문은 삼수(三垂). 보통 동·서·남이나 동·남·북의 세 변방을 뜻한다.

가면 쓰고 때때로 산귀(山鬼) 만나 희롱하고 　假面時逢山鬼戲

형체 잊고 우연히 취향 들어 잠을 자네. 　忘形偶入醉鄉眠

북해도[176] 등 너머로 파도 속에 해가 솟고 　波濤日出鰕夷背

신기루 근처에는 초목에 구름 깊네. 　草樹雲深蜃市邊

제 힘으로 먹고사는 새옹(塞翁) 자못 기뻐하니 　頗喜塞翁能食力

웃으며 뜰 가 걸린 담비를 바라보네. 　笑看庭畔有貂懸

10

서산의 봄 물결은 이내보다 푸르른데 　西山春水碧于烟

사신 행차 네 차례에 이십 년 세월이라. 　四泊星槎再十年

국사(國士)는 표모(漂母) 밥을 무엇으로 보답할까[177] 　國士寧酬漂母飯

장안의 술집에서 자던 일 떠오르네. 　長安忽憶酒家眠

숲 깊어 우연히 인삼 있는 곳을 알고 　樵深偶識人蔘處

언덕 끝은 석노 땅 처음으로 다하였네. 　岸畢初窮石砮邊

만 리 밖도 이 저녁과 당연히 같으리니 　萬里應知同此夕

남쪽 하늘 새 달이 옥고리로 걸렸으리. 　天南新月玉鉤懸

---

176. 북해도　원문은 하이(鰕夷). 일본 북해도(北海道) 일대의 다른 이름이다.

177. 국사는~보답할까　한신(韓信)이 젊었을 때 집이 가난하여 굶고서 회음성(淮陰城) 밑에서 고기를 낚고 있었는데, 빨래하는 부인(漂母)이 그를 동정하여 여러 날 밥을 먹였다. 한신이 감사하여 "내가 성공하면 부인에게 후히 갚겠습니다"라고 하니, 부인이 "내가 왕손(한신)을 동정한 것이지, 어찌 뒷날의 갚음을 바란 것입니까?"라 하였다. 그 뒤에 한신이 초왕이 되어 빨래하던 부인을 찾아서 금 천 근을 주었다.

178. 담이　소식(蘇軾)이 혜주(惠州)로 귀양 간 지 3년 만에 다시 담이(儋耳)로 옮겨 창화군(昌化軍)에 안치되었는데, 담이는 바다 가운데 있어 중국과 거리가 만 리다. 그런데 담이에서 귀양살이를 하면서도 도연명의 귀래사(歸來辭)에 화답해 지어 그의 생각하는 바를 부쳤다.

〔부〕 삼가 아버지의 시에 차운하다 2수: 아들 장임

〔附〕敬次家大人 二首: 男長稔

1

들 집은 자욱한 안개에 잠겨 있고	野屋消沈一匹烟
닭과 개 우는 소리 대낮이 한 해 같네.	數聲鷄犬晝如年
도화 뜬 물 따뜻하니 고기잡이 구경하고	桃花水暖觀漁出
버들바람 한들한들 술 취해 잠이 든다.	柳絮風輕被酒眠
만물은 어느새 3월도 다 갔는데	物色居然三月末
내 발길 어느덧 6진 변방 이르렀네.	我行忽到六州邊
담이[178]로 간 숙당(叔黨)[179]이라 사람들 말을 하나	人言叔黨隨儋耳
재주의 만 리 격차 부끄럽기 짝이 없네.	慚愧論才萬里懸

2

호산의 석양빛에 자주색 안개 끼니	胡山返照紫添烟
잠깐의 이별이 어느새 반년이라.	小別依依已半年
소수곡(搔首曲)[180] 호방하게 읊조림에 비기리오	詎擬豪吟搔首問
흠뻑 취해 안장 타고 잠듦[181]을 근심하네.	政愁泥醉據鞍眠
인정은 옛 비에 지금 구름 저 너먼데	人情古雨今雲外

---

179. **숙당** 소동파의 셋째 아들 과(過)의 자(字)다. 문장에 능하여 작은 동파〔小坡〕라 일컬어졌다. 담이의 유배지로 아버지를 따라갔다.
180. **소수곡** 중국의 옛 금곡(琴曲)의 이름으로 「소수문천」(搔首問天)을 가리킨다. 가슴에 맺힌 억울한 사연과 비분을 담은 곡조로 알려져 있다. 「추새음」(秋塞吟)이나 「수선조」(水仙操)라고도 한다.
181. **흠뻑~잠듦** 이백(李白)의 「양양가」(襄陽歌)에 진(晉)나라 때 은자 산간(山簡)을 노래하여, "우스워라 산옹(山翁)이 니충처럼 취했다오"라 하였다. 『고문진보전집』에, "니충은 남해에 사는 벌레인데 뼈가 없고 물속에 있으면 활발하게 움직이다가 물 밖으로 나오면 죽은 듯이 가만히 있다"라고 하였다. 니취(泥醉)란 술에 몹시 취해 인사불성이 되어 누워 있는 것을 비유한다.

가는 버들 곁에는 객사의 새 부들이라.　　　　客舍新蒲細柳邊

황량한 땅 글씨 찾는 사람 드묾 기뻐하니　　差喜荒州稀乞字

이제껏 열 손가락 망치를 매단 듯해.　　　　伊來十指似槌懸

앞 시의 운으로 아들 장임에게 다시 보여 주다 8수
再示稔兒 用前韻 八首

1

한 쌍의 눈동자가 점점 더 흐려지니　　　　一雙眸子漸如烟

어느덧 이 세상서 반백 년을 살았구나.　　占盡人間半百年

아무리 다급해도[182] 마음을 모은다면　　白刃交前猶定力

푸른 하늘 아래서도 편하게 잠을 자리.　　青天在上且安眠

빈 술잔의 활 그림자 뱀인가 의심하고[183]　疑蛇忽墮空杯裏

활에 다친 새들은 곡목 보고 놀란다네.[184]　驚鳥難依曲木邊

네가 와서 노병과 변방 풍속 얘기하니　　來與老兵談塞俗

---

182. 아무리 다급해도　원문은 백인교전(白刃交前). 눈앞에서 칼날이 번쩍이는 다급함을 이른다.
『장자』「추수」(秋水)에 용례가 보인다.

183. 빈 술잔의~의심하고　의심으로 말미암아 불안과 두려움에 휩싸이는 것을 비유하는 말이다.
두선(杜宣)이 술을 마시는 순간 술잔 속에서 뱀을 보았다. 술을 마신 뒤 배앓이에 시달려 의원을 찾
았지만 고칠 수가 없었다. 그 뒤 벽에 걸린 활이 술잔에 비친 것임을 알고 배앓이가 나았다고 한다.
『풍속통』(風俗通) 등 여러 문헌에 보인다.

184. 활에~놀란다네　활에 놀란 새, 즉 활에 상처를 입은 새는 굽은 나무만 보아도 놀란다는 뜻으
로, 한번 놀란 사람이 조그만 일에도 겁을 내어 위축되거나, 어떤 일에 봉변을 당한 뒤에는 뒷일을
경계함을 비유한다. 『전국책』(戰國策)「조책」(趙策)에 그 유래가 전한다.

등 그림자 일렁이고 빗소리 걸려 있네.　　　　風燈蕩影雨聲懸

2

바닷가 나무 여진 안개 아내로 삼았으니　　吾妻海樹女眞煙

하늘 끝 땅에서는 세월 알지 못하누나.　　地軸天倪不記年

괴조들은 작은 섬을 찾아가 둥지 틀고　　異鳥多尋孤嶼伏

올빼미는 때때로 딴 가지서 잠을 자네.　　梟羊時掛別枝眠

높은 하늘 바람 위로 삼층 다락 솟아 있고　三層樓出罡風上

4월에도 산은 깊어 잔설이 남아 있네.　　四月山深古雪邊

거친 음식 부족함도 유배객의 근심이요　　粗糲亦關遷客慮

베틀 소리 끊어진 집 마치도 텅 빈 듯해.　績麻聲斷室如懸

3

내 분수엔 능연각(凌煙閣)¹⁸⁵에 그림 걸릴 일이 없고　分無圖畫策凌煙

윤년에 액 당하는 황양목 신세일세.¹⁸⁶　　身似黃楊厄閏年

남간을 읊조리던 사람을 생각하고¹⁸⁷　　寂寂懷人南澗詠

북창 아래 잠을 자던 옛 시인을 그리노라.¹⁸⁸　時時企脚北窓眠

---

185. 능연각　당 태종이 공신 24인의 초상화를 그려 표창했던 공신각의 이름이다. 능연각에 자기 초상화가 걸린다는 것은 길이 전할 큰 공을 세움을 뜻한다.

186. 윤년에~신세일세　황양목(黃楊木)은 빨리 자라지 않는 나무인데, 윤달이 드는 해에는 다시 작아진다고 한다. 소동파의 시에 "정원에 풀과 나무 봄철에 무수하나, 황양목은 윤년 맞아 횡액을 만나누나"(園中草木春無數, 只有黃楊厄閏年.)라는 구절이 있다.

187. 남간을~생각하고　남간(南澗)을 표제로 삼아 시를 지은 인물로는 유종원(柳宗元)과 주희(朱熹)가 꼽힌다. 여기서는 유종원이 영주(永州) 유배 시절에 실의의 정서를 담아 지은 「남간중제」(南澗中題)를 가리키는 것으로 보인다.

188. 북창~그리노라　북쪽에 낸 창으로, 북창 아래 잠자던 시인은 진(晉)나라의 도연명이다. "여름날 한가한 때를 틈타 북창(北窓) 아래 누웠을 때 시원한 바람이 솔솔 불어오면 희황인(羲皇人)이 될 수 있다"는 도연명의 말이 『진서』(晉書) 「은일전」(隱逸傳)에 인용되어 있다.

파도가 넘치는 곳 마음을 붙이다가　　　　　附心滄海橫流際

액운 다한 하늘 보고 두 눈을 부릅뜨네.　　決眥皇天厄運邊

봉화 군사 공연히 놀라 소리 지르는데　　　烽子空然驚一叫

천 길 위 초소[189]들은 제비집처럼 걸려 있네.　千尋甌脫燕巢懸

4

어서루(御書樓)[190]는 푸른 깁[191] 안개에 잠겨 있고　御書樓鎖碧紗煙

집 안 가득 무지갯빛 고을살이 세월일세.[192]　滿屋虹光製錦年

인삼은 원객(園客)[193]의 책 속에 적혀 있고　葠椏抄分園客譜

송화는 잠을 자는 술꾼을 덮어 준다.　　　松花覆與酒人眠

풍진 세상 그윽한 집 나 홀로 차지하고　　幽居獨占紅塵內

녹봉을 받으면서 인재들과 어울렸네.　　　清俸長依玉筍邊

---

189. 천 길 위 초소　원문은 구탈(甌脫). 옛날 중국인들이 주변 이민족들의 보루를 일컫던 말이다. 『사기』「흉노열전」에 그 용례가 보인다.

190. 어서루　임금의 글씨 편액을 걸어 둔 누각을 일컫는다.

191. 푸른 깁　원문은 벽사(碧紗). 임금의 글씨를 싸고 있는 깁이다. 당나라 때 왕파(王播)가 빈궁하여 양주(揚州)의 혜소사(惠昭寺)에 가서 밥을 얻어먹은 적이 있었다. 이때 중들이 그를 꺼리어 밥을 먹고 난 다음에 종을 치곤 하였다. 왕파가 이를 부끄럽게 여겨 시 한 수를 써 놓고 그곳을 떠났는데, 뒤에 그 지방 장관이 되어 다시 그 절을 찾아가 보니 전에 자신이 써 놓았던 시를 '푸른 깁'에 싸서 잘 보관하고 있었다.

192. 집 안~세월일세　원문의 제금(製錦)은 비단옷을 만든다는 말로, 고을을 다스림을 뜻한다. 『춘추좌전』 양공(襄公) 31년 조에 "그대에게 아름다운 비단이 있으면 초보자에게 옷을 만들도록 하지는 않을 것이다. 큰 관직이나 큰 고을은 백성의 몸을 감싸 주는 것인데 초보자에게 다스리게 한단 말인가. 그 비중으로 말하면 아름다운 비단보다도 더하지 않겠는가"라고 한 데에서 유래한 것이다.

193. 원객　『열선전』(列仙傳)에 나오는 신선의 이름이다. 제음(濟陰) 사람으로, 언제나 오색의 향초를 심어 수십 년이 지나면 그 열매를 먹었다. 어느 날 아침 오색의 신비로운 나비가 나무 끝에 앉았기에 거두어 그 나비에게 베를 깔아 주었더니, 나비는 화잠(華蠶: 무늬가 있는 누에)을 낳았고 또 어떤 여자가 와서 양잠(養蠶)을 도왔다. 향초(香草)로 그 누에를 길러 고치 120개를 땄는데, 고치의 크기가 단지만큼 커서 6~7일을 켜야 고치 하나의 실을 다 뽑을 수 있었다. 실을 다 켠 다음 이 여자는 원객과 함께 신선이 되었다 한다.

이제 오늘 비바람에 떨어진 새[194] 슬퍼하니   今日飄零悲落羽
사방 산 가파르고 땅은 홀로 외지구나.[195]   囚山陷絶地孤懸

5

끝없는 모래 언덕 사람 자취 끊어지고   茫茫沙磧限人煙
까마귀만 해 가도록 시끄러이 울고 있다.   只有烏鴉噪竟年
강 건너엔 사냥 말들 이따금 나타나고   隔水時逢番騎獵
조는 중과 마주 앉아 앞산을 바라보네.   看山坐對老僧眠
봄빛의 북녘 땅엔 사람 많이 없으니   春光北地無多子
도성[196]의 꿈같은 일 어디에 있을까나.   影事東華阿那邊
강남으로 돌아가지 못하여 애끓는데   腸斷江南歸不得
살구꽃 난만한 곳 술 깃발만 나부끼네.   杏花深處酒旗懸

6

기장밥 짓는 연기 끊기잖아 꿈을 깨니[197]   夢罷黃粱未斷煙
상인 아내 옛날 일을 말할 수 있겠구나.[198]   可堪商婦說當年

---

194. 떨어진 새 원문은 낙우(落羽). 상처를 입고 땅에 떨어진 새로, 여기서는 뜻이 꺾여 유배된 자신의 처지를 가리킨다.
195. 사방~외지구나 유종원의 「수산부」(囚山賦)에서 나온 말이다. 유종원이 영주(永州)에서 10년이 넘도록 유배 생활을 하면서 지은 것으로, 유배지를 벗어나지 못하는 생활의 감회를 담았다.
196. 도성 원문은 동화(東華). 동화는 송(宋)나라 궁성 동쪽 문의 이름인데, 여기서는 번화한 도성으로 풀었다.
197. 기장밥~깨니 당나라의 도사(道士) 여옹(呂翁)이 기장밥을 짓는 동안, 곤궁함을 탄식하는 노생을 위해 부귀공명을 누리는 꿈을 꾸게 해 주었던 고사로, 인생의 영화(榮華)라는 것도 일장춘몽(一場春夢)이라는 의미다. 한단지몽(邯鄲之夢)이라고도 한다.
198. 상인~있겠구나 백거이는 구강군(九江郡) 사마(司馬)로 좌천된 이듬해, 심양강(潯陽江)에서 상인(商人)의 아내가 비파 타는 소리를 듣고 「비파행」(琵琶行)이란 시를 지었다. 연주를 다 들은 백거이는 외로운 여인의 처지에서 유배된 자신의 신세를 느껴 눈물을 흘렸다.

집안 아이 여전히 사신 간 일 말을 하고　　　　　家僮尚作輶軒語
낭관[199]에겐 아직도 궁궐[200] 꿈 남아 있네.　　　僕被猶餘晝省眠
말년에 겪는 고생 견디기가 어렵고　　　　　　不耐蔗甘先食尾
실지 없이 겉만 꾸민 인생[201]이 부끄럽네.　　應羞梔蠟暫修邊
가슴을 두드린들 무슨 소용 있으리　　　　　撞胸急杆將何補
어느새 서녘 하늘 붉은 해 걸려 있네.　　　　冉冉西方日鼓懸

7

황량한 변방에서 농사짓고 지낸다면　　　　　耕鑿居然外九煙
이 사이에 읊조리며 홀로 천 년 지내리라.　　此間吟弄獨千年
얄미운 제비[202]들은 한가로이 지저귀고　　　生憎社燕多閒語
귀여운 비둘기는 오디 먹고 취해 자네.　　　惱殺桑鳩亦醉眠
사람 홀로 황벽나무 아래 거문고 연주하면　人自彈琴黃蘗下
흰 구름 가에서 내 장차 술을 사리.　　　　　吾將買酒白雲邊
장건처럼 바람 타고 은하수에 오른다면[203]　凌風一著靈槎問

---

199. **낭관**　원문은 복피(僕被). 낭관(郞官)의 별칭이다. 진(晉)나라 위서가 상서랑(尙書郞)으로 있
을 때 무능한 낭관을 도태시킨다는 소문을 듣고는, "내가 바로 그런 사람이다" 하고 곧장 행장을
정리하여 떠난〔僕被而出〕고사에서 유래한 것이다. 규장각 검서관을 지냈던 자신을 가리킨다.
200. **궁궐**　원문은 화성(畫省). 상서성(尙書省)의 별칭이었다. 작게는 규장각, 크게는 임금이 계시
는 궁궐을 뜻한다.
201. **실지~인생**　원문은 치납(梔蠟). 실지는 없고 겉만을 꾸민 채찍을 말한다. 유종원의 고편문
(賈鞭文)에 "옛날 어떤 부자가 노랗고 윤이 나는 채찍을 사랑하여 많은 돈을 주고 샀는데, 뒤에 끓
는 물에 닿자 형편없는 본색이 드러났다. 그제야 보니 노랗던 것은 치자(梔子) 물을 들여서였고, 윤
이 난 것은 밀〔蠟〕을 칠했기 때문으로, 가짜임을 알았다" 하였다.
202. **제비**　원문은 사연(社燕). 제비가 봄철 사제사(社祭祀)를 지낼 때 날아왔다가 가을철 사제사
를 지낼 때 날아가기 때문에 생긴 이름이다.
203. **장건처럼~오른다면**　한(漢)나라의 장건(張騫)이 서역(西域)에 사신(使臣)으로 가면서, 뗏목
〔槎〕을 타고 갔다가 물을 따라 올라가서 은하수(銀河水)에 이르러 직녀성(織女星)을 만나고 왔다
는 전설(傳說)이 있으므로, 신령스러운 뗏목이라 하였다.

오악의 참모습을 팔꿈치 뒤에 매달리라.　　　　五岳眞形肘後懸

8

빈랑 열매 먹으며 비연(鼻煙)[204] 담배 맡았으니　　解喫檳榔嗅鼻烟
연경에 들었을 제 풍류가 시원했지.　　　　　　風流瀟灑入唐年
불길 같은 정춘무를 놀라서 바라보고　　　　　驚看火字呈春舞
탕파(湯婆)[205]를 끌어안고 밤새도록 잠을 잤네.　　巧喚湯婆伴夜眠
갈 길을 잃게 되면 소똥 뒤를 따라가고　　　　失路行隨牛矢後
개가죽 옷 사람 옆에 다정하게 다가앉네.　　　多情坐近犬衣邊
부처의 평등설과 장자의 제물론　　　　　　　佛言平等莊齊物
눈금 없는 이 저울에 누구를 달 것인가.　　　此秤無星定孰懸

5월 13일[206] 五月十三日

죽취일(竹醉日)[207] 오늘 어떤 저녁이던가　　　竹醉今何夕
선왕을 아이처럼 사모할 때라.[208]　　　　　　先王孺慕時

---

204. 빈랑·비연　빈랑은 씹으면 각성 효과가 있는 열대 식물의 열매. 비연은 코로 빨아들이는 담배 가루인데, 명나라 때 이탈리아 사람 이마두(利瑪竇)가 중국에 입공(入貢)하였다. 눈이 밝아지고 신경통이 제거되는 등 위생적이다 하여 청초(淸初) 조정의 신하들 사이에 유행하였다.
205. 탕파　동기(銅器)에 끓는 물을 담아 이불 속에 넣어서 다리를 따뜻하게 하는 제구다.
206. 5월 13일　1762년(영조 38) 윤5월 13일, 정조의 아버지 사도세자가 당쟁의 제물이 되어 뒤주에 갇혀 질식해 죽었다.
207. 죽취일　대를 심으면 잘 번식한다고 하는 음력 5월 13일을 이른다.

효에도 등급 더한 두터움 있고 　　　　孝知加等厚

의리엔 말 못하는 사정(私情) 있었지. 　　義有不言私

종묘는 강물처럼 영원하리라 　　　　　原廟江河永

명의(明衣)²⁰⁹는 날로 또 더디어지네. 　　明衣日又遲

의기양양 서국에서 벼슬했을 때 　　　翩翩書局事

궁궐 섬돌 오름을 허락하셨네. 　　　　獨許上丹墀

자리에 누워 伏枕

거듭 고난 겪고 나면 마음이 형통하니²¹⁰ 　敢道心由習坎亨

생사기로 닥쳐서도 놀라지 않는다네. 　到頭生死不須驚

가족에게 전해 줄 말 그밖엔 다시 없어 　更無傳與家人說

다만 잔경(殘經)²¹¹ 남았어도 실정 알지 못하네. 只有殘經未了情

---

208. 사모할 때라　　원문은 유모(孺慕). 나이가 들어서도 어린아이처럼 어버이를 그리워한다는 뜻이다. 순(舜)임금은 효성(孝誠)이 지극하여 50세가 되도록 부모에 대한 생각을, 어린아이가 어머니를 생각하듯이 하였다.

209. 명의　　목욕재계한 뒤 입는 정결한 옷이다. 『논어』「향당」에 보인다.

210. 마음이 형통하니　　감괘(坎卦)는 64괘 가운데 29번째로, 양효(陽爻)가 두 음효(陰爻) 사이에 빠져 있어서 고단한 괘이나, 다음 괘가 이괘(離卦)이므로 어려움을 벗어나면 형통한다는 의미를 지니고 있다.

211. 잔경　　보통 유가의 경전을 말한다. 진 시황의 분서(焚書) 후 남은 경전이란 뜻이다.

5월 27일 돌아가신 부친의 생신에 五月二十七日 先人生辰

양친 모두 살아 계신 사람들이야	具慶之人也
생신 아침 술잔을 바칠 테지만.	生朝幾獻巵
어릴 적에 부모를 여읜 뒤인데	弱齡孤露後
오늘 아침 하늘 끝에 홀로 있구나.	今日獨天涯
다만 자취 어루는 곡이 있을 뿐	只有捫痕哭
그림자에게 주는 시[212]도 아예 없다네.	都無贈影詩
죄인[213]이라 음식을 올릴 수 없어	巾車非洗腆
적막히 황량한 사당 생각하노라.	寂寞想荒祠

6월 28일 국상일[214]에 멀리서 곡을 하며 8수

六月二十八日國祥望哭 八首

1

궁벽진 산에서 『동유록』[215]에 통곡하고	窮山痛哭東儒錄
한밤중 북녘 노래 서글피 부르노라.	中夜悲歌北地詞

---

212. **그림자에게 주는 시**　원문은 증영시(贈影詩). 홀로 있는 자신의 처지를 노래한 것으로, 도연명의 시에 「형증형」(形贈影)이란 작품이 있다.

213. **죄인**　원문의 건거(巾車)는 죄인이 타는 수레다.

214. **6월 28일 국상일**　정조가 49세에 창경궁 영춘헌에서 서거한 날이 경신년(1800) 6월 28일 묘시(卯時)다. 왕릉은 장헌 세자 묘소가 있는 현룡원 안 강무당(講武堂) 옛터로 정했다.

천고의 다친 마음 나와는 특별하니　　　　千古傷心於我別

초인에겐 구의 향한 그리움이 있었다네.[216]　　　　楚人偏有九疑思

2

세상 사람 모두 다 국상일[217]을 기억하나　　　　人間共記遺弓日

천상에서 결옥 찬 몸[218] 어떻게 알 것인가?　　　　天上寧知佩玦身

자욱하게 안개 낀 서울을 돌아보니　　　　回首長安烟霧處

왕릉[219] 가의 송백나무 다시금 새롭구나.　　　　茂陵松柏一番新

3

군왕의 문장은 여태도 남았는데　　　　文章華袞猶餘事

빈번히 하사하신 은혜 갚지 못했구나.　　　　錫賚便蕃未是恩

참으로 지우 입음 진실로 눈물지니　　　　眞遇眞知眞涕淚

너무도 당황하여 아무 말도 할 수 없네.　　　　不堪倉卒向人言

---

215. 『동유록』　필사본으로 통일신라 시대 이래 조선 시대까지의 역대 명현(名賢)들의 전기(傳記)를 수집하여 엮은 책이다. 80여 명의 명유 중에는 강감찬·이순신 등의 무부도 포함되어 있다. 『동유록』과 정조 사이에 특별한 인연이 있는 듯하다. 자세한 내용은 알 수 없다.

216. 초인에겐~있었다네　구의산은 호남성(湖南省)에 있는 산으로 일명 창오산(蒼梧山)이라고도 하는데, 옛날 순임금의 묘가 있다. 옆에 소상강이 있다. 순임금은 순행하다가 이곳에 이르러 죽었는데, 그의 이비(二妃) 아황(娥皇)과 여영(女英)은 소상강을 건너지 못하여 남편의 시체가 있는 곳을 바라보며 슬피 울다가 그만 빠져 죽고 말았다. 굴원은 이 사연을 그리워하는 초사를 지었다. 여기서 초인은 박제가 자신을 가리킨다.

217. 국상일　원문은 유궁(遺弓). 황제(黃帝)가 용을 타고 신선이 되어 떠날 때 신하들이 붙잡고 함께 올라가려 하자, 황제의 활이 땅에 떨어졌다는 데서 나온 말이다. 임금의 유물, 나아가 임금의 죽음을 뜻한다. 『사기』 「봉선서」(封禪書)에 보인다. 여기에서는 정조의 죽음을 의미한다.

218. 결옥 찬 몸　결옥(玦玉)은 한쪽이 터진 옥고리인데, 쫓겨난 신하가 도성 밖에서 명을 기다리다가 왕이 환옥(環玉)을 내리면 돌아가고 결옥을 내리면 군신의 관계를 끊은 것으로 간주하였다는 데서 임금에게 버림받은 처지를 뜻한다.

219. 왕릉　한 무제(漢武帝)의 무덤을 '무릉'(茂陵)이라 하는데, 여기에서는 정조의 능을 말한다.

4

반세의 조정 의복 야인(野人)의 옷 되었고	半世朝衣還野製
갑자기 현관[220] 쓰고 3년 복상하였다네.	三年衰服遽玄冠
세월은 막힌 길에 머물지를 않으니	光陰不爲窮途住
떠난 사람 애초부터 행로난은 없으리.	逝者初無行路難

5

비파행의 상인 아내 평범한 일이어늘	琵琶商婦尋常事
부질없이 푸른 옷깃 눈물 젖게 하였구나.[221]	枉遣靑衫泣最多
바다 끓고 우레 치며 오늘밤 통곡하니	海沸雷騰今夜哭
늙은이 눈물 강물처럼 쏟아짐을 알겠네.[222]	偏知老淚獨傾河

6

시골 밥상 앞에 두고 내린 음식[223] 자랑하랴	肯對村盤誇賜食
농부 집서 궁궐을 얘기하기 쉽지 않네.	難從田舍說王門

---

220. **현관** 조복(朝服)과 함께 쓰는 모자의 일종으로, 중국 주(周)나라 때부터 유래되었다. 모양은 모자 주위에 테두리를 만들어 차양처럼 둥글게 붙여 중절모와 비슷한 형태를 갖고 있으며, 모자의 끈은 붉은색을 사용하여 턱에 고정시키도록 하였다. 장례 또는 제사와 같은 특별한 경우에 쓰도록 하였다.

221. **부질없이~하였구나** 「비파행」의 마지막 구절인 "좌중서 뉘 눈물 가장 많이 흘렸는가? 강주 사마 푸른 적삼 흠뻑 젖어 있구나"(座中泣下誰最多, 江州司馬靑衫濕.)에서 가져온 표현이다.

222. **늙은이~알겠네** 진(晉)나라의 고개지(顧愷之)는 자신을 극진하게 아껴 주던 환온(桓溫)이 죽자 "산이 무너지고 바다도 마르니, 물고기와 새들은 어디에 기대려나"(山崩溟海竭, 魚鳥將何依.)라고 읊었다. 어떤 이가 곡(哭)하는 모습을 보여 달라고 하자 대답하기를 "소리는 우레가 산을 깨뜨리는 듯하고, 눈물은 강물을 기울여 바다에 대는 듯하네"(聲如震雷破山, 淚如傾河注海.)라고 하였다. 『진서』(晉書) 「고개지전」(顧愷之傳)에 보인다.

223. **내린 음식** 원문은 사식(賜食). 군왕이 내린 음식이다. 『논어』 「향당」에 "임금이 음식을 내리시면 반드시 자리를 바르게 하고 먼저 맛본다"(君賜食, 必正席先嘗.)라고 하였다.

신선놀음에 세월 간 것 증명할 순 없지만　　爛柯碁局無相證
인간 세상 어느새 다섯 세대 지났다네.　　已是人間五世孫

7
향 피우고 선왕 문집 한 차례 읽어 보니　　焚香一讀先朝集
그리움에 피를 찍어 불경을 베껴 낸 듯.[224]　　刺血眞思寫佛經
바라노니, 천세 후 모든 사람 마음으로　　要使心心千世下
만천의 명월처럼 우러러 본받기를.　　萬川明月仰儀刑

8
25년 쌓아 오신 문무를 겸비한 도　　二十五年文武道
홀연 땅에 떨어지니 어떻게 해야 할까.　　忽焉墜地欲何如
잔단 신하 일찍이 한가한 날 없었는데　　小臣曾是無閒日
이번 귀양 하늘이 독서하게 함이로다.　　此謫天應敎讀書

---

224. 그리움에~베껴 낸 듯　　원문의 자혈(刺血)은 피를 내어 경전을 베껴 쓰듯 정성과 공경을 다하는 것을 뜻한다. 당나라 적 효녀 풍씨가 어머니가 죽자 묘막을 짓고 생전처럼 살아 있는 듯 모시면서 피를 내어 경전을 베껴 어머니의 은혜에 보답하였다.

돌북[225] 노래 石鼓歌

석고가 우문주(宇文周)[226] 때 물건임을 단정함은	石鼓斷爲宇文物
마정국(馬定國)의 만여언(萬餘言)[227]도 기필하지	馬氏萬言終未必
못했네.[228]	
옛 도는 아득하여 진작에 사라졌고	古道悠悠日無存
가까운 옛날 일도 마음 벌써 꺾이었네.	只此近古心已折
진의 바람 한의 비 모두 다 못 이르고	秦風漢雨總不到
소작(蘇綽)[229]의 붓 자국만 오히려 창연해라.	猶是蒼然蘇綽筆
남도(南渡)[230] 후의 의관은 온통 선학(禪學)	南渡衣冠盡禪學
뿐이어서	

225. 돌북　주나라 때에 만들어진 것으로, 이곳에 새긴 문자를 석고문(石鼓文)이라 한다. 열 개의
북 모양을 한 돌에 주문(籒文)을 사용하여 사언시(四言詩)를 새겨 놓은 것으로 한 개의 크기는 석
자 남짓이며 내용은 진 시황이 사냥을 즐겼던 상황을 적어 놓았기 때문에 엽갈(獵碣)이라고도 한
다. 석고문은 당나라 초기 섬서성의 서쪽 서봉상(西鳳翔)에서 출토되었다. 이것을 봉상부자묘(鳳
翔夫子廟)에 보관하고 있었는데 오대(五代)의 전란에 한 번 잃어버렸다. 송대에 들어와 다시 이것
을 수집하여 봉상부학(鳳翔府學)의 서쪽 방에다 보관하였다. 송 휘종 대관(大觀, 1107~1110) 연간
에 봉상(鳳翔)으로부터 개봉(開封)으로 옮겨 보화전(保和殿)에 보관하였다. 그러다가 금나라가 송
을 물리친 후에 이것을 다시 북경으로 옮겼으며, 청나라에 와서는 국자감에 보관했다.

226. 우문주　황제의 성씨가 우문(宇文)인 북주(北周)를 가리킨다.

227. 마정국의 만여언　『금사』(金史) 「마정국전」(馬定國傳)에 "석고는 당나라 때 이래로 정론이 없
던 것을 정국(定國)이 자획을 가지고 고증하여 말하기를, '이것은 우문주(宇文周)의 조작이다' 하
고 만여언(萬餘言)으로 변증하였는데, 전기를 넣고 빼고 하면서 증거를 인용함이 매우 명백하다"
라는 말이 보인다.

228. 기필하지 못했네　석고문의 연대에 대하여 장회관(張懷瓘)은 주(周) 선왕(宣王)이라고 하였으
며, 한유(韓愈)도 「석고가」(石鼓歌)를 지어 주 선왕 때의 작품이라고 하였다. 위응물(韋應物)도 「석
고가」(石鼓歌)를 지어 이것은 주(周) 문왕(文王) 때 짓고 주 선왕 때 제작한 것이라고 하였다. 그러
나 송나라 정초(鄭樵)만이 유독 진(秦)나라의 것으로 보았다. 사실 석고문은 진(秦) 양공(襄公) 8년
(BC 763)의 작품이라는 것이 거의 정설로 되어 있다. 이에 대해서는 곽말약(郭沫若)의 「석고문연
구」(石鼓文硏究)에 자세히 보인다. 마지막 세 글자가 여강본에는 '終未必'로 되어 있고 아세아본
에는 '從未必'로 되어 있다. 여기서는 여강본을 따랐다.

「거공」(車攻) 「길일」(吉日)[231] 견줘 보면 알맹이　　　弁髦車攻與吉日

하나 없네.[232]

남전산(藍田山)[233]의 옥돌에다 초록 글자 두루 새겨　綠字刻徧藍田石

이씨 아래 황풍(皇風)은 벌열에게 옮겨갔네.　　　李下皇風移閥閱

구우(歐虞)와 저안(褚顔)[234]은 진서를 배웠어도　　　歐虞褚顔學眞書

삼창(三倉)[235]이 나온 곳은 알지를 못했다네.　　　不識三倉所自出

승려 서첩 훔쳐내 온 소익(蕭翼)의 그림이요[236]　　空偸僧帖畵蕭翼

진나라 비문 익힌 원결의 송이로다.[237]　　　　　枉襲秦銘頌元結

229. 소작 북주 무공인(武功人)으로 양(讓)의 종제이며 자는 회작(會綽)이다. 여러 책을 박람하고 산술(算術)에 뛰어났다. 우문태(宇文泰)가 불러 행대낭중(行臺郞中)으로 삼았으며, 탁지상서 사농경(度支尙書司農卿)에까지 이르렀다. 개국의 대업을 이루는 데 공을 세웠다. 위진 이래의 변려문의 폐단을 지적하고 고문 부흥의 선구가 되었다.

230. 남도 정강(靖康)의 난 이후 북쪽의 송인(宋人)들은 회수를 건너 남쪽으로 도주하고, 금나라 사람들이 석고를 연경으로 가져간 일을 가리킨다.

231. 「거공」「길일」 모두 『시경』 소아(小雅)의 편명이다. 주실(周室)이 쇠미하여 오래도록 고례(古禮)를 폐하였다가 선왕(宣王) 때에 이르러 국세를 진작하고 제후들을 동도(東都)에 모아 사냥을 거행한 것을 아름답게 여겨 노래한 시편들이다.

232. 알맹이 하나 없네 원문은 변모(弁髦)다. 변(弁)은 치포관(緇布冠)으로서 관례를 행하기 전에 잠시 쓰는 갓이고 모(髦)는 총각의 더펄머리이다. 관례가 끝나면 모두 소용없게 되므로 무용지물의 비유로 쓰인다. 고염무가 석고에 대해 말하면서 "이제 그 글을 읽어 보니 다 천근한 말로서 「거공」이나 「길일」의 크고 깊은 뜻에는 멀리 못 미친다"고 한 바 있다.

233. 남전산 중국 섬서성(陝西省) 서안시(西安市) 직할현인 남전현(藍田縣)의 남동쪽, 여산(驪山)의 남쪽에 있는 산. 좋은 옥이 나는 것으로 유명하다.

234. 구우와 저안 당나라 때의 저명한 서예가인 구양순, 우세남, 저수량, 안진경을 가리킨다.

235. 삼창 자서(字書)의 총칭으로 한대에는 창힐편·원력편·박학편을 가리키고, 위진 이후에는 창힐편·훈찬편·방희편도 일컫는다.

236. 승려~그림이요 소익(蕭翼)은 양(梁)나라 원제(元帝)의 증손으로 당나라 초기의 인물이다. 당시 변재 화상(辨才和尙)이 유명한 왕희지의 「난정첩」(蘭亭帖)을 소장하고 있었다. 당 태종은 왕희지의 글씨를 매우 좋아하여 「난정첩」 진본을 보고자 했으나 변재 화상은 내놓지 않았다. 태종의 명을 받은 소익은 기지를 발휘하여 변재 화상의 손에서 「난정첩」을 빼오는 데 성공했다. 당나라 때의 화가 염립본(閻立本)이 변재 화상으로부터 소익이 「난정첩」을 가지고 가는 장면을 그린 그림 〈소익잠난정도〉(蕭翼賺蘭亭圖)가 남아 있다.

마당 쓸고 향 사름은 위응물(韋應物)[238]의 「석고가」요   掃地焚香韋左司

처음 듣는 기이한 일 청묘의 거문고[239]라.   異事初聞淸廟瑟

수무현(修武縣)의 한유[240]는 알겠노라 했으니   修武韓公號知道

눈물을 쏟아내며 틀림없다 소리쳤네.[241]   涕淚滂沱叫獨絶

흥이 일어 붓을 놀려 긴 노래를 지었으니[242]   興來搖筆作長歌

사람 소리 바위 소리 시끄럽게 뒤섞였지.   人聲石聲相轇輵

동파가 뒤에 나서 나이는 적었으나   東坡後出年尙少

사단을 계승하고 다시금 넘어섰네.[243]   繼步詞壇更超軼

석고의 우는 소리 천둥처럼 우렁차니   石鼓之鳴殷如雷

만든 사람 구름 같아 적수가 없었으리.   作者如雲竟無匹

무슨 액운 절구 되어 방아질을 받았으며   何厄而曰受舂杵

어떤 욕됨 민머리로 새겨짐이 그르쳤나.   何辱而髡失剞劂

마르고 살찜은 문운과 관계되니[244]   一瘦一肥關文運

---

237. **진나라~송이로다**   원결(元結, 723~772)은 당나라 때의 시인이다. 백성들의 생활상을 생생하게 그려낸 시풍으로 백거이의 선구로 꼽힌다. 그가 지은 「대당중흥송」(大唐中興頌)은 진(秦)나라 때 석각문의 체재와 비슷한 것으로 유명하다.

238. **위응물**   당나라의 시인이다. 평소 현종(玄宗)의 경호책임자가 되어 총애를 받았으며, 현종 사후에도 학문에 정진하여 좌사낭중(左司郎中)을 지냈다. 위응물 또한 「석고가」를 지은 바 있다.

239. **청묘의 거문고**   「청묘」(淸廟)는 『시경』주송(周頌)의 편명으로 문왕(文王)을 제사하면서 불렀던 악장이다. 청묘슬(淸廟瑟)은 청묘에 제사지낼 때 연주했던 슬(瑟)의 곡조로, 『예기』「악기」에 따르면 그 특징은 화려하지 않으면서 여음이 있는 것이다.

240. **수무현의 한유**   회주(懷州) 수무현(修武縣, 지금의 하남성河南省)은 한유의 고향이다.

241. **눈물을~소리쳤네**   한유의 「석고가」에 "옛 것을 좋아하여 늦도록 고생터니, 이 돌을 앞에 두고 눈물을 쏟는구나"(嗟予好古生苦晚, 對此涕淚雙滂沱.)라는 구절이 있다.

242. **흥이 ~지었으니**   한유의 「석고가」는 7언 60구에 이른다.

243. **사단을~넘어섰네**   소동파가 25세인 1061년에 「석고가」를 지은 것을 말한다.

244. **마르고~관계되니**   10간(十干)을 가지고 차례를 매긴 열 개의 석고 가운데 다섯 번째 것이 민간에 유출되었다가 다시 회수되는 동안 움푹 패여 절구같이 되었던 일을 가리킨 듯하다.

금을 깁고 바르느라[245] 모두 상처 먹었다네. 　　塡金剔金皆傷囓

궁달을 반복하며 물건 또한 늙었으나 　　遷徙窮通物亦老

구리 사람 노전처럼 아직껏 거뜬하네.[246] 　　銅狄婆娑魯殿兀

예로부터 천자가 문장 살핌 드물었고 　　古希天子坐考文

깊은 경지 이르느라 편하게 쉴 틈 없네. 　　綆沒津逮居無逸

송판체〔宋槧體〕석고문은 한참 아래 후손이나 　　宋槧與鼓耳孫耳

오경을 다 모았으니 이름 높은 집이로다. 　　五經並萃猶名室

마침내 석고로써 태학을 높였으니 　　遂將石鼓奠太學

어기가 용솟음쳐 제발문을 비추누나. 　　御氣龍騰映題跋

백호관(白虎觀)[247] 관리들은 깊은 생각 비웃고 　　虎觀刀筆笑覃思

홍도의 하인들은 북적거림 부끄럽다.[248] 　　鴻都徒隷慚塡咽

좨주와 회나무 그늘 서로 지켜 서있는데 　　祭酒槐陰雙護持

태학의 그림자는 누런 기와 물들었네. 　　辟雍倒影黃瓦纈

다시금 손에 닿아 글자가 닳을까 봐 　　復恐觸手字漸稀

베껴 씀을 금하느라 창살은 빽빽하네. 　　禁搨仍令櫺眼密

---

245. **금을 깁고 바르느라** 석고문에 금을 입힌 것을 뜻한다. 『계산기정』(薊山紀程) 권3의 「유관」(留館) 12월 26일조에 "대덕(大德) 2년(1298)에 경조(京兆)에서 변경(汴京)으로 옮겨다가 처음 벽옹(辟雍)에 두었더니 뒤에 보화전(保和殿)으로 옮기고 금으로 글자를 입혔다"고 하였다.

246. **구리 사람~거뜬하네** 구리 사람은 『후한서』 「방술전」에서 계자훈(薊子訓)이 장안 동쪽 패성(霸城)에서 한 늙은이와 함께 구리 사람〔銅人〕을 문지르며 서로 이르기를 "이것을 지어 붓는 것을 보았는데 이미 5백 년이 가까웠다"고 한 말에서 유래한다. 노전(魯殿)은 전한 경제(景帝)의 아들로 노왕(魯王)이었던 공왕(恭王)이 세운 영광전(靈光殿)을 가리킨다. 『문선』에 보면 왕연수(王延壽)의 「노영광전부」(魯靈光殿賦)에 "영광전만이 홀로 우뚝 남아 있어라"라는 구절이 있다.

247. **백호관** 한(漢) 나라 장제(章帝)는 백호관(白虎觀)에 모든 선비들을 모아 경의(經義)를 토론하게 하고 친히 결재하였다. 그 논의를 기록한 책이 『백호통』(白虎通)이다.

248. **홍도의~부끄럽다** 홍도(鴻都)는 동한(東漢) 영제(靈帝)가 낙양의 홍도문(鴻都門)에 세운 학교로 사부와 서화를 가르쳤다. 영제는 모든 선비들에게 조서를 내려 오경(五經)을 정리케 한 다음, 채옹(蔡邕)에게 명하여 여러 서체로 쓰게 해서 그것을 돌에 새겨 태학(太學)의 문밖에 세웠다. 한유의 「석고가」에 "경전 보는 홍도에는 아직도 북적대네"(觀經鴻都尙塡咽)란 구절이 있다.

가늘게 쓴 작은 글자 갱재(賡載)[249]에 들어가고	細分殘字入賡載
자유자재 굽은 글씨[250] 천자문 율법이라.	螳封盤馬千文律
관문 밖서 홀연 놀람 학사들의 집이요[251]	忽驚口外青衿地
열 개 물건 둥글둥글 그것이 그거 같네.	十物團圓重甲乙
온전한 몸 새로운 말 글자도 완연하여	體完語新字宛然
가짜가 방해 못해 진짜를 잃지 않네.	贋非妨眞取非失
강남 땅의 소장(小蔣)[252]은 호사가라 할 만하니	江南小蔣好事者
기이한 옛 문자의 계통을 궁구했지.	古文奇字窮流別
겨자씨에 수미산을 집어넣는 방법 있어	亦有須彌芥子法
작은 그림 가는 글씨 그대로 다 옮기었네.	小圖細書移纖悉
하늘과 땅 사이에 두셋이 나란하니	雙懸鼎立天地間
부본과 축본으로 능히 일을 마친다네.	副本縮本能事畢
북채 같은 내 손으로 진짜 북을 살펴보니	我手如桴閱眞鼓
등문고(登聞鼓)와 뇌문고(雷門鼓)[253]를 기꺼하지 않는다네.	登聞雷門都不屑
다행히도 동방 땅 만 리 밖에 있던 몸이	自幸箕疇萬里身
주나라의 천년 바탕 두루두루 살폈도다.	觀止岐周千歲質

---

249. **갱재** 임금과 신하의 뜻이 서로 잘 어우러져 훌륭한 정치를 구가하게 되는 노래를 말한다.

250. **자유자재 굽은 글씨** 이 책 중권 239쪽 각주 2 참조.

251. **관문~집이요** 구외(口外)는 만리장성 이북의 지역을 가리키는 말인데 여기서는 열하(熱河)를 가리킨다. 청금(青衿)은 옛날 학사들이 입던 옷으로 학사를 의미한다. 학사들이 공부하는 태학(太學)에서 석고(石鼓)를 보고 놀랐음을 말한 것이다.

252. **강남 땅의 소장** 박제가는 이 책 중권 310쪽에 수록된 연작시 제28수에서 장화(蔣和)의 그림 솜씨를 읊었다. 주석에서는 장화가 장형(蔣衡)의 손자로 자칭 강남소장(江南小蔣)이라 하였으며, 장형은 『십삼경주소』를 직접 썼던 사람임을 밝혔다.

253. **등문고와 뇌문고** 등문고는 백성이 임금에게 청원할 목적으로 치는 북으로 신문고(申聞鼓)라고도 한다. 뇌문고(雷門鼓)는 그 소리가 백리 밖에까지 들렸다는 월(越)나라 회계성문(會稽城門)의 큰 북이다. 『한서』(漢書) 「왕존전」(王尊傳)에 보인다.

글자 무늬 풍만하여 끌지를 아니 하니 　　其文在飽不在鞦

짧은 꼬리 있는 것은 하나를 눌렀다네. 　　有短脽者壓其一

옥 꺼풀 고르대도 살갗은 또 다르거니 　　玉膜雖均膚或殊

깊이 새겨 필획이 곧게 뻗음 볼 수 있네. 　　由其剟深看方徹

정밀함과 예스런 빛 어느 하나 포기 않고 　　書精古色兩不禁

중변이 한데 모여 닳아지고 물들었네.[254] 　　中邊合湊成磨涅

옥저필(玉筯筆) 아니어도 모습이 전해지고 　　簡非玉筯象猶傳

석관이 없다 해도 백성들 말을 하네. 　　幽無石樟民可述

산삭 후에 『시경』 지킨 두 사람이 누구던가 　　刪後詩存貳者誰

공자께서 이어받아 뜰 안 가득 채웠다네. 　　仲尼受之作庭實

벼이삭 조각달은 예쁜 모습 취함이고[255] 　　嘉禾缺月取姸來

악어 칼과 용의 북은 험벽함을 말함이네.[256] 　　鼉劍龍梭從險說

평생토록 귀신처럼 노래를 읊조리다 　　平生諷詠如鬼神

언어가 살아있음 직접 보고 알았구나. 　　親炙方知言語活

묵본(墨本)이란 광대뼈 그림자의 그림 같아[257] 　　墨本只如寫顴影

---

254. 중변이~물들었네　　『논어』「양화」에 "단단하지 아니한가! 갈아도 닳지 않네. 희지 아니한가! 검정물을 들여도 검어지지 않는구나"(不曰堅乎! 磨而不磷. 不曰白乎! 涅而不緇.)란 말이 있다. 이후 마열(磨涅)은 외부의 영향을 받음을 뜻하게 되었다.

255. 벼 이삭~취하고　　소식의 「석고가」에 "어여쁜 조각달은 운무에 가려졌고, 빼어난 벼 줄기는 잡초 속에 빼어나네"(娟娟缺月隱雲霧, 濯濯嘉禾秀稂莠.)란 구절이 있다. 석고문의 아름다운 필획을 칭송한 것이다.

256. 악어 칼과~말함이네　　한유의 「석고가」에 "검으로 시원하고 용과 악어 잘라내듯"(快劍砍斷生蛟鼉)과 "아홉 솥 가라앉고 베틀 북 용이 되듯"(古鼎跃水龍騰梭)이란 구절이 있다. 석고문의 드센 필세를 묘사한 것이다.

257. 묵본(墨本)이란~같아　　소식은 「전신기」(傳神記)에서 "전신(傳神)의 어려움은 눈에 있다. 고개지도 이르기를, 정신을 표현하는 그림〔傳神寫照〕의 어려움은 눈에 있다고 하였다. 그 다음으로 중요한 것은 광대와 볼이다. 내가 전에 등불 아래서 벽에 비친 내 볼의 그림자를 그리게 한 적이 있는데, 눈썹과 눈을 그리지 않았어도 사람들이 나인 줄 알아보아 모두 웃은 적이 있다"고 하였다. 광대뼈 그림자의 그림이란 대략의 윤곽을 묘사함을 뜻한다.

살이 뼈를 부지하는 천연의 맛은 없네.   無此天然肉傅骨

옛 유물 진열 안 됨 근심하지 말 일이니   舊蹟非陳且勿愁

새 물건 옛 것 됨이 어이 그리 빠르던고.   新物作古何太疾

수자상(壽者相)[258]이 되지 못함 탄식을 하고   我歎不作壽者相

중흥 열정 거듭 못함 노래를 하네.   我歌不疊中興烈

『고문상서』 오히려 의심스레 살피거늘   古文尙書尙疑案

하물며 변변찮은 엽갈(獵碣)[259]이야 어떠할까.   何況區區一獵碣

칠석의 노래 七夕篇

오늘 저녁 어떤 저녁, 우리 누님 태어난 날   今夕何夕降吾姉

하늘에선 견우직녀 만나서 기뻐했지.   天上相逢牛女喜

집집마다 걸교(乞巧)[260]하며 즐거이 실을 꿸 제[261]   家家乞巧賀穿針

고고하게 우는 아기 씻기기 시작했지.   何況呱呱洗兒始

이 무렵 뜰에서는 가을 기운 물씬하여   是時庭院秋可憐

초승달 뵈기도 전 빛이 먼저 나왔다네.   纖月未弦光已先

---

258. 수자상 『금강경』에 나오는 사상(四相) 중의 하나. 원어는 jiva로 영혼 또는 목숨이라는 뜻이다. 교리에 얽매이지 않고 해석한다면, '영원불멸의 존재' 정도의 의미를 지닌다.

259. 엽갈   석고(石鼓)를 일컫는 말이다. 석고문의 내용이 사냥을 즐겼던 진 시황의 일을 적고 있는 데서 유래되었다.

260. 걸교   음력 7월 7일에 부녀자들이 마당에 음식을 차려 놓고 직녀에게 바느질과 길쌈 재주가 좋아지기를 비는 일이다. 전하여 시문 짓는 재주가 훌륭해지기를 비는 일을 지칭한다.

261. 실을 꿸 제   바늘귀에 실을 꿰는 것을 말하는데, 칠석이면 부녀자들이 달을 바라보고 바늘을 꿰면서 견우와 직녀 두 별에 길쌈과 바느질 솜씨가 늘기를 빌었다고 한다.

쌀밥에 미역국을 어머니께 드리는데	羹靑飯白餉阿母
긴 눈썹이 예쁘단 말 밖으로 들려왔지.	映戶已道脩眉姸
해마다 상 위에 과일들 진설하면	年年晬盤陳菓蓏
별빛[262]은 희미하고 빗방울 떨어졌네.	天市熹微雨點墮
아직도 생각나네, 초가을 등불 아래	每憶微涼燈火底
술지게미 걸러 내어 나를 불러 깨웠던 일.	冷淘醳醐呼醒我
내 처음 글 배울 제 아직껏 젖먹이라	我初學書尙哺乳
누이 와서 읽어 주면 시샘만 하였었지.	姊來倂讀偏含妬
네 살이나 많은데도 공경할 줄 전혀 몰라	四歲以長不知敬
이름 막 부르면서 만나면 투정했네.	常呼小字逢姊怒
누이 나이 열다섯에 임랑에게 시집가니	姊年十五嫁任郞
혼례청의 옥모에 집안사람 놀랐다오.	贅鴈玉貌驚華堂
심부름 오고 가며 날마다 불러내니	佇來佇去日招邀
두 집안 즐거움이 그칠 때가 없었다네.	兩家承歡各未央
한여름에 명 받들어 행리를 꾸렸는데	炎天銜命篤行李
6월에 급작스레 아버님 돌아가셨지.[263]	六月遽奉先君諱
누이 막 시집가고 나는 아직 어린지라	姊纔有歸我尙幼
집안은 적막하여 상의할 이 없었다네.	門闌孑孑無相謂
누이는 계구(季舅) 따라 황주 관아 가서는	姊隨季舅黃州官
향그런 배 푸른 잎에 싸서 보내 주었지.	包饋香梨碧葉團
베옷에 댕기머리로 누이를 찾아가선	麻衣丱角訪姊行
필교(筆橋)의 냇물 소리 늘상 듣곤 했었네.	慣聽筆橋流潺湲

262. **별빛** 원문은 천시(天市). 성원(星垣)의 이름. 방(旁)·심(心)의 동북에 있어, 나라의 시장 교역 및 참륙(斬戮)의 일을 관장한다고 한다. 『사기』「천관서」(天官書)에 보인다.
263. **6월에~돌아가셨지** 아버지 박평(朴玶)이 박제가가 11세 때인 1760년에 돌아갔다.

아내를 맞자마자 외숙께서 돌아가시니[264]　　　　　　我娶旋作西州慟

계획이 맞지 않아 어긋남이 괴로웠지.　　　　　　　　心計差池苦未中

누이는 잇달아서 두셋 조카 낳았는데　　　　　　　　姊已甡甡三兩兒

나 또한 딸을 낳아 어르며 놀 만했네.　　　　　　　　我亦一女孩可弄

저희끼리 손잡고 정신없이 어울리매　　　　　　　　　提携合倂恣熱鬧

다 무너진 작은 집을 하나 가득 채웠구나.　　　　　　塞破小屋塡奧穾

즐거운 일 없었어도 가난은 잊었으니　　　　　　　　雖無樂事可忘貧

이 몇몇 작은 일에 어머님 웃으셨네.　　　　　　　　以玆數得先妣笑

슬프다 계사년 10월 어느 날에　　　　　　　　　　　嗚呼癸巳十月中

어머님 어이 그리 급히 세상 버리셨나.　　　　　　　先妣棄世何忽忽

자형은 벼슬해도 넉넉지 못했지만　　　　　　　　　任兄得官殊不腴

누이는 효성스레 장례를 모셨다네.　　　　　　　　　姊孝所及能送終

부모가 떠나시자[265] 과거에 염증 나서　　　　　　　遂因孤露厭科擧

잠깐 동안 중국 가서 한어를 배웠지.　　　　　　　　暫入中華學漢語

돌아와 지내는데 네 벽 텅 비었으니　　　　　　　　歸來偃蹇空四壁

낚싯대 하나 들고 숨어 살까 했다네.　　　　　　　　持竿擬逐煙波侶

하루아침 이름이 관각에 알려지니　　　　　　　　　一朝聲名動館閣

백의로 벼슬 받음 홍박(鴻博)[266]에 견줄 만해.　　　白衣新銜比鴻博

관모 쓰고 누이 찾아 부둥켜안고 울며　　　　　　　烏紗謁姊相持泣

---

264. 외숙께서 돌아가시니　　원문은 서주통(西州慟). 외숙의 죽음을 뜻한다. 진(晉)나라 양담(羊曇)
은 사안(謝安)의 총애를 받았는데, 사안이 죽은 뒤에는 유흥을 그만두고, 사안이 살던 서주(西州)
길로 다니지 않았다. 그러다가 한 번은 크게 취해 자기도 모르게 서주문(西州門)에 이르렀다. 이에
슬픔이 그치지 않아, 말채찍으로 문을 두드리며 조자건(曹子建)의 시 "살아서는 대궐 같은 집에 있
다가, 죽어서는 산골로 돌아가누나"(生存華屋處, 零落歸山丘.)를 읊조리고는 통곡하며 돌아갔다.
『진서』 「사안전」(謝安傳)에 나온다.
265. 부모가 떠나시자　　원문은 고로(孤露). 부모가 돌아가신 것을 뜻한다.

부모님 돌아가신 박명을 한탄했지.　　　　風樹不待嗟命薄
벼슬길에 은혜 더욱 깊으리라 말하기에　　將謂祿仕恩轉深
머뭇대며 처음 마음 털어놓지 못했다네.　遲回未敢言初心
음식 내려 주실 때면 혼자서 먹지 않고　每逢賜食不自專
술잔 그릇 전하면서 분주히 어울렸네.　　杯傳圈致紛追尋
자형은 외직으로 화현을 맡아 가고　　　任兄出爲花縣吏
나 또한 공주의 찰방사를 겸했으니.　　　我兼熊津察訪使
두 부인의 교자가 앞서거니 뒤서거니　　夫人轎子相先後
한 쌍 일산 줄지어 차례로 나섰다네.　　雙傘逶迤同旅次
명일 새벽 의의 갖춰 선영을 찾았더니　　明晨具儀上先墓
참 드문 일이라고 고향 분들 감탄했지.　鄕里咨嗟歎稀異
좋은 일이 생겼노라 다투어 말을 하니　爭言吉兆久發祥
거푸 술 올리느라 떠나지 못했다네.　　澆酒百回寧徹地
을묘년에 조카가 진사시에 붙었을 때　乙卯阿甥進士時
풍악을 앞세우고 누이도 따랐는데.　　　導以鼓樂姊來隨
나 또한 처음으로 대부 끝줄 좇았으니　我亦新從大夫後
퇴근하여 관복 입고 사당에 배례했지.　退食緋衣雙拜祠
지존께서 특별히 아버님 일 말하시니　至尊語及先人故
방목에 집안 계보 주를 달게 하셨다네.　榜目仍令譜系註
그 당시 어느 누가 은혜 입지 않았냐만　當年何人不推恩
유별나게 우리 집안 특은을 입었다네.　偏於我家多殊遇

---

266. 홍박　　중국 청나라 때 제과(制科)의 하나로 실시한 관리 등용법인 박학홍사과(博學鴻詞科)를
말한다. 박학굉사(博學宏辭)·사학겸무(詞學兼茂), 줄여서 박홍(博鴻)이라고도 한다. 박학홍사란
학문에 박식하고 문장에도 웅대하다는 뜻이다. 청나라는 건국 초에 명나라의 유신 및 청의 중국 지
배를 지지하지 않은 한인(漢人) 학자들을 회유하기 위하여 실시하였다. 여기서는 정조가 초정을 검
서관으로 발탁한 것을 말한다.

누이는 사내 넘는 기이한 기상 있어	姉有奇氣邁男子
강개하기 옛날의 협사 얘기 듣는 듯해.	慷慨如聞古俠士
다만 집 가난하여 뜻을 펴지 못하고	但恨居貧志不舒
유자 빈곤 씻어 내지 못함을 한하였네.	無由一洗儒酸恥
누이는 이아(易牙)[267]를 뛰어넘는 기재 있어	姉有奇才勝易牙
나물만 가지고도 호사를 다투었네.	能將草蔬鬪豪奢
밀로 만든 만두는 임금님께 올릴 만했고	蕎麥饅頭可獻君
호박 넣어 볶은 나물 낙타 고기 내려다봤지.	南瓜熬菜輕紫駝
말하기를, 음식에는 한 스승이 없는 법[268]	姉云酒醬何常師
마음으로 미루어 모두 다 맞게 하네.	能以意推俱可宜
오색의 변화는 다섯 가지 맛과 같아	五色之變如五味
맛을 알면 염색도 어렵지가 않다고.	知味不難知染絲
잣을 칼로 찧을 때는 칼날이 서야 하고	刀擣松子嫌不利
무딘 것 부술 때는 기름기를 쳐야 하지.	碎鈍翻令羃油氣
이 말에 지극한 이치 있음 알겠지만	此言便覺至理存
세상의 아낙들이 누가 귀함 알겠는가.	世婦婢也誰知貴
산수 좋기 이름난 적현(赤縣)에 고을 살 때	我宰赤縣名山水
시냇가 정자에서 누이를 기다렸네.	一欲迎姉溪亭裏
집안일에 파묻힌 누이를 어찌할까	家務叢身奈姉何
움집 콩나물 사냥한 꿩 모두 다 나누었네.	窖分芽黃獵分雉
오 년 동안 병을 앓아 집 나서지 못했는데	五年一疾不下堂
성 무너지듯 딸 죽어 마음 온통 참담했지.	崩城哭女神慘傷

---

267. 이아　춘추시대 제(齊)나라 사람으로, 음식을 잘해 환공(桓公)의 총애를 받았다.
268. 한 스승이 없는 법　원문은 하상사(何常師). 일정한 스승이 없다는 뜻으로, 자공(子貢)이 스승 공자에 대해 말한 것이다. 『논어』 「자장」에 나온다.

거기에 나도 또한 죄인의 몸이 되어　　　　　況我琅璫逮錦衣
유배 길 삼천 리 기러기마냥 놀라누나.　　　　謫路三千驚鴈行
떠나올 적 찾아가서 작별도 못하고서　　　　來時不得就床別
천고에 망망케도 헤어지고 말았는데.　　　　千古茫茫仍訣絶
집 팔고 옛 동네를 떠났단 말 들었더니　　　已聞賣屋遷舊巷
겨울 맞아 서둘러 장례를 지냈다 하네.　　　復聞渴葬凌冬月
상기도 끝나기 전 누이도 떠나가니　　　　方喪未畢姉又逝
이 몸은 인간 세상 무슨 의미 있단 말가.　　此身何意人間世
오동잎 하나 질 제 또 생일 찾아오나　　　梧桐一葉又生朝
까막까치 부질없이 은하수를 메우누나.　　　烏鵲塡河空歲歲
자형은 돌아가서 견우성 될 터이니　　　　定知兄歸作黃姑
누이는 예전처럼 천손으로 지내소서.　　　依然姉返天孫居
아우 혹 언젠가 박망후[269]가 되고 나면　　　阿弟身爲博望侯
훗날에 뗏목 타고 만나 볼 수 있을는지.　　他日乘槎相見無

---

269. 박망후　한나라 때 장건(張騫)의 봉호(封號)다. 그가 황하의 근원지를 밝히려고 뗏목을 타고 가다가 하늘 궁전에 이르러 견우(牽牛)와 직녀(織女)를 만나고 왔다는 이야기가 장화(張華)의 『박물지』(博物志)에 실려 있다.

7월 16일 3수 七月旣望 三首

1

군왕이 젊었을 땐 난정(蘭亭)[270]에서 모였더니 　　青春袞冕蘭亭日
돌아가신 뒤에는[271] 적벽의 시절이라.[272] 　　白露珠邱赤壁年
계첩 좇아 따라 묻힘[273] 배우지 못하여서 　　未學殉身隨禊帖
「적벽부」[274] 읊으면서 소동파를 조문하네. 　　空吟望美吊蘇仙

2

가을바람 불어오자 갈대가 흔들리고 　　西風淅淅動蒹葭
하룻밤의 강물 소리 양 살쩍이 세었구나. 　　一夜河聲兩鬢華
만 리에 사람마다 「적벽부」를 얘기하나 　　萬里人人談赤壁
밝은 달 주인 된 자 누구인지 모르겠네. 　　不知明月屬誰家

---

270. 난정　진(晉)나라 목제(穆帝) 영화(永和) 9년 3월 3일에 당시의 명사(名士) 41명이 절강성(浙江省) 소흥(紹興)의 난정에 모여 곡수(曲水)에 잔을 띄워 계연(禊宴)을 베풀었다. 왕희지가 그 시첩에 서문을 쓴 것이 전한다.

271. 돌아가신 뒤에는　원문의 주구(珠邱)는 제왕의 능(陵)을 말한다. 순(舜)임금을 장사 지낸 들에 새들이 청사주(青砂珠)를 물어 와 언덕을 만들었는데 이를 주구(珠邱)라고 하였다. 『습유기』(拾遺記)에 보인다.

272. 적벽의 시절이라　적벽(赤壁)은 황강현(黃岡縣) 성 밖에 있는 강으로, 소식(蘇軾)이 신종(神宗) 원풍(元豐) 5년에 당쟁으로 혁신당에 몰려 조정에서 쫓겨나 유배 생활을 했던 곳이다. 자신이 소식처럼 유배되어 있음을 말한 것이다.

273. 계첩~묻힘　계첩(禊帖)은 난정첩(蘭亭帖)의 다른 이름이다. 계첩 좇아 따라 죽는다는 것은 당나라 황제가 왕희지의 난정첩을 아껴 죽으면서 자신의 무덤에 함께 순장케 한 일을 말한다. 여기서는 자신이 정조와 운명을 함께하지 못했음을 말하는 것으로 보인다.

274. 「적벽부」　원문의 망미(望美)는 「적벽부」 중의 1구 "아득한 나의 회포여, 미인(임금)을 하늘 저 끝에 바라보도다"(渺渺兮余懷, 望美人兮天一方.)를 가리킨다.

3

부(賦) 지으며 퉁소 불기 우연한 일이어니	作賦吹簫事偶然
명인의 옛 자취는 다투어 유전하네.	名人陳跡競流轉
이름과 자의 안배 공교롭게 비슷하니	安排姓字工相似
호남의 소응천[275] 일 우습기 짝이 없네.	笑煞南州蘇應天

응천(應天)은 호남의 이름난 선비다. 영종 임술년(1742) 7월 16일에 두 객과 더불어 퉁소를 불며 동복현의 적벽을 지나가다 부(賦)를 지었다. 應天湖南名士. 於英宗壬戌七月旣望, 與二客吹簫, 過同福縣之赤壁作賦.

손님 중에 술을 보내온 자가 있어 客有餉酒者

경술(經術)로 우리 임금 보필하려 하였건만	敢將經術致吾君
글줄이나 풀이하며 늙고 마니[276] 우습도다.	數墨尋行笑白紛
귓가에 현가(絃歌)[277] 소리 그치는 달[278]이 없고	耳外絃歌無徙月
눈앞의 한잔 술엔 뭉게구름 떠 있구나.	眼前杯酒有層雲
추위에 뒤척이며 덕석[279] 덮고 잠을 자니	一寒殘夢牛衣宿

275. **소응천** 1704년에 태어나 1760년까지 살았던 실존 인물인데, 원이름은 응천(凝天)이다. 호는 춘암(春庵)이고, 본관은 진주(晉州)다. 시문과 글씨에 능하고 성격이 분방하였다. 저서로 필사본 『춘암유고』(春庵遺稿) 7권 6책을 남겼다. 야담에 그에 관한 여러 일화가 전한다.

276. **늙고 마니** 원문은 백분(白紛). 어려서부터 한 가지 재주를 익히기 시작하여 머리가 다 희도록 해도 제대로 되지 않고 어지럽기만 한 것을 가리킨다. 『법언』(法言)에 나온다.

277. **현가** 『시경』을 학습하고 성독함을 말하는데, 예악으로 사회를 교화함을 의미하기도 한다.

278. **그치는 달** 원문은 사월(徙月). 상기(喪期)가 끝나 비로소 음악을 연주하거나 들을 수 있는 달이라는 뜻으로, 『예기』(禮記) 「단궁 하」(檀弓下)에 나온다.

며칠 저녁 남은 곡식 쥐들과 나눠 먹네.　　數夕餘糧鼠穴分
요사이 정주학을 공부한 선비들은　　近作程朱門下士
천인(天人)의 성명(性命)을 듣기가 어렵구나.　　天人性命苦難聞

9월 16일 九月十六日

동문의 버드나무 쓸쓸히 추억하나　　靑門楊柳憶蕭蕭
꿈속에도 떠난 넋은 불러오지 못하누나.　　夢裏歸魂不可招
술잔을 손에 들고 마음을 달래나니　　欲把一尊還自賀
지난해 오늘이 생일날이었네.[280]　　去年今日是生朝

강가에서 江上

북녘 끝 하늘가에 기러기 떠나가고　　極北天低鴈不長
호산의 한 옆으로 석양이 희미하네.　　胡山側面淡斜陽

---

279. 덕석　　원문의 우의(牛衣)는 소가 춥지 않도록 덮어 주는 덕석을 말한다. 한(漢)나라 왕장(王章)이 병든 몸으로 덮을 것이 없자 우의를 뒤집어쓰고 누웠다는 '와우의중'(臥牛衣中)의 고사가 전한다. 『한서』「왕장전」(王章傳)에 보인다.

280. 생일날이었네　　박제가가 유배를 떠난 날이 9월 16일이었다. 죽을 죄인이 죽지 않고 살아났으니 생일이라고 표현한 것이다.

갈대꽃 단지 나의 귀밑털과 같으니   蘆花秖是如吾鬢
세찬 서풍 거울 속에 서리가 내렸구나.   搖蕩西風鏡裏霜

9월 22일은 선대왕의 생신이다. 작은 서문과 함께 적다

九月二十二日 故千秋節 幷小序

오늘 새벽 꿈에 선대왕을 배알하였는데, 줄 쳐진 종이에 어제(御製)를 쓰라고 명하시었다. 편액을 만들려고 하는데 한 줄 안에 고쳐야 할 글자가 있어 그 글자 수를 헤아려 채워 놓게 하셨다. 내가 조심스럽게 간언하기를, "모두 다시 쓰는 것이 좋겠습니다. 만약 한 줄에서 그 글자만을 바꾼다면 너무 구차합니다"라고 하였다. 깨어나서 이를 기억해 보니, 바로 새벽 임금님을 모시는 자리에 참여했을 때였다. 잠자리에서 읊조린 것이 아래와 같다.

今日曉, 夢拜先大王, 以烏絲欄, 命書御製. 將作匾, 而以一行內有當改者, 計其字數而充之. 余微諫云, 盡改書之爲快, 若一行內計其字, 則事亦苟矣, 覺而記之, 正是晨班起居班時也, 枕上口占如此.

꿈속에서 군왕을 가까이 뵙고   夢裏君王近
머나먼 하늘 끝서 눈물 흘리네.   天涯涕淚遙
하시는 말씀마다 예전 같으니   言言如昨日
일마다 선왕 일을 떠올리누나.   事事憶先朝
잎이 다 져 온 하늘 파리해지고   葉盡天俱瘦

가을 깊어 둥근 달도 사위어 가네.　　　秋深月欲消

어부와 나무꾼도 분수 있으니　　　　　漁樵元有分

어부와 나무꾼도 바랄 수 없네.　　　　不敢望漁樵

『주역』을 읽고 讀易

언어 경계 벌써 다 잊혀졌거늘　　　　　已足忘言語

번거로이 괘상(卦象)을 가리키리오.　　　何煩指畫圖

강물 소리 쌓임이 있는 듯하고　　　　　河聲如有積

가을빛은 아직도 물들지 않아.　　　　　秋色不成濡

조용조용 이렇게 날을 보내니　　　　　澹澹斯爲日

높은 뜻이 저절로 나에게 있네.　　　　　迢迢自在吾

늙어 감에 도리를 살필 줄 아니　　　　　頹齡知味道

생의(生意)는 완전히 마르잖았네.　　　　生意未全枯

오명리에게 주다 贈吳命履

유배 와서 사는 곳 오두막이라　　　　　謫廬如瓜牛

푸른 등불 조그맣게 빛나고 있네.　　　　靑燈耿一豆

변방 술은 누룩을 오래 묵혀서　　　　　邊酒世其麴

한번 놀란 뒤엔 다신 못 마신다네.	一啐 不敢又
내 신세 달래 주는 오가네 아들	慰我吳家子
책을 끼고 찾아와 곁에 있구나.	挾冊來左右
머물게 하여 함께 자기도 하고	止焉或同眠
밥상 차려 서로 권키도 하네.	飯焉或相侑
양 갈래 머리 홀연 관을 썼으니[281]	丱兮忽爾弁
우리들 만난 지도 오래되었네.	所遇那不舊
내 글 읽는 소리엔 남음(南音)[282]이 배어	我讀操南音
뻑뻑하여 가르쳐 주기 어렵네.	棘棘難口授
구경(九經)의 빛깔을 보여도 주고	示之九經色
육서(六書)의 향기도 맡게 하였지.	聞以六書臭
교학상장 도리[283]에 몸을 기대고	側身敎學道
성현의 가르침에 귀 기울이네.	傾耳述作囿
이따금씩 의리를 찾아내고서	往往尋義理
조용히 장구에 웃기도 했지.	居然笑章句
인도하되 억지로 끌지는 않고	道之而不牽
서둘잖고 조금씩 나가게 하네.	可漸不可驟
나나니벌처럼 변화를 기약하면서[284]	蒲盧期自易

281. **관을 썼으니** 원문의 이변(爾弁)은 돌변(突弁)에서 따온 말이다. 돌변은 스무 살이 되어 관(冠)을 쓰는 것을 말한다. 『시경』「보전」(甫田)에 "젊고 예쁜 머리 딴 총각을 얼마 후에 보면 우뚝이 관을 쓴다"(婉兮孌兮, 總角丱兮, 未幾見兮, 突而弁兮.)라고 하였다.

282. **남음** 남쪽 초(楚)나라의 음악을 말하는데, 전하여 고향을 그리워함을 비유한다. 춘추시대 초나라 종의(鍾儀)가 진(晉)나라에 사로잡혀 있을 적에 진후(晉侯)가 그에게 거문고를 주니, 종의는 자기 고향인 초나라의 음악을 탔다는 고사에서 온 말이다. 『좌전』(左傳)에 보인다. 박제가의 글 읽는 소리가 이곳의 말씨와 다르다는 뜻이다.

283. **교학상장 도리** 원문은 효학(斅學). 가르치는 것은 배우는 것의 절반이라는 뜻으로, 그 용례가 『서경』에 보인다.

말 탈 때는 언제나 뒤에 선다네.	駕駒常欲後
아아 나는 쫓겨나고 게다가 늙어	嗟我擯更老
광대뼈가 식초 맛을 본 사람 같네.	顴如嘗醋皺
두렵도다, 남의 스승이 되어	將恐作人師
자네를 촌학구(村學究)로 만들까 봐서.	化爾爲學究
명덕(明德)을 높이기에 노력하였고	努力崇明德
비루함 뽑아냄에 힘을 다했네.	亭亭擢其陋
총명하여 조용히 다다르리니	聰明靜自還
성숙해질 그대를 기다리노라.	是爾瓜熟候
장백산 뻗어 내린 일천 리 둘레	長白一千里
바다와 산이 실로 기이하도다.	海山實奇秀
어찌하면 너와 함께 은거하면서	安得携手隱
한가롭게 남은 날을 보낼 수 있나.	汗漫送餘晝
군자는 삼익우(三益友)를 귀히 여기니	君子貴三益
시속의 이름이야 어찌 따를까.	時名寧足就

한사우에게 주다 贈韓師愚

울타리 한 구석엔 흰 자루 보습 있고	麂眼籬頭白柄鑱

---

284. 나나니벌처럼 변화를 기약하면서　　원문의 포로(蒲盧)는 나나니벌이다. 『이아』(爾雅)에는 "나나니벌이 뽕나무벌레를 업고 가서 자기 새끼로 만드는 것으로, 정사가 백성을 교화시키는 것이 이와 같다"라고 하였고, 정자(程子)는 "뽕나무벌레가 나나니벌로 화한 것은 정성이 지극하기 때문"이라고 하였다. 정성을 다해 자신을 변화시키려는 오명리의 학문 태도를 말한 것이다.

붉은 연어 파닥이며 낚시 끝에 걸려 있네. 　　紅鱗潑剌釣鉤含

글 읽는 소리 또랑또랑 어버이 곁에 울리나니 　書聲宛轉隨親側

바로 이것 인간 세상 동소남(董邵南)[285]의 삶이라네. 　便是人間董邵南

우연히 짓다 偶成

내 본시 성숙해짐 바라잖으나 　　　　　　　我本不要熟

오히려 이 길을 거쳐 가누나.[286] 　　　　　　還從這裏過

양 떼를 돌보았던 북해 아니고[287] 　　　　　　看羊非北海

마갈의 별자리는 동파와 같네. 　　　　　　　磨蝎似東坡

아첨 무리 마주 대함 싫어하였고 　　　　　　厭對夸毗子

한가하게 노는 노래 부끄러웠지. 　　　　　　羞爲暇豫歌

일 년에 네 번이나 용서 받으니 　　　　　　　一年經四赦

많은 죄 지었음을 잘 알겠구나. 　　　　　　　臣罪獨知多

---

285. **동소남** 　당(唐)나라 사람으로, 안풍(安豊)에 은거하여 주경야독(晝耕夜讀)하며 부모를 받들고 처자를 거느리며 살았다. 한유가 그의 삶에 대해 「동생행」(董生行)이란 글을 지었다.

286. **이 길을 거쳐 가누나** 　『맹자』에 이르기를, "하늘이 장차 어떤 사람에게 큰 임무를 맡기려 할 적에는 반드시 먼저 그 심지(心志)를 괴롭히고 육체를 굶주리게 하며 그들이 하는 일마다 어긋나게 하나니, 이는 그들의 마음을 움직이고 성질을 참아 내게 하여〔動心忍性〕 그들이 해내지 못했던 일을 더욱더 잘 할 수 있게 해 주기 위해서다" 하였다. 이에 대해 정자(程子)는 "만약 완숙해지려고 한다면, 또한 반드시 이 길을 거쳐 가야 한다"(若要熟也, 須從這裏過.)라고 하였다.

287. **양 떼를~아니고** 　한 무제 때 소무가 흉노(匈奴)에 사신 갔다가 억류되어 그들의 항복 권유에 굽히지 않으므로 끝내 북해(北海) 가에 안치된 적이 있다. 흉노는 소무에게 그곳에서 숫양〔羝〕을 기르게 하면서 숫양이 새끼를 낳으면 한나라로 돌려보내겠다고 한 바 있다.

정월 대보름에 2수 元宵 二首

1

정월 보름 촛불을 피워 놓고서	元宵燭有花
바로 앉아 나 혼자 차를 끓이네.	匡坐自煎茶
힘써 하루 세 가지를 반성하면서	努力日三省
하늘 한구석에서 노니는구나.	逍遙天一涯
정신의 편안함으로 너를 길러서	神之寧穀汝
나랏일뿐 집안일은 말하지 않네.	國耳未言家
지난번 꿈의 조짐 어이 알까나	昔夢知何兆
금 술잔 지는 놀에 환히 빛났네.	金尊耀落霞

> 월초에 꿈에서 시구를 얻었는데 "금 술잔에 석양이 비치고, 지는 놀은 보름
> 달에 환히 빛나네"라고 하였다. 문득 이를 "먼 재갈 예쁜 풀을 머금고 있네"
> 로 고치고자 했으니, 말이 파란 풀을 물고 있는 모양을 말한 것이다. 月初夢
> 得句云, 金尊泛餘景, 落霞耀明月, 忽欲改之曰, 瑤草含遠靮, 謂馬銜靑草也.

2

귀양살이 벼슬길과 다름없으니	謫居猶積仕
성적 따라[288] 내 마땅히 옮겨 가리라.	磨勘我當遷
황제의 무덤[289] 너머 세월은 가고	日月喬陵外
벼슬 바다 곁에는 풍랑이 이네.	風濤官海邊

---

288. 성적 따라 원문은 마감(磨勘). 성적을 매긴다는 뜻이다. 송(宋)나라 때 마감원(磨勘院)을 설
치하여 관리들의 성적을 고사한 데에서 유래한 말이다. 회계(會計)를 마무리 짓거나 일을 매듭짓
는다는 뜻도 있다.
289. 황제의 무덤 원문의 교릉(喬陵)은 황제(皇帝)의 능(陵)을 말한다. 앞에 여러 차례 나왔던 송
나라 마지막 두 황제 휘종과 흠종의 무덤을 가리킨다.

늙은이는 곶감과 똑같다 하고 　　　翁蚩疑柿餠
아이들은 동전인가 의심을 하네. 　　兒黠訝銅錢
내 장차 시서의 기운을 길러 　　　且養詩書氣
저 초목의 세월을 따르려 하네. 　　從他草木年

주진복 만사 挽朱君鎭福

독서 종자 없어짐 온통 곡하니 　　巷哭無書種
덕 있는 이웃 잃고 고을 비었네. 　州空失德隣
이끌어 준 은혜가 작지 않아서 　　迪蒙非小惠
제사 지냄 어이해 남을 시키리. 　祭社豈他人
정담하던 문 옆 나무[290] 쓸쓸도 한데 　講樹依門冷
변방 꽃 무덤 위에 새로 피었네. 　邊花壓塚新
소동파 「적벽부」 지은 날이라 　蘇仙作賦日
머리 돌려 생일을 생각하누나. 　回首憶生辰

　　　군은 7월 16일에 태어났다. 君生于七月旣望.

---

290. 정담하던 문 옆 나무 　삼국시대 위나라 혜강(嵇康)이 항상 큰 버드나무 아래에서 벗들과 청담을 나누었다. 『진서』 「혜강전」에 보인다. 후에 친구를 생각한다는 뜻의 전고로 쓰였다.

두목의 "목동이 멀리 행화촌을 가리키다"라는 시상을 읊 조리다[291] 牧童遙指杏花村口號

행인은 말 위에서 술 생각에 잠겼건만	行人馬上偏思酒
객점 연기 일지 않고 나무만 푸르구나.	店舍無煙村樹碧
산길을 돌아가자 빗방울 떨어지니	山廻路轉雨點稀
희미하여 주막 깃발 보이지 않는다네.	微茫不辨青帘色
홀연히 피리 소리 점점 더 다가오니	忽聞吹笛聲漸近
작은 목동 쇠등에 편안히 빗겨 탔네.	小童橫跨牛背穩
이 목동 나이는 십여 세쯤 되었는데	此童年可十歲餘
도롱이 걸쳐 입고 총각머리 하였구나.	背負短簑髮雙縮
손에 잡은 긴 가지로 소를 치지 않으니	手把長條不打牛
소 걸음 느릿느릿 맑은 시내 굽어본다.	牛行緩緩俯清流
너는 소를 모는 목동이구나	知爾爲牧童
잠깐만 걸음을 멈추어 보렴.	呼爾且小留
앞마을 거리는 얼마쯤 되며	前村路幾許
술집이 있는지 말 좀 해 다오.	借問有酒否
목동이 있다고 대답을 하자	牧童曰有之
어디에 있냐고 다시 물었네.	復問何處有
목동은 웃지 않고 서둘지도 않으면서	牧童不笑亦不忙
"술집 찾기 쉬우니 금방 알 수 있어요.	酒家易知復難忘
채찍을 들어 올려 뒤돌아 가리키니	揚鞭擧袂一回首
불그레한 꽃나무가 저 멀리 보이누나.	紅紅白白遙相望

---

291. 두목의~읊조리다　　제목 '목동요지행화촌'(牧童遙指杏花村)은 두목(杜牧)의 7언 율시 「청명」 (清明)의 마지막 구절이다.

복사꽃은 다 졌고 배꽃은 안 폈으니	桃花短短梨花早
살구꽃만 피어 있어 보기 가장 좋구나.	惟有杏花多最好
꽃바람 멀리멀리 술기운 보내오고	花風遠遠送酒氣
꽃나무 높이높이 주기처럼 솟았네.	花樹高高當酒旗
다만 꽃 있는 곳 찾아가시면	但尋花處去
거기에 주모가 있을 겁니다.	中有當壚姬
꽃 사이 뚫고 가면 흰 담장 뵈니	穿花見粉牆
돌다리 가로질러 물 건너세요.	渡水橫略彴
술병에는 푸른 실이 매여 있고	青絲繫玉壺
작은 통서 진주 방울 떨어집니다.	小槽眞珠滴
한 말 술값 만 전²⁹²에 해당한다고	一斗當十千
손님에게 술값을 부풀릴걸요.	對客誇數錢
어찌 길 물을 사람 없을까마는	豈無問路者
오가는 건 대부분 애들입니다.	往來多少年
봄 비둘기 지붕에서 울고 있으며	春鳩屋上鳴
한 쌍 제비 숲 속을 날아다녀요.	雙燕林間飛
그대 말의 굽에서 향기가 나니	知君馬蹄香
오늘 꽃잎 땅에 진 줄 알 수 있어요."	今日花成泥
술맛이 어떠냐고 물어보아도	客問味何如
머리를 흔들면서 대답 못하네.	搖首不肯語
"저는 아직 술맛은 본 적이 없고	童子不食酒
술집이 있는 곳만 들었답니다."	但聞酒家處

---

292. 한 말 술값 만 전　이백의 「행로난」(行路難) 첫 구절, "금 항아리 좋은 술 한 말〔斗〕에 십천 전 (十千錢)이요, 옥쟁반 진수성찬 만 전의 값이로다"(金樽淸酒斗十千, 玉盤珍羞直萬錢.)에서 가져온 표현이다.

고향으로 돌아가라는[293] 전교를 엎드려 읽다. 계해년(1803) 2월 6일 밤에 伏讀放逐鄕里傳敎 癸亥二月初六日夜

다행히 어진 임금 사면 얻으니	幸被宣仁赦
나는야 원우(元祐) 연간 사람[294] 같구나.	吾猶元祐人
풍모 응당 장횡거[295]엔 못 미치거니	風應非子厚
안민(安民)의 비석[296]이 부끄럽구나.	石自愧安民
봄풀에 고향 가는 꿈에 젖으니	春草當歸夢
하늘꽃 이 몸에 물들지 않네.[297]	天花不染身
천 리 밖 고향땅 산천의 빛도	家山千里色
지금쯤 한 번 더 새롭겠구나.	又是一番新

293. 고향으로 돌아가라는 조선 시대 벼슬을 떼어 내고 고향인 시골로 내쫓는, 귀양보다 한 등급 가벼운 형벌을 방축향리(放逐鄕里)라 하였다.

294. 원우 연간 사람 원우(元祐)는 송나라 철종(재위 1086~1093)의 연호다. 당시 송나라 조정에서는 사마광·소동파 등의 구당파와 왕안석이 주도하는 신당파 사이에 정쟁이 치열하였다. 초기에는 신당파가 승리하여 구당파 일원들이 유배되었다가, 곧이어 왕안석이 몰락하면서 다시 정계에 복귀하였다. 당시 구당파의 일원이었던 소동파에 자신을 견주고 있는 것이다.

295. 장횡거 원문의 자후(子厚)는 연우 연간의 학자 장재(張載)의 자다.

296. 안민의 비석 송나라 희녕(熙寧) 연간에 채경(蔡京)이 「원우당인비문」을 쓰고 돌에 새기게 하였다. 상안민(尙安民)이 거기에 동원되었으나 비문 말미에 자기 이름을 새기지 않도록 사정하였으니 당시 사람들이 그를 의롭게 여겼다.

297. 하늘 꽃~물들지 않네 법회 중에 한 천녀(天女)가 하늘꽃〔天花〕을 여러 보살에게 흩뿌렸다. 꽃이 다 바닥으로 떨어졌는데, 대제자(大弟子)에게 닿은 꽃은 달라붙어 떨어지지 않았다. 천녀가 말하기를 "번뇌의 해탈이 미진하기 때문에 꽃이 몸에 달라붙는 것이다"라고 했다 한다. 『유마경』(維摩經)에 나온다. 이미 번뇌가 없어졌음을 말한 것이다.

한희안의 행화산당에 韓〔希顏〕杏花山堂

호산에도 또한 꽃이 있으며	胡山亦有花
수주(愁州)에도 역시나 선비가 있네.	愁州亦有士
꽃 소식 아득하니 봄은 이르고	花遠不成春
선비는 곤궁하여 몸을 숨겼네.	士窮甘自晦
독서는 남들에게 양보 않지만	讀書不讓人
다만 과거를 보지 않을 뿐.	但不赴擧耳
고향에서 벼 심어 거둬들이어	種稻劚生地
산골에서 홀어머니 봉양하누나.	窮山養偏母
관청 양식 다행히 먼저 갚아서	官糴幸先輸
채찍질의 수모는 면하였구나.	庶免鞭扑恥
바라는 건 서리 빨리 내리지 않아	但願無早霜
새 밭에 풍년이 드는 것일세.	新田歲其有
해 질 녘 몸을 씻고 돌아와서는	日暮盥濯歸
초당에서 호탕하게 노래 부른다.	浩歌草堂裏
개울 앞에 살구나무 줄지어 섰고	溪前列紅杏
방아 아랜 맑은 물 휘돌아가네.	碓下環碧水
숲 헤치며 꿩들을 불러들이고[298]	穿林喚雉媒
통발 열고 고기를 잡아들이네.	開罧取魚婢
강등이 타들어 감 여러 차례요	穅燈跋輒屢
갈대 붓으로 아이에게 시험을 뵌다.	荻筆課兒子
하궤(荷蕢) 마음[299] 지닌 건 아니지만은	雖非荷蕢情
장저 걸닉 밭일[300]은 할 수 있다네.	眞堪沮溺耦

---

298. 꿩들을 불러들이고 원문의 치매(雉媒)는 사람이 꾀어 들여 길들인 꿩을 말한다.

삼대의 백성들을 생각해 보니	緬思三代民
괴롭고 고달픔이 이같았으리.	辛苦悉如此
이 사람 누가 감히 업신여기랴	斯人孰敢侮
무리들 놀라움이 그치지 않네.	衆驁方未已
들 흙먼지 의관에 묻어 있어서	野色上衣冠
사람들 비웃지만 난 그러잖네.	人笑卬獨否
붉은 꽃들 눈앞에 가득하지만	邊花滿眼紅
그대 집 가까워도[301] 보지 못하네.	相思室則邇
어찌 이틀 유숙함만 기약하리오	詎但期信宿
천 리 밖서 닭을 잡고[302] 기다리리라.	鷄黍候千里

한희안의 행화촌당에 쓰다 4수 題韓〔希顏〕杏花村堂 四首

1

| 아득하게 물길이 다한 이곳은 | 漠漠水窮處 |
| 봄과 여름 사이가 아름답구나. | 懷哉春夏交 |

---

299. 하궤 마음 공자가 위(衛)에 있을 때, 삼태기를 멘 사람〔荷蕢者〕이 문 앞을 지나가며, 공자가
세상을 건지려고 다니는 것을 조롱하였다. 은사(隱士)의 마음을 뜻한다. 『논어』에 보인다.
300. 장저 걸닉 밭일 저는 장저(長沮), 닉은 걸닉(桀溺)으로, 중국 춘추전국시대 초야의 은사(隱士)
로 시골에서 농사를 짓고 살았다. 『논어』에 보인다.
301. 그대 집 가까워도 원문의 실칙이(室則邇)는 집은 가까우나 그 사람을 생각할 뿐 볼 수 없다
는 의미다. 『시경』 「동문지선」(東門之墠)에 보인다.
302. 닭을 잡고 원문의 계서(鷄黍)는 닭을 잡고 기장밥을 지어 정성껏 손님을 접대한다는 것으로,
『논어』에 보인다.

송홧가루 바둑판에 날리어 오고　　　　　　松花吹博局
새털은 책상 위에 떨어지누나.　　　　　　　鳥毳落書巢
늙어 감을 그 누가 막을 수 있나　　　　　　老去誰能挽
한가해진 여유를 버릴 수 없네.　　　　　　　閒來不可抛
사람들 모습 이미 변하였으니　　　　　　　　都人容已改
만나거든 서로들 비웃지 말게.　　　　　　　邂逅莫相嘲

2

구름 낀 산 모습도 좋아하지만　　　　　　　雲山非不好
나는야 한 농부를 사랑한다네.　　　　　　　自愛一農人
이틀 밤 돼지고기[303] 차려 놓고서　　　　　信宿三毛飯
상산 사호(四皓)[304] 이웃을 모셔 왔다네.　　　招邀四皓隣
날리는 꽃 나막신 굽 뒤따라오고　　　　　　飛花隨屐齒
지는 달 술잔 속에 이르렀구나.　　　　　　　落月到杯巡
귀한 것은 무언의 설법이러니　　　　　　　　所貴無言說
오로지 정취만이 참될 뿐이네.　　　　　　　惟應氣味眞

3

동쪽 골에 꽃 언덕 가꾸어 놓고　　　　　　東谷栽花塢
서편 들엔 기장을 심어 놓았네.　　　　　　西原種秫田
산 너머 푸른 봉우리 둥실 떠 있고　　　　　隔山浮綠髻
한 움큼 물 푸른 하늘 담고 있구나.　　　　勺水逗靑天

---

303. **돼지고기**　　원문의 삼모(三毛)는 돼지를 가리킨다. 『설문해자』에서는 '저'(豬)를 풀이하기를,
한 구멍에서 세 가닥 털이 난 짐승이라 하였다. 일설에는 멧돼지라고도 한다.
304. **상산 사호**　　진(秦)나라와 한(漢)나라가 교체될 무렵, 상산(商山)에 은거해 살았던 네 명의 노
인이다. 한의 유방(劉邦)에게 나아가 치세의 방도를 알려 주었다.

게을러 봄 가는 것 깜짝 놀라서 　　　　習懶驚春暮

다니며 읊조리니 변방도 좋네. 　　　　行吟愛地偏

그대는 농사지어 먹고사는데 　　　　爲君能食力

나는 「벌단」(伐檀)³⁰⁵ 편을 노래하누나. 　　　一詠伐檀篇

4

한가로이 여유롭게 걸음 옮기니 　　　　汗漫成幽步

하늘 끝에 일 없는 늙은이로다. 　　　　天涯無事翁

먼 곳 노닒 그런대로 즐길 만하니 　　　遠遊殊可樂

유배지의 생활도 곤궁치 않네. 　　　　一謫果非窮

어량³⁰⁶에 비 내리자 도롱이 쓰고 　　　戴笠魚苗雨

녹시(鹿柴)³⁰⁷에 바람 불어 낫 허리 찼네. 　腰鎌鹿柴風

그 옛날 살구 심은 늙은이께서³⁰⁸ 　　翻疑種杏叟

수서의 동편으로 세상 피한 듯. 　　　避世水西東

---

305. 「벌단」　『시경』 위풍(魏風)의 편명이다. 조정의 관원이 아무런 공도 세우지 못한 채 국록만 축내는 것을 풍자한 시다.

306. 어량　원문의 어묘(魚苗)는 양어하기 위해 넣어 두는 새끼 고기, 즉 씨고기를 말한다. 여기서는 어량을 말하는 것으로 보인다.

307. 녹시　사슴 울짱으로, 당나라 시인 왕유(王維)가 머물던 별장 망천(輞川)의 한 지명이다.

308. 살구 심은 늙은이께서　당나라 백거이(白居易)가 3년 임기의 충주자사(忠州刺史)로 부임한 뒤 "앞으로 충주에서 보내야 할 3년 세월, 복숭아며 살구 심어 꽃이나 볼까 하오"(忠州且作三年計, 種杏栽桃擬待花.)라는 구절의 시를 지었다(『백낙천시집』白樂天詩集 권18 「종도화」種桃杏). 살구 심은 늙은이는 백거이를 가리키는 것으로 보인다.

나의 삶 自題

은자들은 본디부터 변방을 즐겼으니　　　　　隱淪元自樂邊荒
종남산의 왕유 초당 부러워 아니했네.　　　　不羨終南舊草堂
〈귀거래도〉 그림 풍경 모습이 변했으니　　　歸去來圖成變相
달빛 속에 살구꽃 핀 이곳은 타향일세.　　　　杏花明月是他鄉

아정 이덕무의 편지를 읽고 讀雅亭小牘

청장관이 생전에는 나는 새와 같았는데　　　　靑莊現世如飛鳥
한순간 사라지고 푸른 하늘 아득하네.　　　　　閃鑠無痕碧天杳
그 누가 허공 좇아 그 모습 기억할까　　　　　誰從空裏記形聲
너울너울 떨어진 깃 그것으론 알 수 없네.　　　落羽婆娑證不了
갑자기 손을 놓고 낭떠러지 떨어지니[309]　　　忽然撒手落懸厓
귤껍질 매미 허물[310] 모두 함께 사라졌네.　　橘皮蟬殼同消摩
구름 지금 스쳐 가도 말을 할 수 없으니　　　　雲今過眼說不得
옛 구름에 묻는다면 그대는 어떠한가.　　　　　若問古雲如君何
황금도 주조하고 비단도 짤 만하니　　　　　　黃金可鑄絲可繡

---

309. 갑자기~떨어지니　　송나라 승려 도천(道川)의 시 가운데 "나뭇가지 붙잡음은 기이타 할 수 없고, 벼랑에서 손 놓아야 진정한 장부일세"(得樹攀枝未足奇, 懸崖撒手丈夫兒.)에서 가져온 표현이다. 이덕무가 갑작스레 세상을 뜬 것을 두고 한 말이다.

310. 귤껍질 매미 허물　　이덕무는 생전에 귤의 껍질과 매미 허물에서 빌려 와 선귤당(蟬橘堂)이란 호를 쓴 적이 있다. 이덕무가 죽었음을 말한 것이다.

두 마리 모기로써 우주를 경영하네.　　　　　　兩個蚊蚊經宇宙
「이십일사탄사」(二十一史彈詞)[311]의 소리는　　二十一史彈詞聲
싸늘하여 악기 붙여 소리 내지 못하누나.　　　冷冷不假絃指鳴
물가의 붉은 버들 버들개지 토했으며　　　　　沿邊赤楊已吐絮
가는 비늘 붉은 고기 푸른 물 거스르네.　　　細鱗紅魚淸水泝
두만강 물가에는 봄날이 저무는데　　　　　　豆滿江頭春暮時
굽은 물에 잔 띄우던 그곳과 같지 않네.　　　不似流觴曲水處

봄날을 보내며 강가에 나와, 소동파의 운에 차운하다
送春日出江上 次坡韻

푸른 노을 어느새 마을에 걸려 있고　　　　　碧霞無端橫半村
불함산(백두산)의 기운은 찬란하게 흐르누나.　不咸山氣流魂魂
물속 작은 고기 그림자 잘 피하니　　　　　　河中小魚善避影
그물에는 황혼 빛만 아름답게 실렸구나.　　　數罟巧取乘黃昏
고달픈 아낙네들 모두들 맨발인데　　　　　　佻佻士女盡跣足
곡식 씨 뿌릴 뿐 뜰엔 꽃도 없구나.　　　　　但知種粟無花園
이웃 노인 손을 잡고 애써 봄날 보내는데　　提携隣老强送春
버들개지 떨어진 곳 바람은 따스하네.　　　　落絮多處風微溫

311. 「이십일사탄사」　　명나라 양신(楊愼)이 지은 악곡 가사로, 고대부터 송원 시기에 이르기까지 국가의 중대한 일에 관한 사적을 쓰고 거기에 곡을 단 것이다. 『국역청장관전서』 제4책 190쪽에 관련 기사가 있다.

삼 년을 자리 떠나 바보가 되었지만   三年破坐作癡悧

병든 눈에 호탕하게 아침 해가 비치누나.   病眼浩蕩羞朝暾

장부가 황하 근원 궁구하지 못하고서   丈夫不能窮河源

죽장 끌고 토문(土門) 올 줄 생각이나 했으리오.   豈意曳杖來土門

노구솥에 불 지펴 붉은 기장밥을 짓고   行鍋吹火餉赤粱

익숙하게 들은지라 사투리도 웃기잖네.   慣聽不復嘲方言

좁은 길 방초는 자리다툼 아니하니   一蹊芳草不爭席

화락한 옛 풍속엔 귀천이 따로 없네.   熙熙古俗無卑尊

사월 초파일 저녁에 燈夕

등불 저자 온 집들 기뻐하면서   燈市千家喜

석가가 태어난 날 장대 세우네.[312]   呼旗佛日晴

맛있는 물고기로 서시유[313] 있고   嘉魚西子乳

초승달은 좌구명의 눈과 같구나.[314]   新月左邱明

도화석에 잔치를 베풀어 놓고   侍醼桃花石

---

312. **석가가~세우네** 4월 8일의 연등(燃燈)은 속설에 "석가여래의 생일이라" 한다. 봄이 되면 아이들이 종이를 베어 기(旗)를 만들고, 어물의 껍질을 벗겨 북을 만들어 서로 다투어 무리 지어 동네를 돌아다니며 연등 도구를 얻어 모으는데, 이름을 '호기'(呼旗)라 한다. 이날이 되면 집집마다 장대를 세우고 등을 단다. 부호 집에서는 채붕(彩棚)을 설치하고, 층층에 야단스럽게 등을 달아 마치 하늘에 별을 벌여 놓은 것 같았으며, 사람들이 밤새도록 구경하며 놀았는데, 무뢰배 소년들은 혹 쳐다보고 돌을 던지면서 즐거워한다. 성현의 『용재총화』에 보인다.

313. **서시유** 하돈(河豚: 복어)의 뱃속에 있는 흰 부분을 말한다. 이 흰 부분이 서시의 젖가슴에 비유되었기에, '서시유'(西施乳)라고 한다. 봄철에 매우 맛이 좋다.

세류영에 소리 기생 불러 모았네.　　　　　　　徵歌細柳營

견디지 못할 손, 화표주 아래　　　　　　　　　不堪華表底

학 울음 질펀하여 서로 놀라는 걸세.　　　　　鶴語漫相驚

단오 端陽

단오에 내리는 비 하늘 끝에 부슬부슬　　　　天涯颯颯端陽雨

5월의 추위에 객의 마음 스산하다.　　　　　　客裏僗僗五月寒

삼십 년 전 오늘의 조짐이 있었으니　　　　　三十年前今日讖

서울의 옛 추억을 견디기가 어렵구나.　　　不堪回首憶長安

수항루 受降樓

찬바람 올라타고 빈 누각 올라서서　　　　　冷風挾挾上空樓

청천에 고심하며 원유 노래 지어 보네.　　搔首靑天賦遠遊

푸른 나무 평평하게 땅 아래 펼쳐졌고　　碧樹平鋪皆地底

붉은 계단[315] 애를 쓰니 장대 끝에 오름 같네.　丹梯努力是竿頭

---

314. 초승달은~같구나　좌구명은 한쪽 눈을 실명한 후에 『국어』(國語)를 쓰기 시작했다고 한다.
여기서는 초승달 밤의 밝기가 한쪽 눈을 잃은 좌구명의 시력과 같음을 비유한 것이다.

변방 정책 요행히 남의 땅 됨 면하였고　　邊籌幸免覊縻郡
옛 자취는 오히려 큰 고을이 되었구나.　　古蹟猶爲磊落州
높은 곳서 잠깐 동안 궁궐을 생각하니　　玉宇移時高處想
큰 강에 지는 해가 시름 솟게 하는구나.　　長河落日㳽生愁

지독한 가뭄 苦旱

날마다 비 내리지 않음 아니나　　日日非無雨
후두둑 몇 방울로 속일 뿐이네.　　蕭蕭數點欺
비둘기 헛되이 짝을 불러도　　拙鳩空喚婦
끊어진 무지개에 짝 못 이루네.　　斷霓不成雌
보리밭엔 물결도 사라져 가고　　麥翠消殘浪
먼지바람 뜨겁게 끼쳐 오누나.　　塵黃裏熱吹
어지러운 구름은 천만 겹인데　　亂雲千萬疊
그 누가 이것으로 장맛비 낼까.　　誰是作霖姿

315. **붉은 계단**　원문은 단제(丹梯). 신선 세계로 진입하는 붉은 계단을 뜻한다.

의허루[316] 倚虛樓

먼 옛날 변방 고을 장대를 쌓을 적에	憶昔雄邊築將臺
팔각의 삼층 누각 성 모퉁이 차지했지.	八稜三級壓城隈
부도의 그림자가 허공에 아득하고	中天有影浮圖逈
뿌리 없는 연꽃이 물 위에 피어난 듯.	出水無根菡萏開
홍교(虹橋)는 걸음 따라 사라질까 겁나고	只怕虹橋隨步滅
신기루는 사람을 끌어갈까 의심나네.	翻疑蜃市攝人來
세울 때는 모두 다 번호의 힘 빌렸는데[317]	權輿用盡番胡力
오늘의 슬픈 정황 어떻게 알았으리.[318]	今日寧知杼柚哀

저녁 산책 夕步

여린 나비 수풀에 기대어 앉고	弱蝶依叢薄
사람은 풀벌레에 되우 놀라네.	驚人復草蟲

---

316. 의허루   함경도 함흥부(咸興府)에 있는 누각이다. 『신증동국여지승람』 권48에 관련 기사가
있다.
317. 세울~빌렸는데   원문의 권여(權輿)는 사물의 시초를 뜻한다. 저울을 만들 때는 저울대〔權〕
를 먼저 만들고, 수레를 만들 때는 수레의 판자〔輿〕부터 먼저 만드는 것에서 유래한 말이다. 번호
(番胡)는 조선 조정에 조공하며 합법적으로 무역을 하던 여진족들을 일컫는다.
318. 오늘의~알았으리   『시경』 소아의 「대동」(大東)에 "작은 것도 동쪽이요 큰 것도 동쪽이니, 베
틀이 모두 다 텅 비었구나"(小東大東, 杼柚其空.)라는 구절이 있다. 백성들의 삶이 곤궁함을 말한
것이다. 여기서는 번호들의 힘을 빌려 의허루를 지었는데, 이제는 여진족이 중원을 차지하여 조
선이 반대로 그들에게 조공하게 된 역사적 상황을 말한 것이다.

땅이 짜니 상추 잎에 자줏빛 돌고	地鹹萵葉紫
하늘이 가물자 달도 붉구나.	天旱月輪紅
게으르니 서울 생각 잊혀져 가고[319]	懶欲忘西笑
서늘하니 북풍의 꿈 생각나누나.	涼思畫北風
짧은 시 읊조림은 쉬이 다하니	小詩吟易盡
누구와 더불어서 거닐 것인가.	散步與誰同

오두마니 兀兀

조는 듯 오두마니 앉아 있는데	兀兀長如睡
해진 발에 쇠한 얼굴 비치는구나.	衰顏映破簾
나고 듦 어디에도 꾸밈이 없고	行藏看白賁
계절의 차례는 한여름일세.	時序屬朱炎
핍진한 사귐 모두 끊어졌으니	偪側交俱絶
조잘대는 비방 소리 섞이어 오네.	啁啾謗或兼
평생을 강해(江海)에 뜻 두었건만	平生江海志
앞길은 어찌 될지 점칠 수 없네.	前路不須占

---

319. **게으르니~잊혀져 가고**　원문의 서소(西笑)는 서울을 그리워함을 뜻한다. 한나라 환담(桓譚)이 지은 『신론』(新論)의 「거폐」(袪弊)에 "사람들이 장안의 음악을 들으면 문을 나가 서쪽으로 장안을 향해 웃고, 고기가 맛이 좋으면 푸줏간 문을 마주 보며 씹는다"라고 한 구절이 보인다.

객사 잡절 13수 旅次雜絶 十三首

1

청산이 다하는 곳 본디 우리 땅이거늘　　　　青山盡處本吾邦
수항루라 남은 이름 부끄럽기 그지없네.[320]　慚愧樓名尙受降
모르겠네, 그 사이 변경 정책 어땠는지　　　不識中間經略意
큰 강 국경 삼지 않고 지류로 나누었네.[321]　幹江不限限枝江

2

흉노는 연지(燕支) 잃고 목 놓아 울었는데[322]　匈奴慟哭失燕支
월강 금지[323] 당당하니 누구를 한하리오.　江禁堂堂欲恨誰
이같은 백성 사정 헤아려야 마땅하니　　　恁地民情須闊狹
삼사에 안건 넘겨 토론케 해야 하리.[324]　儘教言議付三司

---

320. 수항루라~그지없네　수항(受降)이란 이름은 선초에 변경을 침입한 야인(여진족)에게서 항복을 받았다 하여 붙여진 것인데, 지금은 오히려 그 여진족이 중원을 차지하고 조선은 그 영향권에 들어 있음을 부끄럽다고 말한 것이다.

321. 큰 강~나누었네　1712년 이후 조·청 국경선은 백두산정계비의 토문(土門)을 무엇으로 보는가에 따라 논란이 많았다. 여기서는 송화강(松花江)이 아니라 두만강을 국경으로 삼게 된 사정을 말한 것으로 보인다.

322. 흉노는~울었는데　연지(燕支)는 흉노 영토에 있던 산 이름이다. 흉노는 목축에 좋은 기련(祁連)과 화장 도구 연지가 나는 연지(燕支) 두 산을 잃고, "기련산을 뺏겼으니 우리 가축 기르지 못하겠고, 연지산을 잃었으니 우리네 아낙들 예쁜 얼굴 사라졌네"라 노래했다는 이야기가 『서하고사』(西河故事)에 전한다.

323. 월강 금지　청조는 백두산 일대 자신들의 발상지를 봉금하고 조선인들의 사사로운 월강을 금했다. 그럼에도 불구하고 북관의 주민들은 산삼을 채취하고 농사를 짓기 위해 끊임없이 강을 건너 양국 간에 외교 마찰이 일었다. 조정에서 대책을 논의해야 하는 사정을 말하였다.

324. 삼사에~해야 하리　삼사(三司)는 조선 시대 언론 기관인 사헌부·사간원·홍문관 세 부서를 가리킨다. 북변의 월강 문제를 국가 차원에서 중요한 의제로 다루어야 함을 말한 것이다.

3

차 없고 그림 없고 향도 하나 없는데
까막까치 찾는 소리 고향과 똑같구나.
우스워라, 제비들 시골이라 더욱 많고
가슴 깃[325]은 십 년 입은 빛바랜 치마 같네.

無茶無畫復無香
烏鵲尋聲語必鄉
可笑玄禽村更甚
紅襟渝似十年裳

4

여름옷을 다림질해 절로 누런빛을 띠고
구름 같은 삼단 머리 새벽 다리 아래서 감네.
봉선화 한 송이도 찾아볼 수 없으니
무얼 보고 계절이 여름인 줄 알겠는가.

生衣熨取自然黃
膩髮堆雲曉沐梁
不有鳳仙花一朵
眼中那得識朱陽

5

닭 부를 때 정말로 '주주' 하는 소리 내고[326]
나무꾼은 악보 없이 콧노래를 부르누나.
전가의 새 월령가 기록하여 둔다면
참깨꽃 떨어질 때 수수에 수염 나리.

鷄翁眞箇喚朱朱
樵子無腔作鼻謳
記取田家新月令
芝麻花落黍生鬚

6

울 아래 텃밭에다 상추를 심었는데
잎들이 우거져서 꽤 많이 따 먹었네.
뉘 알까, 더 있으면 빗자룬 양 높이 자라

種得籬根半畝萵
離離繁葉摘還多
誰知老大高如帚

---

325. **가슴 깃**   원문의 홍금(紅襟)은 제비 앞가슴의 붉은 깃털을 가리킨다.
326. **닭 부를 때~소리 내고**   원문의 주주(朱朱)는 닭을 부르는 소리이고, 닭의 별칭이기도 하다.
속설에 닭은 주공(朱公)이 죽어 변한 짐승이기 때문에 그렇게 불렀다고 한다.

떨기를 따고 나면 작은 국화 되는 것을.　　　　叢碎都成小菊花

7

상추 잎 열 몇 쌈을 맛있게 먹었으니　　　　萵苣饞吞十數丸
난간 위로 거여목 웃자라게 말아야 해.[327]　　不須苜蓿上欄干
오이와 보리 맛은 예전과 꼭 같은데　　　　瓜情麥味都如昨
궁궐에서 반사하신 준치만 빠졌도다.　　　　只欠鰣魚內府頒

8

아주까리 마디마디 누에와 똑같고　　　　蓖麻肢節老蠶同
비 맞은 잎 연잎 같고 오동잎도 비슷하다.　　雨葉疑荷復似桐
씨 맺으면 곧이어 푸른 가시 나오는데　　　結子居然成綠刺
그림 속 고송을 마주한 것 같다네.　　　　忽如畫裏對高松

9

둥둥둥 굿판 소리 이웃을 괴롭히며　　　　鼕鼕巫鼓惱比隣
춤과 노래 언제나 밤낮없이 이어지네.　　　恒舞恒歌夜繼晨
길 위에도 남은 소리 이따금 울리나니　　　道上遺音時宛轉
아이들 반 이상이 굿거리를 배우누나.　　　兒童强半學跳神

10

파리는 몸에 붙어 잠 못 들게 방해하고　　　蠅子黏人睡不成
모기는 예(禮)를 몰라 소리 먼저 내는구나.　　蚊非知禮亦先聲

---

327. 난간 위로~말아야 해　거여목은 콩과의 두해살이풀로, 말이 좋아하여 말의 대칭으로 쓰기도
한다. 여기서는 그 풀이 높이 자라도록 내버려 둘 수 없다는 뜻으로 풀었다.

꿀벌은 꼬리 들고 건방지기 짝이 없고　　　　　玄蜂掀尾驕橫甚

사냥 끝낸 거미는 벽을 타고 옮겨 가네.　　　　蟄倒蜘蛛曳壁行

11

북관 사람 밭에는 모두 담배 재배하니　　　　　北人園圃悉耕菸

흡연 풍속 흘러내려 이백 년이 되었구나.　　　　火飲流傳二百年

왜인 얘기 들어 보면 사리풀[328]인가 싶고　　　　聞說倭人疑莨菪

나함(羅含)[329]의 책 밖에 있는 말임이 분명하다.　　羅含狀外獨犁然

12

수주의 계집아이 눈물이 끊이잖네　　　　　　　愁州兒女淚如絲

베틀에서 누굴 위해 노오란 베를 짰나.　　　　機上鶯黃織向誰

보름의 고생 끝에 겨우 한 필 짜 냈지만　　　　半月辛勤成一匹

지아비 그걸 들고 서울로 가 버렸네.　　　　枉敎夫壻上京師

13

의관이 간소하여 분명치가 않으니　　　　　　　衣冠大約不分明

문자에 어찌 능히 모범이 있으리오.　　　　　　文字那能有典刑

시골 인재 천거하는 전통 없음 한숨짓네[330]　　太息賓興無續錄

선왕께선 만 리 밖도 뜰처럼 보셨거늘.　　　　先王萬里視階庭

---

328. 사리풀　원문은 낭탕(莨菪). 가지과에 속하는 일년 또는 이년초 식물. 잎이 긴 타원형이다. 잎과 씨에 독성이 있어 마취제로 쓰인다.

329. 나함　진(晉)나라 때의 문장가다. 어릴 때 화려한 새가 입에 들어오는 꿈을 꾸고 훌륭한 문장가가 되었으며, 뒤에 벼슬에서 물러나 돌아오자 집 섬돌에 갑자기 난초와 국화가 피었다는 등의 많은 일화가 전한다.

330. 시골~한숨짓네　원문의 빈흥(賓興)은 주(周)나라 때 향음주례(鄕飮酒禮)를 가지고 인재를 천거하는 방법이다. 북관 지역의 인재를 천거하는 방법이 없음을 탄식한 것이다.

수주[331]의 나그네 노래 79수 愁州客詞 七十九首

1

6월에야 불함산(不咸山)[332] 정상에서는 　　　六月不咸頂

큰 못의 얼음이 비로소 녹네. 　　　大澤氷始解

동쪽 지맥 일본으로 감춰져 있고[333] 　　　東脈隱日本

서편 사막 발해를 감싸고 있네.[334] 　　　西砂包渤澥

2

북극성 하늘 높이 솟아 있으니 　　　北極出地高

사십육도 바로 위에 자리했다네. 　　　四十六度強

해좌의 사향[335] 자리 나라이면서 　　　亥坐巳向國

목조 익조 도조 환조 고향이라네. 　　　穆翼度桓鄉

3

네모난 성 사방으로 몇 리나 되고 　　　方城方數里

가운데에 삼층의 누대가 있지. 　　　中有三層樓

---

331. **수주** 　함경도 종성으로 본디 고구려의 영토였는데, 여진이 비어 있는 틈을 타서 들어와 살면서 수주라 칭하였다. 원래 수주는 두만강 밖에 있던 땅이다.

332. **불함산** 　백두산의 다른 이름으로, 『산해경』에 보인다.

333. **동쪽~감춰져 있고** 　백두산의 지맥이 일본으로 뻗어 갔다는 말은 18세기 지식인들에게서 널리 통용되었던 듯하다. 『택리지』「복거총론 — 산수」(卜居總論山水)와 『성호사설』권1「천지문, 백두정간」(天地門 白頭正幹) 등에 그러한 발언이 보인다.

334. **서편~있네** 　서편 사막[西砂]은 백두산 동쪽으로 넓게 펼쳐진 요동 지역을 가리킨다. 이 요동 지역이 서편으로 치달아 발해를 감싸고 있는 형국을 말한 것이다.

335. **해좌의 사향** 　해방(亥方: 서북과 북의 사이)을 등지고 사방(巳方: 동남)으로 향한 자리로, 우리나라 지형이 해좌사향이다.

호산이 지는 해를 가로막으니   胡山遮落日

어느 곳서 중국 땅[336] 바라볼거나.   何處望神州

4

귀양 온 사람이 없었더라면   不有謫來人

이 땅에서 시부가 어이 나오랴.   詩賦寧地出

그러나 난 『몽구』에 부끄러우니   而我慚蒙求

공령문의 기술을 못 배웠구나.[337]   不學功令術

5

하인이 책상을 빌려 왔는데   從人借策床

삐걱거림 마치도 노 소리 같네.   雅軋如柔櫓

손에는 우미불을 쥐고 있지만   手持牛尾拂

왕이보(王夷甫)[338]의 품격엔 부끄럽구나.   自愧王夷甫

6

객수는 가의와 같지 않지만[339]   羈愁非鵩賦

---

336. **중국 땅** 신주(神州)는 중국 사람이 그들의 나라를 일컫는 말이다. 『사기』「맹자전」에 "추연 (鄒衍)이 중국을 적현신주(赤縣神州)라 했다"는 말이 있다.

337. **그러나~배웠구나** 종성은 국토의 북쪽 끝으로, 조선조의 대표적인 유배지의 하나였다. 유희 춘(柳希春, 1513~1577)은 1547년 양재역(良才驛) 벽서 사건에 연루되어 제주도에 유배되었다가 곧 종성에 안치되었는데, 여기서 19년을 보내면서 독서와 저술에 몰두하였다. 당시 이 지역에는 글 을 아는 사람이 적었는데, 그가 교육을 베풀어 글을 배우는 선비가 많아졌다. 특히 그는 유배 기간 에 『속몽구』(續蒙求)를 저술하였다고 한다. 자신은 공령문을 제대로 못 배워 유희춘이 했던 것처 럼 『속몽구』 같은 저술도 짓지 못했다는 의미다.

338. **왕이보** 중국 위진 시대의 왕연(王衍)이다. 죽림칠현 가운데 한 사람인 왕융(王戎)의 사촌 동 생으로, 노장 사상에 깊이 빠져 명예와 이익을 떠난 맑고 고상한 이야기를 즐겼다고 한다. 우미불 은 쇠꼬리로 만든 먼지떨이다.

오대시안(烏臺詩案)³⁴⁰ 아직도 남아 있구나.　　　　詩案尚烏臺

짐승 소리에 파수병 말 황급해지니　　　　　　　獸聲哨馬急

파발꾼³⁴¹ 오는 줄을 알 수 있겠네.　　　　　　　知道撥軍來

7

한씨 집서 살구를 보내왔는데³⁴²　　　　　　　　韓家貽杏子

까마귀 머루는 부계서 나네.³⁴³　　　　　　　　蘡薁出涪溪

나그네 신세라 별 게 없어서　　　　　　　　　旅況無多子

담뱃대로 한 마리 닭 바꾸는구나.　　　　　　　煙杯易一雞

8

흙벽이라 도배를 한 집 적은데³⁴⁴　　　　　　　土壁少糊紙

---

339. 객수는~않지만　원문의 복부(鵩賦)는 한나라 가의(賈誼)가 지은 「복조부」(鵩鳥賦)다. 가의가 장사에 폄적(貶謫)되어 있을 때 한번은 복조(鵩鳥)가 방으로 들어왔다. 세속에서는 복조, 즉 올빼미를 불길한 새로 여겼으므로 가의도 자신의 신세를 한탄하며 부를 지어 스스로 마음을 달랬다.

340. 오대시안　북송 때 장돈(章惇)·채경(蔡京) 등이 소동파(蘇東坡)가 지은 시(詩)를 지적하여 이것은 국가의 어느 일을 비방한 시요, 저것은 어느 일을 비방한 것이라고 일일이 지적하여 만든 죄안이다.

341. 파발꾼　원문의 발군(撥軍)은 파발꾼이다. 급한 공문을 전달하기 위해 각 역참에 배치되어 있는 말을 발마(撥馬)라 하고, 이 발마를 타고 전달하는 사람을 발군(撥軍)이라 했다.

342. 한씨 집서~보내왔는데　한씨는 앞에 나온 「제한희안행화촌당」(題韓希顔杏花村堂)에 나오는 한희안을 가리키는 것으로 보인다. 17세기 말 이 지역에는 송시열의 제자들이 유배되면서 문풍이 일기 시작했는데, 그 제자 중 일맥이 한세양(韓世襄, 1656~1725)·한몽린(韓夢麟, 1684~1762)·한몽필(韓夢弼, 1699~1782)로 이어지는 한씨 가문이다. 한희안은 몽린·몽필 형제의 아랫대 정도가 아닐까 한다. 한씨 가문에 대해서는 장유승, 「17~18세기 함경도 지역의 문집 편찬과 서적 간행」, 『서지학보』 27(한국서지학회, 2003. 12) 참조.

343. 까마귀~나네　원문의 영먹(蘡薁)은 머루다. 『시경』 「빈풍, 칠월」에 "6월엔 돌배와 머루 따 먹네"(六月食鬱及薁.)란 구절이 있다. 종성에서도 부계(涪溪)는 서원이 있을 정도로 문풍이 높은 곳이었다. 그렇다면 1구 한씨 집에서 나누어 준 행자(杏子)는 공자가 강학했던 행단(杏壇)을, 영먹은 『시경』을 중의적으로 가리켜, 이 두 지역의 높은 학문 수준을 말한 것으로도 볼 수 있다.

처마 높이 낮은데 시렁은 없네.   矮簷無搭棚

길 무서워 쫓아도 가지 않으니   畏途麾不去

절친한 벗이 바로 파리로구나.   切友是蒼蠅

9

집 지을 땐 반드시 일자로 지어[345]   爲屋必四榮

집 안 부엌 마구간과 마주 본다네.   屋中竈對廐

부뚜막 위에서 즐겨 잠자니   愛從竈上眠

마구간 냄새도 싫어 않누나.   不厭廐中臭

10

밭 가운데 거름을 깨끗이 쓸고   淨刷畦中糞

집 가의 나무들을 모두 베었네.   刈盡屋畔樹

집 안에 그늘질까 염려해서고   院落恐妨陰

채소 뿌리 오염될까 걱정해서네.   蔬根慮受汚

11

방아는 있지만 절구가 없고   有碓而無臼

벼 까부를 땐 체로 키를 대신해.   精鑿籭代箕

---

344. 흙벽이라~적은데   이 지역에는 닥나무가 나지 않아 종이가 매우 귀하여 도배가 쉽지 않았다. 이에 종이 대신 나무껍질 등을 썼으나 방풍이나 보온 효과가 떨어졌다. 「갑민가」에서는 "죠희가 지 귀하니 챵 바른 죠희 보소 / 봇섭질 얇게 이러 더덕귀로 붓첫시니 / 바롬은 막으려니 볏치야 보올소 냐"라 하였다.

345. 집~지어   원문의 영(榮)은 처마 양쪽 끝의 높이 올라간 부분을 말하니, 사영(四榮)은 일(一) 자 가옥을 뜻한다. 일(一) 자 가옥은 함경북도 지방의 전통 형태로, 집 안에 정주간이 있고 부엌과 외양간이 이웃하여 있는 것이 특징이다. 문화재관리국, 『한국민속조사보고서』(1982) 제12책, 222 쪽.

아기에겐 개암나무 열매 먹이고 　　　　　哺兒磕榛子
낭군에겐 개가죽 옷을 입히네. 　　　　　與郎縫狗皮

12

두 손으로 뜨물 찌끼 건져 올려서 　　　　雙手撈泔底
반죽하여 횃대에 바르는구나. 　　　　　糝之鷄立竿
기름 촛불 대신해 불을 붙여서 　　　　　燃火代膏燭
밤늦도록 길쌈을 하고 있구나.³⁴⁶ 　　　　績麻到夜闌

13

길쌈 일 다 말하기 어려웁나니 　　　　　績麻難具陳
올마다 예닐곱 번 손이 가누나. 　　　　　事縷功六七
베 팔러 간 상인 아내 미움 생기니 　　　　生憎布商妻
해마다 수개월씩 이별해설세. 　　　　　年年數月別

14

사슴의 가죽으로 철릭 만드니 　　　　　麋皮作貼裏
궤짝에 담겨 높이 쌓여 있구나.³⁴⁷ 　　　　篋笥傅高層
요즘엔 남녘 상인 북적거리니 　　　　　近日多南販
목화 농사 몇 해 이어 풍년이라네. 　　　　綿花方代興

---

346. 두 손으로~하고 있구나　　이 시는 이 지역 특유의 조명 방법을 시화한 것이다. 홍량호는 「북
새기략」에서 "밀랍이 나지 않으니 삼대와 쑥대에 기장 겨를 발라 불을 붙여 등이라고 한다" 하였
고, 「북지(北地)」라는 시에서는 그 불을 밝혀 삼실을 뽑아낸다고 하였다. 또 「갑민가」에서는 "불
켜는 양 가이업다 익기나무 웅도리나 / 혼발되는 결읍디의 열업시 가로질너 / 덧업시 타는 동안 반
반시도 못 되더라"라고 하였다. 원문 가운데 계립간(鷄立竿)은 횃대인데, 여기서는 불을 붙이는 데
쓰는 가늘고 길쭉한 나무를 말한다.

15

박새는 씨앗을 심지 않아도[348]
해 바뀌면 저절로 돋아난다네.
하물며 다 자라 큰 잎이 되면
가만 앉아 땔감을 쉽게 얻누나.

蔥葵不下種
經歲自能生
況葐成大葉
坐令樵薪輕

16

노란 참새 정수리 붉은 두루미
어울려 동해에서 날아왔구나.
너희가 풍년 소식 알려 주나니
가둬 기름 어이해 원망하리오.

黃雀而丹頂
交交東海來
爲爾報豊稔
籠飽何見猜

17

내게는 초왕벽(楚王癖)[349]이 있는 것일까
허리 가는 오이만 구하는구나.

我有楚王癖
求瓜必細腰

---

347. 사슴의~쌓여 있구나　원문의 첩리(貼裏)는 철릭으로 발음한다. 무관이 입던 공복의 한 가지
다. 직령(直領)으로서 허리에 주름이 잡히고, 넓은 소매가 달렸다. 사슴 가죽으로 만든 철릭은 이
지역의 산물이고, 면화는 남쪽의 산물이다. 남쪽 지방의 상인들이 면화로 사슴 가죽 철릭을 바꾸러
온 정황을 묘사한 것이다. 18세기 중반까지만 해도 국내의 모든 교역은 서울의 시전을 중심으로 이
루어졌지만, 18세기 후반부터는 포천과 양주 등지에서 사상(私商) 활동이 활발해졌다. 종성에 직
접 와서 면화를 팔고 삼베를 사 가는 남쪽 상인들이 많다는 것은, 그 사상 활동의 무대가 육진 지
역까지 확대되었음을 알려 주는 것이라 흥미롭다. 이 시기 상업 활동에 대해서는 고승희, 「18·19
세기 함경도 지역의 유통로 발달과 상업활동」, 『역사학보』 151(1996. 9) 100~101쪽 참조.
348. 박새는~않아도　원문의 총규(蔥葵)는 박새의 다른 이름으로 산총(山蔥)이라고도 한다. 전국
습지에 분포하는 여러해살이풀로, 다 자라면 150센티미터에 이른다.
349. 초왕벽　초나라 때 영왕은 가는 허리를 매우 좋아하여 여자뿐 아니라 조정의 남자들에게도
가는 허리를 요구했다고 한다. 그리하여 온 궁궐의 여인들이 가는 허리를 만들기 위해 끼니를 거
르다 굶어 죽는 이들이 속출했다. 이를 일러 초요(楚腰) 현상이라 했다.

촌 늙은이 황로를 좋아하는지　　　　　　　園翁喜黃老
애들에게 송교(松喬)를 가르치누나.[350]　　蒙養期松喬

18

집마다 열 섬 쌀을 거둬들이니　　　　　　戶糴十斛米
부잣집[351]은 그 배를 거둔다 하네.　　　　上戶加倍之
부잣집 밭 갈기도 넉넉잖으니　　　　　　　上戶耕不足
밭 없는 사람은 또 어찌할거나.　　　　　　無田復奚爲

19

발이 얼어 시리다고 오줌 눈다면　　　　　足凍姑撒尿
잠시 뒤엔 반드시 더 추워지리.　　　　　　須臾必倍寒
금년의 환곡도 다 못 갚았으니　　　　　　今年糴不了
다음 해 큰 어려움 닥치겠구나.　　　　　　明年知大難

20

적이라 하는 것도 흔적이 없고　　　　　　日糴亦無痕
조라 하는 것도 그림자 없네.[352]　　　　　日糶亦無影
백성들의 한 통 물도 거둬들여서　　　　　賦民一桶水

---

350. 애들에게 송교를 가르치누나　　몽양(蒙養)은 『주역』 「몽괘」(蒙卦)에서 따온 말로 후세에는 동몽(童蒙)을 교육하는 뜻으로 전용되었다. 송교(松喬)는 적송자(赤松子)와 왕자교(王子喬)로 모두 옛날의 신선이다.

351. 부잣집　　서울에서는 현임(現任) 1·2품을 상호로 정하였고, 지방에는 전(田) 15결(結)에 남녀 식구 15명 이상이면 상호로 정하였다. 따라서 농민 구제를 위하여 설치하였던 의창(義倉)의 쌀을 거둘 때는 연호미법을 적용하여 상호의 가호에서는 쌀을 10말(斗) 거두었다. 이에 연유하여 상호는 부유층을 지칭하는 말이 되었다.

관아의 우물에만 채워 넣누나.　　　　官自推官井

21

좁쌀죽에 나물 뿌리 섞어 넣어서　　　粟糜雜菜根
어지럼증 가까스로 면할 수 있네.　　　屢免花生眼
그물 던져 붉은 연어 건져 얻어도　　　舉網得紅鱒
관가로 보내느라 먹질 못하네.　　　　輸官不自饌

22

세금 독촉 말도 아직 꺼내기 전에　　　催租未發聲
얼굴 보면 마음부터 먼저 놀라네.　　　見面心先駭
삼베 값이 올랐다 내렸다 하니　　　　布直姑低昂
관가에서 사는 대로 내맡길밖에.　　　一任官門買

23

큰 고기 한 마리 잡아 바치면　　　　捕呈一大魚
관아에선 보리 석 되 내어 주누나.　　　官給三升麥
삼령에는 봄날의 진흙 많으니　　　　三嶺多春泥
오가느라 머리가 하얗게 셌네.[353]　　　往來頭盡白

---

352. 조라~없네　풍년으로 곡식 값이 쌀 때 관에서 싸게 사들이는 것을 적렴(糴斂), 흉년으로 비쌀 때 창고를 열어 싼 값에 파는 것을 조산(糶散)이라 하였으며, 이를 합쳐 조적(糶糴)이라고 했다. 당시 환곡법이 본래의 취지를 모두 잃어버렸음을 말한 것이다.

353. 큰 고기~셌네　『신증동국여지승람』에서는 종성 지역의 특산물로 대구어, 문어, 방어, 청어, 송어, 연어 등을 꼽았다. 그중에서 두만강 송어는 송화강의 노어(鱸魚)와 같다고 하여 붙여진 이름인데, 큰 것은 키〔箕〕만 하고 작은 것도 한 자가 넘는다고 하였다. 홍량호의 시 「송어」(松魚) 참조. 그런데 당시 어세(漁稅)는 염세(鹽稅)만큼이나 무거워 어부들의 생활이 몹시 곤궁하였다.

24

해창(海倉)[354]에다 조적 쌓기 끝나고 나면 　　完爾海倉糴

성 가운데 소금도 옮기어 가네.[355] 　　輸我城中鹽

다만 수결 한 글자를 날려서 쓰면[356] 　　但飛一押字

관아 또한 청렴함을 손상 않으리. 　　官亦不傷廉

25

가난한 백성이 소를 기르니 　　貧民養一牛

독 장사 셈[357] 어딘들 없을까 보냐. 　　甕算何所無

관리가 그 소를 뺏어 가더니 　　一爲里正奪

껍질 벗겨 관아 부엌 달아 놓았지. 　　剝皮懸官廚

---

354. 해창 　백성들에게 세금으로 거둔 곡물 등을 해로를 이용해 한양으로 옮겨 가기 전에 쌓아 두었던 창고를 말한다. 부안이나 군산, 덕원 등 주요 항구마다 있었다.

355. 성 가운데~가네 　북관 지역은 소금 생산지와 거리가 멀었을 뿐만 아니라 공급도 원활하지 않아 풀 따위를 물에 불려 즙을 내어 소금 대용으로 썼을 정도였다고 한다〔이욱, 「17~18세기 범월(犯越) 사건을 통해 본 함경도 주민의 경제생활」, 『한국사학보』 20(2005. 7) 156쪽 참조〕. 「갑민가」에서는 그 정황을, "바다히 팔구빅니 소곰 어더 먹을소냐 / 나무독의 갓짐치는 짠 것 업시 담앗거니 / 쉿뎗고 승거온 맛 진짓 그 밥 반찬일네"라 하였다.

356. 다만~쓰면 　원문의 압자(押字)는 수결이다. '일'(一) 자를 길게 긋고 그 상하에 점이나 원 등의 기호를 더하여 자신의 수결로 정하는데, 여기에 '일심'(一心) 두 글자를 내포해야 한다. 따라서 수결은 사안 결재에 있어서 오직 한마음으로 하늘에 맹세하고 조금의 사심도 갖지 아니한다는 굳은 맹세의 표현으로 써 왔다. 그럼에도 수결 위조를 통해 사사로운 이익을 챙기려는 혼탁한 관리들이 있었다. 수결에 서명자의 이름이 없었기 때문에 위조가 쉬웠던 까닭이다.

357. 독 장사 셈 　독 장사가 독짐을 받쳐 놓고 쉬다가 잠이 들어 꿈을 꾸었다. 독을 팔아 닭을 키우고, 닭을 팔아 소를 사고, 소를 팔아 논을 사고, 점점 부자가 되어서 고대광실 집을 짓고, 예쁜 아내를 맞이해 서로 희롱하다가 그만 독 지게를 넘어뜨려 독만 깨고 말았다는 것이다. 실현성 없는 허황한 꿈만 꾸다가 손해만 본다는 속담이다.

26

땅만 있고 사람은 뵈지 않는 곳
이곳이 바로 우리 터전이라네.
진짜 토문강을 알지 못해서
포기하고 스스로 국한되었지.

有地無人處
是我衣食碗
不知眞土門
自棄還自限

27

정사는 각박하게 펼칠 수 없고
도강 금지 느슨히 할 수 없다네.
삼 년 동안 두만강 건너지 못해
사람 가축 모두가 얼어 죽었네.

政亦不可膠
禁亦不可弛
三年不渡江
人畜皆凍死

28

긴 수레 뾰족한 귀[358] 날카로워서
길이 좁아 나란히 몰 수가 없네.
가는 그곳 어딘지 안 알려 주니
바퀴길 젖은 것만 바라본다네.[359]

長轂銳雙耳
道狹妨並驅
不敎知去處
但見軌全濡

29

아내는 부지런히 책 보라 하고

女曰讀書勤

---

358. 뾰족한 귀　원문은 쌍이(雙耳). 북방 수레의 제도가 바퀴통의 가운데 부분이 날카롭게 튀어
나왔으므로, 두 대 수레가 마주 지나면 부딪혀 상하므로 한 말이다.
359. 바퀴길~바라본다네　국경 곳곳에 배치하기 위해 수졸(戍卒)들을 수레에 태워 가는 모습을 묘
사하였다. 근무지가 어딘지도 알려 주지 않아, 수레 위에서 망연하게 바퀴자국만 바라보는 수졸들
의 초췌한 모습을 그려 냈다. 당시 북변 수졸들의 고통스러운 생활상은 홍량호의「수졸원」(戍卒怨)
에 잘 묘사되어 있다.

지아비는 촘촘히 베 짜라 하지.　　　　　士曰織布細
문장이 뛰어나면 관직 맡는데　　　　　文工喫官司
베 고와야 서울 시험 볼 수가 있네.[360]　　布細能發解

30
삿갓 도롱이 어깨를 덮지 못해도　　　　簑笠不覆肩
장강의 물결을 즐겨 따르네.　　　　　　愛逐長江水
농사도 짓지 않고 장사도 않고　　　　　不農復不商
떠나가서 어부[361]가 되어 보리라.　　　去作魚蠻子

31
산과 바다 서울[362] 멀리 떨어졌으니　　山海隔王春
사람들 자포자기 달게 여긴다.　　　　　人物甘自棄
바라는 건 관리 좀 더 청렴해져서　　　　但願官稍廉
백성들과 이익 다툼 않는 거라네.　　　　與民不爭利

32
탐관오리 내직[363]에 충당이 되고　　　　官貪實大耐

---

360. 베 고와야~있네　　원문의 발해(發解)는 지방 고을의 고시(考試)에 급제한 학생을 그 지방 관청에서 중앙 정부에 공진(貢進)하는 일이다. 또는 공문서를 중앙 정부에 발송하여 거인(擧人)을 경사(京師)에서 과거에 응시하게 하는 일을 가리킨다. 해(解)는 공문서이다. 베를 팔아 여비로 써서 시험을 치러 간다는 뜻이다.

361. 어부　　원문의 어만자(魚蠻子)는 어부를 뜻한다. 소식은 「어만자」(魚蠻子)에서 "인생살이 가기가 어려웁나니, 밟는 땅마다에서 세금을 걷네. 차라리 어부가 되어, 물결 타고 떠돎만 못하리로다"(人間行路難, 踏地出賦租. 不如魚蠻子, 駕浪浮空虛.)라고 했다.

362. 서울　　원문의 왕춘(王春)은 음력 정월을 가리키는 말이다. 여기에서 '격왕춘'은 도성과 멀리 떨어진, 임금의 교화가 제대로 미치지 못하는 변방이라는 의미로 보인다.

어진 관리 배척을 흔히 당하지.　　　　　官明多遭擯

수령들 업무 성적 누가 매기나　　　　　阿誰書殿最

권세 보고 사람됨은 따지지 않네.　　　　論勢不論人

33

마음 모아 소리치며 곤장 때리니　　　　喝打齊心棍

곤장 소리 관아 뜰에 진동하누나.　　　　棍響震庭宇

피와 살은 장작 패는 것과 달라서　　　　血肉異析薪

관리에게 청해 봐도 성만 내누나.　　　　請官忽遽怒

34

정확히 떨어지는 저 철루자[364]여　　　　嗶彼鐵漏子

매질은 국수를 뽑아내듯이.[365]　　　　夏楚如吐麪

흠휼하는 저 책은 위대하구나　　　　　大哉欽恤書

선왕께서 만드신 법 남아 있으니.[366]　　先朝有成憲

---

363. **내직** 　원문은 대내(大耐). 요직을 감당할 만한 사람을 뜻한다.

364. **철루자** 　철루(鐵漏)는 물시계를 말한다. 작자를 알 수 없는 「철루호명」(鐵漏壺銘)에 "졸졸졸 흐르면서 밤낮 그치지 않네. 절수는 정확하여 조금의 차이도 허용치 않네"(注之涓涓, 弗舍晝夜, 節數之正, 差不容釁.)라 하였다. 혜(嗶)는 물이 주기적으로 떨어지는 것을 가리킨다.

365. **매질은~뽑아내듯이** 　하초(夏楚) 죄를 지었을 때 매질하여 바르게 가르치는 회초리 또는 그러한 행위를 뜻한다. 엄정한 기강을 칭송한 것으로 보인다.

366. **흠휼하는~남아 있으니** 　정조 2년에 간행된 『흠휼전칙』(欽恤典則)을 가리킨다. 흠휼(欽恤)은 죄를 저지른 사람을 신중히 심문하라는 뜻이다. 정조는 1778년 승정원 도승지 홍국영 등으로 하여금 기존의 법률서를 참고하여 형구(刑具)의 규격과 형벌의 품제를 정하여 간행하게 했다. 목판본 1책이다.

35

백 마리의 말 떼를 몰아 달리고	驅馬四百蹄
배에는 천 필 베를 펼쳐 놓았네.	船布一千匹
이 지역은 화폐를 쓰지 않지만[367]	此地無鑄錢
열 창고에 비결이 전해 온다네.	十倉傳秘訣

36

금강산을 망치로 잘게 부수어	槌碎金剛山
한 봉우리 돌 하나로 만들어 놓고.	一峰成一石
그 돌을 배필 삼아 아이 낳으면	配石石生兒
성은 조요 이름은 적이라 하리.[368]	姓趙名是翟

37

의기롭게 명망(名望)을 자랑하면서	意氣誇時望
열네 고을 위엄 있게 순행을 하네.[369]	威行十四社
군관들 교외 나가 맞이하는데	戎服出郊迎
통관(通官)[370]은 말에서 내리지 않네.	通官不下馬

---

367. 이 지역은~않지만 이 시기 마천령 북쪽 관북 지역은 국가에서 공식적으로 화폐의 사용을 금지했다. 면화나 삼베 등으로 화폐를 대신하였으며, 거리에도 상점이나 객사가 없어 나그네는 식량을 지니고 다니며 해 먹어야 했다고 한다. 홍희영(洪儀泳)의 『북관기사』(北關紀事)와 홍량호의 「공주풍토기」에 그러한 사실이 보인다. 이러한 금지는 1820년부터 완화되어 화폐 사용이 허가되고 장시가 개설되었으나, 육진 지역에는 끝내 화폐 사용이 계속 금지되었다.

368. 성은~하리 조적(趙翟)은 조적(糶糴)을 의인화한 것이니, 그 제도의 허위성을 풍자한 것이다.

369. 열네 고을~하네 사(社)는 고을의 하위 단위인 면(面)을 가리킨다. 홍량호는 「북새기략」에서 "면을 일러 사라고 한다"(面謂之社.)라 하였으니, 당시 이 지역의 방언으로 보면 된다.

370. 통관 이 말에는 여러 가지 직무에 통달한 또는 현달한 관리라는 뜻이 있으나, 여기에서는 종성부사를 가리킨다.

38

강에서 물길을 터 논을 만들어	疏河作水田
집집마다 메벼 찰벼 밥을 해 먹네.[371]	比屋可秔稌
대국서도 외려 금지 않는데	大國却無禁
우리나라 감영에선 허락지 않네.	營門獨不許

39

변방의 군사들과 변방 기녀들	邊士與邊姬
귀천이 어찌나 차이 나는지.	貴賤何殊絶
변방 군사 볼기 맞음 싫어하는데	邊士憎打臀
변방 기녀 무릎 엎어 아낌을 받네.	邊姬愛加膝

40

해구신 구하기에 정신이 없고	忙追膃肭勢
팔랑충을 말리어 절구질하네.[372]	乾礴八廊蟲
나로 하여금 잠들지 못하게 하니	敎儂眠不得
밤에 누워 있어도 노옹 아니네.	夜臥非老翁

---

371. 집집마다~해 먹네 17·18세기 북관 지역은 농업이 발달하여, 밥맛이 서울보다 좋았다는 기록도 있다(이진택李鎭宅, 『덕봉집』德峰集 권4 「북정일기」北征日記, 1802년 삼수 지역의 경우). 이 시는 육진 지역에서도 농업 개간이 활발하게 이루어져 두만강 대안에 논농사가 많이 지어졌던 사정을 말해 준다.

372. 해구신~절구질하네 이 지역 특산물을 마련하기 위해 애쓰는 정경을 그린 것이다. 온내세(膃肭勢)는 물개의 생식기. 정력에 좋다. 팔랑충(八廊蟲)은 팔랑충(八郎蟲)이라고도 한다. 고려 원종 때 원나라 황제가 사신을 파견하여 고려 조정에 요구하였던 특산물 가운데 하나이나 현재는 무엇을 가리키는지 알 수 없다. 고려의 반역자였던 이추(李樞)가 원나라 황제에게 교동군(喬桐郡)과 승천부(昇天府)의 금요도(今要島)에서 산출된다고 말해 원나라에서 이것을 요구하였으나 당시 고려 조정에서도 그 생산지를 알지 못했다.

41

부계엔 벼슬한 집안 많아서	涪溪多宦家
장서 제일 많다고 일컬어지네.	藏書稱第一
서목은 그 또한 어떠하던가	書目且何如
통사는 전질을 갖추었다네.	通史有全帙

42

우연히 시골 아이 글씨를 보니	偶見村童書
원교 필법 홀연히 이어지누나.[373]	忽傳圓嶠脈
누구에게 배웠냐고 물어봤더니	問爾何從師
예전 부령 적객이라 대답을 하네.	曾是富寧謫

43

약초는 땅 가득히 돋아 나와서	藥草行滿地
무성해도 누구 하나 캐지를 않네.	離離復誰採
다만 세모난 침을 잡고서	但把三稜鍼
돌팔이 의원 기해(氣海)[374] 혈을 찌를 뿐이네.	庸醫刺氣海

44

민가에서 상제(祥祭)[375]를 한번 지내면	民家一祥祭

---

373. 원교~이어지누나 원교(圓嶠)는 이광사(1705~1777)의 호다. 정제두에게 양명학을 배워 아들 영익에게 전수하였고, 윤순에게 글씨를 배워 여러 체에 능하여 원교체라는 독특한 서체를 완성하였다. 이광사는 1755년(영조 31)에 나주 벽서 사건으로 백부 진유가 처벌될 때 연좌되어 부령으로 유배되었다.

374. 기해 배꼽 아래로 한 치쯤 되는 곳이다.

375. 상제 상을 당한 지 1년 뒤에 지내는 소상(小祥)과 2년 뒤에 지내는 대상(大祥)을 말한다.

온 성 사람 문득 모두 문상하누나.　　　　　有往輒傾城
손님 대접 진실로 은근하지만　　　　　　餉賓誠已熯
부모 향한 애도는 평범하구나.　　　　　　孺慕只常聲

45
서울서도 쌀밥을 지어 먹지만　　　　　　京城稻米飯
밥맛은 밋밋하고 배 잘 꺼지지.　　　　　味淡腹易枵
조밥을 지을 때는 덩이 안 지게　　　　　炊粟慎毋塊
황두는 반만 익어야 제맛이라네.　　　　　黃豆期半焦

46
해 마치는 제사를 마치고 나면　　　　　　終年一罷齋
마을에서 노루 다리 나누어 먹네.　　　　巷獵分麞腿
이상하다 남방의 사람인데도　　　　　　　異哉南方人
어리굴젓 토하지 아니하누나.　　　　　　不嘔石花醢

47
황지(黃紙)에다 혼서를 작성하고서[376]　　黃紙寫婚書
면포 한 필 폐백으로 보내는구나.　　　　綿布贄一匹
낭군께서 내 발만 씻어 준다면　　　　　　但願郎洗足
저는요 헌 버선도 괜찮답니다.　　　　　　儂不嫌舊襪

---

376. 황지에다 혼서를 작성하고서　　홍량호는 「북새기략」에서 "이 지역에서는 닥나무가 나지 않아 종이를 만들 수 없기에, 귀보리 짚을 찧어 종이를 만드는데 이를 황마지(黃麻紙)라 한다. 공사 간 문서에는 모두 이 종이를 쓴다"라고 하였다.

48

창에는 얇은 종이 겨우 발랐고　　　塗窓蟬翼紙

방에는 용수자리[377] 펴놓았구나.　　鋪室龍鬚席

기일 전에 약과를 만들어 두고　　　前期作饊餬

오늘 저녁 사위를 맞이한다네.　　　迎壻在今夕

49

남녀노소 나란히 성묘 나서는　　　士女齊上塚

아름다운 절기라 단오로구나.　　　佳節惟端陽

씨름판엔 관가에서 상을 걸었고　　角牴懸官賞

그네는 길옆에 매어 놓았네.[378]　　鞦韆繫道傍

50

이른 서리 없어서 풍년이 드니　　　年豊無早霜

추석이 되었다고 소를 잡누나.　　　宰牛作秋夕

집집마다 모두가 포정이어니　　　比屋皆庖丁

어이해 양수척을 귀찮게 하랴.[379]　何煩楊水尺

377. 용수자리　용수(龍鬚)는 명천과 경성의 바닷가에 나는 풀로, 줄기가 곧게 몇 자나 자란다. 가는 것은 힘줄 같고, 튼튼하기는 뼈와 같다. 북관 사람들이 이를 이용하여 붓통을 만드는데 이를 용수필(龍鬚筆)이라 한다. 『요사』(遼史)에 보면 "고려에서 용수초석(龍鬚草席)을 공물로 보내왔다"라고 하였는데, 이 풀을 엮어 만든 자리다. 이러한 내용이 「북새기략」에 소개되어 있다.

378. 씨름판엔~매어 놓았네　북관 지역에서 가장 큰 명절은 추석이 아니라 단오였으며, 대표적인 놀이는 시에 소개된 대로 씨름과 그네였다.

379. 어이해~하랴　양수척(楊水尺)은 수척(水尺), 화척(禾尺), 무자리라고 하였다. 1425년(세종 7) 이들을 양민화하려는 정책에 따라 백정으로 명칭을 바꾸었다. 홍희영의 『북관지』에 따르면, 이 지역에서는 여염집에서도 누구나 소를 잡는데 조금도 그 일을 천하게 여기지 않는다고 하였다. 소 잡는 일이 민간의 풍속이었음을 알 수 있다.

51

덧입혀 황속을 가려낸 뒤에[380]

씻어 넣어 빛깔을 좋게 만드네.

모래로 주린 돼지 배를 채워서

만주 상객 저울 눈금 속이는구나.

膠糊揀黃粟

刷布助顏色

細沙飽饑豕

瞞秤滿洲客

52

성루에 노름꾼들 모여드는데

둘러보매 풍류가 막힘이 없네.

옛 술의 전통이 이어져 오니[381]

설취해 떠드는 것 아니로구나.

城樓聚博徒

四望風流利

古麴猶傳脈

喧聒非佯醉

53

10월에 행영을 지어 놓고서

원수는 혼자서 외적을 막네.[382]

관원들 대답만 네네 하면서[383]

다달이 많은 음식 축내는구나.[384]

行營建亥月

元帥自防秋

下官但唯唯

三斛月三牛

---

380. 덧입혀~뒤에 원문의 교호(膠糊)는 상인들이 물건을 더 좋게 보이기 하기 위해 사용하는 나쁜 방법 중 하나로, 특히 견직물의 색깔을 위장하는 방식이다. 황속(黃粟)의 의미는 미상.

381. 옛 술의~오니 함경도 지역에서 주로 마신 술은 소주였으며, 막걸리나 약주는 거의 마시지 않았다고 한다. 소주의 재료로는 쌀과 수수 등이 애용되었다.

382. 원수는~막네 돌궐이나 토번 등의 이민족이 늘 가을이 되어 침입했으므로, 당시 군사를 조발하여 변경을 수비하는 것을 방추(防秋)라 하였다.

383. 관원들~하면서 여기서 원수는 관찰사를, 하관(下官)은 각 고을의 감관(監官)을 가리킨다. 조선조에는 아전이 감관을 속이고, 감관이 관찰사를 속이는 부패 구조에 대한 지적과 비판이 많았다.

54

푸른 일산 관장은 그 누구일까	碧繖何官長
위엄 차려 다가오면 문득 아닐세.	翩翩近却非
무과 시험 두 번만 겨우 보고서[385]	武科經二式
급제자의 의복을 몸에 걸쳤네.[386]	猶著唱名衣

55

일종의 승려 풍속 고약해져서	一種僧風惡
머리는 깎았지만 아내를 뒀네.[387]	形髦室有妻
딸 낳으면 다른 데 보내지 않고	生女不他適
중[388]에게 시집을 보낼 뿐이네.	只是嫁闍黎

---

384. 다달이~축내는구나 삼곡(三斛)과 삼우(三牛)는 관아에서 공적으로 소비하는 음식을 말한다. 곡(斛)은 곡식 열닷 말을 세는 단위다. 삼우(三牛)는 소 세 마리 값어치에 해당하는 음식을 뜻한다. 『반계수록』 권25 「공찬」(供饌) 조에 외방 관원의 생활을 말하는 가운데, "다달이 소 세 마리 어치를 지급하나 관원들이 먹는 양이 혹 10마리 어치에 이르곤 한다"(月給三牛之價, 而官員所食者, 或至十牛.)고 하였다.

385. 무과~보고서 이식(二式)은 조선 시대에 3년에 한 번 자(子)·묘(卯)·우(午)·유(酉)가 들어가는 해에 보았던 식년시(式年試)와 관련이 있는 말인 듯하다.

386. 급제자의~걸쳤네 창명(唱名)은 명부에 의거해서 이름을 부르는 일, 특히 임금이 위무하는 차원에서 부르는 뜻으로 많이 쓰였다. 여기서는 과거에 급제하여 임금의 호명을 받았다는 말이다.

387. 일종의~뒀네 경성 이북에만 있었던 재가승(在家僧)을 소재로 하였다. 재가승에 대해서는 「북새기략」과 홍의영의 「북관기사」와 『북관지』 그리고 『임하필기』 등에 그 기록이 보인다. 1927년 간행된 김기철(金基哲)의 『함북대관』(咸北大觀)을 보면 그 당시에도 재가승 부락이 있었으며, 북한쪽의 자료를 보면 1957년에도 1,000여 가구나 있었다고 한다. 이후 함경북도 민속지에서 재가승은 매우 비중 있게 다루어졌는데, 여러 한계로 논의는 깊이 진전되지 못하였다. 김열규가 『북한』 99·100호에 걸쳐 연재한 「함경북도의 재가승」도 참조할 만하다.

388. 중 도려(闍黎)는 아도려(阿闍黎)의 줄임말로 승려의 경칭이다. 다소 조롱하는 투로 사용하였다.

56

산에는 사람 같은 야수 있는데	山有如人獸
그 이름 산삼(山渗)이라 할 만하도다.[389]	其名無乃渗
장죽에 담배를 피워 대는데	大杯耽火飲
담배 주면 인삼으로 보답을 하지.	投菸或報葠

57

경원 땅 서북쪽을 바라다보면	慶源西北望
맑은 날 아지랑이 피어난다네.	日晴山市游
들판의 기운 또한 신령한지라	埜氣亦靈活
영롱하기 마치도 신기루 같네.	玲瓏如蜃樓

58

육진에는 연꽃이 풍부한지라[390]	六地饒菡萏
이따금 진주 따러 사람이 오네.	時有採珠來
보름달이 뜨기를 기다렸다가	要看一明月
긴맛 조개 열어서 채취하누나.	却取萬蠡開

59

황제 무덤 있다고 전하여 오니	傳疑皇帝冢

---

389. 그 이름~할 만하도다 원문의 삼(渗)은 상상 속의 야수로 산삼(山渗)이라 한다. 『신이경』(神異經)에 "서방 깊은 산에 야인이 있는데 키는 한 자 남짓이다. 웃통을 벗고 있으며 두꺼비를 잡아 먹고 산다"라고 하였다.

390. 육진에는 연꽃이 풍부한지라 함담(菡萏)은 연꽃 또는 연꽃의 봉우리를 뜻한다. 『시경』진풍(陳風)「피택」(彼澤)에 "저 연못 둑 너머엔 부들과 연꽃"(彼澤之陂, 有蒲菡萏.)이라 하였다. 시에서는 운자를 위해 연못의 환유로 구사된 것이다.

송나라 휘종 흠종 서글프구나.　　　惻愴宋徽欽

수비 군사 아니 둠 한스러워라　　　恨不置守衛

애오라지 천고 마음 위로해 본다.　　聊慰千古心

60

사마치[391] 어이 그리 날렵하더냐.　　袴褶何翩翩

전령이 무산으로 길을 떠나네.　　　官令茂山去

싼값에 담비 갖옷 얻어 입으니　　　廉價得貂皮

네 신세 핀 곳임을 알아 두렷다.　　知爾發身處

61

옥으로 된 비취색 반지를 끼고　　　假玉青指環

자줏빛 옷고름이 흔들거리네.　　　飄颻紫襻繫

집안이 자못 혁혁하여서　　　　　門闌頗奕奕

친기위(親騎衛)[392] 군사에게 시집을 가네.　嫁與親騎衛

62

시큼한 꽈리 껍질 바람을 넣어　　　吹空酸蔣皮

입에 물고 맹꽁이 소리를 내네.　　　含齒作蛙黽

손톱에 꽃물 들인 계집아이는　　　爪染女兒花

자세히 살펴보게 하질 않누나.　　　不教人細省

---

391. **사마치**　원문의 고습(袴褶)은 말 탈 때 입는 바지로, 사마치라고 한다.

392. **친기위**　조선 시대 함경도에 설치하였던 기병 부대로, 1684년(숙종 10) 함경도의 변방을 지키기 위해 활과 말을 잘 다루는 건장한 자 3,000명을 모아 감영과 각 진영에 배치하였다. 1711년(숙종 37) 황해도에도 600명으로 친기위를 조직하여 병영과 감영에 300명씩 배속하였다. 강석화, 「조선후기 함경도의 친기위(親騎衛)」, 『한국학보』 89(일지사) 참조.

63

버드나무 물가에서 즐겁게 놀며　　　　　　歡言柳汀樂
기쁜 낯빛 재잘재잘 떠들어 대네.　　　　　作色語呢喃
고기 잡는 어부도 보이지 않아　　　　　　不見捉魚子
바지와 저고리도 벗어 버렸네.　　　　　　了不施袴衫

64

흰쌀을 곱디곱게 방아 찧어서　　　　　　白粟精復精
한 솥에 불을 때서 밥을 짓누나.　　　　　炊成一鍋飯
남산의 골짝에서 기도하기는　　　　　　祈禱南山坳
해마다 바라는 일 들어 달라고.　　　　　年年事如願

65

어여쁘다 마을의 꼬마 아이들　　　　　　可憐髫亂歲
남녀 모두 머리를 틀어 올렸네.　　　　　男女俱上頭
장대의 주변을 돌아다니며　　　　　　　跣行將臺畔
풀쌈 놀이[393] 하면서 무가 부르네.　　　　鬪草作巫謳

66

조생(趙生)은 영락한 사람이지만　　　　　趙生淪落人
흰머리로 시아(詩娥)와 짝을 한다오.　　　白首伴詩娥
베를 짜면 섬세함 견줄 데 없고　　　　　織布細無比

---

393. 풀쌈 놀이　　투초(鬪草)는 민속놀이의 하나로 초전(草戰), 초희(草戱)라고도 한다. 둘이서 놀기도 하고 여럿이 편을 갈라 놀기도 하는데, 풀줄기를 서로 엇걸어 당겨 누구의 것이 더 질긴가를 겨루는 풀싸움과 풀잎 대기가 있다.

두보의 「동곡가」에 화답한다네. 能和同谷歌

67

온성에서 이름난 기생 나와서 穩城出名姬
새 노래 가는 구름 멈추게 하네.[394] 新聲遏雲好
풍류도 거나하다 소자첨 이는 風流蘇子瞻
앵앵이 늙어 감을 아까워했네.[395] 坐惜鸎鸎老

68

현악기 없이 겨우 피리뿐이라 無絲聊有竹
무고에 재인마당 요란하구나. 巫皷才人雷
아직도 사자춤이 전해져 오니 猶傳獅子舞
웃음소리 때때로 떠들썩하다. 笑聲時啞啞

69

친구가 부채 하나 부쳐 왔는데 故人寄一扇
천 리 밖 그 마음 어떠하던가. 千里意如何
조개껍데기[396] 가지고 답례를 하니 報以江珧殼
추운 날 작은 그릇 쓰기 알맞네. 天寒當小鍋

---

394. 새 노래~하네 알운(遏雲)은 노랫소리가 매우 아름다워서 무심한 구름도 가던 길을 멈추고 듣는다는 뜻으로, 『열자』 「탕문」(湯問)의 고사에서 유래한다.

395. 풍류도~아까워했네 소식의 「장자야연팔십오상문매첩술고령작시」(張子野年八十五尙聞買妾 逑古令作詩)에 "시인은 늙어 가도 앵앵은 남아 있고, 공자가 돌아오자 연연이 바쁘구나"(詩人老去 鸎鸎在, 公子歸來燕燕忙.)라는 구절을 두고 한 말이다.

396. 조개껍데기 강요(江珧)는 정삼각형 모양의 검은색 바닷조개다.

70

벼룻돌 흡연(歙硯)보다 짙푸르건만[397]	硯石綠於歙
다듬을 묘수 없어 안타깝구나.	嗟無妙手鐫
여자아이 천하의 미인이지만[398]	女兒天下白
분 바르지 않았음이 한스럽구나.	恨不施朱鉛

71

유강은 이름 있는 벼슬아치로	柳公〔煇〕寔名宦
반백 년 보기 드문 사람이라네.	五十年間稀
절집같이 담박한 음식을 먹고	淡食如僧舍
칡베옷 한 벌 입고 돌아다니지.	去來一綌衣

72

이일운은 향약에 엄격하여서	李令〔日運〕嚴鄕約
괜스레 뒷사람의 비웃음 사네.	空爲後人笑
강남에선 소위를 욕하는지라	江南罵蘇威
「오교」를 어찌 능히 외울 수 있나.[399]	寧能誦五敎

---

397. 벼룻돌 흡연보다 짙푸르건만   흡연(歙硯)은 강서성(江西省) 무원현(婺源縣) 흡계(歙溪)에서 생산되는 벼루의 원석이다. 용미연(龍尾硯)이라고도 하는데, 돌이 단단하고 윤기가 나며 수분을 담고 있지 않다. 종성은 삼베와 함께 연석(硏石)의 산지로 유명했다.

398. 여자아이 천하의 미인이지만   원문의 천하백(天下白)이란 색태가 눈처럼 하얗다는 의미로 미인을 지칭한다. 두보의 「장유」(壯遊)에 "월나라 여인은 천하에서 가장 희다"(越女天下白.)란 구절이 있다.

399. 강남에선~있나   원문의 소위(蘇威)는 북주(北周) 시대 탁지상서(度支尙書) 소작(蘇綽)의 아들로 「오교」(五敎)라는 노래를 지었다고 한다. 그 내용은 확인할 수 없는데, 유교 규범을 벗어난 행실을 한 사람에게 소위가 내린 가벼운 형벌이 「오교」를 외우게 하는 것이었다고 한다.

73

염의준은 진실한 사대부이니　　　　　髥侯〔義駿〕眞士夫

영문(營門)의 말씀도 두려워 않네.　　不怕營門語

대그릇엔 베껴 쓴 글 가득 넘치나　　抄書滿數籠

주머니 텅 빈 채로 말 몰아 가네.　　策馬空囊去

74

대설로 외딴 마을 잃어버리고　　　　大雪失孤村

가래질로 간신히 들창을 찾네.[400]　鏟鍬僅覓牖

그대 고향 얼마나 쌓이는가요　　　　問汝居何處

밭두둑을 가리지 못할 정도요.　　　畸田不遂畝

75

환자(還子)는 본디 열에 하나이지만　糴法本什一

올해는 어찌하여 다섯이던가.　　　　今年胡十五

몹시도 다급했던 지난 겨울은　　　　前冬大急時

열 배 백 배 어이 족히 따졌겠는가.　什伯寧足數

76

주역에서 환곡법 알 수 있으니　　　易中知糴道

강유 이치 자립의 근본이라네.[401]　剛柔自立本

---

400. 대설로~찾네　폭설이 내린 뒤의 풍경을 묘사하였다. 이런 풍경을 홍량호는 「효기」(曉起)에 서 "새벽에 일어나 지게문 열어 보니, 밤사이 몇 자나 눈이 내렸네. 골목길 지붕까지 묻혀 있으니, 이웃 간 왕래도 끊어졌구나. 밧줄 끌어 우물길 겨우 내놓고, 눈 구덩 속에서 서로 불러 보누나. 물 이야 어떻게 떠 온다 해도, 땔감이며 양식 없이 어이할거나"(曉起排戶視, 夜來雪數丈. 門逕高沒頂, 隣里塞往來. 引索通汲路, 穴裏人相呼. 縱然得水來, 其奈薪米無.)로 실감나게 묘사한 바 있다.

석분은 허황된 이름뿐이니　　　　　　石奮徒虛名

먹지 않고 게다가 어리석다네.[402]　　不食又何笨

77

향임(鄕任)[403]엔 좋은 자리 따로 있으니　鄕任有腴瘠

좋은 자린 유난히 자주 갈리네.　　　腴窠偏多遞

관청 일을 제집처럼 생각하여서　　　視官果如家

공곡을 사채로 바꾸어 놓네.　　　　公穀變私債

78

조세 비율 명목상 열에 하나나　　　國穀名什一

사실은 한 섬에다 두 말 매기네.　　其實斛二斗

관에서 열에 다섯 정해 두어도　　　官令雖十五

중간에 열아홉까지 불기도 하지.　　中滋十八九

79

좋은 관리 딴 재주 필요치 않고　　　良吏無他才

401. 강유~근본이라네　『주역』에서 강(剛)은 양효(陽爻, ―)이고, 유(柔)는 음효(陰爻, ――)이다. 다르면서 상보적인 두 효(爻)의 만남을 통해 무궁한 생성과 변화가 가능해진다. 이처럼 조적법(糶糴法) 또한 흉년과 풍년, 곡물이 넉넉한 지방과 부족한 지방, 관창(官倉)과 사창(私倉) 사이의 관계에 따라 유기적으로 운용해야 경제와 사회가 자립할 수 있음을 말한 것이다.

402. 석분은~어리석다네　석분(石奮)은 한나라 때의 부호로 만석꾼의 시초가 되는 인물이다. 문맥으로 당시 관가에서 운영하는 환곡 제도에 '석분'이란 이름의 구휼미가 있었거나, 아니면 환곡제 운영의 취지에 석분을 내세웠으나 이름뿐 알맹이가 없었던 것으로 보이는데, 정확한 전거를 찾지 못했다.

403. 향임　조선 시대 지방 자치 기관인 향청(鄕廳)의 임원으로, 감관(監官) 또는 향정(鄕正)이라고도 했다. 수령(守令)을 보좌하고 이서(吏胥)의 악폐를 막으며, 향리의 불미스런 일을 살펴서 바로잡는 등 지방민의 지도자 역할을 담당하였다.

돈 욕심 앞서서 끊어야 하리.　　　　　　先絶阿堵想

문관의 책임이야 더욱 특별해　　　　　文官責尤別

여섯 고을 아울러 길러야 하네.　　　　六州兼敎養

국상일에 國忌

국상과 집안 상이 연이어지니　　　　國忌連家忌

6월에는 마음만 온통 아프네.　　　　傷心六月偏

떠돌아다니노니 궁궐[404] 그리워　　　流離懷丙舍

젊은 시절 성군 만남 얘기하누나.　　際會說丁年

지는 해 바라보니 마치 북 같고　　　落日看如鼓

가을 구름 어느새 솜인 듯해라.　　　秋雲忽似綿

돌아가도 머물 곳 있지 않으니　　　環歸無處往

늙으면 구의산에 돌아가리라.　　　　歸老九疑邊

---

404. 궁궐　원문의 병사(丙舍)는 후한의 궁중 정실 양쪽에 있는 건물로, 갑을병의 차례로 되어 있기에 병사는 세 번째 건물을 말한다. 혹은 묘지 옆에 있는 건물을 이르기도 한다.

칠월 칠석 七夕

누이 지금 어디쯤 가고 있을까	有姉今何往
푸른 산 한강의 나루일러라.	靑山漢水津
죽어서 이별한 지 삼 년이 되어도	三年成死別
칠석날 생일이면 애틋해지네.	七夕感生辰
인간 세상 한 이파리 같은 존재요	一葉人間世
꿈속의 견우직녀성 신세로구나.	雙星夢裏身
내가 가도 만나 보지 못할 터이니	我歸應不見
돌아오지 않는 사람 한탄을 말자.	莫恨未歸人

문묘가 건립됨에 文廟落成

공자 사당 그림마냥 위엄 있게 지었으니	孔宮儼若畫圖成
푸른 문 붉은 기와 앞뒤 모두 환하구나.	碧戶朱甍向背明
소아의 세 편 가락[405]에 학사들 찾아오고	宵雅三章來造士
주관의 법제[406] 따른 새 술잔에 술 넘치네.	周官六劑泛新觥

---

405. **소아의 세 편 가락** 『예기』「학기」(學記)에 "宵雅肄三, 官其始也"란 구절이 있는데, 이때 '소'
(宵)는 '소'(小)와 같은 의미로, '소아'(宵雅)는 『시경』소아(小雅)를 말한다. '삼장'(三章)은 『시경』
소아의 「녹명」(鹿鳴), 「사모」(四牡), 「황황자화」(皇皇者華) 세 편을 가리킨다. 이 세 편은 신하들과
귀한 손님에게 연회를 베풀 때 연주되었던 노래였다.
406. **주관의 법제** 원문의 육제(六劑)는 육재(六齊)로 여섯 가지 청동기 배합 기술을 말한다. 『주
례』(周禮)「고공기」(考工記)에 그 용례가 보인다.

산도 알아 안개 걷어 그윽한 모습 보여 주고　　山知罷霧呈幽態
새 또한 교목 올라 즐겁게 노래하네.　　鳥亦遷喬作好鳴
하늘가서 마음을 얻은 듯이 읊조리며　　吟弄天涯如有得
연회가 길어지매 서산 돋는 달을 보네.　　長筵又見月西生

한밤중에 앉아서, 과거 보러 길주에 가서 아직 돌아오지 않은 문인 한자서와 주순경 등을 생각하다

夜坐 憶門人韓子舒 朱順卿等赴擧吉州未還

북방 가을 다듬이질 급박도 한데　　紫塞秋砧急
푸른 등잔 살쩍은 희기만 하네.　　青燈雪鬢深
화살 없이 무엇으로 꿩을 쏘려나[407]　　矢亡寧射雉
우물 덮자 새들도 절로 없구나.[408]　　井廢自無禽
차를 끊어 모든 수액(水厄) 없애 버렸고　　斷茗消全厄
공부 힘써 반미치광이 되어 버렸네.　　劬書作半淫
모르겠네, 어느 주점 비가 내리어　　不知何店雨

---

407. 화살~쏘려나　『주역』「여괘」(旅卦)의 육오(六五) 효(爻)에 대한 설명에 "꿩을 쏘아 한 살이 없어졌으나 끝내는 작위와 명예가 있을 것이다"(射雉一矢亡, 終以譽命.)라 하였다. 상(象)에서는, 좋은 소문이 위에 들렸기 때문이라고 해석하였다. 이미 자기에게는 알아줄 군주가 죽고 없다는 뜻이 아닌가 한다.
408. 우물~없구나　『주역』「정괘」(井卦)의 초육(初六) 효(爻)에 대한 설명에 "우물이 흐려져서 먹을 수 없으니, 옛 우물에 새들도 없다"(井泥不食, 舊井無禽.)라 하였다. 쓸모없는 인간은 세상에서 버림받는다는 비유로 해석된다. 이제 세상에서 버려져 쓸모없게 된 것을 탄식한 것으로 보인다.

잠 못 드는 내 마음과 함께할는지.　　　　　共此未眠心

중양절에 문생 최종오가 술을 가지고 찾아왔기에
重陽日 門生崔宗五 携酒見訪

타향의 9월 9일 눈이 한층 환해지니　　　　重九他鄕眼一靑
술잔 앞 누런 국화 떨어지지 않았구나.　　　尊前黃菊未飄零
내일 아침 비바람을 그대는 알겠는가　　　明朝風雨君知否
국화꽃 벌써 지고 술은 이미 깨었으리.　　　花已離披酒已醒

옛 천추절[409]에　故千秋節

가을 이불 잠 못 들며 장안을 생각하다　　秋衾輾轉憶長安
일어나 문을 열고 새벽달 바라본다.　　　自起開門曉月看
홀연히 바람결에 패옥 소리 들리는 듯　　悅惚因風聞珮響
흰 구름 마을 속에 옥난간 떠 있구나.　　白雲鄕裏玉欄干

409. **천추절** 정조의 생일을 가리킨다.

을묘 한사덕에게 주다 贈韓乙卯〔師德〕

아침 해에 죽장 끝에 호로병 걸었으니[410]	杖頭朝日掛葫蘆
낙엽 깊은 마을서도 술 살 수 있으리라.	黃葉村深酒可沽
다 무너진 집에서 십 년을 살았으되	破屋十年而已矣
천 수의 시로써 한때 이름 알려졌네.	時名千首者之乎
사귀며 잘 지냄은 유배객이 더 많으니	論交笑殺多遷客
차라리 외려 능히 천박한 이 나무라네.	索性猶能罵薄夫
그 마음에 벼슬 생각 조금도 있잖으니	最是心無烏帽想
흰머리 붉은 뺨이 아직도 건재하다.	白髮紅頰未全癯

10월 15일 어머니의 기일에 十月十五日 先妣忌日

말갈 땅 산이 깊어 눈은 하늘 닿았는데	靺鞨山深雪界天
쫓겨 온 신하는 날 새도록 잠 못 드네.	逐臣明發不成眠
젖먹이가 어느새 늙었다고 말을 마오	俄鬚俄乳休相問
어머니 못 뵈온 지 삼십 년이 되었다네.	不見阿孃三十年

---

410. 아침 해에~걸었으니　원문의 장두전(杖頭錢)은 술값을 말한다. 진(晉)나라 완수(阮修)는 막대기 끝에 술 사 먹을 돈을 걸어 놓고 다니면서 주막이 나오면 문득 들어가 취하도록 마셨다고 한다. 『진서』(晉書) 「완수전」(阮修傳)에 보인다.

장의 한사덕에게 주다 贈韓師德掌議

눈 쌓이니 집채가 무거워진 듯   雪深疑屋重
창 차가워 등불도 희미하구나.   窓冷覺燈微
술 찾느라 흥취는 자꾸 깨지고   乞酒興多敗
세금 재촉 기한을 자주 어기네.   催租期屢違
미인은 머리가 반쯤 희었고   姬人半華髮
제자들은 모두들 관복 입었네.   弟子盡朝衣
옹문곡(雍門曲)⁴¹¹ 한 차례 연주해 본들   一奏雍門曲
알아줄 이 천 리에 있지 않구나.   知音千里稀

거듭 조롱 풀이를 하다⁴¹² 2수 再爲解嘲 二首

1
두만강 가 칠십 먹은 늙은이가 있으니   豆滿江頭七十翁
술 마시고 노래하며 영웅호걸 자처하네.   狂歌飮酒自豪雄

---

411. **옹문곡**　옹문은 춘추시대 제(齊)나라 성문의 이름이다. 한아(韓娥)라는 사람이 식량이 떨어져 그곳을 지나다가 노래를 팔아 밥을 얻어먹었다는 데서 나온 말로, 객지에서의 곤궁한 처지를 한탄하여 부르는 슬픈 노래를 가리킨다. 『열자』 「탕문」(湯問)에 보인다.

412. **조롱 풀이를 하다**　해조(解嘲)는 세상의 조롱을 스스로 해명한다는 뜻이다. 한나라 양웅(揚雄)이 『태현경』(太玄經)을 지을 때, 권세에 아부하여 출세한 자들이 그의 담박한 생활 태도를 비웃자, 이를 해명하는 글을 지어 '해조'(解嘲)라고 하였다. 『한서』 「양웅전」(揚雄傳)에 보인다. 여기서는 한사덕을 두고 한 말이다.

| 마을에 아는 사람 하나 없음 이상하니 | 怪來鄕里無相識 |
| 노니는 벗 대부분은 서울에 있어서네. | 太半朋遊在洛中 |

2

가난한 집 일마다 그르쳤다 탄식 마소	莫歎窮廬事事非
말을 타고 나는 듯이 떠나가야 하리라.	直須騎馬去如飛
도성에서 한바탕 취할 수 있으리니	猶堪一醉都門酒
의기는 하늘 닿은 오악으로 돌아가리.	五嶺連天意氣歸

다시 앞 시의 운으로 再次前韻

노옹의 뛰어난 기 초야에서 나왔으나	老翁奇氣出菰蘆
문장 사방 통하고 예에도 절로 맞네.	文自通方禮不沽
천지에 어느 누가 나를 궁케 하였는가	天地誰爲窮我者
강가로 떠나가서 술꾼이 될까 하네.	江上去作酒人乎
엿 씹으며[413] 손자와 놀아 줄 수 있으니	含飴且可弄孫子
전원에서 살아간들 어찌 대부 아니겠나.	居土何嘗非大夫
무언의 경지 되어 주객을 다 잊고서	話到無言忘主客
눈 속에 마주 보니 피차 맑게 여위었네.	雪中相對兩淸癯

---

413. 엿 씹으며 원문의 함이(含飴)는 후한(後漢)의 마 황후(馬皇后)가 "나는 엿이나 먹으면서 손
자나 데리고 놀겠다. 더 이상 정사에는 간여하고 싶지 않다"고 한 데서 나온 말로, 만년의 안락한
생활을 뜻한다.

다시 앞 시의 운으로 _{再次前韻}

세상엔 뜻 맞는 이 하나도 없어　　　　　海內無靑眼
하늘 끝서 자미성 꿈을 꾼다네.[414]　　　天涯夢紫微
슬퍼하며 옛일을 생각하노니　　　　　　悽然念疇昔
어이 홀로 어긋남 탄식만 하랴.　　　　　詎獨歎離違
외로운 객 외상술 내기 어렵고　　　　　孤客難賒酒
황량한 성 다듬이 소리 드무네.　　　　　荒城少擣衣
이부자리 싸늘함 근심치 않고　　　　　　不愁衾枕冷
귀밑털 성글어 감 애석해할 뿐.　　　　　但惜鬢毛稀

제목 잃은 시 _{失題}

뉘에게 가려운 등 긁게 할까나　　　　　倩誰搔背癢
작은 아이 맑은 마음 절로 아끼지.　　　　自愛小童淸
연약한 병아리인 듯 사랑스럽고　　　　　仁在鷄雛嫩
눈 굴리는 제비마냥 어여쁘구나.　　　　　嬌憐燕視睍
유심히 붓의 기세 살펴보고는　　　　　　細心窺筆勢
남 몰래 글 읽는 소리 배우네.　　　　　　暗地學書聲
재능 진전 어렵다 근심을 말고　　　　　　不患才難進
빠르게 성취함을 경계하거라.　　　　　　惟應戒速成

---

414. **하늘 끝서~꾼다네**　　원문의 자미(紫微)는 천제좌(天帝座)를 상징하는 별로, 임금이 거처하는 대궐을 가리키기도 한다. 여기서는 서얼이었던 자신을 알아봐 준 정조를 가리킨다.

계해(1803) 섣달에 우연히 쓰다 癸亥臘月偶書

만사를 생각하니 전에 없이 괴로워서	思量萬事苦無前
경전을 손에 들고 가는 세월 막으려네.	要把殘經抗逝年
윈 어금니 빠지니 동굴처럼 움푹하고	簸到左車嵌似窟
빠진 머리 모아 보면 모포도 짜겠구나.	薅來雙鬢聚成氈
백두산을 나는 구름 엎을 계획 어긋나고	差池蓋馬飛雲履
창주 배에 달빛 싣는 삶에도 부끄럽네.	慚愧滄洲爛月船
공명의 길에서는 비방 소리 들려오니	聞說名途猶嚇我
태평 시대 막히어 강가에서 늙어 가네.	太平阻絶老江邊

남을 대신하여 차운하다 次韻代人

숙신 땅 변방에서 채색 붓 내달리고	彩筆高橫肅愼邊
백두산 자락에서 수레 내려 만났도다.	翩翩傾蓋白頭緣
벼슬 생각 모두 다 숲 속에 부쳐 두고	官情寓寄婆娑樹
교묘한 말 짓고 보니 법화경과 똑같구나.	綺語還同妙法蓮
변방의 수레 곁 말 새벽달에 울부짖고	塞上駱駬嘶曉月
누각의 춤과 노래 봄 하늘 흔드누나.	樓中歌舞動春天
송구영신 처지를 그 누가 알겠는가	誰知送舊迎新地
가는 해에 임 그리며 나 홀로 슬퍼하네.	感歲懷人獨悵然

제목 잃은 시 失題

북경에서 사귀던 일 또렷하게 기억나니	歷歷交遊記日邊
이 생애 어이 다시 앞의 인연 이을거나.	此生那復續前緣
금성의 버들[415] 보고 영웅 마음 눈물지나	雄心漫泣金城柳
옥정의 연꽃[416]처럼 옛 뜻은 변함없네.	古意難移玉井蓮
백성들의 전하는 말 순리(循吏)임을 알 수 있고[417]	循吏知應碑在口
겨우 밥만 먹고 사는[418] 노옹 신세 우스워라.	老翁自笑食爲天
수레 잡고 만류한들[419] 잡을 수 있을 건가	攀轅臥轍將何及
떠나는 달마처럼[420] 구름 속에 들었구나.	隻履南雲入杳然

415. **금성의 버들**　진(晉)나라 환온(桓溫)이 강릉으로부터 북벌을 떠나다가 금성(金城)을 지났는데, 어릴 적 낭야(琅邪)가 심어 놓은 버드나무가 열 아름이나 된 것을 보고 탄식했다. 이후 세상일의 흥패를 나타내는 말로 쓰인다. 『진서』(晉書) 「환온전」(桓溫傳)에 보인다.

416. **옥정의 연꽃**　태화산(太華山)에 있다는 신비의 연꽃을 가리킨다. 한유는 「고의」(古意)에서 "태화봉 머리 옥정의 연은, 꽃잎이 열 길이요 잎은 배만 하다"(太華峯頭玉井蓮, 開花十丈藕如船.) 라고 하였다.

417. **백성들의~알 수 있고**　원문은 비재구(碑在口). 선정비를 세워 공적을 적는 것보다 백성들이 입으로 전하는 구비(口碑)가 더 훌륭하다는 뜻임. 순리는 법을 잘 지키며 열심히 근무(勤務)하는 관리(官吏)를 말한다.

418. **겨우 밥만 먹고 사는**　『사기』 「역이기전」(酈食其傳)에 "왕이란 백성으로 하늘을 삼고, 백성은 식량으로 하늘을 삼는다"(王者以民人爲天, 而民以食爲天.)는 구절이 있다. 겨우 목숨을 이어 나가는 신세를 탄식한 것이다.

419. **수레 잡고 만류한들**　원문의 와철(臥轍)은 선정을 베푼 지방 관원이 다른 곳에 가지 못하도록 그 지방의 주민들이 수레를 붙잡고서 만류하기도 하고[攀車], 수레바퀴 앞에 누워서[臥轍] 더 이상 가지 못하도록 하소연하는 것을 말한다. 동한(東漢)의 후패(侯霸)가 회양태수(淮陽太守)가 되었을 때 조정의 사신이 회양에 들어가자 백성들이 수레바퀴 아래에 누워서 후패를 1년 동안 더 유임시켜 주기를 청하였다. 『후한서』 「후패열전」(侯霸列傳)에 보인다.

기효람이 예전에 보내 준 시에 차운하다. 2월 6일

追次曉嵐見寄詩韻 二月六日

백구는 어찌하여 멀어졌다 다가와서	白鷗何意絶還親
『추가집』(秋笳集)[421]의 봄 풍경을 의례히 보내 주나.	慣遺秋笳集裏春
서리가 내린 뒤로 좋은 시구 다시 없고	佳句自無霜後傑
오로지 이 마음은 북경 사람 향하누나.	好音偏向日邊人
일만 섬 구름 낀 산 푸른빛 새로운데	雲山萬斛新螺子
천추의 창해에는 옛 사신[422] 늙어 가네.	滄海千秋古鴈臣
우연히 꿈속에서 큰 어른 뵈었는데	忽夢頎然觀奕叟
침상 앞에 달빛은 은빛으로 빛났었지.	牀前月色爛如銀

---

420. 떠나는 달마처럼 달마 대사가 숭산(嵩山) 소림사(少林寺)에서 면벽 9년 동안 혜가(慧可)에게 법을 전하였다. 그후 양(梁)나라 대동(大同) 원년(535)에 시기하는 자가 주는 독약을 알면서도 일부러 먹고 웅이산(熊耳山) 정림사(定林寺)에 매장되었다. 뒷날 『전등록』(傳燈錄)에 따르면 송운(宋雲)이란 자가 서역에 사신 갔다 돌아오다가 한 대사를 총령(蔥嶺)에서 만났다. 보니, 대사는 맨발에 손엔 한쪽 신발을 들고 있을 뿐이었다. 송운이 "스님은 어디로 가오?" 물으니, 대사는 서천(西天)으로 간다고 대답했다. 송운이 그 사실을 임금에게 아뢰자, 임금은 관(棺)을 다시 일으켜 살펴보게 하였는데 혁리(革履) 한 짝만 있었다고 한다.

421. 『추가집』 청대의 시인으로, 강소성 오강 사람인 오조건(吳兆騫)이 지은 문집이다.

422. 옛 사신 원문의 안신(鴈臣)은 고대 가을에 중국 수도로 사신 갔다가 이듬해 봄에 돌아가곤 했던 북방 국가의 수령을 일컫던 말이다. 여기서는 물론 북경에 사신 갔던 박제가 자신을 지칭한다.

〔부〕 기효람의 원시 〔附〕原韻 紀昀

우연히 만났다가 곧바로 친해졌는데   偶然相見卽相親
이별 뒤에 몇 해를 덧없이 보냈던가.   別後忽忽度幾春
거꾸로 신을 신고 천하 선비 맞았는데   倒屣常迎天下士
시 읊으며 해동 사람 하염없이 그리노라.   吟詩最憶海東人
산하 다른 두 곳에는 서찰의 왕래 없어   關河兩地無書札
여러 해 그대 이름 사신에게 물었다오.   名姓頻年問使臣
그대도 날 그리는 새 노래를 지었는가   可有新篇懷我未
노부의 귀밑털은 은빛으로 변해 가네.   老夫雙鬢漸如銀

김정구에게 주다 贈金生〔鼎九〕

내 이미 정 잊은 지 오래이건만   我已忘情久
나도 몰래 그대만은 사랑한다네.   居然忽愛君
젊지만 농사일을 마음에 품고   弱齡懷畎畝
고운 모습 시문(時文)을 싫어한다네.   玉貌厭時文
숲 어두우면 독서등 환히 빛나고   樹暗書燈出
텅 빈 창엔 대통 물소리 들리어 오지.   窓虛筧水聞
다만 능히 마음으로 자족하노니   但能心自足
사는 곳이 외짐을 불평을 하랴.   絶域復奚云

밀랍을 빚어 만든 매화 蠟梅

물가 집 황량하여 손님은 오지 않고
매화 한 가지만 옛 뜰에 피었으리.
강남에선 아직도 소식이 오지 않아
밝은 창문 홀로 향해 납매를 만드노라.

近水門荒客不來
一枝應傍故園開
江南驛使無消息
自向晴窓鑄蠟梅

김정구에게 부치다 寄金〔鼎九〕

봄비에 누렁소로 밭 가는 것 부러우니
이웃에 부끄러워 앉아도 편치 않네.
떠난다 말하는데 여윈 두 뺨 가련하고
그대 생각할 때면 이불 한쪽 싸늘하네.
서글퍼서 저녁밥도 그 맛을 모르겠고
속절없어 경전도 덮어 놓고 보지 않네.
닷새는 밭을 갈고 열흘을 독서하면
시원하게 바람 탐도 어렵지 않으리라.

一犁春雨羨盤桓
慚愧擧比坐不安
論去乍憐雙頰瘦
相思恰有半衾寒
憧憧晚食都忘味
冉冉殘經忽廢看
五日耕田旬日讀
冷然風御定非難

제목 잃은 시 失題

우뚝이 되는대로 나고 듦을 맡겼으니　　　　　　昂昂汎汎信行藏
점쟁이[423]는 원래부터 자세히 말 아니하네.　　詹尹從來語不詳
그림 보면 나무 옆에 집 지을 생각하고[424]　　畫裏猶思因樹屋
하늘 끝서 밭 가는 집 지어 볼까 고민하네.　　天涯擬築耦耕堂
달콤한 낮잠 외엔 내세울 것 없는데　　　　　　黃粱枕外無長物
살구꽃 붉게 필 젠 고향과도 똑같아라.　　　　紅杏花時似故鄕
주막에서 호기롭게 술 마신 일 생각하니　　　記取旗亭豪飮日
담배 연기 소 발자국 모두가 아득하다.　　　草烟牛迹總茫茫

날이 저물어 영강에서 묵다〔경성〕 夕宿永江〔鏡城〕

군사들 호각 소리 진영에 요란한데　　　　　　元戎笳吹沸轅門
한 무리 아가씨들 웃으며 떠드누나.　　　　　小隊紅粧笑語喧
발해 적 남경 땅엔 꽃나무 어둑하고　　　　　大氏南京花木暗
여래의 생일 맞아 종이 등이 널렸어라.　　　如來生日紙燈繁
생선국에 쌀밥이라 그 맛이 놀라웁고　　　　羹魚飯稻驚新味

---

423. 점쟁이　원문의 첨이(詹尹)는 옛날 점치던 사람의 이름으로, 『초사』(楚辭) 「복거」(卜居)에 보인다.
424. 그림 보면~생각하고　인수옥(因樹屋)은 인수위옥(因樹爲屋)의 줄임말이다. 나무에 의지하여 집을 짓는다는 말로, 향리에 은거함을 비유한다.

콩 삶고 느릅 껍질 찌니 고향이 생각나네.　　　　煮菽蒸榆想故園

그림자 길어질 제 말 멈춰 쉬노라니　　　　人影長時來歇馬

한 언덕 푸른 솔빛 영강의 마을일세.　　　　一岡松翠永江村

임영 가는 길에〔길주〕 臨瀛途中〔鎭是吉州〕

백 리에 이내 자욱 마천령엔 봄이 왔고　　　　百里烟嵐大嶺春

석양이 빗겨 지매 바다 온통 은빛이네.　　　　夕陽橫斜海成銀

남종 산수화를 머릿속에 떠올리며　　　　記取南宗山水卷

길주의 남쪽에서 멀리 성진(城津) 바라보네.　　　　吉州南畔望城津

마곡 가는 길에〔마천령의 남쪽 아래〕 麻谷途中〔摩天嶺南底〕

깊은 숲 꾀꼬리 울음 군더더기 없는데　　　　深陰黃鳥溜無痕

나무 위 둥지 새는 싸움 더욱 시끄럽네.　　　　高處巢禽鬪更喧

종일토록 물만 흘러 사람 아니 보이더니　　　　盡日水流人不見

배나무 한 그루가 산골에서 눈에 띄네.　　　　梨花一樹表孤村

남송정 가는 길에〔이원〕 南松亭途中〔利原〕

인생살이 어디선들 살 만하지 않으랴만　　　　　　人生何處不宜居
억지 꾀함 없다면 남음이 있으리라.　　　　　　　認取無營卽有餘
이름 없는 만 겹 산을 모두 다 넘어오니　　　　　度盡無名山萬疊
솔바람 바다 빛이 가슴을 씻어 주네.　　　　　　松風海色掃襟裾

석왕사[425]〔안변〕 釋王寺〔安邊〕

뫼 빛과 시내 소리 어우러진 곳　　　　　　　　嶽色泉聲地
솔 모습에 학의 골격 갖춘 그 사람.　　　　　　松形鶴骨人
보여 주는 반게(半偈)도 부족함 없고　　　　　示人饒半偈
불법 보아 속세 먼지 쓸어 냈도다.　　　　　　觀法掃前塵
토굴의 푸른 이끼 비에 젖었고　　　　　　　　土窟蒼苔雨
해묵은 배나무엔 봄이 왔는데.　　　　　　　　玄梨古木春
선왕의 비석 조각 남아 있으니　　　　　　　　先朝石一片
외론 신하 하마하여 눈물 흘리네.　　　　　　下馬泣孤臣

425. **석왕사**　함경남도 안변 설봉산에 있는 사찰이다. 고려 말 무학 대사가 이 절의 토굴에서 지내다가 이성계가 왕이 될 것을 예언하여 생긴 이름이라고 한다. 태조 이후 조선 왕실의 전폭적인 후원을 입었다. 정조 또한 선례에 따라 석왕사를 우대하였으며, 특히 석왕사에서 3년간의 기자(祈子) 치성 끝에 세자를 얻자, 어제 비문을 내려 비석을 세우게 하였다. 위 시에서 토굴(土窟)은 무학 대사가 수행하던 곳이고, 박제가로 하여금 말에서 내려 눈물 흘리게 한 것은 바로 영조의 어제비다.

〔부〕 5월 그믐 〔附〕五月晦日

영예 없고 욕됨도 아예 없는 곳   無榮無辱地
뿌리지도 거두지도 아니하는 몸.   不耕不稼身

윤2월 22일, 꿈에서 연구 하나를 얻다 閏二月二十二日 夢得一聯

조정에선 삿갓을 못 잊겠더니   廊廟不忘簑笠
강호에선 그 마음 궁궐에 있네.   江湖心在魏闕

과천 동각⁴²⁶의 작은 잔치 果川東閣小宴

작은 고을 독서 소리⁴²⁷ 미소 속에 만나니   小邑絃歌莞爾逢
맑은 눈물 흘리면서 당 현종 때 얘기하네.   忽焉淸淚說玄宗
가인들 한결같이 신선 세상 나무 같아   佳人總似玄都樹

---

426. **동각**　동각(東閣)은 동각풍류(東閣風流)라고도 한다. 한나라의 공손홍(孔孫弘)이 재상으로 있을 때 관사 동쪽에 작은 집을 지어 놓고 현인들을 즐겨 초빙한 데서 유래하여, 그 뒤에는 빈객을 초지하여 접대한다는 의미로 널리 쓰였다.
427. **독서 소리**　원문의 현가(絃歌)는 『시경』을 학습하고 성독하는 소리다. 예악과 문화로 사회를 교화하는 것을 상징한다.

장락궁(長樂宮)[428] 종소리를 축객[429]이 처음 듣네.　　逐客初聞長樂鍾

달빛 마서 잔 기울임 그림의 떡 아니거니　　吸月傾杯非畫餅

매화 보며 갈증 잊음[430] 용고기보다 낫다네.　　望梅止渴勝談龍

갈대에 이슬 내린 오늘 무슨 저녁인가　　蒹葭白露今何夕

남북으로 오가는 길 흰머리엔 비바람만.　　皓首飄零南北蹤

김포 사군에게 남겨 주다 6수　留贈金浦使君 六首

1

장릉(章陵)[431]의 푸른빛이 연기처럼 바라뵈니　　章陵蒼翠望如烟

임금 행행 그해 생각[432] 나그네는 마음 아파.　　過客偏傷幸行年

세월 가도 옛 마음은 사라지지 않았으니　　隔世風期消不盡

428. **장락궁**　달에 있다는 전설 속의 궁궐 이름이다.

429. **축객**　조정에서 쫓겨난 신하로, 박제가 자신을 말한다.

430. **매화 보며 갈증 잊음**　삼국시대에 조조가 군사들과 행군을 할 때 더위에 지친 병사들이 목이 타 괴로워했다. 이때 조조가 "내가 예전에 이 고개를 넘을 때 매화나무 밭이 있었는데 지금쯤 매실이 한창 열렸을 것이다"라고 하자 병사들은 신 매실을 입에 넣을 생각만으로도 군침이 돌아 갈증을 잊었다고 한다.

431. **장릉**　경기도 김포시 김포읍 풍무리(豊舞里)에 있는 조선 원종(元宗, 추존)과 비 인헌왕후(仁獻王后)의 능이다. 처음에는 양주에 있었는데 1627년에 이곳으로 개장하여 홍경원(興慶園)이라 하였다가, 1632년 봉릉(封陵)하여 장릉이라 하였다. 박제가가 유배에서 풀려난 뒤 전장이 있던 김포에 와서 지은 것으로 보인다.

432. **임금 행행 그해 생각**　정조 21년(1797) 8월 15일에 정조가 김포 장릉을 전배하고 이어서 현륭원(정조의 아버지 사도세자의 원. 지금의 융릉)을 전배하기 위하여 부평을 지났다는 기록이 있다. 『홍재전서』 권7에 당시 정조가 지은 「경제장릉재실」(敬題章陵齋室)이 실려 있다.

임금님 시구 곁에 의연히 머무르네.　　　　依然寄宿御詩邊

2

관아 부엌 시끌시끌 상객을 맞이하며　　　鬧熱官廚上客延
주먹보다 더 큰 만두 일백 개를 빚었구나.　饅頭一百大於拳
찬 솔잎 찧어 냄은 일상의 일이건만　　　　寒松擣盡渾閒事
금릉의 메밀보다 값이 더 비싸구려.　　　　價重金陵蕎麥田

3

관아 아이 새벽 물 길어 수부(水符)가　　　衙童曉汲水符新
　　새로운데[433]
김포 고을 흉년 드니 관리 녹봉 많지 않네.　浦郡秋荒鶴料貧
사흘 밤 묵는 동안 시화 잔뜩 얻었으니　　　但得三宵詩話足
눈보라가 돌아갈 길 막은들 어떠하리.　　　不妨風雪阻歸人

4

어찌 지친 몸으로 파초선을 잡으리오[434]　寧將顇悴捉蒲葵
약간의 술기운에 대나무를 그리노라.　　　自倚微醺寫竹枝
물 건너면 원우 귀신 시름케 할 것이고　　　渡水應愁元祐鬼
서풍이 불어올 땐 나쁜 기운 막으리라.[435]　西風且障庾元規

---

433. 관아~새로운데　수부(水符)는 조수부(調水符)를 가리킨다. 소동파는 차를 달이는 물의 품등을 가리는 데 정밀하여, 강심(江心)과 강변의 물맛을 분변하였다. 그는 옥녀동(玉女洞)이 있는 사찰의 승려에게 대나무를 쪼개 신표를 주고, 심부름꾼이 물을 길어 올 때 신표를 교환하여 물을 속이지 않도록 했다. 승려에게 준 신표를 조수부(調水符)라 하였다.

434. 어찌~잡으리오　원문의 포규(蒲葵)는 포규선(蒲葵扇)의 줄임말인데, 포규선(蒲葵扇)은 다름 아닌 파초선(芭蕉扇)이다. 파초선은 값이 저렴하고도 실용적인 부채로 널리 사랑을 받아 왔는데, 진(晉)나라의 사안(謝安) 이래로 시인들은 '착'(捉)이라는 글자로 즐겨 부채의 사용을 표현해 왔다.

5

이신(李紳)의 시정은 늙어 더욱 꽃폈으니[436]	短李詩情老更葩
조운선서 시 다 읊자 저녁 하늘 노을 졌지.	租船吟斷夕天霞
긴 세월이 흐르도록 무엇을 이루었나	桑田碧海成何物
다시금 물결 향해 갈대꽃을 노래하네.	又向滄波訟荻花

6

덥고 찬 한 세월을 싫도록 보냈는데	炎涼一世飽經過
임금님 은혜만이 없어지지 않았구나.	惟有君恩未折磨
괴이하다, 청문에서 오이 심던 늙은이여[437]	常怪青門種瓜叟
때때로 계책 세워 소하에게 이르렀네.[438]	時時畫策到蕭何

---

435. 서풍이~막으리라   원규(元規)는 동진(東晋) 때 사람 유량(庾亮)의 자(字)다. 왕의 장인으로 세 조정에서 벼슬하였는데, 권력이 한때 조야를 뒤덮었다. 추종하는 사람이 많았다. 원규진(元規塵)이라는 말이 있는데, 사람을 핍박하는 나쁜 기운을 비유한다. 당시에 왕도(王導)라는 사람이 서풍이 불어서 먼지가 일면 문득 부채를 들어 막으면서 "원규의 먼지가 사람을 더럽히는군" 하고 말하곤 하였다. 『세설신어』에 보인다.

436. 이신의~꽃폈으니   원문의 단리(短李)는 키가 아주 작았다는 당나라 이신(李紳, 772~846)의 별호다. 『당서』(唐書) 「이신전」(李紳傳)에 "신체는 아주 작게 생겼으나 성격이 호방하고, 시(詩)에 이름이 있어 당시 사람들이 단리라 일컬었다" 하였다. 여기서는 역시 단구였던 박제가 자신을 지칭하는 것으로 보인다.

437. 청문에서~늙은이여   청문(青門)은 한나라 장안성 동남문인 패성문(霸城門)이다. 진(秦)나라 동릉후(東陵侯) 소평(邵平)이 진나라가 망한 뒤 청문 밖에 살면서 오이를 심었다고 한다. 그가 심은 오이를 동릉과(東陵瓜) 또는 청문과(青門瓜)라고 하였다.

438. 때때로~이르렀네   소하(蕭何)는 소평이 재능이 뛰어난 장수라는 소문을 듣고 그를 자신의 수하로 불러들인 바 있다. 『사기』 「소상국세가」에 보인다.

찾아보기
—
이 책에 수록된 작품의 원제 찾아보기
—

찾아보기

이 책에 수록된 작품의 원제 찾아보기 (가나다 순)